롤리타

LOLITA
by Vladimir Nabokov

이 도서의 국립중앙도서관 출판예정도서목록(CIP)은 서지정보유통지원시스템 홈페이지(http://seoji.nl.go.kr)와
국가자료공동목록시스템(http://www.nl.go.kr/kolisnet)에서 이용하실 수 있습니다.
(CIP제어번호: CIP2013000285)

세계문학전집
1 0 5

Vladimir Nabokov : Lolita

롤리타

블라디미르 나보코프 장편소설

김진준 옮김

문학동네

일러두기

1. 주석은 모두 역주이다. 소설의 흐름과 밀접한 관련이 있는 주석은 각주로, 작품 이
   해에 도움을 주는 상세한 주석은 미주로 처리했다.
2. 책 말미에 넣은 '롤리타와 험버트의 미국 여정'은 역자가, 『롤리타』연대기'는 해설
   자가 작성한 것이다.
3. 원문에는 프랑스어가 많이 사용되었으나 번역에서는 반드시 필요한 경우에만 병기
   했다.
4. 나보코프의 언어유희를 보여주기 위해 필요한 경우 영어를 병기했다.
5. 본문 중 고딕체는 원서에서도 강조한 부분이다.

차례 ▌

베라에게

머리말

『롤리타: 어느 백인 홀아비의 고백』. 이것은 내가 받은 기묘한 원고의 제목과 부제이며, 이 글은 그 원고에 붙이는 머리말이다. 원고의 저자 '험버트 험버트'는 본인에 대한 재판이 시작되기 며칠 전인 1952년 11월 16일, 구금 상태에서 관상동맥혈전증으로 사망했다. 당시 험버트의 변호사였던 클래런스 초트 클라크가 나에게 이 원고를 편집해달라고 부탁했는데, 현재 컬럼비아 특별구 변호사협회 소속인 그는 내 사촌이자 절친한 벗으로,『롤리타』출간에 대한 모든 권한을 저명한 내 사촌에게 위임한다고 밝힌 의뢰인의 유언장 내용을 근거로 나에게 이 일을 맡겼다. 클라크가 나를 편집자로 선택한 이유는 내가 모종의 병증과 도착증을 다룬 졸저(『정신을 이해하는 일이 가능한가?』)로 최근에 폴링 상을 수상했기 때문인지도 모른다.

작업은 우리 두 사람이 예상한 것보다 쉬운 편이었다. 나는 명백한 문법적 오류를 수정했을 뿐, 그리고 'H. H.'의 노력에도 불구하고 무슨 이정표나 묘비처럼 그의 글 속에 끈질기게 살아남은 몇몇 세부사항(즉 인품과 동정심을 겸비한 사람이라면 마땅히 감춰주고 덮어줄 만한 인명과 지명)을 꼼꼼히 고쳤을 뿐, 나머지는 전혀 건드리지 않고 이 놀라운 회고록을 그대로 선보인다. 저자의 기이한 가명은 본인이 지었는데, 이글거리는 두 눈동자가 사람을 홀리는 듯한 이 가면도 그의 뜻에 따라 굳이 벗겨내지 않았다. '헤이즈'는 여주인공의 진짜 성과 각운을 맞춰 지었지만 이름은 이 책의 내용에 깊이 관련되어 도저히 바꿀 수 없었다. 그리고 (독자도 스스로 깨닫게 되겠지만) 사실 굳이 바꿀 필요도 없었다. 'H. H.'의 범행 자료는 1952년 9월부터 10월까지의 일간지에서 찾아볼 수 있다. 만약 내가 이 회고록을 읽어보지 못했다면 그 범행 동기와 목적은 영원히 수수께끼로 남았으리라.

이 '실화' 속에 등장하는 '실존' 인물들의 운명을 더 알고 싶어하는 고리타분한 독자들을 위해 '램스데일'의 '윈드멀러 씨'로부터 얻은 몇 가지 구체적인 정보를 제시하겠다. 그는 자신의 자랑스러운 도시에 '이 유감스럽고 불미스러운 사건의 긴 그림자'가 드리워질까 우려하여 신분을 감추고 싶어했다. 그의 딸 '루이즈'는 현재 대학 2학년이다. '모나 달'은 파리에서 유학중이다. '리타'는 최근에 플로리다의 호텔 경영자와 결혼했다. '리처드 F. 스킬러 부인'은 1952년 크리스마스에 북서부의 개척지 그레이스타에서 분만 도중 목숨을 잃었고 딸아이는 사산되었다. '비비언 다크블룸'[1]은 『나의 큐』라는 전기를 써서 곧 출간할 예정인데, 원고를 읽어본 평론가들은 한결같이 그녀의 최고 걸작으로 손꼽았다. 관련된 여러 공동묘지 관리인들은 유령이 출몰하지는 않았다고 진술했다.

단순히 소설로 보더라도 『롤리타』는 몹시 모호한 상황과 감정을 다루었으므로 설령 진부한 표현 방식으로 얼버무려 평범하게 바꿔놓는다 해도 여전히 독자가 분통을 터뜨릴 만큼 모호할 수밖에 없다. 사실이 작품을 통틀어 외설적인 단어는 한 마디도 나오지 않는다. 통속소설에 수두룩이 등장하는 상소리 따위에는 별다른 거부감을 느끼지 않을 만큼 현대적 관습에 길들어 뻔뻔해진 속물이라면 이 책에서 그런 말을 찾아볼 수 없다는 사실에 오히려 놀랄지도 모른다. 그런데도 짐짓 요조숙녀인 체하는 모순적인 독자들을 안심시킨답시고 '성욕을 자극한다'는 지적을 받을 만한 몇몇 장면을 희석하거나 생략해야 한다면(이 문제에 대해서는 1933년 12월 6일 존 M. 울시 판사가 훨씬 더 노골적인 다른 책*과 관련하여 내린 기념비적인 판결을 참고하라), 차라리 『롤리타』의 출판을 포기하는 편이 나으리라. 누군가는 지나치게 관능적이라고 터무니없는 비난을 퍼붓겠지만, 바로 그런 장면들이야말로 지극히 도덕적인 결말을 향해 나아가는 이 비극적인 이야기의 전개 과정에서 결코 빠뜨릴 수 없는 요소이기 때문이다. 냉소적인 독자라면 상업적인 포르노그래피도 똑같은 주장을 한다고 말할지도 모른다. 그러나 학자들은 'H. H.'의 열띤 고백조차도 시험관 속의 폭풍[2]이라고 반론할 것이다. 미국의 성인 남성 가운데 적어도 12퍼센트는―블랜치 슈워츠만[3] 박사(언어소통학)의 말에 따르면 이것도 줄잡은 수치라고 한다―'H.

---

* 미국 법정에서 음란물이 아니라는 판결을 받은 제임스 조이스의 『율리시스』를 가리킨다.

H.'가 그토록 절망감을 토로하며 묘사했던 특별한 체험을 이런저런 방법으로 해마다 즐기는데, 정신착란 증세를 보이며 이 수기를 집필한 자도 1947년의 그 운명적인 여름에 유능한 정신병리학자를 만나기만 했던들 그런 참사가 일어나지는 않았을 거라고 말이다. 그러나 만약 그랬다면 이 책도 존재하지 못했으리라.

본 해설자가 이미 저서와 강연을 통해 누누이 강조했던 점을 여기 되풀이하는 것을 양해해주기 바란다. 요컨대 '불쾌하다'라는 말은 '독특하다'라는 말의 동의어인 경우가 종종 있으며, 위대한 예술작품은 모두 독창적이고, 바로 그러한 본질 때문에 크든 작든 충격적인 놀라움을 동반하기 마련이라는 사실이다. 그렇다고 'H. H.'를 미화할 생각은 없다. 그가 잔혹하고 비열한 인물이라는 데는 의문의 여지가 없다. 도덕적 문둥병자의 전형으로서 그가 겸비한 잔인성과 익살스러움은 극도로 비참한 내면세계를 드러낼 뿐 결코 매력적으로 보이지 않는다. 게다가 어처구니가 없을 만큼 변덕스럽다. 이 나라 사람들이나 풍경에 대해 무심코 내뱉는 말 중에는 우스꽝스러운 것도 많다. 그의 고백은 시종일관 무모할 정도로 솔직하지만 그렇다고 악마처럼 교활하게 저지른 온갖 죄악이 사면되지는 않는다. 그는 정상이 아니다. 점잖은 사람도 아니다. 그러나 그의 이야기는 마치 마법의 바이올린을 연주하듯이 롤리타를 향한 애정과 연민을 불러일으키므로 우리는 저자를 혐오하면서도 정신없이 책 속으로 빠져들 수밖에 없다!

병자의 진술이라는 측면에서 『롤리타』는 정신병리학 분야의 고전으로 자리매김할 것이 확실하다. 예술작품으로서도 한낱 속죄 행위 차원을 초월하는데, 우리에게 과학적 의미와 문학적 가치보다 더 중요한 것은 이 책이 진지한 독자들에게 안겨줄 윤리적 충격이다. 이 통렬한 개인적 사연 속에는 보편적 교훈이 숨어 있기 때문이다. 제멋대로인 아이, 자기중심적인 어머니, 헐떡거리는 미치광이—그들은 독특한 이야기 속에서 생생히 살아 숨쉬는 등장인물일 뿐만 아니라 위험한 시대 풍조에 경종을 울리고 우리 사회에 만연한 각종 악행을 고발하는 역할도 한다. 『롤리타』는 우리 모두에게—부모든, 사회사업가든, 교육자든—경각심과 통찰력을 심어줌으로써 더 안전한 세상을 만들고 더 나은 세대를 길러내는 일에 매진하도록 이끌어줄 것이다.

1955년 8월 5일[4]
매사추세츠 주 위드워스에서
존 레이 주니어 박사

제1부

1

롤리타, 내 삶의 빛, 내 몸의 불이여. 나의 죄, 나의 영혼이여. 롤-리-타. 혀끝이 입천장을 따라 세 걸음 걷다가 세 걸음째에 앞니를 가볍게 건드린다. 롤. 리. 타.

아침에 양말 한 짝만 신고 서 있을 때 키가 4피트 10인치*인 그녀는 로, 그냥 로였다. 슬랙스 차림일 때는 롤라였다. 학교에서는 돌리. 서류상의 이름은 돌로레스. 그러나 내 품에 안길 때는 언제나 롤리타였다.

그녀 이전에 다른 여자가 있었던가? 그래, 당연히 있었다. 사실 내가 어느 여름날 첫번째 여자애를 사랑하지 않았다면 롤리타는 아예 없었을지도 모른다. 어느 바닷가 공국에서였다.[5] 아, 언제? 그해 여름 내 나

---

* 약 147센티미터. 나보코프가 창작노트에 남긴 당시 통계에 따르면 롤리타는 또래의 평균치에 비해 키가 약간 작고 체중은 상당히 가볍다.

이는 그때로부터 롤리타가 태어나기까지의 햇수와 엇비슷했다.* 살인
자는 으레 이렇게 문장을 애매모호하게 쓰는 법이다.

남녀 배심원 여러분, 증거물 1호는 치품천사들이, 위풍당당한 날개를
지녔으나 무지몽매한 치품천사들이 부러워하던 그것입니다. 여기 뒤
엉킨 가시 굴레를 보십시오.

2

나는 1910년 파리에서 태어났다. 아버지는 자상하고 태평한 분이었
는데 여러 종족의 유전자가 잡탕처럼 뒤섞여 복잡했다. 프랑스계와 오
스트리아계 혈통에 도나우 강물도 조금 섞인** 스위스 시민이었다. 잠
시 후 반들반들하고 아름다운 파란색 엽서 몇 장을 보여드리겠다. 아
버지는 리비에라에 있는 호화로운 호텔의 주인이었다. 그의 아버지와
두 분 할아버지는 각각 포도주, 보석, 비단 장사를 했다. 아버지는 서
른 살 때 영국 처녀와 결혼했는데 그녀의 아버지는 등산가 제롬 던이
었고, 두 분 할아버지는 도싯에서 목사로 살았으며 잘 알려지지 않은
분야인 고古토양학과 에올리언하프의 전문가였다. 사진을 무척 잘 받
았던 어머니는 내가 세 살 때 기이한 사고(소풍날, 번개)로 돌아가셨는

* 이 소설의 화자이며 주인공인 험버트는 13세였던 1923년 여름에 애너벨을 만났고, 그
로부터 12년 후인 1935년에 롤리타가 태어났다.
** 도나우 강은 요한 슈트라우스의 왈츠 〈아름답고 푸른 도나우〉를 연상시키며, 이는 '푸
른 피(blue blood)', 즉 귀족의 혈통을 암시한다.

데―여러분이 아직 내 문체를 참아줄 수 있을지 모르겠지만(나는 감시를 받으며 이 글을 쓴다)―그때 내 유년기의 태양도 저물어버렸다. 그래서 내 기억의 골짜기와 협곡 속에 어머니의 흔적은 없고, 다만 과거의 캄캄한 어둠 속에 한 가닥 온기로 남았을 뿐이다. 아마 여러분도 아시리라. 어느 여름날 해 질 무렵 꽃이 만발한 산울타리와 작은 날벌레들 위에 잠시 머무는 향기로운 빛, 혹은 산책길 어느 언덕 밑에서 문득 마주친 마지막 햇살, 그 솜털 같은 온기와 황금빛 날벌레들을.

어머니의 언니 시빌은 우리 아버지의 사촌과 결혼했다가 버림받았는데, 우리 집에서 무보수 가정교사 겸 가정부 노릇을 했다. 나중에 누군가 나에게 말해주기를 이모는 우리 아버지를 사랑했고, 어느 비 내리던 날 아버지는 그 사랑을 빌미로 이모를 건드리고는 날이 개자마자 잊어버렸다고 한다. 나는 이모를 무척 좋아했지만 그녀가 정해둔 규칙은 더러 몹시―무서울 정도로―엄격했다. 어쩌면 때가 되었을 때 아버지보다 나은 홀아비가 되게 하려고 그랬는지도 모르겠다. 시빌 이모는 하늘색 눈동자에 눈언저리가 불그레하고 안색이 창백했다. 그녀는 시를 썼다. 그리고 시인답게 미신을 믿었다. 자기가 내 열여섯번째 생일 직후에 죽을 거라고 하더니 정말 그때 죽었다. 이모부는 향수를 팔러 여기저기 많이 돌아다녔는데, 대부분의 시간을 미국에서 보내다가 결국 그곳에 회사를 차리고 부동산도 조금 마련했다.

나는 각종 그림책, 깨끗한 모래밭, 오렌지나무, 붙임성 있는 개들, 바다 풍경, 미소 띤 얼굴 등이 있는 멋진 세계에서 행복하고 건강한 아이로 자랐다. 화려한 '호텔 미라나'는 나만의 우주처럼 나를 둘러싸고 돌아갔다. 파랗게 빛나는 더 큰 우주 속에 위치한 하얀 우주였다. 앞치마를 두른 냄비닦이에서부터 플란넬 양복을 입은 권력자에 이르기까지 모두가 나를 좋아하고 모두가 나를 귀여워했다. 지팡이를 짚은 미국 노부인들이 피사의 사탑처럼 나를 향해 몸을 기울였다. 우리 아비지에게 낼 돈도 없는 몰락한 러시아 공주들이 나에게는 값비싼 사탕을 사주었다. 나의 다정한 아빠는 보트와 자전거를 태워주고 수영과 다이빙과 수상스키를 가르쳐주고 『돈키호테』와 『레미제라블』을 읽어주었다. 나는 아버지를 사랑하고 존경했으며 하인들이 아버지의 수많은 여자친구들에 대해 수군거리는 말을 엿들을 때마다 아버지에게는 좋은 일이라고 여기며 기뻐했다. 그 여자들은 아름답고 친절하고 나를 극진히 아껴주었으며 어머니 없이도 밝게 자라는 나에게 다정한 말을 건네고 값진 눈물을 흘려주었다.

나는 집에서 몇 마일 떨어진 영국계 학교에 다녔는데, 그곳에서 래키츠와 파이브즈*를 했고 성적도 우수했으며 급우들과 교사들과도 두루 사이좋게 지냈다. 확실히 성적인 사건이라고 할 만한 일은 다음과 같은 것들이 전부였는데, 모두 내 열세번째 생일 이전(즉 나의 애너벨을 만나기 전)의 일이었다고 기억한다. 교내 장미정원에서 어느 미국 아이와 함께—그의 어머니는 당시 유명한 영화배우였는데 삼차원 세계에서는 얼굴 한번 보기 힘들다고 했다—사춘기의 놀라운 변화에 대해 진지하고 점잖게 순전히 이론적인 대화를 나누었던 일, 그리고 호텔 도서실에 산더미처럼 쌓인 대리석무늬 장정의 『그래픽스』지 밑에서 몰래 훔쳐낸 호화판 서적—피숑의 『인체의 아름다움』[6]—에 실린 진줏

---

* 둘 다 공을 벽에 치며 하는 운동경기.

빛과 그늘빛 사진 속에서 한없이 말랑말랑한 틈새를 보았을 때 내 몸의 일부가 흥미로운 반응을 일으켰던 일 정도였다. 나중에 아버지는 평소처럼 유쾌하고 자상한 태도로 성에 대해 내가 알아둬야 한다고 믿는 정보를 모두 가르쳐주었다. 1923년 가을, 리옹의(우리는 그곳에서 세번의 겨울을 보내게 된다) 어느 고등학교에 나를 보내기 직전의 일이다. 그러나 안타깝게도 그해 여름은 아버지가 마담 드 R.와 그 딸을 데리고 이탈리아를 여행하는 중이었고, 그래서 나는 하소연을 하거나 조언을 구할 상대가 아무도 없었다.

3

애너벨도 나처럼 혈통이 섞여 절반은 영국인, 절반은 네덜란드인이었다. 지금 내가 기억하는 그녀의 모습은 아직 롤리타를 몰랐던 몇 년 전에 비해 많이 희미해졌다. 시각적 기억에는 두 종류가 있다. 하나는 눈을 뜬 채 마음속 실험실에서 어떤 이미지를 능숙하게 재창조하는 기억이고(이때 나는 '꿀빛 피부' '날씬한 팔' '갈색 단발머리' '긴 속눈썹' '크고 선명한 입술' 따위의 일반적인 용어로 애너벨의 모습을 떠올린다), 또하나는 눈을 감았을 때 눈꺼풀 안쪽의 어둠 속에 즉각 나타나는 영상인데, 누군가의 사랑스러운 얼굴이 마치 자연스러운 빛깔의 작은 유령처럼, 마치 복제화처럼 철저히 시각적이며 객관적인 형태로 재현된다(내가 떠올리는 롤리타의 모습이 그렇다).

그러므로 애너벨에 대해서는 나보다 몇 달 늦게 태어난 사랑스러운 아이였다는 정도로 간단히 설명하고 넘어가는 것이 좋겠다. 그녀의 부모는 우리 이모의 오랜 친구였고 이모 못지않게 고리타분했다. 그들은 호텔 미라나에서 그리 멀지 않은 별장에 세 들어 살았다. 대머리에 가무잡잡한 리 아저씨, 분을 바른 뚱뚱한 리 아줌마(처녀 적 이름은 바네사[7] 반 네스). 내가 그들을 얼마나 혐오했던가! 처음에 애너벨과 나는 온갖 하찮은 일에 대해 이야기를 나누었다. 그녀는 고운 모래를 손으로 퍼올려 손가락 사이로 흘려보내는 동작을 되풀이했다. 우리의 사고방식은 그 시대, 그 계층에서 사춘기를 앞둔 여느 영리한 유럽 아이들과 별반 다르지 않았고, 따라서 사람들이 사는 세계의 다양성, 테니스 경기, 무한성, 유아론唯我論 따위에 관심을 가졌지만 특별히 천재성을 보여줬다고 하기는 어렵다. 둘 다 어린 동물들의 가냘프고 연약한 모습을 볼 때마다 깊은 아픔을 느꼈다. 그녀는 간호사가 되어 굶주림에 시달리는 아시아 국가에서 일하고 싶어했고, 나는 유명한 스파이가 되고 싶었다.

우리는 갑작스럽게, 서투르게, 뜨겁게, 고통스럽게, 미친 듯이 서로에게 빠져들었다. 절망적이라는 말도 덧붙여야겠다. 서로를 소유하고 싶은 강렬한 열망을 충족시키려면 실제로 서로의 영혼과 육체를 송두리째 받아들여 하나가 되어야 하기 때문이다. 차라리 빈민굴 아이들이었다면 그럴 기회가 많았겠지만 우리는 마음껏 사랑을 나눌 수도 없었다. 밤중에 그녀의 집 정원에서 무모한 만남을 시도한 이후(그 일에 대해서는 나중에 더 자세히 이야기하겠다), 우리에게 허락된 사생활이란 그럭저럭 은밀한 대화는 가능하지만 남의 시선은 피할 수 없는 혼잡한 해변이 고작이었다. 그곳에서, 부모로부터 겨우 몇 걸음 떨어진 보드라운 모래밭에서, 우리는 격렬한 욕망에 사로잡혀 돌처럼 굳은 채 오전 내내 널브러졌다가 이따금 고맙게도 시간과 공간에 틈이 생길 때마다 서로를 만졌다. 모래 속에 반쯤 파묻힌 그녀의 손이 나를 향해 살금살 금 다가오고, 가냘픈 갈색 손가락들이 몽유병자처럼 흐느적거리며 더 가까이 더 가까이, 그다음에는 그녀의 오팔빛 무릎이 조심스레 먼 여행 을 시작하고, 간혹 우리보다 어린 아이들이 만들어놓은 모래성 덕분에 몸이 충분히 가려지면 서로의 짭짤한 입술에 스치듯 입맞춤을 하기도 하고. 그러나 이렇게 아쉬운 접촉은 건강하고 경험 없는 어린 육체들을 오히려 더 격앙시킬 뿐, 푸르고 차가운 물속에서 서로를 아무리 더듬어 도 흥분은 전혀 식을 줄 몰랐다.

내가 성년이 된 후 이리저리 떠돌다가 잃어버린 보물 가운데 이모가 찍은 스냅사진 한 장이 있었다. 애너벨과 그 부모, 그리고 그해 여름 우 리 이모에게 구애하던 근엄하고 늙수그레한 절름발이 신사 쿠퍼 박사 가 어느 노천카페 테이블에 둘러앉은 장면이었다. 애너벨은 고개를 숙 이고 초콜릿 아이스크림을 먹다가 찍히는 바람에 그리 잘 나오지 않았 는데, 햇빛을 받아 희미해지고 아름다움마저 빼앗겨버린 그 모습에서 그나마 알아볼 수 있는 부분은 (이 사진에 대한 내 기억이 맞다면) 맨 살이 드러난 앙상한 어깨와 머리 가르마 정도가 고작이었다. 그러나 다 른 사람들로부터 조금 떨어져 앉은 내 모습은 극적인 대조를 보여주었 다. 어두운 빛깔의 스포츠 셔츠와 몸에 꼭 맞는 하얀 반바지를 입은 소 년이 토라진 듯 다리를 꼬고 옆으로 돌아앉아 다른 곳을 보고 있었다. 이 사진은 우리의 운명적인 여름이 끝나던 마지막 날, 그것도 우리가 운명을 거역하려고 두번째이자 마지막 시도를 감행하기 불과 몇 분 전에 찍은 것이었다. 우리는 지극히 빤한 핑계를 대고(마지막 기회였으니 이것저것 가릴 형편이 아니었다) 카페를 탈출하여 해변으로 나가서 인적이 드문 모래밭을 찾았다. 그리고 동굴처럼 우묵한 붉은 바위의 보랏빛 그늘 속에서 잠깐 동안 격렬한 애무를 나누었다. 누군가 잃어버린 선글라스가 유일한 목격자였다. 그러다가 내가 무릎을 꿇고 나의 연인을 내 여자로 만들려는 순간, '바다의 노인'*과 그 형제를 연상시키는 수염을 기른 두 남자가 수영을 마치고 바다에서 나타나 상스러운 응원의 말을 외쳤고, 그로부터 4개월 후 애너벨은 코르푸 섬에서 티푸스에 걸려 목숨을 잃었다.

4

나는 이 비참한 기억들을 거듭거듭 뒤적이며 나 자신에게 묻는다. 그때부터였을까, 내 인생에 금이 가기 시작한 것은, 그 아득한 여름의 빛 속에서였을까. 아니면 그 아이를 향한 과도한 욕망은 나의 선천적 이상을 입증하는 최초의 사례에 지나지 않았을까? 나의 갈망, 동기, 행동, 기타 등등을 분석하려고 할 때마다 회고적 상상에 빠져들고 마는데, 그런 상상은 분석 작업에 무수한 대안을 제시하고, 그 결과로 마음속에 그려지는 인생역정 하나하나가 끝없이 가지를 치면 내 과거는 미칠 듯이 복잡해진다. 그러나 마법 때문이든 운명 때문이든 간에 롤리타

---

* 호메로스의 『오디세이아』에 등장하는 늙은 해신(海神).

24

는 애너벨에서 비롯되었다고 나는 믿는다.

애너벨의 죽음이 안겨준 충격 때문에 그 악몽 같은 여름날의 좌절감이 그대로 굳어버렸고, 그것이 연애를 가로막는 영구적인 장애물로 작용하는 바람에 청춘을 쓸쓸히 보낼 수밖에 없었다는 사실도 안다. 우리 두 사람은 정신적으로도 육체적으로도 완벽하게 하나였는데, 무덤덤하고 상스럽고 틀에 박힌 사고방식을 가진 요즘 젊은이들은 그런 사랑을 이해하기 어려울 것이다. 애너벨이 죽은 뒤에도 오랫동안 내 마음속에 깃든 그녀의 마음을 느꼈다. 우리는 만나기 오래전부터 똑같은 꿈을 꾸었다. 서로의 기억을 비교해보니 신기하리만큼 유사점이 많았다. 같은 해(1919년) 6월에 그녀의 집에도 우리 집에도 길 잃은 카나리아가 날아들었는데, 당시 우리는 서로 멀리 떨어진 두 나라에 살고 있었다. 아, 롤리타, 너도 나를 그렇게 사랑해주었더라면!

실패로 끝나버린 우리의 첫 밀회, 그 이야기를 지금까지 아껴둔 것은 나의 '애너벨' 시대를 여기서 매듭짓기 위해서다. 어느 날 밤, 애너벨이 가족의 철저한 감시망을 벗어나는 데 성공했다. 그들의 별장 뒤에 잎사귀가 날렵하고 하늘하늘한 자귀나무 숲이 있었고 우리는 무너져가는 나지막한 돌담에 걸터앉았다. 어둠과 낭창낭창한 나뭇가지 너머로 불 켜진 창의 아라베스크무늬가 보였는데, 그것이 민감한 기억의 오색 잉크로 물들어 지금의 나에게는 마치 트럼프 카드처럼 보인다. 아마도 그날 적들이 카드놀이에 여념이 없었기 때문이리라. 애너벨의 벌어진 입꼬리와 뜨거운 귓불에 입을 맞추자 그녀가 파르르 떨며 움찔거렸다. 머리 위에서는 한 무리의 별들이 길고 가느다란 나뭇잎의 실루엣 사이로 창백한 빛을 뿌렸다. 그렇게 전율하는 하늘은 얇은 드레스 속

에 아무것도 입지 않은 애너벨처럼 벌거벗은 듯했다. 그런 하늘을 배경
으로, 그녀의 얼굴은 이상할 정도로 또렷해서 마치 희미한 빛을 발하는
것 같았다. 그녀의 다리, 살아 움직이는 사랑스러운 다리가 살짝 벌어
지고, 내 손이 갈구하던 곳에 닿는 순간 그녀의 앳된 얼굴에 쾌감과 고
통이 섞인 야릇하고 몽롱한 표정이 떠올랐다. 그녀는 나보다 조금 높은
곳에 앉아서 혼자 희열을 맛보다가 입맞춤에 응할 때마다 고개를 숙였
다. 마치 졸음에 겨운 듯 나른하고 힘없는 움직임이 애처로울 정도였
고, 드러난 무릎은 내 손목을 사이에 끼우고 조였다가 풀어주곤 했다.
떨리는 입술이 신비로운 미약의 쓴맛을 느끼듯 일그러진 채 쌕쌕 숨을
들이마시며 내 얼굴로 다가왔다. 사랑의 고통을 덜어보려고 처음에는
마른 입술을 내 입술에 거칠게 문질렀다. 나의 연인은 초조한 듯이 머
리를 홱 젖혀 머리카락을 뒤로 넘기더니 다시 살그머니 다가왔고, 나는
그녀가 열어준 입술을 마음껏 탐하면서 내 심장, 목, 창자까지 모두 아
낌없이 주고 싶어 내 열정의 기둥을 그녀의 서투른 손길에 기꺼이 내
맡겼다.

　무슨 화장분 같은 향기를 기억한다. 아마도 어머니의 스페인 하녀로
부터 훔쳤으리라. 달착지근하지만 질이 낮은 사향 냄새였다. 그 냄새가
그녀의 비스킷 같은 체취와 어우러지면서 나의 오감은 별안간 한계에
도달하고 말았는데, 하필 그때 가까운 덤불 속에서 갑자기 무슨 소리가
나는 바람에 미처 범람하지는 못했다. 아마도 먹이를 찾아 배회하는 고
양이였겠지만, 우리는 얼른 서로에게서 몸을 떼고 쓰라린 마음으로 살
펴보았다. 그때 집 쪽에서 애너벨의 어머니가 점점 다급한 목소리로 그
녀를 부르고, 쿠퍼 박사가 꼴사납게 절뚝거리며 정원으로 나왔다. 그러

나 그 자귀나무 숲은─일렁이는 별무리, 떨림, 격정, 감미로움, 그리고 고통은 내 마음속에 그대로 남았고, 해변의 어린 소녀와 그 팔다리와 열정적인 혀가 한시도 뇌리를 떠나지 않았다. 내가 마침내 애너벨의 마법에서 풀려난 것은 그렇게 24년이 흐른 후 그녀가 또다른 소녀로 내게 나타나면서였다.

5

돌이켜보면 내 젊은 날은 달리는 전망차가 일으키는 아침 눈보라인 듯 열차 승객의 눈앞에서 흩날리는 휴지조각처럼 창백하고 반복적인 파편들의 소용돌이 속에서 훨훨 날아가는 듯하다. 여자들과 위생적인 관계를 가질 때는 늘 실리적이고 냉소적인 태도로 간략하게 끝냈다. 런던과 파리에서 대학을 다닐 때는 돈으로 사는 여자들만으로도 충분했다. 꼼꼼하게 열심히 공부했지만 결과가 특별히 좋지는 않았다. 처음에는 어설픈 재능을 가진 학생들이 흔히 그러듯 정신병리학으로 학위를 딸 계획이었다. 그러나 내 재능은 그 수준에도 미치지 못했다. 기묘한 피로감에 사로잡혔다. 의사 선생님, 너무 우울해요. 그래서 영문학으로 바꿨다. 그곳에는 절망한 시인들이 잔뜩 몰려들었다가 결국 트위드 옷을 입고 파이프 담배를 피우는 교사가 되었다. 파리는 마음에 들었다. 망명자들과 함께 소련 영화에 대해 토론했다. 되 마고[8]에서 동성애자들과 어울리기도 했다. 별 볼 일 없는 잡지에 알쏭달쏭한 수필을 발표했다. 모방시를 쓰기도 했다.

······쿨프 양이

문고리에 손을 얹고 돌아보아도

그녀를 따라가지 않으리. 프레스카도 싫고

저 갈매기도 나는 싫어라.[9]

'키츠가 벤저민 베일리에게 보낸 편지에 나타난 프루스트적 주제'라

는 제목으로 쓴 내 논문은 그것을 읽은 예닐곱 명의 학자들에게 웃음

거리가 되었다. 어느 유명한 출판사의 청탁으로 '영시 약사略史'를 집

필하기 시작했고, 그다음에는 영어권 학생들을 위해 프랑스 문학 입문

서를 (영국 작가들과 비교하면서) 편찬하는 일에 착수했는데, 그 일은

1940년대가 끝날 때까지 계속되었고 내가 체포될 무렵에는 마지막 권

을 출판할 준비가 거의 다 끝난 상태였다.

일자리도 구했다. 오퇴유에서 일반인들에게 영어를 가르치는 일이

었다. 그러고는 어느 남학교에서 두 해에 걸쳐 겨울 학기에 나를 채용

해주었다. 이따금 예전에 사귀어둔 사회사업가와 심리치료사 등의 연

줄로 그들과 함께 고아원이나 소년원 같은 각종 시설을 방문하기도 했

다. 그런 곳에 가면 꿈에도 그리던 그녀를 떠올리게 하는, 속눈썹이 뒤

엉킨 창백한 사춘기 소녀들을 마음껏 쳐다볼 수 있었다.

이제 다음과 같은 개념을 소개하고 싶다. 아홉 살에서 열네 살 사이

의 소녀들 중에는 자기보다 나이가 두 배 또는 몇 배쯤 많은 나그네 앞

에서 참된 본성을 드러내는 아이들이 더러 있다. 자기에게 매료된 나그

네에게 그들은 인간이 아니라 님프의 모습(즉 마성)을 보여주는데, 나

는 이 선택받은 소녀들을 '님펫'*이라 부르고 싶다.

이 문단에서는 시간을 뜻하는 낱말을 공간적 의미로 사용했다는 점을 눈여겨보시길. 실제로 나는 독자들이 '아홉 살'과 '열네 살'을 일종의 경계선으로 생각해주길 바라는데, 예컨대 안개 낀 망망대해 한복판에 거울 같은 해변과 장밋빛 갯바위가 있는 마법의 섬이 떠 있고 그곳에 내가 말한 님펫들이 머문다고 말이다. 그런데 그 나이 또래의 여자아이는 모두 님펫일까? 물론 아니다. 만약 그랬다면 나처럼 님펫을 잘아는 사람, 나처럼 고독한 나그네, 나처럼 님펫을 광적으로 좋아하는자들은 벌써 오래전에 미쳐버렸을 테니까. 미모가 기준이 되지도 않는다. 그리고 천박하다는 것이—적어도 특정 사회에서는 천박하다고 말할지라도—그들의 신비로운 특징을 반드시 훼손하지는 않는다. 야릇한 기품, 종잡을 수 없고 변화무쌍하며 영혼을 파괴할 만큼 사악한 매력이야말로 또래 가운데 님펫과 어중이떠중이를 가르는 기준이다. 롤리타와 같은 부류는 남들이 들어갈 수 없는 매혹적인 시간의 섬에서노닐지만 다른 아이들은 그때그때의 현상이 지배하는 공간적 세계에훨씬 더 종속된 채 살아간다. 같은 연령대에서도 진정한 님펫은 몹시희귀하다. 가령 일시적으로 못생긴 아이, 혹은 그저 착하기만 한 아이, 혹은 '귀여운' 아이, 심지어 '깜찍한' 아이나 '매력적인' 아이, 혹은 평범한 아이, 포동포동한 아이, 두루뭉술한 아이, 손발이 차가운 아이, 장차어른이 되었을 때 어쩌면 굉장한 미인이 될 수도 있고 아닐 수도 있는

---

* nymphet. 그리스신화에 나오는 요정 '님프(nymph)'에 지소(指小) 접미사 '-et'를 붙인 말로, 젊고 아름다운 여자를 뜻한다. 그러나 나보코프는 특히 '성적 매력이 넘치는 사춘기 소녀'라는 제한적 의미로 사용했다.

(가령 검은 스타킹을 신고 하얀 모자를 쓴 못난이 뚱뚱보가 눈부신 은막의 스타로 탈바꿈하는 경우를 보라), 배는 볼록하고 머리는 땋아내린, 요컨대 본질적으로 인간의 틀을 벗어나지 못하는 여느 소녀들에 비해 님펫은 그 수가 현저히 적다. 정상적인 남성에게 여학생이나 걸스카우트 단원들의 단체사진을 보여주고 제일 예쁜 아이를 찾아보라고 하면 당연히 님펫을 선택할 듯싶지만 꼭 그렇지는 않다. 왜냐하면 말로 설명하기 어려운 온갖 표징—이를테면 조금은 고양이를 닮은 광대뼈의 윤곽선, 가냘프고 솜털이 보송보송한 팔다리, 그 밖에도 쓰라린 눈물과 부끄러움과 절망 때문에 차마 일일이 말할 수 없는 여러 지표—을 바탕으로 건전한 뭇 아이들 속에서 치명적인 작은 악마를 한눈에 알아보려면 예술가인 동시에 광인이어야 하기 때문이다. 사타구니에는 늘 뜨거운 독이 부글거리고 예민한 등골을 따라 영원히 꺼지지 않는 엄청난 관능의 불길이 이글거리는(아, 그 때문에 얼마나 몸을 움츠리고 숨어다녀야 하는지!), 그래서 끝없는 우울함에 시달리는 존재 말이다. 결국 다른 사람들은 님펫을 알아보지 못하고 그녀 스스로도 자기가 가진 불가사의한 힘을 알아차리지 못한다.

그리고 여기서 시간이라는 개념이 마법 같은 역할을 한다는 사실을 깨달은 사람에게는 그리 놀라운 일도 아니겠지만, 어떤 남자가 님펫의 마력에 사로잡히게 되는 데에는 두 남녀 사이에 일정한 나이 차이가 필수적이다. 내 생각에는 적어도 10년, 일반적으로는 30년이나 40년, 몇몇 알려진 사례를 보면 많게는 90년까지 나이 차가 나기도 한다. 이는 초점을 맞추는 데 필요한 거리인데, 그렇게 둘 사이에 차이가 있어야 비로소 마음의 눈이 전율하며 그것을 극복하려 하고, 그렇게 두 사람이 뚜렷이 대조되어야 비로소 남자의 정신이 여자를 인식하고 놀라움과 더불어 도착적인 기쁨을 느끼기 때문이다. 나도 어리고 애너벨도 어렸을 때 그녀는 내게 님펫이 아니었다. 그 시절에는 나 역시 어엿한 어린 목신*으로서 그녀와 동등한 입장이었고, 그녀처럼 마법에 걸린 시간의 섬에서 살았다. 그러나 29년이 훌쩍 지나버린 1952년 9월 오늘, 나는 그녀의 당시 모습에서 내 생애 최초의 운명적 요정을 발견한다. 비록 미숙한 사랑이었으나 우리가 서로에게 바친 열정은 어른들도 간단히 파멸시킬 만큼 강렬했다. 나는 강한 아이였기에 살아남았다. 그러나 상처 속에는 독이 퍼졌고, 그래서 끝내 아물지 않았고, 머지않아 내가 성장해갈 이 문명세계에서 스물다섯 살 남자가 열여섯 살 소녀를 사랑할 수는 있지만 열두 살 소녀는 용납되지 않는다는 사실을 알게 되었다.

그러므로 성년이 된 후 유럽에 사는 동안 내가 지독한 이중생활을 했다고 해도 그리 놀라운 일은 아니리라. 겉으로는 호박이나 서양배 같은 젖가슴을 자랑하는 세속적인 여자들과 이른바 정상적인 관계를 술하게 가졌지만, 속으로는 법을 준수하는 겁쟁이라서 감히 접근할 수도 없는 님펫이 지나갈 때마다 지옥불 같은 욕망에 가슴앓이를 할 뿐이었다. 나에게 허락된 인간 암컷들은 한낱 대용품에 불과했다. 내가 자연스러운 성교를 통하여 얻은 쾌감은 여느 정상적인 성인 남자가 정상적인 성인 여자와 짝짓기를 할 때 세상을 뒤흔드는 그 판에 박힌 리듬 속에서 느끼는 일반적인 쾌감과 별반 다를 바 없었다고 믿는다. 다만 다

---

* faunlet. 로마신화의 목신 '파우누스(faun)'에 지소 접미사 '-let'를 붙여 나보코프가 님펫의 상대 개념으로 만든 단어.

른 남자들과 달리 나는 그런 쾌감과 비교할 수도 없을 만큼 통렬한 환희를 잠시나마 맛보았다는 사실이 문제였다. 내가 꾼 질탕한 꿈 가운데 가장 초라한 꿈조차도 남달리 정력적인 천재 작가와 남달리 재주 많은 발기불능 환자가 상상할 수 있는 온갖 간음 행위보다 천 배는 더 황홀했다. 그리하여 나의 세계는 둘로 쪼개졌다. 나는 하나가 아니라 두 개의 성별을 의식했다. 하지만 어느 쪽도 남성은 아니었다. 해부학자라면 둘 다 여성이라고 부르리라. 하지만 나에게는, 내가 지닌 오감의 프리즘에 비춰보면, '봉오리와 봉우리*만큼이나 달랐다'. 지금은 그 모든 일을 이해한다. 그러나 20대 때는 물론이고 30대 초반까지도 내 번민의 본질을 명료하게 파악하지 못했다. 육체는 자기가 무엇을 갈망하는지 알았지만 정신은 육체의 하소연을 모두 외면해버렸다. 한순간은 부끄러워하고 두려워하다가도 다음 순간에는 무모하리만큼 낙관적으로 돌변하기 일쑤였다. 온갖 금기가 목을 졸랐다. 정신분석가들은 가짜 성욕을 해소하는 가짜 치료법을 권했다. 내가 짜릿한 연정을 품으려면 상대가 애너벨의 자매이거나 하다못해 그녀의 몸종이나 시녀쯤은 되어야 한다는 사실이 때로는 광기의 전조처럼 느껴졌다. 또 어떨 때는 모든 것이 마음가짐에 달렸으며, 따지고 보면 어린 여자아이들에게 넋을 빼앗기는 성향이 그리 큰 잘못은 아니라고 자위하기도 했다. 여기서 독자들에게 상기시키고 싶은 일이 있는데, 영국에서는 1933년 미성년자 보호법을 마련하면서부터 '8세 이상 14세 미만의 어린아이'를 '아동'으로 정의한다(그 이후, 즉 14세부터 17세까지는 법적으로 '청소년'에 해

---

* 원문은 'mist and mast'.

당한다). 반면에 미국 매사추세츠 주에서는 법률상 '비행청소년'이라고 하면 '7세에서 17세 사이의' (그중에서도 악인이나 부도덕한 자들과 상습적으로 어울려다니는) 미성년자 모두를 가리킨다. 제임스 1세 치하에서 논란을 일으켰던 글쟁이 휴 브로턴*은 라합**이 열 살 때 이미 창녀였음을 입증했다. 이는 매우 흥미로운 사실인데, 아마도 여러분은 내가 벌써 게거품을 물고 흥분하는 모습을 떠올리겠지만 천만의 말씀이다. 나는 그저 작은 잔에 즐거운 생각을 차곡차곡 담아둘 뿐이다. 여기 사진이 몇 장 더 있다. 이 사람은 베르길리우스인데 님펫에 대해서도 멋들어지게 노래할 수 있는 시인이지만 아마도 소년의 고살을 더 좋아했을 것이다. 이 사진 속에는 이크나톤 왕과 네페르티티 왕비 사이에서 태어난 나일의 딸이 둘 있는데(국왕 내외는 딸을 여섯이나 낳았다), 둘 다 아직 혼기가 차지 않았을 때 휘황찬란한 목걸이 여러 개 말고는 실오라기 하나 걸치지 않은 채 방석에 드러누워 휴식을 취하는 모습으로, 그들의 어리고 나긋나긋한 갈색 알몸, 짧게 자른 머리, 갸름하고 새까만 눈이 3천 년 세월을 뛰어넘어 고스란히 보존되어 있다. 그리고 여기 이 사진은 고전을 연구하는 학문의 전당에서 열 살 먹은 새색시들이 강요에 따라 상아로 만든 우람한 남근상에 걸터앉은 모습이다. 동인도의 몇몇 주에서는 지금도 이렇게 사춘기 이전에 결혼하거나 동거하는 일이 드물지 않다. 렙차족*** 내에서는 팔십 노인이 여덟 살 소녀와 성교를 해도 뭐라 하는 사람이 없다. 따지고 보면 단테도 겨우

---

* 제임스 1세의 흠정역성서를 신랄하게 비판한 영국 신학자.
** 구약성서에 등장하는 예리코의 매춘부.
*** 히말라야 산기슭에 거주하는 소수민족.

아홉 살 먹은 베아트리체를 미친 듯이 사랑하게 되었는데, 때는 1274년 아름다운 5월 어느 날이었고 장소는 피렌체의 사사로운 잔치석상이었으며 곱게 화장하고 새빨간 드레스 차림에 보석으로 치장한 그녀는 눈부시게 빛나는 소녀였다. 그리고 페트라르카가 미친 듯이 사랑했던 라우린[10]도 보클뤼즈의 언덕마루에서 내려다보이는 아름다운 들판에서 꽃가루와 흙먼지를 흩날리며 바람처럼, 달아나는 꽃송이처럼 질주하는 열두 살 먹은 금발 님펫이었다.

그러나 이제 좀 점잖고 고상하게 굴어야겠다. 험버트 험버트는 착하게 살려고 열심히 노력했다. 정말 진정으로 노력했다. 순수하고 연약하고 평범한 아이들을 극진히 존중했으며 어떤 상황에서도, 심지어 말썽이 생길 여지가 거의 없는 경우에도 순진무구한 어린이를 절대 건드리지 않았다. 그러나 순진한 아이들 틈에서 간혹 '매혹적이고 교활한 계집아이', 즉 마동魔童이 눈에 띄기라도 하면 얼마나 가슴이 두근거렸던가! 몽롱한 눈빛, 선명한 입술, 그래서 멍하니 바라보다가 그녀에게 들키는 날에는 10년 옥살이를 각오해야 할지라도 말이다. 그렇게 세월이 흘러갔다. 험버트는 이브와도 아무런 어려움 없이 살을 섞었지만 그가 정말 원하는 여자는 릴리트*였다. 유방이 꽃봉오리처럼 봉긋해지는 단계는 사춘기에 따른 신체 변화 중에서도 비교적 일찍(10.7세) 시작된다. 그다음에 나타나는 성징은 짙은 빛깔의 거웃이 처음으로 돋아나는 현상이다(11.2세). 제 잔이 기쁨으로 넘치나이다.

---

* Lilith. 유대신화에 등장하는 악녀. 인류 최초의 여자로 아담의 첫 아내였으나 음탕하고 사악하여 낙원에서 추방되었다. 나보코프는 지옥에서 마성의 여성에게 유혹당하는 내용의 에로틱한 시 「릴리트」를 러시아어로 썼는데, 발음이 '롤리타'와 유사하다.

난파. 산호섬. 부모를 바다에 빼앗기고 바르르 떠는 아이와 함께 단 둘이 남는다. 꼬마야, 이건 놀이일 뿐이란다! 딱딱한 공원 벤치에 앉아 독서에 열중하는 체하는 동안에도 상상 속의 모험은 얼마나 경이로운지 책이 부들부들 떨릴 정도였다. 님펫들은 조용한 학자를 마치 낯익은 조각상이나 늙은 나무의 그늘과 광택을 대하듯이 아랑곳지 않고 자유로이 뛰놀았다. 한번은 체크무늬 원피스를 입은 완벽한 꼬마 미녀가 벤치에 앉은 내 옆자리에 중무장한 발을 덜커덕 올려놓고 롤러스케이트 끈을 고쳐 묶었는데, 그 순간 맨살이 드러난 날씬한 팔이 내 가슴속으로 파고드는 듯하여 나는 햇빛 아래 스르르 녹아내렸다. 그녀의 긁힌 무릎에 적갈색 곱슬머리가 찰랑찰랑 쏟아져내릴 때 나는 무화과 잎사귀 대신 책으로 햇빛을 가려주었고, 내가 빌려준 이 나뭇잎의 그림자는 고동치듯 연신 흔들리면서 카멜레온처럼 붉으락푸르락하는 내 뺨에 바싹 다가온 소녀의 빛나는 팔을 물들였다. 또 한번은 지하철에서 빨강머리 여학생 하나가 바로 내 앞에 서 있었는데, 그때 본 황갈색 겨드랑이 터럭 때문에 몇 주 동안이나 피가 끓었다. 이렇게 짧게 끝나버린 짝사랑은 헤아릴 수 없을 만큼 많았다. 더러는 지옥 같은 쓴맛을 남기기도 했다. 예를 들면 내 방 발코니에서 길 건너편 어느 불 켜진 창문을 바라보는데, 님펫으로 보이는 누군가가 막 옷을 벗고 고마운 거울이 그 모습을 비춰주었다. 멀고 아득한 풍경이라 더욱더 매혹적이었고, 더는 참을 수 없어 나 홀로 절정을 향해 전속력으로 치달았다. 그런데 그때 별안간―잔인하여라―그토록 감미로운 알몸 영상이 어느새 돌변하여 속옷 바람으로 열린 창가에 앉아 불빛 아래 신문을 읽는 남자의 역겨운 팔뚝으로 바뀌고 말았다. 몹시 무덥고 절망스러운 여름밤이었다.

줄넘기, 사방치기. 벤치의 내 옆자리에 앉은 검은 옷을 입은 노파가 희열에 떠는 내 모습을 보고는 (한 님펫이 내 밑으로 굴러들어온 구슬을 더듬어 찾고 있었다) 혹시 배가 아프냐고 물었다. 망할 늙은이. 아, 사춘기의 공원, 이끼 낀 나의 정원에 나를 그냥 내버려두라. 그들이 영원히 내 곁에서 뛰놀게 하라. 영영 자라지 말고.

6

그건 그렇고, 나는 종종 궁금했다. 그 님펫들은 그후 어떻게 되었을까? 이 세상은 원인과 결과가 철망처럼 치밀하게 교차하는 곳이거늘, 내가 그들을 바라보며 남몰래 흥분했는데 설마 그들의 미래에 아무런 영향도 없었을까? 나는 이렇게 님펫을 소유해버렸지만 그녀는 조금도 알아차리지 못했다. 좋다. 그러나 언젠가는 그 일 때문에 문제가 생기지 않을까? 내가 님펫의 영상을 쾌락의 도구로 이용했으니 그녀의 운명도 달라지지 않을까? 아, 그것은 끔찍하고 지독한 불안의 원천이었고 지금도 마찬가지다.

그러나 나는 결국 그들이, 미치도록 사랑스럽고 팔이 가녀린 님펫들이 어떤 모습으로 성장하는지 알게 되었다. 어느 찌푸린 봄날 오후 마들렌 성당 부근의 번화가를 걸어가던 일이 생각난다. 그때 작지만 날씬한 여자 하나가 하이힐을 신고 발걸음도 가볍게 내 곁을 부리나케 지나갔는데, 그녀와 나는 동시에 뒤를 돌아보았다. 그리고 나는 멈춰 선 그녀에게 다가가서 말을 걸었다. 그녀의 키는 내 가슴털 높이에도 미치지 못했으며 프랑스 여자들에게서 흔히 볼 수 있는 작고 통통한 얼굴에 보조개가 있었다. 몸에 꼭 끼는 회백색 맞춤 드레스와 긴 속눈썹이 마음에 쏙 들었는데, 작고 날렵한 엉덩이를 살랑살랑 흔들어대는 매춘부 특유의 몸짓이 잘 어울리는 젊은 육체에는 아직도 어딘가—바로 이 부분이 님펫의 흔적이었으며 서늘한 기쁨과 더불어 내 아랫도리를 성큼 부풀게 했다—어린애 같은 구석이 남아 있었다. 화대가 얼마냐고 묻기 무섭게 그녀는 은방울처럼(새처럼, 꼭 새처럼!) 맑고 또랑또랑한 목소리로 노래하듯이 말했다. "백." 좀 깎아보려고 했지만 자신의 동글동글한 이마와 단순한 모자(머리띠와 꽃 한 송이)를 깊숙이 내려다보는 내 시선에서 이미 지독한 외로움과 갈망을 읽어낸 그녀가 속눈썹을한 번 깜박거리더니 "아쉽네요" 하면서 그냥 가려는 시늉을 했다. 3년 전만 하더라도 학교에서 집으로 돌아가는 그녀를 만날 수 있었으리라! 그런 생각을 떠올리는 순간 결심이 섰다. 나를 데려간 곳에는 으레 그렇듯이 서로 마주치기를 꺼리는 손님들에게 길을 터주기 위한 초인종이 있었고, 으레 그렇듯이 음침하고 가파른 계단을 오르자 침대와 비데가 전부인 초라한 방이 나타났다. 으레 그렇듯이 그녀는 다짜고짜 꽃값부터 요구했고, 으레 그렇듯이 나는 그녀의 이름(모니크)과 나이(열여덟)를 물었다. 매춘부들의 상투적인 수법이라면 나도 많이 겪어보았다. 그들은 한결같이 "열여덟"이라고 대답하는데—짤막한 웃음, 단호한 말투, 그때를 그리워하며 하루에도 열두 번씩 내뱉는 거짓말—가엾은 것들. 그러나 모니크의 경우에는 오히려 한두 살쯤 보탠 것이 분명했다. 탄탄하고 균형이 잡혔지만 왠지 야릇하게 설익은 몸매를 샅샅이 훑어보고 내린 판단이었다. 그녀는 황홀하리만큼 재빠른 솜씨로 옷을 벗더니 꾀죄죄한 망사 커튼으로 몸을 반쯤 가린 채 잠시 창가에 서서 먼지만 가득한 저 아래 안마당에서 풍각쟁이가 연주하는 손풍금 소리에 귀를 기울이며 더 바랄 게 없다는 듯이 어린애처럼 즐거워했다. 내가 모니크의 작은 손을 살펴보고 더러운 손톱을 가리키자 그녀는 천진난만하게 얼굴을 찡그리며 "네, 정말 보기 싫네요" 하더니 곧 세면대 쪽으로 걸어가기에 나는 괜찮다고, 정말 괜찮다고 말했다. 갈색 단발머리, 초롱초롱한 회색 눈동자, 창백한 피부, 그녀는 더할 나위 없이 매혹적이었다. 엉덩이는 쪼그려 앉은 소년의 것만했다. 사실 나는 조금도 망설이지 않고 단언할 수 있는데(지금 내가 이렇게 망사 커튼이 드리워진 추억의 잿빛 방과 모니크를 떠올리며 기꺼이 긴 시간을 보내는 이유가 바로 이것이다), 그녀는 내가 겪은 80명 안팎의 창녀 중에서 나에게 고통스러울 만큼 강렬한 쾌감을 안겨준 유일한 여자였다. "이런 기술을 생각해낸 남자는 참 똑똑했나봐요." 모니크는 상냥하게 말하고 아까처럼 눈부신 속도로 옷을 입었다.

내가 그날 밤에 한 번 더 만나서 좀더 고상한 시간을 보내자고 했더니 그녀는 9시에 길모퉁이 카페에서 만나자며, 비록 오래 살지는 않았지만 남자를 바람맞힌 적은 평생 한 번도 없었다고 다짐했다. 우리는 다시 만나 그 방으로 돌아갔다. 나는 그녀에게 정말 예쁘다는 말을 안 할 수 없었고, 그러자 그녀가 얌전하게 대답했다. "그렇게 말해줘서 고마워요." 다음 순간 우리의 작은 에덴을 비추는 거울 속에서 내가 본 것을 그녀도 보았고—샘솟는 애정을 가눌 길 없어 입술이 일그러질 만큼 이를 악물고 잔뜩 찡그린 내 표정이었다—의무감을 느낀 모니크는 (아, 역시 님펫이 맞았다!) 혹시 입맞춤을 할 생각이라면 잠자리에 들기 전에 입술에 바른 빨간 립스틱을 지우겠다고 말했다. 나야 물론 그럴 생각이었다. 그녀와 더불어 나는 일찍이 어떤 아가씨에게서도 느끼지 못했던 완전한 해방감을 맛보았다. 속눈썹이 참 길었던 모니크의 그날 밤 모습을 떠올리면 늘 굴욕적이고 천박하며 대화도 없는 내 성생활에서 좀처럼 경험하지 못했던 유쾌함이 느껴진다. 내가 덤으로 50프랑을 더 주자 그녀는 날아갈 듯 기쁜 표정을 지었다. 그녀는 4월 밤의 이슬비를 맞으며 종종걸음을 치고 험버트 험버트는 그녀의 작은 엉덩이를 따라 느릿느릿 걸었다. 그녀가 어느 쇼윈도 앞에 멈춰 서서 명랑하게 외쳤다. "스타킹 좀 사야겠어요!" 이 파리 아가씨는 '바bas'*를 아주 열정적으로 발음해서 모음 '아'가 마치 '보bot'에서 짧고 힘차게 터져나오는 '오'에 가깝게 들렸는데, 그 순간 어린애 같은 입술이 폭발하듯이 벌어지던 모습을 나는 영원히 잊지 못하리라.

이튿날 오후 2시 15분에 이번에는 내 방에서 그녀와 데이트를 했는데 전날만큼 좋지는 않았다. 그녀는 하룻밤 사이에 애티가 확 줄어 여인이 되어버린 듯했다. 그녀에게서 감기가 옮는 바람에 네번째 약속은 취소할 수밖에 없었다. 그녀의 애처로운 몽상이 부담스럽기도 하고 만남이 점점 따분해져 실망스럽던 차에 희로애락의 흐름을 끊어버리게 되었으니 그리 섭섭한 일은 아니었다. 그러므로 이제 모니크에 대해서는 내가 잠시나마 보았던 명랑하고 가냘픈 모습만 기억하자. 무심한 젊은 창녀의 내면에서 은은히 빛나던 타락한 님펫의 모습만.

그녀와의 짧은 만남을 계기로 여러 생각을 하게 되었는데, 이미 내

---

* 스타킹을 뜻하는 프랑스어.

막을 아는 독자들은 충분히 짐작할 수 있을 것이다. 외설적인 잡지에 실린 광고를 보고 어느 날 용기를 내어 마드무아젤 에디트라는 여자의 사무실로 찾아갔다. 그 여자는 다소 지저분한 앨범에 모아놓은 다소 화려한 사진들을 보여주면서 ("이 아름다운 갈색머리 아가씨를 보세요!") 취향에 맞는 상대를 골라보라고 권했다. 내가 앨범을 밀어버리고 범죄에 해당하는 요구사항을 가까스로 내뱉자 여자는 나를 당장 내쫓을 듯한 표정을 지었다. 그러나 곧 비용을 얼마까지 지불하겠느냐고 물어보고는 그런 일을 주선해주는 사람을 만나게 해주었다. 다음날 천식 증세가 있는 어떤 여자가―천박한 화장에 마늘 냄새를 풍기는 수다스러운 여자였는데 우스꽝스러울 정도로 프로방스 사투리가 심하고 자주색 입술 위에는 콧수염이 시꺼멨다―자기 거처로 보이는 집으로 나를 데려갔다. 그곳에서 그녀는 자기가 소개할 상품이 장미꽃봉오리처럼 귀여운 아이라는 뜻으로 살찐 손가락을 모아 손끝에 요란스럽게 입맞춤을 하더니 과장된 동작으로 커튼을 열어젖혔다. 내가 보기에 그곳은 평상시 별로 깔끔하지 않은 대가족이 함께 자는 방의 일부인 듯했다. 지금은 다른 사람은 없고 적어도 열다섯 살은 넘은 듯싶은 계집애 하나만 있었는데, 무시무시하게 뚱뚱하고 혈색이 나쁜데다 구역질이 날 만큼 못생긴 아이였다. 그 여자애는 굵게 땋은 검은 머리에 빨간 리본을 달고 의자에 앉아 대머리 인형을 어르는 시늉을 했지만 별로 내키지 않는 듯했다. 내가 고개를 가로저으며 주춤주춤 이 함정을 빠져나가려 하자 여자는 다급하게 지껄이면서 거구의 소녀가 몸에 걸친 더러운 모직 옷을 벗기기 시작했다. 그러다가 내가 이미 떠날 결심을 굳혔음을 깨닫고는 다짜고짜 돈을 내놓으라고 생떼를 썼다. 그때

방 저쪽에서 문이 열리더니 부엌에서 식사를 하던 남자 두 명이 나타나 말다툼에 끼어들었다. 그들은 기형적인 체구에 목을 훤히 드러내고 있었는데, 피부가 몹시 가무잡잡하고 한 명은 검은 선글라스를 끼고 있었다. 그들 뒤에는 어린 사내아이 하나와 안짱다리로 아장아장 걷는 꼬질꼬질한 아기가 있었다. 노발대발한 뚱쟁이 여자는 악몽처럼 억지스러운 논리를 내세웠는데, 선글라스 낀 남자를 가리키며 저 사람이 경찰 출신이니 고분고분 말을 들으라고 윽박지르기도 했다. 나는 마리에게─그것이 주인공 여자애의 이름이었다─다가갔다. 이때 그 여자애는 어느새 무거운 궁둥이를 조용히 식탁 의자로 옮겨 아마도 아까 먹다가 빼앗긴 수프를 마저 퍼먹는 중이었고, 그사이에 아장아장 걷던 아기가 인형을 집어들었다. 별안간 연민의 정이 왈칵 밀려와 어리석은 짓인 줄 알면서도 소녀의 무심한 손에 지폐 한 장을 쥐여주었다. 그녀는 내 선물을 전직 형사에게 넘겨주었고, 그제야 나는 그곳을 벗어날 수 있었다.

7

뚱쟁이의 앨범이 내 운명의 꽃목걸이에 엮인 또하나의 데이지꽃이 되었는지는 나도 잘 모르겠다. 어쨌든 그 일 직후 나는 신변의 안전을 위해서라도 결혼하기로 마음먹었다. 규칙적인 생활, 집에서 만든 음식, 결혼에 따르는 온갖 규범, 질병을 피할 수 있는 일상적인 성관계 등에 젖다보면 어느덧 일종의 윤리적 가치관이 형성되고 사고방식이 바뛸지도 모른다는 생각이 들었기 때문인데, 남부끄럽고 위험천만한 내 욕망을 깨끗이 씻어내지는 못할망정 그리 어렵잖게 자제할 수는 있지 않겠는가. 아버지가 돌아가신 후 약간의 돈이 수중에 들어오기도 했고 (호텔 미라나는 이미 오래전에 팔렸으므로 그리 큰돈은 아니었다), 게다가 좀 야성적이긴 해도 꽤나 잘생긴 외모까지 갖췄으니 나름대로 자신만만하게 신붓감을 물색할 수 있었다. 꽤 오래 고심한 끝에 내가 선택한 여자는 어느 폴란드인 의사의 딸이었다. 때마침 어지럼증과 빈맥 증상이 생겼을 때 나를 치료해준 의사였다. 우리 두 남자가 체스를 두는 동안 그의 딸은 이젤 뒤에서 나를 관찰했고 그 당시 교양 있는 미혼 여성들이 라일락꽃이나 어린 양 대신 즐겨 그리던 입체파 화풍의 졸작 속에 내 눈이나 주먹 따위를 그려넣었다. 여기서 은근히 강조하며 되풀이해야겠다. 비록 이런저런 불행을 겪었지만 나는 예나 지금이나 보기 드문 미남이다. 느긋한 거동, 훤칠한 키, 부드러운 검은 머리, 조금 우울해 보이지만 그래서 더욱더 매혹적인 분위기. 남달리 정력이 왕성한 남자가 남에게 감춰야 할 비밀을 가졌다면 어딘가 시무룩하고 억눌린 기색이 종종 겉으로 드러나기 마련이다. 바로 내 경우가 그랬다. 나는 성인 여자 가운데 누구라도 손가락만 튕기면 내 차지가 된다는 것을 잘 알고 있었으니 이를 어쩌랴. 실제로 여자들을 너무 자상하게 대하지 않는 것이 아예 버릇으로 굳어졌을 정도였다. 그러지 않으면 터질 듯 무르익은 여자들이 나의 냉담한 무릎에 헐레벌떡 엎어지기 일쑤였기 때문이다. 내가 만약 일반적인 프랑스 남자들처럼 화려한 여자를 좋아했다면, 나에게 홀딱 반해서 마치 완강한 바위를 두드리는 파도처럼 서슴없이 몸을 던지던—발레리아보다 훨씬 더 매력적인—수많은 미녀 가운데 한 명을 손쉽게 골라잡았으리라. 그러나 나는 다른 기준을 가지고 아내를 선택했는데, 그게 본질적으로는 한심스러운 타협에 불과했다는 사실을 너무 늦게 깨달았다. 가엾은 험버트가 성 문제에 관해서는 언제나 멍청하기 짝이 없었음을 말해주는 증거다.

8

나는 다만 안정감을 주는 존재, 맛좋은 스튜 한 그릇, 그리고 살아 움직이는 음문陰門을 원할 뿐이라고 생각했지만 내가 발레리아에게 끌린 진짜 이유는 그녀가 소녀 흉내를 냈기 때문이었다. 나에 대해 뭔가 알아차렸기 때문이 아니라 원래 그런 스타일이었다. 나는 발레리아의 그런 일면에 끌렸다. 사실 그녀는 적어도 20대 후반이었고(여권마저 거짓말을 했으므로 정확한 나이는 끝내 알아내지 못했다) 이미 순결을 잃은 몸이었는데 어디서 어떻게 잃었는지는 과거를 회상할 때의 기분에 따라 달라졌다. 한편 나는 어땠는가 하면, 변태나 가능할 만큼 순진했다. 발레리아는 아주 천진난만하고 명랑해 보였고, 소녀처럼 꾸미고, 미끈한 다리를 시원스레 드러냈고, 맨발에 검은 벨벳 슬리퍼를 신으면 하얀 발등이 돋보인다는 사실도 알았고, 입술을 삐죽거리거나 보조개를 짓거나 폴짝폴짝 뛰어다녔고, 던들*을 즐겨 입었고, 곱슬곱슬한 금발을 찰랑찰랑 흔드는 모습은 한없이 진부하면서도 한없이 귀여

---

* 알프스 산간지방의 여성용 민속의상.

왔다.

시청에서 간난한 결혼식을 올리고 미리 빌려둔 아파트로 그녀를 데려갔는데, 그녀의 몸에 손을 대기 전에 어느 고아원 벽장에서 슬쩍 훔쳐온 여아용 민무늬 잠옷을 입으라고 했더니 좀 놀란 모양이었다. 첫날 밤에는 꽤 재미를 보았는데 동이 틀 무렵 그 멍청한 여자가 결국 히스테리를 일으킬 정도였다. 그러나 곧 현실이 다가왔다. 탈색한 곱슬머리는 뿌리 쪽부터 검은색이 드러났고, 면도를 한 정강이의 솜털은 곧 가시처럼 뻣뻣해졌고, 끊임없이 나불거리는 축축한 입은 내가 아무리 사랑으로 틀어막으려 해도 소용이 없었는데, 그녀가 애지중지하는 죽은 어머니의 사진 속 두꺼비 주둥이 같은 입을 빼닮아서 꼴사납기 짝이 없었다. 결국 험버트 험버트가 손에 넣은 것은 어리고 창백한 빈민가 소녀가 아니라 몸집 크고 투실투실하고 다리 짧고 가슴 크고 머리는 텅 빈 촌년이었다.

이런 상황은 1935년부터 1939년까지 계속되었다. 발레리아의 유일한 장점은 온순한 천성이었는데, 덕분에 작고 누추한 우리 집이 왠지 편안하게 느껴졌다. 방은 두 개였는데 창문 하나로는 안개 낀 풍경이, 다른 창문으로는 벽돌담이 내다보였다. 작은 부엌과 구두 모양의 욕조가 있었는데 그 안에 들어가면 마치 마라*가 된 듯한 기분이었지만, 목이 하얀 아가씨가 나를 찔러 죽이는 일은 없었다. 둘이서 함께 아늑한 저녁을 즐기는 날이 꽤 많았는데, 발레리아는 〈파리수아르〉지에 깊이 빠져들고 나는 낡아빠진 탁자 앞에 앉아서 일을 했다. 우리는 영화, 자

---

* 프랑스 의사, 혁명가. 프랑스혁명 당시 자택 욕실에서 샤를로트 코르데에게 척살되었다. 다비드의 그림 〈마라의 죽음〉으로 유명하다.

전거 경주, 권투 시합 등을 보러 갔다. 욕망과 절망을 도저히 못 견딜 지경이 아니라면 내가 그녀의 따분한 육체를 빌리는 일은 아주 드물었다. 길 건너 식품점 주인에게 어린 딸이 있었는데, 그애의 그림자가 나를 미치도록 괴롭혔다. 하지만 발레리아 덕분에 상상을 초월하는 난국을 그럭저럭 합법적인 방법으로 해결할 수 있었다. 요리에 대해서는 무언의 합의하에 집에서 만들어 먹기를 포기하고 대개는 보나파르트 가의 북적거리는 식당에서 끼니를 때웠다. 식탁보마다 포도주로 얼룩지고 외국어로 지껄이는 소리가 자주 들리는 곳이었다. 옆집은 미술상이었는데 어수선한 쇼윈도에 초록색, 빨간색, 금색, 짙은 파란색 등으로 호화찬란하게 채색한 오래된 미국 판화 한 장이 있었다. 거대한 굴뚝, 바로크풍의 큼직한 등불, 어마어마한 배장기排障器가 달린 기관차 한 대가 자줏빛 객차들을 이끌고 폭풍우가 휘몰아치는 대평원의 어둠 속을 달려가는 그림이었는데, 번쩍거리는 불꽃이 섞인 시꺼먼 연기가 뭉게뭉게 피어올라 험상궂은 먹구름 속으로 퍼져나갔다.

이런 일이 벌어졌다. 1939년 여름, 미국에 살던 이모부가 돌아가시면서 내게 매년 수천 달러의 유산을 물려주었다. 내가 미국에 가서 살면서 이모부의 사업에 약간의 관심을 가져야 한다는 조건이 붙어 있었다. 나로서는 굳이 마다할 까닭이 없었다. 안 그래도 내 인생에 어떤 변화가 절실했기 때문이다. 문제는 그것만이 아니었다. 솜이불처럼 편안하던 결혼생활에 벌레 먹은 구멍이 생긴 것이다. 몇 주 전부터 우리 뚱보 발레리아가 평소와 다르다고 느낄 때가 많았다. 이상하게 자꾸 안절부절못하고 가끔은 신경질까지 부리는 게 예전에 그녀가 연기하던 배역과는 딴판이었다. 그러다가 우리가 곧 뉴욕으로 떠나야 한다고 말해주었더니 심란해하고 당황하는 듯한 모습이었다. 그녀의 서류에도 몇 가지 성가신 문제가 있었다. 발레리아는 차라리 난센스Nonsense 여권이라고 해야 어울릴 만한 낙센Nansen 여권*을 소지했는데, 남편인 내가 스위스 시민권을 가졌는데도 왠지 일이 쉽게 풀리지 않았다. 그래서 결국 관청에 가서 줄을 서는 등 정식 절차를 밟는 수밖에 없다고 판단했지만 발레리아는 몹시 시큰둥한 반응을 보였다. 내가 발그레한 아이들과 거대한 나무들이 즐비한 미국에 대해 참을성 있게 설명하면서 그곳에 가면 이 따분하고 지저분한 파리에서보다 훨씬 더 멋진 인생이 기다린다고 누누이 강조해도 아무 소용이 없었다.

그러던 어느 날 아침, 우리가 거의 다 갖춰진 그녀의 서류를 들고 한 사무실 건물을 빠져나올 때였다. 내 곁에서 어기적어기적 걷던 발레리아가 별안간 한마디 말도 없이 푸들 같은 머리를 세차게 흔들기 시작했다. 나는 잠시 그대로 내버려두었다가 혹시 마음에 걸리는 일이 있느냐고 물어보았다. 그러자 그녀가 대답했다(그녀가 프랑스어로 말한 것을 내가 영어로 옮겼지만 짐작건대 원래는 슬라브어의 상투적 표현이었으리라). "내 인생에 다른 남자가 있어."

자, 남편 입장에서 이런 말은 아무래도 불쾌할 수밖에 없다. 나 역시 적잖이 경악했음을 고백한다. 그렇다고 단순무식한 남자들처럼 길거리에서 당장 그녀를 두들겨팰 수는 없었다. 오랫동안 남모를 고통을 견디느라 초인적인 자제력을 얻은 나였다. 그래서 아까부터 어서 타라는 듯이 보도에 붙어 슬금슬금 따라오던 택시에 그녀를 태웠고, 아쉽

---

* 제1차 세계대전 후 국제연맹 고등판무관 난센의 요청으로 각국 정부가 난민에게 발행한 여행 증명서.

게나마 남의 눈을 피할 수 있는 공간에서 방금 내뱉은 터무니없는 말을 설명해보라고 조용히 타일렀다. 사실은 점점 화가 치밀어 숨이 막힐 지경이었다. 마담 엄베르*처럼 우스꽝스러운 여자에게 특별한 애정이 있어서가 아니라 지금까지 합법적이든 불법적이든 모든 일을 내가 도맡아 처리하는 동안 이 희극배우 같은 여편네 발레리아는 뻔뻔스럽게도 내 안위와 운명을 제멋대로 처리할 준비를 하고 있었기 때문이었다. 나는 그녀에게 애인의 이름을 대라고 했다. 몇 번이나 다시 물었지만 그녀는 나와 함께 살면서 불행했다는 둥, 당장 이혼하자는 둥, 어처구니없는 헛소리를 계속 늘어놓았다. "도대체 어떤 놈이야?" 나는 마침내 버럭 고함을 지르며 주먹으로 발레리아의 무릎을 내리쳤다. 그러자 그녀는 움츠러드는 기색도 없이, 그리고 답이 너무 간단해서 굳이 말할 필요도 없다는 듯이 나를 빤히 쳐다보더니 으쓱 어깻짓을 하고는 택시운전사의 굵은 목덜미를 가리켰다. 운전사가 작은 카페 앞에 차를 세우고 자기를 소개했다. 그 우스꽝스러운 이름은 이미 잊었지만 그의 모습은 오랜 세월이 흐른 지금도 눈에 선하다. 러시아 백군의 대령이었다는 땅딸막한 사내는 짧막한 상고머리를 하고 콧수염이 텁수룩했다. 당시 파리에는 이렇게 별 볼 일 없이 어렵게 살아가는 러시아인이 넘치도록 많았다. 우리는 한 테이블에 둘러앉았고 황제를 지지했던 사내가 포도주를 주문했다. 발레리아는 물에 적신 냅킨을 무릎에 붙이고는 계속 지껄였는데, 말을 한다기보다 아예 쏟아내다시피 했다. 엄숙하게 앉아 있는 나에게 마치 항아리에 물을 붓듯이 열변을 토했다. 그녀가 이

---

* '험버트(Humbert)'의 프랑스식 발음.

렇게 말을 잘하는 줄은 나도 미처 몰랐다. 그러다가 이따금 무덤덤한 애인에게도 슬라브어로 집중사격을 퍼부었다. 여기까지도 상식적으로 이해할 수 없는 상황인데 더욱더 어처구니없는 일이 벌어졌다. 택시를 모는 대령님이 마치 자기 여자를 대하듯이 빙그레 웃으며 발레리아의 말을 가로막더니 이번에는 자신의 의견과 계획을 털어놓기 시작했다. 제법 정확하지만 발음은 엉망진창인 프랑스어로 그는 장차 어린 아내 발레리아와 손을 맞잡고 함께 살아갈 사랑과 노동의 세계를 묘사했다. 이때 발레리아는 사내와 나 사이에서 입술을 내밀고 립스틱을 바르거나 삼중턱을 만들어가며 블라우스 앞가슴을 매만지는 등 몸단장에 여념이 없었다. 사내는 마치 그 자리에 없는 사람을 이야기하듯이 그녀에 대해 말했다. 마치 그녀가 일종의 피보호자이며 이제 어느 현명한 보호자로부터 더욱더 현명한 다른 보호자에게 인도하는 것이 그녀를 위해 바람직하다고 말하는 듯한 태도였다. 걷잡을 수 없는 분노 때문에 그런 느낌이 좀 과장되거나 왜곡되었을지도 모르지만 그가 발레리아의 식생활, 월경주기, 의복, 이미 읽었거나 앞으로 읽어야 할 책 따위에 대해 내 의견을 물어본 것만은 맹세코 사실이다. "제 생각엔 발레리아가 『장 크리스토프』를 좋아할 듯합니다만?" 아, 탁소비치* 씨는 대단히 유식한 사람이었다.

나는 사내의 장광설을 끊어버리려고 발레리아에게 얼마 안 되는 소지품을 챙겨 당장 짐을 싸라고 말했다. 그러자 고지식한 대령이 나서서 그 짐을 자기 차에 싣는 일을 도와주겠다고 친절하게 제안했다. 직업인

---

* Taxovich. ' 택시(taxi)'에 슬라브계 부칭(父稱) 접미사 '-ovich'를 붙인 우스갯소리.

48

으로 되돌아간 그는 험버트 내외를 집까지 태워주었다. 가는 동안 발레리아는 줄곧 재잘거렸고, 한편 악바리 험버트와 겁쟁이 험버트는 과연 험버트 험버트가 여자를 죽여야 하느냐, 남자를 죽여야 하느냐, 아니면 둘 다 죽일까, 둘 다 살릴까를 놓고 옥신각신했다. 언젠가 학창시절에 친구의 자동권총을 만져본 기억이 나는데, 그때(그 시절에 대해서는 이야기하지 않은 것 같지만 어차피 상관없다) 나는 그 친구의 여동생—검은색 나비 머리핀을 꽂은 아주 가냘픈 님펫—을 농락하고 권총 자살을 해버릴까 생각하기도 했다. 하지만 지금 택시 안에서 나는 발레치카가(대령은 발레리아를 그렇게 불렀다) 과연 사살하거나 교살하거나 익사시킬 만큼의 가치가 있는 여자일까 고민했다. 그녀는 다리가 몹시 약했는데, 단둘이 남게 되면 당장 아주 끔찍한 고통을 주는 정도로 끝내자고 마음먹었다.

그러나 좀처럼 기회가 오지 않았다. 발레치카는—이때쯤에는 무지갯빛 화장이 엉망이 되도록 눈물을 펑펑 쏟으며—트렁크 한 개, 슈트케이스 두 개, 상자 한 개에 터질 듯이 짐을 꾸리기 시작했다. 그동안 나는 등산화로 갈아신고 도움닫기를 하다가 그녀의 엉덩짝을 냅다 걷어차는 장면을 상상했지만, 그 망할 놈의 대령이 줄곧 붙어 있어서 실행에 옮길 수가 없었다. 그자의 언동이 무례했다거나 어떤 식으로든 못마땅했다고는 말할 수 없다. 그는 오히려 구세계 특유의 깍듯한 예의 범절을 보여주었는데—내가 휘말려버린 이 통속극 같은 상황 속에서 짤막한 촌극을 보는 듯했다—이를테면 움직일 때마다 형편없는 발음으로 일일이 사과의 말을 늘어놓고(실례합네다, 죄쏭하지만 등등), 발레치카가 욕조 위 빨랫줄에 널어둔 분홍색 팬티를 여봐란듯이 끌어내릴 때는 점잖게 고개를 돌리기도 했다. 그러나 이 날도둑놈은 동에 번쩍 서에 번쩍 아파트 곳곳을 비집고 다녔는데, 내 의자에 앉아 신문을 읽기도 하고, 묶어놓았던 끈을 풀기도 하고, 담배를 말기도 하고, 찻숟가락을 헤아리기도 하고, 화장실에 다녀오기도 하고, 자기 애인이 아버지에게 받은 선풍기를 포장할 때 거들기도 하고, 그녀의 짐을 바깥으로 나르기도 했다. 나는 창턱에 한쪽 엉덩이만 걸치고 팔짱을 낀 채 앉아 있으려니 따분하고 화가 나 죽을 지경이었다. 마침내 두 사람이 떠나갈 때 아파트 전체가 흔들렸다. 그들이 나가자마자 내가 문을 쾅 닫아버렸기 때문인데, 그 진동이 뼛속까지 울려퍼져 온몸이 저릴 정도였다. 영화에서처럼 손등으로 그 여자의 뺨따귀를 호되게 후려갈기지도 못하고 겨우 그렇게 시시한 방법으로 화풀이를 했다. 그런 다음에도 주어진 배역에 따라 서투른 연기를 이어갔다. 우선 쿵쿵거리며 화장실로 가서 그들이 내 영국제 스킨로션을 가져가지나 않았는지 확인해보았다. 스킨로션은 그대로 있었지만 전직 황실고문께서 시원하게 방광을 비운 후 변기 물을 안 내렸다는 사실을 깨닫는 순간 밀려드는 혐오감에 치를 떨었다. 변기 속에 그득한 타인의 오줌과 그 속에 둥둥 떠다니며 헤실헤실 풀어져가는 황갈색 담배꽁초는 최악의 모멸감을 안겨주었다. 나는 무기를 찾으려고 미친 듯이 두리번거렸다. 사실 대령이 그런 짓을 한 까닭은 러시아 중산층 특유의(어쩌면 동양적 기질도 가미된) 예의 범절 때문이었을 것이다. 이 선량한 대령도(막시모비치! 그의 이름이 갑자기 생각났다) 예절을 매우 중요시하는 사람이고, 따라서 조심스레 졸졸거리며 볼일을 보기도 미안한 판국에 굳이 요란한 물소리까지 내서 이 집이 좁다는 사실을 강조하느니 차라리 조용히 넘어가는 편이 바람직하다 여겼으리라. 그러나 그때는 미처 이런 생각을 떠올리지 못하고 분노의 신음 소리를 흘리며 빗자루보다 나은 무기를 찾으려고 부엌을 뒤지고 다녔다. 그러다가 결국 찾기를 포기하고 맨주먹으로 공격하겠다는 영웅적 결단을 내리고는 밖으로 뛰쳐나갔다. 비록 정력은 타고났지만 나는 싸움꾼은 못 됐다. 반면에 막시모비치는 키는 작아도 어깨가 딱 바라져 쇳덩어리처럼 단단해 보였다. 그런데 거리는 이미 텅 비어 있었다. 아내가 떠나면서 남긴 흔적이라고는 지난 3년간 망가진 상자 속에 고이 모셔두었다가 결국 써보지도 못하고 진흙 속에 떨어뜨린 모조 다이아몬드 단추 하나가 전부였다. 덕분에 코피가 터지는 사태를 면했는지도 모른다. 어쨌든 상관없다. 머지않아 원한이 풀렸기 때문이다. 어느 날 패서디나에서 온 남자가 말해주었는데, 막시모비치 부인(처녀 때의 성은 즈보롭스키)은 1945년경 분만중 숨을 거두었다. 이들 내외는 어찌어찌 캘리포니아로 건너갔는데, 그곳에서 어느 저명한 미국인 인종학자가 1년 동안 진행한 실험에 상당한 보수를 받고 참가했다고 한다. 인간이 바나나와 대추야자만 먹고 하루종일 네발로 기어다니면서 생활하게 되면 어떤 반응을 보이는지를 인종별로 확인하려는 실험이었다. 그 무렵 대령은 벌써 백발이 성성하고 뒤룩뒤룩 살이 쪘으며 발레치카도 몹시 뚱뚱했다는데, 나에게 이 소식을 전해준 의사는 바닥을 깨끗이 쓸고 조명을 환하게 밝힌 실험실에서(한 방에는 과일, 다른 방에는 물, 세번째 방에는 깔개 몇 장 등) 그들처럼 가난하고 힘없는 여러 집단에서 선발한 다른 네발짐승들과 함께 열심히 기어다니는 두 사람의 모습을 두 눈으로 똑똑히 보았다고 증언했다. 이 실험의 결과를 확인하려고 『인류학 리뷰』를 뒤져보았지만 그런 논문은 아직 발표되지 않은 듯하다. 물론 이 같은 과학적 실험이 결실을 맺기까지는 시간이 걸리기 마련이나. 아무튼 언젠가 그 성과가 잡지에 게재된다면 멋진 사진도 함께 실어주기를 바랄 뿐이다. 그러나 어차피 교도소 도서실에 그렇게 학문적인 책이 들어올 가능성은 별로 없다. 변호사가 베푼 호의에도 불구하고 요즘 내가 읽어볼 수 있는 책들은 교도소 도서실이 고리타분한 절충주의에 따라 장서를 선택한다는 사실을 보여주는 좋은 본보기다. 성서는 당연히 갖추었고, 그 밖에 디킨스(아주 오래된 전집, 뉴욕, G. W. 딜링햄 출판사, MDCCCLXXXVII*), 『어린이 백과사전』(반바지 차림의 걸스카우트 단원들을 찍은 예쁜 사진 몇 장이 실렸는데 햇빛을 받아 머리카락이 눈부시게 반짝거린다), 애거사 크리스티의 『예고 살인』 등이 있다. 그러나 그중에는 『다시 찾은 베네치아』(보스턴, 1868년)의 저자 퍼시 엘핀스톤[11]이 쓴 『이탈리아의 방랑자』처럼 눈부신 소품도 더러 있고, 비교적 최근(1946년)에 나온 책으로는 배우, 연출가, 극작가, 공연 장면을 찍은 사진 따위를 수록한 『연극계 인명사전』이 있다. 간밤에 그 책을 뒤적거리다가 논리학자들은 싫어하고 시인들은 좋아하는 눈부신 우연을 발견했다. 그 페이지의 대부분을 여기에 옮겨 적는다.

핌, 롤런드. 1922년 매사추세츠 주 런디 출생. 뉴욕 주 더비의 엘시노어 극단에서 연기 수업. 〈햇살〉로 데뷔. 출연작 〈여기서 두 블록 너머〉 〈녹색 옷을 입은 소녀〉 〈쫓겨난 남편들〉 〈신기한 버섯〉 〈위기

---

* 로마숫자로 표기한 발행연도로 '1887년'을 뜻한다.

일발〉〈존 러블리〉〈그대를 꿈꾸었네〉외 다수.

퀼티, 클레어. 미국 극작가. 1911년 뉴저지 주 오션시티 출생. 컬럼비아 대학교 졸업. 광고계에서 일하다가 극작가로 전향. 작품 「어린 님프」「번개를 좋아하는 숙녀」(비비언 다크블룸과 공저)「암흑기」「신기한 버섯」「부성애」등. 특히 아동극으로 유명함. 「어린 님프」(1940년)는 그해 겨울 연장 1만 4천 마일에 걸친 280회 순회공연 후 뉴욕에서 막을 내림. 취미는 스포츠카, 사진, 애완동물.

콰인, 돌로레스. 1882년 오하이오 주 데이턴 출생. 아메리칸 아카데미에서 연기 수업. 첫 무대는 1900년 오타와. 1904년 뉴욕에서 〈낯선 사람에게 말하지 마라〉로 데뷔. 그후 〔서른 편가량의 연극 제목 수록〕 실종.*

사랑하는 사람의 이름이 어느 늙다리 여배우에게 붙어 있는 것을 보는 것만으로도 나는 여전히 걷잡을 수 없는 고통에 몸부림친다! 그녀 또한 여배우가 될 수도 있었으리라. 1935년 출생. 〈극작가 살인사건〉에 출연(앞 문단에서 이 말을 잘못 써버렸음을 깨달았지만 부디 정정하지 마시오, 클래런스). 꿀꿀이 콰인. 퀼티를 죽인 죄.** 아, 나의 롤리타, 내가 가지고 놀 것은 낱말뿐이구나!

---

* '출연(appear)'이라고 써야 하는데 '실종(disappear)'이라고 썼다.
** 원문은 'Quine the Swine. Guilty of killing Quilty'로, 콰인/스와인(돼지), 길티(죄)/퀼티의 발음을 이용한 언어유희.

9

이혼 절차를 밟느라 출발이 늦어진데다 또다시 세계대전의 그림자가 지구상을 뒤덮는 바람에 포르투갈에서 권태와 폐렴에 부대끼며 겨울 한 철을 보낸 후 마침내 나는 미국에 도착했다. 뉴욕에서 운명이 마련해준 수월한 직업을 기꺼이 받아들였다. 주로 향수 광고를 기획하고 편집하는 일이었다. 업무의 단편적 특성과 사이비 문학적 측면이 마음에 들었으므로 달리 할 일이 없을 때마다 그 일에 몰두했다. 한편 뉴욕에 설립된 전시戰時 대학의 위촉으로 영어권 학생들을 위한 프랑스 비교문학사를 완성하는 일에도 박차를 가했다. 제1권은 꼬박 2년이 걸렸는데 하루 열다섯 시간 이상 일하지 않은 날이 드물었다. 그 시절을 돌이켜보면 하루하루가 널따란 빛과 좁다란 어둠으로 나뉘어 가지런히 배열된 듯한 느낌이다. 여기서 빛은 웅장한 도서관에서 자료조사를 하는 즐거움이고, 어둠은 이미 충분히 설명한 고통스러운 욕망과 불면증이었다. 지금쯤 내가 어떤 사람인지 아는 독자들은 내가 센트럴파크에서 뛰노는 님펫들을 남몰래(아아, 언제나 먼발치에서) 훔쳐보느라 먼지와 더위에 얼마나 시달렸는지, 그리고 주변 사무실에서 어느 바람둥이가 데리고 나온 화려한 직장 여성들이 디오더런트 냄새를 풍기며 달라붙을 때마다 내가 얼마나 불쾌했을지 쉽사리 상상할 수 있으리라. 따라서 그런 이야기는 모두 생략하자. 나는 극심한 신경쇠약으로 1년 넘도록 요양원에서 지냈고, 그후 다시 일을 시작했다가 또 입원해야 했다.

건강한 야외생활을 하면 증상이 좀 완화되는 듯했다. 내가 좋아하던 의사들 중에 짤막한 갈색 턱수염을 기른 유쾌한 냉소주의자가 있었는데, 그의 남동생이 곧 탐사대를 이끌고 캐나다 북극권으로 들어갈 예정이었다. 나는 '심리적 반응 기록 담당자'의 자격으로 탐사대에 합류했다. 젊은 식물학자 두 명, 그리고 늙은 목수 한 명과 더불어 나도 이따금 영양사 애니타 존슨 박사와 살을 섞었는데(결과는 그리 만족스럽지 않았다), 오래지 않아 그녀가 탐사대를 떠나게 되었을 때는 오히려 반가웠다. 탐사대의 목적이 무엇이었는지는 나도 잘 모른다. 다만 참여한 기상학자의 숫자로 미루어 판단하자면 이리저리 이동하는 자북극의 근거지(내가 알기로는 프린스오브웨일스 섬 어딘가였다)를 추적하려 한 것이 아닐까 싶다. 한 조는 캐나다인들과 협력하여 멜빌 해협의 피에르 곶[12]에 측후소를 설치했다. 다른 조는 (역시 엉뚱한 짓이었지만) 플랑크톤을 채집했다. 세번째 조는 툰드라지대의 결핵을 연구했다. 자신감이 부족한 사진사 버트가 한동안 나와 함께 허드렛일을 많이 했는데(이 친구도 정신적으로 문제가 좀 있었다), 그는 탐사대의 유력자들, 즉 우리가 한 번도 보지 못한 진짜 상급자들은 주로 기후변화가 북극여우의 털에 미치는 영향을 조사한다고 주장했다.

우리는 선캄브리아기의 화강암지대에 설치한 조립식 통나무집에서 생활했다. 보급품은 남아돌았다. 『리더스 다이제스트』, 아이스크림 믹서, 화학처리식 변기, 크리스마스용 종이 모자 등등. 엄청나게 공허하고 따분한 나날을 보냈지만, 아니 그 덕분이라고 해야 할까, 아무튼 나는 놀랄 만큼 건강해졌다. 버드나무 덤불이나 이끼류처럼 풀죽은 식물만 자라는 곳, 완벽하게 투명한(그러나 들여다보아도 대수로울 것은 하나도 없는) 하늘 아래서 바위에 걸터앉아 있노라면 휘몰아치는 강풍에 씻겨 정화되기 때문일까, 마치 나 자신으로부터 떨어져 나온 듯 야릇하게 초연한 기분이 들었다. 나를 미치게 하는 유혹도 없었다. 통통하고 피부가 반질거리는 에스키모 소녀들, 기니피그 같은 얼굴에 머리카락은 섬뜩할 정도로 새까맣고 생선 비린내를 풀풀 풍기는 그 소녀들은 나에게 존슨 박사만큼의 욕망도 일으키지 못했다. 극지방에는 님펫이 없었다.

빙하퇴적물이나 드럼린, 그렘린, 크렘린[13]을 분석하는 일은 전문가들에게 맡겨두고 나는 한동안 이른바 '반응'이라고 할 만한 것들을 끼적거려보았다(예를 들면 한밤중에도 해가 떠 있는 백야에 꾸는 꿈은 대체로 색채가 풍부하다는 사실을 알게 되었다. 내 친구 사진사도 내 말이 맞다고 했다). 동료들을 대상으로 여러 가지 중요한 문제에 대한 설문조사를 진행하는 일도 내 몫이었다. 이를테면 향수병, 미지의 동물에 대한 두려움, 먹고 싶은 음식, 몽정, 취미, 좋아하는 라디오 프로그램, 사고방식의 변화 따위였다. 그러나 다들 진절머리를 내서 나도 금방 이 계획을 깨끗이 포기해버렸고, 20개월에 걸친 극한성極寒性 노동(어느 식물학자가 농담삼아 사용한 표현이다)이 끝나갈 무렵까지 미루기만 하다가 완전히 날조한 내용으로 몹시 외설적인 보고서를 제출했다. 1945년 또는 1946년 『성인 정신물리학* 연보』는 물론이고 탐사대를 특집으로 다룬 『북극탐험』지에도 게재되었으니 참고하기 바란다. 나중에 그 상냥한 의사에게 들은 말인데, 사실 우리 탐사대는 빅토리아섬의 구리 따위에는 별 관심이 없었다고 한다. 그러나 탐사대의 진짜

---

* 물리적 자극과 심리적 경험의 관계를 연구하는 학문.

목적은 흔히 말하는 '극비사항'이므로 여기서는 그 목적이 무엇이었든 간에 훌륭히 실현되었다는 사실만 밝혀두겠다.

독자들은 안타까워하겠지만 문명사회로 돌아온 직후 나는 다시 (우울증과 견딜 수 없는 중압감에 꼭 이렇게 잔인한 용어를 붙여야 하는지 모르겠지만) 정신착란을 일으켰다. 내가 완쾌된 것은 엄청나게 비싼 한 요양원에서 치료를 받는 동안 깨달은 어떤 사실 덕분이었다. 요컨대 정신과의사들을 놀려대는 일은 무궁무진한 즐거움의 원천이라는 사실이다. 교묘하게 유도하라. 그들의 수법을 낱낱이 안다는 사실을 내색하지 말라. 고전적 유형의 정교한(남의 꿈을 쥐어짜던 그들조차 비명을 지르며 깨어날 만큼 생생한) 꿈을 창작하라. '원초적 장면'*을 꾸며내면서 희롱하라. 그러나 내가 실제로 가진 성적 고민은 조금도 알아차리지 못하게 하라. 한 간호사에게 뇌물을 주고 몇몇 서류를 훔쳐볼 기회를 얻었는데, 내 차트에 '잠재적 동성애자'와 '완전한 발기불능'이라는 말이 적힌 것을 보고 쾌재를 불렀다. 이 장난은 굉장히 재미있었고 결과도—내 입장에서는—아주 흥미진진해서 건강을 회복한 뒤에도 (여학생처럼 잘 먹고 잘 자면서) 한 달이나 더 머물렀다. 그다음에는 강력한 신참을 골탕 먹이려고 일주일 더 연장했다. 조국을 떠나온 (그리고 미치광이가 틀림없는) 유명인사였는데, 환자들에게 자기가 수태되는 순간을 목격했다고 믿게 만드는 재주가 있다고 알려진 인물이었다.

---

* 부모의 성교 장면을 가리키는 정신분석학 용어.

10

퇴원한 뒤에는 뉴잉글랜드 시골이나 한적한 소도시에(느릅나무, 하얀 교회) 혹시 적당한 집이 없는지 수소문했다. 상자 하나에 가득 쌓인 메모지를 바탕으로 열심히 일하다가 가까운 호수에서 수영도 즐기면서 여름을 보내고 싶었기 때문이다. 나는 다시 일에 흥미를 느끼기 시작했다. 학자로서의 작업 말이다. 그 무렵에는 다른 일, 즉 돌아가신 이모부의 향수 사업에 적극적으로 관여하는 일은 최소한으로 줄였다.

명문가의 후손으로 예전부터 이모부의 부하직원이었던 사람이 형편이 곤궁한 자기 친척 집에서 몇 달쯤 지내보지 않겠느냐고 권했다. 은퇴한 맥쿠 씨와 그 아내가 사는 집인데, 위층에 살던 병약한 숙모가 돌아가신 후 그곳을 세놓고 싶어한다고 했다. 부부 사이에는 딸이 둘 있는데 하나는 아직 젖먹이, 또하나는 열두 살 소녀라 하고, 게다가 아름다운 정원도 있으며, 아름다운 호수가 그리 멀지 않다는 이야기를 듣고 나는 더 바랄 나위가 없다고 대답했다.

나는 그들 내외와 편지를 주고받으며 하숙집 생활에 익숙하다는 사실을 납득시켰고, 곧 열차에 몸을 싣고 그 미지의 님펫에게 프랑스어를 가르쳐주거나 험버트식으로 귀여워해주는 장면을 아주 구체적으로 상상하면서 꿈같은 밤을 보냈다. 이윽고 새로 구입한 값비싼 가방을 들고 장난감처럼 조그마한 역에 내렸지만 아무도 마중을 나오지 않았고 전화를 걸어도 받는 사람이 없었다. 그러다가 시내에 하나뿐인 초록색과 분홍색의 램스데일 호텔에서 마침내 맥쿠 씨를 만났는데, 그는 흠뻑 젖은 옷을 걸치고 낙심한 표정으로 나타나서 방금 자기 집이 홀랑 타버렸다는 소식을 알렸다. 어쩌면 내 혈관 속에서 밤새도록 타오르던 맹렬한 불길이 그 집에 옮겨붙었는지도 모른다. 아무튼 그의 가족들은 그가 소유한 농장으로 피신하느라 차를 타고 갔고, 아내의 친구 중에 론 스트리트 342번지에 사는 헤이즈 부인이 있는데 이 너그러운 여자가 나를 자기 집에 받아주기로 했다고 말했다. 헤이즈 부인 댁 건너편에 사는 어떤 부인이 맥쿠에게 리무진을 빌려주었는데, 쾌활한 흑인 운전사가 딸린 이 차는 지붕이 반듯반듯 각이 진 엄청난 구닥다리였다. 그러나 내가 여기까지 찾아온 유일한 이유가 사라져버린 마당에 방금 들은 대안은 터무니없다는 생각이 들었다. 그래, 당신 집은 처음부터 새로 지어야겠지, 하지만 상관없잖아? 보험은 넉넉히 들어놨겠지? 화가 나고 실망스럽고 싫증도 났지만 워낙 예절 바른 유럽인이었던 나는 차마 딱 잘라 거절하지 못하고 그 영구차 같은 차에 실려 론 스트리트를 찾아가보기로 했다. 그러지 않으면 맥쿠가 나를 떼어버리려고 더욱더 치밀한 수단을 생각해낼 듯싶었다. 나는 그가 허둥지둥 떠나가는 모습을 지켜보았고 운전사는 고개를 절레절레 흔들면서 나지막이 쿡쿡 웃었다. 그곳으로 가면서, 나는 무슨 일이 있어도 램스데일에는 절대로 머물지 않고 그날 당장 비행기를 잡아타고 버뮤다나 바하마, 하다못해 블레이즈*로라도 떠나겠다고 다짐했다. 총천연색으로 빛나는 해변에서 뭔가 달콤한 사건이 일어날지도 모른다는 예감에 진작부터 등골이 간질간질했건만 갑자기 생각의 방향을 바꾼 이유는 맥쿠의 친척이 들려준 이야기에 귀가 솔깃한 탓이었는데, 그 사람의 의도는 좋았지만 일이

---

* 실재하지 않는 지명. 'blazes'는 지옥을 완곡하게 이르는 말이다.

이렇게 꼬여버렸으니 좋은 결과를 기대하기는 다 틀렸기 때문이었다.

갑자기 방향을 바꿨다는 말이 나와서 생각났는데, 우리가 막 커브를 틀어 론 스트리트로 접어들 때 하마터면 이 교외 지역에 사는 오지랖 넓은(몰래 숨어서 차가 오기를 기다리는) 개 한 마리를 치어버릴 뻔했다. 거기서 좀더 들어가자 흉물스러운 헤이즈네 집이 나타났다. 원래는 흰색이었지만 지금은 너무 낡고 지저분해서 차라리 회색에 더 가까웠다. 이런 집은 보나마나 욕조 수도꼭지에 고무호스를 끼워 샤워기 대용으로 사용할 것이 뻔했다. 나는 운전사에게 팁을 주면서 제발 곧바로 차를 몰고 사라져주기를 빌었다. 그래야 내가 아무에게도 들키지 않고 내 가방이 기다리는 호텔로 되돌아갈 수 있을 테니까. 그러나 운전사는 길 건넛집 베란다에서 그를 부르는 노부인을 향해 걸어가버렸다. 그러니 어쩌랴, 초인종을 누를 수밖에.

흑인 가정부가 문을 열어주더니 현관 매트 위에 서 있는 나를 혼자 내버려두고 황급히 부엌으로 돌아갔다. 무엇인지는 모르겠지만 태우지 말아야 할 것이 타는 냄새가 새어나왔다.

현관홀에는 문에 다는 종, 이름은 생각나지 않지만 멕시코에서 대량 생산한 하얀 눈비이 있는 목공예품, 예술애호가를 자처하는 중산층이 좋아해서 여기저기 흔해빠진 반 고흐의 〈아를의 여인〉 등 장식품이 주렁주렁 걸려 있었다. 오른쪽에 빠끔 열린 문틈으로 거실 일부가 보였는데, 그곳의 구석 진열장에도 멕시코산 잡동사니가 수두룩하고 벽면에 붙여놓은 줄무늬 소파도 눈에 띄었다. 복도 끝에는 계단이 있었다. 내가 우두커니 서서 이마의 땀을 닦으면서(바깥이 얼마나 더웠는지 그제야 깨달았다) 뭐라도 보고 있어야 할 듯싶어 참나무 궤짝 위에 놓인 낡은 회색 테니스공을 들여다보고 있을 때였다. 계단 위에서 콘트랄토 음역의 목소리가 들려왔다. 헤이즈 부인이 난간 너머로 몸을 내밀고 노래하듯이 물었다. "무슈 험버트 맞으시죠?" 그 말과 함께 담뱃재가 조금 떨어져내렸다. 곧이어 여자도—샌들, 밤색 슬랙스, 노란색 실크 블라우스, 각진 얼굴의 순서로—계단을 내려오면서 집게손가락으로 연신 담뱃재를 톡톡 털었다.

헤이즈 부인을 묘사하는 일은 여기서 얼른 해치워버리는 편이 낫겠다. 이 불쌍한 여자의 나이는 30대 중반, 번들거리는 이마와 털을 뽑아 다듬은 눈썹이 눈에 띄고, 몹시 밋밋하지만 매력이 전혀 없다고 할 수도 없어서 굳이 표현하자면 마를레네 디트리히를 묽게 희석한 듯한 모습이었다. 그녀는 둥글게 묶은 구릿빛 머리를 매만지면서 나를 거실로 안내했다. 그곳에서 우리는 맥쿠 씨네 화재와 램스데일의 탁월한 주거 환경에 대해 잠시 이야기를 나누었다. 미간이 매우 넓고 바닷물 같은 녹색을 띤 그녀의 눈은 사람을 아래위로 훑어보면서도 시선을 마주치는 일만은 한사코 피하는 괴상한 버릇이 있었다. 자기 딴에는 미소랍시고 짓는 표정이 고작 한쪽 눈썹을 기묘하게 추켜올리는 정도였고, 소파에 앉아 대화를 나누다가도 별안간 이리저리 팔을 뻗어 재떨이 세 개와 가까운 벽난로 망 너머에(그곳에는 갈색으로 변한 사과심이 떨어져 있었다) 담뱃재를 떨었다. 그러고 나면 다시 한쪽 다리를 깔고 앉아 소파에 깊숙이 몸을 묻었다. 그녀의 고상한 말투는 독서클럽이나 브리지클럽처럼 지긋지긋하게 관습적인 집단의 냄새를 풍겼지만 영혼까지 고상한 여자는 분명 아니었다. 유머감각도 전혀 없는 여자, 응접실에서 흔히 이야기할 만한 여남은 가지 화제에 대해서는 내심 아무 관심이 없으면서도 그런 대화의 규칙에 대해서만은 몹시 까다롭게 따지는 여자, 내게는 그리 탐탁하지 않은 욕구불만이 햇빛 비친 셀로판지처럼 훤히 들여다보이는 여자. 만에 하나라도 내가 이 집에서 하숙을 하게 된다면 이 여자는 하숙인을 받겠다고 할 때부터 품었던 속셈대로 차근차근 나에게 접근할 테고, 그렇게 되면 내가 이미 잘 아는 따분한 정사에 또다시 휘말릴 것이 뻔했다.

그러나 내가 이 집에 눌러앉을 가능성은 조금도 없었다. 지저분한 잡지가 의자마다 몇 권씩 쌓여 있는 집, 이른바 '현대적 기능형 가구'라는 희극과 낡아빠진 흔들의자와 고장난 램프가 놓인 건들거리는 테이블이라는 비극이 공존하는 이 끔찍한 잡종 같은 집에서 내 어찌 행복할 수 있으랴. 여자는 위층으로 올라가서 왼쪽에 있는 '내' 방으로 나를 안내했다. 나는 방 안을 둘러보았다. 이미 단호한 거부감이 안개처럼 눈을 가렸지만 '내' 침대 위에 걸린 르네 프리네의 그림 〈크로이처 소나타〉[14]만은 간신히 알아볼 수 있었다. 그녀는 하녀방 같은 이 방을 가당찮게 '연구실 겸용'이라고 불렀다! 초조해진 주인여자는 숙식을 포함한 하숙비치고는 터무니없이 저렴해서 오히려 불안할 정도의 액수를 불렀다. 나는 잠시 생각해보는 체했지만 속으로는 당장 여기서 도망쳐야 한다고 굳게 다짐했다.

그러나 구세계 특유의 예의범절이 몸에 밴 나로서는 이 시련을 묵묵히 감내할 수밖에 없었다. 우리는 층계참 건너편, 그러니까 이 집의 오른쪽에 해당하는 곳으로 걸어갔다("이쪽이 제 방이랑 로의 방이에요"—로는 아마 가정부의 이름이리라). 남달리 결벽증이 심한 하숙인 겸 애인은 하나뿐인 욕실을 보는 순간 저절로 몸서리가 쳐지는 것을 간신히 감추었다. 그곳은 층계참과 '로의 방' 사이의 조그마한 직사각형 공간이었는데, 청결 상태를 신뢰할 수 없는(안쪽에 머리카락 하나가 물음표 모양으로 붙은) 욕조 위에 젖은 빨래가 후줄근하게 널렸고, 예상대로 뱀처럼 똬리를 튼 고무호스에다, 이런 단점을 보완하려 했는지 분홍색 덮개로 변기 뚜껑을 얌전히 가려놓았다.

"아무래도 별로 좋은 인상을 못 받으신 모양이네요." 여자가 잠시 내 옷소매에 손을 대면서 말했다. 그녀는 넉살 좋고 뻔뻔스러운—'자신감'이라고 하기에는 정도가 좀 지나친—일면과 수줍고 애잔한 일면을 함께 지녔고, 그래서 할말을 너무 신중하게 고르다보니 말투가 '발성법' 교수처럼 부자연스러웠다. 내가 이미 퇴짜를 놓은 여자가 말을 이었다. "솔직히 살림이 그리 깔끔하진 않지만〔내 입술을 쳐다보면서〕지내시기엔 아주 편안할 거예요, 아주 편안하고말고요. 이제 정원을 보여드릴게요"(마지막 말을 할 때는 애교스럽게 목소리를 살짝 높였다).

나는 마지못해 그녀를 따라 아래층으로 내려가서 복도 끝에 있는 부엌을 지나갔다. 부엌은 식당 및 거실과 함께 이 집의 오른쪽에 위치했다(위층 왼쪽의 '내' 방 밑에는 차고밖에 없었다). 부엌에 들어갔을 때, 아직 젊고 통통한 흑인 가정부가 뒷베란다로 나가는 문고리에 걸어두었던 크고 반들반들한 검은색 핸드백을 집어들면서 말했다. "저는 이만 가볼게요, 헤이즈 부인." 그러자 헤이즈 부인이 한숨을 쉬면서 대답했다. "그래, 루이즈. 돈은 금요일에 줄게." 우리는 작은 찬방을 지나서 아까 보았던 거실에 나란히 붙은 식당 안으로 들어갔다. 바닥에 떨어진 흰색 양말 한 짝이 눈에 띄었다. 헤이즈 부인이 못마땅하다는 듯 툴툴거리더니 걸음을 멈추지도 않고 허리를 굽혀 양말을 낚아채서 찬방 앞에 있는 벽장 속으로 휙 던져넣었다. 우리는 마호가니 식탁을 대충 훑어보고 지나갔는데, 식탁 한가운데에 과일 그릇이 있었지만 그 안에 든 것은 아직 물기가 마르지 않은 서양자두씨 하나가 전부였다. 나는 호주머니 속에 넣어둔 열차시간표를 더듬더듬 찾아서 슬그머니 꺼내들었다. 가급적 빨리 차편을 확인하고 싶었다. 여전히 헤이즈 부인의 뒤를 따라 식당을 빠져나가는 순간 눈앞에 초록색 풍경이 확 펼쳐졌다. "여기가 안뜰이에요!" 앞서가던 여자가 그렇게 소리칠 때였다. 아무런 예고도 없이 내 심장 밑에서 푸른 파도가 불쑥 솟구치고, 햇빛이 쏟아지는 매트 위에 반라의 몸으로 무릎을 꿇은 내 리비에라의 연인이 무릎을 축으로 빙글 돌아앉으면서 검은 선글라스 너머로 나를 바라보았다.

옛날 그 아이와 똑같았다. 꿀빛으로 물든 가녀린 어깨도, 맨살을 드러낸 매끄럽고 유연한 등도, 밤색 머리카락도 모두 똑같았다. 비록 물방울무늬가 찍힌 검은색 스카프를 둘러 가슴을 가렸지만, 늙어가는 유인원 같은 내 육체의 눈은 몰라도, 어린 시절 추억의 시선은 영원히 잊지 못할 그날 내가 어루만졌던 그 풋가슴을 단숨에 꿰뚫어보았다. 그리고 동화에 나오는(유괴되어 사라졌다가 발견되었을 때 집시의 누더기 속에서 왕과 사냥개들을 내다보는 알몸이 방긋방긋 웃는 듯했다는) 어린 공주의 유모처럼 나도 그녀의 옆구리에 있는 작은 암갈색 점을 알아보았다. 나는 경외감과 기쁨을 느끼면서(왕은 환호성을 지르고, 나팔소리가 울려퍼지고, 유모는 취해버리고) 먼 옛날 아래로 아래로 내려가던 내 입술이 잠시 머물렀던 그 홀쭉하고 사랑스러운 배를 다시 보았다. 그리고 일찍이—'장밋빛 바위' 뒤에 숨던 날, 미친 듯이 타오르던 날, 영원히 잊지 못할 마지막 날—그 반바지 고무줄이 남긴 올록볼록한 흔적에 입을 맞추었던 그 풋풋한 엉덩이도 다시 보았다. 그날 이후 내가 살아온 25년의 세월이 까마득히 멀어져 가물거리는 점이 되었다가 이내 사라져버렸다.

그녀를 알아보는 찰나에 섬광처럼 떠올랐던 그 영상, 그 전율, 그 충격을 어떻게 표현해야 그 강렬함을 제대로 설명할 수 있을지 모르겠다. 내 시선이 눈부신 햇빛 아래 무릎을 꿇은 (근엄해 보이는 검은색 선글라스 너머로 눈을 깜빡거리는, 내 모든 아픔을 깨끗이 씻어줄 작은 의사 선생님 같은) 소녀의 몸을 따라 흘러내리는 동안, 내가 (영화 주인공처럼 크고 건장하고 잘생긴) 성인 남자의 모습으로 탈바꿈하여 그녀 앞을 지나가는 동안, 내 영혼의 진공은 그녀의 빛나는 아름다움을 구석구석 남김없이 빨아들여 내 죽은 신부[15]의 모습과 하나하나 비교해보았다. 굳이 말할 필요도 없겠지만 잠시 후 이 새로운 소녀, 이 롤리타, 나의 롤리타는 그녀의 원형을 완전히 덮어버렸다. 여기서 꼭 강조하고 싶은 점이 있는데, 내가 그녀를 발견한 것은 결국 고통스러운 내 과거의 '바닷가 공국'이 낳은 운명적 결과였다는 사실이다. 두 사건 사이에 겪은 모든 일은 암중모색과 시행착오, 그리고 보잘것없는 가짜 행복에 불과했다. 이제 수많은 공통점이 두 사건을 하나로 이어주었다.

하지만 나는 아무런 환상도 품지 않았다. 판사들은 이 모든 이야기도 풋과일을 좋아하는 악취미를 가진 한낱 미치광이의 헛소리로 여기리라. 어쨌든 상관없다. 내가 아는 것은 다만 헤이즈 부인과 내가 이 숨막히는 정원을 향해 계단을 내려가는 동안 내 무릎은 잔물결에 일렁이는 그림자처럼 후들거리고 내 입술은 모래밭처럼 타들어갔다는 사실, 그리고—

여자가 말했다. "저애가 우리 로예요. 이건 제가 키운 백합이고요."
나는 대답했다. "네, 그렇군요. 예뻐요, 에뻐, 징말 예뻐요!"

11

증거물 2호는 검은 인조가죽으로 장정한 휴대용 일기장인데, 좌측 상단에 '1947'이라는 연도가 금색으로 비스듬히 찍혀 있다. 나는 매사추세츠 주 이러쿵 시의 저러쿵 사에서 만든 이 멋진 제품이 지금 실제로 내 앞에 있다는 듯이 말했다. 그러나 사실은 5년 전에 이미 파기해버렸고, 이제부터 우리가 보게 될 일기는 그 내용을 (사진처럼 정확한 기억의 힘을 빌려) 짤막하게 재현한 것이다. 하지만 원본에 비하면 아직 깃털도 다 자라지 않은 볼품없는 불사조와 같다.

사실 내가 이 일기를 이만큼 정확하게 기억하는 까닭은 예전에 이미 두 번씩 썼기 때문이다. 일기를 쓸 때마다 우선 '타자용지'라는 이름으로 판매하는 종이에 연필로 (무수히 지우고 수정하면서) 휘갈겨 쓴 다음 방금 말한 작은 검은색 일기장에 옮겨 적었는데, 이때는 알아보기 쉬운 약자를 섞어가며 가급적 작은 글씨로, 가급적 악필로 썼다.

남북 캐롤라이나 주와 달리 뉴햄프셔 주에서는 5월 30일이 법정 단식일이다. 그런데 그날 '유행성 장염'이(그게 뭐든지 간에) 창궐하는 바람에 램스데일에도 여름 동안 휴교령이 떨어졌다. 독자 여러분은 〈램스데일 저널〉에서 1947년 기상 자료를 확인해보라. 그 며칠 전에 나는 헤이즈네 집으로 이사했는데, 지금부터 내가 (마치 이미 삼켜버린 문서의 내용을 암송하는 스파이처럼) 들려줄 일기 속에는 6월 한 달의 태반이 포함되어 있다.

　목요일. 몹시 더운 날이다. 황록색으로 빛나는 뒤뜰에서 빨랫줄에 걸린 빨래를 거둬들이는 돌로레스의 모습을 유리한 위치(화장실 창가)에서 지켜보다가 어슬렁어슬렁 걸어나갔다. 그녀는 체크무늬 셔츠와 청바지 차림에 운동화를 신었다. 얼룩진 햇빛 아래서 움직이는 그녀의 일거수일투족이 내 비참한 몸뚱이 속에 감춰진 가장 은밀하고 예민한 감각을 연달아 건드렸다. 잠시 후 그녀가 뒷베란다 계단 아랫단에 앉아 있는 내 곁에 나란히 앉더니 두 발 사이에 깔린 조약돌을 집어들고(맙소사, 조약돌을, 게다가 나중에는 으르렁거리는 입술처럼 둥글게 휘어진 우유병 쪼가리까지) 깡통을 향해 하나하나 던지기 시작했다. 땡. 이번엔 안 될 거야―이번엔―고통스럽다―못 맞힐 거야. 땡. 놀라운 살결―아, 놀라워라. 햇볕에 그을린 부드러운 살결에 잡티라고는 하나도 없다. 아이스크림선디는 여드름을 유발한다. 피부 모낭에 양분을 공급하는 피지라는 지방 성분이 너무 많아지면 가려워지고 염증을 일으키기 때문이다. 그러나 님펫은 기름진 음식을 배불리 먹어도 여드름 하나 안 생긴다. 아아, 괴롭구나, 그녀의 관자놀이에서 비단결처럼 빛나다가 차츰 어두워져 연갈색으로 변해가는 저 머리카락. 그리고 흙먼지가 뽀얗게 묻은 발목 옆에서 샐룩거리는 저 귀여운 뼈. "맥쿠네 딸내미? 지니 맥쿠 말이죠? 걔 완전 못생겼어요. 성질머리도 더럽고요. 더군다나 절름발이예요. 소아마비로 죽을 뻔했대요." 땡. 팔뚝을 따라 반짝거리는 저 고운 솜털. 그녀가 빨래를 들여놓으려고 일어났을 때 나는 아랫단을 접어올린 청바지의 빛바랜 엉덩이를 멀리서나마 감상할 기회를 얻었다. 그때 실없는 헤이즈 부인이 카메라까지 들고 마치 사기꾼이 만든 가짜 니무치럼 잔디밭에 불쑥 나타났다. 그녀는 햇빛 때문에 한바탕 오두방정을 떨다가—슬픈 눈으로 올려다보고, 기쁜 눈으로 내려다보고—뻔뻔하게도 미남 엄베르가 계단에 앉아 눈을 껌벅거리는 모습을 찰칵 찍어버렸다.

금요일. 로즈라는 검은 머리 계집애와 함께 어딘가로 향하는 그녀를 보았다. 어째서 그녀의 걸음걸이는—한낱 어린애인데, 그래, 어린애일 뿐인데!—이토록 무시무시하게 나를 흥분시킬까? 어디 분석해보자. 발끝을 조금 안쪽으로 모으면서 걷는다. 발을 땅에 디딜 때까지 무릎 아래가 느슨하게 흔들거리듯이 움직인다. 발을 살짝 끄는 듯하다. 몹시 천진스러우면서도 한없이 관능적이다. 험버트 험버트는 이 소녀의 높고 날카로운 목소리와 약간 상스러운 말투에도 한없이 동요하고 만다. 나중에 그녀가 울타리 너머로 로즈에게 한바탕 저속한 농지거리를 퍼붓는 소리를 들었다. 박자가 점점 빨라지면서 내 가슴을 뒤흔들었다. 잠시 침묵. "난 들어간다, 요년아."

토요일. (시작 부분은 수정했는지도 모른다.) 이런 일기를 쓰는 것이 미친 짓임을 알면서도 야릇한 전율을 느낀다. 어차피 애정이 넘치는 아내 말고는 이렇게 깨알 같은 글씨를 읽어낼 사람은 아무도 없으리라. 오늘은 가슴이 미어지도록 슬픈 일이 있었다. 나의 L이 이른바 '안뜰'에서 일광욕을 했는데, 그녀의 엄마와 몇몇 여자들이 줄곧 주위를 떠나지 않았다. 물론 나도 거기 놓인 흔들의자에 앉아서 책을 읽는 체할 수도 있었다. 그러나 가까이 가지 않는 편이 안전했다. 무시무시하고 어리석고 우스꽝스럽고 한심하기 짝이 없는 전율이 온몸을 마비시켜 도저히 자연스럽게 등장할 자신이 없었기 때문이다.

일요일. 며칠째 더위가 가시지 않는다. 일주일 내내 지극히 화창한 날씨. 이번에는 L이 나타나기도 전에 두툼한 일요판 신문과 새로 산 파이프를 들고 미리 나가서 전략적 요충지, 즉 안뜰의 흔들의자를 차지했다. 그녀가 엄마와 함께 나와서 몹시 실망했지만 둘 다 내 새 파이프처럼 새것인 검은색 비키니를 입었다. 나의 사랑, 나의 연인이 신문의 만화면을 보려고 잠시 내 곁에 섰다. 그 체취가 또 한 명의 소녀, 옛날 리비에라의 그녀와 거의 똑같으면서도 한층 더 진하고 강렬하다. 그 화끈한 냄새를 맡자마자 남근이 꿈틀거리기 시작하는데, 이미 자기가 보고 싶은 만화면을 빼앗은 그녀는 곧 바다표범 같은 엄마 근처에 놓인 매트 쪽으로 쌩하니 가버렸다. 나의 미녀는 그곳에 배를 깔고 엎드렸고, 그리하여 나는 두 개의 눈을, 내 핏줄은 천 개의 눈을 일제히 부릅뜨고, 살포시 솟아오른 그녀의 어깨뼈를, 그리고 둥글게 휘어진 등뼈의 건강미를, 그리고 힘이 들어갔는지 검은 옷 속에서 봉긋이 부풀어오른 좁다란 엉덩이를, 그리고 해안선을 연상시키는 소녀의 허벅지를 바라보았다. 7학년 여학생은 녹색 적색 청색으로 그린 만화를 조용히 즐겼다. 녹색 적색 청색의 신 프리아포스*조차도 생각해내지 못할 만큼 한없이 사랑스러운 님펫이었다. 입술이 바싹 마른 채 무지개처럼 층층이 나뉜 빛 너머를 바라보면서 욕망의 초점을 맞추고 신문지 밑에서 조금씩 몸을 흔들고 있자니 나의 인식능력을 그녀에게 제대로 집중하기만 한다면 비록 걸인의 처지일망정 즉시 희열을 맛볼 수 있을 것 같았다.

---

* 그리스신화에 등장하는 다산과 생식력의 신. 발기 상태의 거대한 남근을 드러낸 모습으로 묘사되어 음경을 뜻하는 일반명사가 되었다.

그러나 정지한 먹잇감보다 움직이는 먹잇감을 더 좋아하는 일부 포식 동물처럼 나도 기왕이면 그녀가 신문을 보다가 이따금 귀엽게 움직이는—이를테면 등 한가운데를 긁으려고 점묘화 같은 겨드랑이를 드러내는—순간에 맞춰 애처로운 절정을 맞이하고 싶었다. 그런데 뚱뚱보 헤이즈가 별안간 나를 돌아보며 담뱃불 좀 빌려달라고 하더니 어느 통속적인 사이비 작가의 엉터리 작품에 대해 혼자만의 대화를 시작하는 바람에 산통이 깨지고 말았다.

월요일. 죄스러운 쾌락.[16] 고뇌와 상심 속에서 쓸쓸한 나날을 보낸다. 우리—엄마 헤이즈, 돌로레스, 나—는 오늘 오후에 아워글래스Our Glass 호수로 가서 수영도 하고 일광욕도 하기로 했다. 그런데 아침에는 진줏빛이었던 날씨가 점점 나빠져 정오에는 비가 내리는 바람에 로가 한바탕 소동을 일으켰다.

뉴욕과 시카고에서 소녀들이 사춘기를 맞이하는 평균연령은 13세 9개월이라고 한다. 그러나 개인적인 시기는 제각각인데, 빠르면 열 살이나 그 이전일 수도 있고 열일곱 살까지 늦춰질 수도 있다. 해리 에드거*는 채 열네 살도 되지 않은 버지니아와 동침했다. 그는 그녀에게 대수학을 가르쳐주었다. 나는 그 장면을 상상해본다. 두 사람은 플로리다주 피터즈버그로 신혼여행을 떠났다. 무슈 엄베르 엄베르가 파리에서 가르친 한 남학생은 이 시인시인poet-poet을 '무슈 포포Poe-poe'라고 불렀다.**

---

* 에드거 앨런 포를 가리킨다. 그는 스물여섯 살 때 당시 열세 살이었던 사촌 버지니아 클렘과 결혼했다. 버지니아가 스물네 살에 결핵으로 사망한 일은 포의 작품세계에 큰 영향을 미쳤는데, 특히 「애너벨 리」가 대표적이다.

아이들의 성적 관심을 다룬 책들을 기준으로 판단하자면 나는 어린 소녀가 흥미를 느낄 만한 특징을 두루 갖췄다. 뚜렷한 턱선, 튼튼한 손, 굵고 울림이 좋은 목소리, 널찍한 어깨. 게다가 로가 반해버린 어느 가수인지 배우인지를 닮았다는 말도 들었다.

화요일. 비. 억수로 퍼붓는 비. 엄마는 장보러 나갔다. 나는 L이 어딘가 아주 가까운 곳에 있음을 알았다. 살금살금 움직이다가 결국 엄마의 침실에서 L과 마주쳤다. 티끌인지 뭔지를 빼내려고 왼쪽 눈꺼풀을 벌리는 참이었다. 체크무늬 원피스. 그녀의 갈색머리에서 풍기는 황홀한 향기를 사랑하지만 가끔은 머리를 감아주면 더 좋겠다. 잠시나마 우리는 따스한 녹색 욕실에 함께 있었고, 욕실 거울에는 하늘을 배경으로 포플러나무 우듬지와 우리의 모습이 비쳤다. 그녀의 두 어깨를 거칠게 움켜쥐었다가 양쪽 관자놀이를 살포시 감싸고 고개를 돌리게 했다. 그녀가 말했다. "바로 거기예요. 느껴져요." "스위스 농부들은 혀를 쓰는데." "핥아서 꺼내는 거예요?" "그대. 해두까?"*** "그래요." 나는 떨리는 촉수를 뻗어 또록또록 움직이는 짭짤한 눈망울을 지그시 눌렀다. 그녀가 눈을 깜박거리면서 말했다. "아, 됐어요. 빠졌어요." "이번엔 반대쪽?" 그러자 그녀가 말했다. "바보. 그쪽은 아무─" 그러다가 삐죽 내민 채 다가오는 내 입술을 보았다. "좋아요." 그녀가 순순히 허락해주었고, 험버트는 올려다보는 그녀의 황갈색 얼굴을 향해 엄숙하게 고개를 숙이고 파닥거리는 눈꺼풀에 입맞춤을 했다. 그녀가 까르르 웃으며 내 곁을 스쳐 욕실에서 나갔다. 그 순간, 주위가 온통 내 심장 박동 소리로

** 발음을 이용한 언어유희. 프랑스어로 '포포(popo)'는 엉덩이를 뜻한다.
*** '그래. 해줄까?'를 혀를 내민 채 발음했다.

가득 찬 것 같았다. 이런 느낌은 내 평생—프랑스에서 첫사랑 소녀를 애무할 때조차—한 번도 없었다. 한 번도……

밤이다. 이런 안타까움은 일찍이 한 번도 경험하지 못했다. 그녀의 얼굴과 몸짓을 묘사하고 싶건만—불가능한 일이다. 그녀가 가까이 있을 때마다 욕망 때문에 눈이 멀어버리기 때문이다. 빌어먹을, 아무래도 나는 님펫과 함께 지내는 데 서투르다. 눈을 감으면 마치 영화의 한 장면을 담은 스틸사진처럼 그녀의 일부분이 정지된 영상으로 보일 뿐이다. 예컨대 그녀가 체크무늬 스커트 차림으로 앉아서 한쪽 무릎을 세우고 구두끈을 맬 때 보았던 매끄럽고 사랑스러운 다리가 불쑥 떠오른다. "돌로레스 헤이즈, 다뤼가 보이지 않게 하셔야죠"*(프랑스어를 제법 한다고 착각하는 엄마가 말했다).

때로 시인이 되기도 하는 나는 그녀의 몽롱한 연회색 눈동자와 새까만 속눈썹에 대하여, 귀여운 들창코에 비대칭으로 찍힌 주근깨 다섯 개에 대하여, 그리고 갈색 팔다리의 황금빛 솜털에 대하여 짤막한 서정시를 썼다. 그러나 이미 찢어버렸고 지금은 기억하지 못한다. 그러므로 로의 생김새를 묘사하려 해도 (일기를 쓰듯이) 지극히 진부한 표현이 고작이다. 이를테면 머리는 적갈색, 입술은 빨아먹다가 꺼낸 사탕처럼 빨갛고, 특히 아랫입술이 도톰해서 참 예뻤는데—아, 내가 여성 작가였다면 적나라한 불빛 아래 적나라한 알몸을 드러낸 그녀를 보여줄수도 있으련만! 그러나 나는 이렇게 장대처럼 길고 뼈대가 굵고 가슴에 털이 수북한 험버트 험버트일 뿐이다. 눈썹은 검고 숱이 많으며, 말

---

* ne montrez pas vos zhambes. 다리를 뜻하는 'jambes'를 부정확하게 발음했고 엄마가 어린 딸에게 쓰기에는 지나치게 정중한 표현이다.

투는 좀 독특하고, 순진해 보이는 어렴풋한 미소 뒤에는 썩어가는 괴물들이 득시글거리는 시궁창이 숨어 있다. 하지만 그녀 역시 여성 취향 소설에 흔히 등장하는 연약한 소녀는 결코 아니다. 이 님펫의 이중성이—아마도 모든 님펫의 공통적 특징이겠지만—나를 미치게 한다. 나의 롤리타는 꿈 많은 천진함과 섬뜩한 천박함을 동시에 지녔다. 광고나 잡지 사진에 등장하는 들창코 아이처럼 앙증맞기도 하고, 구대륙의 (짓밟힌 데이지꽃과 땀 냄새를 풍기는) 어린 하녀처럼 어렴풋한 관능미도 있다. 시골 갈봇집에서 어린애로 변장한 젊디젊은 매춘부처럼 보이기도 하고, 그런가 하면 그 짙은 사향 냄새와 진흙탕 속에서, 그 더러움과 죽음 속에서 문득 티 없이 맑고 깨끗하며 다정한 일면이 드러나기도 하니, 오 하느님, 오 하느님. 그리고 가장 중요한 것은 그녀가, 이 롤리타가, 나의 롤리타가 해묵은 내 욕망을 되살려냈고, 그리하여 롤리타는 이 세상 그 무엇보다 소중한 존재가 되었다는 사실이다.

수요일. "저기요, 엄마한테 내일 아저씨랑 나랑 아워글래스 호수에 같이 가자고 해줘요." 나는 외출하고 그녀는 귀가하다가 현관에서 우연히 마주쳤을 때 나의 열두 살 먹은 연인이 관능적으로 속삭였던 말을 그대로 적었다. 주차한 자동차의 둥그스름한 지붕에 한낮의 태양이 반사되어 마치 희고 눈부신 다이아몬드가 파르르 떨면서 무수한 무지갯빛 광선을 뿜어내는 듯했다. 풍성한 느릅나무 잎사귀들이 헤이즈네 집 판자벽에 은은한 그림자를 드리웠다. 포플러나무 두 그루가 흔들거리며 파르르 떨었다. 멀리서 자동차 지나가는 소리가 아련하게 들려왔다. 한 아이가 소리쳤다. "낸시, 내앤시이!" 집 안에 들어간 롤리타가 즐겨 듣는 음반을 틀었다. 제목은 〈어린 카르멘〉인데, 내가 '난쟁이 차장들'[17]이라고 부르면서 놀려대는 시늉을 할 때마다 롤리타는 콧방귀를 뀌면서 비웃는 시늉을 한다.

목요일. 어젯밤 우리는 안뜰에 앉아 있었다. 헤이즈 아줌마, 롤리타, 나. 뜨겁던 황혼이 깊어져 연정 가득한 어둠으로 변한 뒤였다. 아줌마는 이제 막 지난겨울 L과 함께 본 영화의 줄거리를 자세히 이야기했다. 극도로 타락한 권투선수가 늙은 사제를 만난다는 이야기였다(이 사제도 한창때는 권투선수였고 지금도 죄인 하나쯤은 거뜬히 때려눕힐 수 있었다). 우리는 바닥에 쌓아둔 쿠션 위에 앉았고 L은 아줌마와 나 사이에 (애완견처럼 비집고 들어와서) 앉아 있었다. 이번에는 내가 북극 탐사에 대해 배꼽 빠지게 우스운 이야기를 떠벌렸다. 창작의 여신이 내 손에 소총을 쥐여주었고, 내가 북극곰을 쏘아 맞히자 북극곰이 털썩 주저앉으면서 말했다. 아야! 이야기를 하는 동안에도 나는 내 곁에 앉은 L을 아프도록 의식했고, 고마운 어둠 속에서 몸짓을 섞어가며 떠들다가 안 보인다는 점을 이용하여 그녀의 손과 어깨, 그리고 그녀가 만지작거리면서 자꾸 내 무릎으로 밀어붙이는 털실과 망사로 만든 발레리나 인형을 슬쩍슬쩍 어루만졌다. 그렇게 깃털처럼 가벼운 애무의 그물을 펼쳐 후끈 달아오른 연인을 완전히 사로잡은 후 마침내 용기를 내어 구스베리처럼 솜털이 보송보송한 정강이의 맨살을 쓰다듬었고, 내가 한 농담에 내가 웃음을 터뜨리며 몸을 흔들어 그 짜릿한 떨림을 감추었다. 한두 번쯤은 그녀의 장난감을 쓰다듬으며 얼굴을 들이밀고 익살스러운 귓속말을 하면서 내 입술을 스치는 머리카락의 온기를 느끼기도 했다. 그녀도 자꾸 몸을 꼼지락거리자 결국 엄마가 그만하라고 쏘아붙이며 인형을 어둠 속으로 내던졌다. 나는 웃음을 터뜨리고 로의 두 다리 너머로 헤이즈에게 말을 거는 체하면서 한 손으로 내 님펫의 여윈 등을 더듬어 올라가며 남아용 셔츠 속에 가려진 살결의 감촉을 음미했다.

그러나 모두 부질없는 짓이었으니 오히려 더 심해지는 갈망에 지쳤고, 마치 너무 꽉 끼는 옷을 입은 듯 답답하기 짝이 없었다. 그래서 그녀의 엄마가 어둠 속에서 조용히 말했을 때는 반갑기까지 했다. "이제 로는 들어가서 자는 게 좋겠어." 그러자 로가 말했다. "엄마 미워." "그럼 내일 소풍은 취소하자는 거지." "여긴 자유국가란 말이야." 성난 로가 혀를 내밀어 야유를 던지고 가버렸다. 나는 무력감에 빠져 그대로 앉아 있었고, 헤이즈는 그날 밤 들어 벌써 열번째 담배를 피우면서 로에 대해 투덜거렸다.

어처구니없는 일이지만 저애는 한 살 때부터 심술쟁이였어요. 아기 침대에서 자꾸 장난감을 내던지는 바람에 이 불쌍한 엄마가 일일이 주워줘야 했거든요, 못된 계집애! 열두 살이 된 지금은 아예 골칫거리가 돼버렸죠. 저애는 고작 우쭐거리며 행진하는 치어리더나 춤꾼이 되는 게 꿈이래요. 성적은 엉망이지만 피스키에 살던 때에 비하면 새로 들어간 학교에서는 그나마 잘 적응하는 편이죠(피스키*는 중서부의 소도시로 헤이즈 모녀의 고향이었다. 램스데일의 이 집은 죽은 시어머니에게 물려받았다. 그들이 램스데일로 이사한 지는 2년도 채 되지 않았다). "따님이 거기서 불행했던 이유가 뭐죠?" 그렇게 묻자 헤이즈가 말했다. "아, 그건 가엾은 이 몸이 잘 알죠. 저도 어렸을 때 그런 경험을 했으니까요. 사내아이들이 팔을 비틀고, 책을 잔뜩 껴안고 있을 때 일부러 부

---

* Pisky. 가공의 지명으로 '요정(Pixie)' 또는 '나방'을 의미한다.

덮치고, 머리카락을 잡아당기고, 아픈 젖멍울을 툭툭 치고, 치마를 홀렁홀렁 걷어올리죠. 물론 성장기에는 누구나 까탈스럽기 마련이지만 저애는 정말 유별나요. 속내를 털어놓질 않고 늘 부루퉁해요. 버릇없고 반항적이기도 하고요. 같은 반 친구인 비올라라는 이탈리아 아이의 엉덩이를 만년필로 찌른 적도 있어요. 제가 원하는 게 뭔지 아세요? 혹시 선생님이 가을까지 여기서 지내시게 되면 저애 공부를 좀 도와주셨으면 좋겠어요. 선생님은 모르는 게 없으시잖아요. 지리학, 수학, 프랑스어까지." 선생님은 이렇게 대답했다. "아, 모르는 게 없죠." 그러자 헤이즈가 재빨리 말했다. "그건 여기 계시겠다는 말씀이군요!" 이따금 내 어린 학생을 애무할 수만 있다면 영원히 머물겠다고 목청껏 외치고 싶었다. 하지만 나는 헤이즈를 경계했다. 그래서 흐음 하는 소리로 대답을 대신하고 팔다리를 어긋버긋(이 말이 딱 어울린다) 뻗으며 기지개를 켠 후 곧 내 방으로 올라왔다. 그러나 이 여자는 하루를 그렇게 끝마칠 생각이 없었던 모양이다. 내가 서늘한 침대에 누워 두 손으로 롤리타의 아리따운 환영을 내 얼굴에 밀착시키고 있을 때 이 끈질긴 주인여자가 살금살금 다가오더니 방문 너머에서 속닥거렸다. 며칠 전에 내가 눈요기를 하면서 군침이라도 삼키려고 빌렸던 잡지를 다 보았는지 궁금하다는 이야기였다. 그때 로가 자기 방에서 그 책은 자기한테 있다고 버럭 소리쳤다. 빌리고 빌려주고, 맙소사, 공공도서관이 따로 없군.

금요일. 내가 집필중인 교과서에 롱사르의 '불그스레한 틈새'나 레미벨로의 '보드라운 이끼로 뒤덮인 언덕, 한복판에 그어진 붉은 금 하나' 같은 구절을 인용한다면 학구적인 출판사 사람들이 뭐라고 할까. 이 집에—사랑하는 그녀 곁에—한시라도 더 머물다가는 견딜 수 없는 유혹에 시달리다가 결국 신경쇠약으로 쓰러지고 말겠다. 나의 사랑, 나의 사랑, 나의 생명, 나의 신부. 그녀는 대자연에게서 이미 초경의 신비를 배웠을까? 더부룩한 느낌. 아일랜드인의 저주. 지붕에서 떨어졌다. 할머니 오셨다.* '자궁님은 (소녀들을 위한 잡지에서 인용) 그곳에 아기가 자리잡을 경우를 대비하여 두툼하고 말랑말랑한 벽을 만들기 시작합니다.' 푹신푹신한 감방**에 갇힌 조그마한 미치광이.

그건 그렇고, 내가 만약 살인이라는 중죄를 저지른다면…… 여기서 '만약'이라는 말에 주의해주길 바란다. 내가 발레리아에게 느꼈던 충동보다는 훨씬 더 강렬한 충동이 필요하리라. 내가 그때는 좀 어리석었다는 사실을 감안해주기 바란다. 만약 여러분이 나를 전기의자에 앉히고 싶다면, 나 같은 사람은 잠시 미쳐버리기 전에는 그렇게 짐승처럼 무지막지한 짓을 저지를 리가 없음을 꼭 기억해주기 바란다(이 부분은 모두 수정되었는지도 모른다). 때때로 나는 꿈속에서 살인을 시도한다. 그런데 그때마다 어떤 일이 벌어질까? 예컨대 내가 권총을 손에 쥐었다고 치자. 예컨대 자못 흥미롭다는 듯이 묵묵하고 담담하게 나를 바라보는 적을 겨냥했다고 치자. 아, 물론 방아쇠를 당기기는 한다. 그러나 겁먹은 듯한 총구가 뱉어내는 총알은 차례차례 맥없이 떨어져 바닥에 나뒹군다. 그런 꿈을 꿀 때마다 내 머릿속에는 서서히 짜증을 내는 적에게 이 어처구니없는 실수를 들키지 말아야겠다는 생각뿐이다.

오늘 저녁식사 때(내가 칫솔처럼 생긴 익살스러운 콧수염을 길러볼

---

* 모두 월경을 뜻하는 완곡어법.
** 원문의 'padded cell'은 벽에 완충용 패드를 댄 정신이상자 수용시설을 뜻하나 여기서는 롤리타의 자궁을 암시한다.

까 말까 고민중이라고 장난기 섞인 말투로 이야기한 직후였다) 늙은 고양이가 딸을 놀려대는 엄마의 시선으로 로를 곁눈질하면서 말했다. "웬만하면 그러지 마세요. 누가 완전히 넋을 잃으면 어쩌시려고." 그 말이 떨어지자마자 로가 생선찜 접시를 확 밀어버리는 바람에 하마터면 우유잔이 쓰러질 뻔했다. 그녀는 곧바로 식당에서 뛰쳐나갔다. 그러자 헤이즈 여사께서 말씀하시었다. "혹시 내일 저희랑 아워글래스 호수에 수영하러 가자고 하면 너무 따분해서 싫다고 하실까요? 물론 로가 잘못했다고 사과한 다음에 말예요."

얼마 후 문을 쾅 닫는 엄청난 소리에 이어 각양각색의 소음이 들려왔다. 두 연적이 제대로 맞붙었는지 온 집 안이 들썩거렸다.

로는 사과하지 않았다. 호수 나들이는 취소되었다. 재미있었을 텐데.

토요일. 벌써 며칠째 내 방에서 글을 쓸 때마다 문을 조금씩 열어두었는데 오늘에야 비로소 이 덫이 제구실을 했다. 로가―부르지도 않았는데 찾아오기가 좀 쑥스러웠는지―한참 동안 안절부절 주춤주춤 부스럭부스럭하면서 공연히 시간을 끌더니 내 방에 들어와서도 이리저리 서성거리다가 내가 종이 한 장에 꼬불꼬불 휘갈겨 쓴 악몽 같은 악필에 관심을 보였다. 아, 안 돼. 그것은 문학사를 집필하다가 문단과 문단 사이에 문득 영감을 얻어 끼적거린 글이 아니라 상형문자처럼 지독한 (따라서 그녀가 해독할 수 없는) 난필로 작성한 내 추악한 욕망의 기록이었다. 그녀가 몸을 기울여 내가 앉은 책상에 갈색 곱슬머리를 드리울 때 목이 잠겨버린 험버트는 파렴치하게도 피붙이인 양 천연덕스레 그녀의 몸에 팔을 둘렀다. 그러자 이 어리고 순진한 손님은 여전히 종잇장을 손에 쥐고 근시처럼 가까이 들여다보면서 천천히 자세를 낮춰 내 무릎에 엉거주춤 걸터앉았다. 송곳니를 드러낸 내 입에서 겨우 3인치 거리에 그녀의 사랑스러운 옆얼굴, 벌어진 입술, 따뜻한 머리카락이 있었다. 사내아이 같은 차림새를 한 그녀의 까칠까칠한 옷감 너머로 뜨거운 체온이 느껴졌다. 나는 이 순간 그녀의 목이나 입가에 입맞춤을 해도 말썽이 생기지 않으리라는 것을 불현듯 깨달았다. 그녀는 내 행동을 거부하지 않을 테고 오히려 할리우드 영화에서 배운 대로 살포시 눈을 감으리라. 뜨거운 초콜릿 시럽을 뿌린 더블 바닐라 아이스크림—신기하다면 이게 더 신기하지, 그 정도는 자연스러운 일이다. 그러나 그런 깨달음을 어떻게 얻었는지는 독자 제현께(지금쯤 두 눈을 부릅뜨다못해 눈썹이 대머리 뒤통수까지 훌러덩 넘어가버린 여러분에게) 말씀드릴 수 없다. 어쩌면 유인원 같은 나의 귀가 그녀의 호흡 리듬에 일어난 미묘한 변화를 무의식적으로 감지했는지도 모른다. 왜냐하면 이때 그녀는 이미 내가 휘갈겨 쓴 글씨에 집중하지 못하고, 호기심이 가득하면서도 침착한 표정으로—아아, 속이 훤히 들여다보이는 투명한 님펫이여!—바야흐로 이 매력적인 하숙인이 견딜 수 없이 하고 싶은 일을 과감하게 저지르기를 기다리고 있었기 때문이다. 나는 요즘 아이들이라면, 특히 영화잡지를 탐독하는 열렬한 애독자이며 꿈결처럼 느릿느릿한 클로즈업 장면에 일가견이 있는 아이라면 이런 상황을 그리 이상하게 여기지 않으리라 짐작했다. 설령 나처럼 잘생기고 대단히 원기왕성한 성인 친구가 갑자기—그러나 기회는 지나가버렸다. 느닷없이 집 안이 떠들썩해졌기 때문이다. 방금 돌아온 헤이즈 부인에게 수다쟁이 루이즈가 레슬리 톰슨과 함께 지하실에 내려갔다가 뭔가 죽어 있는 걸 발견했다고 설명하는 소리였고, 어린 롤리타는 그런 이야기를 흘려들을 아이가 아니었다.

일요일. 변화무쌍하고 심술궂고 명랑하고 부산스럽고 우아한 그녀, 장난꾸러기 열두 살 소녀의 발랄한 매력을 지닌 그녀, 머리카락을 고정시킨 까만 기성품 나비 리본과 머리핀에서부터 날씬한 종아리 아래쪽, 그러니까 수수한 흰색 양말에서 2인치쯤 위쪽에 있는 (피스키에서 롤러스케이트에 걸어채어 생긴) 작은 흉터에 이르기까지, 아니 머리끝부터 발끝까지(속속들이 여성 작가들이 좋아하는 뉴잉글랜드풍!) 못 견디게 탐스러운 그녀가 엄마와 함께 해밀턴네 집으로 가버렸다. 생일파티라나 뭐라나. 스커트가 풍성한 체크무늬 무명 원피스. 그녀의 작은 비둘기들이 벌써 꽤 부풀어오른 듯하다. 조숙한 귀염둥이!

월요일. 비 내리는 아침. '감미로운 잿빛 아침……' 내 흰색 파자마는 등판에 라일락 문양이 있다. 나는 오래된 정원에서 흔히 볼 수 있는 통통하고 창백한 거미와 같다. 반짝이는 거미집 한복판에 자리를 잡고 이 줄 혹은 저 줄을 살짝살짝 잡아당긴다. 교활한 마법사처럼 집 안 전체에 내 거미줄을 펼쳐놓고 내 의자에 앉아 귀를 기울인다. 로가 자기 방에 있을까? 비단실을 살며시 당겨본다. 그곳에는 없다. 때마침 원통형 화장지걸이가 스타카토로 또르륵또르륵 도는 소리가 들렸으니까. 내가 펼쳐놓은 줄에서는 욕실에서 자기 방으로 돌아가는 그녀의 발걸음이 아직 감지되지 않았다. 이를 닦는 중일까? (로가 위생을 위해 열심히 실천하는 습관은 그것뿐이다.) 아니군. 방금 욕실 문이 쾅 닫혔으니까. 이 아름답고 따뜻한 색감의 먹잇감을 찾아내려면 집 안 다른 곳을 탐색해야 한다. 비단실 한 가닥을 계단 아래로 내려보낸다. 이 방법으로 그녀가 부엌에 없음을 확인했다. 냉장고 문을 탕탕 닫거나 혐오스러운 엄마에게 빽빽거리는 소리가 들리지 않았으니까(엄마는 나지막하지만 명랑하고 정다운 목소리로 수다를 떠는 중인데, 아침부터 벌써 세 번째 통화인 듯싶다). 자, 그렇다면 행운을 기대하면서 이리저리 뒤져보는 수밖에 없다. 나는 햇빛처럼 소리없이 거실로 스며드는 내 모습을 상상하다가 문득 라디오가 조용하다는 사실을 깨닫는다(엄마는 여전히 챗필드 부인이나 해밀턴 부인과 대화를 나누는데, 빈손으로 수화기를 가리고 아주 조용조용하게, 얼굴을 붉히고 미소를 지으면서, 이런저런 흥미로운 소문을, 하숙인roomer에 대한 소문rumor을 부정하면서, 그러나 실제로는 넌지시 긍정하면서 은밀히 속닥거리는데, 이 거침없는 여자와 얼굴을 맞대고 이야기할 때는 좀처럼 볼 수 없는 모습이다). 그렇다면 나의 님펫은 이 집 안에 없다! 나가버렸구나! 무지갯빛 그물이라 여겼던 것이 이제 보니 오래된 잿빛 거미집에 불과했고 집 안은 이미 텅 비어 적막하구나. 그런데 바로 그때 반쯤 열린 문틈으로 롤리타의 달콤하고 나지막한 웃음소리가 들려온다. "엄마한테 이르지 마요. 아저씨 베이컨 내가 다 먹어버렸어요." 허둥지둥 방 밖으로 나가보았지만 이미 사라졌다. 롤리타, 어디로 갔니? 주인여자가 정성껏 차려준 아침식사 쟁반이 휑하게 이가 빠진 채 어서 방 안으로 데려가달라는 듯이 나를 노려본다. 롤라, 롤리타!

화요일. 오늘도 먹구름 때문에 소풍을 못 갔다. 그 호수에 한번 놀러 가기가 왜 이리도 어려운지. 운명의 장난일까? 어제는 나도 거울 앞에서 새로 산 수영복을 입어보았건만.

수요일. 오후에 헤이즈가 (맞춤 드레스 차림에 평범해 보이는 구두를 신고) 친구의 친구에게 줄 선물을 사기 위해 차를 몰고 시내에 나가려는 참인데 내가 옷감이나 향수에 대한 안목이 탁월하니까 함께 가주지 않겠느냐고 물었다. "선생님 마음에 드는 물건을 골라주세요." 간드러진 목소리였다. 향수 사업에 종사하는 험버트가 어찌 거절할 수 있겠는가? 게다가 그녀가 이미 나를 앞베란다와 자동차 사이의 구석으로 몰아넣은 뒤였다. 내가 차를 타려고 (그러나 여전히 빠져나갈 핑계를 찾느라 필사적으로 머리를 쥐어짜면서) 커다란 몸뚱이를 어렵사리 구부릴 때 그녀가 말했다. "서둘러주세요." 그녀가 시동을 걸었지만 때마침 몸이 불편한 건넛집 노부인에게 새 휠체어를 배달하고 후진으로 방향을 틀던 트럭이 앞을 가로막는 바람에 고상하게 욕을 할 때 거실 창가에서 나의 롤리타가 날카롭게 외쳤다. "잠깐! 어디 가? 나도 갈래! 기다려!" 그러자 헤이즈가 (시동을 꺼뜨리며) 빽 소리쳤다. "무시하세요!" 미녀 운전사에게는 애석한 일이겠지만 로가 벌써 나타나서 내가 앉은 조수석 문을 열었다. "정말 못 참겠다!" 헤이즈가 그렇게 포문을 열었지만 로는 이미 허겁지겁 차에 올라타고 기쁨에 겨워 몸을 떨면서 내게 말했다. "엉덩이 좀 치워주시죠." 그러자 헤이즈가 (무례한 로를 내쫓으라는 듯이 나를 곁눈질하면서) 버럭 소리쳤다. "로!" 그러나 로는 (전에도 자주 그랬듯이) 대꾸했다. "보라!"* 그 순간 차가 벌컥 출발하는 바람에 그녀도 나도 몸이 뒤로 확 젖혀졌다. 헤이즈가 거칠게 2단 기어를 넣으면서 말했다. "도저히 못 참겠다. 무슨 애가 그렇게 버르장머리가 없니? 게다가 고집불통이고. 낄 자린지 아닌지도 모르고 말이야. 더군다나 목욕도 안 한 주제에."

---

* And behold. 자기 이름(Lo)을 부르며 꾸짖는 엄마에게, 고문(古文)에서 흔히 볼 수 있는 'Lo and behold(자, 보라)!'라는 문장을 인용하여 딴청을 부리는 말.

주먹을 쥔 내 손이 로의 청바지에 닿았다. 그녀는 맨발이었는데 발톱에 선홍색 페디큐어의 흔적이 남아 있고 엄지발가락에는 반창고가 붙어 있었다. 그리고, 맙소사, 원숭이처럼 발가락이 길고 뼈대가 섬세한 그 발에 당장 그 자리에서 입맞출 수만 있다면 세상 그 무엇이 아까우랴! 그때 갑자기 그녀의 손이 내 손안으로 파고들었고, 나는 가게에 도착할 때까지 감시자에게 들키지 않도록 조심하면서 그 작고 뜨거운 앞발을 움켜쥐고 쓰다듬고 어루만졌다. 마를레네를 닮은 운전사의 콧방울이 번들거렸는데, 아마도 파우더가 지워졌거나 타버린 모양이었다. 그녀는 그 일대의 교통 흐름에 대해 점잖은 독백을 이어가면서 이따금 미소 띤 옆얼굴, 입술을 내미는 옆얼굴, 화장한 속눈썹을 깜박거리는 옆얼굴을 보여주었고, 한편 나는 이대로 영원히 그 가게에 도착하지 않기를 빌었지만 부질없는 소망이었다.

여기서 덧붙일 만한 내용은 두 가지뿐이다. 첫째, 집으로 돌아오는 길에 큰 헤이즈가 작은 헤이즈를 뒷좌석에 앉혔고, 둘째, 헤이즈 아줌마는 험버트가 골라준 물건을 남에게 선물하지 않고 자신의 예쁜 귓등에 뿌리겠다고 했다.

목요일. 월초에는 열대지방 같은 날씨더니 지금은 우박과 강풍이 우리를 괴롭힌다. 『청소년 백과사전』을 뒤적이다가 어린애가 얇은 종이에 연필로 베끼다 만 미국 지도를 발견했다. 뒷면을 보니 플로리다 주와 멕시코 만의 미완성 윤곽선이 있는 자리에 등사기로 찍은 이름들이 있었는데 램스데일 학교에서 그녀가 속한 반의 명단이 분명했다. 그것은 내게 한 편의 시였고, 나는 이미 이 시를 달달 외운다.

에인절, 그레이스

오스틴, 플로이드

빌, 잭

빌, 메리

벅, 대니얼

바이런, 마거리트

캠벨, 앨리스

카마인, 로즈

챗필드, 필리스

클라크, 고든

카원, 존

카원, 매리언

덩컨, 월터

폴터, 테드

판타지아, 스텔라

플래시먼, 어빙

폭스, 조지

글레이브, 메이블

구데일, 도널드

그린, 루신다

해밀턴, 메리 로즈

헤이즈, 돌로레스

호넥, 로절린

나이트, 케네스

맥쿠, 버지니아

맥크리스틸, 비비언

맥페이트, 오브리

미란다, 앤서니

미란다, 비올라

로자토, 에밀

슐렝커, 리나

스콧, 도널드

셰리든, 애그니스

셔바, 올레그

스미스, 헤이즐

탤벗, 에드거

탤벗, 에드윈

웨인, 럴

윌리엄스, 랠프

윈드멀러, 루이즈

  시, 이거야말로 한 편의 시가 아닌가! 이렇게 여러 이름이 모인 특별한 자리에서 장미꽃 두 송이를 경호원처럼 거느린*—마치 두 시녀 사이에 서 있는 요정 공주님 같은—'헤이즈, 돌로레스'를(그녀를!) 보게

---

* 명단에서 롤리타의 앞뒤에 있는 '로즈'와 '로절린'이 장미를 뜻하는 이름이다.

되다니 정말 신기하고 즐거운 일이다. 지금 나는 수많은 이름 속에서 발견한 그 이름이 나에게 안겨준 짜릿짜릿한 환희를 분석해보려 한다. 무엇 때문에 하마터면 (시인이나 연인 들이 흘리는 뜨겁고 진한 오팔 구슬 같은) 눈물이 쏟아질 만큼 감동했을까? 도대체 무엇 때문일까? 이 성명이 격식에 맞춰 ('돌로레스'라는) 베일을 두름으로써 연약한 익명성을 얻고, 이름과 성의 위치가 바뀜으로써 추상성을 얻고, 그리하여 마치 얇은 장갑을 끼거나 가면을 쓴 듯해서? 여기서 '가면'이 실마리일까? 그 어렴풋한 신비로움 속에, 치렁치렁한 차르샤프[18] 속에 반드시 기쁨이 있으니까, 내 곁을 지나가면서 나만 바라보고 나에게만 보여주는 미소 띤 눈동자와 육체가 있으니까? 아니면 서글프고 아련한* 내 연인과 함께 생활하는 반 친구들의 다채로운 모습을 생생하게 상상할 수 있기 때문일까? 여드름투성이 그레이스, 다리를 저는 지니, 수음을 하느라 수척해진 고든, 폴폴 냄새를 풍기는 익살쟁이 덩컨, 손톱을 물어뜯는 애그니스, 여드름이 많고 가슴이 풍만한 비올라, 예쁜이 로절린, 가무잡잡한 메리 로즈, 낯선 사람의 손길을 거부하지 않았다는 귀염둥이 스텔라, 난폭하고 손버릇 나쁜 랠프, 내가 연민을 느끼는 어빙.[19] 그 속에, 그 아이들 속에 그녀가 있다. 연필을 잘근잘근 깨무는, 선생님들에게 미움을 받는, 머리카락과 목덜미에 모든 남학생들의 시선을 받는 나의 롤리타가.

금요일. 끔찍한 재앙이 일어났으면 좋겠다. 지진. 혹은 장엄한 폭발. 그래서 그녀의 엄마를 포함하여 반경 몇 마일 안에 사는 사람들이 모

---

* dolorous and hazy. '돌로레스 헤이즈(Dolores Haze)'라는 이름의 발음과 의미를 이용한 언어유희.

조리 처참하게, 그러나 순식간에 즉사하여 영원히 사라져버린다. 롤리타는 내 품에 안겨 울먹인다. 나는 자유인이 되어 폐허 속에서 그녀를 만끽한다. 그녀가 질겁하면 내가 설명해주고 시범을 보이고 짐승처럼 울부짖는다. 그러나 이 얼마나 어리석고 부질없는 공상인가! 내가 더 용감한 남자였다면 이미 그녀에게 (예컨대 어제 그녀가 학교에서 그린 그림과 공예 작품을 보여주려고 다시 내 방에 들어왔을 때) 지극히 파렴치한 짓을 저질렀을 것이다. 뇌물로 구워삶을 수도 있고, 아무튼 나쁜 짓을 하고도 무사히 넘어갔을 것이다. 내가 더 단순하고 현실적인 남자였다면 소박하게 돈으로 구할 수 있는 대용품으로 만족했을 것이다. 다만 어디로 가야 하는지를 나는 알지 못했다. 나는 겉모습은 제법 사내답게 생겼지만 사실은 지독하게 소심하다. 추잡하고 천박하고 불쾌한 상황에 빠질지도 모른다는 상상만 해도 나의 낭만적인 영혼은 식은땀을 흘리며 몸서리친다. 저 음탕한 바다 괴물들. "그래, 잘한다, 잘한다!" 애너벨은 반바지를 입느라 외발로 깡충깡충 뛰었고 나는 분노로 인해 솟구치는 욕지기를 억누르며 그녀를 가려주려고 안간힘을 썼다.

같은 날, 시간이 흘러 아주 늦은 시각. 꿈을 기록해두려고 불을 켰다. 이 꿈을 꾸게 된 이유는 명확하다. 저녁식사 때 헤이즈가 이번 주말에 날씨가 화창해진다는 기상예보를 들었다면서 일요일에 예배가 끝나면 호수에 놀러가자고 마치 선심이라도 쓰듯이 말했다. 침대에 누워 잠을 청하기 전에 잠시 음란한 공상에 빠져들었는데, 이번 소풍을 어떻게 이용하면 좋을까 궁리하다가 최종적인 계획을 세웠다. 나는 나의 연인이 내게 다정하게 대할 때마다 엄마 헤이즈가 질색을 한다는 사실을 알았다. 그래서 호수에 가는 날은 우선 엄마를 만족시킬 작정이었다. 엄마하고만 대화를 나눈다. 그러다가 적당한 때를 골라서 저 너머 숲속 빈터에 손목시계나 선글라스를 두고 왔다고 둘러낸다. 그다음에는 나의 님펫을 데리고 숲속으로 들어간다. 그런데 그 순간 현실이 아득히 멀어지더니 선글라스 수색 작전은 어느새 은밀한 정사로 탈바꿈하고, 롤리타는 대단히 경험 많고 활발하고 문란하고 순종적인 소녀로 돌변하여 이성적으로는 상상조차 할 수 없는 행동을 거리낌없이 선보인다. 새벽세시. 수면제 한 알을 삼키자 곧 아까 그 꿈의 속편이라기보다 패러디라고 부를 만한 꿈이 시작되었다. 내가 아직 한 번도 가보지 못한 그 호수가 아주 선명하게 보였다는 점이 의미심장하다. 호수는 온통 에메랄드빛 얼음으로 뒤덮여 반짝거렸고, 얼굴이 얽은 에스키모 한 명이 곡괭이로 얼음을 깨려 했지만 헛일이었다. 그러나 자갈이 깔린 기슭에는 외래종 미모사와 협죽도가 만발했다. 블랜치 슈워츠먼 박사라면 이런 색몽色夢[20]을 자료로 쓰려고 돈자루 하나쯤은 기꺼이 내놓으리라. 그러나 아쉽게도 나머지 부분은 솔직히 좀 어정쩡하다. 큰 헤이즈와 작은 헤이즈가 말을 타고 호수 둘레를 도는데, 나도 아래위로 흔들리며 경중경중 따라갔지만 기마 자세를 한 다리 사이에 말은 보이지 않고 탄탄한 공기의 탄력이 느껴질 뿐이었다. 꿈을 보내주는 누군가의 방심 때문에 약간의 누락이 발생한 경우였다.

토요일. 아직도 심장이 두근거린다. 당혹스러웠던 그 순간을 되새기면서 아직도 부끄러워 몸부림치며 나지막이 신음한다.

그녀의 뒷모습. 티셔츠와 흰색 운동복 반바지 사이로 빛나는 피부가 살짝 보였다. 신문 배달하는 소년이 절묘한 솜씨로 〈램스데일 저널〉을 집어던져 정확히 베란다 위에 털썩 떨어뜨린 후, 그녀가 이 소년을(아마도 케네스 나이트였으리라) 내려다보며 정신없이 수다를 떨면서 창밖에 있는 포플러나무의 잎사귀를 따려고 창문턱 너머로 상반신을 내밀 때였다. 나는 살금살금―무언극 배우들이라면 '절뚝절뚝'이라고 표현할까―그녀에게 다가갔다. 팔다리를 엉거주춤 내민 자세로, 팔다리를 움직인다기보다는 마치 어떤 미지의 힘에 끌려가듯이 천천히 앞으로 나아갔다. 상처 입은 거미 험버트. 그녀에게 가 닿기까지 몇 시간은 족히 걸리겠다. 마치 망원경을 거꾸로 들고 들여다보는 듯 그녀가 까마득히 멀어 보였지만 나는 무시무시한 집중력을 발휘하면서 중풍 환자처럼 힘없고 뒤틀린 팔다리에 의지하여 그 작고 팽팽한 엉덩이를 향해 전진했다. 그리하여 마침내 그녀 바로 뒤에 도달했을 때 불행하게도 좀 거칠게 행동해보고 싶은 충동을 느꼈다. 목덜미를 움켜쥐고 마구 흔들어대는 식으로 내 속마음을 감추고 싶었을 뿐이건만 그녀는 다짜고짜 날카롭고 쌀쌀맞게―나쁜 계집애, 한없이 매몰차게―쏘아붙였다. "왜 이래요!" 그래서 풀이 팍 죽어버린 험버트는 억지웃음을 지으며 쓸쓸히 물러날 수밖에 없었고, 그녀는 다시 길거리를 내려다보며 수다를 계속 떨었다.

그러나 이제 그후에 일어난 일을 들어보라. 점심식사를 하고 나서 안뜰의 나지막한 의자에 몸을 눕히고 책을 읽으려 할 때였다. 갑자기 두 손이 나타나서 재빨리 내 눈을 가렸다. 마치 아침에 내가 했던 짓을 발레 동작으로 재현하려는 듯이 살금살금 다가온 그녀였다. 햇빛을 가리려고 애쓰는 그녀의 손가락이 붉게 빛났고, 내가 비스듬히 누운 자세를 바꾸지 않고 옆이나 뒤로 팔을 내뻗자 그녀는 이리저리 피하면서 딸꾹질 같은 웃음을 터뜨렸다. 그러다가 내 손이 깔깔거리는 그녀의 날랜 다리를 쓸어내리고 내 무릎에 놓아둔 책이 썰매처럼 미끄러져 떨어질 때 헤이즈 부인이 다가와 알랑거리며 말했다. "연구하시는데 방해를 하면 그냥 힘껏 때려주세요. 저는 이 정원이 정말 좋아요(느낌표가 없는 어조였다). 햇빛을 받으면 정말 아름답지 않나요(물음표도 없다)." 이 밉살스러운 여자는 짐짓 만족스럽다는 듯이 한숨을 쉬고 잔디밭에 털썩 주저앉더니 두 손을 펼쳐 땅을 짚고 하늘을 올려다보았다. 잠시 후 낡은 회색 테니스공 하나가 통 튀어 그녀의 머리 위로 휙 지나가고 집 쪽에서 로의 도도한 목소리가 들려왔다. "미안해, 엄마. 엄마를 맞히려고 한 건 아니야." 아니긴 뭐가 아니야. 잔망스럽고 성깔 사나운 우리 귀염둥이.

12

이것이 약 20일 치에 해당하는 일기의 마지막 기록이다. 이 일기를 훑어보면 악마가 제아무리 교활한 흉계를 꾸며도 나날이 별 진척이 없었음을 알 수 있다. 악마는 먼저 나를 유혹한 후 금방 훼방을 놓고는 그때마다 내 존재의 근원에 둔중한 고통을 남겼다. 나는 내가 무엇을 원하는지, 아이의 순결을 더럽히지 않고 그것을 얻으려면 어떻게 해야 하는지 알고 있었다. 어쨌든 그때까지 소아성애증을 지니고 살면서 나름 대로 약간의 경험을 쌓았으니까. 예컨대 공원에서 알록달록한 님펫들을 눈으로 소유하기도 했고, 시내버스를 타면 손잡이에 매달린 어린 학생들이 우글거리는 가장 덥고 가장 혼잡한 구석으로 조심조심 음흉하게 파고들기도 했다. 그러나 3주가 다 가도록 나의 가여운 음모는 번번이 실패만 거듭했다. 이런 실패의 주된 요인은 헤이즈 부인이었다(독자들도 눈치챘겠지만 그 여자는 내가 로를 농락할까봐 두려워하기보다 로가 나 때문에 즐거워하는 것을 더 두려워했다). 만약 악마가 나를 좀더 오래 가지고 놀기 위해선 나에게 약간의 위안을 줘야 한다는 사실을 깨닫지 못했다면 나는 그 님펫—이 서툴고 고통스럽고 소심한 손으로 드디어 만져볼 수 있었던 최초의 님펫—에게 품은 열정 때문에 다시 요양원에 들어갈 수밖에 없었으리라.

독자들은 그 호수에 대한 신기한 환상도 눈여겨보았을 것이다. 오브리 맥페이트*(내가 나의 악마에게 붙여준 이름이다)의 입장에서 본다면 이미 약속이 된 호숫가 또는 내가 상상한 숲속에서 내게 작은 기쁨이라도 맛보게 해주는 것이 합당하다. 그러나 헤이즈 부인의 약속은 속임수였다. 그녀는 메리 로즈 해밀턴도(역시 나름대로 귀엽고 가무잡잡한 미녀였다) 같이 간다는 사실을 나에게 말해주지 않았다. 두 님펫은 자기들끼리 속닥거리고 자기들끼리 놀고 무엇이든 자기들끼리 즐기라고 내버려두고 헤이즈 부인은 모처럼 엿보는 눈이 없는 곳에서, 잘생긴 하숙인과 단둘이, 반라의 몸으로, 조용히 대화를 나눠보려는 속셈이었다. 그러나 실제로는 엿보는 눈도 있고 수군거리는 혀도 있었다. 인생이란 참으로 오묘하지 않은가! 우리는 원하는 운명을 손에 넣으려 서두르다가 오히려 놓치기 일쑤니 말이다. 내가 이 집에 도착하기 전까지만 해도 주인여자는 친정집 요리사였던 여자의 딸이라는 미스 팔렌을

---

* Aubrey McFate. 11장의 명단에 있는 이름으로 '맥페이트'라는 성에는 '운명(fate)'이라는 단어가 들어 있다.

불러들일 생각이었다. 내심 직장인 체질이라고 믿는 헤이즈 부인은 롤리타와 나를 돌보는 일을 그 노처녀에게 맡겨놓고 자신은 가까운 도시에서 적당한 일자리를 구하려 했던 것이다. 그녀는 모든 상황을 빈틈없이 구상해놓았다. 헤어 훔베르트*라는 사람은 보나마나 등이 구부정한 안경쟁이로, 중부 유럽식 트렁크를 들고 나타나서는 낡은 책무더기 속에 틀어박혀 먼지만 뒤집어쓰고 있을 테고, 정붙이기 힘든 못난이 딸내미는 예전에 독수리처럼 로를 감시한 경험이 있는 미스 팔렌이 엄격하게 관리할 테니(로는 1944년 그 여름을 떠올리며 분에 못 이겨 치를 떨었다) 헤이즈 부인 자신은 어느 세련된 대도시에서 접수원으로 근무한다는 계획이었다. 하지만 그리 복잡하지도 않은 한 가지 사건 때문에 계획이 틀어지고 말았다. 내가 램스데일에 도착하던 바로 그날, 미스 팔렌이 조지아 주 서배너에서 엉치뼈가 부러지는 부상을 입었다.

13

앞에서 이야기한 토요일을 보내고 맞이한 일요일은 기상대의 예측대로 날씨가 화창했다. 나는 주인여자가 아무 때나 가져갈 수 있도록 아침식사 쟁반을 내 방 바깥의 의자 위에 내다놓은 후 낡은 침실용 슬리퍼를—내 소지품 중에서 유일하게 오래된 물건이다—신은 채 층계참 난간 앞으로 살금살금 다가가서 귀를 기울이다가 다음과 같은 상황

---

* Herr Humbert. '험버트 씨'의 독일어 표기.

을 알게 되었다.

또 한바탕 소동이 벌어졌다. 해밀턴 부인이 전화를 걸어 자기 딸이 "열이 펄펄 끓는다"고 했기 때문이다. 그래서 헤이즈 부인은 자기 딸에게 소풍을 연기해야겠다고 말했다. 그러자 성미 급한 작은 헤이즈는 냉정한 큰 헤이즈에게, 그렇다면 교회에도 함께 가지 않겠다고 대꾸했다. 엄마는 마음대로 하라면서 혼자 나가버렸다.

그때 나는 면도를 하자마자 층계참으로 나간 터라 귓불에 비누거품이 묻은 채였고 여전히 등판에 (라일락이 아니라) 수레국화 같은 남색 무늬가 들어간 흰색 파자마 차림이었다. 나는 그제야 비로소 비누거품을 닦아내고 머리와 겨드랑이에 향수를 뿌리고 자줏빛 실크 가운을 걸친 후 초조하게 콧노래를 흥얼거리며 로를 찾아 계단을 내려갔다.

이제부터 재현하려는 장면에는 독자 제현도 동참해주셨으면 좋겠다. 부디 이 장면의 세부적인 내용을 하나하나 면밀히 검토해주시기를, 그래서 내 변호사가 나와 단둘이 이야기할 때 썼던 표현처럼 '편견 없는 공감'의 마음가짐으로 바라보면 포도주처럼 향기로운 이 장면 전체가 얼마나 조심스럽고 순수한지를, 독자 여러분도 몸소 확인해주시기 바란다. 그럼 이제 시작해보자. 이런 설명은 나에게도 결코 쉬운 일이 아니다.

주연: 콧노래를 부르는 험버트Humbert the Hummer. 시간: 6월의 어느 일요일 아침. 장소: 햇빛이 가득한 거실. 소품: 낡은 줄무늬 소파, 잡지 몇 권, 축음기, 멕시코산 장식품 몇 개(고인이 된 해럴드 E. 헤이즈 씨는—하느님, 이 선량한 사람을 축복하소서—베라크루스에 신혼여행을 갔을 때 온통 파랗게 칠한 방에서 시에스타 시간을 활용하여 아

내에게 나의 연인을 잉태시켰는데, 이 거실에는 그때의 기념품이 즐비하고 돌로레스도 그중 하나다). 그날 그녀는 내가 일전에 한번 본 예쁜 날염 드레스를 입었다. 스커트는 풍성하고, 몸통은 타이트하고, 소매는 짧고, 분홍색 바탕에 짙은 분홍색 체크무늬 드레스였다. 입술에도 이런 배색에 어울리는 색을 칠한데다 오므린 손에는 조금 진부하지만 에덴의 사과처럼 새빨갛고 아름다운 사과 한 알까지 들고 있었다. 교회에 안 가기로 했으니 신발은 신지 않았다. 제일 아끼는 흰색 핸드백도 축음기 근처에 아무렇게나 던져두었다.

로가 소파의 내 옆자리에 앉는 순간 시원한 감촉의 스커트가 풍선처럼 부풀었다가 사르르 가라앉았고 내 심장은 북을 치듯이 쿵쿵거렸다. 그녀는 반질반질한 사과를 가지고 장난을 쳤다. 햇빛을 받은 먼지가 뽀얗게 빛나는 허공에 매끈매끈한 사과를 던져올렸다가 손을 오므려 받아낼 때마다 찰싹 소리가 났다.

험버트 험버트가 사과를 가로챘다.

"돌려줘요." 로가 발그레하게 물든 대리석 같은 손바닥을 내밀며 애원했다. 나는 딜리셔스*를 선선히 내주었다. 그녀가 사과를 움켜쥐고 덥석 깨무는 순간 그 얇은 진홍색 껍질 속에서 내 심장이 눈처럼 녹아내렸다. 이 미국인 님펫은 원숭이처럼 민첩한 동작이 특징인데, 그날도 내가 멍하니 펼쳐들고 있던 잡지를 재빨리 낚아챘다(우리가 동시에 또는 엇갈리게 펼친 동작들이 기기묘묘하게 만나고 어우러져 마치 모노그램[21]을 그리는 듯했던 그 순간을 필름에 담아두지 못한 게 안타깝

---

* 북미 원산의 사과 품종.

다). 로는 먹다 남은 사과를 쥐고서도 불편한 기색 없이 빠르고 거칠게 책장을 홱홱 넘기면서 험버트에게 보여주고 싶은 무엇인가를 찾았다. 마침내 찾아냈다. 나는 관심을 빙자하여 머리를 바싹 들이밀었다. 그녀의 머리카락이 내 관자놀이에 닿고 그녀가 손목으로 입을 닦을 때 그 팔이 내 뺨을 스쳤다. 마치 환한 안개가 눈앞을 가린 듯하여 사진을 보면서도 내가 얼른 반응하지 못하자, 그녀는 곧 조바심을 내면서 맨무릎을 마주 비비거나 탁탁 부딪쳤다. 이윽고 희미하게나마 내 눈에 들어온 장면은 해변에 편안히 누워 휴식을 취하는 초현실주의 화가, 그리고 그 근처 모래밭에 반쯤 파묻힌 채 역시 편안히 드러누운 밀로의 비너스 석고 복제품. '이 주의 사진'이라는 제목이 붙었다. 나는 이 외설적인 사진이 실린 잡지를 통째로 낚아챘다. 다음 순간 그녀가 잡지를 다시 빼앗겠다는 핑계로 내 몸을 덮쳤다. 나는 그녀의 가늘고 뼈가 불거진 손목을 붙잡았다. 잡지가 놀란 닭처럼 방바닥으로 도망쳤다. 그러자 그녀도 몸을 비틀어 빠져나가더니 뒤로 물러앉아 소파 오른쪽 구석에 벌렁 드러누웠다. 그러더니 글쎄, 이 당돌한 계집애가 아주 태연하게 두 다리를 뻗어 내 무릎에 척 올려놓는 것이었다.

이때쯤 나는 극도로 흥분해서 제정신이 아니었지만 광인 특유의 교활함을 잃지 않았다. 소파에 앉은 채 은밀히 몸을 움직여 마침내 나의 감춰진 욕망을 그녀의 천진난만한 다리에 밀착시켰다. 이런 수작을 성공시키기까지 눈에 띄지 않게 조금씩 움직이면서 꼬마 아가씨의 주의를 딴 데로 돌리는 것은 결코 쉬운 일이 아니었다. 빠르게 지껄이고, 그러다가 숨이 차면 허겁지겁 몰아쉬고, 그러느라 이야기가 끊어지면 갑자기 이가 아픈 체하고—그런 와중에도 광인의 은밀한 눈은 머나면 황금빛 목표물을 한시도 놓치지 않고, 조심스레 마법의 마찰력을 증가시키면서, 비록 현실은 아니지만 환상의 힘을 빌려, 내 무릎에 비스듬히 놓인 가무잡잡한 두 다리의 무게와 차마 입에 담을 수 없는 정욕의 은밀한 돌출부 사이에 존재하는, 물리적으로는 제거할 수 없으나 심리적으로는 얼마든지 걷어낼 수 있는 물질적 장애물(파자마와 가운)의 질감을 조금씩 줄여갔다. 횡설수설하는 사이에 문득 기계적으로 읊어댈 수 있는 편리한 화제가 생각났다. 그래서 당시 유행하던 시시한 노래의 가사를 조금씩 바꿔가며 흥얼거렸는데―오, 나의 카르멘, 어린 카르멘, 밤과 별과 자동차가 어쩌고저쩌고, 술집과 바텐더가 어쩌고저쩌고―그런 노랫말을 무의식적으로 반복하면서 그녀에게 특별한 (가사를 바꿔 불렀기 때문에 마력을 발휘하는) 주문을 걸었다. 그러는 동안에도 혹시 하느님이 개입해서 방해하지나 않을까, 내가 혼신의 힘으로 모든 감각을 집중시킨 이 황금빛 짐을 빼앗아버리지나 않을까 조마조마했고, 그런 불안 때문에 처음 일 분가량은 의도적으로 조절한 쾌감에 보조를 맞추지 못하고 다소 급하게 서두를 수밖에 없었다. 별들은 반짝반짝, 자동차는 반들반들, 술집과 바텐더, 그 모두를 그녀에게 빼앗겼다. 노래를 가로챈 그녀는 내가 망쳐버린 가사를 바로잡아 불렀다. 사과처럼 달콤한 목소리로 노래를 잘했다. 내 예민한 무릎에 가로놓인 다리가 움찔움찔 움직이고, 나는 그 다리를 어루만졌다. 오른쪽 구석에 널브러지다시피 누운 롤라, 짧은 양말을 신은 롤라[22]는 태초의 과일을 씹으면서 과즙을 머금은 채 노래하고, 슬리퍼를 벗어던지고, 슬리퍼가 벗겨지면서 헐렁한 발목 양말이 드러난 발꿈치를 내 왼쪽 옆자리에 쌓인 해묵은 잡지 무더기에 대고 문지르는데…… 그녀의 동작 하나하나,

비비적거릴 때마다 일어나는 잔물결 하나하나가 나를 도와주고, 그 덕분에 미녀와 야수 사이에 촉감이 전달되는 은밀한 교감체계를 감추면서도 더욱더 촉진시킬 수 있었다. 곳곳이 옴폭옴폭 들어간 몸을 때묻지 않은 무명 원피스로 감싼 미녀, 그리고 이를 악물었지만 금방이라도 터져버릴 듯한 야수.

그녀의 정강이를 스치듯 쓰다듬는 내 손끝에 섬세한 털의 여리디여린 저항이 느껴졌다. 나는 어린 헤이즈Haze가 뿜어내는, 여름 안개haze처럼 자극적이면서도 건강한 열기에 넋을 잃었다. 부디 이대로, 제발 가지 말고 이대로…… 사과를 다 먹은 그녀가 사과심을 벽난로 망 너머로 던지느라 몸을 일으키자 어린 육체의, 뻔뻔할 정도로 순진한 다리와 둥근 엉덩이의 무게가 은밀한 노동과 고역에 시달리며 잔뜩 긴장한 내 무릎에 고스란히 실리고, 그 순간 갑자기 내 오감에 신비로운 변화가 일어났다. 바야흐로 몸속에서 샘솟는 희열 말고는 모든 것을 도외시하는 단계에 돌입한 것이다. 조금 전까지는 내 안의 가장 깊은 뿌리가 감미롭게 팽창하며 점점 뜨겁게 달아오르는 느낌이었지만 지금은 의식적인 삶에서는 좀처럼 경험할 수 없는 절대적 자신감과 믿음이 지배하는 완전무결한 방심 상태가 되었다. 그렇게 깊고 뜨겁고 달콤한 쾌감이 밀려들면서 마침내 궁극적인 절정의 순간을 향해 나아갈 때 문득 내가 속도를 조금 늦추면 이 불꽃을 더 오래 유지할 수 있겠다는 느낌이 들었다. 롤리타는 이미 나의 유아론적 세계 속에 확보해두었다. 마음속의 태양이 마음속의 포플러나무 사이에서 이글이글 타오르고 이 신성하고 환상적인 공간에 오로지 우리 둘뿐이었다. 나는 일부러 억제시킨, 따라서 그녀가 알아차리지도 못하고 느끼지도 못하는 희열의 얇은 너울 너머로 금가루를 뿌린 장미처럼 은은히 빛나는 그녀를 바라보았다. 그녀의 입술에 태양이 내려앉았다. 그 입술은 여전히 카르멘과 바텐더에 대한 노랫말을 종알거리는 듯했으나 그 소리는 이제 내 의식 속으로 파고들지 못했다. 이제 모든 준비가 끝났다. 쾌감을 느끼는 신경조직이 예민하게 곤두섰다. 크라우제소체*도 광란의 단계로 접어들었다. 살짝 건드리기만 해도 천국의 문이 활짝 열리리라. 나는 이제 사냥개 험버트Humbert the Hound가 아니었다. 곧 자신을 걷어찰 장홧발에 슬픈 눈을 하고 매달리는 불쌍한 똥개가 아니었다. 온갖 조롱의 괴로움을 초월한 존재, 인과응보에 대한 두려움마저 뛰어넘은 존재였다. 내가 건설한 후궁 안에서 나는 강력하고 위풍당당한 터키의 왕이었다. 막강한 권리를 충분히 의식하면서 노예들 가운데 가장 어리고 연약한 소녀를 함락시키는 순간을 일부러 미루고 있을 뿐이다. 그렇게 관능적인 심연의 가장자리에 일시적으로 멈춰 서서(예컨대 예술의 어떤 기교에 필적할 만큼 절묘한 생리적 균형을 유지하면서), 나는 마치 잠꼬대를 하면서 웃어대는 사람처럼 그녀의 노랫말을—바텐더, 무서워라, 나의 귀염둥이, 나의 카멘, 아아멘, 아하하멘[23]—닥치는 대로 읊었고, 한편 내 행복한 손은 햇빛이 부서지는 그녀의 다리를 내 빈약한 양심이 허락하는 선까지 더듬어 올라갔다. 그 전날 그녀는 복도에 놓인 무거운 궤짝에 호되게 부딪혔는데—"여기, 여기!"—나는 숨을 헐떡이며—"이게 웬일이냐, 어쩌다가 이랬어, 아, 이것 좀 봐!"—왜냐하면, 맹세코, 이 사랑스러운 님펫의 허벅지(내 거대한 털북숭이 손이 주무르다가 살

---

* 고등동물의 피부에서 온도를 감지하는 기관. 포유류에서는 결막, 점막, 직장, 외음부 등에 분포한다.

포시 감아쥔 바로 그곳)에는 누르스름한 보랏빛 피멍이 들었는데, 이때 그녀가 입은 형식적인 속옷은 있으나 마나였으니, 그 자리에서 내 굵은 엄지손가락만 길게 뻗으면 옴폭 들어간 뜨거운 샅을 거침없이, 마치 깔깔거리는 아이를 간지럽히거나 쓰다듬듯이, 그토록 손쉽게 만져볼 수도 있을 터였고—"아, 그거 별거 아니에요!"—그녀가 갑자기 새된 목소리로 외치더니 이리저리 몸을 흔들고 꿈틀거리면서 고개를 뒤로 젖히고 반짝이는 아랫입술을 윗니로 살짝 깨물면서 몸을 반쯤 틀었는데—아아, 남성 배심원 여러분!—신음 소리를 흘리던 내 입은 그 순간 훤히 드러난 그녀의 목에 닿을락 말락 하고, 마침내 나는 그녀의 왼쪽 엉덩이를 힘껏 밀어붙이면서 일찍이 인간도 괴물도 경험하지 못한 기나긴 절정의 마지막 전율을 맛보고 말았다.

바로 그 직후 (마치 몸싸움을 하다가 이제야 내 손에서 풀려난 듯이) 그녀가 소파 위에서 몸을 굴려 두 발로—아니, 한 발로—뛰어내리더니 엄청나게 시끄러운 소리를 내는 전화기 쪽으로 달려갔다. 전화벨이 언제부터 울렸는지 나로서는 짐작할 길이 없었다. 그녀는 그곳에 서서 눈을 깜박거리고, 두 뺨은 새빨갛게 물들이고, 머리는 마구 헝클어졌고, 시선은 마치 가구를 바라보듯이 가볍게 나를 스쳐지나가고, 그렇게 귀를 기울이거나 대답을 하면서 (엄마가 챗필드네 집으로 점심 먹으러 오라고 연락한 것인데, 그때까지만 해도 로와 험은 오지랖 넓은 헤이즈가 무슨 음모를 꾸몄는지 까맣게 몰랐다) 한 손에 쥔 슬리퍼로 탁자 모서리를 톡톡 두드렸다. 하느님, 감사합니다, 롤리타는 아무것도 알아차리지 못했습니다!

나는 귀를 기울이는 그녀의 시선이 잠시 머물렀던 알록달록한 비단

손수건으로 이마에 흐르는 땀을 닦고, 욕망이 해소된 후 따라오는 나른한 행복감을 음미하면서 멋들어진 실크 가운을 매만졌다. 그녀는 아직도 엄마와 옥신각신 통화중이었고(내 귀여운 카르멘은 자동차로 데리러 와달라고 요구했다), 나는 점점 더 큰 소리로 노래를 부르면서 힘차게 계단을 뛰어올라 욕조에 물을 받았다. 김이 모락모락 피어오르는 물이 폭포처럼 우렁차게 쏟아졌다.

이 시점에서 그 노래의 가사를 모두, 내가 기억하는 부분만이라도 적어두는 것이 좋겠다. 나는 한 번도 이 노래를 제대로 들어보지 못한 듯하다. 아무튼 노랫말은 다음과 같다.

오, 나의 카르멘, 어린 카르멘!
밤과 별과 자동차가 어쩌고저쩌고,
술집과 바텐더가 어쩌고저쩌고—
오, 나의 귀염둥이, 우리는 무섭게 싸웠지만
거시기 마을에서 팔짱을 끼고
그리도 즐겁게 거닐었건만,
마지막 싸움에서 내 권총으로
너를 죽이고 말았구나, 오, 나의 카르멘,
지금 내가 손에 쥔 이 권총으로.

(짐작건대 32구경 자동권총을 뽑아들고 정부의 눈에 총알을 박았으리라.)

100

14

나는 시내에서 점심을 해결했다. 그렇게 배가 고프기는 몇 년 만에 처음이었다. 어슬렁어슬렁 걸어서 돌아왔지만 로는 아직도 집에 오지 않았다. 나는 이런저런 상념에 잠기거나 흉계를 꾸미거나 그날 아침의 경험을 되새기며 흐뭇한 오후를 보냈다.

나 자신이 대견스러웠다. 나는 미성년자의 정조를 더럽히지 않으면서 꿀맛처럼 다디단 쾌감을 몰래 맛본 것이다. 그녀에게 조금도 해를 끼치지 않았다. 마술사가 젊은 여자의 새하얀 새 핸드백 속에 우유와 벌꿀과 부글거리는 샴페인을 마구 쏟아부었는데, 보라, 핸드백은 멀쩡하다. 그렇게 나는 내 비열하고 열렬하고 사악한 꿈을 교묘하게 실현시켰다. 그러나 롤리타는 여전히 무사하고 나도 무사하다. 내가 미친 듯이 소유해버린 것은 그녀가 아니라 나 자신의 창조물, 상상의 힘으로 만들어낸 또하나의 롤리타, 어쩌면 롤리타보다 더 생생한 롤리타였다. 그녀와 겹쳐지고 그녀를 에워싸면서 그녀와 나 사이에 두둥실 떠 있는 롤리타, 아무런 의지도 의식도 없는—아예 생명도 없는—롤리타였다.

그애는 아무것도 모른다. 나는 그녀에게 아무 짓도 하지 않았다. 그녀는 스크린 위에 너울거리는 영상과 같고 나는 어둠 속에서 제 몸을 혹사하는 비천한 꼽추와 같으므로 내가 그런 소행을 되풀이하더라도 그녀에게는 아무 영향이 없을 터였다. 터질 듯 무르익은 적막 속에서 오후 시간이 흘러갔다. 한창 물오른 키 큰 나무들은 모든 일을 아는 듯했다. 이윽고 전보다 더 강렬한 욕망이 또다시 나를 괴롭히기 시작했다. 신앙심도 없는 내가 하느님에게 빌었다. 부디 그녀가 빨리 돌아오게 해주세요. 그리고 엄마가 부엌에 들어간 사이에 아까 소파 위에서 벌였던 일을 다시 하게 해주세요. 저는 그녀를 끔찍이도 사랑합니다.

아니, '끔찍이도'라는 말은 잘못되었다. 새로운 기쁨을 기대하면서 내가 느끼는 흥분은 끔찍하다기보다 애처로웠다. 나는 애처롭다고 표현하겠다. 어째서 애처로우냐―지칠 줄 모르는 불길처럼 성욕이 활활 타오르는 상황에서도 성심성의껏 열두 살 먹은 아이의 순결을 지켜줄 작정이기 때문이다.

그런데 이런 배려의 보답으로 내가 어떤 일을 당했는지 들어보라. 롤리타는 돌아오지 않았다. 챗필드 가족과 함께 영화를 보러 갔단다. 상차림은 평소보다 화려했다. 게다가 촛불까지 켜놓았다. 그렇게 느글느글한 분위기 속에서 헤이즈 부인이 마치 피아노 건반을 누르듯이 접시 양쪽에 놓인 은제 나이프와 포크를 살짝 만져보더니 미소 띤 얼굴로 자신의 빈 접시를(다이어트중이었으니까) 내려다보며 이렇게 말했다. 샐러드가 선생님 입맛에 맞았으면 좋겠네요(여성지에서 발견한 조리법대로 만들었다고 한다). 콜드 컷*도 마음에 드셔야 할 텐데. 오늘은 정말 완벽한 하루였어요. 챗필드 부인은 참 좋은 사람이에요. 그 집 딸내미 필리스가 내일 여름캠프에 들어가요. 3주 동안이래요. 로는 목요일에 보내기로 했어요. 원래는 7월에 보내려고 했지만 그때까지 기다릴 필요가 없잖아요. 필리스가 돌아온 다음에도 로는 그냥 거기서 지낼

---

* 얇게 저민 차가운 고기에 얇은 치즈를 곁들인 요리. 헤이즈 부인이 롤리타를 험버트 곁에서 '차갑게 잘라냈다'는 은유로도 읽힌다.

거예요. 개학할 때까지 쭉. 기막힌 일이 벌어졌구나, 내 사랑아!

아, 뒤통수 한번 호되게 얻어맞았다. 그 소식은 롤리타를 은밀히 내 것으로 만들기가 무섭게 나의 연인을 잃어버리게 되었다는 뜻이 아닌가. 시무룩해진 내 얼굴을 설명하자니 그날 아침에 이미 써먹은 치통을 다시 들먹일 수밖에 없었다. 큰 어금니에 마라스키노 주를 담글 때 쓰는 버찌만한 농양이 생긴 듯한 표정이었으니까.

헤이즈가 말했다. "솜씨 좋은 치과의사가 있어요. 더군다나 우리 동네예요. 퀼티 박사님이죠. 아마 극작가 퀼티의 삼촌이나 사촌일 거예요. 그냥 지나가는 통증 같다고요? 그럼 선생님 좋을 대로 하세요. 올가을에는 박사님께 로한테 '쇠틀'을 끼워달라고 하려고요. 친정엄마는 치아 교정기를 그렇게 부르셨어요. 그걸 끼면 로도 좀 얌전해지겠죠. 요즘 하루종일 선생님을 너무 귀찮게 했잖아요. 아무래도 개가 떠날 때까지 며칠 동안은 좀 시끄러울 것 같아요. 아까는 안 간다고 딱 잘라 말하던데, 솔직히 말씀드리자면 아직은 개를 혼자 감당할 자신이 없어서 챗필드 댁에 맡겨놓고 와버렸어요. 영화를 보고 나면 좀 누그러질지도 모르죠. 필리스는 아주 착한 앤데 로는 왜 개를 싫어하는지 알다가도 모르겠어요. 선생님, 이가 그렇게 아파서 어쩌죠. 내일 아침에도 계속 아프면 제가 일찌감치 아이버 퀼티한테 연락해보는 게 나을 것 같아요. 그리고 선생님도 아시겠지만 저는 여름캠프가 훨씬 더 건전하다고 생각하는데요, 더군다나—아무튼 이런 변두리 잔디밭에서 뒹굴뒹굴 놀다가 엄마 립스틱이나 훔쳐 바르고, 점잖고 학구적인 신사분을 졸졸 따라다니고, 사소한 일에도 걸핏하면 발끈해서 난리법석을 떠는 것보다야 그쪽이 훨씬 더 바람직하잖아요."

마침내 내가 입을 열었다. "로가 거기서 즐겁게 지낼 수 있을까요?"
(어설프다, 한심할 정도로 어설프다!)

헤이즈가 대답했다. "기왕이면 그래야 자기도 편하겠죠. 그리고 놀기만 하지도 않을 거예요. 셜리 홈스[24]가 운영하는 캠프장인데―아시죠, 『캠프파이어 소녀』를 쓴 여자 말예요. 거기 가면 돌로레스 헤이즈도 여러 면에서 성장할 거예요. 건강, 지식, 성격 등등. 특히 남을 배려할 줄 아는 책임감을 배우겠죠. 우리 이 촛불을 가지고 잠시 안뜰에 나가 앉을까요, 아니면 잠자리에 들어 치통을 달래실래요?"

치통이나 달래보겠소.

15

이튿날 두 사람은 캠프에 필요한 물건들을 구입하기 위해 차를 몰고 시내로 나갔다. 로는 몸에 걸치는 것이라면 뭐든지 좋아했다. 저녁 식사 때는 평소와 다름없이 비아냥거렸다. 그녀는 식사가 끝나자마자 자기 방으로 올라가서 캠프 Q에서 비가 오는 날 읽으려고 사온 만화책에 몰두했다(정작 목요일에는 이미 샅샅이 읽었다면서 가져가지 않았다). 나도 내 방에 틀어박혀 편지 몇 통을 썼다. 나는 곧 바닷가로 떠났다가 개학 무렵에 돌아와서 다시 헤이즈네 집에 머물 계획이었다. 그 아이가 없으면 살아갈 수 없음을 이미 잘 알고 있었던 것이다. 화요일에 두 사람은 다시 장을 보러 나가면서 집을 비운 사이에 혹시 캠프장의 여자 원장이 연락할지도 모르니까 전화를 받아달라고 부탁했다. 아니나 다를까, 그 여자한테서 전화가 왔고, 그로부터 한 달쯤 후에 우리는 그날의 즐거운 대화를 회상할 기회를 갖는다. 그 화요일에 로는 자기 방에서 저녁을 먹었다. 예전에도 종종 그랬듯이 그날도 엄마와 한바탕 싸우고 나서 울어버렸는데, 퉁퉁 부은 눈을 나에게 보여주기 싫었기 때문이다. 피부가 연약한 그녀는 그날처럼 실컷 울고 나면 얼굴이 붓고 온통 불그스름해져 우울한 매력을 발산했다. 그녀가 나의 은밀한 미학적 취향을 알아차리지 못한 것은 몹시 안타까운 일이었다. 사실 나는 보티첼리풍 분홍색으로 물든 피부를, 요염한 장밋빛 입술을, 그리고 촉촉이 젖어 뒤엉킨 속눈썹을 깊이 사랑했는데, 그녀가 부끄러워하며 숨어버리는 바람에 위로하는 체하며 그 모습을 감상할 기회를 놓치기 일쑤였다. 그러나 이번에는 내가 생각했던 것보다 더 복잡한 상황이었다. 헤이즈와 내가 캄캄한 베란다에 앉아 있을 때(버릇없는 바람이 그녀의 붉은 촛불을 모두 꺼버렸기 때문에) 헤이즈가 쓸쓸히 웃더니, 자기가 로에게 네가 그토록 좋아하는 험버트 아저씨도 네가 캠프장에 가는 데 적극 찬성했다고 말했다면서 이렇게 덧붙였다. "그랬더니 아예 펄펄 뛰더라고요. 우리가 자기를 떼어놓으려 한다면서요. 그것 때문에 화가 난 체했지만 진짜 이유는 따로 있어요. 아까 하도 졸라대는 바람에 너무 화려한 잠옷을 사줬는데, 제가 내일 다시 가서 좀더 수수한 옷으로 바꾸자고 했거든요. 아시다시피 걔는 자기가 무슨 스타라도 되는 줄 알잖아요. 제가 보기엔 그저 튼튼하고 건강하다는 것 말고는 어느 모로 보나 평범한 앤데 말예요. 제 생각엔 그게 우리가 사사건건 부딪치는 이유예요."

수요일에 나는 몇 초 동안이나마 로를 붙잡아두는 데 성공했다. 그녀는 운동복에 녹색 얼룩이 묻은 흰색 반바지를 입고 층계참에서 트렁크를 뒤적거리는 중이었는데, 내가 다정하고 익살스러운 말을 건넸지만 거들떠보지도 않고 콧방귀만 뀌었다. 죽도록 초조해진 험버트가 어색한 손짓으로 로의 꼬리뼈를 툭 쳤더니 그녀는 고인이 된 헤이즈 씨의 구둣골을 집어들고 나를 냅다 후려갈겼다. 내가 몹시 비참한 표정으로 팔을 문지르며 엉금엉금 계단을 내려갈 때 그녀가 말했다. "배신자!" 그녀는 험Hum과 엄마mum와 한자리에서 식사하는 것조차 거부했고, 머리를 감더니 우스꽝스러운 책 몇 권을 가지고 잠자리에 들었다. 그리고 목요일에는 말수가 적어진 헤이즈 부인이 그녀를 차에 태워 캠프 Q로 데려가버렸다.

나보다 위대한 작가들은 이렇게 말한다. "독자들이 상상하게 하라." 그러나 다시 생각해보면 그런 상상력은 비난받아 마땅하다. 나는 롤리타를 영원히 사랑하게 되었음을 알았지만, 또한 그녀가 영원히 롤리타로 남아 있지 않으리라는 것도 알고 있었다. 1월 1일이 오면 그녀는 열세 살이 될 터였다. 2년쯤 지나면 더는 님펫이 아니라 '아가씨'가 되고, 그다음에는—끔찍하게도—'여대생'이 되리라. '영원하다'고 말할 수 있는 것은 내 핏줄 속에 깃든 불멸의 롤리타와 그녀를 향한 나의 열정뿐이다. 아직 골반이 벌어지지 않은 롤리타, 지금 이 순간에도 내 촉각과 후각과 청각과 시각에 생생히 느껴지는 롤리타, 목소리는 날카롭고 숱 많은 갈색머리에, 앞머리는 짧고 옆머리는 돌돌 말리고 뒷머리는 곱슬곱슬한 롤리타, 목은 뜨겁고 끈끈하며 말버릇은—'토나온다' '짱이다' '간지난다' '깡패 새끼' '등신 자식' 등등—천박한 롤리타, 바로 그 롤리타를, 나의 롤리타를 가엾은 카툴루스*는 영원히 잃고 말리라. 그런데 두 달 동안이나 그녀를 보지 못한다면 여름철 불면증을 어떻게 달래란 말인가? 그녀가 님펫으로 남아 있는 고작 2년 가운데 꼬박 2개월이라니! 차라리 나도 우울하고 고리타분하고 내성적인 마드무아젤 엄베르로 변장해서 캠프 Q 근처에 텐트를 칠까? 그렇게 하면 황갈색으로 익은 님펫들이 "저 목소리 굵은 난민 여자를 우리가 보살피자!" 외치면서 수줍고 쓸쓸하게 미소 짓는 왕발 베르트[25]를 자기들의 소박한 거처로 데려가지 않을까? 그렇게만 된다면 베르트는 돌로레스 헤이즈와 함께 잘 수 있을 텐데!

헛되고 부질없는 공상이다. 아름다움이 넘치는 2개월, 따뜻한 정이 흐르는 2개월을 영영 잃어버리게 되었건만 내가 할 수 있는 일은 아무것도 없다니, 이렇게 속수무책이라니.

그러나 그 목요일은 도토리깍정이에 담긴 진귀한 꿀 한 방울을 선물했다. 이른 아침 헤이즈가 롤리타를 데리고 캠프장으로 떠나려 할 때였다. 나는 그들이 출발 준비를 하면서 내는 잡다한 소음을 듣고 침대에서 나와 창밖으로 고개를 내밀었다. 포플러나무 밑에 서 있는 자동차가 벌써 부릉부릉 떨었다. 보도에 서 있는 루이즈는 마치 꼬마 여행자가 벌써 저 멀리 나지막한 아침해를 향해 달려가기라도 하는 듯이 한 손으로 눈에 그늘을 만들고 있었다. 그러나 그런 동작을 하기에는 시기상조였다. 헤이즈가 소리쳤다. "서둘러!" 그러자 차 안에 엉거주춤 올라탄 나의 롤리타가 막 문을 닫으려다가, 바야흐로 차창을 내리고 (다시는 만나지 못하게 될) 루이즈와 포플러나무들에게 손을 흔들기 직전

---

* 고대 로마의 서정시인. 사랑의 감정을 노래한 많은 시를 남겼다.

에 문득 운명의 흐름을 중단시켰다. 그녀가 나를 올려다보더니 도로 집 안으로 달려들어왔다(헤이즈가 노발대발 소리쳤다). 뒤이어 나의 연인이 계단을 뛰어오르는 소리가 들렸다. 심장이 내 몸을 송두리째 삼켜버릴 기세로 부풀었다. 나는 허둥지둥 파자마 바지를 끌어올리면서 방문을 열어젖혔고, 그와 동시에 롤리타가 들이닥쳤다. 제일 아끼는 원피스를 입은 그녀가 쿵쾅쿵쾅 헐떡거리며 달려와서 다짜고짜 내 품으로 뛰어들었고 그녀의 순결한 입술은 남자의 시꺼먼 턱 아래 난폭하게 짓눌려 순식간에 녹아들었다. 심장이 팔딱거리는 나의 연인! 다음 순간 나는 그녀가—살아 숨쉬는 그녀가, 농락당하지 않은 그녀가—콩닥콩닥 계단을 내려가는 소리를 들었다. 운명의 흐름이 다시 시작되었다. 황금빛 다리가 차 안으로 들어가고, 차 문이 탁 닫히고—다시 탁 닫히고—운전사 헤이즈가 거칠게 운전대를 돌리고, 헤이즈의 고무처럼 새빨간 입술이 내게는 들리지 않는 성난 말을 내뱉으며 일그러지고, 나의 연인을 부리나케 데려가버렸다. 한편 그들도 루이즈도 보지 못했지만 덩굴식물이 무성한 건넛집 베란다에서는 몸이 불편한 노부인이 힘없이, 그러나 리드미컬하게 손을 흔들고 있었다.

16

내 우묵한 손바닥에는 아직도 롤리타의 그 상아 같은 감촉—옴폭하게 들어간 사춘기 이전의 등허리 곡선, 그리고 내가 그녀를 부둥켜안고 아래위로 쓰다듬을 때 얇은 원피스 너머로 만져지던 상아처럼 매끄럽고 부드럽게 미끄러지는 살결의 느낌―이 생생하기만 하다. 나는 그녀의 어수선한 방으로 성큼성큼 걸어들어가서 벽장문을 열어젖히고 그녀의 몸이 닿았던 구겨진 옷 무더기로 뛰어들었다. 특히 눈에 띈 것은 구멍이 뚫린 아주 얄팍한 분홍색 천조각이었는데, 솔기 사이에 시큼한 냄새가 희미하게 배어 있었다. 나는 거대하게 부풀어오른 험버트의 심장부에 그것을 휘감았다. 내 안에 격렬한 혼란이 끓어올랐다. 그러나 곧 옷가지들을 던져버리고 황급히 평정을 되찾아야 했다. 계단 쪽에서 조용히 나를 부르는 가정부의 부드러운 목소리를 불현듯 의식했기 때문이다. 그녀는 나에게 전해줄 것이 있다고 말했다. 그저 습관적인 고맙다는 말에도 마음씨 착한 루이즈는 "별말씀을요" 하고 상냥하게 대답하면서 내 떨리는 손에 편지 한 통을 건네주었다. 우표도 붙이지 않은, 이상하게 깨끗해 보이는 편지였다.

고백합니다. 당신을 사랑해요. [편지는 그렇게 시작되었는데, 내가 너무 당황한 탓인지 잠시나마 그 신경질적인 흘림체를 여학생의 난필로 착각했다.] 지난 일요일에 교회에서―아름다운 창문을 새로 달았는데 보러 오지도 않으시다니 당신 나빠요!―소중한 그대여, 지난 일요일에야 비로소 하느님께 이 일을 어쩌면 좋으냐고 여쭤보았고 지금 이렇게 하느님의 말씀을 실천합니다. 저에게는 다른 도리가 없어요. 처음 보는 순간부터 당신을 사랑했어요. 저는 정열적이고 외로운 여자, 그리고 당신은 제 일생일대의 사랑이니까요.

소중한 그대, 한없이 소중한 그대여, 나의 사랑, 나의 연인이여, 여기까지 읽으셨다면 이제 당신도 아시겠지요. 그렇다면 지금 즉시 짐을 꾸려 떠나주세요. 집주인으로서 내리는 명령이에요. 하숙인을 쫓아내는 거예요. 당신을 추방합니다. 가세요! 떠나세요! 나가버려요!*
갈 때도 올 때도 시속 80마일로 달리면, 그리고 도중에 사고가 나지만 않는다면 (사고가 난들 무슨 상관이겠어요?) 저는 저녁식사 때쯤 돌아올 텐데, 그때 이 집에서 당신을 보고 싶지 않아요. 제발, 제발, 어서 떠나세요, 지금 당장, 이 우스꽝스러운 편지를 끝까지 읽지도 말고요. 가세요. 아듀.

내 사랑, 상황은 지극히 간단해요. 물론 당신에게는 제가 아무 의미도 없을 거라고 절대적으로 확신해요. 아, 그래요, 당신은 저와 더불어 즐겁게 (가엾은 저를 놀려대면서) 대화를 나누기도 하고, 어느덧 따뜻한 정이 흐르는 우리 집을, 제가 좋아하는 책들을, 제가 가꾼 아름다운 정원을, 심지어 소란스러운 로까지 좋아하게 되셨죠. 하지만 당신에게 저는 아무것도 아니에요. 그렇죠? 그래요. 정말 아무것도 아니겠지요. 그래도 만에 하나, 당신이 이 '고백'을 읽고 나서 혹시 유럽인 특유의 음흉하고 낭만적인 기질이 발동해서 제가 조금은 매력적이라고 생각하셨다면, 그래서 이 편지를 빌미로 저에게 수작을 거신다면 당신은 범죄자예요. 어린애를 강간하는 유괴범보다 더 나빠요. 다시 말하자면, 내 사랑, 만약 당신이 떠나지 않으신다면, 만약 제가 이 집에서 당신을 다시 보게 된다면(그럴 리가 없음을 잘 알지만, 그래서 이런 글을 거리낌없이 쓸 수 있지만), 당신이 이곳에 남아 있다는 사실이 의미하는 것은 하나뿐이겠지요. 제가 당신을 원하는 만

---

* Departez. 'Partez'라고 써야 맞다.

110

큼 당신도 저를 원한다는 뜻, 그리고 기꺼이 당신의 인생과 제 인생을 영원히 하나로 묶고 제 어린 딸의 아빠가 되어주겠다는 뜻 말입니다.

소중한 그대여, 제가 너무 횡설수설하고 있지만 조금만 더 참아줘요. 어차피 지금쯤은 당신이 이 편지를 갈기갈기 찢어버렸을 테니까, 그리고 그 조각들은 변기 속의 소용돌이에 휘말려 (읽을 수 없이) 사라져버렸을 테니까요. 소중한 그대, 한없이 끝없이 소중한 내 사랑이여, 꿈같은 6월 한 달 동안 당신을 향한 제 사랑은 바다처럼 깊어지고 말았어요! 당신이 얼마나 내성적인지, 얼마나 '영국적'인지 잘 알아요. 유럽인답게 과묵하고 예의범절도 깍듯한 분이니 미국 여자의 뻔뻔스러움에 많이 놀라셨겠죠! 격렬한 감정은 한사코 감추는 분인데 저는 이렇게 멍든 가슴을 서슴없이 열어 보였으니 아마 부끄러운 줄도 모르는 바보라고 생각하셨을 거예요. 지난 세월 동안 저는 수많은 실망을 겪었습니다. 헤이즈 씨는 좋은 사람이었어요. 맑은 영혼이었죠. 저보다 스무 살 많은—아니, 지난 이야기는 그만둘래요. 소중한 그대여, 제 부탁을 무시하고 이 쓰디쓴 결말까지 다 읽어보셨다면 이제 호기심은 다 풀렸겠네요. 신경쓰지 마세요. 편지는 없애버리고 어서 떠나세요. 잊지 마시고 열쇠는 당신 방 책상 위에 놓아두세요. 그리고 이달 치 하숙비에서 남은 날짜분 12달러를 돌려드려야 하니까 주소를 남겨주세요. 안녕히 가세요, 소중한 사람. 혹시 기도를 하신다면 저를 위해서도 기도해주세요.

C. H.

여기 옮겨 적은 내용은 그 편지에서 지금까지 생각나는 부분인데, 적어도 내가 기억하는 부분은(어처구니없는 프랑스어까지 포함해서) 모두 원문 그대로다. 원래는 이보다 최소 두 배는 넘는 길이였다. 그 당시에도 대충 건너뛴 감상적인 대목은 생략했는데, 롤리타가 네 살이었을 때 세상을 등진 두 살 터울 남동생에 대한 이야기였다. 그 아이가 살아 있었다면 내가 좋아했을 거란다. 또 덧붙일 말이 있을까? 아, 맞다. '변기 속의 소용돌이'라는 말은(그 편지는 실제로 그렇게 사라져갔다) 내 머리에서 떠오른 삭막한 표현일 가능성도 없지 않다. 그녀는 아마도 엄숙하게 불태워달라고 부탁했을 것이다.

나의 첫번째 반응은 혐오감과 거부감이었다. 두번째 반응은 마치 친구의 침착한 손이 내 어깨를 누르면서 천천히 생각해보라고 충고하는 듯한 기분이었다. 그 충고를 받아들였다. 얼떨떨한 상태에서 벗어나자 나는 내가 여전히 로의 방에 서 있다는 걸 깨달았다. 침대 위의 벽면에, 어느 남자 가수의 낯짝과 어느 여배우의 속눈썹 사이에, 여성지에서 뜯어낸 전면광고 한 장이 붙어 있었다. 검은 머리의 젊은 남자 사진이었는데, 아일랜드계로 보이는 눈가에 지친 기색이 역력했다. 그는 모 회사의 가운을 걸치고 모 회사에서 제작한 육교 모양의 상에 2인분 아침식사를 받쳐들고 있었다. 광고문은 토머스 모렐 신부[26]의 노랫말을 인용하면서 그를 '정복자 영웅'이라고 불렀다. 철저히 정복당한 아내는 (사진 속에는 안 보이지만) 아마도 상을 받아주려고 비스듬히 일어나 앉았으리라. 그러나 그녀의 배우자가 침대를 난장판으로 만들지 않고 어떻게 무사히 육교 밑으로 들어갈 수 있을지는 불확실했다.* 로는 이 수척한 남편의 얼굴 옆에 익살스럽게 화살표를 그리고 인쇄체로 'H.

H.'라고 써놓았다. 아닌 게 아니라, 몇 살쯤 나이 차는 있겠지만 놀라울 만큼 나를 빼닮은 모습이었다. 그 밑에는 또다른 사진이 있었는데 역시 컬러 광고였다. 어느 유명한 극작가가 근엄하게 '드롬'[27] 담배를 피우는 장면이었다. 그는 언제나 드롬만 피웠다. 나를 닮은 부분은 별로 없었다. 이 사진 밑에는 로의 순결한 침대가 있고 침대 위에는 '만화책'이 어지럽게 널려 있었다. 침대틀은 군데군데 에나멜이 벗겨져 흰색 바탕에 검은 구멍이 뚫렸는데 모양이 대체로 둥글둥글했다. 나는 루이즈가 정말 내려갔는지 확인하고 나서 로의 침대에 드러누워 편지를 다시 읽었다.

17

남성 배심원 여러분! 저는 목전의 사태와 관련하여 당시 제 머릿속에—굳이 표현하자면—몇 가지 대응책이 스쳐가지 않았다고 단언할 수는 없습니다. 다만 제 머리는 그 생각들을 논리적 형태로 보존하지 못했으며 그런 생각을 하게 된 동기도 명확히 떠오르지 않습니다. 그러나—다시 말하건대—어렴풋한 상념에 빠져들 때 혹은 어두운 열정에 사로잡힐 때(역시 진부한 표현이지만), 제가 장난삼아 이런저런 생각을 해보지 않았다고 단언할 수는 없습니다. 어쩌면—아니, 험버트를

---

* 데이비드 오길비 광고사에서 제작한 잡지용 광고로 남자가 들고 있는 상은 부부가 침대에 나란히 앉아 식사를 할 수 있도록 설계되었다. 카피는 다음과 같다. '보아라, 정복자 영웅이 돌아오신다—비옐라 가운을 입고!'

잘 아는 제가 판단하자면 틀림없이—이 드넓은 잿빛 세상에 친척이라고는 하나 없는 성숙한 과부(예컨대 샬럿 헤이즈*)와 결혼해서 그녀의 아이(로, 롤라, 롤리타)를 내 마음대로 해볼까 하는 묘안을 떠올리고 객관적으로 검토해본 적도 여러 번이었을 겁니다. 그리고 만약 누가 저를 고문한다면 제가 샬럿의 산홋빛 입술과 구릿빛 머리카락과 아슬아슬할 정도로 깊이 파인 목둘레선 따위를 감정사처럼 냉정한 시선으로 바라보면서 막연하나마 제법 그럴싸한 백일몽 속에 그녀를 끼워맞추려 해본 적도 한두 번쯤은 있었다는 사실까지 기꺼이 자백할 것입니다. 저는 고문을 받으면서 그렇게 자백합니다. 물론 상상 속의 고문이지만 그래서 더욱더 끔찍합니다. 여기서 잠시 곁길로 빠져 어린 시절 닥치는 대로 책을 읽다가 우연히 발견한 용어, 이를테면 가혹 고문[28](이런 고문을 발명한 자야말로 고통의 천재가 아닐까요!)이나 '정신적 외상 trauma' '외상성 사건traumatic event', 또는 '가로대transom'[29]처럼 무시무시하고 신비롭고 위험한 낱말 때문에 밤마다 야경증夜驚症[30]에 시달렸던 사연을 자세히 들려주고 싶습니다. 그러나 이 이야기는 이미 충분히 어수선합니다.

얼마 후 나는 편지를 찢어버리고 내 방으로 돌아갔고, 골똘히 생각해보았고, 머리카락을 마구 헝클어뜨렸고, 자줏빛 가운을 걸쳤고, 이를 악문 채 신음 소리를 흘렸다. 그러다가 갑자기—남성 배심원 여러분!—정말 갑자기, 마치 저멀리서 무시무시한 태양이 떠오르듯이 (입술이 일그러지도록 잔뜩 찌푸린 내 얼굴에) 도스토옙스키풍의 징그러

---

* 헤이즈 부인의 이름이 여기서 겨우 나온다. 게다가 괄호 속에 갇힌 채.

운 미소가 번져가는 것을 느꼈다. 나는 (모든 것이 또렷하게 떠오르는 새로운 경지를 경험하면서) 롤리타의 의붓아버지가 되었을 때 그녀에게 거리낌없이 퍼부을 수 있는 온갖 애무를 상상했다. 날이면 날마다 하루 세 번씩 그녀를 껴안으리라. 모든 근심이 사라지리라. 나는 건강한 남자가 되리라. '다정한 무릎에 앉힌 너를 살포시 끌어안고 보드라운 빰에 아빠의 입맞춤을 찍으면서……'* 책도 참 많이 읽은 험버트!

그러다가 지극히 조심스럽게, 말하자면 마음속으로 발돋움을 하고, 샬럿을 미래의 내 아내로 상상해보았다. 맙소사, 나는 그렇게 알뜰하게 반으로 자른 자몽을, 그렇게 설탕을 뺀 아침식사를 그녀에게 가져다주는 내 모습까지 떠올릴 수 있었다.

지금 눈부신 백색광 밑에서 땀을 뻘뻘 흘리면서, 역시 땀을 뻘뻘 흘리는 경찰관에게 짓밟히고 호통을 들어가면서, 바야흐로 험버트 험버트는 또하나의 '진술'(거창한 단어가 아닌가!)을 통하여 양심을 완전히 열어젖히고 가장 깊은 속내까지 드러내려 한다. 내가 가엾은 샬럿과 결혼하기로 마음먹었을 때 뭔가 야비하고 가증스럽고 위험한 방법으로, 예컨대 그녀가 식전에 마실 셰리주에 염화제2수은 정제 다섯 알을 타서 죽여버린다든지 해서 그녀를 제거할 속셈 따위는 전혀 없었다. 그러나 조금은 비슷한 생각, 즉 다른 약품을 사용해보자는 생각이 떠올라 내 혼탁한 두뇌 속에서 딸랑거리며 울려퍼진 것만은 사실이다. 은밀하고 조심스러운 애무라면 이미 경험해보았거늘 거기서 그칠 이유가 어디 있으랴? 온갖 성행위의 환상이 가물가물 떠올라 나를 유혹했다. 나

---

* 바이런의 장편 서사시 「차일드 해럴드의 편력」의 한 구절.

는 엄마와 딸에게 강력한 수면제를 먹인 후 마음 푹 놓고 밤새도록 딸의 몸을 주무르는 내 모습을 그려보았다. 집 안에는 샬럿이 코를 고는 소리가 가득하고, 깊이 잠든 롤리타는 숨도 안 쉬는지 그림 속의 소녀처럼 미동조차 하지 않는다. "엄마, 정말 케니는 나를 건드리지도 않았다니까." "돌로레스 헤이즈, 네 말이 거짓말이 아니라면 몽마夢魔[31]가 다녀간 모양이구나." 아니, 차마 그런 짓까지 할 수는 없다.

몽마 험버트는 그렇게 온갖 음모와 몽상에 몰두했고, (생명의 세계를 창조하는 두 가지 요소인) 욕망과 결단으로 불타는 붉은 태양이 점점 더 높이 떠올랐다. 한편 여기저기 수많은 발코니에서 보글거리는 술잔을 손에 쥔 수많은 난봉꾼들이 과거와 미래의 밤이 주는 기쁨을 위하여 차례차례 축배를 들었다. 이윽고 나는 (비유적으로 말하자면) 술잔을 던져 깨뜨리고 과감하게 (왜냐하면 그때쯤에는 이런 환상에 취해버린 나머지 나 자신의 소심한 성격을 과소평가했으므로) 언젠가는 큰 헤이즈를 윽박질러—아니, 이건 과격한 표현이고—살살 찔러 작은 헤이즈와 놀아나겠다는 상상까지 해보았다. 가엾게도 사랑에 푹 빠져버린 '큰 순둥이'에게, 내가 법적으로 아빠가 됐는데 의붓딸과 놀지도 못하게 하면 차라리 당신을 버리겠다고 은근히 협박하면 해결되지 않을까. 간단히 말하자면 이토록 '경이로운 제안' 앞에서, 이토록 풍요롭고 다채로운 전망 앞에서, 나는 고대 오리엔트 역사 첫머리의 사과밭에 신기루처럼 홀연히 나타난 아담처럼 무력하기 짝이 없었다.

다음은 매우 중요한 발언이니 부디 명심해주기 바란다. 예나 지금이나 나의 내면은 신사적 측면보다 예술가적 측면이 우세하다. 사실 헤이즈 부인이 내게 한낱 장애물에 불과했던 시절에 썼던 일기장의 문체에 맞춰 이 회고록을 집필하는 것은 엄청난 의지력이 필요한 일이었다. 그 일기장은 이미 존재하지 않는다. 그러나 비록 지금의 나에게는 그릇되고 잔인해 보일지라도 그때의 어조를 유지하는 것이 예술가로서의 의무라고 생각했다. 다행히 내 이야기는 이제 과거를 실감나게 되살린다는 명분으로 가엾은 샬럿을 모욕할 필요가 없는 지점에 이르렀다.

  가엾은 샬럿이 두세 시간 동안이나 불안에 시달리지 않도록(그리고 자칫 정면충돌이라도 일으켜 우리의 동상이몽을 깨뜨리는 일이 없도록) 해야겠다는 생각에 캠프장으로 전화를 걸었지만 헛일이었다. 그녀는 반 시간 전에 이미 그곳을 떠났기 때문이다. 그래서 로와 통화를 하게 되었고―운명을 스스로 결정한다는 생각에 도취되어 전율하면서―그녀의 엄마와 결혼할 계획이라고 밝혔다. 무엇 때문인지 로가 내 말을 제대로 듣지 못해서 두 번이나 다시 말해줘야 했다. 그녀는 웃으면서 말했다. "아, 그거 잘됐네요. 결혼식은 언제예요? 잠깐만요, 강아지가, 여기서 기르는 강아지가 내 양말을 물고 안 놔줘요. 그건 그렇고―" 그러더니 그곳에서 아주 재미있게 지낼 것 같다고 덧붙였는데…… 전화를 끊으면서 나는 어린 롤리타가 그 캠프장에서 겨우 두 시간을 보냈을 뿐인데도 온갖 새로운 경험 때문에 잘생긴 험버트 아저씨 따위는 벌써 깨끗이 잊어버렸음을 깨달았다. 그러나 이 마당에 그게 무슨 상관이랴. 결혼식만 끝나면 적당한 때를 노려 부리나케 그녀를 데려오리라. 시인이라면 '무덤에 바친 오렌지꽃*이 미처 시들기 전에'라고 표현할 것이다. 그러나 나는 시인이 아니다. 대단히 성실한 기록자

---

* 신부를 상징하는 꽃.

일 뿐이다.

루이즈가 퇴근한 후 냉장고를 열어보니 지나치게 휑뎅그렁해서 시내까지 걸어가 아주 값진 먹을거리를 장만했다. 좋은 술 몇 병과 두세 가지 비타민도 구입했다. 타고난 정력에 이런 흥분제까지 가미하면 장차 뜨거운 열정과 조바심을 과시해야 할 순간에 무관심으로 말미암아 난처해지는 일은 피할 수 있으리라 믿었다. 용의주도한 험버트는 남자로서의 상상력을 발휘하여 샬럿의 적나라한 모습을 거듭거듭 떠올려보았다. 옷차림도 단정하고 몸매도 예쁘리라는 것쯤은 짐작하고도 남았다. 나는 그녀가 롤리타의 언니라고 상상했다. 그런 심상을 유지하기 위해서는 그녀의 펑퍼짐한 엉덩이, 둥글둥글한 무릎, 풍만한 젖가슴, 살결이 거친(비단이나 벌꿀에 비해 그렇다는 뜻이다) 분홍색 목을 비롯하여 이 한심하고 따분한—겉모습만 그럴싸한—여자의 모든 것을 너무 사실적으로 떠올리지 말아야 했다.

늘 그랬듯이 태양이 우리 집 주위를 돌면서 오후도 무르익어 어느덧 저녁으로 접어들었다. 술 한 잔을 마셨다. 한 잔 더. 또 한 잔 더. 나는 진과 파인애플 주스를 섞어 마시기를 좋아하는데, 이렇게 마실 때마다 기운이 샘솟는다. 제멋대로 자란 잔디밭을 돌보며 시간을 보내기로 마음먹었다. 작은 배려다. 민들레가 잔뜩 돋아나고 지긋지긋한 개 한 마리가—나는 개를 싫어한다—해시계를 올려놓았던 평평한 돌 받침대에 오줌을 쌌다. 민들레는 대부분 꽃이 져서 이미 해님에서 달님으로 변했다. 술과 롤리타가 내 안에서 출렁출렁 춤을 추었다. 접의자 몇 개를 옮기려다가 하마터면 고꾸라질 뻔했다. 핏빛 얼룩말 같은 것들! 때로는 트림 소리가 환호성처럼 들린다. 적어도 내 트림 소리는 그랬다.

쓰레기통과 라일락나무 들이 있는 이웃집과 우리 집 뒤뜰 사이에는 낡은 울타리가 있지만 우리 집 앞의 (한쪽 벽면을 따라 비스듬히 기울어진) 잔디밭과 차도 사이에는 아무것도 없었다. 그래서 나는 (마치 선행을 베풀려는 사람처럼 억지웃음을 지으면서) 샬럿이 돌아오는지 살펴볼 수 있었다. 저 이빨*을 당장 뽑아버려야겠다. 수동식 잔디깎이를 밀면서 비틀거리며 나아갈 때마다 낮게 깔린 햇빛에 반짝이는 풀잎이 재잘거리며 잘려나가고, 나는 교외 도로 한모퉁이를 가만히 지켜보았다. 길은 둥글게 휘어지면서 거대한 가로수들이 만들어낸 아치 밑을 통과한 후 꽤나 가파른 비탈길이 되어 우리 집 쪽으로 허둥지둥 달려내려오다가 담쟁이덩굴로 뒤덮인 건너편 할머니네 벽돌집과 (우리 집 잔디밭보다 훨씬 잘 다듬어진) 몹시 가파른 잔디밭을 지나서 (내가 기분좋게 트림을 하며 풀을 깎고 있는 곳에서는 보이지 않는) 우리 집 앞베란다 너머로 사라져갔다. 민들레가 전멸했다. 풀즙 냄새가 파인애플 냄새와 어우러졌다. 매리언과 메이블이라는 두 소녀가 (우리가 사는 론 스트리트가 폭포수처럼 쏟아져내려오기 시작하는) 가로수 길 쪽으로 걸어갔는데―이 무렵 나는 그들이 오고갈 때마다 습관적으로 지켜보았다(그러나 그 누가 나의 롤리타를 대신할 수 있으랴?)―한 명은 자전거를 끌고 한 명은 종이봉투에서 뭔가를 꺼내 먹으면서 명랑한 목소리로 목청껏 대화를 나누었다. 건넛집 할머니의 정원사 겸 운전사 레슬리가―아주 싹싹하고 건강한 흑인이다―멀리서 나를 보고 빙그레 웃더니 소리치고 또 소리치고 손짓발짓까지 섞어가면서 내가 오늘따라 기

---

* 민들레의 영어명 'dandelion'은 '사자의 이빨'을 뜻하는 프랑스어 'dent-de-lion'에서 유래했다.

운이 넘쳐 보인다고 했다. 고물상으로 성공한 옆집에서 키우는 멍청한 개가 파란색 자동차를 쫓아 달려갔지만 샬럿의 차는 아니었다. 두 소녀 중 더 예쁜 아이(내 생각엔 메이블)가 받쳐줘야halt 할 것도 별로 없는 몸매에 홀터halter[32]와 반바지 차림에 머리카락을 반짝이며—판[33]의 이름을 걸고 틀림없는 님펫이다!—종이봉투를 구기면서 다시 비탈길을 뛰어내려오더니 험버트 씨와 험버트 부인이 사는 집 앞으로 접어들어 이 '팔팔한 염소'의 시선을 벗어났다. 가로수 길의 나무 그늘에서 불쑥 튀어나온 스테이션왜건 한 대가 지붕 위에 그늘의 일부를 매달고 달려오다가 그늘이 뚝 끊어지자 미친 듯이 빠른 속도로 휙 지나가버렸다. 운동복을 입은 운전자는 왼손으로 지붕을 붙잡고 있었고 고물장수의 개도 덩달아 나란히 질주했다. 그 모습에 잠시 미소를 지으며 한숨 돌리는데, 바로 그때 집으로 돌아오는 파란색 세단이 눈에 띄었고 가슴이 마구 두근거리기 시작했다. 차는 미끄러지듯이 달려내려와 집 모퉁이 너머로 사라졌다. 침착하고 창백한 옆모습이 얼핏 보였다. 그녀가 위층에 올라가보기 전에는 내가 떠났는지 안 떠났는지 모를 거라는 생각이 들었다. 잠시 후 몹시 괴로운 표정을 하고 로의 방 창가에 나타난 그녀가 나를 내려다보았다. 나는 전속력으로 계단을 뛰어올라 그녀가 그 방에서 나오기도 전에 그곳에 도착했다.

18

신부는 과부에 신랑은 홀아비, 전자는 '우리 동네 좋은 동네'에 산 지

2년도 안 되고, 후자는 1개월도 채 안 되고, 무슈는 이 성가신 일을 최대한 빨리 해치워버리기를 원하고, 마담은 너그러운 미소를 지으며 양보해주고―독자 여러분!―이런 경우 결혼식은 대개 '조용한' 행사가 되기 마련이다. 신부의 손끝까지 내려오는 베일을 붙잡아줄 오렌지꽃 화관은 생략해도 좋고, 손에 든 기도서에 새하얀 난초를 꽂지 않아도 좋다. 신부의 어린 딸이 참석한다면 H와 H의 예식에 선홍색 생기가 감돌겠지만 궁지에 몰린 롤리타를 너무 다정하게 대하기에는 시기상조였고, 그래서 아이가 그토록 좋아하는 캠프 Q에서 억지로 데려올 필요가 없다는 말에 나도 동의했다.

자칭 정열적이고 외로운 샬럿은 사람들과 어울려 지내며 무미건조한 일상을 보냈다. 게다가 나는 그녀가 자신의 감정이나 눈물을 잘 억제하지 못하면서도 실은 원칙을 엄수하는 여자라는 걸 알게 되었다. 애인 비슷한 존재가 된 직후부터(그녀가 '성급하고 의욕적인 당신'이라고 불렀던 나는―이 용감한 애인은!―각종 흥분제를 사용했는데도 처음에는 조금 어려움을 겪었지만, 그 대신 구세계의 온갖 애정표현을 환상적으로 구사하여 넉넉히 보상해주었다) 선량한 샬럿은 하느님과 나의 관계에 대해 꼬치꼬치 캐묻기 시작했다. 그 문제에 대해서는 개방적 사고방식을 가졌다고 대답할 수도 있었겠지만 나는―그녀의 평범한 신앙심을 존중해주는 의미에서―우주령宇宙靈[34]을 믿는다고 말했다. 그녀는 자기 손톱을 내려다보면서 혹시 우리 집안 혈통에 특이한 점은 없느냐고 묻기도 했다. 그때 나는 우리 아버지의 외할아버지가 예컨대 터키인이었다고 해도 나와 결혼하겠느냐는 질문으로 되받아쳤다. 그녀는 그런 일쯤은 아무것도 아니지만 만약 내가 기독교의 하느님을 믿지 않는다면 차라리 자살해버리겠다고 대답했다. 말투가 어찌나 엄숙한지 등골이 오싹할 정도였다. 바로 그 순간 나는 그녀가 원칙주의 자라는 사실을 깨달았다.

아, 물론 대단히 고상한 여자였다. 청산유수처럼 지껄이다가 간혹 가벼운 트림이 터져 말이 끊어질 때마다 "죄송해요" 하고 사과했으며, '엔벌로프envelope'를 '안벌로프'로 발음했고, 자기 여자 친구들과 이야기할 때는 나를 험버트 씨라고 불렀다. 내가 지역사회에 진입하면서 약간의 화제를 불러일으키면 그녀도 기뻐할 것 같았다. 우리가 결혼하던 날 〈램스데일 저널〉의 사교란에 내 인터뷰 기사가 짤막하게 나왔다. 샬럿의 사진도 함께 실렸는데 한쪽 눈썹을 추켜올린 모습인데다 이름에 오자까지 있었다('헤이저'). 그러나 이런 실수에도 불구하고 어쨌든 신문에 실렸다는 사실에 도자기처럼 딱딱한 그녀의 마음이 스르르 풀렸고, 나는 하도 우스워서 배꼽을 쥐고 웃었다. 샬럿은 그동안 교회 활동에도 열심히 참여하고 로의 학교 친구들의 엄마들 중 비교적 점잖은 사람들과 어울린 덕분에 불과 20개월 만에 비록 특출하지는 않더라도 그럭저럭 괜찮은 사람이라는 평가를 받았지만 이렇게 가슴 떨리게 하는 지면에 실린 적은 한 번도 없었다. 그녀의 이름을 그곳에 올려준 사람이 바로 '작가이자 탐험가'인 에드거 H. 험버트, 바로 나였다('에드거'는 그냥 재미 삼아 집어넣었다). 맥쿠의 형이 내 말을 받아쓰다가 어떤 책을 집필하셨느냐고 물었다. 기껏 대답을 해줬더니 신문에는 '피콕과 레인보[35]' 등 시인들에 대한 책 몇 권'이라고 적어놓았다. 샬럿과 내가 몇 년 전부터 아는 사이였으며 내가 첫 남편의 먼 친척이라는 말도 있었다. 나는 13년 전에 그녀와 정사를 나눴다고 넌지시 암시했지만 이 부분은 활자화되지 않았다. 샬럿에게는 모름지기 사교란에는 오류도 좀 있어야 어울린다고 말해두었다.

이 기묘한 이야기를 계속해보자. 하숙인에서 애인으로 변신해달라는 요청을 받았을 때 내가 느낀 것은 과연 거부감과 혐오감뿐이었을까? 아니다. 험버트 씨는 허영심에 약간의 자극을 받았고, 어렴풋하게나마 애정을 느꼈으며, 심지어 강철처럼 냉혹한 음모의 칼날에도 한 가닥 양심의 가책이 섬세한 무늬를 아로새겼음을 고백한다. 제법 그럴싸하게 생겼지만 적잖이 허무맹랑한 여자라고 생각했던 헤이즈 부인이, 교회와 독서클럽의 가르침을 맹신하던 그녀가, 틀에 박힌 표현을 남발하며 수다를 늘어놓던 그녀가, 두 팔에 솜털이 보송보송하고 사랑스럽기 그지없는 열두 살 먹은 딸에게 그토록 모질고 냉정하고 경멸적인 태도를 보이던 그녀가 순식간에 그토록 연약하고 가여운 여자로 탈바꿈할 줄은 정말 상상도 못했다. 그날 롤리타의 방 앞에서 내가 샬럿의 몸에 손을 대자마자 그녀는 와들와들 떨기 시작했고 방 안으로 뒷걸음질을 치면서 몇 번이나 말했다. "아니, 아니, 이러지 마세요."

그런 변화 때문에 외모까지 더 예뻐 보였다. 몹시 부자연스럽던 미소도 순수한 애모의 표정이 되어 빛을 발했는데, 왠지 몽롱하고 촉촉한 느낌을 주는 이 빛 속에서 나는 로가 넋을 잃고 멍하니 있을 때, 예컨대 소다수 판매대에서 새로운 음료수를 맛볼 때, 혹은 언제나 새것처럼 깔끔하고 비싼 내 옷을 바라보며 말없이 감탄할 때 종종 볼 수 있는 귀여운 표정과 닮은 구석을 발견하고 놀랐다. 그날 이후로 나는 샬럿이 다른 여자를 만나 부모로서의 고민을 이야기하다가 미국 여자 특유의 찡그린 표정으로(눈을 치뜨고 양쪽 입꼬리를 축 늘어뜨리면서) 체념을 표시할 때마다 넋을 잃고 바라보았다. 로의 천진한 얼굴에도 가끔 그런 표정이 떠오르는 것을 보았기 때문이다. 샬럿과 나는 잠자리에 들기 전에 하이볼을 마셨다. 그 술기운 덕분에 엄마를 애무하면서 딸을 떠올릴 수 있었다. 1934년에는 이 허연 배 속에 나의 님펫이 작은 물고기처럼 웅크리고 있었겠지. 정성껏 염색한 이 머리카락은 냄새도 감촉도 나에게 전혀 감흥을 못 주지만, 사주식四柱式 침대 위에서 적당한 불빛을 받으면 질감까지는 아니더라도 빛깔만은 롤리타의 곱슬머리와 비슷해지는구나. 새로 얻은 아내의 완숙한 몸에 올라타면서 이것이야말로 생물학적으로 롤리타와 가장 가까운 육체라고 몇 번이나 되뇌었다. 로테도 롤리타와 같은 나이였을 때는 딸 못지않게 매력적인 여학생이었을 테고, 언젠가 태어날 롤리타의 딸도 그렇게 자라나리라. 나는 아내를 시켜 수많은 구두 밑에서 (헤이즈 씨의 취미가 구두 수집이었던 모양이다) 30년 전의 앨범을 찾아오게 했다. 로테의 어린 시절 모습을 보고 싶었기 때문이다. 비록 사진마다 노출도 안 맞고 옷차림도 촌스러웠지만 롤리타의 몸매, 다리, 광대뼈, 들창코의 원형을 희미하게나마 확인할 수 있었다. 로텔리타, 롤리첸.[36]

나는 그렇게 세월의 울타리 너머로 작고 흐릿한 창문 안을 훔쳐보았다. 그리고 당당한 젖꼭지와 육중한 허벅지를 자랑하는 그녀가 불쌍할 정도로 열렬하고 고지식할 정도로 음란한 애무로 내가 밤일에 착수할 태세를 갖추도록 도와주었지만, 마치 어둡게 썩어가는 숲의 덤불을 뚫고 달리며 컹컹 짖는 사냥개처럼 내가 필사적으로 찾아내려 한 것은 여전히 님펫의 냄새였다.

내 가엾은 아내가 얼마나 상냥하고 얼마나 애처로웠는지를 말로 표현하기란 불가능하다. 부담스러울 정도로 밝디밝은—크롬 도금이 반짝거리고 철물 회사 달력이 걸린 근사한(아마도 샬럿과 험버트가 대학 시절에 정담을 나눈 커피숍 분위기를 모방한) 식사 공간이 있는—부엌에서 아침식사를 할 때마다 그녀는 빨간색 가운을 두르고 식탁 앞에 앉아서 플라스틱 상판에 팔꿈치를 얹고 한쪽 뺨을 주먹에 댄 채 나를 하염없이 바라보았는데, 햄과 달걀을 먹는 나를 바라보는 시선이 견딜 수 없을 만큼 다정했다. 안면신경통으로 험버트의 얼굴에 일어나는 경련도 그녀의 눈에는 하얀 냉장고 표면에 너울거리는 나뭇잎 그림자와 햇살처럼 활기차고 아름답게 비쳤다. 내가 화가 나서 입을 다물어도 그녀는 사랑이 가득한 침묵이라고 생각했다. 변변찮은 내 수입에 더욱 더 변변찮은 그녀의 수입을 보탠 금액이 그녀에게는 황홀할 정도로 막대한 재산이었는데, 그렇게 합산한 액수가 중산층의 욕구를 대부분 충족시킬 만큼 넉넉했기 때문이 아니라 그녀의 눈에는 내 돈조차도 남자다운 매력에 힘입어 눈부시게 빛났기 때문이다. 그녀는 우리의 공동 예금계좌를 한낮의 탄탄대로처럼 여겼다. 절반은 시원한 그늘이고 절반은 남부의 찬란한 햇빛이 비치는, 끝까지 따라가면 아름다운 핑크빛 산맥이 나타나는 그런 길.

우리가 함께 지낸 50일 사이에 샬럿은 50년 몫의 일을 해치웠다. 이 가엾은 여자는 이미 오래전에 포기했거나 별 관심이 없었던 여러 가지 일을 시작하여 바쁜 나날을 보냈다. (이렇게 프루스트 같은 문체를 계속 이어가자면) 마치 내가 사랑하는 아이의 엄마와 결혼했기 때문에 아내가 딸을 대신하려고 상당량의 청춘을 되찾은 듯했다. 그녀는 젊고 평범한 신부처럼 열성적으로 '집 단장'에 몰두했다. 나는 이미 이 집의 구조를 샅샅이 알고 있었고—며칠 동안 내 방 의자에 앉아 집 안을 돌아다니는 롤리타의 행로를 마음속에 그려본 덕분에—꼴사나운 모습과 지저분한 상태까지 포함해서 이 집에 일종의 정서적 유대감마저 느낀 지 오래였다. 샬럿은 이 집에 담갈색과 황토색을 칠하고 한바탕 쓸고 닦고 손질할 계획이었지만, 이 불쌍한 집은 그게 싫어 움츠리고 있는 듯했다. 다행히 그녀는 결국 이 계획을 실천하지 못했지만 걸핏하면 창문 커튼을 빨고 베니션블라인드에 왁스칠을 하고 새 커튼과 새 블라인드를 사고 상점에 반품하고 다른 것으로 바꾸고 하면서 엄청난 힘을 쏟아부었다. 그때마다 그녀는 웃고 찡그리고 의심하고 토라지는 등 끊임없이 명암이 교차했다. 크레톤과 친츠[37] 따위를 써보기도 하고 소파—내 몸속에서 천국의 희열이 슬로모션으로 폭발했던 현장인 바로 그 신성한 소파—색깔을 바꾸기도 했다. 가구 배치도 변경했는데, 어느 가사 관련 기사에서 '소파용 서랍장 한 쌍과 짝지어 나온 스탠드를 분리시켜 사용해도 괜찮다'는 말을 보고 기뻐했다. 어느 여성 작가가 쓴 『당신의 집이 곧 당신입니다』라는 책을 읽고는 호리호리한 탁자와 가늘가늘한 의자를 싫어하게 되었다. 그녀는 유리를 넓게 쓰고 값비싼 목판을 많이 붙인 방은 남성적인 반면에 창문이 비교적 가벼워 보이고 목조부가 가늘면 여성적인 방이라고 믿었다. 내가 입주할 때만 해도 소설을 주로 읽더니 요즘은 삽화가 들어간 카탈로그와 가정생활 안내서에 심취했다. 우리가 쓰는 더블베드에 새로 깔겠다고 필라델피아의 루스벨트 대로 4640번지에 있는 회사[38]에서 '코일 312개를 사용한 다마스크 원단 매트리스'를 주문하기도 했다. 내가 보기에는 지금 쓰는 매트리스도 탄력성과 내구성이 충분해서 무슨 짓을 해도 끄떡없을 텐데.

세상을 떠난 남편처럼 그녀도 중서부 출신인데, 동부의 보배라고 할 만한 이 한적한 소도시 램스데일에 산 지는 그리 오래되지 않아서 이곳의 점잖은 사람들을 다 알지는 못했다. 우리 잔디밭 뒤쪽의 쓰러질 듯한 목조 저택에 사는 유쾌한 치과의사도 조금 아는 정도에 불과했다. 가로수 길 모퉁이에 '식민지 양식'의 허연 흉물을 소유한 이 지역 고물 장수의 '거들먹거리는' 아내를 교회 티파티 자리에서 만난 적은 있었다. 이따금 건넛집 할머니에게 '문안 인사'를 드리기도 했다. 그러나 그녀가 집으로 찾아가거나 가든파티 때 만나거나 전화로 잡담을 나누는 사람들 중에서 비교적 고상한 사모님들, 이를테면 글레이브 부인, 셰리든 부인, 맥크리스털 부인, 나이트 부인 같은 요조숙녀들은 좀처럼 샬럿을 찾아오지 않고 무시하는 듯했다. 사실 그녀가 어떤 꿍꿍이속도 이해타산도 없이 정말 진심으로 만나는 상대는 사업차 칠레에 갔다가 우리 결혼식에 때맞춰 귀국한 팔로 부부뿐이었다(챗필드 부부와 맥쿠 부부, 그 밖에도 몇 명 더 결혼식에 참석했지만 고물장수 부인이나 더욱더 거만한 탤벗 부인은 오지 않았다). 존 팔로는 조용히 운동을 즐기고 조용히 스포츠 용품을 팔아 성공을 거둔 조용한 중년 남자로, 그의 가게는 여기서 40마일쯤 떨어진 파킹턴에 있었다. 나에게 콜트 권총에 맞는 실탄을 구해주고 어느 일요일에 숲속을 거닐며 사용법을 가르쳐준 사람도 그였다. 또한 자기 부업이 변호사라고 웃으며 말하기도 했는데, 샬럿의 일도 더러 처리해주었다고 한다. 그의 아직 젊은 아내 (게다가 친사촌) 진은 얼룩테 안경을 끼고 복서 두 마리를 기르는 여자였는데, 팔다리는 길쭉길쭉하고 젖가슴은 뾰족뾰족하고 입술은 크고 붉었다. 그녀는 그림—풍경화와 초상화—을 그렸는데, 내가 칵테일을 마시면서 그녀의 조카딸 그림을 칭찬했던 기억이 아직도 생생하다. 어린 로절린 호넥은 걸스카우트 단복을 입고 초록색 모직 베레모를 쓰고 초록색 웨빙[39] 벨트를 두른 장밋빛 미소녀였는데, 어깨까지 내려오는 곱슬머리가 참 매력적이었다. 그때 존이 입에서 파이프를 떼더니, 돌리(나의 돌리타)와 로절린이 학교에서 서로 헐뜯어 안타까웠다며 각자 캠프장을 다녀오고 나면 좀더 사이좋게 지낼 거라고 말했다. 우리는 학교에 대한 이야기를 나누었다. 이 학교에는 장점도 있고 단점도 있다고 했다. 존이 말했다. "물론 이곳 장사꾼들 중에 이탈리아인이 너무 많은 건 사실이죠. 그나마 다행스러운 일은—" 그때 진이 웃음을 터뜨리며 말을 가로챘다.* "돌리랑 로절린이 여름방학을 같이 보냈으면 좋았을 텐데요." 그 순간 캠프장에서 돌아오는 로의—가무잡잡하고 따뜻하고 나른하고 몽롱한—모습이 불쑥 떠오르는 바람에 격정과 초조감에 사로잡혀 차라리 울어버리고 싶었다.

19

아직 상황이 순조로울 때 험버트 부인에 대해 몇 마디 덧붙여야겠다 (머지않아 나쁜 일이 터질 테니까). 그녀의 소유욕에 대해서는 진작부터 알았지만 내 인생에서 자신을 제외한 모든 것을 그토록 미친 듯이 시샘할 줄은 미처 몰랐다. 그녀는 나의 과거에 대해 강렬하고 무궁무진

* 남편이 평소처럼 유대인에 대한 반감을 드러내려 했기 때문이다. 진 팔로는 험버트가 유대인일지도 모른다고 생각한다.

한 호기심을 드러냈다. 내가 지금까지 경험한 사랑을 모두 되살리게 하고, 일일이 모독하고 짓밟고 철회하고 배신하여 과거를 말살하게 했다. 발레리아와의 (물론 웃음거리에 지나지 않는) 결혼생활에 대해서도 털어놓을 수밖에 없었다. 게다가 샬럿의 병적인 즐거움을 위해 수많은 애인을 날조하거나 사실을 엄청나게 부풀려야 했다. 그녀를 만족시키려고 그림이 들어간 카탈로그까지 만들어 바쳤다. 모두를 잘 알아볼 수 있게 그리면서 학생들을 인종 비율에 따라 적절히 섞어놓고 앞줄 정중앙 근처에 눈이 동그란 초콜릿색 남학생 한 명을—딱 한 명이지만 기막히게 귀여운 소년을—배치하는 미국 광고계의 관행을 준수했다. 그렇게 내 여자들을—나른한 금발, 화끈한 흑갈색머리, 육감적인 적갈색머리 등—소개하면서 마치 손님 앞에서 맵시를 뽐내는 창녀처럼 미소를 지으며 뻐딱한 자세를 취하게 했다. 내가 그들을 진부하고 천박한 여자로 묘사할수록 험버트 부인은 더 좋아했다.

그토록 많은 고백을 하고 그토록 많은 고백을 들어보기는 내 평생처음이었다. 그녀는 최초의 애무에서부터 거리낌없는 부부 관계에 이르기까지 이른바 '애정생활'을 지극히 진지하고 담백하게 털어놓았는데, 윤리적인 면에서는 내가 날조한 거짓말과 현저한 대조를 이뤘지만 기술적인 면에서는 비슷했다. 둘 다 엇비슷한 자료의 영향을 받았는데(연속극, 정신분석학, 통속소설), 내 경우에는 등장인물들을 모방하고 그녀는 표현 방식을 모방했다. 샬럿이 선량한 해럴드 헤이즈의 놀라운 성적 습관 몇 가지를 말해주었을 때 내가 몹시 즐거워하자 그녀는 내가 좀 무례하다고 생각했다. 그러나 그녀의 자전적 이야기에서 그 부분을 제외하면 마치 그녀의 시신을 부검하는 일만큼이나 흥미로운 구석이 없었다. 살을 빼려고 다이어트를 하면서도 그렇게 활기찬 여자는 처음 보았다.

그녀가 나의 롤리타에 대해 이야기하는 일은 드물었다. 우리의 썰렁한 침실에는 다른 사진은 하나도 없고 금발의 남자 아기를 찍은 흐릿한 사진 한 장이 전부였는데, 차라리 그 아이에 대한 이야기가 더 많았다. 기분 나쁜 공상 중 하나로, 죽은 아기의 영혼이 이번 결혼에서 태어날 아이의 몸을 빌려 이승으로 돌아오리라 예언하기도 했다. 물론 내 입장에서는 해럴드 아이의 복제품 따위로 험버트 집안의 혈통을 잇고 싶은 마음은 별로 없었지만(롤리타의 경우는 어느새 내 아이로 여기게 되어 근친상간의 전율까지 느꼈다), 혹시 이듬해 봄쯤에 재수 좋게 샬럿이 제왕절개 수술을 받는 등 일이 복잡해져 산부인과 병동에 오래 머물게 된다면 몇 주 동안 나의 롤리타와 단둘이 지내면서 수면제에 취해 곯아떨어진 님펫을 마음껏 탐닉할 기회가 생길지도 모른다는 생각이 들었다.

아, 샬럿은 자기 딸을 무던히도 미워했다! 특히 그녀가 시카고에서 출간된 우스꽝스러운 책(『자녀의 성장을 위한 지침서』)에 실린 질문지를 보고 일부러 시간을 내서 정성껏 답변한 일은 정말 얄궂게 보였다. 이 기나긴 질문지는 엄마가 해마다 아이의 생일에 맞춰 작성해 일종의 일람표를 만들게끔 되어 있었다. 로의 열두번째 생일이었던 1947년 1월 1일, 샬럿 헤이즈—처녀 때의 성은 베커—는 '아이의 성격'이라는 항목에 나열된 마흔 가지 특성 가운데 다음 열 개에 밑줄을 그었다. 공격적이다, 난폭하다, 까다롭다, 의심이 많다, 참을성이 없다, 짜증을 잘 낸다, 캐묻기를 좋아한다, 게으르다, 매사에 부정적이다(밑줄 두 번), 고집이 세다. 나머지 서른 가지 특성은 무시해버렸는데, 그 중에는 명랑하다, 협동정신이 강하다, 활동적이다 등등이 있었다. 정말 불쾌하기 짝이 없는 일이었다. 사랑스러운 아내는 평소 다정하고 온화하지만 로의 하찮은 소지품이 마치 최면에 걸린 토끼처럼 집 안 곳곳에 흩어져 있는 꼴만 보면 무자비하게 덤벼들어 내동댕이쳤다. 이 선량한 아줌마는 꿈에도 몰랐지만 어느 날 아침 내가 복통 때문에(그녀가 만든 소스를 내가 더 맛있게 만들어보려고 노력한 결과였다) 교회에 함께 가지 못했을 때 롤리타의 발목양말 한 짝을 슬쩍 빼돌리기도 했다. 그런데 샬럿이 내 감미로운 연인의 편지를 어떻게 취급하는지 보라!

　　머미MUMMY와 허미HUMMY에게
　　잘 지내죠? 사탕 보내줘서 정말 고마워요. 나 (지웠다가 다시 썼다) 나 숲속에서 새 스웨터를 잃어버렸어요. 여기는 며칠 동안 좀 추웠어요. 요즘 아주 나날이에요. 사랑을 담아.
　　　　　　　　　　　　　　　　　　　　　　　　　　　　돌리

"바보 같기는." 험버트 부인이 말했다. "'나날' 앞에 단어 하나를 빠뜨렸잖아. 게다가 순모 스웨터를 잃어버리다니. 그건 그렇고, 저하고 의논도 없이 사탕 같은 거 보내주지 마세요."

20

램스데일에서 몇 마일 떨어진 숲속에 호수가 하나 있는데(원래는 아워글래스* 호수인데 내가 철자를 잘못 알았다) 불볕더위가 기승을 부리던 7월 말에 우리는 일주일 동안 날마다 차를 몰고 그곳으로 달려갔다. 이제 나는 우리가 마지막으로 그 호수에서 수영을 했던 일에 대해 다소 지루할 정도로 자세히 이야기해야겠다. 때는 열대지방처럼 뜨거웠던 화요일 오전이었다.

도로에서 그리 멀지 않은 주차장에 차를 세우고 솔숲 사이로 이어진 오솔길을 따라 호숫가로 내려갈 때 샬럿이 한 가지 이야기를 들려주었다. 지난 일요일 새벽 5시에 진 팔로가 좀처럼 보기 어려운 발광현상發光現象을 찾다가(진은 전통적인 화파[40]에 속했다) 때마침 '시꺼먼 알몸으로'(존의 표현이다) 수영을 즐기는 레슬리를 보았다고 한다.

"물이 몹시 차가웠을 텐데."

"요점은 그게 아니에요." 논리적인 비운의 여인이 말했다. "그 녀석은 저능아란 말예요. 그런데……" 그녀는 (슬슬 내 정신 건강을 위협하기 시작하는 그 신중한 말투로) 이렇게 말을 이었다. "내 직감에 의하면 아무래도 우리 루이즈가 그 얼간이를 사랑하는 모양이에요."

직감이라. "아무래도 돌리 성적이 떨어지겠다는 직감이 들어요" 운운(묵은 성적표를 보면서).

험버트 부부는 샌들을 신고 가운을 두른 채 걸음을 옮겼다.

---

* Hourglass. '모래시계' 또는 '물시계'. 험버트는 발음이 같은 'Our Glass(우리의 거울)'로 잘못 알고 있었다.

"있잖아요, 험, 나한테 야심찬 꿈이 하나 있어요." 험 부인은 고개를 푹 수그리고―그 꿈이 부끄러웠던 모양이다―황갈색 땅바닥을 내려다보면서 말했다. "탤벗 부부가 얘기하던 그 독일 여자처럼 정식훈련을 받은 가정부를 구하고 싶어요. 그래서 우리 집에 아주 살게 했으면 좋겠어요."

"방이 없잖소." 내가 말했다.

"이런." 그녀가 야릇한 미소를 머금었다. "당신은 험버트 자택의 가능성을 과소평가했어요. 로의 방에 들이면 돼요. 그 골방은 어차피 손님 방으로 쓸 생각이었거든요. 우리 집에서 그 방이 제일 춥고 초라하잖아요."

"도대체 그게 무슨 소리요?" 내가 그렇게 물을 때 광대뼈 언저리의 피부가 뻣뻣해졌다(굳이 이런 부분까지 언급하는 이유는 내 딸도 이런 기분, 즉 놀라움, 노여움, 혐오감을 느낄 때마다 피부에서 똑같은 반응을 보이기 때문이다).

"'낭만적 순간'이 신경쓰여서 그래요?" 아내의 이 질문은 처음으로 몸을 허락했던 순간을 의미했다.

"천만에. 난 그저 손님이나 가정부가 들어온다면 당신 딸은 어디에 재울 생각인지 궁금할 뿐이오."

"아하." 험버트 부인은 꿈꾸는 표정으로 미소를 짓다가 한쪽 눈썹을 치켜세우는 동시에 가벼운 한숨을 내쉬면서 '아하'를 길게 끌었다. "로는, 아쉽게도, 이 계획에 들어 있지 않아요. 전혀요. 로는 캠프장에서 곧바로 좋은 기숙학교로 직행할 거예요. 규율이 엄격하고 종교 교육도 착실히 시키는 학교 말예요. 그다음엔 비어즐리 대학이죠. 벌써 계획을 다 세워놓았으니까 당신은 걱정하지 않아도 돼요."

그다음에 이어진 말은 험버트 부인이 습관적인 게으름을 떨쳐버리고 세인트앨지브러에서 교사로 일하는 미스 팔렌의 여동생에게 편지를 쓰겠다는 설명이었다. 이윽고 눈부시게 빛나는 호수가 나타났다. 나는 선글라스를 차 안에 두고 왔다고 둘러대면서 금방 다녀오겠다고 말했다.

양손을 맞잡고 쥐어짜는 동작 따위는 소설 속에서나 볼 수 있다고 생각했다. 중세의 어떤 의식에서 비롯된 무의미한 몸짓일지도 모른다. 그런데 그날 내가 절망에 사로잡혀 필사적으로 머리를 굴리면서 숲속으로 걸어갈 때의 기분을 가장 적절히 표현할 수 있는 무언의 몸짓이 바로 그것이었다(보십시오, 하느님, 이 쇠사슬을!).

만약 샬럿이 발레리아였다면 나는 이 상황을 어떻게 손봐야 좋을지 금방 알았을 것이다. 여기서는 '손보다'라는 말이 딱 어울린다. 그리운 그 시절, 발레치카의 연약한 손목을(자전거를 타다가 넘어져서 다쳤다는 바로 그쪽 손목을) 살짝 비틀기만 해도 즉시 생각을 고쳐먹게 만들 수 있었기 때문이다. 그러나 샬럿의 경우에는 그런 방법을 상상조차 할 수 없었다. 나는 천박한 미국 여자 샬럿이 두려웠다. 그녀의 애정을 이용하여 그녀를 조종할 수 있다고 속 편하게 믿다니 터무니없는 망상이었다. 그녀가 제멋대로 만들어 숭배하는 나의 이미지를 훼손시킬 만한 행동은 아무것도 할 수 없었다. 샬럿이 나의 연인을 지키는 무시무시한 감시인이었을 때 나는 늘 그녀에게 알랑거렸는데, 그때의 비굴한 자세를 아직도 완전히 떨쳐버리지 못한 터였다. 내 비장의 무기는 딸 로를 향한 나의 추잡한 사랑을 샬럿이 아직 모른다는 사실 하나뿐이었다. 그녀는 로가 나를 좋아한다는 사실은 불쾌하게 여겼지만 정작 내 감정에 대해서는 아무것도 알아차리지 못했다. 상대가 발레리아였다면 이렇게 말할 수도 있었다. "이봐, 뚱뚱한 바보야, 돌로레스 험버트한테 뭐가 유익한지 결정할 사람은 바로 이 몸이라고." 그러나 샬럿에게는 (잘 보이려고 짐짓 온화하게) 이런 말을 꺼내기조차 불가능했다. "미안한데, 여보, 나는 반대요. 그 아이한테 한 번만 더 기회를 줍시다. 내가 한 일 년쯤 그 아이의 가정교사가 되어보겠소. 일전에 당신이 부탁했듯이—" 사실 그 아이에 대해서는 무슨 말을 하더라도 샬럿에게 속마음을 들키지 않을 자신이 없었다. 아, 그녀와 같은 원칙주의자가 어떤 인간인지 (나도 상상하지 못했지만) 여러분도 상상하지 못하리라! 샬럿은 온갖 일상적 관례와 행동규범, 음식, 책, 그리고 자기가 좋아하는 사람들이 지닌 기만성조차 간파하지 못하면서도, 만약 내가 로를 가까이 둘 목적으로 입을 연다면 말투에서 단번에 거짓을 알아차릴 터였다. 이를테면 그녀는 비록 일상생활에서는 감각도 없고 품위도 없는 천박한 속물이지만 음악에 대해서만은 악마처럼 정확한 판단력으로 잘못된 음을 잡아내는 음악가와 같았다. 샬럿의 의지를 무너뜨리려면 그녀의 가슴을 먼저 무너뜨려야 했다. 그러나 샬럿의 가슴이 무너지면 그녀가 나에 대해 간직한 이미지도 함께 무너지고 말 터였다. 가령 내가 이렇게 말한다고 치자. "롤리타는 내가 알아서 할 테니까 당신은 이 문제를 조용히 덮어주든지 아니면 당장 갈라섭시다." 그러면 그녀는 젖빛유리로 만들어진 여자처럼 창백하게 질렸다가 천천히 이렇게 대답할 것이다. "알았어요. 당신이 무슨 말을 보태든 빼든 간에 우리 사이는 여기가 끝이에요." 그것으로 정말 끝장이리라.

그렇게 난감한 상황이었다. 그날 다시 주차장에 이르렀을 때 녹내가 나는 물을 펌프로 퍼올려 허겁지겁—마치 그 속에 마법의 지혜와 젊음과 자유와 작디작은 애첩이 들어 있기라도 하듯—들이켰던 일이 생각난다. 자줏빛 가운 차림으로, 윙윙거리는 소나무 밑의 투박한 탁자 모서리에 잠시 걸터앉아 발을 흔들었다. 멀지도 가깝지도 않은 곳에서, 반바지와 홀터 차림의 두 소녀가 햇빛을 받아 아롱거리는 '여자'라고 적힌 간이변소에서 나오는 모습이 보였다. 메이블이(혹은 메이블의 대역이) 껌을 씹으며 힘겨운 듯 멍하니 자전거에 올라타고, 매리언은 머리를 흔들어 파리를 쫓으며 다리를 넓게 벌려 뒷자리에 걸터앉았다. 이윽고 그들은 비틀비틀, 천천히, 멍하니, 빛과 그림자 속으로 멀어져갔다. 롤리타! 아빠와 딸도 저렇게 숲속으로 사라질 수만 있다면! 간단한 해결책은 험버트 부인을 제거하는 것이다. 그렇지만 어떻게?

완벽한 살인을 저지를 수 있는 사람은 없다. 그러나 우연은 그런 일을 해낸다. 지난 세기 말, 남프랑스의 아를에서 발생한 라쿠르 부인 살인 사건이 유명하다. 그녀가 라쿠르 대령과 결혼한 직후 혼잡한 거리에서 수염을 기른 정체불명의 육척 괴한이—부인이 남몰래 만나던 애인이라는 추측이 나돌았다—다가오더니 그녀의 등을 세 차례 찔러 치명상을 입혔는데, 이때 작은 불도그를 닮은 대령이 살인자의 팔을 물고 늘어졌다. 그런데 범인이 성난 남편의 턱을 막 떼어내려는(주위에서 구경꾼이 하나둘씩 모여드는) 바로 그 순간, 가히 아름답다고 할 만큼 시기적절한 우발적 사건이 일어났다. 현장에서 제일 가까운 건물에 사는 괴팍한 이탈리아인이 만지작거리던 폭약 비슷한 게 하필 그 순간에 터져버렸고, 거리는 순식간에 아수라장으로 돌변한 것이다. 사방에 연기가 자욱하고 벽돌이 와르르 쏟아지고 사람들은 이리저리 도망쳤다. 이 폭발로 다친 사람은 없었지만(용감한 라쿠르 대령이 기절했을 뿐이다) 앙심을 품은 애인은 달아나는 사람들 틈에 섞여 유유히 빠져나갔다. 그리고 오래오래 행복하게 살았더란다.

이제 범인 자신이 완벽한 살인을 계획할 때 어떤 일이 벌어지는지 확인해보자.

나는 아워글래스 호수로 걸어내려갔다. 우리 내외를 비롯하여 몇몇 '점잖은' 부부(이를테면 팔로 부부, 챗필드 부부)가 수영을 즐기러 가는 곳은 약간 후미지고 좁다란 기슭이었다. 샬럿은 그곳이 '사유지' 같은 느낌이 들어 좋다고 했다. 주요 수영 시설은(〈램스데일 저널〉은 '익사 시설'이라고 부르기도 했지만) 모래시계를 닮은 이 호수의 왼쪽(동쪽) 부분에 있으므로 우리가 있는 후미진 기슭에서는 보이지 않았다. 오른쪽에는 솔숲이 이어지다가 곧 둥글게 휘어진 늪지대가 나타나고 건너편 기슭에서 다시 숲이 시작되었다.

내가 소리도 없이 아내 곁에 앉는 바람에 그녀가 깜짝 놀랐다.

"물에 들어갈까요?" 그녀가 물었다.

"일 분만 있다가 들어갑시다. 생각을 정리하는 중이니까."

나는 생각했다. 일 분 이상이 지나갔다.

"됐소. 갑시다."

"내 생각도 좀 했어요?"

"물론이지."

"다행이네요." 샬럿이 물속으로 들어가면서 말했다. 수심은 금방 깊어져 소름이 돋은 그녀의 굵은 허벅지에 이르렀다. 샬럿은 곧 팔을 뻗어 양손을 맞대고 입을 굳게 다물더니—검은색 고무 수영모를 써서 얼굴이 몹시 못나 보였다—요란한 소리를 내면서 물속으로 텀벙 뛰어들었다.

우리는 반짝이는 수면을 가르며 천천히 헤엄쳐 더 깊은 곳으로 나아갔다.

건너편 기슭까지는 적어도 천 걸음은 넘을 텐데(물 위를 걸어갈 수 있다면 말이지만), 그곳 호숫가에서 비버처럼 열심히 일하는 두 남자의 모습이 조그맣게 보였다. 나는 그들이 누구인지 잘 알았다. 한 명은 폴란드계 전직 경찰이고 또 한 명은 호수 건너편의 수목 대부분을 소유한 전직 배관공이었다. 두 사람이—무슨 재미로 그런 짓을 하는지 모르겠지만—부두를 건설하는 중이라는 사실도 알았다. 그들의 모습은 개미처럼 작아서 팔과 연장을 간신히 식별할 정도였지만 뚝딱뚝딱 두드리는 소리는 터무니없이 크게 들렸다. 인형극으로 치면 인형 조종자와 음향감독이 별로 사이가 안 좋은 듯, 조그마한 몸짓에 비해 타격음이 너무 크고 게다가 눈에 보이는 순간보다 한 박자씩 늦었다.

평일 아침에는 '우리' 호수의 짤막한 백사장이—지금은 우리도 수심이 깊은 곳을 찾느라 꽤 멀리 나왔으므로—한산하기 마련이었다. 주변에는 아무도 없고, 다만 건너편에서 굉장히 부지런하게 일하는 두 사람이 조그맣게 보일 뿐이었다. 머리 위에서 새빨간 자가용 비행기 한 대가 붕붕거리다가 곧 푸른 하늘로 사라져갔다. 힘차게 물거품을 일으키며 살인을 저지르기에는 정말 완벽한 배경인데다 절묘한 이점이 또하나 있었다. 법을 담당하던 남자와 물을 담당하던 남자는 사건을 간신히 목격할 만큼 가까우면서도 그것이 범죄라는 사실을 간파하기에는 너무 멀었다. 당황한 수영객이 허우적거리는 소리와 물에 빠진 아내를 구해달라고 외치는 소리를 들을 수 있을 만큼 가까웠지만, (설령 우리를 너무 일찍 발견하더라도) 사실은 조금도 당황하지 않은 수영객이 아내를 조곤조곤 짓밟았음을 알아차리기에는 너무 멀었다. 그러나 나는 아직 그 단계까지 가지 못했다. 여기서는 다만 얼마나 쉬운 일인지를 설명하고 싶었을 뿐이다. 상황이 얼마나 잘 맞아떨어졌던가! 샬럿은 나름대로 열심히 헤엄을 쳤지만 동작이 좀 어설펐고(인어로 치면 아주 형편없는 인어였다) 심각한 가운데 조금은 즐거워하는 듯한 표정이었는데(남자 인어가 곁에 있지 않은가?), 나는 그녀가 아무리 애를 써도 좀처럼 타지 않아 여전히 창백하고 물에 젖어 번들거리는 얼굴, 핏기 없는 입술, 볼록하게 드러난 이마, 착 달라붙은 검은색 수영모, 그리고 물에 젖은 통통한 목 따위를 미래의 회상 장면처럼 지극히 명료하게 바라보면서(다시 말하자면 이미 목격한 장면을 회상하듯이 현재를 바라보려고 노력하면서), 지금 이 순간 살짝 뒤처졌다가 숨을 크게 들이마신 후 그녀의 발목을 움켜쥐고 그렇게 손에 넣은 시체와 함께 재빨리 잠수하기만 하면 된다는 걸 알았다. 내가 시체라 표현한 이유는 수영에 서투른데다 놀라고 당황하기까지 하면 그녀는 단숨에 치사량의 물을 들이마실 테고, 나는 물속에서 눈을 뜬 채 일 분쯤은 너끈히 버틸 수 있기 때문이다. 이 섬뜩한 장면은 계획적인 범죄의 암흑을 뚫고 긴 꼬리를 끌며 떨어지는 별똥별처럼 눈앞을 스쳐갔다. 마치 소리없이 진행되는 무시무시한 발레를 보는 듯했다. 남자 무용수가 발레리나의 발목을 거머쥐고 수중의 어스름 속으로 쏜살같이 가라앉는다. 이따금 그녀를 물속에 짓누른 채 고개를 내밀어 숨을 한 모금 들이마시고 다시 잠수할 수도 있을 텐데, 그런 동작을 몇 번이고 반복하다가 마침내 그녀의 인생이 막을 내리면 비로소 사람 좀 살려달라고 소리치리라. 그리고 20분쯤 지나서 두 꼭두각시가 칠이 덜 끝난 배를 타고 노를 저으며 점점 다가올 때쯤, 가엾은 험버트 험버트 부인은—쥐가 났기 때문이든, 심장마비 때문이든, 둘 다 겹쳤든 간에—이미 목숨을 잃고, 빙그레 웃는 아워글래스 호수의 수면에서 30피트 아래에 깔린 시꺼먼 개흙 속에 머리를 처박고 있으리라.

정말 간단하지 않습니까? 그런데 이게 웬일입니까, 여러분—저는 도저히 그럴 수가 없었습니다!

나를 굳게 믿는 그녀는 내 곁에서 서투른 물개처럼 헤엄을 치고, 내 귓가에는 열정의 논리가 아우성을 쳤다. 지금이 기회다! 그런데 말입니다, 여러분, 저는 그러지 못했습니다! 나는 말없이 기슭을 향해 몸을 돌리고, 그녀도 엄숙하게 고분고분하게 돌아서고, 그래도 지옥의 꼬드김은 귓가에 쟁쟁하고, 그래도 나는 저 불쌍하고 미끌미끌하고 덩치 큰 생물을 차마 익사시킬 수 없었다. 아우성이 차츰 멀어질 무렵, 나는 내 일도, 금요일도, 그 어떤 날도, 낮이든 밤이든, 절대로 그녀를 죽일 수 없다는 우울한 사실을 깨달았다. 아, 상대가 발레리아였다면 젖가슴을 후려갈겨 찌그러뜨리는 등 이런저런 방법으로 괴롭히는 장면을 상상할 수 있고, 그녀의 정부 역시 아랫배에 총을 쏘아 "억!" 소리를 내며 주저앉게 만드는 장면을 생생하게 떠올릴 수 있었다. 하지만 샬럿은 도저히 죽일 수 없었다. 더구나 전체적으로 보자면 그 비참한 아침에 움찔 놀라면서 생각했던 것처럼 절망적이기만 한 상황도 아니었다. 만약 내가 힘차게 물장구를 치는 저 발을 붙잡는다면, 그녀의 놀란 얼굴을 보게 된다면, 그녀의 끔찍한 목소리를 듣게 된다면, 그래도 이 고역을 끝까지 밀어붙인다면, 나는 한평생 그녀의 유령에게 시달릴 터였다. 그때가 1947년이 아니라 1447년이었다면 속을 파낸 마노 반지에 담긴 고전적인 독약이나 자비로운 죽음을 선사하는 비약 따위를 사용하여 눈가림으로나마 나 자신의 심약한 성격을 속일 수도 있었으리라. 그러나 오지랖 넓은 중산층이 득세한 시대에 그런 짓을 한다면 비단으로 장식한 옛 궁전에서처럼 일이 순조롭게 풀리지는 않을 터였다. 요즘은 살인자가 되려면 우선 과학자가 되어야 한다. 그런데 나는 어느 쪽도 아니었다. 남녀 배심원 여러분, 어린 소녀와 더불어 굳이 성교까지 가지는 못하더라도 달착지근한 신음 소리가 절로 나올 만큼 짜릿짜릿한 육체적 관계를 맺고 싶어하는 성범죄자의 대다수는 사실 그리 사악하지도 않고 소극적이며 소심하고 서투르기 짝이 없는 풋내기들입니다. 우리가 이 사회에 바라는 것은 다만 우리가 가벼운—뜨겁고 축축한, 이른바 일탈 행동이라지만 사실상 무해한—성적 탈선 행위를 저질렀을 때 경찰과 사회가 너무 가혹하게 처벌하지는 말았으면 좋겠다는 것뿐입니다. 우리는 색마가 아닙니다! 우리는 유능한 군인들과 달리 강간을 하지도 않습니다. 우리는 비록 불행하지만 온순하고 신사적이며 강아지처럼 착한 눈매를 가진 사람들입니다. 어른들이 있는 곳에서는 자신의 충동을 억누르는 자제력을 지녔지만 님펫을 한 번 만져볼 수만 있다면 인생에서 몇 년이나 몇십 년쯤은 기꺼이 희생할 수 있습니다. 다시 강조하건대 우리는 결코 살인자가 아닙니다. 시인들은 사람을 죽이지 않습니다. 아, 가엾은 샬럿, 그대의 영원한 천국에서, 아스팔트와 고무와 쇠붙이와 돌이 이룩한—그러나 물은 들어가지 않는, 다행히 물은 없는!─영원한 연금술의 세계에서 부디 나를 너무 미워하지 말아주오.

그러나 객관적으로 말하자면 정말 아슬아슬한 순간이었다. 이제 내가 완전범죄 이야기를 꺼낸 이유를 밝혀야겠다.

우리는 목마른 태양 아래 타월을 깔고 앉았다. 그녀가 주위를 둘러보더니 브라 끈을 풀고 엎드려 젖은 등을 고스란히 태양에게 내주었다. 그녀는 나에게 사랑한다고 말했다. 그리고 기나긴 한숨을 내쉬었다. 한 팔을 뻗어 자신의 가운 호주머니에서 담배를 꺼냈다. 일어나 앉아서 담배를 피웠다. 자신의 오른쪽 어깨를 살펴보았다. 연기가 피어오르는 입을 벌려 나에게 깊은 입맞춤을 했다. 바로 그때 등뒤의 솔숲과 덤불 사이에서 튀어나온 돌멩이 하나가 모래언덕을 따라 굴러내려오고 또하나가 굴러내려왔다.

"훔쳐보기 좋아하는 지긋지긋한 꼬마 녀석들." 샬럿이 커다란 브라로 젖가슴을 가리며 다시 엎드렸다. "아무래도 피터 크레스톱스키한테 한마디 해야겠어요."

오솔길 어귀 쪽에서 바스락거리는 소리와 함께 발소리가 들리더니 진 팔로가 이젤을 비롯한 잡동사니를 들고 씩씩하게 내려왔다.

"깜짝 놀랐잖아." 샬럿이 말했다.

진은 방금까지 그 언덕 위에서 수풀 속에 몸을 감추고 대자연을 훔쳐보며 spy─스파이 spy는 대개 총살형에 처하기 마련인데─풍경화를 완성하려 했지만 헛일이었다면서 자신은 재능이 전혀 없다고 말했다 (에누리 없는 진실이다). "험버트, 당신도 그림을 그려봤어요?" 그때 진을 조금 시샘하는 샬럿이 존도 이곳으로 오기로 했느냐고 물었다.

온다고 했어. 오늘 점심은 집에서 먹겠대. 아까 파킹턴으로 출근하는 길에 여기 내려주고 갔는데 이제 곧 다시 데리러 올 거야. 오늘 아침은 정말 굉장했어. 이렇게 멋진 날 카발과 멜람퍼스를 개줄에 묶어두고 나올 때마다 배신자가 된 기분이야. 그녀는 샬럿과 나 사이의 하얀 모래밭에 앉았다. 반바지 차림이었다. 그러나 그녀의 늘씬한 구릿빛 다리가 나에게 발산하는 매력은 적갈색 암말의 다리 수준을 넘지 못했다. 그녀가 웃을 때마다 잇몸이 훤히 드러났다.

"내가 그린 호수에 두 사람도 그려넣으려고 했어." 진이 말했다. "두 사람이 깜박한 것까지 봤어. [험버트를 돌아보면서] 당신 말예요, 손목시계를 찬 채로 물에 들어갔죠. 제가 다 봤어요."

"방수니까." 샬럿이 물고기처럼 입술을 동그랗게 오므리며 나지막이 말했다.

진이 내 손목을 자신의 무릎 위에 올려놓고 샬럿이 선물로 준 시계를 들여다보더니 험버트의 손을 다시 모래 위에 손바닥이 위로 향하도록 내려놓았다.

"그렇게 숨어 있으면 온갖 일을 다 보겠구나." 샬럿이 교태를 부리면서 말했다.

진이 한숨을 쉬었다. "한번은 말이야, 남자애랑 여자애랑, 둘 다 어린애였는데, 해질녘에, 바로 이 자리에서, 살을 섞는 걸 봤어. 그림자가 무슨 거인 같더라. 새벽녘에 톰슨 씨를 봤던 일은 전에 벌써 얘기했고. 다음번엔 뚱보 아이버Ivor 영감님의 새하얀 알몸ivory을 보게 되지 않을까 싶어. 그 늙은이는 진짜 변태야. 지난번엔 자기 조카에 대해서 굉장히 음탕한 얘기를 하더라니까. 내가 듣기엔……"

"안녕들 하십니까." 존의 목소리였다.

21

불쾌할 때 침묵하는 내 버릇 때문에, 아니 정확히 말하자면 그 불쾌한 침묵에서 느껴지는 냉혹함 때문에 발레리아는 종종 겁에 질려 쩔쩔맸다. 징징거리고 훌쩍거리며 이렇게 말했다. "당신이 이렇게 나올 때는 도대체 무슨 생각을 하는지 몰라서 미치겠단 말이야." 나는 샬럿에게도 침묵 작전을 써보았다. 그러나 그녀는 아랑곳하지 않고 재잘거리거나 오히려 내 침묵을 놀림감으로 삼았다. 대단한 여자 아닌가! 나는 어쨌든 학술서를 집필해야 한다고 중얼거리며 이제야 진짜 '연구실'이 된 예전의 내 방으로 물러났고, 샬럿은 명랑하게 집 안을 꾸미거나 전화로 수다를 떨거나 편지를 썼다. 내 방 창가에서 래커칠을 한 듯 반들거리며 흔들리는 포플러 잎사귀 사이로 바깥을 내다보니 도로를 건너가서 흐뭇한 얼굴로 미스 팔렌의 여동생에게 보내는 편지를 부치는 샬럿이 보였다.

지난번 아워글래스 호수의 잠잠한 백사장을 다녀오고 나서 일주일 동안은 산발적인 소나기와 잔뜩 찌푸린 날씨가 이어졌는데 내 평생 가장 우울했던 한 주로 손꼽을 만했다. 그다음에는 두어 번쯤 희미한 희망의 서광이 비치더니 마침내 눈부신 태양이 얼굴을 내밀었다.

나무랄 데 없이 움직여주는 훌륭한 머리를 가졌으니 한번 활용해보자는 생각이 들었다. 비록 아내가 딸을(지금쯤 그녀는 아득히 머나먼 곳에서 화창한 날씨를 즐기며 날이 갈수록 점점 더 뜨거워지고 더 짙은 갈색으로 익어가리라) 위해 마련한 계획에는 감히 간섭할 수 없지만, 어떻게든 방법을 강구하여 내 입지를 전반적으로 강화해두면 나중에 특별한 상황이 닥쳤을 때 적절히 써먹을 수 있을 듯싶었다. 어느 날 저녁, 샬럿 스스로 그 빌미를 제공해주었다.

"깜짝 놀랄 일이 있어요." 수프 한 숟가락을 떠올린 그녀가 다정한 눈으로 나를 바라보며 말했다. "올가을에 우리 둘이 영국에 가요."

나는 수프 한 숟가락을 꿀꺽 삼키고 분홍색 종이 냅킨으로 입을 닦은 후(아, 미라나 호텔의 서늘하고 촉감 좋은 리넨 냅킨이 그립구나!) 이렇게 입을 열었다.

"당신이 놀랄 일도 있소. 우리 둘은 영국에 안 갈 거요."

"아니 왜요?" 그녀가 내 예상보다 더 많이 놀란 표정으로 내 손을 바라보며(나도 모르게 죄 없는 분홍색 냅킨을 접다가 찢다가 구기다가 다시 박박 찢었기 때문이다) 물었다. 그래도 미소 띤 내 얼굴을 보더니 다소 안심하는 듯했다.

"간단한 얘기요." 나는 이렇게 대답했다. "우리 집처럼 남달리 화목한 가정에서도 여자 혼자 모든 일을 결정하는 법은 없소. 더러 남편이 결정할 일도 있으니까. 원양 여객선을 타고, 그것도 범블 부인이랑, 아니면 '냉동육의 제왕' 샘 범블이나 어느 할리우드 여배우랑 한배를 타고 대서양을 건넌다는 거, 당신처럼 건강한 미국 여자한테 그게 얼마나 설레는 일인지는 나도 충분히 상상할 수 있소. 그리고 당신과 내가 여행사 광고를 찍으면 틀림없이 근사한 사진이 나온다는 것도 의심하지 않소. 예를 들자면 왕궁 경비대였나, 적색사단이었나 비버이터스였나,* 아무튼 그 군인들을 구경하면서 당신은 솔직하게 감탄하고 나는 부러움

---

* 둘 다 붉은색 상의에 검은색 비버 털모자를 쓴 영국 근위병 제복의 특징 때문에 떠올린 말.

을 애써 감추면서 말이오. 하지만 아쉽게도 나는 유럽이라면 딱 질색이고 그 잘난 영국도 예외가 아니란 거요. 당신도 잘 알다시피 그 썩어빠진 구세계에 대해서라면 나는 아주 슬픈 추억밖에 없어요. 당신이 보는 잡지에 아무리 오색찬란한 광고가 실려도 이런 상황이 달라지진 않소."

"여보, 난 정말……"

"아니, 더 들어봐요. 오늘 일은 별로 중요하지 않소. 난 지금 일반적인 경향을 걱정하는 거요. 일을 해야 하는 오후 시간에도 당신이 그 호수에 일광욕하러 가자고 하면 나는 기꺼이 따라갔소. 당신을 위해 학자로서, 그리고 교육자로서의 본분마저 저버리고 구릿빛 매력남 노릇을 해줬지. 당신이 그 멋쟁이 팔로 부부를 만날 때도 순순히 끌려가서 카드놀이도 하고 버번위스키도 마셨소. 아니, 더 들어요. 집 단장을 할 때도 당신 계획에 일절 참견하지 않았소. 당신이 어떤 일을 결정할 때, 당신이 이런저런 온갖 결정을 내릴 때 부분적으로든 전체적으로든, 뭐랄까, 내 의견은 좀 다른 경우도 있었지만 난 아무 말도 하지 않았지. 개별적인 문제라면 눈감아줄 수도 있소. 그렇지만 매사에 이런 식이면 곤란하지. 나도 이렇게 당신한테 잡혀 사는 게 즐겁지만 모든 게임에는 규칙이 있기 마련이오. 언짢아서 이러는 건 아니오. 언짢은 건 아니라니까. 이러지 마요. 어쨌든 나도 이 집안에서 절반의 권리를 가진 사람이고, 좀처럼 표현하진 않지만 나름대로 의견이 있단 말이오."

이때 샬럿은 내 곁으로 다가와 무릎을 꿇고 천천히, 그러나 아주 격렬하게 고개를 가로저으며 내 바짓가랑이를 잡아당겼다. 그녀는 미처 깨닫지 못했다고 말했다. 내가 자신의 왕이며 신이라고 했다. 루이즈도 퇴근했으니 지금 당장 사랑을 나누자고 했다. 용서해주지 않으면 죽어버리겠다고 했다.

이 작은 사건이 나에게 크나큰 자신감을 심어주었다. 용서를 구하기보다 행동을 고치면 된다고 조용히 말해주었다. 그리고 모처럼 우위를 차지했으니 계속 밀어붙여 원고를 쓰면서, 혹은 쓰는 체하면서 시무룩하고 서먹서먹한 태도를 오래오래 유지하기로 마음먹었다.

예전의 내 방에 있는 '스튜디오 침대'는 소파로 사용한 지 오래였는데—애당초 소파에 더 가까운 물건이었다—우리가 한방을 쓰기 시작한 직후부터 샬럿은 내 방을 조금씩 손질해서 진짜 '집필실'로 바꿔놓겠다고 예고했다. 영국 여행 사건이 있고 이틀째 되던 날, 내가 아주 편안한 새 안락의자에 앉아서 무릎 위에 커다란 책을 펼쳐놓고 있을 때 샬럿이 반지 낀 손가락으로 문을 똑똑 두드리고는 어슬렁어슬렁 들어왔다. 그녀에 비하면 나의 롤리타는 움직임부터 얼마나 딴판인가! 즐겨 입는 지저분한 청바지와 아랫단추 몇 개를 풀어놓은 셔츠 차림이 단정치 못하고 꼴사납고 조금은 불량스러워 보였어도 나를 찾아온 그녀에게선 님펫 나라의 과수원 냄새가 물씬 풍겼건만. 그러나 여러분에게 말해줄 일이 있다. 작은 헤이즈는 톡톡 튀고 큰 헤이즈는 느긋하지만 그 이면에 숨어 흐르는 생명의 실개울은 맛도 소리도 똑같았다. 어느 위대한 프랑스 의사가 우리 아버지에게 했던 말인데, 근친끼리는 위장이 꾸르륵거리는 소리조차도 비슷하다고 한다.

아무튼 샬럿이 어슬렁어슬렁 들어왔다. 우리 사이가 심상치 않다고 느낀 모양이다. 내가 어젯밤에도 그저께 밤에도 잠자리에 들자마자 곯아떨어진 체하다가 새벽녘에 일어났기 때문이다.

그녀가 혹시 '방해'가 되었느냐고 상냥하게 물었다.

"지금은 괜찮소." 나는 『소녀백과사전』 C권을 돌려놓고 출판 용어로는 '물림재단'[41]으로 인쇄한 그림을 살펴보면서 말했다.

샬럿이 서랍이 달린 작은 가짜 마호가니 책상 앞으로 다가왔다. 그 위에 한 손을 올려놓았다. 이 작은 책상이 좀 꼴사납긴 해도 그녀에게 잘못한 것은 없건만.

"전부터 물어보고 싶었어요."(아양을 떨기는커녕 자못 사무적인 말투다.) "이건 왜 잠가놨어요? 이 방에 그냥 두고 싶어요? 아무래도 너무 흉한데."

"놔두시오." 나는 스칸디나비아에서 캠핑중이었다.*

"열쇠는 있어요?"

"감춰놨소."

"아, 험……"

"연애편지를 넣어뒀거든."

그녀는 내가 무척이나 짜증스러워하는, 상처 입은 암사슴 같은 표정으로 나를 바라보더니, 내 말이 진담인지 아닌지 몰라서 그랬는지 아니면 대화를 어떻게 이어가야 좋을지 몰라서 그랬는지, 아무튼 내가 천천히 몇 페이지(캠퍼스, 캐나다, 캔디드 카메라, 캔디)를 넘기는 동안 우두커니 서서 창밖을 내다본다기보다는 창유리 자체를 들여다보며 장밋빛과 아몬드빛의 날카로운 손톱으로 톡톡톡 두드렸다.

이윽고(카누타기 또는 캔버스백 쯤에서) 그녀가 내 의자로 다가오더니 스스럼없이 육중하게 팔걸이에 털썩 걸터앉으며 내 첫 아내가 쓰던

---

* 백과사전의 'C' 자 목록을 보고 있는 중이다.

향수 냄새를 물씬 풍겼다. "나리께선 올가을을 여기서 보내고 싶지 않으시와요?" 그녀는 보수적인 동부의 가을풍경을 새끼손가락으로 가리켰다. "왜 그러오?" (매우 또렷하고 느린 말투.) 그녀가 어깨를 으쓱했다. (아마도 해럴드가 그 시기에 휴가를 얻곤 했기 때문이리라. 사냥철이니까. 그녀에게는 조건반사 같은 반응이겠지.)

"여기가 어딘지 알아요." 그녀가 여전히 손가락으로 가리키면서 말했다. "여기 있는 호텔 하나가 생각나는데, '마법에 걸린 사냥꾼'이라고, 좀 특이한 이름이죠? 음식도 꿀맛이에요. 그리고 아무도 귀찮게 굴지 않아요."

그녀가 내 관자놀이에 뺨을 비볐다. 발레리아는 그 버릇을 이내 고쳤는데.

"오늘 저녁에 특별히 먹고 싶은 거 있어요? 이따가 존이랑 진이 오기로 했어요."

나는 흐음 하는 소리로 대답을 대신했다. 그녀가 내 아랫입술에 키스를 하더니 케이크를 굽겠다고(하숙인 시절 그녀의 케이크를 칭찬한 까닭에 생긴 전통이다) 명랑하게 말하면서 나갔고, 나는 다시 게으름을 즐길 수 있게 되었다.

보던 책을 그녀가 앉았던 곳에 조심스럽게 내려놓고(책장이 파도처럼 좌르르 넘어가려 했지만 중간에 꽂아둔 연필이 막아주었다) 열쇠를 감춰둔 곳을 확인했다. 열쇠는 그녀가 저렴하면서도 성능은 훨씬 더 좋은 새 면도기를 사주기 전에 쓰던 오래된 값비싼 안전면도기 밑에 수줍은 듯 숨어 있었다. 여기가 과연 완벽한 은닉처일까? 면도기 밑에, 벨벳 안감을 댄 케이스 속의 오목한 홈에 그냥 두어도 괜찮을까? 케이스는 내가 각종 업무용 서류를 보관하는 작은 트렁크 속에 넣어두었다. 더 좋은 방법이 있을까? 물건을 감추기가 얼마나 어려운지 모르겠다. 아내가 걸핏하면 가구 배치를 바꿀 때는 더더욱 그렇다.

22

우리가 지난번에 수영을 하고 나서 정확히 일주일째 되는 날이었다고 기억한다. 그날 정오 무렵, 둘째 미스 팔렌의 답장이 배달되었다. 이 여자는 언니의 장례식을 치르고 방금 세인트앨지브러에 돌아왔다고 썼다. "유피미어는 그때 엉치뼈를 다치고 나서 끝내 회복되지 못했어요." 살아남은 미스 팔렌은 험버트 부인의 딸 문제에 대해 이야기하면서 올해는 너무 늦어 입학이 불가능하지만 1월에 험버트 씨 부부가 돌로레스를 데려온다면 입학 수속을 밟을 수 있을 거라고 썼다.

이튿날 점심식사 후 나는 '우리' 주치의를 만나러 갔다. 흠잡을 데 없는 태도로 환자를 대하고 몇 가지 특허 약물에 철저히 의존하는 방식으로 의학에 대한 무지와 무관심을 적절히 감출 줄 아는 싹싹한 사람이었다. 로가 일단 램스데일로 돌아와야 한다는 사실은 나에게 크나큰 기대감을 심어주었다. 그때를 위해 완벽히 준비하고 싶었다. 사실은 샬럿이 그 잔인한 결정을 내리기 전부터 진행한 작전이었다. 사랑스러운 우리 아이가 도착하기 전에 반드시 방법을 마련해야 했다. 아이가 도착한 그날부터 세인트앨지브러에 빼앗기는 그날까지 밤이면 밤마다 두 사람이 아무 소리도 못 듣고 누가 건드려도 깨어나지 않을 만큼 깊이 잠들게 만들어야 한다. 약이라면 넙죽넙죽 잘도 받아먹는 샬럿에게 다양한 수면제 분말을 먹여보면서 거의 7월 내내 실험을 계속했다. 마지막으로 사용한 수면제에(물론 샬럿은 신경을 안정시키는 순한 브롬화칼륨이라고 믿었지만) 꼬박 네 시간 동안 곯아떨어졌다. 라디오 음량을 최대로 키워보기도 했고, 남근처럼 생긴 손전등으로 얼굴에 불빛을 비춰보기도 했다. 떠밀고 꼬집고 찔러보기도 했다. 내가 무슨 짓을 해도 차분하고 깊은 호흡의 리듬은 전혀 흐트러지지 않았다. 그러나 살짝 입맞춤을 하자마자 곧바로 눈을 뜨더니 낙지처럼 힘차고 팔팔하게 달라붙었다(간신히 도망쳤다). 이 정도로는 안 되겠다고 판단했다. 더 확실한 약을 구해야겠다. 바이런 박사에게, 지난번에 처방받은 약은 내 불면증을 감당하지 못한다고 말했더니 처음에는 못 믿는 눈치였다. 다시 써보라고 권하며 내 관심을 돌리려고 자기 가족사진을 보여주었다. 그에게도 돌리 또래의 매혹적인 아이가 있었다. 그러나 나는 곧 그의 속셈을 알아차리고 현존하는 수면제 중에서 제일 강력한 약을 처방해달라고 졸랐다. 그는 골프를 쳐보라고 권하다가 결국 '정말 잘 듣는 약'을 주겠다면서 약장 앞으로 가더니 한쪽 끄트머리에 짙은 자주색 띠를 두른 남보라색 캡슐이 담긴 약병을 꺼냈다. 시판된 지 얼마 안 된 제품인데, 때맞춰 물 한 모금만 마셔도 간단히 잠들 수 있는 신경증 환자가 아니라, 몇백 년을 이어갈 불후의 명작을 얻으려면 단 몇 시간이라도 죽은 듯이 자야 하는데 불면증 때문에 그러지 못하는 위대한 예술가들을 위한 약이라고 설명했다. 의사들 속이기를 좋아하는 나는 속으로는 기뻐하면서도 겉으로는 미심쩍다는 듯이 어깻짓을 하며 약병을 주머니에 집어넣었다. 말이 나온 김에 하는 이야기지만 나로서는 이 의사를 경계할 수밖에 없었다. 예전에 다른 일로 그를 만났을 때 내가 마지막으로 들어갔던 요양원에 대해 언급하는 멍청한 실수를 저질렀는데, 그 순간 그의 귀가 쫑긋 움직이는 듯했다. 나의 과거 중에서도 그 시기에 대해서는 샬럿에게든 누구에게든 알리고 싶지 않았으므로, 한때 소설을 쓰기 위해 정신병자들을 취재한 적이 있다고 황급히 둘러댔다. 어쨌든 상관없었다. 이 불한당 같은 의사에게도 틀림없이 어린 연인이 있을 테니까.

나는 들뜬 마음으로 병원을 나섰다. 아내의 차를 손가락 하나로 운전하면서 느긋하게 집으로 향했다. 이제 보니 램스데일도 매력적인 구석이 많은 곳이었다. 매미들이 맴맴 울었다. 도로에는 방금 물을 뿌린 모양이었다. 유유히, 비단결처럼 매끄럽게 우리 집 앞의 가파른 비탈길로 접어들었다. 그날은 왠지 모든 것이 완벽해 보였다. 온통 파란색과 초록색 천지였다. 자동차 열쇠가 앞유리에 반사되는 것을 보면 햇빛이 비친다는 사실을 알 수 있고, 오후마다 건넛집 할머니에게 마사지를 해주는 간호사가 흰색 스타킹과 구두를 신고 좁은 보도를 따라 경쾌하게 걸어가는 모습을 보니 정확히 3시 30분이라는 사실을 알 수 있었다. 내가 비탈길을 내려가자 여느 때와 다름없이 고물장수의 세터가 흥분해서 쫓아오고, 여느 때와 다름없이 베란다에는 케니가 방금 던져놓은 지역 신문이 떨어져 있었다.

일부러 서먹서먹하게 굴던 짓은 그 전날 그만두었기에 나는 이제 거실 문을 열면서 잘 다녀왔다고 명랑하게 소리쳤다. 샬럿은 나를 처음 만나던 날 입었던 노란색 블라우스와 밤색 슬랙스 차림으로 구석에 놓인 책상 앞에 앉아 편지를 쓰는 중이었다. 둥글게 말아올린 구릿빛 뒷머리와 크림처럼 희멀건 목덜미가 보였다. 나는 문고리를 잡은 채 다시 쾌활하게 인사를 건넸다. 그녀가 편지를 쓰던 손을 멈추었다. 잠시 동안 꼼짝도 하지 않았다. 이윽고 의자에 앉은 채로 천천히 몸을 돌리더니 둥글게 휘어진 등받이 위에 팔꿈치를 얹었다. 얼굴은 격정으로 일그러져 보기 사나웠다. 그녀가 내 다리께를 노려보면서 말했다.

"헤이즈 아줌마, 덩치 큰 년, 늙은 고양이, 밉살스러운 엄마, 이, 이 늙고 아둔한 헤이즈 년은 이제 더는 당신한테 속지 않아. 지금은…… 지금은……"

나를 비난하던 여인이 입을 다물고 독설과 눈물을 꿀꺽 삼켰다. 이때 험버트 험버트가 무슨 말을 했는지, 혹은 뭐라고 해명하려 했는지는 별로 중요하지 않다. 그녀가 말을 이었다.

"당신은 괴물이야. 가증스럽고 추악한 사기꾼이고 범죄자라고. 가까이 오지 마. 창밖으로 비명을 지를 테야. 물러서라니까!"

이번에도 H. H.가 중얼거린 말은 생략해도 무방하겠다.

"난 오늘밤에 떠날 거야. 이 집은 당신 마음대로 해. 그렇지만 그 못된 계집애는 절대로, 절대로 만날 수 없을 거야. 이 방에서 나가."

독자여, 나는 그 말을 따랐다. 연구실 겸용이었던 방으로 올라갔다. 양손을 허리춤에 대고 잠시 문간에 우두커니 서서 겁탈당한 작은 책상과 활짝 열린 서랍, 자물쇠에 꽂힌 열쇠, 상판 위에 놓인 집 열쇠 네 개 따위를 차분하게 바라보았다. 층계참을 가로질러 험버트 부부 침실로 들어가 침착하게 그녀의 베개 밑에서 일기장을 꺼내 호주머니에 쑤셔넣었다. 그러고 나서 아래층으로 내려가다가 도중에 걸음을 멈추었다. 그녀가 거실 문 바로 바깥에 연결된 전화기로 통화를 하는 중이었다.

무슨 말을 하는지 엿듣고 싶었다. 그녀는 주문했던 무엇인가를 취소하고 거실로 돌아갔다. 나는 호흡을 가다듬고 복도를 지나 부엌으로 향했다. 그곳에서 스카치위스키 한 병을 땄다. 그녀는 스카치위스키라면 사족을 못 썼다. 이윽고 식당으로 들어가서 반쯤 열린 문틈으로 샬럿의 널찍한 등을 물끄러미 바라보았다.

"이건 내 인생도 당신 인생도 망치는 거요." 나는 조용히 말문을 열었다. "우리 교양인답게 행동합시다. 모두 당신이 오해한 거요. 당신은 지금 제정신이 아니야, 샬럿. 당신이 본 글은 소설 초고의 일부요. 어쩌다 보니 당신 이름과 로의 이름을 쓰게 됐을 뿐이오. 그게 편해서. 다시 잘 생각해봐요. 내가 한잔 갖고 올 테니."

그녀는 대답하지도 돌아보지도 않고 무엇을 쓰는지 기세등등하게 휘갈길 따름이었다. 아마도 세번째 편지일 것이다(이미 우표까지 붙인 편지 두 통이 책상 위에 가지런히 놓여 있었다). 나는 다시 부엌으로 갔다.

술잔 두 개를 꺼내놓고 (세인트앨지브러로 보내는 편지? 아니면 로에게?) 냉장고를 열었다. 심장부에서 얼음을 꺼내는 동안 냉장고가 표독스럽게 으르렁거렸다. 다시 쓰자. 그녀에게 다시 읽어보라고 하자. 구체적인 내용까지 기억하지는 못할 것이다. 수정하고 날조하자. 소설을 써서 보여주거나 적당한 곳에 놓아두자. 이따금 수도꼭지가 섬뜩한 소리를 내며 징징거리는 이유는 뭘까? 정말 아찔한 상황이다. 얼음틀에 더운물을 붓는 순간 작은 베개 모양의 각얼음이─마치 북극곰 인형의 베개 같구나, 로야─고통스러운 듯이 삐걱거리고 뚝딱거리며 독방에서 낱낱이 풀려났다. 술잔 두 개를 딱 소리가 나게 맞붙였다. 위스키를 따르고 소다수를 조금 부었다. 그녀는 내가 좋아하는 핀*을 못 마시게 했다. 냉장고가 컹컹거리고 땅땅거렸다. 술잔 두 개를 들고 거실로 갔지만 문이 거의 닫힌 상태라서 팔꿈치를 밀어넣을 공간조차 없었으므로 문틈에 대고 말할 수밖에 없었다.

"술 가져왔소."

대답이 없었다. 미친년. 때마침 전화벨이 울려서 선반 위 전화기 옆에 술잔을 내려놓았다.

"저 레슬리예요. 레슬리 톰슨." 새벽 수영을 즐기는 레슬리 톰슨이었다. "험버트 부인이 차에 치였어요. 빨리 좀 나와보세요."

나는 아내가 멀쩡하게 잘 있다고, 아마도 조금 퉁명스럽게 대꾸한 후 수화기를 든 채로 문을 밀어 열면서 말했다.

"샬럿, 이 친구가 당신이 죽었다네."

그러나 샬럿은 거실에 없었다.

23

나는 허둥지둥 뛰어나갔다. 집 앞의 가파른 비탈길 건너편에 기이한 광경이 펼쳐져 있었다. 검은색 대형 패커드 승용차 한 대가 보도를 넘어가서(보도 위에는 불룩한 격자무늬 무릎담요 한 장이 떨어져 있었다) 건넛집 할머니네 비탈진 잔디밭에 비스듬히 올라앉아 햇살에 번쩍

---

* 험버트가 만든 말로, 파인애플 주스와 진을 섞은 칵테일을 뜻한다.

이는데, 양쪽 문이 날개처럼 활짝 열리고 앞바퀴는 상록수 덤불 속으로 깊숙이 파고든 상태였다. 차 오른쪽의 잘 다듬어진 잔디밭에는 콧수염이 하얗고 차림새가 말쑥한—더블 버튼 회색 양복에 물방울무늬 나비넥타이를 맨—노신사가 긴 다리를 가지런히 모은 채 실물 크기[42]의 밀랍인형처럼 죽은 듯이 누워 있었다. 나는 한눈에 이 광경을 보고 충격을 받았지만 글로 설명하자면 길어질 수밖에 없다. 이렇게 종이 위에 낱말을 늘어놓으면 어떤 장면을 한순간에 보았을 때 느낄 수 있는 강렬한 인상과 현장감이 적잖이 훼손되기 마련이다. 무릎담요, 자동차, 인형 같은 노인, 물이 반쯤 남은 유리잔을 들고 방충망을 친 베란다 쪽으로 부리나케 되돌아가는 건넛집 할머니네 간호사—거동이 불편해서 집 안에만 갇혀 지내는 노부인이 목청껏 불렀겠지만 고물장수의 개 세터가 여기저기 모인 사람들 사이를 오락가락하며 규칙적으로 짖어대는 소리를 이겨내기에는 역부족이었다. 개는 보도에 떨어진 체크무늬 무릎담요 주위로 벌써부터 모여든 동네 사람들에게 다가갔다가, 자기가 마침내 도로 밖으로 쫓아낸 자동차 쪽으로 돌아갔다가, 이번에는 잔디밭에 모인 사람들 쪽으로 달려가는데, 그곳에는 레슬리와 경찰관 두 명, 그리고 뿔테 안경을 쓴 건장한 남자가 서 있었다. 이 시점에서 미리 설명해둘 일이 있다. 경찰관들이 사고 발생 후 불과 일 분 만에 이렇게 신속하게 나타난 까닭은 때마침 비탈길 아래쪽으로 겨우 두 블록 떨어진 교차로에서 불법주차한 차량에 단속 딱지를 붙이는 중이었기 때문이다. 뿔테 안경을 쓴 남자는 패커드 운전자 프레더릭 빌 2세였고, 방금 간호사가 물을 먹여준 노신사는 빌의 아버지로 나이는 79세, 비록 푸른 비탈bank에 드러누웠지만—말하자면 기울어진 은행가banked banker라고나 할까―기절하지는 않았다. 다만 경미한 심장마비를 일으켰거나 그럴 가능성이 있었지만 지금은 편안하게 누워 계속 회복세를 보이고 있다. 그리고 마지막으로 보도에(구불구불한 초록색 균열이 생겨 샬럿이 늘 못마땅하게 여기고 걸핏하면 손가락질하던 바로 그 자리에) 떨어진 무릎담요가 가리고 있는 것은 샬럿 험버트의 처참한 시신이었다. 그녀는 건넛집 할머니네 잔디밭 한구석에 있는 우체통에 편지 세 통을 넣으려고 서둘러 길을 건너다가 빌의 차에 치인 후 몇 피트쯤 질질 끌려갔다. 지저분한 분홍색 원피스를 입은 예쁘장한 아이가 편지를 주워 나에게 건네주었다. 나는 그것들을 바지 주머니에 넣은 채 갈기갈기 찢어버렸다.

이윽고 의사 세 명과 팔로 부부가 현장에 도착하여 상황을 수습했다. 졸지에 아내를 잃은 남자는 자제력이 남달라서 울지도 않고 소리를 지르지도 않았다. 조금 비틀거리기는 했지만 좀처럼 입을 열지 않았다. 다만 정수리가 깨져 뼈와 뇌수와 구릿빛 머리카락과 피가 마구 뒤엉켜 곤죽이 된 모습으로 세상을 떠나버린 여자의 신원, 검시, 처리 등에 관해 꼭 필요한 답변이나 지시에만 입을 열었다. 붉은 태양이 아직 눈부시게 빛났지만 그의 두 친구가―즉 상냥한 존과 눈가에 이슬이 맺힌 진이―그를 돌리의 방으로 데려가서 침대에 눕혔다. 그들은 하룻밤이라도 곁에 있어주려고 험버트 부부의 침실에 묵었는데, 과연 비통한 상황에 걸맞게 얌전히 잠만 잤는지는 나도 알 길이 없다.

매우 특이한 이 회고록에서, 당시 내가 관여해야 했던 장례식 준비 절차는 물론이고, 결혼식과 마찬가지로 조용히 치른 장례식 그 자체에 대해서도 굳이 시시콜콜 이야기할 이유는 없다. 다만 샬럿이 갑작스러운 죽음을 당한 후 나흘이나 닷새 사이에 일어난 몇 가지 일에 대해서는 기록해두고 넘어가야겠다.

홀아비가 된 첫날 밤, 곤드레만드레 취해버려 나는 원래 그 침대를 쓰던 아이처럼 깊이 잠들었다. 이튿날 아침에는 주머니에 넣어두었던 편지 쪼가리들을 황급히 살펴보았다. 그러나 아주 뒤죽박죽이 된 상태라서 세 덩어리로 완벽하게 정리할 수는 없었다. 내 짐작이지만 '……사줄 수 없으니 다시 가서 찾아봐야……' 운운하는 대목은 로에게 보내는 편지일 텐데, 몇몇 조각들로 미루어 판단하건대 샬럿은 소중한 새끼를 독수리에게 빼앗길까봐 전전긍긍하는 어미 양처럼 로와 함께 파킹턴으로 도망치거나 아예 피스키로 되돌아가려 했던 모양이다. 다른 조각들도 갈가리 찢어져 너덜너덜했지만(내 손이 독수리 발톱처럼 억센 줄은 미처 몰랐다) 세인트앨지브러가 아니라 다른 기숙학교에 지원한다는 내용이 분명했는데, 그곳은 (느릅나무 밑에서 크로케 놀이를 할 수는 있지만) 교육 방식이 너무 엄격한데다 음산하고 섬뜩하기까지 해서 '여자 소년원'이라는 별명이 붙었다고 한다. 마지막 세번째 편지는 나에게 보내는 것이 분명했다. 그중에서 몇 대목은 알아볼 수 있었다. 이를테면 '……1년쯤 별거한 다음에 어쩌면……' '……아, 내 사랑, 아, 소중한……' '……차라리 당신이 바람을 피웠다면……' '……아니면 내가 죽어버려야……' 따위였다. 그러나 이렇게 주워 모은 말도 전체적으로 보면 앞뒤가 잘 맞지 않았다. 바삐 써내려간 편지 세 통이 내 손에 걸려 뒤범벅이 된 탓도 있지만 내용 자체도 가엾은 샬럿의 머릿속에서 이미 뒤범벅이 되어버린 상태였기 때문이다.

그날 존은 단골손님을 만날 일이 있었고, 진은 개들에게 먹이를 줘야 해서 잠시 내 곁에는 친구가 하나도 없었다. 이 다정다감한 부부는 나를 혼자 내버려두면 자살이라도 해버릴까봐 걱정했는데, 다른 친구들도 모두 시간을 낼 수 없어서(건넛집 할머니는 두문불출, 맥쿠 부부는 몇 마일 떨어진 곳에 새집을 짓느라 바쁘고, 챗필드 부부는 집안에 말썽이 생겨 최근에 메인 주로 불려갔으므로) 결국 레슬리와 루이즈에게—주인을 잃어버린 온갖 물건을 정리하는 일을 돕는다는 명목으로—내 곁을 지키는 일을 맡겼다. 때마침 기발한 생각이 떠올라서 친절하고 남을 잘 믿는 팔로 부부에게 (우리는 레슬리가 수고비까지 받으면서 루이즈와 밀회를 즐기러 오기를 기다리는 중이었다) 샬럿의 유품 속에서 발견한 작은 사진 한 장을 보여주었다. 바위에 올라선 그녀가 흩날리는 갈색 머리카락 사이로 미소를 짓고 있었다. 1934년 4월에 찍었어요. 그 봄을 잊지 못해요. 당시 저는 일 때문에 미국에 와서 피스키에서 몇 달을 머물렀죠. 우리는 그때 만나서 미친 듯이 사랑에 빠져버렸어요. 안타깝게도 저는 이미 유부남이었고 샬럿도 헤이즈와 약혼한 몸이었지만, 제가 유럽으로 돌아간 뒤에도 우리는 (지금은 이 세상에 없는) 한 친구를 통해 편지를 주고받았지요. 진은 비슷한 소문을 들었다고 속삭이며 이 스냅사진을 들여다보고는 여전히 눈을 떼지 못한 채 존에게 넘겨주었고, 존은 파이프를 입에서 떼고 사랑스럽고 경망스러운 샬럿 베커를 물끄러미 바라보다가 나에게 돌려주었다. 이윽고 두 사람은 몇 시간 동안 자리를 비웠다. 루이즈는 애인과 함께 지하실에서 깔깔거리거나 앙알거리며 행복한 시간을 보냈다.

팔로 부부가 떠나자마자 턱이 푸르스름한 목사 하나가 찾아왔다. 나는 그에게 불쾌감을 주거나 의심을 사지 않는 선에서 이 만남을 최대한 짧게 끝내려 했다. 그럼요, 아이는 제가 죽을 때까지 보살펴야죠. 여담이지만 이 작은 십자가는 우리가 둘 다 젊었을 때 샬럿 베커가 준 겁니다. 제 사촌 중에 뉴욕에서 홀로 사는 고상한 누님이 있습니다. 거기서 돌리한테 맞는 좋은 사립학교를 찾아보려고 합니다. 아, 교활하기 짝이 없는 험버트!

레슬리와 루이즈에게 들려주려고 일부러 엄청나게 큰 소리로 멋진 연기를 하면서 셜리 홈스와 장거리 통화를 하는 시늉을 했는데, 그들이 이를 존과 진에게 다 고해바치리라 짐작했기 때문이다(예상은 적중했다). 그리고 존과 진이 돌아왔을 때는—짐짓 당황해서 어쩔 줄 모르는 말투로—로가 다른 중등반 아이들과 함께 닷새 일정으로 하이킹을 가서 연락이 안 된다고 툴툴거려 그들을 감쪽같이 속이는 데 성공했다.

"맙소사, 그럼 어쩌죠?" 진이 말했다.

그러나 존은 아주 간단한 문제라고 하면서, 클라이맥스 경찰서에 연락해서 아이들을 찾아달라고 하면 한 시간도 안 걸릴 거라고 말했다. 아니, 사실은 자기도 그 일대를 잘 아니까—

"이렇게 하지." 존이 말을 이었다. "내가 지금 당장 차를 몰고 가볼 테니까, 자네는 여기서 진이랑 자고 있어"(물론 마지막 부분은 존이 실제로 한 말은 아니지만 진이 그의 제안을 열렬히 지지하고 나섰으니 그런 의미가 함축된 것과 다름없었다).

나는 눈물을 흘리며 주저앉았다. 존에게 제발 가만히 있으라고 간청했다. 그 아이가 울고불고 매달리면 나도 견딜 수 없다고, 그애는 안 그래도 쉽게 흥분하는 성격인데 이런 경험은 장래에까지 악영향을 미칠 수 있다고, 정신과의사들도 이런 사례를 종종 연구했다고 말했다. 불현듯 침묵이 흘렀다.

"그래, 자네가 잘 알아서 하겠지." 존이 조금 무뚝뚝하게 말했다. "하지만 나도 샬럿의 친구였고 조언자였어. 어쨌든 자네가 그 아이를 어쩔 생각인지는 알아두고 싶네."

"존!" 진이 소리쳤다. "그 아이는 해럴드 헤이즈가 아니라 이 사람 딸이야. 모르겠어? 험버트가 돌리 친아빠라고."

"그랬군." 존이 말했다. "미안하네. 그래, 알았어. 내가 미처 몰랐어. 그렇다면 물론 문제가 간단하지. 자네 생각대로 하는 게 좋겠군."

심란한 아빠는 장례식이 끝나는 대로 감수성이 예민한 딸을 데리고 전혀 다른 환경에 가서 그녀가 즐겁게 지낼 수 있도록 최선을 다하겠다고 말했다. 이를테면 뉴멕시코나 캘리포니아로 여행을 떠나는 것도 좋겠는데―물론 아빠부터 이 슬픔을 이겨내야겠지만.

나는 마치 극심한 절망에 빠져 오히려 차분해진 사람처럼 광기의 폭발을 앞둔 침묵의 순간을 기막힌 솜씨로 연기했고, 그래서 인품 좋은 팔로 부부는 나를 자기 집으로 데려갔다. 그 집에는 이 나라에서 보기 드문 훌륭한 와인 셀러가 있어 불면증과 유령이 두려웠던 나에게 도움이 되었다.

이제 내가 돌로레스를 데려오지 않은 진짜 이유를 설명해야겠다. 처음에, 즉 샬럿이 제거된 직후 자유로운 아빠가 되어 다시 집 안으로 들어가서 아까 만든 위스키소다 두 잔을 벌컥벌컥 들이켜고, 다시 내가 좋아하는 '핀'까지 몇 잔 더 퍼마시고, 이웃과 친구들을 피해 화장실로 들어갔을 때, 내 마음과 핏줄 속에는 오직 한 가지 생각뿐이었다. 이제 몇 시간만 지나면 따뜻한 그녀가, 갈색머리 그녀가, 나의, 나의, 나의 롤리타가 눈물을 뿌리며 내 품에 안기겠구나. 그 눈물이 미처 고이기도 전에 입맞춤으로 닦아줄 수 있겠구나. 그러나 내가 거울 앞에서 눈을 크게 뜨고 얼굴을 붉힐 때 존 팔로가 조심스레 문을 두드리며 별일 없느냐고 물었고, 그 순간 나는 이렇게 그녀를 내게서 빼앗을 궁리만 하는 참견쟁이가 우글거리는 집에 롤리타를 데려오는 것은 미친 짓이나 다름없음을 깨달았다. 물론 어디로 튈지 모르는 천방지축 롤리타가 나에 대한 어리석은 불신이나 갑작스러운 반감이나 막연한 두려움 따위를 드러낼 수도 있는데─모를 일 아닌가?─그렇게 되면 승리를 앞둔 바로 그 순간에 이 매혹적인 보물을 영영 잃어버리고 말 터였다.

참견쟁이라는 말이 나왔으니 하는 말인데, 또 한 명의 손님이 나를 찾아왔다. 내 아내를 제거해준 고마운 친구 빌이었다. 불도그처럼 늘어진 턱살, 작고 새까만 눈, 테가 굵은 안경, 눈에 띄게 큰 콧구멍 등 한마디로 사형집행인의 조수처럼 생긴 근엄하고 고리타분한 사람이었다. 그를 나에게 데려다준 존은 눈치 빠르게 우리 둘만 남겨둔 채 문을 닫고 자리를 피해주었다. 나를 찾아온 괴상한 손님은 자기네 쌍둥이가 내 의붓딸과 같은 반이라고 넌지시 말하면서 사고 경위를 손수 그려놓은 커다란 도면을 펼쳤다. 색색의 잉크로 그린 인상적인 화살표와 점선 들이 가득해서 내 의붓딸이 본다면 '끝내준다'고 할 만한 도면이었다. H. H. 부인이 지나간 궤적에는 통계자료를 시각적으로 표현할 때 흔히 사용하는 조그마한 사람 모양의 윤곽선 그림을 군데군데 그려놓았는데, 마치 직장 여성이나 여군을 묘사한 작은 인형 같았다. 이 경로는 아주 뚜렷하고 단호하게 나아가다가 마침내 굵고 구불구불한 선과 마주치는데, 이것은 잇따라 두 번에 걸쳐 급회전을 했던 일을 표시한 선이었다. 첫번째는 빌의 차가 고물장수의 개를(개는 그리지 않았다) 피할 때였고, 두번째는 비극을 피하려고 처음보다 더 급격하게 방향을 바꿀 때였다. 조그맣고 깔끔하게 그려진 윤곽선 인물이 마침내 보도 위에 쓰러져버린 그 자리에는 아주 새까만 X자 표시 하나를 그려놓았다. 나는 이 손님의 (거대한 밀랍인형 같은) 아버지가 비탈에 비스듬히 누워 있던 자리에도 비슷한 표시가 있는지 찾아보았지만 아무것도 없었다. 다만 레슬리 톰슨과 건넛집 할머니를 비롯한 몇 사람의 이름 밑에 그 노신사도 목격자의 한 사람으로서 서명을 남겼다.

날렵하고 정교하게 날아다니는 벌새처럼 이리저리 연필을 움직이면서 프레더릭은 내 아내가 부주의한 탓이지 자신에게는 아무 잘못도 없다고 설명했다. 하필이면 그가 개를 피하려 하는 순간 그녀가 방금 물을 뿌린 아스팔트에서 미끄러지며 앞으로 넘어졌는데, 이때 그녀는 앞이 아니라 뒤로 몸을 던졌어야 했다(프레더릭은 두툼한 어깨를 홱 돌리면서 뒤로 넘어지는 요령을 보여주었다). 나는 확실히 그의 잘못이 아니라고 말해주었고, 검시 결과도 내 의견을 뒷받침했다.

그는 힘이 잔뜩 들어간 콧구멍으로 격렬하게 숨을 몰아쉬면서 내 손을 잡고 고개를 끄덕였다. 그러더니 깍듯한 예의범절과 신사다운 아량을 과시하면서 장례비를 자기가 부담하겠다고 말했다. 그는 내가 그 제안을 사절하리라 예상한 모양이다. 하지만 나는 술기운에 흐느끼면서 선뜻 수락했다. 그는 깜짝 놀랐다. 믿을 수 없다는 듯이 방금 한 말을 천천히 되풀이했다. 나는 더욱더 열렬하게 고맙다고 말했다.

이 괴상한 만남을 계기로 그때까지 마비상태였던 내 영혼이 잠시나마 정상으로 돌아왔다. 당연한 일이 아닌가! 나는 방금 운명의 대리인을 실제로 만났으니까. 운명의 맨살을, 그리고 두툼한 어깨를 내 손으로 직접 만져보기까지 했다. 별안간 찬란하면서도 기괴한 변화가 생겼는데, 바로 그가 이 변화를 일으킨 장본인이었다. 그리고 그날의 얽히고설킨 상황(급히 서두르는 가정주부, 미끄러운 도로, 성가신 개 한 마리, 가파른 비탈길, 큰 차, 운전대를 잡은 얼간이) 속에서 나 자신도 비열하게 한몫 거들었음을 어렴풋하게나마 알아차렸다. 만약 내가 그런 일기장을 보관할 만큼 어리석은 백치가 아니었다면, 혹은 직관력을 가진 천재가 아니었다면, 복수심에 불타는 분노와 뜨거운 수치심으로 흘리는 눈물이 우체통으로 달려가는 샬럿의 눈을 가리지도 않았을 것이다. 그러나 설령 그녀가 그렇게 눈이 멀었더라도, 만약 빈틈없는 운명이, 시간을 절묘하게 맞춘 이 환영이 자동차와 개와 햇빛과 그늘과 물기와 나약함과 강인함과 석판을 모두 증류기에 넣어 섞어버리지만 않았다면 아무 일도 일어나지 않았을 것이다. 잘 가라, 마를레네! 뚱뚱한 운명의 손길이 (빌이 방을 나서기 전에 건넨 형식적인 악수를 통하여) 나를 마비상태에서 벗어나게 했고, 나는 곧 울음을 터뜨렸다. 남녀 배심원 여러분—나는 울었습니다.

24

갑자기 불어닥친 강풍에 느릅나무와 포플러나무도 등을 돌리고, 내가 마지막으로 주위를 둘러볼 때 램스데일 교회의 하얀 탑 위에는 거대한 먹구름이 떠 있었다. 나는 불과 10주 전에 방 하나를 빌렸던 이

칙칙한 집을 떠나 바야흐로 미지의 모험길에 나서는 참이었다. 블라인 드는—검소하고 실용적인 대나무 블라인드였다—이미 늘어뜨려 두었다. 블라인드의 풍부한 질감은 베란다에서도 집 안에서도 자못 현대적이며 극적인 느낌을 연출한다. 이를 경험하고 나면 천국의 집조차도 몹시 허전해 보이리라. 내 주먹에 빗방울 하나가 떨어졌다. 존이 내 가방 몇 개를 차에 싣는 동안 나는 이런저런 물건을 찾으려고 다시 집 안으로 들어갔는데, 그때 좀 색다른 일이 벌어졌다. 지금까지 이 비극적인 기록 속에서 필자의 수려한—켈트족을 닮은, 유인원을 연상시켜 오히려 매력적인, 소년 같으면서도 남자다운—외모가 독특한 '도취' 효과를 발휘하여 나이와 환경을 불문하고 모든 여자들을 사로잡았다는 사실을 충분히 강조했는지 모르겠다. 물론 본인에 대해 이런 말을 한다는 게 우스워 보이겠지만 말이다. 그래도 나로서는 이따금 독자에게 나 자신의 외모를 상기시킬 수밖에 없다. 예컨대 어느 직업 소설가가 등장인물에게 어떤 버릇이나 개 한 마리를 붙여주었다면 작품 속에 그 인물이 등장할 때마다 그 버릇이나 개를 들먹여야 하는 경우와 마찬가지다. 게다가 여기서는 그 이상의 의미가 있다. 내 이야기를 제대로 이해하려면 나의 수려하고 우수 띤 외모를 마음속에 또렷이 새겨 둬야 한다. 사춘기를 맞이한 로는 딸꾹질 같은 음악에 푹 빠졌듯이 험버트의 매력에 넋을 잃었다. 어른인 로테는 성숙하면서도 소유욕이 강한 열정으로 나를 사랑했는데, 지금은 나도 그 사랑에 대해 이루 형언할 수 없는 고마움과 안타까움을 느낀다. 당시 서른한 살이었고 몹시 신경질적이었던 진 팔로 역시 나에게 크나큰 호감을 품은 것이 분명했다. 그녀는 짙은 적갈색 피부색이 돋보이는 인디언 목각인형 같은 미인이었다. 입술은 큼직한 진홍색 산호 같고, 컹컹거리는 독특한 소리를 내며 웃어댈 때는 크고 희끄무레한 이와 핏기 없는 잇몸이 고스란히 드러났다.

그녀는 키가 아주 크고, 주로 슬랙스 차림에 샌들을 신거나 치렁치렁한 스커트에 발레화 비슷한 신발을 신었으며, 독한 술도 가리지 않고 얼마든지 퍼마시는 여자로, 이미 두 번이나 유산을 했고, 동물에 대한 이야기를 썼고, 독자들도 이미 알다시피 호수 풍경을 즐겨 그렸고, 그때 이미 암에 걸려 서른세 살에 세상을 떠날 운명이었다. 나는 그녀에게 조금도 매력을 느끼지 못했다. 그러므로 내가 그 집을 나서기 몇 초전(그녀와 내가 현관에 서 있을 때) 진이 그 연푸른 눈동자에 눈물을 글썽이며 늘 수전증에 시달리는 손으로 내 관자놀이를 감싸쥐고 내 입술에 입을 맞추려 했을 때—그러나 실패로 끝났다—내가 얼마나 놀랐을지 상상해보라.

"몸조심하시고, 저 대신 따님한테 키스해주세요."

천둥소리가 온 집 안에 울려퍼질 때 그녀가 덧붙였다.

"언젠가, 어디선가, 지금처럼 불행하지 않을 때 다시 만나요." (진, 지금 당신이 무엇이든, 어디에 있든, 시공의 음지에 있든 영혼의 양지에 있든, 부디 이 모든 이야기를, 아울러 이 괄호 속 문장까지, 용서해주시길.)

이윽고 나는 길거리에서, 그 비탈길에서 두 사람과 악수를 나누었다. 다가오는 허연 폭우를 앞두고 온갖 잡동사니가 소용돌이치며 날아오르고, 필라델피아에서 매트리스를 싣고 온 트럭은 빈집을 향해 자신만만하게 달려오고, 샬럿이 쓰러져 있던 바로 그 석판 위에도 흙먼지가 꿈틀거리며 이리저리 굴러다녔다. 그날 사람들이 무릎담요를 걷어내고 나에게 보여주었을 때 그녀는 몸을 웅크린 채로, 손상되지 않은 두 눈에 검은 속눈썹이 아직도 촉촉이 젖어 군데군데 뭉쳐 있었다. 롤리타, 너의 속눈썹처럼.

25

혹자는 이제 모든 장애물이 사라지고 바야흐로 황홀하고 제한 없는 기쁨만 남았으니 나도 내심 긴장을 풀고 달콤한 안도의 한숨을 쉬었으리라 짐작할지도 모른다. 그러나 천만의 말씀! 나는 행운의 여신이 던지는 밝은 미소를 받으며 즐거워하기는커녕 순전히 윤리적인 온갖 의혹과 두려움에 사로잡혔다. 예를 들면, 로가 직계가족의 각종 경조사에 계속 불참하면 사람들이 이상하게 생각하지 않을까? 여러분도 기억하시겠지만 우리 결혼식에도 그녀를 부르지 않았으니 말이다. 또한, '우연'이라는 놈이 긴 털북숭이 팔을 뻗어 죄 없는 한 여인을 없애버렸다면, 재수가 없으려면 그 '우연'이 한 손으로 했던 일을 까맣게 잊어버리고 이번에는 다른 손으로 로에게 너무 빨리 애도의 편지를 전할 가능성도 있지 않을까? 사실, 이 사고 소식은 〈램스데일 저널〉에만 실렸고, 캠프 Q는 다른 주에 있고 지방에서 사람이 죽은 일 따위는 전국적 관심사가 아니므로 〈파킹턴 리코더〉나 〈클라이맥스 헤럴드〉에는 전혀 보도되지 않았다. 그렇지만 나는 왠지 돌리 헤이즈가 이미 소식을 들었으며 내가 그녀를 데리러 가는 지금 이 순간 내가 모르는 친구들이 그녀를 램스데일로 데려가는 중인지도 모른다는 생각을 지울 수 없었다. 이런 추측과 근심보다 더욱더 불안한 점은 유럽인으로 태어나 이제 막 미국 시민이 된 험버트 험버트가 죽은 아내가 남긴 (생후 12년 7개월 된) 딸의 합법적 보호자가 되는 데 필요한 절차를 밟지 않았다는 사실이었다. 내가 감히 그런 절차를 밟아도 될까? 관습법의 온갖 신비로운 규범과 냉정한 시선 앞에 알몸으로 서 있는 나 자신의 모습을 상상할 때마다 오싹한 전율을 억누를 수 없었다.

내 계획은 원시예술이 이룩한 기적에 견줄 만했다. 우선 부리나케 캠프 Q로 달려가서 로에게 엄마가 곧 어느 병원에서 큰 수술을 받는다고 말한다, 그때부터 잠에 취한 님펫을 데리고 여기저기 모텔을 전전하며 계속 돌아다닌다, 그동안 엄마는 점점 좋아지다가 결국 죽어버린다는 설정이었다. 그러나 캠프장을 향해 달려가는 동안에도 불안은 점점 더 커지기만 했다. 로가 이미 그곳에 없을지도 모른다는 생각이 들어 견딜 수 없었다. 혹시 있더라도 딴사람처럼 변해버린 롤리타가 겁에 질려 가족의 친지를 찾아달라고 울부짖을 것만 같았다. 다행히 팔로 부부는 아니겠지만—로는 그들을 잘 모르니까—내가 알지 못하는 다른 사람들이 있는지도 모를 일 아닌가? 나는 마침내 며칠 전에 그토록 능숙하게 연기했던 장거리 통화를 실제로 해보기로 마음먹었다. 억수로 퍼붓는 폭우 속에서 진흙탕으로 변해버린 파킹턴 변두리에 차를 세웠다. 거기서 조금만 더 가면 이 도시를 우회하는 갈림길이 나오고, 그 길을 따라가면 구릉지를 가로질러 클라이맥스 호수와 캠프 Q로 가는 고속도로를 탈 수 있었다. 일단 시동을 끄고, 전화를 걸기 전에 꼬박 일분 동안 차 안에 앉아 마음을 가다듬으면서 쏟아지는 빗줄기를, 빗물이 넘쳐흐르는 인도를, 그리고 소화전을 물끄러미 바라보았다. 은색과 빨간색 페인트를 덕지덕지 바른 이 소화전은 정말 꼴사나운 물건이었는데, 잘려나간 붉은 팔을 좌우로 벌린 채 비에 젖어 번질거리고, 붉게 물든 빗물이 은백색 쇠사슬을 타고 핏물처럼 줄줄 흘러내렸다. 저렇게 악몽 속의 불구자처럼 생긴 물건 옆에 차를 세우지 못하게 하는 것도 무리가 아니다. 나는 다시 차를 몰고 한 주유소로 들어갔다. 마침내 동전 몇 개가 즐겁다는 듯 짤랑거리며 떨어지고 누군가의 목소리가 대답했을 때 뜻밖의 소식을 듣게 되었다.

캠프장의 여자 원장 홈스는 돌리가 월요일에 (그날은 수요일이었다) 다른 중등반 아이들과 함께 구릉지로 하이킹을 떠났는데 오늘밤 늦게 돌아올 예정이라고 말했다. 내일 오시면 좋겠는데, 정확히 무슨 일로─그러나 나는 구체적인 이야기는 생략하고, 돌리 엄마가 입원해서 상황이 좀 심각한 편이지만 아이에게는 엄마가 위독하다는 사실을 알리지 말고 내일 오후에 나와 함께 떠날 준비를 시켜달라고 부탁했다. 우리 두 사람이 온정과 호의가 가득한 목소리로 작별인사를 마쳤을 때 기계에 무슨 결함이 있었는지 뜻밖에도 내가 넣은 동전이 도로 좌르르 쏟아져나와 마치 잭팟이 터진 듯했다. 나는 기쁨의 순간을 미뤄야 한다는 실망감에도 불구하고 하마터면 웃어버릴 뻔했다. 이 뜬금없는 선물, 이 느닷없는 환불은 내가 아이들의 짧은 여행에 대해 듣기도 전에 그런 거짓말을 잘도 꾸며냈다고 맥페이트가 주는 상이 아닐까 싶었다.

이젠 어쩐다? 나는 파킹턴 중심가로 가서 오후 내내(날씨가 맑아지면서 비에 젖은 도시가 온통 은과 유리로 만들어진 듯 반짝거렸다) 로에게 줄 아름다운 물건들을 구입하면서 시간을 보냈다. 맙소사, 그 시절 지독히도 편파적인 취향을 가졌던 험버트가 무턱대고 사들인 터무니없는 상품들이 얼마나 많았던가! 체크무늬 옷, 화사한 면직물, 주름 장식, 소매가 불룩한 반팔, 치렁치렁한 주름치마, 몸에 꼭 맞는 코르셋, 넉넉하고 풍성한 스커트 등등! 아, 롤리타, 비가 포의 연인이었고 베아가 단테의 연인이었듯이* 너는 나의 연인이거늘, 너처럼 어린 소녀치고 짤막한 속옷과 둥글게 퍼지는 스커트를 입고 빙글빙글 돌기를 좋아하지 않는 아이가 어디 있으랴. 특별히 찾으시는 물건이 있나요? 곰살궂은 목소리들이 내게 물었다. 수영복이요? 온갖 색깔이 다 있습니다. 드림 핑크, 프로스티드 아쿠아, 글랜즈 모브, 튤립 레드, 울랄라 블랙.[43] 놀이옷은 어떠세요? 슬립은요? 슬립은 필요 없다. 로도 나도 슬립을 싫어하니까.

이렇게 물건을 살 때 기준으로 삼은 것은 로의 열두번째 생일날 엄마가 작성한 신체측정 자료였다(자녀를 잘 알아야 한다고 말하던 그 책을 독자 여러분도 기억하시리라). 내 느낌에는 샬럿이 막연한 질투심과 반감 때문에 여기서 1인치, 저기서 1파운드 하는 식으로 수치를 부풀린 것 같았지만 어차피 이 님펫이 지난 7개월 사이에 틀림없이 더 자랐을 테니까 1월에 측정한 자료의 대부분은 그대로 적용해도 별문제가 없으리라 판단했다. 엉덩이둘레 29인치, 허벅지둘레(볼기고랑[44] 바로 아래) 17인치, 종아리둘레와 목둘레 11인치, 가슴둘레 27인치, 팔둘레 8인치, 허리둘레 23인치, 신장 57인치, 체중 78파운드, 체형은 마른 형, 지능지수 121, 충수돌기[45] 있음(감사합니다).

---

* 비(Vee)는 포의 아내 버지니아 클렘, 베아(Bea)는 단테가 사랑했던 베아트리체를 가리킨다.

물론 이런 측정값과는 별도로 나는 마치 환상을 보듯이 롤리타의 모습을 선명하게 떠올릴 수 있었다. 내 가슴뼈는 그녀의 비단결 같은 정수리가 한두 번쯤 내 심장과 같은 높이에 있었던 일로 아직도 바로 그 자리가 저릿저릿하고, 내 무릎은 아직도 그녀의 따뜻한 무게를 기억했다(그러므로 어떤 의미에서 나는 여자들이 '아이를 잉태하듯이' 늘 '롤리타를 잉태한' 상태였다). 따라서 나중에 내 계산이 대체로 정확했음을 확인했을 때도 전혀 놀라지 않았다. 게다가 이미 한여름 세일 목록을 샅샅이 훑어보았으므로 각종 운동화, 스니커즈, 낙심한 아이들을 위해 무늬를 넣은 염소 가죽으로 만든 펌프스[46] 등등 예쁜 신발들을 살펴볼 때도 꽤나 잘 아는 척 행동할 수 있었다. 짙은 화장을 하고 검은 옷을 입은 젊은 여자가 이렇게 까다로운 나의 요구를 일일이 받아주면서 도와주었다. 그녀는 내가 아빠로서 열심히 공부해 정확히 설명한 내용을 뭉뚱그려 '프티petite' 사이즈 같은 상업적 완곡 표현으로 바꿔버렸다. 나이가 훨씬 더 많은 여자도 한 명 있었는데, 팬케이크*로 화장을 하고 흰색 드레스를 입은 이 여자는 청소년 패션을 잘 아는 나를 신기하게 여기는 듯했다. 아마도 내가 아주 왜소한 애인을 사귀는 모양이라고 생각했을 것이다. 그래서 앞쪽에 '귀여운' 주머니 두 개가 달린 스커트를 구경할 때 일부러 남자들만 할 수 있는 엉뚱한 질문을 던졌고, 점원은 빙그레 웃으면서 스커트 뒤쪽에 달린 지퍼를 사용하는 방법을 가르쳐주었다. 그다음에는 각양각색의 반바지와 팬티를 둘러보면서 아주 즐거운 시간을 보냈는데, 조그마한 롤리타 여러 명이 판매대 위에서

---

* 영화배우 분장용으로 개발된 고형분.

뛰고 구르고 춤추는 환상이 보일 정도였다. 우리는 인기가 아주 많다는 푸줏간 소년 스타일의 단정한 무명 파자마를 추가하면서 거래를 매듭지었다. 인기 많은 푸줏간 주인 험버트.

이런 대형 매장에는 다소 신화적이고 마술적인 면이 있는데, 광고대로라면 직장 여성은 이곳에서 업무용부터 데이트용까지 온갖 의상을 완벽하게 갖출 수 있고, 어린 여동생은 이곳에서 모직 운동복 한 벌을 사 입고 교실 뒷줄에 앉은 남학생들이 침을 질질 흘리게 만드는 날을 꿈꾸게 된다. 내 주위에는 플라스틱으로 만든 실물 크기의 들창코 아이들이 허공에 둥둥 떠 있었는데, 얼굴이 암갈색, 녹색, 갈색 물방울무늬, 황갈색 등 모두 각양각색이었다. 나는 다소 섬뜩한 이 가게에 손님이라고는 나 혼자라는 사실을 깨달았다. 이리저리 돌아다니는 내가 마치 청록색 수족관 속에서 헤엄치는 물고기 같았다. 판매대에서 판매대로, 바위턱에서 해초밭으로 나를 졸졸 따라다니는 의욕 없는 여직원들이 마음속에 이상한 생각을 떠올리는 것을 감지했고, 내가 선택한 허리띠와 팔찌 들이 마치 세이렌의 손을 벗어나서 투명한 물속으로 빠져드는 듯했다. 나는 고상한 손가방 한 개를 사서 그때까지 구입한 물건들을 넣고, 제법 보람 있는 하루를 보냈다고 생각하면서 제일 가까운 호텔을 찾아갔다.

까다롭게 물건을 고르면서 조용하고 시적인 오후를 보냈기 때문일까, 왠지 내가 해방되기 직전에 샬럿이 언급했던 '마법에 걸린 사냥꾼'이라는 매력적인 이름이 붙은 호텔인지 모텔인지가 문득 떠올랐다. 여행 안내서를 뒤져보니 그곳은 로가 있는 캠프장에서 자동차로 네 시간쯤 걸리는 브라이슬랜드라는 외딴 소도시에 있었다. 이튿날 날짜로 트

원베드가 있는 방 하나를 예약하고 싶었다. 전화를 걸 수도 있지만 혹시라도 목소리가 내 뜻대로 나오지 않으면 수줍은 듯 목쉰 소리로 엉터리 영어를 쓰게 되지나 않을까 걱정스러워 차라리 전보를 보내기로 했다. '멋쟁이 왕자님'이어야 할 내가 얼마나 우스꽝스럽고 서투르고 안절부절못했는지! 내가 전보문을 작성하느라 얼마나 고생했는지 이야기하면 틀림없이 나를 비웃는 독자도 있으리라! 뭐라고 쓰면 좋을까? 험버트Humbert 부녀? 험버그Humberg와 어린 딸? 홈버그Homberg와 미성년 소녀? 함버그Homburg와 어린이? 결국 터무니없는 실수를 저지르고 말았는데—끄트머리에 'g'를 붙여버렸다—내 망설임이 텔레파시로 남긴 잔향이었는지도 모른다.

그리고 벨벳을 두른 듯하던 그 여름밤, 내가 지닌 그 묘약 때문에 얼마나 고민했던가! 아, 욕심 많은 함부르크Hamburg! 한 상자 가득한 마법의 무기를 앞에 놓고 심사숙고하는 나는 그야말로 '마법에 걸린 사냥꾼'이 아니었으랴. 그런데 불면증이라는 괴물을 물리치기 위해 이 자수정빛 캡슐 하나를 내가 먹어도 될까? 캡슐은 모두 마흔 개, 깊이 잠든 가녀린 소녀를 내 곁에 눕혀두고 마흔 번의 짜릿한 밤을 보낼 수 있다. 그런데 고작 잠이나 자겠다고 그런 하룻밤을 포기해도 괜찮을까? 당연히 안 되고말고. 이 작은 자두알 하나하나, 살아 숨쉬는 별들이 가득한 이 초소형 천문관 하나하나가 한없이 소중하다. 아, 내가 잠시 감상에 젖더라도 이해하시라! 냉소적인 소리만 하기도 지긋지긋하니까.

26

이 무덤 같은 감옥의 탁한 공기 속에서 날마다 두통에 시달리지만 꿋꿋이 견뎌내야 한다. 지금까지 백 쪽도 넘게 썼지만 아직도 갈 길이 멀다. 날짜가 헷갈린다. 그날은 1947년 8월 15일 전후였을 것이다. 계속 써내려갈 자신이 없다. 심장도, 머리도—모두 뒤죽박죽이다. 롤리타, 롤리타, 롤리타, 롤리타, 롤리타, 롤리타, 롤리타, 롤리타, 롤리타. 식자공이여, 이 이름을 반복하여 지면을 가득 채워주시오.

27

아직 파킹턴이다. 그럭저럭 한 시간 정도는 잠들었다. 난생처음 보는 왜소한 털북숭이 남녀추니를 만나서 별 의미도 없고 몹시 피곤하기만 한 성교를 하다가 잠이 깨버렸다. 그때가 새벽 6시였는데, 문득 내가 말해둔 시간보다 일찍 가는 편이 나을지도 모른다는 생각이 들었다. 파킹턴에서 캠프장까지는 아직 백 마일도 더 남았고, 거기서부터 헤이지 힐스나 브라이슬랜드까지는 그보다 더 멀었다. 내가 오후에 돌리를 데리러 가겠다고 말한 이유는 단지 초조한 마음으로 기쁨의 밤을 기다리는 시간을 최대한 줄여보고 싶어서였다. 그런데 막상 그날을 맞이하고 보니 차질을 빚을 수 있는 온갖 가능성이 자꾸 생각났고, 이렇게 우물쭈물하는 사이에 그녀가 별 뜻 없이 램스데일에 연락이라도 할까봐 조마조마했다. 하지만 아침 9시 30분에 시동을 걸어보니 배터리가 죽어 있었고, 정오가 가까울 무렵이 되어서야 비로소 파킹턴을 떠날 수 있었다.

목적지에 도착했을 때는 2시 반쯤이었다. 작은 솔숲에 차를 세웠는데, 초록색 셔츠를 입은 빨강머리 개구쟁이 하나가 혼자 시무룩하게 편자 던지기 놀이를 하고 있었다. 그 녀석에게 사무실 위치를 물었더니 회반죽을 바른 작은 건물로 가는 길을 무뚝뚝하게 가르쳐주었다. 금방이라도 숨이 끊어질 듯한 심정이었지만 캠프장 여자 원장이 꼬치꼬치 캐물으며 던지는 위로의 말을 몇 분 동안이나 참고 들어줘야 했다. 쇳녹 같은 빛깔의 머리에 몸가짐이 헤프고 지쳐 보이는 여자였다. 그녀는 돌리가 벌써 짐을 다 꾸려놓았고 언제라도 떠날 준비가 되었다고 말했다. 엄마가 좀 아프지만 중태는 아니라고 말해뒀어요. 헤이즈 씨, 아니, 험버트 씨, 혹시 캠프장 지도교사들을 만나보시겠어요? 아니면 아이들이 묵는 오두막을 둘러보실래요? 오두막마다 디즈니 만화 주인공을 주제로 꾸몄는데요. 아니면 본관으로 가실까요? 아니면 찰리를 보내서 따님을 데려오게 할까요? 아이들은 댄스파티를 하려고 식당을 단장하는 중인데 이제 다 끝나가요. (그녀는 나중에 누군가에게 이렇게 말할 터였다. "그 사람, 가엾게도 꼭 유령 같더라.")

여기서 잠시 이 운명적인 장면을 세세한 부분까지 재현해보자. 못생긴 홈스가 영수증을 써주고, 머리를 긁적거리고, 책상 서랍을 열고, 안절부절못하는 내 손바닥에 잔돈을 좌르르 떨어뜨리고, 그 위에 지폐 한 장을 쫙 펼쳐 내려놓으면서 "……그리고 5달러!" 하고 명랑하게 외쳤다. 여자애들을 찍은 사진들. 나비인지 나방인지 모르겠지만 벽면에 핀을 꽂아 단단히 고정시킨, 아직도 살아 있는, 화려한 곤충들("자연 학습이죠"). 액자에 담긴 캠프장 영양사 자격증. 부들부들 떨리는 내 손. 유능한 홈스 원장이 건넨 카드는 돌리 헤이즈의 품행에 대한 7월분 평가서("C 내지 D, 수영과 보트 타기를 좋아함"). 나무와 새들이 내는 소리, 그리고 내 심장이 두근거리는 소리…… 나는 열린 문을 등지고 서 있었는데, 뒤에서 문득 롤리타의 숨소리와 목소리가 들리고 순간 피가 머리로 확 쏠리는 느낌이 들었다. 그녀는 무거운 트렁크를 질질 끌고 이리저리 부딪히며 다가왔다. "안녕!" 그녀가 그렇게 말하고 걸음을 멈추더니 장난기와 반가움이 가득한 눈으로 나를 말똥말똥 쳐다보았다. 말랑말랑한 입술이 살짝 벌어져 조금 멍청해 보이기는 했지만 정말 기막히게 사랑스러운 미소를 머금고 있었다.

체중은 줄고 키는 더 자랐는데, 순간적으로 그녀의 얼굴이 한 달 넘게 내 마음속에 소중히 간직한 그 모습보다 덜 예뻐 보였다. 두 볼은 홀쭉해지고 주근깨가 너무 많아져 건강한 장밋빛 얼굴을 덮어버렸다. 이 첫인상(내 심장이 호랑이 심장처럼 힘차게 두 번 뛰는 동안, 인간에게는 지극히 짧은 한순간의 첫인상) 속에 내포된 의미는 분명했다. 홀아비 험버트가 해야 할 일, 하고 싶은 일, 하게 될 일은 오로지 ― 햇볕에 탔는데도 왠지 병약해 보이고 눈 주위가 거무스름한(심지어 눈 밑의 납빛 그늘에까지 주근깨가 촘촘한) ― 이 어린 고아에게 충분한 교육, 건강하고 행복한 소녀 시절, 청결한 가정을 누리게 해주고 제 또래의 좋은 동성 친구들을 만나게 해주는 것뿐이다. 그리고 (만약 운명이 나에게 보답한다면) 그녀의 친구들 가운데 홈베르트 박사님만을 위한 아리따운 소녀가 한 명쯤 있을지도 모른다. 그러나 이렇게 착하디착한 생각은 금방, 독일인들이 흔히 쓰는 말처럼 '눈 깜짝할 사이에' 사라져버렸고, 나는 먹잇감을 따라잡았고(시간은 우리의 공상보다 더 빨리 가는구나!), 그녀는 다시 나의 롤리타가 되었다. 아니, 이전보다 더욱더 확실하게 나의 롤리타였다. 나는 그녀의 따뜻한 적갈색머리에 손을 얹고 그녀의 가방을 집어들었다. 그녀는 온통 장밋빛과 꿀빛이었다. 체크무늬에 작고 빨간 사과무늬가 더해진 제일 화사한 무명 원피스를 입고, 팔과 다리는 짙은 황금빛을 띤 구릿빛이고, 여기저기 긁힌 자국은 마치 응고된 루비로 이루어진 가느다란 점선 같았다. 흰색 양말은 골이 진 목을 접어 내가 기억하는 높이까지 끌어내리고, 어린애 같은 걸음걸이 때문인지 혹은 내가 늘 뒷굽 없는 신발을 신은 모습만 떠올렸기 때문인지 지금 신은 새들 옥스퍼드는 그녀에게 너무 크고 뒷굽도 너무 높아 보였다. 잘 있어라, 캠프 Q야, 즐거웠던 캠프 Q야. 잘 있어라, 맛없고 해로운 음식들아, 잘 있어라, 찰리야. 후끈 달아오른 차 안에서 그녀가 내 옆자리에 앉더니 사랑스러운 무릎에 재빨리 내려앉은 파리를 찰싹 때렸다. 그러고는 격렬하게 입을 놀려 껌을 질경질경 씹으면서 조수석 창문을 신속하게 내리고 다시 편안히 등을 기댔다. 우리는 줄무늬와 얼룩무늬로 뒤덮인 숲길을 달려갔다.

"엄마는 좀 어때요?" 그녀가 의무적으로 물었다.

나는 의사들도 무엇이 문제인지 아직 모른다고 대답했다. 어쨌든 복부 질환이야. 폭포? 아니, 복부. 한동안은 우리도 그 부근에서 지내야할 거야. 병원이 시골에 있는데, 레핑빌이라는 활기찬 소도시 근처야. 19세기 초에 어느 위대한 시인이 살던 곳이래. 거기 가면 영화란 영화는 모조리 보자. 그녀는 끝내주는 생각이라면서 밤 9시 전에 도착할 수 있느냐고 물었다.

"저녁때쯤 브라이슬랜드에 도착할 거야. 레핑빌은 내일 가자. 하이킹은 어땠니? 캠프는 재미있었어?"

"으흥."

"떠나게 돼서 섭섭해?"

"아앙."

"말을 해라, 로. 끙끙거리지 말고. 얘기 좀 해봐."

"무슨 얘기, 아빠?" (마지막 말은 비꼬듯이 일부러 길게 끌었다.)

"아무거나."

"그렇게 불러도 괜찮아요?" (눈을 가늘게 뜨고 도로를 노려보면서.)

"괜찮지."

"좀 웃겨요. 언제 우리 엄마한테 반해버렸어요?"

"로, 언젠가는 너도 이런저런 감정이나 상황을 이해하게 될 거야. 이를테면 정신적 관계의 아름다움이라든지, 어울림이라든지."

"흥!" 냉소적인 님펫.

잠시 대화가 끊어진 빈자리를 풍경이 채워주었다.

"저기 좀 봐라, 로. 언덕배기에 소가 많아."

"한 마리만 더 보면 토나올 것 같아."

"정말 많이 보고 싶었다, 로."

"나는 아닌데. 사실은 나도 아저씨를 배신하고 못된 짓 많이 했지만 그건 눈곱만큼도 문제가 안 되죠. 어차피 아저씨는 이제 나한테 관심도 없으니까. 엄마보다 훨씬 빨리 달리네, 이 아저씨."

나는 장님처럼 무턱대고 시속 70마일로 달리던 속도를 줄여 반소경처럼 50마일로 달렸다.

"왜 내가 너한테 관심도 없다고 생각하니, 로?"

"글쎄, 아직 키스도 안 해줬잖아요?"

나는 내심 숨이 끊어질 듯이 신음하다가 앞쪽에 제법 널찍한 갓길을 발견하고 다짜고짜 덜컹거리고 흔들거리며 풀밭으로 뛰어들었다. 어린애라는 사실을 잊지 말자, 어린애라는 사실을 잊지—

차가 완전히 멈추기도 전에 롤리타가 단호하게 내 품으로 뛰어들었다. 나는 감히, 감히 긴장을 풀지 못하고—이것이야말로(이 달콤한 물기와 너울거리는 불길이야말로) 내가 운명의 교묘한 도움을 받아 마침내 실현한 황홀한 삶의 시작이라는 사실조차 감히 받아들이지 못하고—감히 그녀에게 제대로 입맞춤을 하지도 못하고, 그저 뜨겁게 열리는 그녀의 입술을 지극히 경건하게 건드릴 뿐, 조금도 음란하지 않게 아주 살짝 빨아들일 뿐이었는데, 그녀는 오히려 조바심을 못 이겨 몸부림치며 내 입에 자기 입을 힘껏 밀어붙이고, 그래서 나는 입술 너머로 그녀의 큼직한 앞니가 짓누르는 감촉까지 느끼면서 박하맛 나는 침을 맛보았다. 물론 그녀에게는 이것이 천진난만한 놀이에 불과하고 가짜 사랑을 흉내낸 가짜 연애를 다시 모방하는 계집애다운 유희에 불과하다는 사실쯤은 나도 알았다. 또한 (심리치료사psychotherapist도 강간범rapist도 입을 모아 말하겠지만) 소녀들의 이런 장난은 그 한계와 규칙이 매우 유동적이거나 적어도 유치하고 미묘하기 그지없어 어른들은 도저히 이해할 수 없으므로, 나는 혹시라도 내가 지나친 행동을 해서 깜짝 놀란 그녀가 혐오감과 공포감을 드러내며 달아나지나 않을까 몹시 두려웠다. 그리고 내가 무엇보다 간절히 바라고 원했던 것은 한적하고 은밀한 '마법에 걸린 사냥꾼'으로 그녀를 데려가는 일인데, 그곳까지는 아직도 80마일이나 남은 터였다. 다행히 그때 문득 어떤 직감

이 느껴져 우리는 얼른 포옹을 풀었다. 그러기가 무섭게 고속도로 순찰
차가 우리 곁에 나란히 멈춰 섰다.

혈색 좋고 눈썹 굵은 운전자가 나를 물끄러미 바라보았다.

"아까 교차로 앞에서 이 차랑 똑같은 파란색 세단 지나가는 거 혹시
보셨습니까?"

"아니, 못 봤는데요."

"우린 못 봤어요." 로가 천진스럽게 한 손으로 내 허벅지를 짚고 내
앞으로 몸을 불쑥 내밀면서 말했다. "그런데 파란색이 확실해요? 왜냐
하면……"

경찰관은 (혹시 우리를 닮은 누군가를 뒤쫓는 중일까?) 어린 소녀에
게 비장의 미소를 던지고 차를 돌렸다.

우리도 다시 달려갔다.

"멍청이!" 로가 한마디 했다. "아저씨를 체포했어야 하는 건데."

"아니, 나를 왜?"

"우선 이 촌스러운 주는 제한속도가 50마일이고—아니, 속도 줄이
지 마세요, 바보 아저씨. 그 사람은 벌써 가버렸잖아요."

"아직도 갈 길이 꽤 먼데 해 저물기 전에 도착하고 싶어서 그래. 그러
니까 너도 착하게 굴어."

"아주 아주 나쁜 애." 로가 느긋하게 말했다. "불량소녀지만 솔직하
고 매력적이지. 방금 빨간불이었잖아요. 운전을 이렇게 하는 사람은 처
음 봐."

우리는 조용한 마을을 조용히 지나갔다.

"있잖아요, 우리가 연인 사이라는 걸 알면 엄마가 무지무지 화낼까

요?"

"맙소사, 로, 그런 식으로 말하지 말자."

"연인 사이 맞잖아?"

"내가 알기론 아니야. 아무래도 또 비가 오겠는데. 캠프에서 무슨 장난을 쳤는지 말해주지 않겠니?"

"말투가 꼭 책 읽는 거 같아요, 아빠."

"뭘 하면서 지냈어? 꼭 듣고 싶은데."

"잘 놀라는 편?"

"아니야. 어서 말해봐."

"으슥한 길로 빠지면 얘기할게요."

"로, 이거 진담인데 헛소리 좀 그만해라. 어땠니?"

"음…… 거기서 할 수 있는 일은 다 해봤어요."

"그래서?"

"그래서, 남들이랑 즐겁게 사이좋게 지내는 법도 배우고 건전한 인격을 기르는 법도 배우고. 한마디로 착한 아이가 되라는 거죠."

"그래, 안내책자에도 비슷한 내용이 있더라."

"우린 커다란 석조 벽난로 앞이나 엿같은 별빛 아래 둘러앉아 노래 부르는 걸 좋아했어요. 그때마다 모든 애들의 즐거운 마음이 전체의 목소리 속에 녹아들었거든요."

"암기는 참 잘하는데, 로, 웬만하면 욕은 좀 빼줬으면 좋겠구나. 또 다른 일은?"

"걸스카우트의 좌우명이 내 좌우명이에요." 로가 노래하듯이 읊었다. "나는 보람 있는 일을 하며 산다. 예를 들면…… 아니, 그건 됐고. 나는 남을 돕는 일에 앞장선다. 나는 수컷 동물들의 친구다. 나는 명령에 복종한다. 나는 늘 명랑하게 생활한다. 경찰차가 또 지나가네요. 나는 근검절약하며 생각과 말과 행동을 굉장히 지저분하게 한다."

"거기까지만 해라, 익살꾸러기 녀석."

"넵. 그게 끝. 아니, 잠깐. 반사식 오븐으로 빵을 구웠어요. 대단하죠?"

"그래, 그 얘기는 좀 낫구나."

"그릇도 징글맞게 씻었어요. '징글맞게'는 여자 선생님들이 쓰는 은언데 무지 무지 무지 무지 많다는 뜻이래요. 우리 엄마 말대로라면 '한도 끝도 없다'는 거죠. 또 뭘 했더라? 아, 맞다! 그림자 사진도 찍어봤어요. 아주 재미있던데요."

"그게 다야?"

"그게 다. 한 가지가 더 있지만 얼굴이 빨개질까봐 도저히 말을 못하겠어요."

"그럼 나중에 말해줄래?"

"어두운 데서 귓속말로 하는 거라면 좋아요. 근데 아저씨 방에서 혼자 자요, 아니면 엄마랑 꺼안고 자요?"

"내 방에서 잔다. 로, 엄마는 아주 큰 수술을 받아야 할지도 몰라."

"저 사탕가게 앞에 세워줘요."

높은 스툴에 올라앉은 그녀의 갈색 팔뚝에 햇빛 한 가닥이 내려앉았다. 롤리타는 인공 시럽을 뿌려 화려하게 치장한 아이스크림을 먹었다. 기름때 묻은 나비넥타이를 맨 여드름투성이 사내 녀석이 쌓아올린 아이스크림을 가져다주면서 얇은 무명 원피스를 입은 가녀린 아이를 힐끔거리며 노골적으로 욕망을 드러냈다. '마법에 걸린 사냥꾼'이 있는 브라이슬랜드에 빨리 가고 싶어 이젠 조바심을 견디기가 힘들 정도였다. 다행히 그녀는 평소처럼 신속하게 아이스크림을 먹어치웠다.

"돈은 얼마나 갖고 있니?" 내가 물었다.

"한 푼도." 그녀가 눈썹을 추켜올리고 쓸쓸히 말하면서 텅 빈 돈지갑을 보여주었다.

"때가 되면 채워질 거야." 내가 짓궂게 말했다. "이제 갈까?"

"여기 화장실이 있는지 모르겠네."

"있어도 가지 마." 내가 단호하게 말했다. "보나마나 지저분할 테니까. 그냥 가자."

그녀는 대체로 고분고분하게 따라왔다. 다시 차에 탔을 때 나는 그녀의 목에 입맞춤을 했다.

"왜 이래요!" 나를 보는 표정이 정말 놀란 모양이었다. "침 묻었잖아, 변태 아저씨."

그녀는 어깨를 들어 그 자리를 문질렀다.

"미안해." 나는 중얼거렸다. "네가 너무 좋아서 그랬어."

우리는 찌푸린 하늘 아래 구불구불 이어진 오르막길을 달리다가 다시 내려가기 시작했다.

"음, 나도 아저씨를, 뭐랄까, 좋아하긴 해요." 롤리타가 뒤늦게나마, 뭐랄까, 한숨 섞인 목소리로 조용히 말하더니, 뭐랄까, 조금 더 가까이 다가앉았다.

(아, 나의 롤리타, 이러다가는 언제 도착할지 모르겠구나!)

이윽고 식민지 양식을 모방한 건축물과 골동품 가게, 외국에서 들여온 가로수 등이 즐비한 예쁜 소도시 브라이슬랜드에 땅거미가 내리기 시작할 무렵 우리는 흐린 불빛에 비친 거리를 달리며 '마법에 걸린 사냥꾼'을 찾았다. 구슬 같은 가랑비가 쉼없이 내렸지만 대기는 따뜻한 초록빛이었다. 보석 같은 불빛이 똑똑 떨어지는 영화관 매표소 앞에는 사람들이, 주로 아이들과 노인들이 길게 늘어서 있었다.

"아, 저도 저 영화 보고 싶어요. 저녁 먹고 바로 보러 가요. 아, 보러 가요!"

"그럴까." 험버트는 느긋하게 대답했다. 그러나 이미 욕망에 사로잡힌 이 음흉한 악당은 잘 알고 있었다. 9시쯤 되면 그녀는 의식을 잃은 채 그의 품에 안겨 있을 테고 그때부터 그를 위한 공연이 시작되리라.

"조심!" 로가 왈칵 몸을 숙이면서 소리쳤다. 우리 앞에 가던 망할 놈의 트럭 한 대가 꽁무니에 석류석 같은 불빛을 깜박이며 건널목 앞에 멈춰 섰기 때문이다.

이제 곧, 지금 당장, 기적처럼, 바로 다음 블록에서 그 호텔을 발견하지 못한다면 헤이즈의 이 고물차를—와이퍼도 쓸모없고 브레이크도 제멋대로였다—제대로 운전할 자신이 없었다. 행인들에게 길을 물어보았지만 다들 자기도 이곳에 처음 왔다고 대답하거나 미치광이를 보는 듯한 표정으로 "마법의 뭐요?" 하고 되물을 뿐이었다. 어쩌다 길을 아는 사람을 만나도 기하학적 손짓 발짓과 지리학적 일반명사에 현지인들만 아는 실마리를 섞어가며 어찌나 복잡하게 설명하는지 (……그다음엔 남쪽으로 쭉 가다가 법원 건물이 나오면……) 호의는 고맙지만 뭐가 뭔지 통 알아들을 수가 없어 미궁에 빠진 듯 아리송하기만 했다. 로의 사랑스러운 내장은 프리즘이 빛을 쪼개듯이 아까 먹은 간식을 벌써 다 소화시켰고, 그녀는 푸짐한 식사를 학수고대하며 자꾸 보채기 시작했다. 나로 말하자면 이미 오래전부터 제2의 운명이 (이를테면 맥페이트의 무능한 비서 따위가) 상사의 너그럽고 원대한 계획을 사사건건 방해하는 일에 익숙해진 몸이지만, 그날 브라이슬랜드 거리를 이리저리 헤매고 다닌 것은 일찍이 내가 겪은 시련 중에서도 가장 불쾌했던 경험으로 손꼽을 만하다. 그후 몇 달 동안, 나는 어린애처럼 고집스럽게 이 특이한 이름의 호텔을 찾는 데만 집착했던 그때를 떠올릴 때마다 나 자신의 유치한 모습을 비웃었다. 왜냐하면 그날 우리가 지나갔던 길에 '빈방 있음'을 알리는 네온사인을 밝혀놓고 외판원, 탈옥수, 장애인, 가족 단체, 심지어 유달리 부도덕하고 극성스러운 남녀까지 가리지 않고 다 받아주겠다는 모텔이 여기저기 즐비했기 때문이다. 아, 여름밤의 캄캄한 어둠 속을 질주하는 점잖은 운전자들이여, 만약 이 '아늑한 안식처'들이 일제히 제 빛을 잃고 갑자기 유리 상자처럼 투명해진다면, 고상한 고속도로를 달리던 그대들은 얼마나 괴상망측한 추태와 욕망의 난장판을 보게 될까!

마침내 내가 간절히 바라던 기적이 일어났다. 빗물이 뚝뚝 떨어지는 나무 밑에 차를 세워놓고 그 안의 어둠 속에서 한몸이 되다시피 한 어느 남녀가 길을 가르쳐주었는데, 지금 우리가 있는 곳은 공원 한복판이지만 다음 신호등에서 좌회전을 하면 금방이라고 했다. 다음 신호등 따위는 보이지 않았다. 이 공원은 그 속에 감춰진 온갖 죄악처럼 캄캄할 뿐이었다. 하지만 적당히 비탈진 굽잇길을 마술처럼 매끄럽게 지나자마자 안개 속에서 다이아몬드처럼 반짝거리는 불빛 하나를 보았고, 곧이어 어렴풋이 빛나는 호수가 나타나더니 저기, 유령처럼 서 있는 몇 그루 나무 아래, 자갈이 깔린 진입로 위에, 믿기 어렵지만 틀림없이 존재하는 저 희미한 궁전, 그것이 바로 '마법에 걸린 사냥꾼'이었다.

여물통 앞에 늘어선 돼지들처럼 줄줄이 서 있는 차들을 보니 끼어들 자리가 하나도 없는 듯했다. 그런데 바로 그때, 빛나는 빗줄기 속에서 문득 루비처럼 붉고 눈부시게 빛나는 굉장한 컨버터블 한 대가 마술처럼 움직이기 시작하더니 어깨가 딱 바라진 운전자가 힘차게 후진을 하고, 우리는 반색을 하며 재빨리 그 빈자리로 들어갔다. 그러나 곧 너무 성급했다고 후회했다. 그 자리를 빠져나간 차가 부근에 있는 차고 비슷한 지붕 밑으로 들어갔는데 그 옆에도 차 한 대가 들어갈 공간이 넉넉했기 때문이다. 그렇다고 거기까지 따라가기에는 마음이 너무 초조했다.

"와아! 짱 좋네!" 나의 천박한 연인이 차에서 내려 후드득후드득 떨어지는 가랑비 속에서 눈을 가늘게 뜨고 회반죽을 바른 건물을 쳐다보더니 어린애답게 천진한 손길로—로버트 브라우닝의 시를 인용하자면—복숭아 틈새*에 낀 옷자락을 잡아당기면서 말했다. 아크등 불빛에 비친 밤나무 잎사귀들의 커다란 그림자가 하얀 기둥 위에서 너울너울 뛰놀았다. 나는 자동차 트렁크를 열었다. 일종의 제복을 입은, 백발이 성성한 흑인 꼽추가 우리 가방을 꺼내 손수레에 싣고 천천히 로비로 옮겨주었다. 그곳은 노부인과 목사 들로 북적거렸다. 로가 쪼그리고 앉더니 귀는 까맣고 얼굴은 하얗고 군데군데 푸르스름한 반점이 있는 코커스패니얼을 쓰다듬었다. 그녀의 손길을 받은 녀석은 꽃무늬 카

---

* peach-cleft. 엉덩이 사이를 말한다. 엄밀히 말하자면 이 말은 인용이 아니다. 로버트 브라우닝의 극시 『피파가 지나간다』에 '갈라진 장밋빛 복숭아(a cleft rose-peach)'라는 말이 나오지만 두 단어를 조합하여 새로운 의미를 만들어낸 사람은 나보코프 자신이다.

펫 위에 발라당 누워버렸고—아, 누군들 그러지 않으랴!—나는 헛기
침을 하면서 사람들 사이를 비집고 접수대로 다가갔다. 그곳에는 돼지
처럼 생긴 대머리 노인이 있었는데—이 낡은 호텔은 온통 늙은이 천
지였다—정중한 미소를 머금고 내 얼굴을 찬찬히 뜯어보다가, 내가 보
낸 (철자가 틀린) 전보문을 느긋하게 꺼내놓고 뭔가 좀 꺼림칙한 의혹
과 씨름하는 듯하더니, 고개를 돌려 벽시계를 쳐다보고 나서 마침내 입
을 열었다. 대단히 죄송하지만 여섯시 반까지는 트윈베드 룸을 남겨뒀
는데 지금은 다른 손님께 드렸습니다. 브라이슬랜드에서 종교 집회와
꽃 박람회가 동시에 열린데다…… 나는 그의 말을 끊고 냉랭하게 말했
다. "내 이름은 험버그도 아니고, 험벅[47]도 아니고, 허버트, 아니, 험버
트요. 그리고 어떤 방이든 상관없으니까 내 딸이 잘 만한 간이침대 하
나만 넣어주시면 됩니다. 지금 열 살인데 많이 지쳐서 그래요."

그러자 이 발그레한 늙은이가 따뜻한 표정으로 로를 건너다보았다.
우리가 있는 곳에서는 그녀의 옆모습이 보였는데, 아직도 쪼그려 앉은
자세로 입을 딱 벌린 채 때마침 개 주인—보라색 베일을 뒤집어쓰고
크레톤 안락의자에 깊숙이 파묻힌 노부인—이 하는 말에 열심히 귀를
기울이고 있었다.

음탕한 늙은이가 어떤 의혹을 품었는지 모르겠지만 로의 꽃다운 모
습을 보자마자 의심이 다 풀린 모양이었다. 아직 방 하나쯤은 남았을
텐데…… 아, 있었네요. 더블베드 룸입니다. 그리고 간이침대는……

"포츠 씨, 혹시 간이침대 남은 거 없어요?" 포츠는—그 역시 발그레
한 대머리였는데 양쪽 귓구멍과 더불어 다른 구멍에도 허연 털이 삐죽
삐죽 튀어나온 꼬락서니였다—자기가 알아보겠다고 했다. 그가 다가

와서 말하는 동안 나는 만년필 뚜껑을 돌려 열었다. 조급한 험버트!

"사실 저희 호텔 더블베드는 세 사람이 자도 충분합니다." 포츠는 싹싹하게 말하면서 나와 내 아이를 한침대에 재우려 했다. "손님이 많았던 어느 날은 여자 손님 세 분이 따님만한 아이를 데리고 함께 주무신 적도 있죠. 그중 하나는 여장남자 같습니다만(이건 내 의견이다). 그건 그렇고, 49호에 간이침대 하나가 남지 않을까요, 스와인* 씨?"

"그 침대는 스운 씨 내외분께 드렸을 겁니다." 처음에 만났던 늙은 어릿광대 스와인이 말했다.

"우리가 알아서 하겠습니다." 내가 말했다. "나중에 아내가 올지도 모르지만…… 그래도 어떻게 되겠죠."

분홍 돼지 두 마리는 이제 나의 절친한 친구가 되었다. 나는 범죄를 의식하면서 느리고 분명한 필체로 이렇게 썼다. 에드거 H. 험버트 박사와 딸, 론 스트리트 342번지, 램스데일. 열쇠가(342호실이다!) 내 눈앞에 (마치 마술사가 어떤 물건을 손바닥에 감추기 전에 잠깐 보여주듯이) 얼핏 나타났다가 톰 아저씨[48]의 손으로 넘어갔다. 쪼그려 앉았던 로가―언젠가 나를 버리듯―미련 없이 개를 버리고 일어났다. 샬럿의 무덤에 빗방울 하나가 떨어졌으리라. 젊은 흑인 미녀가 엘리베이터 문을 열어주었고, 파멸을 앞둔 아이가 먼저 들어간 후 헛기침을 하는 아빠에 이어 가방 몇 개를 든 톰이 가재를 닮은 모습으로 뒤따랐다.

호텔 복도의 패러디. 침묵과 죽음의 패러디.

"어, 우리 집 번지수랑 똑같네." 로가 명랑하게 말했다.

---

* swine. 돼지, 호색한을 뜻한다.

방 안에는 더블베드 하나, 거울 하나, 그 거울 속의 더블베드, 거울 달린 벽장문, 역시 거울 달린 화장실 문, 검푸른 창, 거기 반사된 침대, 벽장 거울에 비친 침대, 의자 둘, 유리 상판을 깐 탁자 하나, 베드테이블 둘, 침대 하나가 있었다. 더 자세히 말하자면 커다란 패널침대인데, 장미꽃무늬의 토스카나산 셔닐 침대보를 깔고, 주름장식이 있는 분홍색 갓을 씌운 나이트램프 두 개를 좌우에 달아놓았다.

세피아색 손바닥에 5달러짜리 지폐 한 장을 건네고 싶었지만 사례금을 너무 많이 주면 오히려 오해하지 않을까 싶어 25센트짜리 동전 한 개를 놓아주었다. 그리고 하나 더. 그가 물러갔다. 철컥. 드디어 단둘이다.

"우리 둘이 한방에서 자요?" 로의 표정이 역동적으로 변했는데—불쾌감이나 혐오감의 표시가 아니라(그 직전의 상태가 분명하긴 했지만) 그저 역동적이었다—질문에 격렬한 의미를 담고 싶을 때 흔히 나타나는 현상이었다.

"간이침대를 달라고 했어. 네가 싫다면 내가 쓸게."

"제정신이 아니시네." 로가 말했다.

"왜 그러냐, 우리 귀염둥이?"

"왜 그러냐면 말이죠, 귀-염둥이 아저씨, 우리 귀-염둥이 엄마가 이걸 알면 당장 아저씨랑 이혼하고 내 목을 조를 테니까요."

그저 역동적일 뿐이다. 사실은 이 문제를 그리 심각하게 여기지도 않는다.

"내 말 좀 들어봐." 내가 자리에 앉으면서 말했다. 그녀는 몇 걸음 떨어진 곳에 서서 흐뭇하다는 듯이, 조금 놀랐지만 기쁘다는 듯이 자신의 모습을 바라보면서, 역시 놀라고 기뻐하는 벽장문 거울을 향해 장밋빛 햇살 같은 매력을 마음껏 발산했다.

"로, 내 말 좀 들어. 이 문제는 여기서 확실히 짚고 넘어가자. 어느 모로 보나 나는 사실상 네 아빠야. 그리고 너를 많이 사랑해. 그러니까 엄마가 없는 동안은 내가 책임지고 너를 보살펴야지. 우린 부자가 아니니까 여행하는 동안은 어쩔 수 없이…… 어쩔 수 없이 같이 지낼 때가 많을 거야. 두 사람이 한방을 쓰다보면 아무래도 불가피하게 어떤, 뭐라고 표현하면 좋을까, 어떤……"

"근친상간 말이죠?" 로는 그렇게 말하면서 벽장 안으로 들어갔다가 황금빛을 머금은 듯한 어린 목소리로 킥킥 웃으며 도로 나와 그 옆에 있는 문을 열더니 이번에는 실수하지 않으려고 야릇하게 게슴츠레한 눈으로 조심스레 안을 살피고 나서 화장실로 들어갔다.

나는 창문을 열고, 땀에 젖은 셔츠를 거칠게 벗어던지고, 옷을 갈아입고, 상의 호주머니에 넣어둔 약병을 확인하고, 그다음에는—

그때 그녀가 불쑥 나왔다. 나는 그녀를 껴안으려 했다. 저녁식사를 하기 전에 가벼운 애정표현을 하고 싶어 점잖고 자연스럽게.

그러자 그녀가 말했다. "저기요, 키스놀이는 관두고 뭐 좀 먹으러 가죠."

바로 그때 내가 비장의 무기를 꺼냈다.

아, 꿈꾸는 듯한 귀염둥이! 내가 열어놓은 트렁크를 발견한 그녀는 마치 먹잇감에게 접근하는 맹수처럼 멀리서부터 슬로모션으로 살금살금 다가가면서 짐받이 위에 놓인 보물상자를 뚫어져라 노려보았다. (저 커다란 회색 눈동자에 혹시 무슨 이상이 생긴 탓일까? 그렇지 않다면 그 순간 그녀도 나처럼 마법의 안개 속으로 뛰어들었기 때문일까?)
그녀는 다소 뒷굽이 높은 구두를 신은 발을 다소 높이 들어 소년의 무릎처럼 아름다운 무릎을 구부리면서 마치 물속을 걸어가는 사람처럼, 혹은 날아가는 꿈을 꾸는 사람처럼 점점 팽창하는 듯한 공간을 가로질러 느릿느릿 걸어갔다. 이윽고 아주 값비싸고 대단히 매력적인 적갈색 조끼 한 벌을 꺼냈는데, 묵묵히 양손으로 어깨 부분을 붙잡고 아주 천천히 펼쳐보는 그녀의 모습은 마치 믿을 수 없을 만큼 아름다운 새를 잡은 새 사냥꾼이 넋을 잃고 숨을 죽인 채 타오르는 듯 화려한 양 날개를 펼쳐보는 듯했다. 그다음에는 (나는 일어나서 기다렸다) 느림보 뱀을 닮은 휘황찬란한 허리띠를 꺼내 허리에 둘러보았다.

그러더니 드디어 기다리는 내 품으로 파고들었는데, 긴장을 탁 풀고 얼굴을 환히 빛내면서, 한없이 상냥하고 신비롭고 불순하고 무심하고 몽롱한 눈으로 나를 어루만졌다. 마치 싸구려 중의 싸구려 창녀처럼. 님펫들은 이렇게 싸구려 창녀를 흉내내고, 그때마다 우리는 신음을 흘리며 죽어간다.

"십맞춤을 왜 잃어하니?"* 그녀의 머리카락에 얼굴을 묻은 채 중얼거렸다(말이 헛나왔다).

"아저씨가 입맞춤을 이상하게 하잖아요."

"어떻게 가는지 하르쳐줘."**

---

* What's the katter with misses?. "What's the matter with kisses(입맞춤을 왜 싫어하니)?"에서 m과 k의 자리를 바꿔 발음했다.
** Show, wight ray. "Show, right way(어떻게 하는지 가르쳐줘)"에서 r와 w의 자리를 바꿔 발음했다.

"나중에." 어린 요부*가 말했다.

피가 솟구치고, 두근두근, 화끈화끈, 근질근질, 미치겠다. 엘리베이터 덜컹덜컹, 멈췄다가 덜컹덜컹, 복도에서 사람들이 시끌시끌. 죽음 말고는 그 누구도 너를 내게서 빼앗지 못하리라! 가녀린 소녀야, 그지없는 사랑이 앞을 가리니 아무것도 보이지 않는구나.[49] 물론 그대로 한순간만 더 있었다면 엄청난 실수를 저질렀을지도 모른다. 다행히 그녀가 보물상자 앞으로 돌아갔다.

나는 따분한 일상에 적합하게 정상을 되찾으려고 화장실에서 꽤 오랜 시간을 소비했는데, 내가 우두커니 서서 이것저것 또드락또드락 두드리며 호흡을 가다듬는 동안에도 밖에서는 나의 롤리타가 "오오!" 또는 "이야!" 하며 소녀다운 기쁨의 탄성을 터뜨렸다.

그녀가 비누를 써봤구나. 샘플이라서 그랬겠지.

"자, 이제 나가자, 너도 배가 많이 고플 테니까."

그리하여 엘리베이터로 향하는데, 딸은 낡은 흰색 핸드백을 앞뒤로 휘두르고, 아빠는 앞장서서(주의사항: 그녀는 아직 숙녀가 아니므로 뒤따라가지 말아야 한다) 걸었다. 아래층으로 내려가려고 엘리베이터를 (나란히 서서) 기다릴 때 그녀가 고개를 뒤로 젖히고 곱슬머리를 흔들면서 아무 거리낌 없이 늘어지게 하품을 했다.

"캠프장에서는 몇시에 일어났니?"

"여섯시……" 다시 나오는 하품을 참으면서, "반." 온몸이 흔들릴 만

---

* spoonerette. 일차적 의미는 '애무(spoon)하는 아이'. 그러나 위의 두 문장과 같은 말실수를 'spoonerism(두음전환)'이라고 하는데, 이것을 롤리타가 잘 알아들었다는 의미에서 '두음전환 전문가'라는 뜻으로 해석할 수도 있다.

큼 기나긴 하품이다. "여섯시 반." 그렇게 되풀이하는 순간 목구멍이 다시 부풀었다.

식당에 들어서자 기름 냄새와 마지못한 미소가 우리를 맞이했다. 널찍하고 호화로운 공간이었다. 마법에 걸린 사냥꾼들을 묘사한 감상적인 벽화 몇 점이 있었다. 제각기 자세도 다양하고 마법에 걸린 양상도 다양했으며 그들 주위에는 생기가 하나도 없는 온갖 동물, 숲의 요정, 나무 따위를 뒤죽박죽 배치했다. 몇몇 노부인, 목사 두 명, 스포츠 코트 차림의 남자 등이 여기저기 흩어져 묵묵히 식사를 마무리하는 참이었다. 이 식당은 9시에 문을 닫는데, 다행히 녹색 옷을 입은 무표정한 웨이트리스들이 우리를 빨리 내보내려고 황급히 서둘렀다.

"저 사람 정말, 아니, 정말 퀼티를 쏙 빼닮지 않았어요?" 로가 나지막이 말했다. 야단스러운 체크무늬 옷을 입고 건너편 구석에서 혼자 식사를 하는 남자였는데, 로의 뾰족한 갈색 팔꿈치가 그를 가리키지는 않았지만 그러고 싶어 안달하는 기색이 역력했다.

"램스데일에 사는 뚱뚱한 치과의사 말이니?"

로는 방금 마신 물 한 모금을 입속에 머금은 채 춤추듯 출렁거리는 잔을 내려놓았다.

"그럴 리가 없잖아요!" 그녀가 물방울을 튀기며 즐거워했다. "드롬 광고에 나왔던 작가 말예요."

아, 명성Fame이여! 아, 여인Femina이여!

웨이트리스가 디저트를 탁탁 내려놓았다. 꼬마 아가씨는 큼직한 체리파이 한 조각, 보호자 몫은 바닐라 아이스크림이었는데, 그녀가 아이스크림 대부분을 재빨리 파이 위로 옮겨놓았다. 나는 '아빠의 보라색 알약Papa's Purple Pills'이 든 작은 병을 꺼냈다. 뱃멀미를 일으킬 듯한 그 벽화들, 그리고 기이하고 섬뜩한 그 순간을 지금 돌이켜보면 그때의 내 행동은 꿈처럼 몽롱한 정신적 진공상태에 빠져 제정신이 아니었기 때문이라고 설명할 수밖에 없다. 그러나 그 당시에는 아주 간단하고 당연한 일처럼 보였다. 나는 주위를 둘러보고 손님들이 빠짐없이 나갔다는 사실을 확인한 후 약병 뚜껑을 열어 내 손바닥에 대고 지극히 신중하게 병을 기울였다. 벌린 입을 빈 손바닥으로 한 번 탁 치고 (있지도 않은) 약을 꿀꺽 삼키는 시늉은 이미 거울 앞에서 열심히 연습한 터였다. 내 예상대로 그녀는 통통하고 색깔도 예쁘고 이른바 '미인잠'이 가득한 캡슐이 든 유리병을 보자마자 와락 달려들었다.

"보라색이다!" 그녀가 외쳤다. "남보라색이네. 성분이 뭐예요?"

"여름 하늘, 자두, 무화과, 그리고 황제들의 포도주 섞인 피."

"아니, 농담 말고―말해줘요."

"아, 그냥 퍼필*이라는 약이야. 비타민 X. 이걸 먹으면 황소$_{ox}$나 도끼$_{ax}$처럼 튼튼해지지. 하나 먹어볼래?"

롤리타는 힘차게 고개를 끄덕거리며 손을 내밀었다.

나는 약효가 빨리 나타나기를 바랐다. 역시 빨랐다. 만만해진 이 귀여운 님펫이 연신 터져나오는 하품을 억지로 참아가며 들려준 이야기에 따르면 그녀에게는 길고 힘겨운 하루였는데, (언니가 물놀이 책임자로 일한다는) 바버라와 함께 아침부터 노를 젓는 등 여러모로 활기찬 시간을 보냈다고 한다. 시시각각 더욱더 강해지는 하품 때문에―아

---

* Purpill. '보라색 알약(Purple Pill)'을 줄인 말.

아, 마법의 약은 효과가 정말 빠르구나! ―저절로 입이 딱딱 벌어졌다. 그녀의 머릿속에는 아직도 영화에 대한 생각이 어렴풋이 남아 있었지만 우리가 물 위를 걷는 듯한 동작으로 식당을 나설 무렵에는 물론 까마득히 잊어버린 뒤였다. 엘리베이터를 탔을 때 그녀가 나에게 몸을 기대더니 희미한 미소를 지으면서―그 얘기 듣고 싶지 않아요?―거무스름한 눈꺼풀을 반쯤 감았다. "졸린 모양이네?" 과묵한 프랑스계 아일랜드인 신사와 그 딸, 그리고 장미 전문가라는 시들시들한 여자 두 명을 위층으로 안내하던 톰 아저씨가 말했다. 그러자 다들 가냘프고 가무잡잡하고 얼떨떨하고 비틀거리는, 장미처럼 사랑스러운 우리 귀염둥이를 안쓰럽다는 듯이 바라보았다. 나는 그녀를 안다시피 하면서 우리 방으로 데려갔다. 그녀는 침대 모서리에 걸터앉아 조금씩 몸을 흔들면서 비둘기처럼 힘없는 목소리로 느릿느릿 말했다.

"그 얘기를 해도…… 내가 그 얘기를 해도 〔졸려, 너무 졸려…… 고개는 끄덕끄덕, 눈동자는 가물가물〕 잔소리, 음, 잔소리하지 않는다고 약속해요?"

"나중에 듣자, 로. 오늘은 그냥 자. 난 좀 나갔다올 테니까 너 먼저 자라. 십 분만 기다려줄게."

"아, 내가 정말 구역질나는 짓을 했어요." 그녀가 굼뜬 손으로 벨벳 리본을 풀고 머리채를 흔들면서 말을 이었다. "사실은 내가 말이죠……"

"내일 듣자니까, 로. 어서 자라, 어서 자. 제발 잠 좀 자라."

나는 열쇠를 주머니에 넣고 계단을 내려갔다.

28

여성 배심원 여러분! 부디 참고 들어주십시오! 여러분의 귀중한 시간을 조금만 빌려주십시오! 드디어 대망의 순간이 왔습니다. 제가 방을 나설 때 나의 롤리타는 여전히 그 심연 같은 침대 모서리에 걸터앉아 꾸벅꾸벅 졸면서 발을 들고 구두끈을 만지작거렸는데, 그러느라 허벅지 안쪽이 깊숙이 드러나서 팬티를 입은 가랑이까지 훤히 들여다보였습니다. 부주의한 탓인지, 부끄러움을 모르는지, 혹은 양쪽 다인지, 아무튼 그녀는 늘 이렇게 다리를 곧잘 보여주었지요. 그리하여 저는 이 신비로운 모습을 바라보며, 방문 안쪽에는 빗장이 없음을 확인하고 나서 문을 잠갔습니다. 방 번호를 새긴 나무 열쇠고리가 달린 이 열쇠는 그때부터 '열려라 참깨'처럼 황홀하면서도 무시무시한 미래를 여는 소중한 마법의 열쇠가 되었습니다. 그것은 내 열쇠였고, 내 뜨거운 털북숭이 손의 일부였습니다. 이제 몇 분만 지나면—가령 20분만, 아니, 제 친척 귀스타브 아저씨가 즐겨 하던 말처럼 '신중에 신중을 기해서sicher ist sicher' 반 시간만 지나면—다시 '342호'에 들어가서 마치 수정 속에 갇힌 듯 깊은 잠에 빠져버린 나의 님펫, 나의 미녀, 나의 신부를 보게 될 것입니다. 배심원 여러분! 만약 그때 제가 느꼈던 행복이 입을 열어 말할 수 있었다면 그 점잖은 호텔에 귀청이 찢어질 듯한 포효가 구석구석 울려퍼졌을 것입니다. 그러나 지금 제가 유일하게 후회하는 것은 바로 그날 밤 '342호' 열쇠를 조용히 사무실에 반납하고 그 소도시를, 나라를, 대륙을, 북반구를—아니, 아예 지구를—영원히 떠나버리지 않았다는 사실입니다.

이유를 설명하겠습니다. 저는 그녀의 자책 속에 함축된 의미 따위는 별로 신경쓰지 않았습니다. 그녀의 순결을 빼앗지 않겠다는 굳은 결심은 변하지 않았으며, 오로지 밤에만 행동을 개시하고, 그것도 오로지 완벽한 마취 상태에 빠진 어린 알몸만 즐기려 했습니다. 자제심과 존중심은 여전히 저의 좌우명이었습니다. 설령 그 '순결'이라는 것이(어차피 현대 과학이 이 말의 허구성을 철저히 폭로해버렸지만) 저 한심스러운 캠프장에서 아이들끼리의 성적 ―보나마나 동성애적― 경험을 통하여 약간의 손상을 입었을지라도 달라질 것은 아무것도 없습니다. 물론 고리타분한 구세계적 사고방식을 가진 나 장 자크 험버트*는 로를 처음 만났을 때부터 당연히 그녀가 더럽혀지지 않았으리라 여겼습니다. 기원전의 고대 세계와 당시의 매혹적인 풍습들이 아쉽게도 종언을 고한 이후 '평범한 아이'라는 말 속에 그런 고정관념이 내포되었기 때문입니다. 오늘날의 문명사회에서 우리는 옛 로마인들처럼 어리고 꽃다운 노예들에게 둘러싸여 살지도 못하고 일과 목욕 사이에 아무렇지도 않게 그들을 꺾어도 되는 그런 시대도 아닙니다. 그리고 더욱더 관능적인 시대에 고상한 동양인들이 그랬던 것처럼 양고기와 장미 셔벗 사이에 어린 예인藝人들을 마음껏 희롱할 수도 없습니다. 요컨대 옛날과 달리 요즘은 새로운 습관과 새로운 법률 때문에 어른의 세계와 아이의 세계를 이어주던 연결고리가 완전히 끊어지고 말았습니다. 한때나마 정신병리학과 사회사업에 관여했던 저조차도 아이들에 대해서는 아는 것이 별로 없었습니다. 누가 뭐래도 롤리타는 그때 겨우 열두 살

* 교육론 『에밀』과 『고백록』 등을 집필한 프랑스 사상가 장 자크 루소를 염두에 둔 우스갯소리. 루소는 성선설의 입장에서 사회제도의 부정적 기능을 비판했다.

이었는데, 설령 시대와 장소를 고려하더라도—미국 아이들의 막돼먹은 행실까지 감안하더라도—이 경솔한 조무래기들이 벌인 일 같은 것은 좀더 나이가 들었을 때, 그것도 전혀 다른 환경에서나 가능하리라 믿었습니다. 따라서 (설명의 끈을 다시 이어가자면) 나의 내면에 깃든 도덕주의자는 모름지기 열두 살 먹은 여자아이는 이러저러해야 한다는 통념에 사로잡혀 그 문제를 무시해버렸습니다. 그리고 나의 내면에 깃든 아동심리치료사는(대부분의 심리치료사와 마찬가지로 돌팔이지만 그건 접어두고) 신프로이트학파의 헛소리를 되새김질하여, 돌리가 이른바 (몽상과 과장을 일삼는다는) '잠재기'[50]에 해당한다고 단정했습니다. 마지막으로, 나의 내면에 깃든 쾌락주의자는(이 거대한 미치광이 괴물은) 먹잇감이 다소 타락했더라도 전혀 개의치 않았습니다. 그러나 미친 듯이 들끓는 희열의 배후에 왠지 꺼림칙한 그늘이 도사리고 있었습니다. 그 목소리에 귀를 기울이지 않았다는 사실, 바로 그 점이 후회스러울 따름입니다! 인간들이여, 명심하십시오! 롤리타는 티없이 순수했던 애너벨과는 전혀 다른 존재라는 사실을 이미 스스로 증명했건만 저는 그것을 알아차리지 못했습니다. 내가 남몰래 맛보려 하는 이 기이한 아이는 온몸의 모공으로 님펫의 요기를 뿜어내고 있어 비밀로 하기는 애당초 불가능하며 쾌락은 치명적이고 내가 기대하는 환희의 결과는 고통과 공포뿐이라는 걸 (롤리타의 내면에 숨은 누군가가—가령 참다운 아이로서의 롤리타가, 혹은 그녀를 지켜주는 어느 초췌한 천사가—나에게 보여주었던 징후를 통하여) 마땅히 깨달았어야 옳았건만 그러지 못했습니다. 아, 날개 달린 남성 배심원 여러분!

그리고 그녀는 나의 것, 그녀는 나의 것, 열쇠는 내 손에, 내 손은 주머니 속에, 그리고 그녀는 나의 것. 수많은 불면의 밤을 보내며 그녀를 떠올리고 계략을 꾸미는 동안 나는 차츰 불필요한 군더더기를 걷어내고 투명한 환상을 겹겹이 쌓아올려 마침내 최종적인 영상을 만들어냈다. 내가 먹인 약에 취해서 장식물이 달린 팔찌와 양말 한 짝만 남기고 홀랑 벗은 채 침대 위에 네 활개를 펴고 쓰러진 그녀, 그날 미리 그려본 모습은 그랬다. 한 손에는 여전히 벨벳 리본을 움켜쥐고, 갈색 꿀빛으로 그을린 육체에 음화陰畫처럼 하얗게 남은 수영복 자국, 창백한 꽃봉오리 같은 젖가슴, 장밋빛 조명을 받은 탐스러운 불두덩에 명주실처럼 반짝이는 거웃. 내 호주머니 속에는 따뜻한 나무 열쇠고리가 달린 차가운 열쇠가 있었다.

나는 공용 공간 곳곳을 배회했다. 하반신은 기뻐하고 상반신은 슬퍼했다. 욕정의 얼굴은 늘 우울하기 때문이다. 욕망은 한시도, 심지어 벨벳처럼 보들보들한 희생양을 감옥에 잘 가둬둔 경우에도 안심하지 못하고 혹시 경쟁관계의 다른 악마나 유력한 신이 목전의 승리를 무산시키지나 않을까 전전긍긍하기 때문이다. 쉬운 말로 하면 술을 마시고 싶었다. 그러나 땀을 뻘뻘 흘리는 속물과 구시대의 유물이 가득한 이 유서 깊은 건물에는 바가 없었다.

나는 남자 화장실에 들렀다. 그곳에는 성직자의 검은 옷을 입은 사람이 있었는데—이른바 '호남형'이었다—그는 빈의 도움을 빌려 거시기가 제자리에 잘 붙어 있는지 확인하다가* 나에게 보이드 박사의 강연을 어떻게 생각하느냐 물었다. 내가(지크문트 2세 전하께서**) 보이

---

* 주로 오스트리아의 빈에서 활동했던 프로이트와 그가 말한 거세불안에 대한 언급.
** 지크문트 프로이트를 조롱하는 우스갯소리.

드Boyd는 대단한 꼬마Boy더라고 대답하자 어리둥절한 표정을 지었다. 나는 화장지로 민감한 손끝을 닦고 그곳에 마련된 쓰레기통에 정확히 던져넣은 후 보무당당하게 로비로 걸어갔다. 카운터 위에 편안하게 팔꿈치를 올려놓고 포츠 씨에게 혹시 아내가 연락하지 않았는지, 간이침대는 어떻게 되었는지 물어보았다. 그는 내 아내의 연락은 없었고(죽었으니 당연한 일이지), 우리가 그때까지 이곳에 있을지 모르지만 간이침대는 내일이나 넣어줄 수 있다고 대답했다. '사냥꾼의 전당'이라는 넓고 혼잡한 공간에서 여러 사람이 원예나 내세에 대해 토론하는 소리가 들렸다. '라즈베리 룸'이라는 방에는 불을 환하게 밝혀놓고 반짝거리는 작은 탁자 여러 개와 '다과'를 차린 큰 탁자를 놓아두었지만 모임 주최자 한 명 말고는 아무도 없었다(생기 없는 미소를 머금고 샬럿과 비슷한 말투로 이야기하는 닳아빠진 여자였다). 그녀가 사뿐사뿐 다가와 말을 걸었다. 혹시 브래독 씨 맞으시면 아까 미스 비어드가 찾던데요. "여자 이름이 희한하네요."* 나는 그렇게 말해주고 그곳을 떠났다.

내 심장에 무지갯빛 피가 드나들었다. 9시 반까지 기다리기로 했다. 다시 로비로 갔을 때 그새 달라진 점을 발견했다. 꽃무늬 드레스나 검은 옷을 입은 사람들이 여기저기 삼삼오오 모였는데, 이 무슨 운명의 장난인지 롤리타 또래의 귀여운 아이가 눈에 띄었다. 롤리타가 즐겨 입는 옷과 비슷한 원피스를 입었지만 색깔은 순백색이었고 검은 머리에도 하얀 리본을 맸다. 예쁘지는 않지만 틀림없는 님펫이었다. 상아처럼

---

* '비어드(Beard)'는 수염을 뜻한다.

창백한 다리와 백합처럼 하얀 목이 롤리타와는 대조적이었는데, 가무 잡잡하고 발그레하고 뜨겁고 더럽혀진 롤리타를 향한 나의 욕망에 화답하는 (내 척추를 따라 흐르는) 즐거운 송가 같아서 기억에 남는 순간이었다. 그때 창백한 아이가 내 시선을 알아차리고(정말 자연스럽고 따뜻한 시선이었는데도) 우스꽝스러울 만큼 수줍어했다. 이리저리 두리번거리고 손등을 뺨에 대고 치맛자락을 만지작거리고 하면서 쩔쩔매더니 결국 앙상한 어깨를 내 쪽으로 돌리고 어깨뼈를 들썩거리면서 암소처럼 생긴 엄마와 잡담을 나누는 체했다.

나는 시끄러운 로비를 벗어나 하얀 계단에 서서 인분鱗粉으로 덮인 벌레 수백 마리가 가로등 주위를 맴도는 광경을 바라보았다. 습기를 잔뜩 머금은 어둠이 파문을 일으키며 술렁거렸다. 내가 하려는 일도, 내가 감히 하려는 일도, 저렇게 하찮은 일이 아닐까……

그때 내 곁의 어둠 속에서 문득 인기척이 났다. 기둥이 늘어선 베란다에 놓인 의자 하나에 누군가가 앉아 있었다. 모습은 보이지 않았지만 싸륵싸륵 병뚜껑을 여는 소리, 조심스레 꼴깍꼴깍 마시는 소리, 마지막으로 조용히 뚜껑을 닫는 소리 때문에 알아차렸다. 내가 자리를 비켜주려고 할 때 그의 목소리가 들려왔다.

"도대체 그애는 어디서 났소?"

"뭐라고 하셨죠?"

"날씨가 좋아지지 않았느냐고 했소."

"그런 것 같군요."

"꼬마 아가씨는 누구요?"

"딸입니다."

"거짓말 마시지―아닐걸."

"뭐라고요?"

"7월은 너무 더웠다고 했소.[51] 아이 엄마는 어디 있소?"

"죽었습니다."

"그랬군. 미안하게 됐소. 내일 두 사람을 점심식사에 초대하고 싶은데. 그때쯤이면 저 지긋지긋한 인간들은 떠나고 없을 거요."

"우리도 떠납니다. 안녕히 주무세요."

"미안하오. 내가 좀 취했소. 잘 주무시오. 따님도 푹 자야겠더군. 페르시아인들이 말하길 잠은 장미라잖소.[52] 담배 피우시겠소?"

"지금은 됐습니다."

남자가 성냥을 그었지만 취한 탓인지 바람 탓인지 불빛이 그를 비추지 않고 하얀 흔들의자에 앉은 늙어빠진 노인을 비추었다. 이렇게 오래된 호텔에서 흔히 볼 수 있는 장기 투숙자였다. 아무도 입을 열지 않고 곧 어둠이 제자리로 돌아왔다. 그때 노인이 쿨럭쿨럭 기침을 하더니 무시무시한 소리를 내며 가래를 뱉었다.

나는 베란다를 떠났다. 그럭저럭 반 시간은 거뜬히 지나갔다. 술 한 모금만 달라고 부탁해볼걸. 긴장감을 견디기 힘들었다. 고통을 느끼는 바이올린 줄이 있다면 내가 바로 그 줄이었다. 그러나 허둥대는 모습은 꼴사납다. 로비 한쪽 구석에 별자리처럼 붙박인 사람들 사이를 빠져나갈 때 눈부신 섬광이 번쩍 빛났다. 활짝 웃는 브래독 박사, 난초꽃으로 단장한 중년 부인 두 명, 흰옷을 입은 소녀, 신부로 보이는 젊은 여자와 넋을 잃은 목사, 그리고 그 두 사람 사이로 지나가던 험버트 험버트가 (아마도 이를 드러낸 모습으로) 한 장의 사진 속에 영원히 남게 되었다. 다만 소도시 신문의 화질과 인쇄 상태를 감안하면 정말 영원히 남을지 의심스럽다. 엘리베이터 주위에 여러 사람이 모여 재잘거렸다. 나는 다시 계단을 선택했다. 342호 근처에 비상구가 있었다. 지금도 늦지 않았으니…… 그러나 벌써 열쇠가 열쇠구멍에 꽂혔고 나는 곧 방 안으로 들어갔다.

29

불 켜진 화장실의 문이 조금 열려 있었다. 그리고 베니션블라인드 틈새로 아크등 불빛이 해골처럼 스며들었다. 이렇게 방 안의 어둠을 뚫고 들어온 광선들이 서로 엇갈리면서 다음과 같은 상황을 드러냈다.

침대 한가운데에 나의 롤리타가 낡은 잠옷을 입고 내 쪽으로 등을 돌린 채 옆으로 누워 있었다. 얇은 옷으로 가려진 몸통과 드러난 팔다리가 Z자 모양을 이루었다. 검은색으로 보이는 흐트러진 머리 밑에 베개 두 개를 겹쳐 베었다. 희미한 빛줄기가 등뼈 상단을 가로질렀다.

마치 영화 속에서 옷을 갈아입는 과정을 생략해버린 듯 어느 순간 내가 옷을 벗고 파자마로 갈아입고 있었다. 그리고 어느새 침대 모서리에 한쪽 무릎을 올려놓은 상태였는데, 그때 롤리타가 고개를 돌리고 줄무늬 그림자 사이로 나를 쳐다보았다.

침입자 입장에서는 전혀 예상치 못한 상황이었다. 수면제로 장난질을 한 이유는(우리끼리니까 하는 말이지만 꽤나 치사한 짓이었다) 연대 병력이 지나가도 모를 만큼 깊이 잠들게 하기 위해서였건만, 그녀가 내 얼굴을 빤히 쳐다보더니 뜬금없이 쉰 목소리로 나를 '바버라'라고 부르는 것이 아닌가. 너무 꼭 끼는 파자마를 입은 바버라는 잠꼬대하는 소녀를 내려다보는 자세로 동작을 멈춘 채 꼼짝도 할 수 없었다. 돌리는 곧 체념한 듯이 한숨을 푹 쉬면서 스르르 고개를 돌려 원래의 자세로 돌아갔다. 당시 나는 꼬박 2분 이상 기다렸는데, 지금으로부터 40년 전에 손수 만든 낙하산을 메고 에펠탑에서 뛰어내린 어느 양복장이[53] 가 그랬듯이 운명의 문턱에서 바싹 긴장하고 있었다. 그녀의 희미한 숨소리가 수면 상태의 리듬을 되찾았다. 마침내 내가 침대 모서리의 좁은 공간에 올라앉아 돌처럼 차가워진 내 발꿈치에서 남쪽 방향에 쌓인 이불을 주섬주섬 붙잡고 살그머니 잡아당길 때 롤리타가 다시 고개를 들고 멍하니 나를 쳐다보았다.

나중에 어느 친절한 약제사에게 들었는데, 그 보라색 알약은 다양한 약제가 모인 유서 깊은 바르비투르산* 가문의 일원도 아니고, 신경증 환자가 특효약으로 믿고 복용하면 더러 잠을 잘 수도 있겠지만 진정제로서의 효능이 너무 약하므로 아무리 피곤해도 경계심을 늦추지 않는 님펫을 오랫동안 재우기는 어렵다고 한다. 램스데일의 그 의사가 돌팔이였는지 혹은 약삭빠른 능구렁이였는지는 그때도 지금도 별로 중요하지 않다. 문제는 내가 속았다는 사실이다. 롤리타가 다시 그렇게 눈을 떴을 때 나는 설령 시간이 좀더 지나서 약효가 제대로 나타나더라도 내가 기대했던 것처럼 안심하기에는 무리가 있음을 깨달았다. 이윽고 그녀의 머리가 천천히 방향을 돌리더니 혼자 독차지한 베개 위에

---

* 신경안정제, 수면제.

툭 떨어졌다. 나는 여전히 잔뜩 긴장한 채 그녀의 흐트러진 머리카락과 어깨와 엉덩이의 절반 정도만 어렴풋이 드러나 은은히 빛나는 님펫의 육체를 지켜보면서 호흡 속도를 기준으로 수면의 깊이를 가늠해보았다. 얼마쯤 시간이 흐를 때까지 아무런 변화도 없어 마침내 미치도록 사랑스러운 저 빛을 향해 조금 더 다가가보기로 마음먹었다. 그러나 따뜻한 체온이 느껴지는 경계선 안으로 들어가자마자 그녀의 숨소리가 뚝 끊어졌다. 나는 어린 돌로레스가 이미 완전히 깨어났으며 내비참한 몸뚱이의 어떤 부분으로든 살짝 건드리기만 해도 다짜고짜 비명을 지를 거라는 무시무시한 예감에 사로잡혔다. 여기서 독자 여러분께: 이 책의 주인공이 지나치게 다정다감하고 감수성도 병적으로 예민한데다 한없이 신중한 성격이라서 다소 짜증이 나겠지만 지금 이 장면은 대단히 중요한 대목이니 절대로 건너뛰지 마시라! 부디 내 모습을 상상해보라. 여러분이 상상해주지 않으면 나는 존재할 수 없다. 스스로 저지른 죄악의 숲속에서 암사슴처럼 부들부들 떠는 내 모습을 떠올려보라. 그리고 살짝 미소를 지어보라. 미소를 짓는다고 손해 볼 일은 없지 않은가. 그때의 내 상황이 어땠는지 예를 들자면(하마터면 '예들면'이라고 쓸 뻔했다) 머리를 둘 곳도 없는데다 속쓰림까지 겹쳐 불편하기 짝이 없었다(그런 감자튀김을 '프렌치' 프라이라고 부르다니, 맙소사!).

나의 님펫은 다시 깊이 잠들었지만 감히 황홀한 탐사를 시작할 엄두가 나지 않았다. 〈잠자는 소녀와 우스꽝스러운 연인〉. 내일은 그녀의 엄마를 완전히 곯아떨어지게 만들었던 그 약을 듬뿍 먹여봐야겠다. 그걸 글러브박스에 뒀던가, 아니면 글래드스톤 가방 안? 꼬박 한 시간쯤 기다렸다가 다시 접근해볼까? 님펄렙시*는 정밀과학이다. 살이 맞닿은 상태에서는 1초 안에 절정을 느낄 수 있다. 1밀리미터 간격이라면 10초가 걸린다. 어디 기다려보자.

미국 호텔처럼 시끄러운 곳은 없다. 미리 말해두지만 이 호텔은 '품위 있는 생활' 운운하면서 자못 조용하고 편안하고 고풍스럽고 가정적인 분위기를 내세우는 곳이었다. 그러나 자정을 훌쩍 넘길 때까지 엘리베이터 문이 덜컹거리는 소리와 이 기계의 다양한 회전 장치가 뚝딱거리고 쿵쿵거리는 소리가 번갈아가며—근원지는 내 머리에서 북동쪽으로 20야드쯤 떨어진 곳이지만 마치 왼쪽 관자놀이 안쪽에서 들리는 소리처럼 또렷하게—울려퍼졌다. 그리고 이따금 왼쪽 귀 바로 옆의 (한 침대에 누운 소녀의 어렴풋한 엉덩이 쪽으로 감히 내 천박한 부위를 돌릴 수 없어 똑바로 누웠다고 가정할 때) 동쪽 방향에 있는 복도에서 명랑하고 우렁차고 우스꽝스러운 고함 소리가 쩌렁쩌렁 울리다가 잘 자라는 합창 소리로 끝을 맺었다. 그 소리가 뜸해지자 이번에는 내 소녀의 북쪽에 있는 화장실이 뒤를 이었다. 아주 굵고 씩씩하고 원기왕성한 목소리를 가진 화장실이었는데, 꽤나 여러 번 사용되었다. 꾸르륵 소리, 쏴아 소리, 그리고 한참 동안 물 받는 소리가 내 머리 위의 벽면을 뒤흔들었다. 그다음에는 남쪽에서 누군가 어마어마한 토악질을 하기 시작했는데, 마신 술과 더불어 생명까지 토해낼 기세였고, 우리 화장실과 맞붙은 그 방 화장실은 그야말로 나이아가라폭포 같은 굉음을 쏟아냈다. 마침내 모든 폭포가 잠잠해지고 마법에 걸린 사냥꾼들도 곧

---

* nympholepsy. '님프(nymph)'에 '발작'을 가리키는 그리스어 '-lepsy'가 붙어 '황홀경'을 뜻하는 단어.

히 잠들었을 때였다. 내 밤샘의 방 서쪽에 있는 불면의 창 밑을 지나는 가로수 길이—거목들이 늘어선 점잖고 한적한 골목으로 주변은 주로 주택가였다—느닷없이 트럭 통행로로 돌변했는지, 굉음을 내는 거대한 트럭들이 축축한 바람과 어둠을 뚫고 질주하는 한심스러운 상황이 벌어졌다.

그리고 내 몸과 나의 불타는 생명으로부터 6인치도 안 되는 곳에 어렴풋이 빛나는 롤리타가 있었다! 오랫동안 꼼짝없이 불침번을 선 끝에 내 촉수는 다시 그녀를 향해 뻗어갔는데, 이번에는 매트리스가 삐걱거려도 깨어나지 않았다. 나는 탐욕스러운 몸뚱이를 그녀에게 바싹 붙이고 따뜻한 입김처럼 내 뺨에 와 닿는 맨어깨의 열기를 느꼈다. 바로 그때 그녀가 화들짝 놀라면서 벌떡 일어나 앉더니, 보트가 어쨌다느니 하면서 미친 듯이 빠르게 지껄이다가, 이불을 끌어올리고 다시 청춘의 어둡고 풍요로운 무의식 속으로 빠져들었다. 그녀가 도도한 강물 같은 잠에 휩쓸려 뒤척이는 순간, 아까까지만 해도 적갈색이었지만 지금은 달빛처럼 창백해 보이는 팔이 내 얼굴을 후려갈겼다. 나는 잠깐 동안이나마 그녀를 껴안았다. 그러나 그녀는 곧 내 포옹의 그림자를 뿌리쳤다. 의식적인 행동도 아니고, 나에 대한 혐오감의 표시도 아니고, 난폭하지도 않고, 다만 어린애답게 무심하고 애처로운 소리로 칭얼거리면서 편안한 휴식을 요구할 뿐이었다. 그리하여 상황은 다시 원점으로 돌아갔다. 롤리타는 험버트를 등진 채 몸을 웅크리고, 험버트는 팔베개를 하고 누워 뜨거운 욕망과 소화불량에 시달렸다.

특히 후자 때문에 화장실을 다녀와야 했는데, 내 경우 이런 증상에는, 무를 갈아넣은 우유를 제외하면 물 한 잔이 최고의 명약이다. 이윽고 희미한 빛줄기가 줄무늬를 그려놓은 기이한 요새 같은 방으로 돌아 갔을 때—가구들은 왠지 허공에 떠 있는 듯하고 그 위에는 롤리타의 낡은 옷과 새 옷 들이 마치 마법에 걸린 듯 다양한 모습으로 주렁주렁 널려 있었다—대책 없는 딸내미가 벌떡 일어나 앉더니 또렷한 목소리 로 자기도 물 좀 달라고 했다. 어린 롤리타는 시원하고 말랑말랑한 종 이컵을 그늘진 손으로 받아들고 긴 속눈썹을 컵 쪽으로 향한 채 물을 꿀꺽꿀꺽 달게 마시더니 곧 어린애 같은, 그러나 그 어떤 육감적 애무 보다 매력적인 몸짓으로 내 어깨에 입술을 문질렀다. 그러고는 다시 베 개 위로 쓰러져(그녀가 물을 마시는 동안 내 베개를 챙겨두었다) 곧바 로 잠들어버렸다.

나는 감히 롤리타에게 두번째 알약을 권할 수는 없었고, 그녀가 처 음에 먹은 약이 머지않아 그녀를 깊이 잠들게 할지도 모른다는 희망을 아직 버리지 않은 터였다. 조금 더 기다리는 편이 낫다는 것을 알면서 도 더는 참을 수 없어서 다시 실망을 맛볼 각오를 하고 그녀에게 다가 가기 시작했다. 내 베개에서 그녀의 머리카락 냄새가 났다. 나는 어렴 풋이 빛나는 연인을 향해 살금살금 전진하다가 그녀가 뒤척이는 듯싶 거나 곧 뒤척일 듯한 기미가 보일 때마다 동작을 멈추거나 후퇴했다. '이상한 나라'[54]에서 불어오는 산들바람이 내 사고력에 영향을 미치기 시작했다. 마치 이 환상의 바람이 내 마음속에 잔물결을 일으킨 듯 모 든 생각이 수면에 일렁이는 그림자처럼 비스듬히 기울어 이탤릭체로 변해갔다. 의식은 몇 번이나 엉뚱한 길로 접어들고, 멈칫거리는 육체는 잠의 세계로 까무룩 빠져들다가 다시 멈칫 빠져나오기를 거듭하고, 한 두 번쯤은 시무룩하게 코를 골다가 퍼뜩 정신을 차리기도 했다. 자욱한 애정의 안개가 산더미 같은 갈망을 둘러쌌다. 때로는 마법에 걸린 사냥감이 마법에 걸린 사냥꾼을 마중 나오는 것처럼 보이기도 했다. 마치 어느 머나먼 환상의 해변에서 부드러운 모래 속에 파묻힌 채 다가오는 듯 그녀의 엉덩이가 점점 가까워졌다. 그러나 곳곳이 옴폭옴폭 들어간 어렴풋한 육체가 다시 한번 뒤척이면 어느새 아까보다 더 멀어지기 일쑤였다.

오래전에 지나가버린 그날 밤의 떨림과 더듬거림에 대해 이렇게 자세히 설명하는 이유는 내가 결코―지금도, 그때도, 앞으로도―잔인무도한 악당이 아니라는 사실을 반드시 입증하고 싶기 때문이다. 그날 내가 살금살금 움직였던 공간, 그 점잖고 몽롱한 공간은 범죄의 온상이 아니라 시인의 영토였다. 설령 내가 그때 목적을 이루었더라도 지극히 잔잔한 환희를 맛보는 데 그쳤을 테고, 그 순간 그녀가 완전히 깨어 있었더라도 나의 내면에서 조용히 타오르는 열기를 거의 알아차리지 못했으리라. 그러나 아직도 나는 그녀가 점점 더 깊이 잠들어 결국 인사불성이 되기를, 그래서 그 어렴풋한 모습 이상을 보게 되기를 간절히 바랐다. 그리하여 머뭇머뭇 다가가는 사이에 어느덧 지각 능력에 혼란이 일어나면서 그녀의 모습이 달빛의 잔상으로 변하거나 꽃이 만발한 폭신폭신한 덤불로 탈바꿈했고, 나는 꿈속에서 불현듯 의식을 되찾고 꿈속에 숨어 때를 기다리곤 했다.

밤이 이슥할 무렵부터 몇 시간 동안은 이 부산스러운 호텔도 잠시 조용해졌다. 그러다가 4시쯤에 복도 화장실이 폭포 소리를 내더니 문이 쾅 닫혔다. 그리고 5시가 조금 지나서부터 어느 안뜰이나 주차장에서 쩌렁쩌렁 울리는 혼잣말이 몇 차례에 걸쳐 들려왔다. 사실은 혼잣

말이 아니었는데, 말하는 사람이 몇 초마다 한 번씩 입을 다물고 (아마도) 다른 사람의 말에 귀를 기울이는 듯했지만 상대방의 목소리는 전혀 들리지 않았고, 내가 들은 부분만 가지고는 대화 내용을 제대로 파악하기조차 불가능했다. 그러나 이 무미건조한 말투가 새벽을 불러오는 듯했다. 방 안에는 벌써 라일락빛을 띤 잿빛이 스며들고, 부지런한 화장실 몇 개가 차례차례 일을 시작하고, 엘리베이터는 덜컹덜컹 끼익 끼익 오르락내리락하면서 일찌감치 일어나 아래층으로 내려가는 손님들을 실어나르고, 나는 몇 분쯤 꾸벅꾸벅 처량하게 졸고, 인어가 된 샬럿이 녹색 수조 속에서 헤엄치고, 복도 어딘가에서 보이드 박사가 낭랑한 목소리로 "안녕히 주무셨습니까!" 인사하고, 나무에 내려앉은 새들이 바삐 재잘거리고, 마침내 롤리타가 하품을 했다.

냉담한 여성 배심원 여러분! 나는 돌로레스 헤이즈에게 감히 속마음을 털어놓을 용기를 내기까지 적어도 몇 개월, 어쩌면 몇 년이 걸릴지도 모른다고 생각했습니다. 그러나 그날 6시에 그녀가 완전히 깨어났고 6시 15분에 우리는 사실상 연인 사이가 되었습니다. 이제 아주 기이한 일을 말씀드리겠습니다. 먼저 유혹한 사람은 그녀였습니다.

아침을 맞이한 그녀의 첫 하품 소리를 들은 나는 잘생긴 옆얼굴을 보여주면서 자는 체했다. 도대체 어찌해야 좋을지 몰랐기 때문이다. 간이침대가 아니라 바로 옆에 누워 있는 나를 보면 깜짝 놀라지 않을까? 허둥지둥 옷을 챙겨 화장실로 들어가서 문을 잠가버리지 않을까? 당장 램스데일로, 혹은 엄마의 병상으로, 혹은 다시 캠프장으로 데려다달라고 요구하지 않을까? 그러나 나의 로는 장난기가 많은 아이였다. 나를 바라보는 그녀의 시선이 느껴지고 마침내 킥킥거리는 귀여운 소리가 들렸을 때 나는 그녀의 눈에 웃음이 가득하리라는 사실을 알았다. 그녀가 몸을 굴려 내 곁으로 다가오고 따뜻한 갈색머리가 내 쇄골에 와 닿았다. 나는 어설픈 연기로 방금 잠이 깬 듯한 시늉을 했다. 우리는 조용히 누워 있었다. 나는 다정하게 그녀의 머리를 쓰다듬었고 우리는 다정하게 입맞춤을 나누었다. 그녀의 입맞춤은 혀를 깊숙이 밀어넣고 다소 우스꽝스럽게 흔들어대는 복잡한 방식이었는데, 나에게는 당혹스러우면서도 황홀하기 그지없는 경험이었다. 아마 더 어렸을 때 어느 레즈비언 계집애에게 배웠으리라. 찰리 녀석이 가르쳐줄 만한 것이 아니었다. 이윽고 그녀가 입술을 떼더니 내가 충분히 즐겼는지, 그리고 요령을 깨우쳤는지 확인하려는 듯이 내 표정을 살폈다. 그녀의 광대뼈 언저리가 발그레하게 물들고, 통통한 아랫입술은 반짝이고, 나는 금방이라도 녹아버릴 것만 같았다. 바로 그때 그녀가 별안간 요란한 환성을 지르더니 (님펫이라는 증거다!) 내 귀에 입을 들이대고, 그러나 내 머리는 한참 동안 그 뜨거운 천둥소리 같은 속삭임을 언어로 알아듣지 못했고, 그녀는 웃음을 터뜨리며 얼굴에 흘러내린 머리카락을 걷어내고 다시 말해주었다. 마침내 그녀가 하려는 말이 무엇인지 서서히 깨닫는 순간 완전히 다른 세계로 건너온 듯 야릇한 기분이 들었다. 그곳은 모든 일이 허용되는 터무니없는 꿈의 세계였다. 나는 그녀와 찰리가 어떤 놀이를 했는지 모르겠다고 대답했다. "그럼 아저씨는 한 번도……?" 그녀는 어처구니가 없다는 듯 얼굴을 일그러뜨리며 나를 빤히 바라보았다. "한 번도……" 그녀가 다시 말문을 열었다. 나는 그 틈을 타서 그녀에게 얼굴을 들이밀었다. "이러지 마요!" 그녀가 콧소리를 섞어 툴툴거리면서 내 입술이 닿았던 갈색 어깨를 황급히 치워버렸다. (매우 특이한 일이지만 당시 그녀는 입술에 하는 입맞춤과 본격적인 성교를 제외한 모든 애무를 '저질'이나 '변태'로 여겼고 그후에도 오랫동안 그런 생각을 버리지 못했다.)

그녀가 무릎을 꿇고 앉아서 나를 내려다보며 다시 말했다. "아니, 어렸을 때 그 짓을 한 번도 못해봤단 말예요?"

"그래." 나는 사실대로 털어놓았다.

"좋아요." 롤리타가 말했다. "그럼 이제부터 해봐야죠."

그러나 여기서 롤리타의 주제넘은 가르침을 구체적으로 이야기하여 독자 제현을 따분하게 하지는 않으련다. 다만 현대의 남녀공학 교육과 청소년 사회의 관행, 모닥불 주변에서 벌어지는 난장판 등이 그녀를 철두철미하게 타락시켰으며, 아직 다 자라지도 못한 이 아름다운 소녀에게 수줍음 따위는 이미 흔적도 없었다는 사실만 언급해도 충분할 것이다. 그녀는 성행위를 어른들은 모르는 아이들만의 세계에서 은밀히 벌어지는 일이라고 생각했다. 어른들이 출산을 목적으로 무슨 짓을 하는지는 관심도 없었다. 어린 로는 마치 내 삶이 나와는 무관하고 무감각한 기계장치에 불과하다는 듯이 자못 활기차고 사무적인 태도로 나를 다루었다. 대담한 아이들의 세계에 대해 깊은 인상을 심어주려고 열심히 노력하면서도 정작 아이의 삶과 나의 삶 사이에 이런저런 차이가 존재한다는 사실에 대해서는 아무것도 알지 못했다. 단지 자존심 때문에라도 그녀는 결코 포기할 수 없었다. 왜냐하면 이 기묘한 시련을 겪는 동안 나는 정말 아무것도 모르는 체하면서 그녀가 하는 대로 내버려두었기 때문이다. 적어도 내가 자제할 수 있는 동안은 그랬다. 그러나 사실 이런 일은 아무래도 좋다. 나는 이른바 '섹스'에는 별로 관심이 없다. 그렇게 동물적인 행위는 누구나 상상할 수 있다. 나를 끊임없이 유혹하는 것은 더욱더 원대한 계획이다. 나는 님펫들의 위험천만한 마력을 영원히 붙잡아두고 싶은 것이다.

30

나는 조심스럽게 나아가야 한다. 속삭이듯이 말해야 한다. 아, 노련한 범죄 담당 기자여, 늙고 근엄한 수위여, 기나긴 세월 동안 학교 앞 건널목을 지키는 경찰관으로 인기도 꽤 많았으나 지금은 홀로 집 안에 틀어박혀 지내는 그대여, 책도 소년이 읽어줘야 하는[55] 가련한 명예교수여! 여러분이 나의 롤리타를 미친 듯이 사랑하게 만들어버리면 곤란하지 않겠는가! 만약 내가 화가였다면, 그리고 만약 어느 여름날 '마법에 걸린 사냥꾼' 호텔의 경영진이 한꺼번에 실성해서 나에게 식당 벽화를 새로 그려달라고 의뢰했다면 나는 다음과 같은 그림을 구상했으리라. 몇 가지 단상을 이야기해보자.

우선 호수를 그린다. 불타는 듯한 꽃밭에 정자 하나가 있다. 자연에서 얻은 소재도 필요하다. 이를테면 극락조를 뒤쫓는 호랑이, 가죽을 벗긴 새끼돼지 한 마리를 통째로 삼키느라 목구멍이 터질 듯한 뱀. 대리석 기둥을 타고 올라가는 어린 노예도 있고, 그 예쁜 엉덩이를 몹시 힘겨운 표정으로(그러나 애무하듯 쓰다듬는 손길로 미뤄보건대 사실이 아니다) 떠받쳐주는 술탄도 있다. 주크박스의 젖빛 측면에 생식샘을 연상시키는 원통형 발광체가 은은히 빛난다. 중등반 아이들이 햇빛

가득한 호수에서 카누를 타거나 쿠랑트 춤을 추거나 머리를 마는 등*
다양한 캠프장 활동을 한다. 포플러나무와 사과나무가 있는 교외 지역
의 일요일이다. 잔물결이 동그랗게 퍼져가는 물웅덩이 속에 파이어 오
팔 한 덩어리가 녹아들고, 마지막 전율, 마지막 색칠, 쓰라린 빨간색, 가
려워 보이는 분홍색, 한숨, 몸을 움츠리는 아이.

31

내가 이런 것들을 일일이 설명하는 까닭은 한없이 비참한 지금 상황
에서 새삼스레 그것들을 되새겨보기 위해서가 아니다. 님펫을 향한 사
랑이라는 기이하고 무시무시하고 미칠 듯한 세계 속에서 지옥 같은 부
분과 천국 같은 부분을 가려내기 위해서다. 더러운 것들과 아름다운 것
들이 만나는 지점이 있는데, 나는 바로 그 경계선을 확인하고 싶었지만
전혀 성공하지 못한 듯하다. 왜 그럴까?

로마법에 따르면 여자는 열두 살부터 결혼할 수 있었고, 기독교 역
시 이 규정을 채택했으며, 미국의 몇몇 주에서는 지금도 이런 일을 묵
인해준다. 그리고 열다섯 살은 어디서나 합법적이다. 북반구에서든 남
반구에서든, 가령 지역 목사의 축복을 받고 술에 취해 잔뜩 흥분한 마
흔 살 먹은 짐승이 땀에 젖은 예복을 벗어던지고 어린 신부를 덮쳐 뿌
리 끝까지 삽입해버려도 전혀 문제가 되지 않는다. "세인트루이스, 시

---

* Canoeing, Coranting, Combing Curls. 험버트는 『소녀백과사전』 C권을 연상하는 중
이다.

카고, 신시내티 등지의 자극적인 온대성 기후에서 여자는 열두 살이 될
무렵에 성숙해진다"(이 교도소 도서실의 오래된 잡지에 실린 글이다).
돌로레스 헤이즈는 바로 그 신시내티에서 채 300마일도 안 되는 곳에
서 태어났다. 나는 자연의 섭리를 따랐을 뿐이다. 나는 자연의 충실한
사냥개다. 그런데 어째서 이 두려움을 떨쳐버리지 못할까? 내가 그녀
의 순결을 빼앗기라도 했나? 감수성 예민한 여성 배심원 여러분, 저는
그녀의 첫 남자도 아니었습니다.

32

그녀는 자신이 타락하게 된 경위를 말해주었다. 우리가 푸슬푸슬하
고 맛없는 바나나와 멍든 복숭아와 아주 맛있는 감자칩을 먹고 있을
때였다. 소녀는 모든 것을 털어놓았다. 수다스럽지만 내용이 뒤죽박죽
인 그녀의 이야기에 익살스럽게 찡그린 표정이 여러 번 따라왔다. 내가
앞에서 이미 말한 듯한데, "웩!" 하면서 얼굴을 잔뜩 일그러뜨리는 표정
이 특히 인상적이었다고 기억한다. 젤리 같은 입술을 좌우로 길게 늘이
고 두 눈을 치켜뜨면서 무력한 청춘에 대한 혐오감, 체념, 인내심 등을
뭉뚱그려 익살스럽게 표현하는 일상적 표정이었다.
그녀의 놀라운 이야기는 먼저 작년 여름에 다른 캠프장에서, 그녀의
표현에 의하면 '무지무지 고급스러운' 그곳에서 텐트를 함께 썼다는 아
이를 소개하는 것으로 시작되었다. 바로 이 텐트 짝꿍이('완전 날라리'
인데다 '반미치광이'지만 '끝내주는 친구'였는데) 그녀에게 다양한 재

주를 가르쳐주었다고 한다. 처음에 로는 의리상 그 여자아이의 이름을 말하지 않으려 했다.

"그레이스 에인절이니?" 내가 물었다.

그녀는 고개를 가로저었다. 아니, 걔는 아니에요. 걔네 아빠는 꽤 높은 사람인데 그 아저씨는……

"그럼 혹시 로즈 카마인?"

"그럴 리가 없잖아요. 걔네 아빠는……"

"그럼 혹시 애그니스 셰리든 아니야?"

그러자 그녀가 침을 꿀꺽 삼키고 고개를 가로젓더니 뒤늦게 놀란 반응을 보였다.

"아니 어떻게 걔들을 다 알아요?"

나는 이유를 설명했다.

"그랬군요. 걔들도 우리 학교에서는 꽤나 불량스러운 편이지만 걔만큼은 아니에요. 그렇게 궁금하다면 얘기할게요. 이름은 엘리자베스 탤벗인데 지금은 일류 사립학교에 다니고 걔네 아빠는 회사 중역이에요."

나는 가엾은 샬럿이 파티 석상에서 잡담을 나눌 때 종종 흥미진진한 이야기—예컨대 "작년에 우리 딸이 탤벗 씨네 딸내미랑 하이킹을 했는데요"—를 들려주던 일을 떠올리며 야릇한 아픔을 느꼈다.

두 엄마가 이들의 동성애 행각을 알았는지 궁금했다.

"아이고, 큰일나죠." 나긋나긋한 로가 짐짓 떨리는 손으로 가슴을 쓸어내리는 시늉을 하며 두려움과 안도감을 동시에 표현했다.

그러나 내가 더 알고 싶은 것은 이성과의 경험이었다. 그녀는 중서부에서 램스데일로 이사한 직후였던 열한 살 때 6학년으로 올라갔다.

216

그런데 '꽤나 불량스럽다'는 말은 무슨 뜻일까?

그게 말이죠, 미란다 쌍둥이는 오랫동안 한침대에서 잤고, 우리 학교에서 제일 멍청한 도널드 스콧이라는 남자애는 자기 아저씨 댁 차고에서 헤이즐 스미스랑 그 짓을 했고, 케네스 나이트는—제일 똑똑한 앤데—아무 때나 틈만 나면 거시기를 내놓고, 또······

"됐으니까 캠프 Q 얘기로 넘어가자." 잠시 후 나는 모든 사정을 알게 되었다.

바버라 버크는 로보다 두 살이 많은, 금발에 체격이 좋은 소녀였고 수영 실력이 캠프장 안에서는 단연 으뜸이었는데, 아주 특별한 카누를 가져와서 종종 로와 함께 타고 놀았다. "왜냐하면 개 말고 '버드나무 섬'까지 건너갈 수 있는 애는 나뿐이었거든요"(수영 시합을 했던 모양이다). 바버라와 로는 7월 내내 아침마다—기억해주십시오, 독자 여러분, 즐거운 아침마다 그랬답니다—오닉스 또는 에릭스*로(둘 다 숲속에 있는 작은 호수였다) 배를 가져갔다. 캠프장 여자 원장의 아들 찰리 홈스도 한몫 거들었는데, 나이는 열세 살이고 반경 2마일 안에서 유일한 인간 수컷이었다(소리를 전혀 듣지 못하는 늙고 힘없는 잡역부도 있고, 흔히 그렇듯이 이따금 낡은 포드를 타고 다니며 야영객들에게 계란을 파는 농부도 있지만 그들은 예외로 쳤다). 세 아이는 아침마다—아, 독자 여러분!—새들의 노랫소리와 이슬방울과 젊음의 온갖 상징이 넘쳐나는 아름답고 청정한 숲속의 지름길을 지나갔는데, 수풀이 유난히 울창한 곳에 이르면 로는 남아서 망을 보고 바버라와 남자아이는

* 가공의 지명. 오닉스는 광물 '줄마노', 에릭스는 그리스신화 속 아프로디테 여신의 아들 이름이다.

덤불 속에 숨어서 성교를 했다.

처음에 로는 '어떤 느낌인지 한번 해보라'는 권유를 거절했지만 결국 호기심과 동료의식에 넘어가버렸다. 머지않아 그녀와 바버라는 번갈아가며 찰리와 그 짓을 하게 되었다. 그는 비록 과묵하고 촌스럽고 무뚝뚝하지만 지칠 줄 모르는 정력을 가졌고, 성적 매력이라고 해봤자 날당근 정도의 수준에 불과했지만 그 부근에 있는 세번째 호수에서―급성장하는 신흥 공업도시의 이름을 따서 클라이맥스 호수라고 불리는 곳인데 규모도 훨씬 더 크고 사람도 많이 모여들었다―건져낸 각양각색의 피임구는 매력적인 자랑거리였다. 롤리타는 그 짓이 "그럭저럭 재미있다" "피부가 고와진다"고 하면서도 찰리의 지적 수준과 언행에 대해서는 몹시 경멸하는 태도를 보여 나를 기쁘게 했다. 게다가 그녀는 이 지저분한 사내 녀석을 보고 성적 흥분을 느낄 만한 성격도 아니었다. 내가 보기에는 '재미'에도 불구하고 오히려 흥분을 완전히 가라앉게 만드는 상대였던 것 같다.

이야기가 끝났을 때는 어느새 10시가 가까웠다. 욕망이 썰물처럼 빠져나가면서 암담한 두려움이 밀려들고, 신경통이 도질 듯 잔뜩 찌푸린 날씨 탓인지 현실의 따분함까지 가세하는 바람에 관자놀이 부근이 지끈거렸다. 로는 연약한 갈색 알몸을 드러내고, 폭이 좁은 새하얀 엉덩이를 내 쪽으로 향한 채, 양손을 허리춤에 얹고 (발등 부분을 고양이 털가죽으로 만든 새 슬리퍼를 신은) 두 발은 넓게 벌린 자세로 우두커니 서서, 뾰로통한 얼굴로 문짝에 붙은 거울을 바라보면서, 늘어뜨린 앞머리 사이로, 거울 속의 자신에게 온갖 진부한 표정을 지어 보였다. 복도에서 흑인 여종업원들이 일하며 주고받는 말소리가 들리더니 잠시 후 누군가 우리 방문을 살며시 열어보려고 했다. 나는 로에게 욕실에 들어가 (꼭 필요한 일이라며) 비누칠해서 샤워를 하라고 시켰다. 침대는 엉망진창인데다 감자칩 부스러기가 즐비했다. 그녀가 짙은 감색 양모 투피스를 입어보더니 민소매 블라우스와 치렁치렁한 그물무늬 스커트로 갈아입었다. 처음에 입은 옷은 너무 꼭 끼고 두번째 옷은 너무 헐렁했다. 내가 좀 서두르라고 말했더니(상황에 대한 두려움이 점점 더 커졌기 때문이다) 로는 내가 준 예쁜 선물들을 한구석에 냅다 내동댕이치고 어제 입었던 옷을 다시 입었다. 마침내 그녀가 준비를 마쳤을 때 나는 인조 송아지가죽으로 만든 앙증맞은 새 지갑을 건네면서 (그 속에 꽤 많은 1센트짜리 동전과 함께 새것처럼 반짝거리는 10센트짜리 동전 두 개를 넣어두었다) 로비에 내려가서 잡지라도 사라고 말했다.

"나도 금방 내려갈게. 그런데 낯선 사람들하고는 얘기하지 않는 게 좋겠다."

버림받은 내 가엾은 선물들 말고는 챙길 것도 별로 없었다. 그러나 침대를 정돈하느라 위험할 정도로(그녀가 혹시 아래층에서 무슨 짓을 벌이지나 않을까?) 많은 시간을 소모할 수밖에 없었다. 어느 전과자가 늙고 뚱뚱한 창녀 두 명을 데리고 질탕한 축제를 벌인 듯한 자리가 아니라 잠 못 이루는 아빠와 말괄량이 딸내미가 하룻밤을 보낸 보금자리처럼 꾸며야 했다. 이윽고 나도 옷을 입고 백발의 벨보이를 불러 우리 짐을 내려다달라고 했다.

그새 별일은 없었다. 그녀는 로비에 놓인 푹신푹신한 핏빛 안락의자에 깊숙이 몸을 파묻은 채 선정적인 영화 잡지에 푹 빠져 있었다. 트위드 양복을 입은 내 연배의 남자 하나가(호텔은 하룻밤 사이에 분위기가 싹 달라져 마치 시골 유지들의 안식처 같은 분위기였다) 불 꺼진 시가를 입에 물고 날짜 지난 신문 너머로 나의 롤리타를 물끄러미 바라보았다. 그녀는 여학생답게 흰색 양말과 새들 옥스퍼드를 신고 목선을 네모꼴로 처리한 화사한 날염 원피스를 입었다. 따뜻한 갈색 팔다리에 돋은 황금빛 솜털이 침침한 전등 불빛을 받아 더욱더 밝게 빛났다. 조심성 없게 한쪽 다리를 높이 들어 반대쪽 다리에 걸친 자세로 비스듬히 앉아서 밝은 빛깔의 두 눈을 이따금 깜박거리며 기사를 훑어보느라 여념이 없었다. '빌의 아내는 두 사람이 만나기 훨씬 전부터 먼발치에서 빌을 흠모했다고 한다. 사실 그녀는 이 유명한 젊은 배우가 슈워브 드러그스토어[56]에서 아이스크림선디를 먹을 때 남몰래 훔쳐보곤 했다.' 롤리타의 들창코, 주근깨 가득한 얼굴, 마치 옛날이야기 속의 흡혈귀가 피를 빤 흔적인 듯 드러난 목에 찍힌 불그스름한 얼룩, 그리고 부어오른 입술 언저리에 가벼운 발진이 생겨 장밋빛으로 물든 부분을 혀끝으로 더듬는 무의식적인 행동 등이 그야말로 한없이 어려 보였다. 자기 옷을 스스로 만들어 입고 순수문학을 공부한다는 활동적인 신인 여배우 질에 대한 기사를 읽는 것은 그야말로 아무에게도 피해를 주지 않는 일이다. 반질반질한 갈색머리가 비단결처럼 반짝이는 관자놀이 부분은 그야말로 순수하기 그지없었다. 게다가 그야말로 천진난만한…… 그런데 누군지는 모르지만 저 음탕한 놈이—다시 생각해보니 스위스에 사는 귀스타브 아저씨를 조금 닮았는데, 그 역시 열렬한 누드 애호가였다—만약 내 몸에 아직도 그녀의 육체가, 소녀의 모습으로 둔갑한 불멸의 마동의 육체가 닿았던 감촉이 구석구석 빠짐없이 남아 있음을 안다면 틀림없이 지독한 질투심에 사로잡혀 치를 떨었으리라.

분홍 돼지 스운 씨에게 물었다. 정말 제 아내가 연락하지 않았습니까? 그렇습니다. 혹시 연락이 오면 우리가 클레어 숙모님 댁으로 갔다고 전해주시겠어요? 예, 물론입죠. 나는 숙박비를 정산하고 나서 로에게 의자에서 일어나라고 했다. 그녀는 차가 있는 곳으로 가는 동안에도 잡지를 읽었다. 차를 타고 남쪽으로 몇 블록 떨어진 이른바 커피숍으로 가는 동안에도 계속 읽었다. 아, 물론 음식은 열심히 먹었다. 그렇게 먹는 동안에는 잡지를 옆으로 밀어두기도 했다. 그러나 평소의 명랑한 모습은 온데간데없고 야릇하게 시무룩한 분위기였다. 어린 로가 몹시 버릇없이 행동할 때도 있음을 잘 아는 나는 미리 마음의 준비를 하고 웃는 낯을 보이면서 한바탕 소동이 벌어지기를 기다렸다. 나는 아직 목욕도 못하고 면도도 못하고 배변도 못한 상태였다. 신경이 곤두섰다. 내가 가벼운 잡담이라도 나눠보려 했을 때 어린 연인이 관심 없다는 듯 어깻짓을 하며 콧구멍을 벌름거리는 모습도 마음에 안 들었다. 필리스가 메인 주에 계신 부모님한테 돌아가기 전에 네 비밀을 알고 있었니? 웃으면서 물어보았지만 로는 울상을 지으며 이렇게 말했다. "저기요, 그 얘기는 그만하죠." 그다음에는 도로 지도를 가지고 관심을 끌어보려 했지만 아무리 입술에 침을 발라가며 이야기해도 역시나 실패였다. 여기서 참을성 많은 독자들에게—로도 여러분의 온순한 성격을 좀 본받으면 좋으련만—상기시키고 싶은데, 우리의 목적지는 가공의 병원 근처에 있는 활기찬 소도시 레핑빌이었다. 이 목적지 자체도 아무렇게나 골라잡은 곳이었는데(안타깝지만 앞으로도 그런 일이 많을 터였다), 이 같은 계획이 계속 그럴싸하게 보이도록 하려면 어떤 수작을 부려야 할까, 레핑빌에서 상영하는 영화를 모두 보고 나면 또 어떤 그럴싸한 흥밋거리를 찾아내야 할까, 그런 고민을 하자니 온몸이 부들부들 떨릴 정도였다. 험버트는 점점 더 불안해졌다. 이 기분은 아주 특이했다. 마치 방금 내가 죽인 누군가의 작은 유령과 함께 앉아 있는 듯 답답하고 섬뜩한 압박감이었다.

다시 차를 탈 때 로의 얼굴에 문득 고통스러운 표정이 스쳐갔다. 그 표정은 그녀가 내 옆자리에 앉는 순간 더욱더 분명하게 다시 떠올랐다. 두번째는 나에게 보여주려고 일부러 재현하는 기색이 역력했다. 어리석게도 왜 그러냐고 물어보았다. "아무것도 아니에요, 짐승 같은 아저씨." "뭐 같다고?" 그녀는 대꾸하지 않았다. 브라이슬랜드를 벗어났다. 수다스럽던 로가 침묵만 지켰다. 싸늘한 공포가 거미처럼 슬금슬금 등줄기를 타고 내려갔다. 이 아이는 이제 천애고아다. 혈혈단신 외톨이다. 그런데 바로 그날 아침, 육중한 몸집에 퀴퀴한 냄새를 풍기는 어른이 이 외로운 아이와 세 번이나 격렬한 성교를 해버렸다. 평생소원이 드디어 이루어졌는데, 기대했던 것보다 더 좋았든 나빴든 간에 어떤 의미에서는 화살이 과녁을 넘어가서 악몽에 꽂히고 말았다. 나는 경솔하고 어리석고 비열했다. 하지만 아주 솔직하게 고백하자면, 그 캄캄한 혼돈의 밑바닥에서 다시 꿈틀거리기 시작하는 욕망을 느꼈다. 이 가련한 님펫을 향한 나의 욕망은 그토록 모질었다. 지독한 죄책감, 그리고 지금이라도 마음 편하게 차를 세울 수 있는 호젓한 시골길을 만나면 다시 정사를 나누고 싶은데 그녀의 기분 때문에 못할지도 모른다는 걱정, 그 두 가지 감정이 뒤죽박죽 갈마들었다. 다시 말해서 가엾은 험버트 험버트는 몹시 비참한 상태였다. 무료한 가운데 꾸준히 레핑빌을 향해 달려가면서도 농담의 빛나는 날개를 빌려 동승자의 기분을 풀어주려고 열심히 머리를 쥐어짰다. 그런데 로가 먼저 침묵을 깨뜨렸다.

"어, 다람쥐가 깔려 죽었네. 불쌍해라."

"그렇지?" (희망을 품고 얼른 맞장단을 치는 힘.)

"다음 주유소에 세워줘요." 로가 말을 이었다. "화장실 가고 싶어요."

"네가 세워달라고 하면 어디든지 세워줄게." 이윽고 아름답고 고즈넉하고 위풍당당한 숲속으로 접어들어(참나무 종류라고 생각했지만 그 당시에는 미국 나무를 잘 몰랐다) 녹색의 메아리가 질주하는 우리 차의 소음을 되울리기 시작하더니 곧 양치류가 우거진—방향을 틀어 삼림지대로 내려가는—붉은 길이 오른쪽에 나타났을 때 내가 말문을 열었다. 우리 저기서……

"그냥 가요!" 로가 빽 소리쳤다.

"알았어. 흥분하지 마." (진정해라, 불쌍한 짐승아, 진정해.)

나는 그녀를 곁눈질했다. 다행히 미소 띤 얼굴이었다.

"바보." 그녀가 달콤한 미소를 던지면서 말했다. "정말 미워죽겠어. 풋풋한 소녀한테 무슨 짓을 했는지 생각해봐요. 경찰에 연락해서 나를 강간했다고 고발해버릴까봐. 아, 정말 징글징글한 변태 아저씨."

그냥 농담이었을까? 실없는 말 속에 어쩐지 불길하게 신경질적인 기미가 감돌았다. 잠시 후 그녀가 입술 사이로 물 끓는 소리를 내더니, 너무 아프다, 앉아 있기 힘들다, 나 때문에 몸속 어디가 찢어진 모양이다, 그렇게 불평을 늘어놓기 시작했다. 내 목덜미에 땀방울이 흘러내렸고, 하마터면 꼬리를 빳빳이 세우고 길을 건너가던 작은 동물을 치어버릴 뻔했다. 화가 난 아이는 다시 나를 헐뜯었다. 이윽고 주유소에 차를 세우자 그녀는 한마디 말도 없이 내리더니 한참 동안 돌아오지 않았다. 코뼈가 부러진 늙수그레한 친구가 내 차 앞유리를 느릿느릿 정성껏 닦아주었는데, 주유소마다 방식이 달라서 섀미 가죽이나 비눗물에 적신 솔을 쓰기도 하지만 이 남자는 분홍색 스펀지를 사용했다.

마침내 그녀가 나타났다. "저기요." 나에게 큰 아픔을 주는 무덤덤한 목소리였다. "잔돈 몇 개만 줘요. 병원에 있는 엄마한테 전화 좀 할래. 번호가 몇 번이에요?"

"그냥 타." 내가 말했다. "그 병원에 전화하면 안 돼."

"왜?"

"어서 들어와서 문 닫아."

그녀가 들어와서 문을 닫았다. 늙수그레한 주유소 직원이 그녀를 바라보며 활짝 웃었다. 나는 차를 휙 돌려 고속도로로 나갔다.

"엄마한테 전화하겠다는데, 왜 안 돼요?"

나는 대답했다. "왜냐하면 엄마는 돌아가셨으니까."

33

활기찬 소도시 레핑빌에서 나는 그녀에게 만화책 네 권, 사탕 한 상자, 생리대 한 상자, 콜라 두 병, 매니큐어 세트, 야광 문자판을 장착한 여행용 탁상시계, 진짜 토파즈가 박힌 반지, 테니스 라켓, 흰색 롱부츠가 달린 롤러스케이트, 쌍안경, 휴대용 라디오, 껌 한 통, 투명한 비옷, 선글라스, 그리고 옷도 몇 벌 더—아찔한 상의,[57] 반바지, 각양각색의

여름 원피스 등등—사주었다. 호텔에서 우리는 각방을 썼지만 한밤중
에 그녀가 흐느끼며 내 방으로 찾아왔고 우리는 아주 다정하게 화해했
다. 아시다시피 그녀에게는 이제 나 말고는 아무도 없었다.

제2부

1

그때부터 미국 전역을 누비는 대장정이 시작되었다. 나는 다른 숙박 시설보다 기능형 모텔을 선호하게 되었다. 청결하고 말끔하고 안전한 은신처라서 수면, 말다툼, 화해, 지칠 줄 모르는 금단의 사랑에 이상적 인 장소였기 때문이다. 처음에는 의심을 받을까 두려워 비싼 요금을 감 수하고 서로 연결된 두 개의 방에 각각 더블베드가 하나씩 있는 객실 을 골랐다. 이런 4인용 객실은 도대체 어떤 부류를 위해 마련했는지 궁 금했다. 객실 하나를 둘로 나누어 서로 오갈 수 있는 사랑의 보금자리 로 만들었지만 칸막이가 워낙 부실해서 프라이버시라고 해봤자 눈 가 리고 아옹 하는 수준이었다. 이렇게 노골적으로 음란성을 부추기는(예 컨대 젊은 남녀 두 쌍이 상대를 바꿔가며 즐기거나 아이가 자는 체하 면서 원초적인 소리를 엿들을 수 있는) 환경에 힘입어 나는 점점 대담해졌고, 그래서 이따금 침대 하나와 간이침대가 있는 방이나 트윈베드 룸에 묵기도 했다. 낙원의 감방이랄까, 노란 커튼을 쳐놓기만 하면 비 내리는 펜실베이니아에서도 햇빛 찬란한 베네치아의 아침이라는 환상 을 품을 수 있었다.

우리는 샤토브리앙[1]풍의 거대한 나무 밑에 자리를 잡은 석조 산장, 벽돌 건물, 흙벽돌 건물, 회반죽을 바른 모텔 따위를 알게 되었는데— 플로베르의 말투를 빌리자면, 우리는 겪었노라[2]—자동차협회의 여행 안내서는 '그늘진 땅' '널찍한 땅' '조경造景한 땅' 등으로 그 입지를 설 명했다. 로는 옹이가 많은 소나무로 마감한 통나무집의 황갈색 광택을 보고 프라이드치킨의 뼈를 연상하기도 했다. 우리는 흰색 널빤지로 지 은 이른바 '캐빈'을 경멸했다. 그런 곳은 희미한 하수구 냄새가 나거나 왠지 사람을 꺼리는 듯 음침한 악취를 풍겼는데, 내세울 만한 것은 ('안 락한 침대' 말고는) 아무것도 없고, 전혀 웃지 않는 주인여자는 선물을 주겠다고 말하면서도("……제가 드릴 수 있는 방은……") 이미 거절당 할 각오를 하고 있었다.

우리는 겪었노라—이것 참 재미있다—제 딴에는 손님을 유혹한답 시고 흔해빠진 이름을 내거는 경우도 많았다. 이를테면 선셋 모텔, 유 빔 산장, 힐크레스트 코트, 파인뷰 코트, 마운틴뷰 코트, 스카이라인 코 트, 파크플라자 코트, 그린 에이커스, 맥스 코트 따위가 여기저기 수두 룩했다. 때로는 설명문에 특별한 문구를 넣기도 했다. 이를테면 '어린 이 환영, 애완동물 허용'(너도 환영이란다, 롤리타, 너도 허용한단다). 욕실은 타일을 깐 샤워실이 대부분이었다. 샤워기의 형태는 한없이 다 양했지만 라오디게아인*에게서는 결코 볼 수 없는 한 가지 공통점이 있었는데, 사용중에 별안간 무시무시하게 뜨겁거나 짜릿짜릿하게 차가운 물을 왈칵 쏟아내는 것이었다. 아무리 조심스럽게 수온을 맞춰놓아도 옆방 투숙객이 찬물을 트느냐 온수를 트느냐에 따라 당장 그쪽으로 물을 빼앗겨 온도가 확 달라져버리기 때문이다. 어떤 모텔은 변기 위에 주의사항을 붙여놓았는데(물탱크 위에 타월을 쌓아두기도 해서 비위생적이었다), 손님들에게 쓰레기, 맥주 깡통, 종이 상자, 사산한 아기 등을 변기에 버리지 말라는 내용이었다. 또 어떤 모텔은 유리판 밑에 특별 안내문을 깔아놓았다. 가령 '추천 활동' 같은 것도 있었다(승마: 달빛을 받으며 낭만적인 야간 승마를 즐기다가 중심가를 따라 돌아오는 분들을 흔히 볼 수 있습니다. 그러나 로는 낭만주의와는 거리가 멀어서 "새벽 세시에 자주 보는 거 아냐?" 하고 비웃었다).

우리는 겪었노라—모텔 경영자도 각양각색이었다. 남자 중에는 개과천선한 범죄자, 퇴직 교사, 실패한 사업가 등이 있고, 여자 중에는 모성애형, 요조숙녀 모방형, 뚜쟁이형 따위가 있었다. 때로는 무지막지하게 무더운 밤에 열차가 지나가면서 길게 울부짖었는데, 필사적으로 내지르는 듯 비통하고 불길한 절규 속에 힘과 히스테리가 한데 어우러져 애절하기 그지없었다.

민박은 피했는데, 그런 곳은 시골 장례식장처럼 구닥다리인 주제에 고상한 척한다. 게다가 샤워기도 없고, 온통 흰색과 분홍색 천지라 울적하기 그지없는 방에 화려한 화장대를 들여놓고 주인여자가 아이들 성장 과정이 담긴 사진을 주렁주렁 걸어둔다. '진짜' 호텔을 좋아하는

---

* 「요한계시록」, 3:14~22. 예수가 라오디게아인을 가리켜 "미지근하여 뜨겁지도 차갑지도 않다"고 말한 부분에서 유래한 표현.

로의 취향도 이따금 존중해주었다. 내가 은은한 저녁놀에 물든 신비로운 샛길의 적막 속에 차를 세우고 그녀를 애무하는 동안 로는 여행 안내서에서 높은 평가를 받은 호반의 호텔을 골랐다. 그녀가 손전등 불빛을 비출 때마다 온갖 장점이 돋보였지만—예컨대 즐거운 만남, 간식 제공, 야외 바비큐 등—내 마음속에 떠오르는 장면은 불쾌하기 짝이 없었다. 운동복을 입고 악취를 풀풀 풍기는 고등학교 남학생들이 숯불처럼 새빨갛게 달아오른 뺨을 그녀의 뺨에 비벼대는 동안 가엾은 험버트 박사는 축축한 잔디밭에 주저앉아 치질을 달래면서 고작 자신의 울퉁불퉁한 무릎이나 끌어안고 시간을 보내게 되지 않을까. 그녀는 이른바 '우아한 분위기'와 넓은 전망창은 물론이고 '맛있는 음식도 무제한 제공'한다고 약속하는 '식민지 양식'의 숙박시설도 대단히 좋아했다. 반면에 아버지의 궁전 같은 호텔에 대한 기억을 소중히 간직한 나는 우리가 여행중인 이 괴상한 나라에도 혹시 비슷한 호텔이 있는지 찾아보았다. 그러나 금방 실망하고 말았다. 로는 기름진 음식 냄새를 풍기는 광고만 졸졸 따라다녔고, 나는 길가에서 팀버 호텔, 14세 이하 어린이는 무료 같은 광고판을 볼 때마다 마음이 솔깃했다(단순히 경제적 이유 때문만은 아니었다). 반면에 중서부 어느 주의 이른바 '고급' 리조트는 생각만 해도 치가 떨리는데, '냉장고를 거덜내자'라는 문구로 야식 서비스를 홍보하던 이 리조트에서는 내 영어 억양이 이상했는지 죽은 아내와 어머니의 결혼 전 성까지 꼬치꼬치 캐물었다. 겨우 이틀 묵었는데 요금은 자그마치 124달러! 그리고 너는 기억하느냐, 미란다,* 모닝

---

* 영국 시인 힐레어 벨록의 시 「타란텔라」의 도입부. 원문은 "너는 그 여관을 기억하느냐, 미란다."

커피와 얼음물을 무료로 제공하지만 16세 이하 어린이는 (물론 롤리타도) 출입을 금지한다고 했던 그 '초특급' 도둑놈 소굴을?

우리는 비교적 평범한 모텔을 주로 이용했는데, 롤리타는 방에 들어가자마자 선풍기를 윙윙 틀어놓기도 하고, 유료 라디오에 25센트를 넣어달라고 조르기도 하고, 안내문을 샅샅이 읽어보고 나서 거기에 적힌 대로 말을 타고 산길을 오르거나 가까운 노천 온천에서 수영을 하면 안 되느냐고 징징거리기도 했다. 걸핏하면 따분하다는 듯이 축 늘어지는 버릇이 생긴 로는 빨간 스프링 의자, 기다란 초록색 의자, 발판과 차양이 달린 줄무늬 캔버스 접의자, 슬링 체어, 안뜰 파라솔 아래 놓인 야외용 의자 따위에 맥없이 널브러지기 일쑤였다. 그 모습이 지독히 선정적이었지만 그녀는 단둘뿐인 5달러짜리 방에서 나에게 약간의 즐거움을 주는 일보다 다른 활동에 더 관심이 많았다. 방을 나서기 전 불과 몇 초 동안이라도 그녀의 갈색 팔다리를 빌리려면 장장 몇 시간에 걸쳐 어르고 달래고 윽박질러야 했다.

천진함과 기만, 매력과 천박함, 어둡고 시무룩한 표정과 밝고 명랑한 표정을 모두 갖춘 롤리타는 한번 심술을 부리기 시작하면 정말 울화통이 터질 만큼 밉살스러운 계집애였다. 때로는 따분해하고, 때로는 격렬하게 불평불만을 늘어놓고, 때로는 시무룩하고 흐리멍덩한 표정으로 널브러지고, 때로는 그냥 건들거리기도 하는데―자기 딴에는 건달처럼 거칠게 행동한다고 생각하는 모양이지만 내가 보기에는 그저 바보 흉내에 불과했다―변덕이 하도 죽 끓듯 해서 도저히 감당할 길이 없었다. 정신적인 면에서는 역겨울 정도로 평범한 계집애였다. 들척지근한 핫재즈, 스퀘어댄스, 끈적끈적한 초콜릿 시럽을 뿌린 아이스크림선디, 뮤지컬, 영화 잡지 등 누구나 짐작할 만한 것들만 좋아했다. 끼니때마다 휘황찬란한 주크박스에 갖다 바친 동전이 얼마던가! 그녀에게 연가를 불러주던 투명인간들의 콧소리 섞인 목소리가 아직도 귓가에 쟁쟁하다. 새미, 조, 에디, 토니, 페기, 가이, 패티, 렉스[3] 등 이름은 제각각이었지만 그들의 감상적인 히트곡은 내가 듣기에는 모두 비슷비슷했다. 로가 좋아하는 각양각색의 사탕이 내 입맛에는 모두 비슷비슷하듯이 말이다. 그녀는 『무비러브』나 『스크린랜드』에 실린 광고와 조언을 하늘의 계시처럼 신봉했다. '스타라실 연고로 여드름을 박멸합시다.' '셔츠 자락을 청바지 밖으로 꺼내지 마세요. 질도 그러지 말랬어요.' 길가에 우리 선물가게를 찾아주세요라는 광고판이 있으면 우리는 반드시 그 집을 찾아가야 했고 인디언 골동품, 인형, 구리 장신구, 선인장 사탕 따위를 반드시 사야 했다. '토산품과 기념품'이라는 문구의 강약 장단이 그녀를 완전히 사로잡았다. '얼음처럼 시원한 음료수'라고 적힌 카페 간판을 볼 때마다 그녀는 반사적으로 흥분했다. 어느 집에 가도 음료수는 모두 얼음처럼 시원했는데 말이다. 모든 광고가 그녀를 겨냥해 만들어진 것 같았다. 그녀야말로 이상적인 소비자였고 온갖 시시껄렁한 광고지의 주제였고 표적이었다. 그리고—비록 실패했지만—예쁜 종이 냅킨과 코티지치즈를 얹은 샐러드에 헝컨 다인스Huncan Dines*의 성령이 깃든 식당만 들어가려 했다.

그로부터 얼마 후에는 매번 돈으로 그녀를 매수하는 방식으로 굳어지는 바람에 내 감정도 그녀의 도덕관념도 크나큰 상처를 입었다. 그러

---

* 여행 안내서의 저자로 당시 선풍적인 인기를 끈 덩컨 하인스(Duncan Hines)의 머리글자를 바꾸어 쓴 두음전환의 언어유희.

나 우리가 그런 방식을 생각해내기 전에는 어린 애첩을 복종시키고 그 럭저럭 얌전하게 만들기 위해 주로 세 가지 수단을 사용했다. 몇 년 전 비가 많이 내리던 여름, 그녀는 침침한 눈으로 감시하는 미스 팔렌과 함께 애팔래치아 산맥의 어느 황폐한 농가에 머물렀다. 먼 옛날 헤이즈 일가붙이인지 뭔지 아무튼 괴팍한 인물이 살던 집이라는데, 꽃이 피지 않는 숲 언저리에 미역취가 우거진 황량한 들판이 몇 에이커나 펼쳐지 고 일 년 내내 질퍽거리는 진창길 끄트머리에 그 집이 있었다. 제일 가 까운 마을도 20마일 거리였다. 로는 허수아비처럼 엉성한 그 집, 그곳 의 쓸쓸함, 축축하고 오래된 풀밭, 바람, 드넓은 황무지 따위를 떠올릴 때마다 입술을 일그러뜨리고 부풀린 혓바닥을 반쯤 내밀면서 극심한 혐오감을 드러냈다. 그래서 나는 그녀에게 '지금 같은 태도'를 고치지 않으면 나와 함께 그곳에 틀어박혀 프랑스어와 라틴어를 배우면서 몇 달이든 몇 년이든 단둘이 살게 될 줄 알라고 경고했다. 샬럿, 당신 심정 을 이제야 알 것 같구려!

그녀가 회오리바람처럼 짜증을 부릴 때마다 나는 당장 그 음침하고 쓸쓸한 집으로 달려갈 듯이 고속도로 한복판에서 차를 돌렸고, 어린애 에 불과한 로는 그때마다 기겁을 하여 "싫어!" 하고 소리치면서 운전대 를 잡은 내 손을 미친 듯이 붙잡았다. 그러나 우리가 서쪽으로 달려갈 수록 그 집은 점점 더 멀어지고 협박의 효력도 줄어들어 결국 다른 방 법을 찾아볼 수밖에 없었다.

그중에서도 감화원에 보내겠다고 위협한 일은 지금 돌이켜봐도 부 끄럽기 짝이 없다. 우리가 함께 다니기 시작할 때부터 현명한 이 몸은 그녀의 완벽한 협조를 얻어야만 우리 관계를 비밀로 유지할 수 있음을 알았다. 그녀가 나에게 어떤 불만을 품든 간에, 달리 어떤 일을 즐기든 간에, 그 비밀만은 철저히 지키는 것을 제2의 천성으로 만들어놔야 했다.

나는 이렇게 말했다. "시큰둥한 표정은 집어치우고 이리 와서 아빠한테 뽀뽀나 해라. 네가 나를 꿈속의 꽃미남으로 여기던 시절에는 (내가 로와 같은 말투를 쓰려고 얼마나 노력했는지 독자들도 충분히 짐작하리라) 너도 네 동년배 아이들처럼 (이때 로는, "무슨 아이들? 좀 알아듣게 얘기하세요.") 인기절정의 가수 노래를 들을 때마다 가슴이 설레고 황홀했잖니. 그때는 네 친구들이 우상처럼 섬기는 그 가수의 목소리가 험버트 아저씨 목소리를 닮았다고 생각했으니까. 그런데 지금은 나를 평범한 꼰대로 여기는구나. 꿈속의 딸을 돌보는 꿈속의 아빠가 돼버렸어.

사랑하는 돌로레스! 나는 너를 지켜주고 싶단다. 어린 여자애들은 석탄 창고나 뒷골목에서, 그리고 너도 잘 알다시피 화창한 여름날 블루베리 숲에서도 온갖 끔찍한 일을 당할 수 있으니까. 어떤 어려움이 닥쳐도 나는 언제나 너를 지켜줄 거야. 네가 착하게 굴면 머지않아 법적인 보호자 자격도 받아낼 생각이다. 그렇지만 돌로레스 헤이즈, '음란하고 호색적인 동거 관계' 같은 말을 합리적이라고 인정해주는 이른바 법률 용어 따위는 잊어버리자. 나는 어린애한테 못된 짓을 하는 성범죄자도 아니고 정신병자도 아니야. 강간범 the rapist은 찰리 홈스 같은 놈이고, 나는 치료사 therapist란다. 띄어쓰기만 다르지만 크나큰 차이가 있지. 나는 네 아빠다, 로. 어린 소녀들에 대한 이 학술서를 읽어봐라. 여기 뭐라고 썼는지 보라고. 내가 읽어볼까. 정상적인 아이는—잘 들어, 정상적인 아이란다―정상적인 아이는 아버지를 기쁘게 하려고 안간힘을 쓰기 마련이다. 아버지에게서 막연한 이상형의 남자를 느낀다('막연한'이라는 표현이 좋구나. 폴로니어스* 못지않네!). 그러므로 현명한 어머니라면(가엾은 네 엄마도 아직 살아 있었다면 현명하게 처신했겠지) 아버지와 딸의 친밀한 관계를 장려하기 마련인데, 이는―문체가 좀 고리타분해서 아쉽구나―딸이 아버지와 교류하는 과정에서 이상적인 연애상과 남성상을 형성해간다는 사실을 알기 때문이다. 그런데 이 유쾌한 책에서 교류라는 말은 무슨 뜻일까? 다시 읽어볼까. 시칠리아인들은 아버지와 딸의 성관계를 당연시하며, 그런 관계를 맺은 여자가 공동체 안에서 비난을 받는 일은 없다. 나는 시칠리아 사람들을 아주 좋아한단다. 운동도 잘하고, 음악도 잘하고, 심지도 곧고, 게다가로, 정말 멋진 사랑을 할 줄 아는 사람들이거든. 얘기가 옆길로 빠졌구나. 아무튼 며칠 전에 우리가 본 신문에 어느 중년 패륜범에 대한 기사가 있었지. 맨 법**을 위반하고 부도덕한 목적으로(이 말이 무슨 뜻이든 간에) 아홉 살 먹은 여자애를 데리고 주_州경계선을 넘은 죄를 인정했다는 시시한 기사 말이야. 사랑스러운 돌로레스! 너는 아홉 살이 아니라 거의 열세 살인데, 혹시라도 네가 내 노예가 돼서 전국 방방곡곡 끌려다니는 신세라고 생각하는 일은 없기 바란다. 맨 법이라는 명칭부터 재미없는 말장난 같아서 마음에 안 들지만 이거야말로 지퍼를 단단히 걸

---

* 셰익스피어의 『햄릿』에 등장하는 인물. 오필리아의 아버지로, 딸에게 남자의 기만성을 경계하라고 충고한다.
** 매춘 등의 목적으로 여성을 입국시키거나 다른 주 또는 국외로 이송하는 행위를 금지한 법률.

어잠근 속물들에게 의미론의 신들이 내리는 앙갚음이 아닐까.* 나는 네 아빠야. 그리고 알아듣게 얘기하겠는데, 너를 사랑한단다.

마지막으로, 만약에 미성년자인 네가 고상한 모텔에서 어른의 윤리 의식을 흔들어놨다고 고발당한다면 어떤 일이 벌어질지 생각해보자. 그때 네가 경찰한테 내가 너를 유괴하고 강간했다고 주장하면 어떻게 될까? 일단 경찰이 네 말을 믿는다고 치자. 스물한 살 이상인 남자가 미성년자인 여자와 육체관계를 맺었다면 범행 수법에 따라 법률상의 강간죄나 2급 변태죄에 해당하고 형량은 최고 10년형이지. 그럼 나는 감옥으로 가는 거야. 그래, 가지 뭐. 그런데 고아인 너는 어떻게 될까? 나보다야 운이 좋은 편이지. 공공복지부의 보호를 받을 테니까. 물론 전망이 좀 어둡긴 해. 미스 팔렌처럼 근엄하면서도 훨씬 더 완고하고 술도 안 마시는 아줌마가 네 립스틱이랑 예쁜 옷들을 압수하겠지. 마음 대로 나다닐 수도 없고! 힘없는 아이들, 버림받은 아이들, 말썽꾸러기나 비행청소년들에 대한 법률이 어떤지 너도 들어봤는지 모르겠구나. 내가 철창 속에서 썩는 동안 너는, 보호자도 없는 너는 결국 몇 군데 중에서 선택을 하게 될 텐데, 사실은 모두 비슷비슷한 곳이지. 소년원, 감화원, 청소년 보호소, 아니면 훌륭한 고아원 같은 데서 뜨개질도 하고 찬송가도 부르고 일요일엔 쉰내 나는 팬케이크도 먹겠지. 너는 그런 곳으로 가게 될 거야, 롤리타―나의 롤리타가, 이 롤리타가 카툴루스 곁을 떠나면 그런 데로 가는 거지. 너처럼 버릇없는 아이는 어쩔 수 없으니까. 더 쉽게 말하자면, 만약 우리 사이가 들통난다면 너는 이런저런

---

* '맨 법(Mann Act)'이라는 명칭에서 'man act'를 연상했기 때문인데, 이 말은 '인간이 정한 법률' '인간의 성교' 등 여러 의미로 해석할 수 있다.

검사를 받고 나서 공공시설에 수용될 거야. 귀염둥이야, 그게 결말이란다. 네가, 나의 롤리타가(이리 오너라, 갈색 꽃봉오리야) 다른 얼간이 서른아홉 명과 함께 지저분한 기숙사에서(아니, 더 들어봐) 무서운 아줌마들의 감시를 받으며 살아야 한단 말이야. 현실이 그러니까 네가 갈 길은 그것뿐이지. 이런 상황이라면 아빠 곁에 있는 편이 낫지 않겠니, 돌로레스 헤이즈?"

그런 식으로 을러대서 결국 로에게 잔뜩 겁을 주는 데 성공했다. 꽤나 되바라지고 약삭빠른데다 가끔은 톡톡 튀는 재치를 발휘하는 아이였지만 지능지수에 비하면 썩 영리하지는 않았던 것이다. 이렇게 우리 사이의 비밀과 죄의식에 대한 공감대를 형성하는 데는 성공했지만 그녀를 명랑하게 만드는 일은 그리 쉽지 않았다. 꼬박 일 년에 걸쳐 여행을 하는 동안 나는 아침마다 그녀에게 어떤 기대감을 심어줘야 했다. 어떻게든 시공간의 특별한 지점을 간절히 기다리게 만들어야만 취침 시간까지 순조로운 하루를 보낼 수 있었다. 그러지 못하면 그녀는 목적 의식을 잃어버렸는데, 그런 날은 하루가 마치 피와 살을 빼앗긴 해골처럼 비실거리다가 무너져버리기 일쑤였다. 목표물은 무엇이든—버지니아의 등대, 찻집으로 개조한 아칸소의 천연동굴, 오클라호마 어딘가의 총기와 바이올린 컬렉션, 루이지애나의 루르드 석굴 복제물, 로키산맥 관광지의 지역 박물관이 소장한 황금광狂 시대의 꾀죄죄한 모습을 담은 사진 등등—상관없고, 다만 그것이 우리의 앞길에서 붙박이별처럼 빛나기만 하면 충분했다. 막상 도착하면 로는 구역질하는 흉내를 내기 일쑤였지만.

나는 미국 지도를 활용하여 우리가 '관광'을 다닌다는—즉 특별한 기쁨이 기다리는 명확한 목적지를 향해 달려간다는—인상을 그녀에게 심어주려고 몇 시간씩 최선의 노력을 기울였다. 지금 우리 앞에서 사방으로 뻗어나간 도로는 마치 어수선한 퀼트 이불 같은 48개 주를 이리저리 가로지르는데, 나는 일찍이 그토록 평탄하고 쾌적한 도로를 본 적이 없었다. 우리는 넋을 잃고 말을 잊은 채 검은색으로 은은히 빛나는 이 댄스플로어를 타고 미끄러지듯 달리면서 기나긴 고속도로를 탐욕스럽게 먹어치웠다. 로는 경치를 즐길 줄 모를 뿐만 아니라 내가 풍경 속에서 이런저런 매혹적인 부분을 보라고 할 때마다 오히려 몹시 짜증을 냈다. 사실은 나 자신도 분에 넘치는 이 여행길에서 주변에 끝없이 펼쳐진 섬세한 아름다움을 꽤 오랫동안 보고 나서야 비로소 이 풍경의 매력을 깨달았다. 이는 시각적 사고의 역설 때문인데, 북미 저지대의 평범한 전원 풍경을 처음 보았을 때는 어쩐지 낯이 익다는 사실을 깨닫고 기쁨과 놀라움을 동시에 느꼈다. 어린 시절 중부 유럽에서는 육아실 세면대 위에 미국에서 수입한 그림 유포油布를 걸어두는 일이 흔했고, 나 역시 취침 시간에 졸린 눈을 비벼가며 그림 속의 푸른 시골 풍경을 물끄러미 바라보곤 했기 때문이다. 어렴풋하고 구불구불한 나무들, 헛간, 소떼, 시냇물, 수종은 알 수 없으나 흐릿한 흰색으로 만발한 꽃을 표현한 과수원, 그리고 푸르스름한 구아슈 물감으로 묘사한 언덕과 돌담 등. 그러나 이렇게 단순한 그림의 소재였던 시골 풍경도 막상 현장에서 만나보니 알면 알수록 점점 더 신기해 보였다. 경작지 너머로, 장난감 같은 지붕 너머로, 아무도 손대지 않은 아름다운 경치가 천천히 펼쳐지는데, 나지막한 태양이 백금빛 아지랑이 속으로 가라앉고, 그 위에는 자줏빛을 띤 잿빛의 평면적인 구름이—위쪽 가장자리가 껍질 벗긴 복숭아처럼 따뜻한 색감으로 물든 채―저 멀리 요염하게 피어오르는 안개와 몸을 섞었다. 드문드문 늘어선 나무들이 지평선 위로 실루엣을 드러내기도 하고, 토끼풀이 가득한 황무지에 뜨거운 한낮의 적막이 내려앉기도 하고, 아득히 먼 곳에는 클로드 로랭이 그린 듯한 구름이 엷은 하늘색과 하나로 어우러졌는데 다만 그 상단의 뭉게구름은 몽롱하고 불분명한 빛깔의 배경 속에서 유난히 돋보이기도 했다. 캔자스 어딘가에서는 비를 머금은 어두컴컴한 하늘이 엘 그레코의 그림처럼 황량한 지평선을 짓누를 때 미라처럼 목이 앙상한 농부의 모습이 얼핏 나타났다 사라지더니 문득 수은처럼 빛나는 수면과 짙은 초록색 옥수수밭이 번갈아 나타나 줄무늬를 이루며 부챗살처럼 끝없이 펼쳐지기도 했다.

그렇게 드넓은 들판에도 이따금 거대한 나무들이 나타나서 우리를 향해 다가오다가 수줍은 듯이 길가로 모여들어 피크닉 테이블 위에 고마운 그늘을 드리워주었다. 갈색 땅바닥에는 햇빛이 만들어낸 얼룩과 찌그러진 종이컵, 단풍나무 열매, 버려진 아이스크림 막대 따위가 즐비했다. 로는 그리 까다롭지 않아서 도로변의 편의시설을 자주 이용했는데 특히 화장실 표시에 관심이 많았다. 남자와 여자, 존과 제인, 잭과 질, 심지어 수사슴과 암사슴으로 표시한 곳도 있었다. 한편 나는 예술가의 꿈에 젖어 넋을 잃고 장엄한 초록색 참나무를 배경으로 선명하게 반짝이는 주유 설비를, 혹은 호시탐탐 다가오는 광활한 농경지를 피해 달아나는 듯한―비록 상처를 입었지만 아직 굴복하지 않은―머나먼 산비탈을 멍하니 바라보았다.

밤이 되면 어둠 속에서 거대하고 무시무시한 크리스마스트리처럼 오색의 등불을 밝힌 대형 트럭이 불쑥불쑥 나타나 굉음을 내면서 느림보 소형 세단을 추월했다. 또 다음날에는 구름도 드문 하늘이 더위 때문에 푸른빛을 잃고 머리 위에서 흐물흐물 녹아내리는 듯했다. 로가 음료수를 사달라고 아우성을 치더니 두 뺨이 움푹 들어갈 만큼 힘차게 빨대를 빨았다. 다시 차를 탔을 때는 차 안이 용광로처럼 뜨거웠고, 저 앞에 펼쳐진 도로에는 아지랑이가 어룽거리고, 멀리 보이는 차는 노면에서 반사되는 햇빛 때문에 신기루처럼 형태가 달라지면서 차체가 높고 각이 진 구닥다리 차로 변신하여 뜨거운 아지랑이 속에서 잠시 허공에 떠 있는 듯했다. 그리고 더 서쪽으로 달려가자 어느 자동차 수리공이 '산쑥'이라고 가르쳐준 식물 군락이 나타났다. 그다음에는 탁자처럼 평평한 언덕의 신비로운 윤곽이, 그다음에는 노간주나무가 잉크 얼룩처럼 점점이 박힌 붉은 절벽이, 그다음에는 암갈색에서 점점 푸른색으로, 푸른색에서 점점 꿈결 같은 빛깔로 변해가는 산악지방이 차례로 나타났고, 그다음에는 끊임없는 강풍과 흙먼지와 잿빛 가시덤불이 있는 사막이 우리를 맞이했다. 고속도로 주변에서 바람에 시달리며 시들어가는 줄기와 가시마다 주렁주렁 걸려 나부끼는 휴지조각들이 하얀 꽃을 닮아서 으스스했다. 이따금 멍청한 소떼가 인간들의 교통법규를 깨끗이 무시하고 (꼬리는 왼쪽, 허연 속눈썹은 오른쪽을 향한 채) 도로 한복판에 우두커니 서 있었다.

내 변호사는 우리가 그때 밟았던 여정을 솔직하고 자세하게 설명하라고 권했는데, 이제 그 일을 더는 미룰 수 없는 시점에 이른 듯하다. 간략하게 말하자면 그 어수선한 일 년 동안(즉 1947년 8월부터 1948년 8월까지) 우리는 우선 뉴잉글랜드에서 이리저리 오락가락하다가 동서남북 갈팡질팡하면서 차츰 남하하여 이른바 딕시랜드*로 깊숙이 들어갔고, 팔로 내외가 있는 플로리다를 피하느라 서쪽으로 방향을 돌려 옥수수지대와 면화지대를 지그재그로 통과했고(클래런스, 그다지 자세하게 설명하지 못해서 미안하지만 그때는 일일이 기록해두지도 않았고, 지금 내가 이 회고록의 내용을 확인할 수 있는 자료라고는 여기저기 찢어져 너덜너덜한 내 과거를 상징하듯 처참하게 망가져버린 세 권짜리 여행 안내서뿐이니 어쩔 수 없는 노릇이오), 로키산맥을 넘어갔다가 다시 넘어와서 남부의 여러 사막을 전전하며 겨울을 보냈다. 그후 태평양 연안에 이르러 북쪽으로 차를 돌리고 솜털처럼 복슬복슬한 연보랏빛 꽃이 만발한 관목 사이로 뻗은 숲길을 따라 올라갔고, 캐나다 국경 근처에서 방향을 돌려 동진하면서 기름진 땅과 메마른 땅을 가로질러 다시 엄청난 규모의 농경지대로 접어들었다. 그때 어린 로가 빽빽거리며 항의하는데도 아랑곳하지 않고 그녀가 태어난, 옥수수와 석탄과 돼지를 생산하는 고장을 멀찌감치 우회했고, 마침내 다시 동부의 품에 안긴 후 비어즐리라는 대학도시에서 여행을 끝마쳤다.

2**

이제 독자 여러분은 다음 내용을 읽으실 때 부디 앞에서 설명한 대략적인 여정뿐만 아니라—물론 그 과정에서 걸핏하면 샛길로 빠지고,

---

* 미국 남부 여러 주의 속칭.
** 2장에서 서술된 여행지들은 번호를 매겨 516~519쪽에서 미국 지도와 함께 설명한다.

바가지를 쓰고, 이리저리 헤매고, 계획을 변경하기 일쑤였지만―우리의 여행이 결코 한가로운 유람이 아니라 자못 힘겹고 고달픈 목적론적 성장과정이었음을, 그리고 이 여행의 존재이유raison d'être는 (이렇게 진부한 프랑스어 표현이 말해주듯이) 오로지 입맞춤과 입맞춤 사이의 시간에 내 동반자가 그럭저럭 괜찮은 기분을 유지하게 하는 것이었음을 유념해주기 바란다.

너덜너덜한 여행 안내서를 뒤적거리며 남부 어느 주에 있는 매그놀리아 수목원[1]을 어렴풋이 떠올려본다. 그때 입장료가 4달러나 들었는데, 안내서에 실린 광고에 따르면 그곳을 꼭 보아야 하는 이유가 세 가지였다. 첫째는 존 골즈워디가(변변찮은 작가인데다 죽은 지도 오래된 사람이다) 전 세계에서 가장 아름다운 정원이라고 극찬했으므로, 둘째는 1900년판 『베데커 가이드』*가 별점 한 개를 주었으므로, 그리고 마지막으로…… 아아, 독자여, 나의 독자여, 맞혀보시라!…… 아이들이 (사실 나의 롤리타도 아이가 아닌가!) "천국 같은 정원을 경건하게 거닐며 초롱초롱한 눈으로 인생을 좌우할 만한 아름다움을 만끽한다"고 하므로. "나는 별로예요." 로가 냉정하게 딱 잘라 말하고 벤치에 앉더니 사랑스러운 무릎 위에 일요판 신문 두 종의 부록을 척 올려놓았다.

우리는 미국 도로변 식당의 다양한 수준을 두루두루 경험했다. 사슴대가리가(눈구석에서 길게 흘러내린 검은 눈물 자국이 보였다) 걸려 있고, 온천장 같은 곳에서 엉덩이를 드러낸 사진을 담은 '익살스러운' 엽서와 못에 푹푹 꽂아놓은 계산서, 라이프세이버 사탕, 선글라스, 광

---

* 독일 출판업자 카를 베데커가 1832년부터 발행한 여행 안내서.

고업자가 그린 천상의 맛 아이스크림선디, 유리 진열장에 넣어둔 초콜 릿 케이크 반쪽, 지저분한 판매대에 쏟아진 끈적끈적한 설탕물 위에서 이리저리 날아다니는, 무시무시하게 약삭빠른 파리 몇 마리를 볼 수 있 는 허름한 간이식당에서부터, 은은한 조명, 터무니없이 조악한 식탁보, 서투른 웨이터(전과자 또는 대학생), 양가죽 외투를 걸친 어느 여배우 의 등, 잠시나마 그녀의 애인 노릇을 하는 사내의 시꺼먼 눈썹, 주트슈 트[4] 차림의 트럼펫 연주자들도 있는 오케스트라를 갖춘 값비싼 레스토 랑까지, 그야말로 천차만별이었다.

우리는 남동부 3개 주가 가족 상봉을 하는 곳에 있는 한 동굴[2]에서 세계 최대의 석순을 보았다. 입장료는 나이에 따라 달라서 어른은 1달 러, 청소년은 60센트였다. 블루릭스 전투를 기념하는 화강암 오벨리스 크[3]도 보고, 그 근처에 있는 박물관에서 오래된 유골과 인디언의 오지 그릇도 보았다. 로의 입장료는 아주 저렴해서 10센트밖에 하지 않았다. 링컨이 태어난 과거의 통나무집을 뻔뻔스럽게 모방한 현재의 통나무 집.[4] 「나무들」을 쓴 시인[5]을 기리는 동판이 붙은 바위[5](이때 우리가 있 던 곳은 노스캐롤라이나 주의 포플러 코브인데, 대체로 친절하고 너그 러우며 표현을 절제하는 편이었던 여행 안내서조차도 '도로가 너무 좁 고 관리도 엉망'이라고 성난 어조로 일갈했던 길을 지나가야 했다. 킬 머 애독자는 아니지만 나도 그 말에 동의한다). 한번은 모터보트를 빌 려 타고—비록 늙수그레하지만 아직도 불쾌할 정도로 잘생긴 백계 러 시아인이 운전했는데, 소문에 의하면 남작이라는(그래서 긴장한 로는 바보처럼 손바닥이 축축해졌다) 그는 캘리포니아에 있을 때 선량한 막 시모비치와 발레리아 부부를 만났다고 했다—조지아 주 연안의 어느 섬[6]에 자리를 잡은 출입금지구역 '백만장자 마을'을 멀찌감치 떨어져 구경했다. 우리는 그 밖에도 많은 것을 보았다. 미시시피의 어느 유흥지에서는 취미를 소재로 삼은 박물관에 들어가서 유럽 각국의 호텔 사진이 담긴 엽서 컬렉션을 보았는데, 그 속에서 아버지의 미라나 호텔을 찍은 컬러 사진을 발견하고는 수정한 흔적이 있는 야자수 위로 나부끼는 깃발과 줄무늬 차양을 들여다볼 때는 가슴 벅차게 자랑스러웠다. "뭐가 그렇게 대단해요?" 고급차를 몰고 우리를 따라 취미 박물관에 들어온 구릿빛 사내를 곁눈질하면서 로가 말했다. 목화 전성기의 유물들. 아칸소의 어느 숲에서는 그녀의 갈색 어깨가 불그스름하게 부풀었는데(아마도 모기나 어느 물것의 소행이리라) 나는 길게 자란 양 엄지손톱으로 그 투명하고 아름다운 독을 짜버리고 그녀의 향기로운 피를 마음껏 빨아먹었다. 여행 안내서에 따르면 (뉴올리언스라는 도시의) 버번 스트리트[7]에 가면 "뜻밖의 공연을 보게 될 가능성이 있는데(이 '뜻밖'이라는 말이 마음에 들었다), 보도에 모인 흑인 아이들에게 몇 푼만 쥐여주면 기꺼이(이 '기꺼이'라는 말은 더욱더 마음에 들었다) 탭댄스를 보여주고"(얼마나 재미있을까), "친밀한 분위기의 소규모 나이트클럽이 많아서 늘 손님들로 북적거린다"(퇴폐적이다). 서부 개척기의 각종 민속공예품 컬렉션. 남북전쟁 이전에 지은 집들. 무쇠 난간이 있는 발코니, 일일이 수작업으로 제작한 계단을 바라보면 화려한 테크니컬러 영화의 한 장면—예컨대 한 여배우가 주름장식을 넣은 스커트 앞자락을 조그마한 손으로 치켜든 독특한 자세로 부랴부랴 달려내려오면 태양이 그녀의 어깨에 입맞춤을 하고, 층계참에서는 충실한 흑인 하녀가 절레절레 고개를 흔드는—이 저절로 떠오른다. 메닝거 재단의 정신병원[8]은 그냥 재미 삼아 구경했다. 아름답게 침식된 점토지대. 그곳의 유카꽃은 밀랍으로 빚은 듯 청초한데 하얀 파리가 우글거려 불쾌했다.* 올드오리건 가도의 출발점 미주리 주 인디펜던스,[9] 그리고 와일드빌 아무개 로데오의 발상지 캔자스 주 애빌린.[10] 먼 산. 가까운 산. 그리고 또 산. 푸르스름하고 아름답지만 가도 가도 닿을 수 없는 산, 혹은 막상 가까이 가보면 사람이 사는 나지막한 언덕배기로 변해버리는 산. 고산지대치고는 너무 낮은 남동부 산맥들. 그러나 고속도로에서 굽잇길을 지나는 순간 난데없이 불쑥 나타나는 무시무시한 산봉우리들, 핏줄처럼 이어진 잔설을 이고 하늘도 심장도 찌를 듯이 솟아오르는 거대한 잿빛 암벽들. 짙푸른 전나무가 가지런히 늘어서서 어깨동무를 하고 군데군데 허연 사시나무가 섞인 광활한 삼림지대. 분홍색과 연보라색으로 물든 산봉들은 파라오 같기도 하고, 남근 같기도 하고, 아무튼 "말도 못하게 늙어빠졌다"(무관심한 로). 검은 화산암으로 이루어진 외톨이 산. 이른봄에는 산등성이를 따라 새끼 코끼리의 배내털 같은 솜털이 돋아나는 산. 여름이 막바지에 이르면 이집트 석상처럼 육중한 팔다리를 포개고 웅크려 앉아 좀먹은 황갈색 우단을 뒤집어쓰는 산. 둥글둥글하고 푸른 참나무가 점점이 박힌 오트밀 빛깔의 언덕들, 그리고 끝자락에 있던 불그스름한 산, 그 아래 온통 자주개자리로 뒤덮여 융단을 깔아놓은 듯 화려했던 산기슭.

그 밖에도 많은 것을 보았다. 콜로라도 주 어딘가의 아담한 빙하호,[11] 그리고 눈 쌓인 기슭, 그리고 조그마한 방석처럼 생긴 고산식물의 꽃,

---

* 사실은 파리가 아니라 유카의 가루받이를 돕는 유카나방이다.

그리고 다시 눈. 거기서 내려갈 때 붉은 앞챙이 달린 모자를 쓴 로는 미끄럼을 타다가 비명을 질렀고, 몇몇 청년이 던진 눈덩이에 얻어맞은 후 흔히 말하는 보복공격을 감행했다. 타다 남은 사시나무의 앙상한 뼈대, 파랗고 뾰족뾰족한 꽃이 만발한 꽃밭. 아름다운 길에서 만나는 다양한 풍경. 수백 개에 달하는 경관도로, 수천 개에 달하는 베어크리크, 소다스프링, 페인티드캐니언. 가뭄에 시달리던 텍사스의 어느 평원. 세계에서 제일 긴 동굴에서 본 '수정의 방',[12] 열두 살 이하 어린이는 무료[6], 그러나 로는 포로 신세. 어느 현지인 여인이 손수 만든 조각품 컬렉션[13] — 날씨가 구질구질한 월요일 아침에 찾아갔더니 금일휴업, 흙먼지, 바람, 메마른 땅. 내가 감히 넘어갈 수 없는 멕시코 국경 부근의 컨셉션 공원.[14] 그곳에서도 다른 곳에서도 해질녘마다 잿빛 벌새[7] 수백 마리가 나타나서 어렴풋한 꽃들의 목구멍 속을 뒤적거렸다. 70년 전 러시안 빌이라는 무법자가 화려하게 교수형을 당한 뉴멕시코의 유령도시 셰익스피어.[15] 물고기 부화장. 암굴 주거지. 미라가 된 아이(피렌체의 베아트리체와 같은 시대에 살았던 인디언 아이). 우리가 스무번째 만난 헬스캐니언. 우리가 (그때쯤에는 이미 겉장이 떨어져나간 여행 안내서에 의하면) 쉰번째로 만난 무슨무슨 관문. 내 삶에서 발견된 진드기 한 마리. 날마다 바지 멜빵을 메고 모자를 쓴 차림새로 공원 분수대 부근의 나무 그늘에서 빈둥거리며 여름 오후를 보내는 세 노인. 어느 고갯길에서 울타리 너머로 바라보았던 흐릿하고 푸르스름한 경치, 그리고 그것을 감상하는 일가족의 뒷모습(이때 로는 몹시 반갑고 설레고 흥분하고 간절하고 희망적이고 절망적인 목소리로 속삭였다. "보세요, 맥크리스털 가족이야. 제발, 가서 얘기 좀 나누면 안 될까요, 제발!"—얘기 좀 나눈다니, 독자여!—"부탁이에요! 뭐든지 시키는 대로 할게요, 아, 제발……"). 철저히 상업적이었던 인디언 제의의 춤. ART: 미국냉동운송회사. 특색이 뚜렷한 애리조나, 푸에블로족의 주거지, 원주민들의 상형문자, 사막의 협곡에서 본 공룡 발자국[16](내가 아직 어린애였던 3천만 년 전에 찍힌 것). 창백하고 호리호리하고 키가 6피트쯤 되는 젊은 놈 하나가 울대뼈를 바삐 움직이면서 적갈색 배를 드러낸 로에게 추파를 던졌지만 나는 오 분 후 바로 그곳에 입맞춤을 했단다, 짜샤. 사막에서 보낸 겨울, 산기슭에서 보낸 봄, 만발한 아몬드꽃. 네바다의 황량한 도시 리노,[17] '국제적이며 성숙하다'는 평가를 받는 그곳의 밤 문화. 캘리포니아의 포도주 양조장, 그 옆에 있는 포도주통 모양의 교회.[18] 죽음의 계곡. 스코티 성.[19] 로저스라는 사람이 오랜 세월에 걸쳐 수집한 미술품. 예쁜 여배우들의 못생긴 별장들. 사화산에 찍힌 R. L. 스티븐슨의 발자국.[20] 미션 돌로레스[21]—책 제목으로도 잘 어울리겠다.* 파도가 사암에 새겨놓은 줄무늬. 러시아협곡 주립공원[22]에서 땅바닥에 쓰러져 굉장한 간질병 발작을 일으킨 남자. 푸르디푸른 크레이터 호수.[23] 아이다호의 물고기 부화장과 주립교도소[24]. 음산한 옐로스톤 공원,[25] 색색의 온천들, 작은 간헐천들, 부글거리는 무지갯빛 진흙—내 열정의 상징이다. 야생동물보호구역[26]의 영양 무리. 우리가 만난 백번째 동굴, 어른은 1달러, 롤리타는 50센트. 어느 프랑스 후작이 노스다코타 주에 지은 성.[27] 사우스다코타 주의 옥수수 궁전.[28] 드높은 화강암 절벽에 조각한 역대 대통령의 거대한 두상.[29] '수염이 시꺼멓던

---

* 원래는 '돌로레스 전도교회'라는 뜻이지만 '돌로레스 작전'이라는 의미로 해석할 수도 있기 때문이다.

여성이 우리 광고를 보고 노처녀 신세를 면했습니다.'* 인디애나의 어느 동물원[30]은 크리스토퍼 콜럼버스의 기함을 본떠 만든 콘크리트 사육장에 대규모 원숭이 무리가 산다. 황량한 모래 해안을 따라갈 때 모든 식당의 모든 창문에 까맣게 달라붙은 채 죽거나 초주검이 되어 생선 비린내를 풍기던 무수한 하루살이들. 연락선 시티 오브 시보이건 호 선상에서 본 커다란 바위 위의 살찐 갈매기들 그리고 뭉게뭉게 피어오르다가 활처럼 휘어지는 갈색 연기와 청록색 호수 위를 미끄러지는 배의 녹색 그림자. 통풍관이 시내 하수도 밑으로 지나가는 모텔. 링컨의 집[31]—거실에 꽂힌 책이나 당대의 가구는 대부분 가짜지만 관광객들은 모두 링컨이 쓰던 물건으로 믿고 경건하게 바라보았다.

우리는 크고 작은 말다툼을 벌였다. 특히 대판 싸웠던 곳은 버지니아 주의 레이스워크 캐빈스, 리틀록의 파크 애비뉴에 있는 학교 근처, 콜로라도 주 해발 1만 759피트의 밀너 고갯길, 애리조나 주 피닉스의 7번가와 센트럴 애비뉴가 만나는 교차로, 그리고 로스앤젤레스 3번가에서는 어느 스튜디오인지 뭔지의 입장권이 매진되는 바람에 싸웠다. 그리고 나의 롤리타와 키가 엇비슷한 어린 나무 여섯 그루가 있었던 유타 주의 포플러 셰이드라는 모텔에서는 그녀가 뜬금없이 도대체 언제까지 이렇게 답답한 모텔 방을 전전하며 더러운 짓을 해야 하느냐, 평범한 사람들처럼 살아갈 수는 없느냐고 따지는 바람에 싸웠다. 오리건 주 번스의 노스브로드웨이를 따라가다가 웨스트워싱턴 스트리트와 만나는 모퉁이에서 싸웠는데, 그 건너편에 세이프웨이라는 식료품점이 있

---

* 버마셰이브 주식회사의 면도크림 광고 카피. 1925년부터 1963년까지 미국 각지의 고속도로에 많은 광고판을 설치했다.

었다. 아이다호 선밸리의 작은 마을에 있는, 창백한 벽돌과 낯 붉힌 벽돌을 보기 좋게 섞어 지은 호텔 앞에서도 싸웠는데, 건너편에 있는 포플러 한 그루의 그림자가 전사자 위령비 전체를 뒤덮으며 흘러내리는 듯했다. 파인데일과 파슨 사이의 (산쑥이 우거진) 황무지에서도 싸웠다. 네브래스카 주 어딘가의 중심가에 1889년 건립된 퍼스트 내셔널 은행 근처에서도 싸웠는데, 도로 저쪽에 철도 건널목이 보이고 그 너머에는 하얀 오르간 파이프처럼 생긴 복합형 사일로가 있었다. 그리고 미시간 주에서는 그놈의 이름과 똑같은 이름이 붙은 소도시[8]의 매큐언 스트리트와 휘턴 애비뉴가 만나는 모퉁이에서 싸웠다.

우리는 길바닥에서 생활하는 특이한 종족을 알게 되었다. 히치하이킹을 하는 인간, 학명으로는 '호모 폴렉스'*인데, 그 속에도 수많은 아종과 변종이 있었다. 흠잡을 데 없이 깔끔한 차림새를 하고 여행길에서 군복이 발휘하는 호소력을 조용히 의식하며 조용히 기다리는 점잖은 군인, 두 블록만 태워달라는 남학생, 2천 마일이나 가겠다는 살인자, 콧수염을 짧게 자르고 새로 산 여행가방을 들고 안절부절못하는 정체불명의 중년 신사, 낙천적인 멕시코인 3인조, 스웨터 앞가슴에 아치형으로 찍힌 명문대학의 이름을 방학 동안의 육체노동이 남긴 땟자국과 함께 자랑스레 내보이는 대학생, 자동차 배터리가 느닷없이 죽어버렸다며 쩔쩔매는 여인, 화려한 셔츠와 상의를 걸치고 머리도 반질반질하게 손질하여 차림새는 제법 말쑥하지만 시선을 한곳에 두지 못하고 자꾸 두리번거리면서 빳빳하게 세운 엄지손가락을 남근처럼 불쑥 내밀

---

* Homo pollex. '엄지손가락을 드는 인간'이라는 뜻의 우스갯소리.

어 외로운 여자들이나 무능한 외판원들에게 야릇한 갈망을 심어주는 희끄무레한 얼굴의 젊은 짐승들.

"저 사람 태워줘요." 로는 버릇처럼 두 무릎을 마주 비비면서 종종 그렇게 부탁했는데, 그때마다 상대는 유난히 불쾌한 폴렉스였다. 나이와 어깨넓이는 나와 비슷한데 배역을 못 얻는 배우처럼 보기 싫은 얼굴을 하고 우리 차를 가로막다시피 하면서 뒷걸음질을 쳤다.

아, 내가 로를, 어리고 물러터진 로를 얼마나 철저히 감시해야 했던 가! 끊임없이 정사를 나누기 때문일까, 몹시 어려 보이는 겉모습과 달리 그녀는 어쩐지 나른한 느낌의 독특한 광채를 발산했다. 자동차 수리공이나 호텔 급사, 휴가객, 고급차를 모는 건달, 푸른 수영장 근처에서 배회하는 적갈색 얼간이 따위가 이 빛을 보면 강렬한 욕정에 사로잡히기 일쑤였다. 그런 일이 내 질투심에 불을 붙이지만 않았다면 자랑스럽게 여길 정도였다. 로 자신도 그런 매력을 의식했으므로 싹싹한 남자들―가령 황갈색 팔뚝이 늠름하고 손목에 시계를 찬 공돌이 나부랭이―에게 은근히 추파를 던지는 장면이 자주 눈에 띄었다. 그럴 때 로에게 막대사탕이라도 사다주려 했다가는 등을 돌리기가 무섭게 그녀와 금발의 수리공이 사뭇 다정하게 시시덕거리는 소리를 듣기 마련이었다.

한곳에 좀 오래 머물 경우, 침대에서 유난히 격렬한 아침을 보내고 휴식을 취할 때는 나도 마음이 누그러져―너그러운 힘!―선심 쓰는 셈 치고 모텔 옆방에 투숙한 못생긴 메리와 그녀의 여덟 살 먹은 남동생과 함께 길 건너 어린이 도서관이나 장미정원에 놀러가도 좋다고 허락해주기도 했다. 그런데 한 시간쯤 지나서 로가 돌아올 때 보니 맨

252

발의 메리는 멀찌감치 뒤처져 따라오고 어린 남동생은 어느새 키 크고 못생기고 온몸이 근육질이고 임질균이 득실거릴 듯한 금발의 고등학생 두 명으로 탈바꿈해 있었다. 나의 귀염둥이가 칼과 앨을 따라 롤러스케이트장에 가도 되느냐고 물었을 때—조금 머뭇거리면서 묻긴 했지만—내가 뭐라고 대답했는지는 독자 여러분도 충분히 짐작하시리라.

바람이 불고 흙먼지가 날리던 어느 날 오후, 처음으로 그녀를 그런 스케이트장에 보내주었던 일이 생각난다. 그녀는 내가 따라가봤자 그 시간대는 10대 아이들만 스케이트를 탈 수 있기 때문에 재미도 없을 거라고 매정하게 말했다. 우리는 입씨름 끝에 겨우 타협안을 찾아냈다. 천막 지붕을 덮은 야외 스케이트장 앞에 줄줄이 늘어선 (텅 빈) 다른 차들에 섞여 나는 차 안에서 기다리기로 했다. 스케이트장 안에서는 50명쯤 되는 아이들이 기계가 만들어내는 음악 소리에 맞춰 빙글빙글 끝없이 돌았는데, 쌍쌍이 노는 아이들도 많았다. 바람 때문에 나무들이 온통 은빛으로 반짝거렸다. 대부분의 여자애들처럼 돌리도 청바지 차림에 목이 긴 흰색 롤러스케이트를 신었다. 나는 아이들이 도는 횟수를 계속 헤아렸는데 갑자기 돌리가 보이지 않았다. 이윽고 그녀가 다시 내 앞을 지나갈 때는 건달 세 명과 함께였다. 조금 전에 스케이트장 바깥에서 여자애들에게 점수를 매기던, 그러다가 청바지나 슬랙스 대신 빨간 반바지를 입고 미끈한 다리를 뽐내며 등장한 사랑스러운 소녀를 희롱하던, 바로 그놈들이었다.

애리조나나 캘리포니아로 들어갈 때 고속도로 검문소에서 경찰관 비슷한 놈이 우리를 유심히 뜯어보는 바람에 내 가엾은 심장이 바싹 오그라들었다. "애인 있어?" 남자는 그렇게 물었고 나의 귀여운 바보는 그때마다 킥킥 웃었다. 로가 말을 탄 모습을 떠올리면 지금도 시신경 전체가 파르르 떨린다. 안내인을 동반한 행렬에 끼어 승마 여행을 할 때였다. 로는 보행속도로 나아가면서 아래위로 출렁거렸는데, 어떤 노부인이 앞장을 서고 목덜미가 빨갛게 그은 음탕한 관광 목장 안내인이 로의 뒤를 따랐다. 나는 그 남자를 따라가면서 꽃무늬 셔츠를 입은 그 뚱뚱한 뒷모습을 노려보았다. 그때는 산길에서 느림보 트럭을 따라가는 운전자보다 더 격렬한 증오심을 느꼈다. 또 로가 어느 스키장에서 하늘로 오르는 리프트를 타고 혼자 둥실둥실 멀어져가던 모습도 떠오른다. 점점 더 높이 올라가는 그 자태가 기막히게 아름다웠는데 반짝이는 산꼭대기에는 웃통을 벗은 운동선수 몇 명이 낄낄거리며 그녀를, 오로지 그녀만을 기다리고 있었다.

시내에 머물 때면 나는 수영장이나 박물관이나 학교가 어디 있는지, 제일 가까운 학교는 학생 수가 얼마나 되는지 따위를 유럽인답게 정중한 태도로 물어보았다. 그리고 학교 버스가 출발할 시간이 되면 구경하기 좋은 곳에 차를 세우고 나의 떠돌이 여학생을 옆자리에 앉힌 채 미소를 지으면서, 그리고 얼굴을 조금씩 씰룩거리면서(잔인한 로가 내 흉내를 냈을 때 비로소 나에게 안면경련증상이 있음을 알게 되었다) 하교하는 아이들을 바라보았다. 언제나 보기 좋은 풍경이었다. 그러나 매사에 싫증을 잘 내는 롤리타는 이런 일에도 금방 싫증을 냈다. 아이들이 흔히 그렇듯이 남의 취향을 존중할 줄도 몰랐다. 파란 반바지를 입은 파란 눈의 흑갈색머리 소녀, 혹은 초록색 볼레로를 입은 적갈색머리 소녀, 혹은 색 바랜 슬랙스를 입고 머리도 금발이라 윤곽마저 흐

254

릿해 보이는 선머슴 같은 소녀가 햇빛을 받으며 지나갈 때 롤리타에게 나를 애무해달라고 하면 모욕을 주기 일쑤였다.

그래서 나는 일종의 타협안을 내놓았다. 다른 여자아이들과 함께라면 언제든지 수영장에 가도 좋다고 했다. 그녀는 반짝이는 물을 좋아했고 다이빙 솜씨도 대단했다. 나는 점잖게 물속에 잠시 들어갔다 나와서 편안한 가운을 두르고 오후의 짙은 그늘 속에 자리를 잡고 앉아서 (읽지도 않을 책, 혹은 과자 한 봉지, 혹은 둘 다, 혹은 저릿저릿한 생식샘만 가지고) 그녀가 뛰노는 모습을 지켜보았다. 고무 수영모, 진주알 같은 물방울들, 햇볕에 타서 반질반질한 피부, 광고모델처럼 즐거운 표정, 착 달라붙은 새틴 팬티, 주름을 넣은 브라 등등. 어린 연인이여! 그녀가 나의, 나의, 나의 연인이라는 사실에 새삼 놀라며 흐뭇해하고, 비둘기의 구슬픈 울음소리를 들으며 그날 아침의 황홀한 신음 소리를 되새기고, 오후의 정사를 상상하고, 햇살에 부신 눈을 가늘게 뜨고 인색한 우연이 그녀 주위에 데려다주는 몇 안 되는 님펫들과 롤리타를 비교해보고 점수를 매기면서 꽃밭에 둘러싸인 듯한 기쁨을 만끽했다. 그러나 오늘날 병약한 내 심장에 손을 얹고 돌이켜보건대 그 님펫들 가운데 그녀보다 탐스러운 소녀는 아무도 없었다. 혹시 있었다 해도 두셋 정도가 고작이었고, 그나마도 빛의 각도 때문에, 혹은 대기 속에 감도는 어떤 향기 때문에 잠깐 그렇게 보였을 뿐이리라. 한번은 턱이 각진 스페인 귀족의 창백한 딸을 만났지만 나로서는 어찌해볼 도리가 없었고, 또 한번은—아니, 곁길로 빠지지 말자.

나는 날선 질투심으로 저 눈부신 장난꾸러기들의 위험성을 간파한 터라 한시도 주의를 게을리할 수 없었다. 잠깐이라도 눈을 떼면, 예컨대 아침에 우리 방을 정돈하고 침구를 교환하는 작업이 다 끝났는지 확인하느라 몇 걸음만 자리를 옮겼다가 돌아와 보면, 이게 웬일인지 로는 몽롱한 눈빛으로 석조 수영장 가장자리에 걸터앉아 발가락이 긴 발을 물에 담그고 첨벙첨벙 발장난을 치고 양옆에는 구릿빛 청년이 한 명씩 쪼그리고 앉아 있기 마련이었다. 이후 몇 달 동안 그들은 밤마다 그녀의 아름다운 황갈색 육체와 갓난아기 살처럼 옴폭 접힌 뱃살에 수은처럼 고인 물방울을 꿈꾸며 몸부림을 쳤으리라—아, 보들레르!⁹⁾

둘이 함께 즐길 일을 더 만들고 싶어 그녀에게 테니스를 가르쳐보았는데, 나도 한창때는 제법 유능한 선수였건만 교사로서는 영 소질이 없었다. 그래서 캘리포니아에 머물 때 어느 유명한 코치에게 아주 비싼 수업료를 내고 여러 차례 레슨을 받게 했는데, 그는 주름살이 자글자글하고 목소리도 걸걸하지만 볼보이 몇 명을 애인으로 거느린 노인이었다. 코트 바깥에서 보면 쓸모없는 폐인 같아도 수업중에 학생과 공을 주고받을 때는 봄꽃이 피어나듯 화려한 타격 자세로 힘차게 공을 받아넘겼다. 절대적인 힘과 섬세함을 겸비한 이 동작을 보는 순간 30년 전 칸에서 그가 위대한 고베르¹⁰⁾를 격파하는 장면을 보았던 기억이 되살아났다! 로가 그에게 레슨을 받기 전까지만 해도 나는 그녀가 테니스를 못 익힐 거라고 생각했다. 그런데도 이런저런 호텔 코트에서 그녀에게 연습을 시킨 것은, 먼 옛날 (뜨거운 강풍이 불고 흙먼지가 휘몰아치고 이상하게 피곤했는데도) 명랑하고 순진하고 우아한(빛나는 팔찌, 하얀 주름스커트, 검은 벨벳 머리띠) 애너벨을 위해 끝없이 공을 쳐주던 며칠 동안의 기억을 되새기고 싶어서였다. 그러나 내가 끈질기게 조언을 해줄수록 로는 점점 더 화를 내며 토라질 뿐이었다. 희한하게도 그녀는— 적어도 캘리포니아로 건너가기 전까지는— 테니스보다 엉성한 팻볼* 비슷한 게임을 더 좋아했는데, 그나마도 시합이라기보다는 공 줍기 놀이에 가까웠다. 상대는 가냘프고 연약하지만 서투른 천사처럼 굉장히 귀여운 또래 여자애였다. 나는 비록 구경꾼이었지만 도와주고 싶어 그 아이에게 다가가 희미한 사향 냄새 비슷한 체취를 들이마시며 그녀의 팔뚝을 건드리고 뼈가 도드라진 손목을 붙잡고 서늘한 허벅지를 이리저리 밀어가며 백핸드 자세를 가르쳐주었다. 그러는 동안 로는 허리를 굽혀 햇빛에 반짝이는 갈색 곱슬머리를 길게 늘어뜨리고 라켓으로 땅바닥을 찍고 마치 장애인이 지팡이를 짚은 듯한 자세로 서서 어마어마하게 큰 소리로 우웩 하고 외쳤다. 내가 끼어들어 못마땅하다는 표시였다. 나는 두 사람이 시합을 계속하게 하고 목에 실크 스카프를 두른 채 옆에서 구경하면서 그들의 동작을 비교해보았다. 아마도 애리조나 남부에 머물 무렵의 일인 듯싶다. 덥고 나른한 하루하루가 이어졌다. 로는 서투른 솜씨로 공을 후려갈기다가 빗나가면 욕설을 내뱉었고, 서브 흉내라고 내봤자 공은 네트에 걸리기 일쑤였다. 짜증이 나서 라켓을 홱홱 휘두를 때는 겨드랑이가 훤히 드러나면서 땀에 젖은 어린 솜털이 반짝거렸다. 상대 아이는 로보다도 서툴렀는데, 공이 날아올 때마다 열심히 뛰어다녔지만 하나도 받아내지 못했다. 그래도 둘 다 즐거워하는 모습이 참 아름다웠고, 비록 실력은 형편없지만 매번 맑고 낭랑한 목소리로 정확한 점수를 외쳤다.

어느 날 내가 두 사람에게 시원한 음료수를 가져다주겠다고 했던 일

---

* 맨손으로 공을 때려 벽을 맞히는 놀이.

이 기억난다. 나는 자갈길을 따라 호텔까지 걸어가서 긴 유리잔에 담긴 파인애플 주스와 얼음을 넣은 소다수를 사가지고 돌아왔다. 그런데 텅 빈 테니스 코트를 보는 순간 가슴이 철렁 내려앉아 걸음을 멈추었다. 일단 유리잔 두 개를 벤치 위에 내려놓았는데, 그때 무슨 까닭인지 샬럿이 죽었을 때의 얼굴이 생생하게 떠올라 등골이 오싹했다. 주위를 둘러보니 하얀 반바지를 입고 얼룩얼룩한 그늘이 진 정원 오솔길을 따라 멀어져가는 로의 뒷모습이 눈에 띄었다. 테니스 라켓 두 개를 든 키 큰 남자와 함께였다. 나는 황급히 그들을 뒤쫓았지만 덤불숲을 뚫고 나가는 순간, 마치 끊임없이 가지를 치는 인생행로처럼 또다른 장면이 눈에 띄었다. 슬랙스를 입은 로와 반바지를 입은 친구가 작은 잡초밭에 들어가서 왔다갔다하는 중이었는데, 이따금 라켓으로 수풀을 툭툭 치는 것으로 보아 조금 전에 잃어버린 공을 건성으로나마 찾고 있는 듯했다.

이렇게 산뜻하지만 시시한 이야기를 시시콜콜 늘어놓는 주된 이유는 나를 심판할 분들에게 내가 롤리타를 즐겁게 해주려고 최선을 다했다는 사실을 증명하기 위해서다. 그녀 자신도 아직 어린애에 불과했지만 자기가 잘하는 몇 가지를, 이를테면 줄넘기를 하는 특별한 방식 따위를 다른 아이에게 가르쳐주는 모습은 얼마나 매혹적이던지. 롤리타만은 못하지만 그 아이도 님펫이었고 가녀린 귀염둥이였는데, 햇볕에 타지 않은 등 뒤로 오른손을 돌려 왼팔을 붙잡은 채 눈을 크게 뜨고 롤리타를 뚫어져라 쳐다보았고, 꽃이 만발한 나무를 뚫고 자갈길을 비추는 무지갯빛 태양도 눈이 휘둥그레져 지켜보는 듯했고, 그렇게 아롱다롱 얼룩진 낙원 한복판에서 주근깨 많고 바람기 많은 소녀는 깡충깡충 뛰어다녔다. 물을 뿌려 눅눅한 냄새를 풍기는 양지바른 옛 유럽의 보도

나 성벽 위에서 내가 흐뭇하게 바라보았던 수많은 소녀들의 동작이 재현되었다. 이윽고 그녀는 어린 스페인 친구에게 줄넘기를 돌려주고 자신이 가르쳐준 동작이 다시 반복되는 장면을 지켜보았다. 이마에 흘러내린 머리카락을 쓸어넘기기도 하고, 팔짱을 끼기도 하고, 양쪽 발끝을 포개기도 하고, 여전히 부풀지 않은 골반에 양손을 느슨하게 걸치기도 하면서. 한편 나는 우리가 쓰는 독채를 청소하던 지긋지긋한 직원들이 드디어 일을 끝마쳤다는 사실을 확인하고, 우리 공주님의 시녀와 다름없는 내성적인 검은 머리 소녀에게 빙그레 웃어주고, 아빠답게 다정한 태도로 로의 뒷머리에 손가락을 깊숙이 찔러넣고, 부드러우면서도 단호하게 그녀의 목덜미를 움켜쥐고, 마지못해 끌려오는 귀염둥이를 우리의 작은 집으로 데려가서 저녁식사 전에 짤막한 정사를 즐겼다.

"고양이가 할퀴었나요? 가엾어라." 로에게 저녁식사가 끝나면 춤을 추게 해주기로 약속하고 '본관'에 가서 호텔 정식을 먹는데 어느 예쁘장하고 무르익을 대로 무르익은 풍만한 여자가 나에게 물었다. 나로서는 딱 질색이지만 나에게 매력을 느끼는 여자들 중에는 그런 유형이 유난히 많았다. 내가 가급적 사람들을 멀리하는 이유 가운데 하나가 바로 그런 일 때문이었는데, 로는 오히려 (나중에 증인이 될지도 모르는) 사람들을 주위에 끌어모으려고 안간힘을 썼다.

비유적으로 말하자면 그녀는 사람들 앞에서 암캐처럼 꼬리를 흔들다못해 아예 엉덩이 전체를 흔들었다. 종종 낯선 사람이 히죽히죽 웃으며 다가와 자동차 번호판을 비교 분석하면서 유쾌한 대화의 문을 열었다. "멀리서 오셨네요!" 호기심 많은 부모들이 나에 대해 꼬치꼬치 캐물을 속셈으로 로에게 자기네 아이들과 함께 영화를 보러 가자고 꾀어

내기도 했다. 아슬아슬한 고비도 여러 번 겪었다. 물론 어떤 숙소에 묵든 간에 폭포 소리 같은 소음 문제는 늘 우리를 따라다녔다. 그러나 벽이 얼마나 얇은지 처음으로 실감한 것은 어느 날 밤 너무 요란하게 사랑을 나눈 직후 옆방 남자의 기침 소리가 마치 내 기침 소리처럼 또렷하게 적막을 깨뜨렸을 때였다. 그리고 이튿날 아침 내가 매점에서 식사를 할 때(로는 늘 늦잠을 잤고 나는 뜨거운 커피를 침대로 가져다주기를 좋아했다) 간밤의 이웃이—길고 강직해 보이는 코에 소박한 안경을 걸치고 옷깃에는 어느 집회 배지를 단 늙수그레한 바보였다—말을 걸더니 혹시 내 아내도 자기 마누라처럼 농장만 떠나오면 늦게 일어나느냐고 물었다. 나는 스툴에서 일어서면서 이 몸은 다행히도 홀아비라고 무뚝뚝하게 대꾸했는데, 그때 내가 크나큰 위기를 가까스로 모면했다는 생각에 숨이 막힐 지경만 아니었다면 깜짝 놀라 입을 꾹 다물고 이상야릇한 표정을 짓던 그 까맣게 탄 얼굴을 유쾌하게 바라볼 수 있었으리라.

커피를 그녀 앞에 가져다놓고 아침 의무를 끝내기 전에는 안 주겠다고 말할 때면 얼마나 즐거웠던가. 나는 정말 사려 깊은 친구처럼, 정말 자상한 아빠처럼, 정말 유능한 소아과의사처럼 이 갈색머리 소녀의 육체를 구석구석 정성껏 사랑해주었다. 할 수만 있다면 안팎을 홀렁 뒤집어놓고 롤리타의 어린 자궁에도, 도무지 속을 알 수 없는 심장에도, 진줏빛 간에도, 모자반 같은 허파에도, 귀여운 쌍둥이 콩팥에도 탐욕스럽게 입맞춤을 하고 싶었지만 그럴 수 없는 자연의 섭리가 원망스러울 따름이었다. 열대지방처럼 유난히 뜨거운 날, 시에스타 시간마저 끈끈하고 답답할 때 나는 벌거벗은 육중한 몸뚱이를 안락의자에 싣고 가죽의 서늘한 감촉을 즐기면서 그녀를 내 무릎에 앉혔다. 이런 순간에도 그녀는 아무것도 모르는 어린애처럼 코를 후비면서 신문에 실린 가벼운 읽을거리를 골라 읽느라 나의 쾌감 따위에는 무관심했다. 마치 어쩌다가 신발이나 인형이나 테니스 라켓 손잡이 따위를 깔고 앉았지만 굳이 치우기도 귀찮다는 듯이. 그녀의 시선은 제일 좋아하는 만화 주인공의 모험을 따라다녔다. 아주 잘 그린 만화였는데, 광대뼈가 도드라지고 몸매가 앙상하고 조금 칠칠치 못한 10대 소녀[11]가 등장해서 나도 즐겨보았다. 롤리타는 정면충돌이 일어난 사고 현장을 찍은 사진을 자세히 들여다보았다. 그녀는 허벅지를 드러낸 미녀를 찍은 홍보용 사진에 적힌 시간과 장소와 상황에 대한 정보를 곧이곧대로 믿었다. 그리고 해당 지역에 사는 신부를 찍은 사진에 유별나게 관심이 많았는데, 더러는 웨딩드레스를 떨쳐입고 부케를 들고 안경을 쓰고 있었다.

이따금 파리가 로의 배꼽 부근에 내려앉아 돌아다니거나 빛깔이 밝은 민감한 젖꽃판을 살펴보았다. 그녀는 (샬럿도 종종 그랬듯이) 파리를 맨손으로 낚아채려다가 실패하고 다시 '마음속을 탐험합시다'라는 칼럼을 들여다보았다.

"마음속을 탐험합시다. 어린이들이 몇 가지 금기사항을 지킨다면 성범죄가 줄어들지 않을까요? 공중변소 근처에서 놀지 마세요. 낯선 사람의 차를 타거나 사탕 따위를 받지 마세요. 만약 탔을 경우에는 자동차 번호를 적어두세요."

"……기왕이면 사탕 이름도." 내가 끼어들었다.

로는 나와 뺨을 맞댄 자세로 (그녀는 피하고 나는 쫓아가고) 계속 읽었다. 아, 독자 여러분, 그래도 그날은 꽤 괜찮은 하루였음을 명심하시라!

"혹시 연필이 없더라도 글을 읽을 만한 나이라면……"

"우리 같은 중세 뱃사람들은 이런 병 속에……"내가 엉터리 인용을 했다.*

"혹시 연필이 없더라도 글을 읽고 쓸 만한 나이라면……"그녀가 기사를 고쳐 읽었다. "이렇게 써야 말이 되잖아요―명청한 사람이네― 길바닥을 긁어서라도 번호를 남겨두세요."

"네 귀여운 손톱으로 말이야, 롤리타."

3

일찍이 롤리타가 그늘과 어둠만 있는 험버랜드Humberland에 발을 들여놓은 까닭은 경솔한 호기심 때문이었다. 처음에는 그곳을 둘러보면서 흥미롭지만 못마땅하다는 듯 어깨짓을 했을 뿐이다. 그런데 지금은 노골적으로 혐오감에 가까운 감정을 드러내면서 되돌아 나가려는 듯했다. 내가 어루만져도 전혀 흥분하지 않았고, 아무리 정성을 기울여도 "지금 뭐하세요?" 하고 매섭게 쏘아붙였다. 이 바보는 내가 보여주려는 신기한 세계보다 시시하기 짝이 없는 영화 나부랭이와 진저리가 나도록 다디단 사탕 따위를 더 좋아했다. 햄버거와 험버거 중에서 고르라고 한다면―틀림없이, 서슴없이―전자를 선택할 것이다. 사랑받는

---

* '중세'라는 명칭은 후대에 붙인 것이므로 중세인들은 자기가 중세인이라는 사실을 몰랐기 때문이다.

아이는 누구보다 모질고 잔인해진다. 내가 조금 전에 들어갔던 매점 이름을 말했던가? 하필이면 '얼음여왕'*이었다. 나는 조금 애처롭게 웃으면서 그녀를 '나의 얼음공주'라고 불렀다. 안타까움을 표현한 농담이었지만 그녀는 알아듣지 못했다.

아, 독자여, 나를 노려보지 마시라. 내가 불행했다는 인상을 심어줄 의도는 없었으니까. 나처럼 마법에 걸린 나그네가 님펫에게 사로잡혀 노예 신세가 되었다면 그건 그야말로 과분한 행복임을 이해하기 바란다. 님펫을 어루만질 때의 희열에 견줄 만한 기쁨은 지상에 존재하지 않는다. 느낌의 수준이 다르고 차원이 달라서 아예 비교할 수도 없는 희열이다. 우리가 아무리 말다툼을 해도, 그녀가 심통을 부려도, 온갖 소란을 피우고 오만상을 찡그려도, 천박하게 굴어도, 이 모든 상황이 너무 위험하고 지독하게 절망적일지라도 나는 스스로 선택한 낙원에 깊이 빠져 헤어날 수 없었다. 비록 하늘마저 지옥불의 빛깔을 닮았지만 그래도 낙원은 낙원이었다.

나에 대해 연구하는 유능한 정신과의사는—지금쯤 험버트 박사에게 홀려 뱀 만난 개구리 꼴이 되었을 텐데—틀림없이 내가 롤리타를 해변으로 데려가기를, 그리고 그곳에서 한평생 간직한 열망을 마침내 '실현'하기를, 그리하여 일찍이 첫사랑 미스 리와 더불어 이루지 못한 사랑 때문에 생긴 '잠재의식' 속의 강박관념에서 깨끗이 해방되기를 기대하리라.

친구여, 그때 내가 해변을 찾아가려 한 것은 사실이다. 그러나 고백

---

* Frigid Queen. 'frigid'에는 냉랭하다는 뜻과 불감증이라는 뜻이 있다.

하건대 우리가 신기루 같은 해변의 잿빛 물 앞에 도달할 무렵에는 여행 동반자를 통해 이미 많은 즐거움을 맛본 뒤였다. 그런데도 바닷가 왕국이나 이상화된 리비에라 등등을 찾아 헤맨 이유는 잠재의식 속의 충동 때문이 아니라 아직은 이론에 불과한 전율을 실제로 느껴보고 싶어서였다. 천사들도 그 사실을 알고 대응책을 마련했다. 대서양 연안에서 꽤 그럴싸한 해변을 찾아갔지만 악천후 때문에 헛고생만 했다. 잔뜩 찌푸린 하늘, 흙물이 든 파도, 끝없이 펼쳐지는데도 왠지 밋밋해 보이는 안개─내가 리비에라에서 경험한 사랑의 그 상쾌한 매혹, 그 사파이어빛 풍경, 그 장밋빛 사연과는 전혀 딴판이 아닌가? 멕시코 만 연안의 아열대성 해변도 두어 군데 가봤는데, 날씨는 제법 화창했지만 독을 품은 미물들이 밤하늘의 별처럼 우글거리는데다 태풍까지 휘몰아쳤다. 그러다가 환상처럼 어렴풋한 태평양을 마주보는 캘리포니아 해변에 이르러 마침내 다소 초라하나마 은밀한 장소를 발견했다. 동굴 비슷한 곳이었는데, 썩어가는 몇 그루 나무 너머로 보이는 아늑한 해변에서 난생처음 파도를 즐기는 수많은 걸스카우트 대원의 환호성이 들려왔다. 그러나 젖은 담요처럼 짙은 안개가 끼고, 모래알은 까칠까칠한데다 끈적거리기까지 했고, 로는 온몸에 오소소 소름이 돋은데다 모래투성이였다. 나 역시 그녀를 바라보아도 마치 바다소를 보는 듯 처음으로 욕망을 느끼지 못했다. 그러나─독자 제현은 기뻐할지도 모르지만─설령 그때 우리가 어딘가에서 마음에 쏙 드는 해변을 발견했더라도 이미 늦었으리라. 왜냐하면 나는 벌써 오래전에 진정한 해방을 맞이했기 때문이다. 그것은 애너벨 헤이즈Annabel Haze, 일명 돌로레스 리Dolores Lee, 일명 롤리타Loleeta가 내 앞에 나타난 순간이었다. 그 조잡한 베란다에서—비록 허구이며 가짜에 불과하지만(그 근방에 물이라고는 시시한 호수 하나가 전부였지만) 대단히 만족스러운 바닷가 같은 풍경 속에서—황금빛과 갈색으로 물든 그녀가 무릎을 꿇은 채 나를 쳐다보던 바로 그 순간이었다.

현대 정신병리학 사상의 산물까지는 아니더라도 영향을 받은 것만은 분명한 이 특별한 감정에 대해서는 이쯤 해두고 넘어가자. 어쨌든 결과적으로 나는 롤리타를 데리고 다니면서 (혼자일 때는 너무 황량하고 활활 타오를 때는 너무 붐비는) 해변을 기피했다. 그러나 일찍이 유럽에서 하릴없이 공원을 배회하던 기억 때문인지 아직도 야외 활동에 관심이 많았고, 당시 그토록 치욕적인 시련을 겪으면서도 적당한 야외 놀이터를 찾아내려고 안달했다. 그러나 나는 여기서도 좌절을 맛보았다. 이제 그때의 실망에 대해 기록해야겠지만(왜냐하면 바야흐로 이 이야기는 내가 행복을 누리면서도 끊임없이 맞닥뜨려야 했던 위험과 두려움에 대해 설명할 단계로 접어들었기 때문이다), 자못 웅장하고 서정적이고 비극적이지만 결코 목가적이라고 말할 수 없는 미국의 대자연을 헐뜯을 의도는 조금도 없다. 이 대자연의 아름다움, 가슴이 미어질 듯한 아름다움, 아무도 제대로 찬미한 적 없는 아름다움, 마치 눈을 휘둥그레 뜨고 천진난만하게 굴복하는 듯한 아름다움, 그것은 장난감처럼 알록달록 단장한 스위스 마을이나 지겨울 정도로 극찬을 받는 알프스에서는 이제 좀처럼 찾아볼 수 없는 아름다움이었다. 구세계에서는 지금까지 무수한 연인들이 잘 다듬은 산중턱 잔디밭에서, 혹은 푹신푹신한 이끼 위에서, 혹은 편리하고 위생적인 실개천 옆에서, 혹은 머리글자를 새긴 참나무 아래 소박한 벤치에서, 혹은 수많은 너도밤나무숲 속에 지은 수많은 오두막에서 얼싸안고 입을 맞추었다. 그러나 미국의 대자연 속에서 연인들이 인류의 가장 오랜 범죄이자 오락에 심취하기란 결코 쉬운 일이 아니다. 여자의 엉덩이는 독풀에 쓸려 화끈거리고 남자의 엉덩이는 이름 모를 벌레에 쏘이기 일쑤다. 남자의 무릎은 숲 바닥에 깔린 뾰족뾰족한 것들이 쿡쿡 찌르고 여자의 무릎은 벌레가 콕콕 찌르기 일쑤다. 그리고 사방에서 부스럭거리는 소리가 자주 들리는데 어쩌면 뱀일 수도 있고—어쩌면 멸종 직전의 용일 수도 있고!—게다가 무시무시한 꽃들이 남긴 마치 게처럼 생긴 씨앗들이 가터로 고정한 검은색 양말이든 헐렁헐렁한 흰색 양말이든 가리지 않고 잔뜩 달라붙어 온통 푸릇푸릇하고 꼴사나운 양말로 만들어놓기 일쑤다.

내가 조금 과장해서 말하기는 했다. 어쨌든 어느 여름날 정오 무렵, 롤리타와 나는 고갯길에 차를 세우고 100피트쯤 더 올라가다가 드디어 사뭇 한적하고 낭만적인 장소를 발견했다. 수목한계선 바로 밑에 시냇물이 졸졸 흐르고 물가에는 온통 하늘색 꽃이 흐드러지게 피었는데 아마도 제비고깔의 일종인 듯했다. 이 산비탈은 사람들이 다닌 흔적이 없었다. 거기까지 어렵사리 올라온 마지막 소나무 한 그루가 바위에 걸터앉아 한숨을 돌리고 있었다. 마멋 한 마리가 우리를 보더니 휘파람을 불고 사라졌다. 내가 로를 위해 깔아준 무릎담요 밑에서 바싹 마른 꽃들이 바삭바삭 부스러졌다. 베누스가 다녀갔다.* 산비탈 꼭대기의 울퉁불퉁한 절벽과 우리 아래쪽에 얼기설기 뒤엉킨 관목들이 태양과 인간의 시선을 모두 막아주는 듯했다. 그런데 이를 어쩌랴, 겨우 몇 걸음 떨

---

* 절정의 순간이 지나갔다는 뜻으로, 베누스는 로마신화에 나오는 미와 사랑의 여신.

어진 곳에 덤불과 바위가 울타리처럼 둘러싼 공간이 있고 그 속에 작은 오솔길이 숨어 있다는 사실을 미처 알아차리지 못했다.

하마터면 들킬 뻔했던 순간 중에서도 그때가 가장 아슬아슬했고, 이 경험 때문에 전원 속의 사랑에 대한 동경이 영원히 사라져버린 것도 무리가 아니다.

일이 끝나고, 완전히 끝나고, 그녀가 내 품에 안겨 울던 장면이 떠오른다. 한동안 계속되었던 우울증을 한꺼번에 씻어내는 유익한 폭풍 같은 흐느낌이었다. 그 무렵 그녀는 걸핏하면 우울해했다. 그런 일만 없었다면 흠잡을 데 없이 완벽한 한 해였으련만! 그날 나는 열정에 사로잡혀 조급하고 무분별해진 상태에서 강요에 못 이겨 억지로 했던 어리석은 약속을 취소해버렸고, 그녀는 널브러져 울음을 터뜨렸고, 자신을 어루만지는 내 손을 꼬집었고, 나는 즐거워하며 웃었다. 내가 정말 잔인하고 터무니없고 어처구니없는, 아마도 영원히 후회할 만행을 저질렀다는 사실을 지금은 잘 알지만, 그때까지만 해도 그런 고민은 푸른 하늘 같은 내 행복에 찍힌 검은 점 하나에 불과했다. 우리가 그렇게 누워 있을 때였다. 나는 문득 우리를 뚫어져라 내려다보는 검은 눈동자 두 쌍을 발견하고 하마터면 내 가엾은 심장이 멎어버릴 만큼 놀라고 말았다. 아름답고 이국적인 아이 둘이었는데, 하나는 어린 목신이고 하나는 님펫이지만, 납작 가라앉은 검은 머리도 똑같고 핏기 없는 얼굴도 똑같아서 쌍둥이는 아니더라도 남매 사이가 분명했다. 그들은 선 채로 허리를 구부리고 멍하니 우리를 내려다보았다. 두 아이가 입은 파란 놀이옷이 야생화의 빛깔과 잘 어우러졌다. 나는 어떻게든 몸을 가려보려고 허둥지둥 무릎담요를 끌어올렸다. 바로 그 순간, 몇 걸음 떨어진 덤불 속에서 물방울무늬가 찍힌 커다란 공 같은 물체가 갑자기 빙그르르 돌면서 서서히 솟아오르더니 칠흑처럼 새까만 머리를 질끈 동여맨 뚱뚱한 여자로 탈바꿈했다. 그녀는 푸른 돌로 새긴 사랑스러운 조각품 같은 아이들의 등뒤에서 무의식적으로 손을 놀려 야생 나리꽃 한 송이를 꽃다발에 보태면서 어깨 너머로 우리를 노려보았다.

지금은 양심의 가책을 느끼는 부분이 예전과는 완전히 달라지면서 내가 제법 대담한 성격임을 알게 되었다. 그러나 그 시절에는 그 사실을 몰랐고, 그래서 그날 그런 최악의 상황에서도(걷잡을 수 없는 어떤 희망이나 증오심 때문에 어린 짐승의 옆구리가 바삐 오르내리는데도, 검은 별들이 조련사의 심장을 꿰뚫는 듯한데도!) 나는 마치 잘 훈련된—땀에 젖은 몸을 웅크리고 슬퍼하는—동물을 다루듯이 조용히 웅얼거리는 목소리로 명령을 내려 로를 일으켜세웠고, 우리는 일단 점잖게 걷다가 곧 꼴사납게 허둥대면서 차를 세워둔 곳으로 내려갔다. 우리 차 뒤에 멋진 스테이션왜건 한 대가 서 있었다. 짧고 새까만 수염을 기른 잘생긴 아시리아인 한 명이—실크 셔츠와 자홍색 슬랙스 차림의 멋쟁이 신사였는데 아마도 그 뚱뚱한 식물학자의 남편이리라—자못 엄숙한 태도로 고갯길의 높이가 적힌 표지판을 사진에 담고 있었다. 해발 1만 피트도 훨씬 넘었다. 숨이 턱까지 찼다. 우리는 바퀴가 미끄러지고 자갈이 우두둑 부서질 정도로 다급하게 그 자리를 떠났고, 로는 여전히 옷을 입느라 쩔쩔매면서 나에게 욕설을 퍼부었다. 그녀가 알지도 못하리라 여겼던 상소리가 어린 소녀의 입에서 마구 쏟아져나왔다.

불쾌한 일은 그것만이 아니었다. 예를 들면 어느 영화관에서 벌어진 일도 그랬다. 그때까지만 해도 로는 영화를 굉장히 좋아했다(이 뜨거운 열정은 고등학교 2학년 때 서서히 식어갔다). 그 한 해 동안 우리는 정말 게걸스럽게, 닥치는 대로 영화를 보았는데, 글쎄 한 150편이나 200편쯤 되려나, 아무튼 한창 영화관을 자주 찾던 시기에는 똑같은 뉴스를 대여섯 번이나 보게 되는 경우도 많았다. 영화는 매번 달랐지만 함께 상영되는 뉴스는 일주일 동안 이 도시에서 저 도시로 우리를 따라다녔기 때문이다. 그녀가 좋아하는 영화는 뮤지컬, 범죄영화, 서부영화 순이었다. 첫번째는 진짜 가수와 무용수가 가짜 무대경력을 쌓아가는 과정을 그렸는데, 그들이 살아가는 세계는 본질적으로 슬픔과는 무관한 곳이므로 죽음이나 진실 따위는 철저히 배제됐고, 처음에는 공연에 미쳐버린 여주인공을 못마땅하게 여겼던—백발이 성성하지만 영화 속에서는 사실상 죽음을 초월한—아버지도 결말에 이르면 환상적인 브로드웨이 무대에서 여신처럼 빛나는 딸을 이슬 맺힌 눈으로 바라보며 박수갈채를 보내는 것으로 막을 내렸다. 범죄영화의 세계는 전혀 달랐다. 그곳은 용감한 신문기자가 고문을 당하는 세계, 전화 요금이 억대로 치솟고 분위기는 삭막하고 사격 솜씨는 다들 형편없는 세계, 병적이라고 할 만큼 두려움을 모르는 경찰관이 하수도나 창고를 누비며 악당들을 뒤쫓는 세계였다(나 같으면 사람들을 그렇게까지 고생시키지는 않겠다). 마지막으로 서부영화는 적갈색 풍경 속에서 펼쳐지는데, 얼굴은 불그스름하고 눈은 파랗고 말을 잘 타는 사람들, 로링 협곡에 나타난 새침하고 어여쁜 여교사, 뒷다리로 벌떡 일어서는 말, 동물들의 장엄한 질주, 유리창을 박살내면서 불쑥 튀어나오는 권총, 무시무시한 주먹싸움, 무수히 부서져가는 먼지투성이 구닥다리 가구들, 흉기로 이용되는 식탁, 아슬아슬하게 몸을 피하는 공중제비, 짓눌린 상태에서도 바닥에 떨어뜨린 사냥칼을 향해 다가가는 손, 끙끙거리는 소리, 턱을 후련하게 후려갈기는 주먹, 배를 걷어차는 발, 허공으로 몸을 던지는 태클, 그리하여 헤라클레스 같은 영웅이라도 입원해야 할 만큼 지독한 고통(지금은 나도 그런 고통을 안다)을 겪은 직후 주인공은 뜨거워진 몸으로 개척지의 아름다운 신부를 부둥켜안는데, 상흔이라고는 그의 구릿빛 얼굴에 제법 잘 어울리는 타박상 정도가 고작이다. 나는 통풍도 잘 안 되는 작은 극장에서 낮 시간에 영화를 보던 날을 기억한다. 아이들이 꽉꽉 들어찬 극장 안에는 팝콘 냄새를 풍기는 뜨거운 입김이 가득했다. 네커치프를 두른 가수의 머리 위에 노란 달이 떴다. 가수가 한쪽 발을 소나무 장작 위에 올려놓고 기타를 칠 때 나는 별 뜻 없이 로의 어깨에 팔을 둘렀는데, 그녀의 관자놀이에 턱을 대려는 순간 뒷자리에 앉은 하르피이아* 같은 여자 둘이 몹시 불쾌한 말을 내뱉었다. 제대로 알아들었는지 모르겠지만 어쨌든 그때 들었다고 생각한 그 말 때문에 나는 다정한 손길을 거둬들일 수밖에 없었고, 그때부터 영화 내용이 안개처럼 몽롱해진 것은 당연한 일이었다.

내가 기억하는 또하나의 충격적인 사건은 우리가 동부로 돌아오다가 한밤중에 어느 소도시를 지날 때 일어났다. 그보다 20마일쯤 전에 내가 로에게 비어즐리에서 다니게 될 학교는 꽤나 수준이 높고 남녀공학도 아니고 요즘의 터무니없는 풍조 따위는 통하지 않는 곳이라고 말했는데, 그 말을 들은 로는 노발대발하여 또 한바탕 열변을 토했다. 애원과 모욕, 자기주장, 겉 다르고 속 다른 말, 심술궂고 천박한 말, 유치

---

* 그리스신화에 등장하는 괴물. 추녀의 얼굴을 가진 새의 모습이다.

한 절망감 따위가 마구 뒤섞여 도무지 논리라고는 찾아보기 힘들었지만 나로서는 어떻게든 해명을 할 수밖에 없었다. 그녀의 폭언(어림도 없는 소리…… 그런 말을 곧이들으면 내가 등신이지…… 지긋지긋한 인간…… 나를 멋대로 휘두르려고 해봤자…… 경멸한다니까…… 기타 등등) 때문에 나도 흥분한데다 조금 전까지 고속도로에서 신나게 달리던 여세를 몰아 조용히 잠든 소도시를 시속 50마일로 통과하는데, 경찰관 두 명이 스포트라이트를 비추면서 차를 세우라고 명령했다. 나는 계속 횡설수설하는 로에게 입 좀 다물라고 말했다. 그녀와 나를 바라보는 두 남자의 시선에 적대감과 호기심이 가득했다. 그러자 로가 갑자기 만면에 미소를 머금고—나의 난초스러운* 남성미를 보면서도 그토록 환하게 웃은 적은 한 번도 없었거늘—그들을 바라보았다. 어떤 의미에서는 나보다 로가 더 법을 두려워했기 때문이다. 이윽고 친절한 경찰관들이 우리를 훈방해주고 우리가 비굴하게 슬금슬금 출발할 때 그녀는 맥이 풀려 축 늘어지는 시늉을 하면서 눈을 감고 눈꺼풀을 파닥거렸다.

이 시점에서 좀 이상야릇한 고백을 해야겠다. 독자 여러분은 웃겠지만, 나는 정말 정직하게 말해서 우리가 법적으로 어떤 상황인지 구체적으로 확인해보지 못했다. 지금도 잘 모른다. 아, 물론 잡다한 지식을 주워듣기는 했다. 앨라배마 주에서는 보호자가 법원의 허락 없이 피보호자의 거주지를 마음대로 옮길 수 없다. 반면 미네소타 주에서는 14세 이하의 어린이에 대해 영속적인 양육권을 가진 친족이 있을 때는 법원

---

* orchideous. '고환'을 의미하는 그리스어에서 파생된 단어인 '난초(orchid)'에 '흉측하다'는 뜻의 형용사 'hideous'를 더한 언어유희.

이 개입하지 않도록 규정했으니 가히 경의를 표할 만한 일이다. 여기서 질문. 어떤 남자가 숨이 막힐 정도로 사랑스러운 사춘기 소녀의 의붓아버지가 되었는데, 아빠가 된 지 겨우 한 달 만에 홀아비가 되었고, 신경증에 시달리고 나이는 장년기, 넉넉하진 않지만 굳이 일하지 않아도 살아갈 만큼의 수입이 있고, 유럽 태생이고, 한 번 이혼하고 몇 차례 정신병원을 들락거린 경력이 있을 경우, 이런 남자도 친족으로 간주하여 정상적인 친권자로 인정해주는가? 만약 그렇지 않다면 공공복지부 같은 곳에 탄원서를 제출해야 하는가(탄원서는 어떻게 제출해야 하는가)? 내가 해도 별일 없을까? 혹시 법원 직원이 온순하지만 수상쩍은 험버트와 위태로운 돌로레스 헤이즈의 관계를 샅샅이 조사하지는 않을까? 크고 작은 여러 도시의 공공도서관에서 꺼림칙한 마음을 달래가며 결혼, 강간, 입양 등에 대한 책을 무수히 뒤져보았지만 주 정부가 미성년자의 최종 보호자라는 막연한 암시 말고는 아무것도 발견하지 못했다. 결혼의 법률적 측면을 다룬 두툼한 책에도—내 기억이 정확하다면 저자는 필빈과 자펠이었다—엄마 잃은 소녀를 보살펴야 하는 의붓아버지*의 처지에 대한 말은 한마디도 없었다. 나에게 가장 큰 도움을 준자료는 사회복지에 대한 논문(시카고, 1936년)이었는데, 어느 순진한노처녀가 먼지 쌓인 서고 구석에서 어렵사리 찾아다준 이 책에 이런말이 있었다. "모든 미성년자에게 반드시 보호자가 있어야 한다는 원칙은 없다. 법원의 입장은 소극적이며, 아동의 상황이 몹시 위태로운 경우에만 분쟁에 개입한다." 그래서 나는 보호자 자신이 정식 절차를 밟

---

* stepfathers with motherless girls on their hands and knees. 교묘한 중의적 표현. 의붓딸을 '책임진다'는 의미와 더불어 '무릎에 앉히고 어루만진다'는 의미도 내포한다.

아 의사표시를 한 경우에만 보호자로 인정받는 모양이라고 생각했다. 그러나 그 보호자가 법원에 출두하여 자격심사를 받으라는 통지를 받고 마침내 잿빛 날개를 달기까지는 몇 달이 걸릴지도 모르는데, 그때까지 아름다운 마동은 법적으로 의지할 곳 없는 혈혈단신 외톨이가 되는 셈이다. 따지고 보면 돌로레스 헤이즈도 그런 경우에 해당한다. 이윽고 자격심사를 받게 되리라. 판사가 몇 가지 질문을 던지고, 변호사가 판사를 안심시킬 만한 답변을 하고, 그다음은 미소, 눈인사, 밖으로 나오면 가벼운 가랑비—보호자로 인정받는 절차는 그렇게 끝날 것이다. 그래도 엄두가 나지 않았다. 공연히 나서지 말고 생쥐처럼 쥐구멍 속에 숨어 지내자. 법원이 적극적으로 개입하는 경우는 돈 문제가 얽혔을 때뿐이다. 탐욕스러운 보호자 두 명, 유산을 빼앗긴 고아 한 명, 더욱더 탐욕스러운 제삼자. 그러나 내 경우에는 모든 일을 완벽하게 정리했고, 재산 목록도 작성했고, 엄마가 남긴 조촐한 유산은 돌로레스 헤이즈가 성인이 될 때까지 건드리지 않고 그대로 두기로 했다. 그러므로 아무것도 하지 않는 것이 최선이다. 그러나 내가 너무 조용히 지내면 혹시 인권협회 같은 참견쟁이들이 끼어들지는 않을까?

팔로는 비록 변변찮은 변호사지만 친절한 사람이라 나에게 실질적인 조언을 해줄 수도 있었을 텐데 그 무렵에는 암에 걸린 진을 돌보느라 여념이 없어 이미 약속한 일, 즉 내가 샬럿의 죽음으로 받은 충격에서 아주 천천히 벗어나는 동안 그녀가 남긴 보잘것없는 유산을 관리하는 일 이상을 요구하기는 부담스러웠다. 더구나 내가 그를 속여 돌로레스가 내 친딸이라고 믿게 만들었으니 우리가 처한 상황에 대해서는 조금도 걱정하지 않을 터였다. 지금쯤 독자 여러분도 알아차렸겠지만 나는 실무에 밝은 사람이 아니다. 그러나 다른 전문가를 찾아 조언을 구하지도 못할 만큼 무지하거나 게으르지는 않다. 그런데도 선뜻 나서지 못한 이유는 어떤 식으로든 섣불리 운명의 흐름을 건드리다가, 즉 운명이 내 손에 쥐여준 환상적인 선물을 정당화하려다가 오히려 선물을 도로 빼앗길지도 모른다는 불길한 예감 때문이었다. 동양의 옛날이야기에서도 어느 산꼭대기에 궁전이 있었는데 곧 그곳의 주인이 될 사람이 궁전 지킴이에게 멀리서 보면 궁전의 토대와 검은 바위 사이로 저녁놀에 물든 하늘이 뚜렷하게 보이는 까닭이 뭐냐고 질문을 던지는 순간 궁전이 송두리째 사라져버렸다고 하지 않는가.

나는 (비어즐리 여자대학이 있는) 비어즐리에 도착하면 아직 살펴보지 못한 참고문헌을, 예컨대 워너의 논문 「미국 후견인 관련법」이나 연방아동국 출판물 등을 두루 열람할 수 있으리라 판단했다. 그리고 지금의 문란하고 나태한 생활을 어느 쪽으로든 변화시키는 것이 로를 위해서도 바람직하리라 판단했다. 나는 그녀를 설득하여 온갖 경험을 쌓게 했는데, 그 목록을 보면 교육 전문가도 입이 딱 벌어질 것이다. 그러나 내가 아무리 어르고 윽박질러도 그녀는 미국 여성지에 실린 기사나 이른바 '만화책' 말고는 좀처럼 책을 읽지 않았다. 글의 수준이 조금만 높아도 학교 냄새가 난다면서 싫어했고, 『림버로스트의 소녀』[12]나 『아라비안나이트』나 『작은 아씨들』 같은 책은 꽤 재미있겠다고 말하면서도 그렇게 어려운 책을 읽으면서 귀중한 '휴가'를 낭비하기는 싫다고 잘라 말했다.

지금 생각해보면 그때 동부로 돌아와서 그녀를 비어즐리의 사립학교에 입학시킨 일은 크나큰 실수였다. 차라리 어떻게든 멕시코 국경을 넘어가서 아열대성 낙원에 2년쯤 숨어 살다가 나의 크리오요* 소녀와 결혼하는 편이 나았으리라. 고백하건대 나는 생식샘과 신경절의 상태에 따라 하루에도 몇 번씩 극과 극을 오가는 광기에 사로잡혔기 때문이다. 1950년쯤 되면 롤리타가 지닌 님펫의 마력도 사라져버리고 다루기 힘든 사춘기 소녀만 남을 테니까 어떻게든 떼어버려야겠다고 생각하기도 했고, 또 어떤 때는 인내심을 가지고 기다리다가 혹시 운이 좋으면 그녀가 내 피를 이어받은 아름다운 님펫을 낳아줄지도 모른다고 생각하기도 했다. 롤리타 2세는 1960년경에 여덟 살이나 아홉 살이 될 텐데, 그때쯤에도 나는 여전히 한창나이이리라. 제정신인지 남의 정신인지 몰라도 내 마음속의 성능 좋은 망원경은 까마득한 세월을 뛰어넘어 아직도 파릇파릇한 노인의 모습을 바라보았는데—아니, 퍼렇게 곰팡이가 핀 것일까?—괴상하면서도 자상한 험버트 박사가 침을 질질 흘리면서 황홀할 만큼 사랑스러운 롤리타 3세에게 할아버지 노릇을 하는 장면이었다.

정처 없이 떠돌던 시절에 나는 롤리타 1세에게 정말 형편없는 아빠라는 사실을 의심치 않았다. 물론 나로서는 최선을 다했다. 고의는 아니겠지만 성경 구절을 연상시키는 『너의 딸을 알라』**라는 책을 읽고 또 읽었다. 로의 열세번째 생일날 어느 서점에서 '아름다운' 삽화를 실었다는 광고 카피가 적힌 안데르센의 『인어공주』 호화판을 살 때 함께

---

* 서인도제도나 남미 등 과거 스페인령 아메리카 지역에 정착한 초기 스페인 이주민들의 후예.

** Know Your Own Daughter. 중의적 표현. 영어의 'know'는 성적인 의미를 내포하며, 딸을 범하라는 의미로 해석할 수 있다.

산 책이었다. 그러나 우리가 가장 사이좋게 지낼 때도, 예컨대 비가 오는 날 나란히 앉아서 책을 읽을 때(로는 창밖을 내다보고, 손목시계를 들여다보고, 다시 창밖을 내다보고), 혹은 손님이 많은 식당에서 말없이 푸짐한 식사를 즐길 때, 혹은 유치한 카드놀이를 할 때, 혹은 장을 볼 때, 혹은 다른 운전자들과 그들의 아이들 사이에 섞여 처참하게 부서지고 유혈이 낭자한 자동차와 시궁창에 나뒹구는 젊은 여자의 신발 한 짝을 묵묵히 구경할 때(그 자리를 떠나면서 로가 말했다. "아까 그 가게에서 내가 그 얼간이한테 찾아달라고 했던 모카신이 바로 저런 거였어요.")—아무튼 어떤 상황에서도 나는 아빠답게 행동하지 못하고 롤리타는 딸답게 행동하지 못했다. 혹시 떳떳지 못한 여행 때문에 둘 다 연기력이 떨어진 게 아닐까? 한곳에 정착하여 규칙적인 학교생활을 하다보면 롤리타도 금방 나아지지 않을까?

내가 비어즐리를 선택한 이유는 그곳에 비교적 점잖은 여학교가 있을 뿐만 아니라 여자대학도 있었기 때문이다. 나도 어딘가에 정착하여 나와 비슷한 사람들 속에 섞여들고 싶었는데, 마침 비어즐리 여대 불문학과에 내가 아는 사람이 있다는 사실이 생각났다. 그는 고맙게도 내 책을 교재로 채택해주었으며, 한번은 그곳에 와서 강연을 해달라고 요청하기도 했다. 하지만 그러고 싶은 마음이 전혀 없었는데, 이 고백록에서 이미 밝혔듯이 나에게는 일반적인 여대생의 몸매만큼 혐오스러운 몸매도 드물기 때문이다. 무겁게 처진 골반, 굵은 종아리, 한심스러운 낯빛 등등(그들을 바라보면 마치 여자의 꼴사나운 살덩어리로 만들어진 관을 보는 듯하고, 그 속에는 나의 님펫들이 산 채로 갇혀 있을 듯싶다). 그러나 나에게도 직함이나 배경이나 위신 따위가 필요했고, 머지않아 자세히 설명하겠지만 가스통 고댕과 함께 있으면 특별히 안전하다고 판단할 만한 다소 우스꽝스러운 이유가 있었다.

마지막으로 돈 문제도 무시할 수 없었다. 내 수입으로는 전국 유람 비용을 감당하기 힘들었다. 물론 가급적 저렴한 모텔을 골랐지만 이따금 화려한 고급 호텔이나 호화로운 관광 목장을 이용할 때마다 돈이 뭉텅이로 나갔다. 게다가 관광비와 로의 옷값으로도 엄청난 돈이 흘러나갔고, 헤이즈의 고물차가 아직 꽤 튼튼하고 말도 잘 듣긴 했지만 크고 작은 말썽을 일으켜 수리를 해야 할 때가 많았다. 친절한 관계 당국이 진술서를 쓸 때 참고하라고 돌려준 각종 서류 속에 도로 노선도 몇 장이 남아 있었는데, 그중 한 장에서 그때의 기록을 발견한 덕분에 다음과 같은 계산이 가능했다. 돈을 물 쓰듯 했던 1947년 8월부터 1948년 8월까지 그 한 해 동안 우리가 숙박비와 식비로 쓴 돈이 약 5500달러, 연료와 윤활유 값, 수리비 등이 1234달러, 그 밖에 이런저런 잡비로 거의 비슷한 액수가 빠져나갔다. 실제로 이동한 날은 약 150일이었고(주행거리는 자그마치 2만 7천 마일!) 중간중간 한곳에 머무른 날이 200일 정도였는데, 그 기간 동안 이 보잘것없는 금리생활자가 지출한 총액은 약 8천 달러, 그러나 나처럼 실무에 어두운 사람은 보나마나 적잖은 항목을 빠뜨렸을 테니까 1만 달러 정도로 잡는 것이 더 정확하겠다.

그리하여 우리가 동부에 도착할 무렵에 나는 욕망이 충족되어 원기가 왕성해지기는커녕 더욱더 피폐해진 반면, 로는 건강미가 넘쳐 빛나는 듯했다. 좌우 장골腸骨이 만들어낸 화환 모양의 골반은 여전히 소년의 골반처럼 좁았지만 키는 2인치쯤 자라고 몸무게는 8파운드쯤 늘었다. 우리는 방방곡곡을 누볐다. 그러나 사실상 아무것도 보지 못했다. 지금 생각해보면 우리의 기나긴 여행은 이 아름답고 믿음 깊고 꿈 많고 드넓은 국토를 구불구불한 점액의 흔적으로 더럽혔을 뿐이고, 돌이켜보면 그때 우리에게 남은 것은 귀퉁이가 접힌 지도 한 다발과 너덜너덜한 여행 안내서, 닳아빠진 타이어, 그리고 한밤중에―밤이면 밤마다―잠든 체하는 내 귓가에 울리던 그녀의 흐느낌이 전부였다.

4

우리가 빛과 그림자로 얼룩진 길을 지나 세이어 스트리트 14번지에 도착했을 때 표정이 심각한 소년 하나가 우리를 대신하여 이 집을 빌린 가스통의 편지와 집 열쇠를 건넸다. 로는 새로운 환경에 눈길 한번 주지 않고, 라디오 쪽을 보지 않고도 그저 본능이 이끄는 대로 라디오를 켜더니 역시 보지 않고도 정확하게 스탠드 받침대의 아랫배 부분에 손을 넣어 묵은 잡지 몇 권을 끄집어내고 거실 소파에 벌렁 드러누웠다.

사실 나는 롤리타를 가둬놓을 곳만 있다면 어떤 집에 살든지 상관없었다. 그러나 매사에 흐리멍덩한 가스통과 편지를 주고받는 과정에서 막연하게나마 담쟁이덩굴로 덮인 벽돌집을 상상했던 모양이다. 그런데 실제로 보니 (겨우 400마일 떨어진) 헤이즈의 집과 비슷하면서 더 초라했다. 똑같이 흐릿한 회색 목조건물인데 판자 지붕을 덮고 흐릿한 녹색 무명천으로 만든 차양을 달았다. 방은 더 작은 편이고, 가구는

플러시 천과 금속판을 소재로 더 일관성 있게 골랐지만 배치는 대체로 비슷했다. 그러나 내 서재는 훨씬 더 큰 방이었는데, (지금은 안식년 휴가중인) 집주인이 비어즐리 여대에서 가르치는 화학에 대한 책 2천 권 가량이 바닥에서 천장까지 빼곡하게 꽂혀 있었다.

나는 비어즐리 여학교가―학비가 아주 비싼 학교인데 체육관도 훌륭하고 점심식사도 제공했다―학생들의 어린 육체를 발달시켜줄 뿐만 아니라 정식 교육과정을 통하여 정신적으로도 성장시켜주기를 바랐다. 미국인들의 기질을 정확히 판단해본 적이 별로 없는 가스통 고댕은 말장난을 좋아하는 외국인답게 '철자법은 잘 모르고 화장법만 잘 아는' 아이들을 길러내는 학교인지도 모른다고 경고했다. 그러나 내가 보기에는 그것조차도 제대로 못 가르치는 학교였다.

교장 프랫 여사를 처음 만났을 때 그녀는 내 딸의 '파란 눈'이 참 예쁘다는 둥(파란 눈이라니! 롤리타가?) 내가 '프랑스 천재'와 친해서 반갑다는 둥(천재라니! 가스통이?) 제멋대로 지껄이더니 미스 코머런트라는 여선생에게 돌리를 인계한 후 마치 명상에 잠긴 듯이 눈살을 찌푸리면서 다음과 같이 말했다.

"험버드 씨, 우리 학교는 학생들을 책벌레로 만들거나, 어차피 아무도 모르는 유럽 각국의 수도 이름을 달달 외우게 하거나, 까마득히 잊힌 전투가 벌어졌던 날짜까지 암기시키는 일 따위는 그리 중요시하지 않습니다. 우리가 중요시하는 것은 학생들이 단체생활에 잘 적응하도록 도와주는 일이죠. 그래서 네 가지 D를 강조합니다. 연극Dramatics, 무용Dance, 토론Debating, 이성교제Dating. 그런데 몇 가지 문제가 있어요. 귀여운 돌리도 곧 이성교제를 시작할 나이가 됐는데, 그때는 데이트 상대, 데이트 방식, 데이트 의상, 데이트 지침서, 데이트 예절 등이 중요한 관심사죠. 아버님께 일이 중요하고 일과 관련된 인맥도, 일에서의 성공 여부도 중요하듯이, 그리고 (빙그레 웃으면서) 저한테는 학생들의 행복이 중요하듯이 말입니다. 우리가 좋아하든 싫어하든 간에 도러시 험버드는 이미 사회생활이라는 거대한 체계 속에서 살아갑니다. 그 속에는 핫도그 노점상도 있고, 길모퉁이 드러그스토어도 있고, 밀크셰이크, 콜라, 영화, 스퀘어댄스, 물가에 담요 깔고 즐기는 파티, 심지어 여럿이 모여 머리 손질을 하는 파티까지 있어요! 물론 그중에는 우리학교에서 찬성하지 않는 활동도 더러 있고, 또 더러는 좀더 건설적인 방향으로 이끌어주려고 하죠. 하지만 웬만하면 안개를 등지고 햇빛을 똑바로 바라보려고 노력합니다. 간단히 말씀드리자면 이런저런 교육방식을 채택할 때 작문보다는 의사소통에 중점을 두죠. 다시 말해서 우리도 셰익스피어 같은 작가들을 존중하긴 하지만 우리 학생들이 낡고 진부한 책 속에 파묻히기보다는 주위에 살아 숨쉬는 세계와 더불어 자유롭게 의사소통을 하길 바라는 거예요. 아직은 더듬더듬 나아가는 단계지만 산부인과 의사가 종양을 더듬어 찾듯이 체계적인 방법으로 발전을 모색합니다. 험버그 박사님, 우리는 유기체나 생명체를 바라보는 시선으로 세상을 바라봅니다. 전통적으로 여자애들에게 가르쳤던 과목 중에서도 낡아빠진 것들은 무더기로 없애버렸어요. 옛날부터 그런 교육 방식 때문에 막상 자기들의 삶에 필요한 지식이나 기술, 마음가짐 등은 제대로 익히지 못했으니까요. 물론 냉소적인 사람들은 자신보다 남편을 위한 공부가 아니냐고 따질지도 몰라요. 그렇지만 험버슨 씨, 저는 이렇게 말씀드리고 싶어요. 별의 위치도 중요하지만 이제 막 신혼

살림을 시작한 가정주부에게는 부엌에서 냉장고를 어떤 위치에 놓아야 편리한지를 이해하는 일이 더 중요하죠. 흔히 부모님들은 자녀들이 학교에서 정상적인 교육만 받으면 충분하다고 말씀하시죠. 그런데 여기서 교육이라는 말이 무슨 뜻일까요? 옛날에는 주로 언어 현상이었어요. 차라리 아이들한테 좋은 백과사전을 달달 외우게 하면 학교에서 배우는 만큼, 어쩌면 그 이상의 지식을 얻을 수도 있었겠죠. 그런데 허머 박사님, 사춘기를 앞둔 요즘 아이들한테 중세의 연대date 따위는 결코 주말 데이트date만큼 중요하지 않다는 사실을 (눈을 깜박이면서) 혹시 아세요? 언젠가 비어즐리 여대에서 어느 정신분석 전문가가 했던 말장난이에요. 아무튼 우리가 살아가는 이곳은 사고의 세계일 뿐만 아니라 물질의 세계이기도 하죠. 경험이 배제된 말은 무의미해요. 옛날 그리스나 오리엔트의 할렘이나 노예 이야기에 도러시 허머슨이 무슨 관심을 가지겠어요?"

정말 어처구니없는 교육 방침이었다. 그러나 이 학교 관계자들 중에서 지성을 갖춘 여자 두 명과 대화를 나눠보니 사실은 여학생들에게 좋은 책을 많이 읽게 하고, '의사소통' 운운하는 말은 홍보용 문구에 지나지 않는다고 했다. 시대에 뒤떨어진 비어즐리 여학교의 재정난을 타개하기 위해 현대적 색채를 적당히 가미했을 뿐이고, 실제로는 예나 지금이나 변함없이 요조숙녀를 키우는 학교라는 설명이었다.

내가 이 학교를 선택한 또하나의 이유는 비록 독자들은 우습게 여기겠지만 나에게는 매우 중요한 문제였다. 나는 원래 이렇게 생겨먹었으니 어쩔 수 없는 일이다. 아무튼 길 건너편, 즉 우리 집 정면에 잡초가 무성한 공터가 있었는데, 그곳에는 각양각색의 관목이 자라고 벽돌한 무더기와 널빤지 몇 장이 나뒹굴고 가을철 길가에서 흔히 볼 수 있는 초라한 담자색이나 노란색 꽃들이 여기저기 물거품처럼 피어 있었다. 이 공터 너머에는 우리 집이 있는 세이어 스트리트와 나란히 뻗은 등굣길의 한 구간이 가물거리고, 이 길을 건너면 바로 학교 운동장이었다. 이렇게 돌리의 일상과 나의 일상이 서로 마주보는 전반적인 배치 덕분에 심리적으로도 안도감을 느낄 수 있음은 물론이고, 통계학적으로 볼 때 쉬는 시간마다 돌리 주변에 모여 노는 소녀들 속에도 틀림없이 님펫이 일정 비율로 존재할 테니 내 서재 겸 침실에서 성능 좋은 쌍안경으로 그들을 찾아보는 즐거움도 꽤 쏠쏠하겠다는 생각이 처음부터 나를 사로잡았다. 그러나 불행하게도 개학 첫날부터 일꾼들이 몰려와서 공터 안쪽에 울타리를 세우더니 무슨 심술인지 순식간에 황갈색 나무 뼈대를 뚝딱뚝딱 쌓아올려 매력적인 전망을 완전히 차단해버렸다. 이 어처구니없는 건설 인부들은 그 구조물이 내 계획을 송두리째 무산시킬 만한 높이에 도달하자마자 공사를 중단하고 두 번 다시 나타나지 않았다.

5

이 한적하고 학구적인 소도시에서 녹색과 황갈색과 황금색으로 물든 주택가를 지나가는 세이어 스트리트를 따라 걷다보면 여기저기서 상냥하게 인사를 건네는 사람들을 종종 만나게 된다. 나는 그런 사람들과 늘 정확한 온도로 관계를 유지한다는 사실이 자랑스러웠다. 결코 무레하게 굴지 않으면서도 언제나 일정한 거리를 두었다. 서쪽에 사는 이웃은 사업가 혹은 대학교수 혹은 둘 다인 듯했다. 그는 정원에서 때늦게 핀 꽃을 깎으면서, 혹은 차에 물을 주면서, 날씨가 더 추워진 뒤에는 진입로를 녹이면서(동사를 모두 틀리게 썼지만 상관없다) 이따금 나에게 말을 걸었다. 그러나 그때마다 나는 상투적인 긍정의 의미로 해석할 수도 있고 단순히 침묵을 메우려는 의문의 의미로 해석할 수도 있도록 짤막하고 애매하게 "흐음!" 하고 대답하여 친한 사이로 발전할 소지를 없애버렸다. 수풀이 우거진 건너편 공터 양옆에도 집이 하나씩 있었다. 한 집은 늘 문이 잠겨 있었고, 다른 집에는 영어 교사 둘이 함께 살았는데, 미스 레스터는 머리가 짧고 성격도 시원시원했으며 미스 페이비언은 조금 시들기는 했지만 꽤 여성스러웠다.* 두 사람이 길에서 나를 만났을 때 던지는 말은 늘 간단했고(그들의 배려가 얼마나 고마웠는지!) 화제도 내 딸이 참 어리고 예쁘다는 말 아니면 가스통 고댕이 순박해서 좋다는 말이 전부였다. 위험하기로 따진다면 후각이 예민한 동쪽 이웃이 단연 으뜸이었는데, 고인이 된 오빠가 대학 건물과 부지를 돌보는 관리인이었다고 한다. 어느 날 내가 거실 창가에 서서 돌리가 학교에서 돌아오기를 애타게 기다릴 때 그 여자가 나의 연인을 불러세웠던 일이 생각난다. 이 밉살스러운 노처녀는 싹싹하고 호의적인 가면 속에 병적인 호기심을 감춘 채 가느다란 우산에 기대어 서 있었고(방금 진눈깨비가 그치면서 차고 축축한 해가 얼굴을 내밀었기 때문이다), 한편 돌리는 쌀쌀한 날씨에도 아랑곳없이 갈색 외투를 열어젖히고 책 몇 권을

---

* 레스터(Lester)와 페이비언(Fabian)의 앞뒤 음절을 조합하면 레즈비언(lesbian)이 된다.

가지런히 겹쳐 배에 대고 있었는데, 투박한 장화 위로 드러난 무릎이 발그레하고 들창코가 귀여운 얼굴에는 겁먹은 듯 수줍은 미소가 언뜻 언뜻 스쳐갔다. 그날 그곳에 서서 동쪽집 노처녀의 질문에 대답하던 돌리의 모습은—창백한 겨울 햇빛 때문인지도 모르지만—독일 어느 시골의 촌뜨기 소녀처럼 평범해 보일 정도였다. "그런데 엄마는 어디 계시니? 그럼 가엾은 아빠는 어떤 일을 하시지? 여기 오기 전에는 어디 살았는데?" 또 어떤 날은 이 밉상이 나를 보고 반갑다는 듯이 코맹맹이 소리를 내면서 말을 걸기에 얼렁뚱땅 피해버렸다. 며칠 후 테두리가 파란 봉투에 담긴 그녀의 편지가 날아들었다. 독과 꿀을 절묘하게 배합한 이 편지는 일요일에 자기 집으로 놀러오라고 돌리를 초대하는 내용이었는데, '내가 어렸을 때 어머니가 사주신 예쁜 책이 많으니까, 밤늦게까지 라디오를 크게 틀어놓고 시간을 보내느니' 편안한 의자에 푹 파묻혀 독서를 즐겨보라고 권했다.

　나로서는 홀리건 부인도 조심할 필요가 있었다. 그녀는 우리 집에 살던 사람이 진공청소기와 함께 물려준 파출부 겸 요리사였다. 학교에서 급식을 먹으니 돌리 점심은 걱정할 필요가 없었고, 아침은 내가 푸짐하게 차려주고 저녁은 홀리건 부인이 퇴근하기 전에 만들어놓은 음식을 데워 먹었다. 부인은 친절하고 순박할 뿐만 아니라 고맙게도 눈까지 어두워서 자잘한 것들은 잘 보지 못했고, 나도 침대를 정돈하는 일만큼은 달인의 경지에 이른 터였다. 그러나 어딘가에 결정적인 얼룩이 남아 있을지도 모른다는 불안감을 한시도 떨쳐버릴 수 없었고, 비록 드문 일이지만 홀리건 부인과 로가 한지붕 밑에서 만나 부엌에서 다정하게 수다를 떨다가 혹시라도 순진한 로가 부인의 따뜻한 마음씨에 감동하여 쓸데없는 말을 꺼내지나 않을까 걱정스러웠다. 마치 유리로 만든 집에 불을 환하게 밝혀놓고 사는 듯한 기분이 들 때가 많았다. 금방이라도 누군가의 누렇게 뜬 얼굴이 깜박 잊고 커튼을 치지 않은 창문 너머로 집 안을 들여다보다가, 산전수전 다 겪은 관음증 환자라도 기꺼이 거액을 낼 만큼 기막힌 장면을 공짜로 구경하면서 못마땅한 표정을 지을 것만 같았다.

6

가스통 고맹에 대해 한마디. 내가 그를 즐겨—적어도 별 부담 없이—만난 주된 이유는 그의 넉넉한 체구가 내 비밀에 마법을 걸어 확실한 안전을 보장해주었기 때문이다. 그렇다고 그가 내 비밀을 알았던 것은 아니다. 특별히 비밀을 털어놓을 만한 이유도 없었고, 워낙 자기중심적인데다 관찰력도 부족해서 무언가를 의심하거나 알아차리거나 하지 못했으므로 나에게 솔직한 질문을 던지는 일도 없고 내 쪽에서 솔직하게 대답할 일도 없었다. 그는 비어즐리 사람들에게 나에 대해 좋게 말해주고 훌륭한 전령 노릇을 해주었다. 만약 내 취향이나 롤리타의 처지를 알았더라도 별다른 관심을 갖지 않았을 테고, 다만 내가 자신을 데면데면—너무 멀지도 않고 너무 가깝지도 않게—대하는 이유를 이해하는 정도로 넘어갔을 것이다. 왜냐하면 비록 사고력도 신통찮고 기억력도 형편없는 친구였지만 비어즐리 시민들보다 내가 그를 더 잘 안다는 사실쯤은 충분히 알았을 테니 말이다. 그는 기운 없고 핏기 없고 시무룩한 노총각이었는데, 몸이 위로 갈수록 점점 가늘어져 어깨는 좁고 축 늘어졌으며, 머리통은 서양배처럼 원뿔형으로 생긴 데다 번들거리는 검은 머리를 한쪽으로 빗어넘기고 반대쪽에는 찰싹 달라붙은 몇 가닥만 남겨두었다. 그러나 하반신은 거대했고, 엄청나게 뚱뚱한 다리를 느릿느릿 움직이면서 마치 살금살금 걷는 코끼리처럼 독특한 걸음걸이로 돌아다녔다. 그는 언제나 검은 옷만 입었고 넥타이까지 검은색이었다. 목욕은 좀처럼 하지 않았다. 영어 말투도 우스꽝스러웠다. 그런데도 다들 굉장히 귀여워하고 매력적인 괴짜로 여겼다! 이웃들은 그를 떠받들다시피 했다. 그는 우리 동네에 사는 어린 소년들의 이름을 다 알았고(우리 집에서 몇 블록 떨어진 곳에 살았기 때문이다) 그애들에게 자기 집 앞길을 청소하게 하거나 뒤뜰에 쌓인 낙엽을 태우게 하거나 헛간에서 장작을 가져오게 하거나 심지어 간단한 집안일까지 시킨 후 지하실로 데려가서 진짜 술을 넣은 고급 초콜릿을 답례로 주었다. 지하실은 오리엔트풍으로 꾸민 은밀한 공간이었는데, 곰팡이 핀 벽을 카펫으로 장식한 후 흥미로운 단검이나 권총 따위를 주렁주렁 걸어놓았다. 이층에는 화실을 만들었는데—이 사기꾼 같은 친구가 그림도 좀 그렸기 때문이다—비스듬한 벽에는(사실은 다락방에 지나지 않았으니까) 생각에 잠긴 앙드레 지드, 차이콥스키, 노먼 더글러스, 유명한 영국 글쟁이 두 명,[13] 니진스키(허벅지와 무화과 잎이 눈에 확 뛴다*), 해럴드 D. 더블네임**(중서부 어느 대학의 교수이자

---

* 니진스키가 1912년 파리에서 초연한 발레 〈목신의 오후〉의 스틸. 이때 니진스키가 입은 판의 의상이 연기만큼이나 외설적이라는 혹평을 받았다.
** 이 문장에서 언급된 인물 중 유일한 가공인물로, 가스통 고댕(G. G.)이 험버트 험버트

감상적인 좌파 지식인이다), 마르셀 프루스트 등의 대형 사진을 줄줄이 걸어두었다. 벽면이 기울어진 탓에 이 가엾은 사람들은 금방이라도 떨어질 듯 위태로워 보였다. 한동네에 사는 잭이니 딕이니 하는 아이들을 찍은 스냅사진 앨범도 있었는데, 내가 이리저리 뒤적거리다가 별 뜻 없이 한마디 하면 가스통은 추억에 젖은 듯 두툼한 입술을 삐죽거리며 중얼거렸다. "그래, 귀여운 아이들이지." 그의 갈색 눈은 감상적이거나 예술적인 이런저런 잡동사니와 본인이 그린 진부한 그림들—흔해빠진 야성적인 눈매, 조각난 기타, 푸르스름한 젖꼭지, 현대적인 기하학 도형 등—을 둘러보다가 색칠한 나무그릇이나 나뭇결을 살린 꽃병 따위를 막연히 가리키며 이렇게 말했다. "저 배 하나 먹어보게. 앞집에 사는 친절한 부인이 줬는데 혼자 먹기엔 너무 많아." 혹은 "조금 전에 타유로어[14] 부인이 달리아를 갖다줬는데 예쁘긴 하지만 내가 싫어하는 꽃이야." (우울하고 쓸쓸하고 한없이 염세적인 목소리다.)

우리는 일주일에 두세 번쯤 체스를 두었는데, 내가 그의 집보다 우리 집을 선호한 것은 당연한 일이었다. 통통한 손을 무릎에 얹고 마치 시체라도 보듯 체스판을 노려보는 그의 모습은 꼭 낡아빠진 신상神像 같았다. 그는 숨을 쌕쌕 몰아쉬며 십 분쯤 고민하다가 결국 자충수를 두기 일쑤였다. 때로는 더 오래 생각하다가 턱살을 부르르 떨면서 늙은 개처럼 천천히 으르렁거렸다. "체크메이트!" 그러나 체크메이트는 오히려 그쪽이 받아야 한다고 일러주면 세모꼴 눈썹을 추켜올리며 긴 한숨을 내쉬었다.

(H. H.)의 'homosexual double', 즉 소아성애증은 같아도 동성애라는 점에서 차이가 있음을 보여주기 위한 우스갯소리.

우리가 냉기가 도는 서재에 앉아 있을 때 나는 이따금 아래층 거실에서 로가 맨발로 무용 연습을 하는 소리를 들었지만 가스통은 이미 외부를 향한 감각이 사뭇 둔해진 상태였으므로 맨발이 두드리는 리듬을 전혀 알아차리지 못했다. 하나 두울, 하나 두울, 곧게 뻗은 오른쪽 다리에 체중을 싣고 왼쪽 다리를 옆으로 들어올리면서 하나 두울, 이윽고 뛰어오르기 시작한다. 팔짝 뛰어 가장 높은 곳에 이르렀을 때 두 다리를 벌려 한쪽 다리는 구부리고 반대쪽 다리는 길게 뻗은 채 허공을 날다가 발끝으로 착지—창백하고 오만하고 침울한 내 체스 상대는 그제야 비로소 머리나 뺨을 문지르는데, 멀리서 쿵 울리는 소리를 듣고 나의 무시무시한 퀸이 강력한 일격을 가하는 소리로 착각하는 듯했다.

우리가 체스판을 사이에 두고 심사숙고할 때 이따금 롤라가 어슬렁어슬렁 들어오기도 했다. 그때마다 가스통의 모습이 꽤나 볼 만했다. 단 한 번도 그녀를 쳐다보는 법 없이 코끼리 같은 눈으로 자기 말들을 뚫어져라 계속 노려보면서 정중하게 일어나 롤라와 악수를 나눈 후 그 나긋나긋한 손을 놓아주고는 다시 슬그머니 의자에 앉아 매번 내가 만들어놓은 함정에 빠지곤 했다. 크리스마스 즈음의 어느 날, 한 보름 만에 다시 만났을 때 그가 물었다. "자네 딸내미들도 모두 잘 있지?" 이 세상에 하나뿐인 롤리타를 여러 명으로 오해한 것이 분명하다. 아마도 그애가 나타날 때마다 그가 우울하게 내리깐 눈으로 어렴풋이 보았던 의상의 종류를 기준으로—청바지, 스커트, 반바지, 누비옷—내 딸의 수를 헤아렸으리라.

이 가엾은 친구에 대해서는 길게 말하고 싶지 않다(딱하게도 그는 일 년 후 유럽으로 건너가는 배 안에서 추문에 휘말려 영영 돌아오지 않았기 때문이다. 그것도 하필이면 나폴리*에서!). 그가 비어즐리에 살 았다는 사실이 내 사건에 기묘하게 얽히지만 않았어도 그에 대해 이야 기하지 않았을 것이다. 그러나 나 자신을 변호하려면 그가 꼭 필요하 다. 재능이라고는 하나도 없는 그가, 평범한 교육자이며 보잘것없는 학 자이며 무뚝뚝하고 쌀쌀맞고 뚱뚱한 성도착자인 그가, 미국인들의 생 활 방식을 몹시 경멸하고 영어 실력도 형편없는 그가 깐깐하기 그지없 는 뉴잉글랜드에서 어른들에게는 칭찬을 받고 아이들에게는 애무를 받으며 살았거늘, 아, 그렇게 만인을 감쪽같이 속이면서 즐거운 나날을 보냈거늘, 나는 어째서 요 모양 요 꼴인가.

7

나로서는 하기 싫은 일이지만 이제 롤리타의 행실이 확실히 나빠졌 다는 사실을 기록해야겠다. 그녀는 늘 나의 욕망에 불을 붙이면서도 정 작 자신은 별다른 욕망을 드러내지 않았다. 그렇다고 돈 문제가 표면화 된 적도 없었다. 그러나 나는 나약했고, 현명하지 못했고, 그래서 여학 생 님펫의 노예가 되고 말았다. 인간적인 요소는 줄어들었지만 열정과 애정과 고뇌는 점점 늘어만 갔고, 그녀는 바로 그 점을 이용했다.

나는 기본적인 의무를 이행해야 한다는 조건을 달고 그녀에게 매주

---

* 동성애의 세계적 중심지로 유명한 도시.

용돈을 주었는데, 비어즐리 시절 초기에는 21센트였지만 말기에는 1달러 5센트까지 올려주었다. 당시 내가 갖가지 작은 선물을 끊임없이 갖다 바치고 언제든지 말만 하면 과자도 사주고 달빛 아래서 영화도 보여주었다는 사실을 감안한다면 꽤 많은 돈이었다. 물론 그녀가 또래 아이들이 좋아하는 이런저런 놀거리를 간절히 원할 때는 덤으로 입맞춤을 해달라고 하거나 심지어 다양한 애무를 골고루 해달라고 다정하게 요구하기도 했지만 말이다. 그러나 그녀는 만만찮은 상대였다. 하루에 3센트, 혹은 15센트를 벌면서도 몹시 무성의한 태도로 일관했으며, 효과는 더디게 나타나지만 내 삶을 송두리째 뒤흔들 만큼 강력하고 신기한 낙원의 묘약을 나에게 베풀 수 있으면서도 틈만 나면 그것을 미끼로 무자비한 협상을 벌였다. 이 묘약이 없으면 나는 며칠밖에 견디지 못했지만 사랑에서 비롯된 번민의 본질 때문에 그걸 강제로 빼앗을 수도 없었다. 자신의 감미로운 입술이 지닌 매력과 마력을 잘 아는 그녀는 황홀한 포옹의 가격을—겨우 한 학년 사이에!—3달러까지, 때로는 4달러까지 인상했다. 아, 독자여! 쾌락에 겨워 괴로워하는 와중에도 (마치 짤랑짤랑 미친 듯이 돈을 토하는 기계처럼) 10센트, 25센트, 혹은 큼직한 1달러 은화 따위를 요란스럽게 쏟아내는 내 모습이 떠오르더라도 부디 웃지 마시라. 내가 간질병 환자처럼 몸부림칠 때 그녀는 내 곁에서 작은 손 가득히 동전을 움켜쥐었다. 그러나 이때 나를 따돌리고 슬그머니 빠져나가 전리품을 감춰버리지 않으면 나중에 내가 억지로 손을 벌리고 도로 빼앗기도 했다. 그리고 이틀에 한 번꼴로 차를 몰고 학교 주위를 돌다가 저린 다리를 질질 끌며 드러그스토어에 들어가보거나 안개 자욱한 뒷골목을 들여다보거나 내 심장박동과 낙엽 떨어지는 소리 사이로 멀어져가는 소녀의 웃음소리에 귀를 기울였듯이, 가끔은 롤리타의 침실에 침입하여 장미가 그려진 휴지통 속에 찢어 버린 종잇조각들을 샅샅이 살펴보기도 하고 방금 내 손으로 침구를 깨끗이 갈았으면서도 새삼스럽게 베개를 들춰보기도 했다. 한번은 그녀의 책갈피 속에서(상황에 딱 어울리는 제목—『보물섬』이었다) 1달러짜리 지폐 여덟 장을 발견했고, 또 한번은 휘슬러의 〈어머니〉[15]를 걸어놓은 벽면의 구멍 속에서 자그마치 24달러와 잔돈이—24달러 60센트라고 치자—꾸역꾸역 나오기에 슬쩍 챙겨두었다. 그 이튿날 롤리타는 내 면전에서 정직한 홀리건 부인을 날도둑으로 몰아붙였다. 그녀는 결국 지능지수에 걸맞게 더 안전한 은닉처를 구했고, 나는 끝내 그곳을 찾아내지 못했다. 그러나 그때쯤에는 교내 연극 활동에 참가하겠다고 하기에 아주 힘들고 메스꺼운 방법으로 허락을 받으라고 하면서 가격을 대폭 깎아버렸다. 내가 정말 두려워했던 것은 그녀가 나를 파산시킬지도 모른다는 것이 아니었다. 그녀가 도망치는 데 필요한 돈을 모으는 일이었다. 눈초리가 매서운 아이였지만 가엾게도 그녀는 지갑 속에 50달러만 있으면 어떻게든 브로드웨이나 할리우드까지 갈 수 있으리라 믿는 듯했다. 아니면 예전에는 대초원이었던 어느 황량한 주로 건너가서 어느 도로변 식당의 지저분한 주방('일손 구합니다')에라도 들어갈 생각이었을까—그곳에는 바람이 불고 별들이 깜박일 뿐, 자동차도 술집도 바텐더도, 아니 모든 것이 더럽고 너덜너덜하고 칙칙하련만.

판사님, 저는 남자 친구 문제에 대처하려고 최선을 다했습니다. 아, 대책을 마련하느라 〈비어즐리 스타〉에 연재되는 이른바 '10대 칼럼'까지 읽었습니다!

아빠들에게 한마디. 따님의 친구를 윽박질러 쫓아버리지 마세요. 벌써 남학생들이 따님에게 매력을 느낀다는 사실을 납득하기는 좀 어려울지도 모릅니다. 당신에게는 아직 어린 딸이니까요. 그러나 남학생들에게는 충분히 매력적이고 재미있고 사랑스럽고 발랄한 소녀입니다. 그래서 다들 따님을 좋아하지요. 지금 중역실에서 중요한 거래를 결정하는 당신도 한때는 여학생의 책가방을 들어주는 남학생이었지요. 기억하시죠? 이제 따님 차례가 되었습니다. 따님이 마음에 드는 남자 친구들에게 둘러싸여 사랑받으며 행복하게 살기를 바라지 않으세요? 그들이 건전하게 즐기기를 바라지 않으세요?

건전하게 즐겨? 맙소사!

남학생들을 집으로 초대해보면 어떨까요? 그들과 대화를 나눠보세요. 솔직한 이야기를 들어보고 마음 편히 웃을 수 있게 해주세요.

어서 오너라. 여기가 바로 갈봇집이란다.

혹시 따님이 규칙을 어기더라도 공범 앞에서 호통을 치진 마세요. 본격적으로 불쾌감을 표시하는 일은 따님과 단둘이 있을 때까지 미뤄두세요. 남자 친구가 여자 친구의 아빠를 늙은 괴물처럼 무서워하게 만들지는 말아야 합니다.

이 늙은 괴물은 우선 '절대 금지' 목록과 '마지못해 허락' 목록을 작성했다. 데이트는—싱글이든 더블이든 트리플이든—절대 금지였다. 다음 단계는 당연히 집단 난교일 테니까. 내가 적당히 떨어진 곳에 차를 세우고 기다리는 동안 여자애들과 함께 사탕가게에 갔다가 이따금 젊은 수컷들과 시시덕거리는 정도는 허락했다. 그리고 남학생만 있는 버틀러 고등학교에서 사회적으로 인정받는 한 동아리가 그녀가 속한 동아리를 연례 무도회에 초대할 경우(물론 엄중한 감독을 받는다는 전제하에), 과연 열네 살 먹은 여자애에게 생애 최초의 '야회복'을 입게 해도 될지 한번 생각해보겠다고 약속했다(이 옷은 일종의 드레스인데 팔이 가느다란 10대 소녀가 입으면 꼭 플라밍고처럼 보인다). 게다가 우리 집에서 파티를 열어주겠다는 약속까지 했는데, 예쁜 여자 친구들만 골라서 초대하고 버틀러 무도회에서 만난 남학생들 중에 착한 아이들이 있으면 함께 불러도 좋다고 했다. 그러나 발정난 젊은 놈과 함께 영화를 보러 간다든지, 혹은 차 안에서 껴안고 애무를 한다든지, 혹은 학교 친구의 집에서 열리는 쌍쌍파티에 간다든지, 혹은 내가 들을 수 없는 곳에서 남학생과 전화통화를 한다든지 하는 행동은 내 치세가 끝나기 전에는 절대로, 절대로 용납하지 않겠다고 단단히 못을 박았다. "내 친구의 남자 친구인데 그 둘 사이에 대해 얘기하려는" 경우도 예외가 될 수 없었다.

이 모든 제약에 로는 노발대발했고—비열한 사기꾼이라고 했고 더심한 욕설도 했다—하마터면 나도 이성을 잃을 뻔했지만 그녀가 화를 내는 진짜 이유는 특정한 즐거움을 빼앗겼기 때문이 아니라 보편적 권리를 침해당했기 때문이라는 사실을 금방 깨닫고 달콤한 안도감을 느꼈다. 여러분도 알다시피 나는 그때 일반적인 활동을, 평범한 오락을, '누구나 하는 일'을, 그야말로 청소년기의 일상생활을 모조리 금지한 것이다. 그런데 아이들은, 특히 여자아이들은, 머리가 적갈색이든 황갈색이든, 10월의 과수원 안개 속에 등장하는 신화적인 님펫이든, 모두가 지극히 보수적이다.

부디 오해하지 말기 바란다. 그녀가 그해 겨울에 내가 모르는 젊은 놈들을 만나서 아무렇지도 않게 부도덕한 관계를 맺은 일이 전혀 없었다고 확신할 수는 없다. 물론 내가 아무리 철저하게 롤리타의 여가시간을 통제해도 납득할 수 없는 시간적 공백이 끊임없이 발생했고, 그녀는 뒤늦게 그 구멍을 메우느라 지나치게 자세한 변명을 늘어놓았다. 물론 나의 질투심은 날카로운 발톱을 세우고 님펫의 얄팍한 거짓말 속에 감춰진 진실을 어김없이 들춰냈다. 그래도 심각한 위기감을 느낄 필요는 없다고 믿었는데, 지금도 그때의 내 직감이 정확했다고 장담한다. 대사 한 줄도 없는 배우처럼 무대배경 근처에서 맴도는 어린 수컷들 중에서 내 손으로 모가지를 부러뜨리고 싶은 녀석을 발견한 적이 한 번도 없었기 때문이 아니다. 다만 내가 보기에는 비록 어리지만 산전수전 다 겪은 연인이 중고등학교 남학생이라면 종류를 막론하고—'손만 잡아도' 흥분해서 땀을 뻘뻘 흘리는 얼뜨기부터 여드름투성이에 개조한 차를 몰고 다니는 오만방자한 강간범까지 — 한결같이 따분하게 여기는 기색이 (시빌 이모가 즐겨 쓰던 표현을 빌리자면) '불을 보듯 뻔했기' 때문이다. "다들 남자애들 얘기만 해서 지겨워죽겠어." 롤리타가 교과서에 그렇게 낙서를 해놓았는데, 바로 밑에 모나의 필체로(모나는 머지않아 등장할 예정이다) 짓궂은 농담이 적혀 있었다. "그럼 리거는 어때?"(리거도 곧 등장한다.)

그래서 그녀가 사내 녀석들과 함께 있는 장면은 종종 보았지만 얼굴은 하나도 생각나지 않는다. 예를 들면 첫눈이 내리던 날 그녀를 집까지 바래다준 '빨간 스웨터'. 두 사람이 현관 근처에 서서 이야기를 나누는 것을 나는 거실 창가에서 지켜보았다. 그녀는 난생처음 목깃 부분이 털가죽으로 된 외투를 입었다. 내가 제일 좋아하는 헤어스타일을 하고—앞머리는 내리고, 옆머리는 돌돌 말고, 뒷머리는 자연스러운 곱슬머리—조그마한 갈색 모자를 썼는데, 모카신은 물기 때문에 시꺼메지고 흰색 양말도 여느 때보다 더 구질구질해 보였다. 그녀는 말을 하거나 듣는 내내 평소처럼 교과서를 가슴에 안고 끊임없이 발장난을 쳤다. 오른쪽 발끝으로 왼쪽 발등을 밟았다가, 다시 뒤로 뺐다가, 두 발을 엇갈리게 놓았다가, 앞뒤로 몸을 흔들다가, 가볍게 몇 걸음 옮기고, 그다음은 처음부터 다시 되풀이했다. 어느 일요일 오후에 레스토랑 앞에서 그녀에게 말을 걸었던 '윈드브레이커'도 있는데, 그 녀석의 어머니와 누이는 나와 잡담을 나누면서 자꾸 반대쪽으로 걸어갔다. 나는 어쩔 수 없이 따라가면서 하나뿐인 연인을 돌아보았다. 그때쯤 그녀에게는 상투적인 버릇이 많이 생겼는데, 예를 들면 그날도 사춘기 소녀답게 예의를 차린답시고 고개를 숙이면서 문자 그대로 '배꼽 잡고' 웃는데, 정말 우스워 못 견디겠다는 듯이 몸을 구부린 채 (내가 부르는 걸 알아챘는지) 주춤주춤 뒷걸음질을 쳤지만, 홱 돌아서서 내 쪽으로 걸어올 때는 벌써 웃음기가 싹 가신 얼굴이었다. 한편 내가 무척이나 좋아했던 것은—아마도 영원히 잊을 수 없는 그녀의 첫 고백을 연상시켰기 때문이리라—마치 운명을 순순히 받아들인다는 듯이 익살스러우면서도 우울하고 한숨 섞인 목소리로 "아, 이런!" 하고 내뱉는 버릇, 그리고 실제로 운명의 타격을 받았을 때 으르렁거리듯 깊고 낮은 목소리로 "이럴 수가……" 하면서 말꼬리를 길게 끄는 버릇이었다. 그러나 내가 무엇보다 좋아했던 것은—몸짓과 청춘에 대한 이야기가 나온 김에 하는 말이지만—아름답고 새뜻한 자전거를 타고 세이어 스트리트를 따라 오르락내리락하는 그녀를 지켜보는 일이었다. 엉덩이를 들고 일어서서 힘차게 페달을 밟기도 하고, 느긋하게 안장에 앉아 속도가 서서히 떨어지도록 내버려두기도 하고, 그러다가 문득 우리 집 우편함 앞에 멈춰 서서 자전거에 탄 채로 잡지를 꺼내 뒤적거리다가 곧 도로 집어넣더니 윗입술 한쪽 구석으로 혀를 쏙 내민 채 한쪽 발로 땅을 차며 자전거를 밀다가 이내 어슴푸레한 그늘과 햇빛 사이로 다시 쏜살같이 멀어져갔다.

그녀는 대체로 내가 예상했던 것보다 주위 환경에 잘 적응하는 듯했다. 나의 노예가 원래 버르장머리 없는 계집애라는 사실, 그리고 지난겨울 캘리포니아에서 보여주었던 어리석고 교만한 태도를 감안하면 정말 뜻밖이었다. 나는 죄 많은 사람이나 위대한 사람이나 인정 많은 사람처럼 끊임없이 불안에 시달리는 생활에는 끝내 익숙해지지 못했지만 그럭저럭 흉내는 내면서 살아간다고 생각했다. 롤리타의 차디찬 침실에서 애모와 절망의 시간을 보낸 후 나의 비좁은 스튜디오 침대에 홀로 누워 그날 하루의 일을 되새겨보곤 했는데, 그때마다 내 마음의 충혈된 눈에 떠오르는 내 모습은 스쳐지나간다기보다 어슬렁어슬렁 배회한다는 느낌이었다. 나는 가무잡잡하고 잘생긴, 딱히 켈트족이 아니라고 말하기도 어려운, 아마도 고교회파高敎會派일 듯한, 어쩌면 몹시 고고한 고교회파일 수도 있는 험버트 박사가 등교하는 딸을 배웅하는 모습을 그려보았다. 그가 어렴풋한 미소를 머금고 짐짓 반갑다는 듯이 새까맣고 숱 많은 눈썹을 추켜올리면서 선량한, 그러나 재앙의 냄새를 풍기는(그리고 기회만 생기면 고용주의 진을 훔쳐 마신다는 사실을 내가 잘 아는) 홀리건 부인을 맞이하는 모습도 보았다. 은퇴한 사형 집행인일 수도 있고 종교책자 집필자일 수도 있는(어느 쪽이든 무슨 상관이랴) 서쪽 집 남자의 시선으로 나 자신을 바라보면—옆집에 사는 저 남자, 이름이 뭐더라, 아무튼 프랑스인 아니면 스위스인 같고, 창문 너머로 훤히 들여다보이는 서재에 앉아 타자기를 앞에 두고 생각에 잠겼는데, 옆모습이 좀 수척해 보이고, 창백한 이마에 머리카락이 찰싹 달라붙어 꼭 히틀러 같다. 주말에는 세련된 맞춤 외투를 입고 갈색 장갑을 낀 H교수가 딸을 데리고 월턴 식당으로(이곳은 보라색 리본을 묶은 도자기 토끼들과 수북이 쌓인 초콜릿 상자들로 유명한데, 다른 손님이 흘린 음식 찌꺼기로 지저분한 '이인용 식탁'이라도 차지하려면 그 난장판 속에서 기다려야 했다) 걸어가는 모습이 보이기도 한다. 평일 오후 한시쯤에는 아르고스*처럼 노려보는 동쪽 집 노처녀에게 점

---

* 그리스신화에 등장하는 거인으로, 눈이 네 개 혹은 온몸에 백 개나 달려 있다고 해서 '엄중한 감시자'의 대명사로 통한다.

잖게 인사를 건넨 후 차고에서 차를 몰고 나와 지긋지긋한 상록수 몇 그루를 피해가며 미끌미끌한 도로로 내려가는 모습을 볼 수 있다. 그리고 푹푹 찌는 비어즐리 여대 도서관에서, 인류가 축적한 어마어마한 지식에 압도되어 망연자실한 덩치 큰 젊은 여자들 틈에 섞여 책을 읽다가 싸늘한 시선으로 벽시계를 쳐다보는 내 모습. 비어즐리 여대의 교목校牧으로 근무하는(비어즐리 여학교에서 성경을 가르치기도 하는) 리거 목사와 함께 대학 교정을 거니는 모습. "누가 그러던데 따님의 엄마는 유명한 여배우였는데 비행기 사고로 돌아가셨다면서요? 아니에요? 제가 잘못 들은 모양이군요. 그렇습니까? 네에. 슬픈 일이네요." (엄마를 미화하고 싶었니?) 미로 같은 슈퍼마켓에서 천천히 카트를 밀면서 역시 느릿느릿 걸어가는, 눈이 꼭 염소처럼 생겼지만 사실은 점잖은 홀아비인 W교수를 따라가는 내 모습. 셔츠 바람에 풍성한 흑백 목도리를 두르고 눈을 치우는 내 모습. 너무 급하게 서두르는 기색을 보이지 않고(현관 매트에 신발 바닥을 문지르는 여유까지 부리면서) 여학생 딸을 따라 집으로 들어가는 내 모습. 돌리를 치과에 데려가는 내 모습. 예쁘장한 간호사가 돌리를 바라보며 환하게 웃고—묵은 잡지들—다리가 보이지 않게 하셔야죠. 돌리와 함께 시내에서 외식을 할 때 에드거 H. 험버트 씨가 나이프와 포크를 유럽식으로 사용하며 스테이크를 먹는 모습. 둘씩 짝지어 앉아서 음악회를 즐기는 모습. 표정이 대리석처럼 차분한 프랑스인 두 명이 나란히 앉았는데, 무슈 H. H.의 오른쪽에는 음악을 좋아하는 딸이 앉고, 무슈 G. G.의 왼쪽에는 (걸핏하면 프로비던스*에 가서 위생적인 밤을 보내는) W교수의 음악을 좋아하는 아들이 앉았다. 차고 문을 열자 네모난 빛이 차를 삼키고 곧 꺼져버리는 장면. 화사한 파자마 차림으로 돌리의 침실 창에 걸린 블라인드를 좌르르 끌어내리는 내 모습. 토요일 아침에는 욕실에서 겨울 동안 온몸이 하얘진 딸의 몸무게를 엄숙하게 재는 내 모습(남들은 못 본다). 일요일 아침에는—교회는 다니지 않으니까—실내 테니스장으로 가는 돌리에게 너무 늦게 오지 말라고 당부하는 내 모습(남들도 보고 듣는다). 돌리의—신기할 정도로 관찰력이 뛰어난—학교 친구가 찾아와서 문을 열어주는 내 모습. "스모킹 재킷**을 입은 분은 처음 봐요. 물론 영화에서는 봤지만요."

9

돌리의 여자 친구들을 보고 싶었는데 막상 만나보면 대체로 실망스러웠다. 오팔 아무개, 린다 홀, 에이비스 채프먼,[16] 에바 로젠, 모나 달 등이 있었다(물론 실명과 비슷한 이름을 골랐을 뿐이다. 한 명만 빼고). 오팔은 수줍음 많고 여드름 많고 안경 끼고 몸매도 볼품없는 아이였는데, 돌리에게 푸대접을 받으면서도 그녀를 좋아했다. 돌리는 적어도 매주 두 번은 교내 테니스 챔피언인 린다 홀과 단식경기를 했다. 내가 짐작하기에는 린다도 진짜 님펫이었지만 무엇 때문인지—아마도 허락을 못 받았으리라—우리 집에 한 번도 오지 않았다. 그래서 자연광을 이용한 실내 테니스장에서 보았던 모습만 생각난다. 다른 아이들 중에

---

* 로드아일랜드 주의 주도로, 대규모 홍등가가 있었다.
** 과거 남자들이 흡연할 때 입던 상의로 19세기 이후에는 약식 턱시도로 입었다.

서 님펫일 가능성이 있는 아이는 에바 로젠 하나뿐이었다. 에이비스는 뚱뚱하고 펑퍼짐한데다 다리에 털이 너무 많았고, 모나는 관능적이지만 좀 천박해 보이는 미인으로, 자꾸 나이를 먹어가는 내 연인보다 겨우 한 살 더 많았지만 한때는 님펫이었는지 몰라도 그 시절은 이미 오래전에 지나가버린 것이 분명했다. 그런 반면에 프랑스에서 건너온 유랑민 에바 로젠은 비록 눈에 띄게 아름다운 아이는 아니라 해도 통찰력 있는 님펫 애호가라면 금방 매력을 알아볼 만한 몇 가지 기본 요소를 갖고 있었다. 예컨대 완벽한 사춘기 몸매, 머뭇거리는 시선, 도드라진 광대뼈 등이 좋은 본보기였다. 윤기가 흐르는 구릿빛 머리는 롤리타의 머리처럼 비단결 같았는데, 우유처럼 새하얀 얼굴에 입술은 분홍색, 속눈썹은 은빛 물고기 같아서 그녀와 같은 부류―즉 한 인종 내에 존재하는 위대한 빨강머리 족속―중에서는 비교적 덜 교활해 보이는 편이었다. 그리고 내 기억으로는 녹색 교복을 별로 좋아하지 않았고 주로 검은색이나 짙은 선홍색 옷을 즐겨 입었다. 예를 들면 맵시가 돋보이는 검은색 스웨터에 검은색 하이힐을 신고 손톱에는 석류석처럼 새빨간 매니큐어를 칠했다. 나는 그녀와 이야기할 때 프랑스어를 사용했다(로가 몹시 싫어했다). 에바의 프랑스어 발음은 아직도 감탄스러울 만큼 정확했지만 학교생활이나 놀이에 대해 이야기할 때는 브루클린 사투리가 조금 섞인 현대 미국식 영어를 썼는데, 파리 출신 아이가 엉터리 영국식 교육을 표방하는 뉴잉글랜드 명문학교에 다니면서 그런 말투를 쓴다는 게 재미있었다. 그런데 아쉽게도 로는 '그 프랑스 아이의 삼촌'이 '백만장자'라고 하면서도 무슨 까닭인지 친구 관계를 끊어버렸고, 그래서 험버트 집에서 파티를 열어 나만의 점잖은 방식으로 향기로운 그녀를 음미할 시간을 갖지 못했다. 나의 롤리타 주변에 님펫 애석상 수상자라고 할 만한 시녀들이 모여드는 일을 내가 얼마나 중요시했는지는 독자 여러분도 잘 아시리라. 한동안은 모나 달에게 관심을 가져보려고 노력했다. 모나는 내 앞에 자주 나타났는데, 특히 그녀와 로가 연극에 열중했던 봄 학기 동안은 더욱더 그랬다. 로에게 넉넉한 대가를 주면서 조르자 로는 모나가 바닷가에서 어느 해병과 관계를 맺었다는 정말 믿기 어려운 이야기를 구체적으로 들려주었는데, 이렇게 어처구니없을 정도로 입이 가벼운 돌로레스 헤이즈가 모나에게는 또 어떤 비밀을 털어놓았는지 걱정스러울 때가 많았다. 그렇게 세련되고 냉정하고 음탕하고 경험 많은 아가씨를 절친한 친구로 사귄 것은 그야말로 롤리타다운 선택이었다. 한번은 모나가 복도에서 명랑한 목소리로 로에게 하는 말을 우연히 들었는데(로는 내가 잘못 들었다고 우겼지만) 로가 그녀의(로의) 버진 울*로 짠 스웨터를 자랑했을 때 모나는 이렇게 대꾸했다. "그나마 옷이라도 순결하니 망정이지……" 몹시 걸걸한 목소리와 인위적으로 웨이브를 넣은 푸석푸석한 검은 머리, 귀고리, 호박색 퉁방울눈, 육감적인 입술이 모나의 특징이었다. 로는 그녀가 싸구려 장신구를 주렁주렁 달고 다녀 선생님들에게 종종 꾸중을 듣는다고 말했다. 모나는 수전증이 있었다. 150에 달하는 지능지수도 큰 부담이었다. 나는 성숙한 여자 같은 모나의 등에 큼직한 초콜릿색 점이 있다는 사실도 알았는데, 어느 날 밤 로와 그녀가 버틀러 아카데미에서 열리는 무도회에 참석하려고 등이 깊게 파인 하늘하늘한 파스텔색 드레

---

* 방적이나 편직 등의 공정을 거치지 않은 새 양털로, '버진'에는 '원래 그대로의' '처녀의'라는 뜻이 있다.

스를 입었을 때 그 점을 보았다.

　이야기가 조금 앞서갔지만 그 한 학년 동안의 일만 떠올리면 기억이 마치 건반 전체를 연주하듯 이리 뛰고 저리 뛰니 어쩔 수 없다. 나는 로가 어떤 남자애들과 친하게 지내는지 알고 싶었지만 미스 달은 고상하게 답변을 회피했다. 어느 날 린다가 소속된 컨트리클럽에 테니스를 치러 갔던 로가 전화를 걸어서는, 모나가 〈말괄량이 길들이기〉의 한 장면을 함께 연습하려고 우리 집에 오기로 했는데 자기는 삼십 분은 늦을 것 같으니 모나와 함께 있어달라고 부탁했다. 아름다운 모나는 말투에 온갖 기교를 부리면서, 목소리와 몸짓에 한껏 매력을 더하면서, 그리고―혹시 내가 잘못 보았을까?―수정처럼 맑은 눈에 어렴풋한 비웃음을 담고 나를 빤히 쳐다보면서 이렇게 대답했다. "사실은요, 돌리는 평범한 남자애들한테는 별로 관심이 없어요. 사실 우린 연적이죠. 둘 다 리거 목사님한테 홀딱 반했거든요." (말도 안 되는 소리였다. 앞에서 이미 언급한 인물이지만 리거 목사는 거구인데다 성격도 침울하고 얼굴도 말상이었기 때문이다. 어느 날 학부모를 초대한 다과회 자리에서 그가 스위스에 대한 소견을 이야기했는데, 너무 따분해서 죽을 지경이었기 때문에 그때가 언제쯤이었는지 생각도 안 난다.)

　무도회는 어땠니? 아, 대박이었죠. 뭐? 짱이었어요. 한마디로 죽여줬다고요. 로도 춤 많이 췄니? 무지무지 많이는 아니고, 그냥 지겨워질 때까지만 췄어요. 흐느적거리는 모나야, 너는 로를 어떻게 생각하니? 네? 로가 학교에서 잘 지내는 것 같니? 당연하죠. 대단한 애니까요. 평소 생활태도는? 아, 끝내주는 애라니까요. 더 구체적으로? "아, 정말 귀여워요." 모나는 그렇게 말을 끝맺고 갑자기 한숨을 푹 쉬더니 가까이 놓인 책 한 권을 집어들고 표정을 싹 바꿔 짐짓 이맛살을 찌푸리면서 이렇게 말했다. "볼잭*에 대한 얘기나 좀 해주세요, 아저씨. 정말 그렇게 뛰어난 작가예요?" 그러면서 내 의자에 바싹 다가오는 바람에 로션과 크림 냄새는 물론이고 그다지 끌리지 않는 살냄새까지 들이마셨다. 그때 문득 엉뚱한 생각이 떠올라 움찔했다. 혹시 로가 뚜쟁이 노릇을 하는 것이 아닐까? 만약 그렇다면 자신의 대역을 잘못 고른 셈이다. 나는 모나의 노골적인 시선을 피하면서 잠깐 동안 문학 이야기를 했다. 그때 돌리가 들어오더니 엷은 빛깔의 두 눈을 가늘게 뜨고 우리를 바라보았다. 나는 친구들끼리 하고 싶은 일을 하도록 자리를 피해주었다. 계단이 꺾어지는 곳에 거미줄이 쳐진 작은 쌍여닫이창이 있는데, 격자무늬 창살로 이루어진 사각형 중에서 한 칸에만 루비색 유리를 끼워놓았다. 색깔 없는 사각형 사이에서 새빨간 상처처럼 눈에 확 띄는데다 위치도 비대칭이어서—체스로 치면 나이트가 꼭대기에서 한 번 움직인 자리였다—볼 때마다 이상할 정도로 신경이 쓰였다.

10

이따금…… 이봐, 버트, 도대체 정확히 몇 번이야? 그런 일이 네 번 있었는지, 다섯 번 있었는지, 혹은 그 이상이었는지 생각 안 나? 혹시 인간의 심장이 두세 번 이상은 견딜 수 없는 일인가? 이따금 (자네 질

* Ball Zack, 프랑스 소설가 오노레 드 발자크(Honoré de Balzac)를 영어식으로 발음했다.

문에는 대꾸하기도 싫다네) 롤리타가 안락의자에 가로로 드러누워 두 다리를 팔걸이에 올려놓고 연필을 빨아가며 대충대충 숙제를 할 때면 나는 교육자로서의 자제심도 팽개치고, 숱한 말다툼도 털어버리고, 남 자로서의 자존심마저 망각한 채—문자 그대로 엉금엉금 기어서 네 의 자로 다가가곤 했다, 나의 롤리타! 그때마다 너는 나를 힐끔 쳐다보았 지. 씁쓸하고 못마땅한 물음표 같은 표정으로. "아, 이러지 마요"(어처 구니 없다는 듯이, 울화가 치민다는 듯이). 구체적으로 무엇을 하겠다 는 속셈 따위는 없었건만, 그저 너의 체크무늬 스커트에 얼굴을 묻고 싶을 뿐이었건만, 너는 한 번도 그렇게 믿어주지 않았다, 나의 연인아! 맨살을 드러낸 너의 가녀린 팔—그때 내가 너의 두 팔을, 아니 투명하 고 사랑스러운 사지 모두를 얼마나 안아보고 싶었는지, 웅크린 망아지 같은 너를 안고, 부끄러운 양손으로 네 머리를 감싸고, 양쪽 관자놀이 께를 뒤로 밀고, 그래서 (중국인의 눈처럼) 가늘어진 네 눈에 입을 맞 추고…… 그러나 너는 이렇게 말했다. "제발, 나 좀 그냥 내버려둬요, 네? 제발 귀찮게 하지 말란 말예요." 내가 바닥에서 일어나면 너는 물 끄러미 쳐다보면서 일부러 얼굴을 씰룩거려 내 안면경련 증상을 흉내 냈다. 그래도 괜찮다, 괜찮아, 나는 짐승일 뿐이니까, 괜찮으니까, 이 비 참한 이야기나 계속해보자.

11

때는 12월이었다고 생각한다. 어느 월요일 오전에 프랫 교장이 이야

기 좀 하자면서 나를 불렀다. 지난번 돌리의 성적이 안 좋았기 때문이
겠지. 그렇게 교장이 나를 부를 만한 이유를 몇 가지 생각해내고 마음
을 가라앉힐 수도 있었겠지만 나는 온갖 끔찍한 상황을 상상하다가 결
국 면담에 앞서 용기를 얻으려고 '핀'을 잔뜩 퍼마셨다. 그랬는데도 자
꾸 마른침이 꼴깍꼴깍 넘어가고 가슴이 마구 두근거렸다. 처형대에 오
르는 사형수 같은 심정으로 느릿느릿 계단을 올라갔다.

거대한 몸집에 백발이 성성하고 차림새는 후줄근하고 코는 펑퍼짐
하고 납작한 여자가 검은 뿔테 안경 너머 작은 눈으로 바라보고 있었
다. "앉으세요." 그녀는 굴욕적일 정도로 허름한 걸상을 가리키며 그렇
게 말하고 자신은 육중한 몸을 민첩하게 움직여 참나무 의자의 팔걸이
에 걸터앉았다. 그러더니 잠시 동안 호기심 가득한 표정으로 미소 지으
며 나를 물끄러미 바라보았다. 우리가 처음 만난 날에도 그랬던 게 생
각났다. 그날은 나도 마주 노려볼 만한 여유가 있었건만. 이윽고 그녀
가 시선을 옮겼다. 그리고 곰곰이 생각에 잠겼다. 아마도 시늉에 불과
했으리라. 그녀는 진회색 플란넬 스커트의 무릎 언저리를 쥐고 주름과
주름을 맞비벼 분필 자국 같은 것을 털어내면서 마음을 정리했다. 이윽
고 고개를 들지도 않고 계속 옷자락을 비비면서 그녀가 말했다.

"단도직입적으로 여쭤볼게요, 헤이즈 씨. 구대륙 유럽의 구식 교육관
을 갖고 계시죠?"

"그건 아닙니다. 좀 보수적일지는 몰라도 구식이라고 할 정도는 아
니죠."

그러자 그녀가 한숨을 푹 쉬고 눈살을 찌푸리더니 이제 본론으로 들
어가자는 듯이 크고 통통한 두 손을 짝 마주치면서 반짝이는 작은 눈

을 다시 나에게 고정시켰다.

"돌리 헤이즈는 사랑스러운 아이예요. 그런데 성적으로 성숙해지기 시작하면서 힘들어하는 듯해요."

나는 살짝 고개를 끄덕였다. 달리 어쩌겠는가?

"발달단계로 치면 아직도 항문기와 성기기 사이에서 오락가락하는 중이죠." 프랫 선생은 기미 긴 손을 움직여 어떤 상황인지를 보여주었다. "원래는 아주 사랑스러운……"

"실례지만 무슨 기라고 하셨죠?"

"바로 그런 게 유럽의 구식 교육관이에요!" 프랫은 내 손목시계를 가볍게 치고 별안간 틀니를 드러내면서 그렇게 외쳤다. "제 말씀은 돌리의 생리적 충동과 심리적 충동이―혹시 담배 피우세요?―융합되지 못한다는, 말하자면…… 그러니까 이렇게 원만한 형태를 이루지 못한다는 뜻이에요." 그녀는 한순간 두 손으로 보이지 않는 멜론을 붙잡는 시늉을 했다.

"따님은 영리하고 매력적이지만 좀 산만한 편이에요." (여자는 숨을 크게 몰아쉬며 앉은자리에서 오른쪽 책상에 놓인 사랑스러운 아이의 성적표를 잠시 들여다보았다.) "성적이 자꾸 떨어지네요. 이게 무슨 일일까요, 헤이즈 씨……" 다시 골똘히 생각하는 시늉.

"사실 저는 담배를 피워요." 그녀가 열띤 목소리로 말했다. "존경하는 피어스 박사님*도 말씀하셨듯이 자랑스럽진 않지만 좋아하니까 어쩔

---

* 당시 선풍적인 인기를 끈 가정의학서 『의학 상식』의 저자 레이 본 피어스. 『의학 상식』은 피어스 자신이 개발한 약의 효능을 강조하기 위해 독자들의 감사 편지를 주요하게 실은, 홍보성이 강한 책이다.

수 없죠." 그러면서 담뱃불을 붙이고 콧구멍으로 상아 같은 두 갈래 연기를 내뿜었다.

"구체적으로 몇 가지만 말씀드릴게요. 오래 걸리진 않을 거예요. [서류를 뒤적거리면서] 어디 보자. 레드콕 선생님에게 대들었고 코머런트 선생님에게 몹시 무례하게 굴었군요. 자, 여기 특별조사 보고서가 있네요. 합창 수업을 좋아하지만 자꾸 딴생각을 하는 듯함. 다리를 꼬고 박자에 맞춰 왼쪽 다리를 흔드는 버릇이 있음. 유형별 언어 습관: 청소년이 흔히 쓰는 비속어 242개를 자주 사용하며 유럽계 언어로 보이는 다음절어도 많이 사용함. 수업중에 한숨을 자주 쉼. 어디 보자. 그래요. 11월 마지막 주에 대한 내용이네요. 수업중에 한숨을 자주 쉼. 격렬하게 껌을 씹음. 손톱을 물어뜯는 버릇은 없지만 전반적 성향으로 미뤄보면 그런 버릇이 딱 맞아떨어질 듯함. 물론 과학적으로 볼 때 그렇다는 뜻이죠. 월경은 순조로운 편이라고 본인이 밝혔음. 현재 교회 조직에 소속되지 않음. 그런데 헤이즈 씨, 돌리 어머님은……? 아, 그러셨군요. 그럼 아버님은……? 물론 하느님과 관계된 일은 남들이 참견할 문제가 아니겠죠. 궁금한 점이 하나 더 있는데요. 돌리는 집안일을 전혀 안 하는군요. 공주처럼 키우시는 거죠, 헤이즈 씨? 자, 또 뭐가 있더라? 책을 소중히 다룸. 목소리가 좋음. 킥킥거릴 때가 꽤 많음. 가끔 공상에 빠짐. 남들이 이해하기 어려운 농담을 즐기는데, 예를 들면 선생님들의 성 첫 글자를 맞바꾸기도 함.* 머리는 연갈색과 진갈색이 섞였고 윤기가 있음—아, 이건 [웃으며] 아버님이 더 잘 아시겠네요. 코막힘은 없고, 족

---

* 이후 언급되는 '혼(Horn) 선생님'과 '콜(Cole) 선생님'의 성에서 첫 글자를 맞바꿔 합치면 항문 성교를 뜻하는 비속어인 'cornhole'이 된다.

심足心은 깊은 편이고, 눈은…… 어디 보자, 최근에 나온 보고서가 있었는데. 아하, 여기 있네요. 골드 선생님 말씀으로는 돌리의 테니스 자세는 'A' 내지 'B'로 런다 홀보다도 더 좋은데 집중력과 득점력은 'D' 내지 'F'라는군요. 코머런트 선생님은 돌리가 감정 조절을 아주 잘하는 건지 전혀 못하는 건지 판단을 못하겠다고 하셨네요. 혼 선생님은 그애가―그러니까, 돌리가요―감정을 말로 표현하는 데 서툴다고 하셨고, 콜 선생님은 돌리의 신진대사율이 대단히 높다고 하셨어요. 그리고 몰러 선생님은 돌리가 근시니까 좋은 안과의사를 찾아가야 한다고 하셨지만 레드콕 선생님은 공부를 못하는 핑계를 대느라 괜히 눈이 피로한 척한다고 하시네요. 아무튼 결론을 말씀드리자면, 헤이즈 씨, 우리 선생님들은 문제가 꽤 심각하다고 생각하십니다. 그래서 여쭤볼 것이 있어요. 아버님이나 돌아가신 어머님, 혹은 가족 가운데 누구라도―제가 듣기로는 캘리포니아에 이모 몇 분과 외할아버지가 계신다고―아, 돌아가셨군요!―죄송해요―어쨌든 저희가 궁금한 점은 혹시 가족 가운데 돌리한테 포유류의 생식 과정을 설명해주신 분이 있냐는 거예요. 전체적인 인상을 말씀드리자면 돌리는 벌써 열다섯 살인데도 성 문제에 대해서는 병적이라고 할 정도로 무관심한 듯해요. 더 정확하게 표현하자면 무지와 자존심을 지키려고 호기심을 억제한다는 거죠. 맞아요―열네 살이죠.* 헤이즈 씨, 저희 비어즐리 학교는 꽃과 벌, 황새와 잉꼬 따위를 들먹이는 비유적 설명 방식을 좋아하지 않습니다. 학생들이 장차 원만한 부부생활을 하고 자녀를 잘 키울 수 있도록 미리미리 준비

---

* 현재 시간적 배경이 1948년 12월이므로 실제 롤리타의 나이는 열세 살이다.

를 시키는 것이 대단히 중요하다고 믿거든요. 저희는 돌리도 마음만 먹으면 공부를 아주 잘할 거라고 생각합니다. 이 문제에 대해서는 코머런트 선생님 말씀이 의미심장하죠. 돌리는, 완곡하게 표현하자면 좀 건방진 구석이 있다고 하셨거든요. 아무튼 저희 모두의 공통적인 의견은 이렇습니다. 첫째, 주치의 선생님에게 생명의 신비에 대한 얘기를 듣게 해주시고. 둘째, 학교 친구들의 오빠들과 함께 어울릴 수 있게 허락해 주세요. 장소는 학생 클럽도 좋고, 리거 목사님이 만드신 모임도 좋고, 다른 학부모님이 사시는 예쁜 집도 좋아요."

"남자애들이라면 우리가 사는 예쁜 집에서 만나게 해도 되죠."

"꼭 그렇게 해주세요." 프랫이 명랑하게 말했다. "돌리한테 고민이 있느냐고 물어봤지만 집안 사정에 대해서는 아무 말도 안 하더군요. 그래서 친구들한테 물어봤는데 이건 정말—예를 들면 연극부에 들지 말라고 하셨다던데 그 말씀은 취소해주셨으면 좋겠어요. 〈사냥에 걸린 마법사〉*에 꼭 출연하게 해주셔야 해요. 오디션 때 보니까 그야말로 완벽한 님프더군요. 그 작품을 쓴 극작가가 올봄에 며칠 동안 비어즐리 여대에 머물 예정인데, 우리가 새로 지은 강당에서 연습할 때 한두 번쯤 보러 오실지도 몰라요. 어쨌든 이런 연극을 통해서 젊음과 삶과 아름다움을 마음껏 즐길 수 있잖아요. 부디 이해해주시기를……"

"저도 꽤 이해심 많은 아버지라고 믿었는데요."

"아, 물론이죠, 물론이죠. 다만 코머런트 선생님도 그렇게 생각하시고 저도 대체로 찬성하는 쪽인데요, 아무래도 돌리는 성 문제에 대한

---

* The Hunted Enchanters. 직역하자면 '쫓기는 마법사'라는 뜻이지만 프랫 교장이 제목을 착각했다. 정확한 제목은 〈마법에 걸린 사냥꾼The Enchanted Hunters〉이다.

강박관념을 가진 듯한데, 그걸 제대로 배출하지 못하니까 남학생들과 순수한 데이트를 즐기는 다른 여학생들을 괜히 놀리거나 괴롭혀요. 심지어는 젊은 선생님들까지 말이죠."

나는 으쓱 어깻짓을 했다. 초라한 이민자처럼.

"함께 고민해주세요, 헤이즈 씨. 도대체 그 아이는 어디가 잘못된 거죠?"

"제가 보기엔 아주 정상적이고 행복한 아이인데요."(드디어 재앙이 닥친 것일까? 내 비밀이 탄로났을까? 혹시 최면술사를 불렀을까?)

"제가 걱정하는 점은……" 프랫 교장은 손목시계를 들여다보면서 지금까지 한 이야기를 다시 꺼냈다. "선생님들도 학생들도 이구동성으로 돌리가 너무 적대적이고 불평불만이 많고 폐쇄적이라고 말한다는 사실이에요. 그리고 다들 돌리 아버님께서 정상적인 아이들의 자연스러운 즐거움을 한사코 반대하시는 이유를 모르겠다고 하거든요."

"성적 유희를 말씀하시는 겁니까?" 나는 궁지에 몰린 늙은 쥐처럼 자포자기에 빠져 오히려 명랑하게 물었다.

"그렇게 교양 있는 표현이라면 얼마든지 환영해요." 프랫이 씩 웃으면서 말했다. "하지만 요점은 그게 아니에요. 저희 비어즐리 학교에서 주관하는 연극이나 무도회 같은 자연스러운 활동은 딱히 성적 유희라고 할 수 없거든요. 다만 여학생들이 남학생들을 만나는 건 사실인데, 혹시 그 점이 못마땅하세요?"

"좋습니다." 내가 그렇게 말하는 순간 내 걸상도 지쳤다는 듯 한숨을 내쉬었다. "제가 졌습니다. 그애가 연극에 참가하게 하죠. 다만 남성 배역도 여성에게 맡긴다는 조건으로 말입니다."

"아버님 같은 외국인이—아니, 귀화한 미국인이—이렇게 풍요로운 우리말을 능숙하게 구사하는 걸 볼 때마다 참 놀라워요. 연극부를 지도하는 골드 선생님도 굉장히 기뻐하실 거예요. 제가 보기에 돌리를 좋아하는—아니, 그럭저럭 잘 다루는—몇 안 되는 선생님 중 한 분이 골드 선생님이거든요. 아무튼 일반적인 문제는 해결됐고, 이제 특수한 문제로 넘어가보죠. 이것도 좀 심각한 일이에요."

프랫은 잔인하게 거기서 말을 멈추더니 집게손가락으로 콧구멍을 쓱 문질렀고 그 바람에 코가 출전出戰의 춤을 추는 듯했다.

"저는 솔직한 사람이지만, 교칙은 교칙이고 설명하기도 좀 곤란한 일인데…… 이렇게 말씀드리면 어떨지…… 이 근처에 '공작 저택'이라는 집이 있어요. 언덕 위에 있는 커다란 회색 건물 아시죠? 그 집에 사는 워커 씨 내외도 두 따님을 저희 학교에 보내셨고, 무어 학장님 조카 딸도 저희 학교에 다니는데 정말 품위 있는 학생이에요. 그 밖에도 훌륭한 학생이 많다는 사실은 굳이 말씀드릴 필요도 없겠지요. 이런 상황에서 돌리처럼 얌전한 숙녀가 천박한 말을 써버리면 좀 충격을 받을 수밖에 없어요. 아버님처럼 외국에서 오신 분은 그런 말을 아예 모르시거나 혹시 알아도 이해하지 못하실 거예요. 그러니까 이번에 아버님이—지금 당장 돌리를 불러드릴 테니까 한번 말씀을 나눠보시겠어요? 싫으세요? 무슨 일이냐면—아, 그냥 단도직입적으로 말씀드리죠. 이번 6월에 결혼하는 레드콕 선생님이 학생들한테 건강에 대한 소책자를 나눠주셨는데, 돌리가 거기에 립스틱으로 아주 추잡한 욕지거리를 써놨지 뭐예요. 커틀러 박사님이 그러시는데 멕시코 하류층이 쓰는 말로 소변기라는 뜻이래요. 그래서 방과 후에 남으라고 했는데…… 아직도 삼십 분은 더 있어야겠네요. 하지만 지금이라도 아버님이……"

"아닙니다. 교칙이라면 따라야죠. 얘기는 나중에 해도 됩니다. 따끔하게 타이르겠습니다."

"그래주세요." 여자가 의자 팔걸이에서 몸을 일으키며 말했다. "그럼 조만간 다시 뵙기로 하고, 혹시 앞으로도 나아지지 않으면 커틀러 박사님께 정신분석을 의뢰하도록 하죠."

프랫과 결혼해서 모가지를 콱 비틀어버릴까?

"……그리고 주치의 선생님께 신체검사를 받게 하시는 것도 좋겠어요. 간단한 건강진단 말예요. 돌리는 지금 '머시룸'에 있어요. 저 복도 끄트머리에 있는 교실이죠."

여기서 설명하고 넘어가야겠는데, 비어즐리 여학교는 영국의 어느 유명한 여학교를 모방하여 교실마다 '전통적인' 별칭을 붙였다. '머시룸Mushroom' '루미네이트Room-In 8' '브룸B-room' '룸바Room-BA' 등. '머시룸'은 냄새가 심한 교실인데, 칠판 위에 레이놀즈의 〈순수의 시대〉를 세피아색으로 복제한 그림을 걸어놓고 투박하게 생긴 학생용 책상을 몇 줄 배치했다. 나의 롤리타는 그중 한 책상에 앉아 베이커의 『연극 기법』에 실린 '대화'라는 장을 읽는 중이었고, 교실 안은 아주 조용했고, 바로 앞줄에 앉은 여자애 하나도 역시 책을 읽는 중이었는데, 훤히 드러난 목덜미가 도자기처럼 새하얗고 백금색 머리가 돋보이는 이 아이는 책에 푹 빠져 세상만사를 잊은 듯이 부드러운 곱슬머리를 손가락에 휘감아 끊임없이 뱅글뱅글 돌렸다. 나는 그 목덜미와 그 머리카락 바로 뒤에 있는 돌리 곁에 슬그머니 앉아 외투 단추를 풀었고, 학교 연극에 참가하는 것을 허락하고 덤으로 65센트를 주는 대가로 잉크로 얼룩지고 분필가루가 묻은, 마디마디 빨갛게 언 돌리의 손을 책상 아래로 끌어내렸다. 아, 물론 어리석고 몰상식한 짓이었지만 방금 교장에게 괴롭힘을 당하고 나서 두 번 다시 없을 이런 상황을 나로서는 도저히 그냥 지나칠 수가 없었다.

12

크리스마스 무렵에 그녀가 심한 오한에 시달려 미스 레스터의 친구인 일세 트리스트럼슨이라는 의사에게 진찰을 받았다. (안녕, 일세, 당신은 참 좋은 사람이었어, 꼬치꼬치 캐묻지도 않고 나의 비둘기를 만질 때도 아주 조심스러웠지.) 일세는 기관지염이라는 진단을 내리고 (열꽃이 흐드러지게 핀) 로의 등을 툭툭 치면서 일주일 이상 푹 쉬라고 했다. 처음에는 미국식 표현대로 몸이 '불덩이처럼' 펄펄 끓었는데, 기진맥진한 롤리타는 내 품에 안겨서도 끙끙거리고 콜록거리고 부들부들 떨었지만 나는 환상적인 체온으로 뜻밖의 쾌감을 선사하는 그녀—뜨거운 베누스Venus febriculosa—를 도저히 그냥 둘 수 없었다. 그래서 그녀가 회복되자마자 남학생들을 불러 파티를 열어주었다.

어쩌면 내가 그 시련에 대비하려다가 조금 과음을 했는지도 모른다. 어쩌면 얼간이처럼 보였는지도 모른다. 여자애들은 작은 전나무에 장식물을 달고 전선을 연결했다. 독일 풍습이지만 양초 대신 오색 전구를 이용한다는 점이 달랐다. 그들은 음반을 골라서 집주인이 쓰던 축음기로 차례차례 재생했다. 멋쟁이 돌리는 몸통 부분이 몸에 딱 맞고 스커트는 넓게 퍼진 예쁜 회색 드레스를 입었다. 나는 콧노래를 흥얼거리며 내 서재로 올라갔다. 그러고 나서 십 분이나 이십 분마다 한 번씩 바보처럼 잠깐잠깐 아래층에 내려가 벽난로 선반에 놓아둔 파이프를 가지러 가거나 신문을 찾는 척했다. 아주 간단한 일인데도 내려갈 때마다 점점 더 힘이 들었다. 까마득히 멀게만 느껴지는 램스데일 시절, 〈어린 카르멘〉을 틀어놓은 방에 태연히 들어가려면 미리 마음의 준비를 해야 했던 일이 떠오를 정도였다.

성공적인 파티는 아니었다. 우리가 초대한 여자애 세 명 가운데 한 명은 아예 나타나지도 않고, 남자애 한 명은 제 사촌 로이를 데려오는 바람에 남자애 둘이 남았고, 두 사촌은 못 추는 춤이 없는데 다른 남자애들은 출 줄 아는 춤이 없었고, 결국 아이들은 부엌을 난장판으로 만들면서 대부분의 시간을 보냈다. 그다음에는 어떤 카드놀이를 하느냐를 놓고 끝도 없이 갑론을박했고, 얼마 후 여자애 두 명과 남자애 네 명이 창문을 모두 열어놓고 거실 바닥에 앉아 낱말놀이를 시작했지만 오팔은 아무리 설명해줘도 규칙을 이해하지 못했다. 모나는 호리호리하고 잘생긴 로이와 부엌 식탁에 올라앉아 다리를 흔들면서 진저에일을 마시고 '예정설'과 '평균의 법칙'에 대해 열띤 토론을 벌였다. 이윽고 아이들이 모두 돌아간 후 나의 로가 우왝 외치면서 눈을 감더니 몹시 불쾌하고 피곤하다는 표시로 불가사리처럼 사지를 벌린 채 의자에 털썩 주저앉으면서 그렇게 역겨운 남자애들은 처음 본다고 말했다. 그 말이 기특해서 테니스 라켓을 새로 사주었다.

1월은 눅눅하고 따뜻했다. 2월에는 날씨에 속은 개나리가 꽃을 피웠다. 마을 사람들도 이런 날씨는 처음이라고 입을 모아 말했다. 나는 계

속 선물 공세를 펼쳤다. 그녀의 생일에는 이미 언급했던, 암사슴을 연
상시키는 정말 예쁜 자전거와 더불어 『현대미국회화사』를 선물했다.
자전거로 다가가는 모습, 자전거에 오를 때 엉덩이의 움직임, 우아한
자세 등 그녀가 자전거를 타는 모습은 나에게 크나큰 즐거움을 주었다.
그러나 그림에 대한 심미안을 키워주려는 시도는 실패로 끝났다. 도리
스 리의 그림을 보더니 건초 위에서 낮잠을 자는 남자가 전경에 그려
진, 짐짓 관능적인 자태를 뽐내는 말괄량이의 아버지냐고 물었고,* 내
가 그랜트 우드와 피터 허드는 훌륭하지만 레지널드 마시와 프레더릭
워는 형편없다고 평가하는 이유도 이해하지 못했다.

13

봄이 세이어 스트리트를 노란색과 초록색과 분홍색으로 물들일 무
렵, 롤리타는 연극에 푹 빠져 헤어나지 못했다. 어느 일요일에 월턴 식
당에서 몇 사람과 함께 점심을 먹는 프랫을 우연히 보았는데, 멀리서
나와 시선이 마주치자 로가 보지 않는 틈을 이용하여 칭찬의 뜻을 담
아 소리없이 박수를 치는 시늉을 했다. 나는 원래 연극을 싫어하는데,
역사적으로 보면 매우 원시적이며 타락한 예술형식이기 때문이다. 몇

---

* 〈정오〉라는 작품으로, 왼쪽 배경에는 건초 위에 드러누워 낮잠 자는 남자를, 전경에는
건초 더미에 기대어 몰래 사랑을 속삭이는 젊은 남녀를 그렸다. 배경의 남자는 밀짚모자
로 얼굴을 가려 나이를 알 수 없지만 롤리타의 처지에 비춰볼 때 그녀의 질문은 자못 의
미심장하다.

몇 천재가 재능을 발휘하기도 했지만—골방에 틀어박힌 독자들은 지금도 엘리자베스 시대의 작품*에 담긴 시를 달달 외우리라—나에게 이 형식은 석기시대의 각종 의식과 집단적 우행愚行을 연상시킬 뿐이다. 그 무렵에는 나도 문학 이론서를 집필하느라 굳이 〈마법에 걸린 사냥꾼〉을 처음부터 끝까지 읽어보지는 않았다. 이 짤막한 연극에서 돌로레스 헤이즈가 맡은 역할은 농부의 딸이었다. 이 처녀는 자기가 숲의 여마법사나 디아나** 같은 존재라고 상상하는데, 어쩌다가 최면술에 대한 책을 손에 넣은 후 숲에서 길을 잃은 사냥꾼들을 무아지경에 빠뜨려 온갖 흥미진진한 장면을 보여주다 나중에는 어느 방랑 시인(모나 달)의 매력에 그녀 자신이 푹 빠지고 만다. 로가 집 안 곳곳에 낱장으로 흘리고 다닌 잔뜩 구겨지고 타이핑 솜씨도 형편없는 대본을 통하여 내가 파악한 내용은 그 정도가 고작이었다. 연극 제목이 잊을 수 없는 호텔 이름과 똑같다는 사실을 확인했을 때 나는 반가움과 서글픔을 동시에 느꼈다. 나의 여마법사에게는 그 사실을 귀띔하지 않는 편이 나을 듯싶어 울적했는데, 그녀가 알아차리지 못한 것도 서운했지만 너무 감상적이라는 핀잔까지 듣게 되면 더욱더 괴로울 것 같았다. 나는 이 연극이 어느 진부한 전설을 각색한—작가가 누군지조차 알 수 없는—흔해빠진 작품 가운데 하나일 거라고 넘겨짚었다. 물론 그 호텔을 세운 사람이 매력적인 이름을 찾다가 자기가 고용한 이류 벽화가가 그려놓은 환상의 세계를 보았으며, 이 우연한 발견이 유일하고 직접적인 계

---

* 셰익스피어, 크리스토퍼 말로 등을 가리킨다.
** 로마신화에 나오는 달의 여신으로 순결과 사냥의 수호신. 그리스신화의 아르테미스 여신과 동일시된다.

기가 되어 호텔 이름을 그렇게 지었고, 그 이름이 결국 연극의 제목으로 이어졌으리라 짐작해도 별 무리는 없었다. 그러나 나는 워낙 단순하고 인정 많고 무엇이든 쉽게 믿어버리는 성격이라서 그런 과정을 거꾸로 뒤집어 생각했다. (사실은 이 문제를 별로 깊이 생각해보지도 않았다.) 그래서 벽화와 호텔 이름과 연극 제목의 출처가 모두 동일하다고, 즉 뉴잉글랜드 지방을 잘 모르는 나 같은 이방인은 알 길이 없는 어느 옛날이야기에서 비롯되었다고 믿어버렸다. 결과적으로 나는 이 지긋지긋한 연극이 미성년자들을 위한 시시한 작품에 지나지 않으며 『학생용 연극 작품집』이나 『연극을 즐깁시다!』 따위에 빠짐없이 수록되는 리처드 로의 「헨젤과 그레텔」이나 도러시 도의 「잠자는 숲속의 미녀」나 모리스 버몬트와 매리언 럼플마이어의 「벌거숭이 임금님」처럼 여러 차례에 걸쳐 고치고 또 고친 결과물일 거라고 생각했다.[17] (그나마도 가볍게 지나가는 생각이었을 뿐, 조금도 중요하게 여기지 않았다.) 다시 말하자면 나는 〈마법에 걸린 사냥꾼〉이 아주 최근에 발표된 작품으로 기법도 매우 독창적이며 불과 서너 달 전에 뉴욕의 일류 극단에서 초연했다는 사실을 몰랐다. 설령 알았더라도 별 관심을 갖지 않았을 것이다. 내가 보기에 이 연극은—우리 여마법사의 대사만 보고 판단하자면—환상적인 작품치고는 꽤나 우울한 분위기였다. 르노르망[18]이나 마테를링크[19], 혹은 과묵한 영국 몽상가들[20]의 영향을 받은 듯했다. 사냥꾼들은 모두 빨간색 모자를 쓰고 똑같은 옷을 입었는데 한 명은 은행원, 또 한 명은 배관공, 세번째는 경찰관, 네번째는 장의사, 다섯번째는 보험사 직원, 여섯번째는 탈옥수였다(기대를 걸어볼 만한 조합이 아닌가!). 그들은 돌리의 골짜기에서 전면적인 심경의 변화를 겪은 후 저마다 자신의 진짜 인생을 한낱 꿈이나 악몽으로 기억하고 어린 디아나 덕분에 무사히 깨어났다고 믿게 된다. 그러나 일곱번째 사냥꾼인 '젊은 시인'(이 바보는 초록색 모자를 썼다)은 오히려 디아나와 온갖 재밌거리(춤추는 님프, 꼬마 요정, 괴물 등) 모두가 자신의 창작물이라고 주장하여 그녀에게 크나큰 당혹감을 안겨준다. 맨발의 돌로레스는 시인의 자신만만한 태도에 넌더리를 내고, 결국 체크무늬 바지를 입은 모나를 이끌고 '위험한 숲' 너머에 있는 아버지의 농장에 가서 자기가 공상의 산물이 아니라 현실 속에 존재하는 시골 처녀라는 사실을 허풍선이 시인에게 증명해 보인다. 마지막 장면의 입맞춤은 이 연극의 심오한 메시지를 역설하는데, 요컨대 사랑을 통하여 환상과 현실이 하나가 된다는 것이다. 나는 로 앞에서는 이 연극을 비판하지 않는 것이 현명하리라 판단했다. 그녀는 '표현의 문제'에 심혈을 기울였는데, 한없이 매력적인 모습으로―섬세한 두 손을 피렌체 화풍으로 가지런히 모으고 속눈썹을 파르르 떨면서―리허설을 보러 오지 말라고 신신당부했다. 몇몇 멍청한 학부모들이 리허설을 보러 오겠지만 나에게만은 감탄이 절로 나올 만큼 완벽한 연기를 보여주고 싶으니 첫 공연 때까지 기다려달라고 했다. 게다가 내게는 아무 때나 끼어들어 쓸데없는 잔소리를 하는 버릇이 있어 남들 앞에서까지 그럴 경우 오히려 실력 발휘를 못 할 거라고 했다.

아주 특별한 리허설이었건만…… 아쉬워라, 아쉬워라…… 한바탕 상쾌한 비바람이 몰아치던 5월 어느 날이었다. 모든 것이 내 시야 밖에서 지나가버려 나는 아무것도 보지 못했으므로 한 가닥의 추억도 얻지 못했다. 리허설이 끝나고 늦은 오후에 로를 다시 만났을 때 그녀는 우리 집 잔디밭 가장자리에서 손바닥으로 어린 자작나무의 축축한 나무 껍질을 짚어 균형을 잡은 상태로 자전거에 앉아 있었다. 나는 눈부시게 밝은 그녀의 미소에 감동하여 한순간이나마 우리 사이의 불화가 말끔히 사라졌다고 믿었다. "기억해요?" 그녀가 말했다. "그 호텔 이름이 뭐였는지. 아저씨라면 알 텐데, [콧등을 찡그리면서] 에이, 알잖아요. 하얀 기둥이 몇 개 있던, 로비에 대리석 백조가 있던 그 호텔 말예요. 아, 거기서[요란하게 숨을 내뱉고]—아저씨가 나를 강간했잖아요. 뭐, 그 얘기는 그냥 넘어가죠, 아무튼 그 호텔 이름이 [속삭이듯이] 혹시 '마법에 걸린 사냥꾼' 아니었어요? 아, 그렇죠? [생각에 잠긴 듯이] 역시 그랬어." 그녀는 애교 넘치는 청춘의 웃음소리를 까르르 터뜨리며 반질거리는 나무줄기를 찰싹 때리더니 단숨에 비탈길을 달려올라갔다가 도로 끝에서 돌아섰는데, 내려올 때는 두 발을 페달에 올려놓기만 하고 편안한 자세로 앉아 있었다. 한 손은 꽃무늬 스커트로 덮인 무릎 위에서 꿈을 꾸는 듯했다.

14

로가 좋아하는 무용이나 연극과 밀접한 관계가 있다고 해서 미스 엠퍼러에게(나 같은 불문학자는 그렇게 불러야 편하다*) 피아노 레슨을 받게 해주었다. 로는 매주 두 번씩 자전거를 타고 비어즐리에서 1마일

---

* 귀스타브 플로베르의 『보바리 부인』에 등장하는 피아노 교사 랑프뢰르(Lempereur)를 영어식 이름으로 바꾸면 '엠퍼러(Emperor)'가 된다.

쯤 떨어진 선생님 댁으로, 파란색 덧문이 달린 희고 아담한 집으로 달려갔다. 5월도 막바지로 접어든 어느 금요일 밤(로가 오지 말라고 했던 아주 특별한 리허설이 끝나고 일주일쯤 지났을 무렵), 내가 서재에서 귀스타브의*—아니, 가스통의—킹을 측면에서 공격할 때 전화벨이 울렸다. 미스 엠퍼러의 연락이었는데, 지난 화요일도 오늘도 로가 레슨을 받으러 오지 않았다면서 다음 주 화요일에는 오느냐고 물었다. 나는 꼭 보내겠다고 대답한 후 다시 체스를 두었다. 그러나 독자 여러분도 짐작하시겠지만 그때부터는 온갖 걱정 근심이 눈앞을 가려 판단력이 흐려졌고, 한두 수쯤 두고 나서 가스통의 차례가 되었을 때는 퀸을 빼앗길 상황이 되고 말았다. 가스통도 그 사실을 알아차렸지만 교활한 상대가 놓은 덫인지도 모른다는 생각에 꽤 오랫동안 시간을 끌었는데, 끙끙거리고 씩씩거리고 턱살을 흔들어대다가 슬쩍 내 표정까지 훔쳐본 뒤에도 계속 망설이면서 통통한 손을 조심스레 내밀다가 도로 움츠리기를 몇 번이나 되풀이하더니—먹음직스러운 퀸을 냉큼 삼켜버리고 싶은데 감히 엄두를 못 내더니—별안간 확 낚아채서 가져가버렸고(나중에 그가 꽤나 대담한 일을 벌인 것도 그날의 경험이 계기가 되지 않았을까?), 나는 한 시간에 걸친 지루한 싸움 끝에 무승부를 얻어냈다. 그는 브랜디를 마저 마시고서 곧 어슬렁어슬렁 가버렸지만 결과에 만족한 기색이 역력했다. (가엾은 친구여, 그날 이후 자네를 다시 보지 못했고 자네가 이 책을 보게 될 가능성도 거의 없지만, 이 자리를 빌려 자

---

* 험버트의 머릿속에서 플로베르와 『보바리 부인』에 대한 생각이 아직 떠나지 않았음을 보여주는 말실수. 롤리타가 거짓말을 했듯이 에마 보바리도 레슨을 핑계로 남편을 속이고 밀회를 즐겼다.

네에게 따뜻한 악수를 건네며 내 딸들의 인사도 함께 전하고 싶네.) 돌로레스 헤이즈는 부엌 식탁 앞에 앉아 대본에 시선을 고정시킨 채 파이 한 조각을 먹고 있었다. 고개를 들고 나를 쳐다보는데 눈빛이 몹시 흐리멍덩했다. 내가 조금 전 알게 된 사실에 대해 다그쳤을 때 그녀는 조금 뉘우치는 체하면서도 이상할 정도로 태연했는데, 자기가 아주 못된 아이라는 사실은 잘 알지만 이번에는 도저히 유혹을 이겨낼 수 없어서 레슨 시간에—아, 독자여, 나의 독자여!—모나와 함께 근처 공원에 가서 마법의 숲 장면을 연습했을 뿐이라고 말했다. 나는 "알았다"고 말한 후 성큼성큼 전화를 걸러 갔다. 전화를 받은 모나 엄마가 "아, 네, 집에 있어요" 대답하고는 엄마답게 감정을 드러내지 않으면서도 반갑다는 듯이 웃어주면서 물러났고, 멀찌감치 "로이 전화다!" 외치는 소리가 들리기가 무섭게 모나가 부리나케 달려와서는 로이에게 낮고 단조롭지만 그리 모질지 않은 목소리로 그가 한 말이나 행동을 비난하기 시작했는데, 내가 말을 가로막자 얼른 목소리를 바꿔 지극히 공손하고 섹시한 콘트랄토 음성으로 "네, 아저씨" "그럼요, 아저씨" "이번 일은 모두 제 잘못이에요, 아저씨"(저 달변! 저 침착성!) "정말 죄송해요" 하면서 어린 요부들이 흔히 그러듯이 한도 끝도 없이 재잘거렸다.

그래서 나는 심장에 손을 얹고 목청을 가다듬으며 계단을 내려갔다. 로는 이제 거실로 자리를 옮겨 자기가 제일 좋아하는 푹신푹신한 의자를 차지하고 있었다. 비스듬히 드러누워 손거스러미를 물어뜯으며 냉혹하고 흐릿한 눈으로 나를 조롱하듯이 바라보았는데, 한쪽 다리를 길게 뻗어 스툴 위에 올려놓고 신발을 신지 않은 발꿈치로 줄곧 스툴을 흔들어대는 그녀를 보는 순간, 2년 전 처음 만난 후로 그녀가 얼마나 많이 변했는지를 한눈에 확인하고 구역질이 날 정도로 지독한 환멸을 느꼈다. 아니, 최근 2주 사이에 일어난 변화일까? 그녀에 대한 애정은? 전설처럼 사라지고 말았다. 그녀는 내 불타는 분노의 표적이 되었다. 욕망의 안개가 말끔히 걷히고 무서울 정도로 정신이 맑아졌다. 아아, 그녀가 변해버렸구나! 지금 그 얼굴색은 저속하고 구질구질했는데, 더러운 손가락으로 남의 화장품을 푹 찍어 씻지도 않은 얼굴에 처덕처덕 처바르는, 화장품이 불결하든 말든, 여드름균이 옮든 말든 아랑곳하지 않는 여느 여고생과 다를 바 없었다. 예전에는 부드럽고 섬세한 솜털이 그토록 사랑스러웠건만, 헝클어진 머리를 내 무릎에 짓누르며 장난을 치면 눈물에 젖어 더욱더 환하게 빛났건만. 그렇게 깨끗하기만 하던 광채가 지금은 천박한 홍조로 바뀌었다. 이 근방에서 '토끼 감기'라고 부르는 증상 때문에 타는 듯 붉게 물든 콧구멍 언저리에 경멸이 가득했다. 진저리를 치며 떨어뜨린 내 시선이 뻣뻣하게 뻗은 맨살의 허벅지 뒤쪽 윤곽을 따라 무의식적으로 움직였다. 어느새 다리에 윤기가 흐르고 근육이 발달했구나! 그녀는 넓은 미간에 흐린 유리처럼 잿빛을 띤, 조금 충혈된 눈으로 나를 물끄러미 쳐다보았고 나는 그 속에 감춰진 속마음을 읽어냈다. '역시 모나의 말이 옳을지도 몰라. 아저씨의 비밀을 폭로해도 고아인 나는 벌을 받지 않을지도 몰라.' 내가 큰 실수를 했구나! 내가 미친 짓을 했구나! 그녀의 균형 잡힌 다리에 깃든 힘, 흰색 양말의 더러운 발바닥, 답답한 실내에서도 벗지 않은 두툼한 스웨터, 시골 처녀 같은 냄새, 특히 방금 립스틱을 바른 입술과 이상한 홍조를 띤 막다른 골목 같은 얼굴—어느 것도 이해할 수 없어 울화가 치밀었다. 그녀의 앞니에 묻은 빨간 립스틱을 보는 순간 섬뜩한 기억이 되살아났다. 눈앞에 떠오른 모습은 모니크가 아니라 오래전에 어느 종탑에서 마주친 어린 창녀였는데, 단순히 어리다는 이유만으로 무서운 병에 걸릴 위험을 무릅써도 좋을까 싶어 망설일 때 다른 남자가 가로채버렸다. 그 여자도 지금의 로처럼 도드라진 광대뼈에 홍조를 띠었고, 엄마를 잃었고, 앞니가 큼직했고, 촌스러운 갈색머리에 꾀죄죄한 붉은 리본을 달고 있었다.

"자, 말해보시죠." 로가 말했다. "확인하니까 속이 시원해요?"

"아, 그래." 내가 말했다. "완벽하더라. 그래, 너희 둘이 지어낸 이야기가 분명해. 네가 그애한테 우리 사이에 대해 모두 말해버린 것도 분명하고."

"아, 그렇게 생각해요?"

나는 호흡을 가다듬고 말했다. "돌로레스, 이제 그만 좀 해라. 지금이라도 너를 데리고 비어즐리를 떠나서 너도 아는 그곳에 가둬버릴 수 있으니까 제발 이러지 마. 가방 하나만 꾸리면 당장이라도 출발할 수 있어. 그만하지 않으면 무슨 일이 일어날지 몰라."

"무슨 일이 일어날지 모른다고요?"

나는 그녀가 발꿈치로 흔들던 스툴을 확 치워버렸고 그녀의 발이 바닥에 쿵 떨어졌다.

"왜 이래요!" 그녀가 소리쳤다.

"우선 위층으로 올라가!" 나도 마주 소리치면서 그녀를 거칠게 붙잡아 일으켰다. 그 순간부터 나는 굳이 목소리를 억누르지 않았고, 우리는 서로 버럭버럭 고함을 질렀고, 그녀는 차마 입에 담을 수 없는 말을 거침없이 내뱉었다. 내가 지긋지긋하다고 했다. 몹시 험상궂은 표정을 지으면서 두 뺨을 부풀리고 입술을 떨어 불쾌한 소리를 냈다. 내가 엄마의 하숙인이었을 때부터 몇 번이나 자기를 겁탈하려 했다고 말했다. 엄마도 틀림없이 내가 죽였을 거라고 했다. 누구든 자기를 원하는 남자와 무조건 동침해버려도 나로서는 막을 방법이 없을 거라고 했다. 나는 위층에 올라가서 돈을 감춰둔 곳을 모조리 밝히라고 말했다. 서로 소리 지르고 증오가 가득한 싸움이었다. 나는 뼈마디가 도드라진 로의 손목을 붙잡았고, 그녀가 내 약점을 찾아 빠져나가려고 팔을 이리저리 돌리고 비틀면서 호시탐탐 기회를 노렸지만 힘껏 움켜쥔 채 놓아주지 않았고(그래서 꽤 아팠을 텐데, 그 벌로 내 심장이 썩어버려도 싸다고 생각한다), 한두 번쯤은 그녀가 팔을 아주 격렬하게 당기는 바람에 자칫하면 손목이 부러져버리지 않을까 걱정스러울 정도였다. 그 와중에도 그녀는 영원히 잊을 수 없는 차가운 분노와 뜨거운 눈물이 힘겨루기를 하는 두 눈으로 나를 노려보았고, 싸우는 우리 목소리 때문에 전화벨 소리가 들리지 않았고, 마침내 내가 그 소리를 의식하는 순간 그녀는 재빨리 달아나버렸다.

영화 속의 등장인물처럼 나에게도 전화기의 신*이 종종 느닷없는 은총을 베푼다. 이번에는 성난 이웃이었다. 거실의 동쪽 창문이 열려 있었는데 다행히 블라인드는 내려진 상태였다. 그 너머에서 뉴잉글랜드의 심술궂은 봄이 불러온 축축하고 캄캄한 밤이 숨을 죽인 채 우리의 말다툼을 엿들었던 모양이다. 옛날부터 나는 그렇게 음탕한 생각만 하

---

* machina telephonica. 고대 그리스극에서 사용한 극작술인 '데우스엑스마키나(deus ex machina)', 즉 기중기 등의 장치를 이용해 신을 등장시켜 위급하고 복잡한 사건을 해결하는 수법을 원용한 것으로, 나보코프는 신 대신 전화기를 썼다.

는 못된 노처녀는 현대소설 속에나 나옴직한 문학적 근친교배의 산물이라고 믿었다. 그러나 이제 보니 '동쪽 집 노처녀'도—아니, 신분을 밝혀버리자면 미스 펜턴 레본도—숙녀prude인 체하는 색녀prurient로, 자기 방 창문 너머로 몸을 4분의 3쯤 내밀고 우리가 다투는 소리를 엿들은 것이 분명했다.

"……이런 소동은…… 정말 몰상식하고……" 수화기가 꽥꽥 소리쳤다. "여긴 싸구려 아파트가 아니란 말예요. 분명히 말씀드리겠는데……"

나는 딸의 친구들이 너무 시끄럽게 굴어 죄송하다고 했다. 아이들이 어떤지 아시잖아요. 그러고 나서 꽥꽥거리는 소리가 다시 시작되려는 찰나에 수화기를 내려놓았다.

아래층에서 방충망 문이 쾅 닫혔다. 로? 도망쳤나?

계단 옆의 창문으로 바깥을 내다보니 관목 사이로 쏜살같이 빠져나가는 작은 유령이 보였다. 어둠 속에서 은빛 점 하나가—자전거 바퀴통이었다—스르르 움직이다가 부르르 떨더니 이내 사라져버렸다.

하필이면 그날 차를 시내 수리점에 하룻밤 맡겨놓은 터였다. 날개달린 도망자를 뒤쫓아야 했지만 걸어가는 수밖에 없었다. 이미 3년 이상의 세월이 흘렀지만 그 봄밤에 걷던 길, 벌써 잎이 무성해진 그 길을 떠올릴 때마다 지금도 숨이 멎을 듯한 두려움에 사로잡힌다. 불 켜진 현관 앞에서 미스 레스터가 미스 페이비언의 수종水腫에 걸린 닥스훈트를 산책시키고 있었다. 하마터면 하이드 씨*가 이 개를 밟을 뻔했다. 세 걸

---

* 로버트 루이스 스티븐슨의 소설 『지킬 박사와 하이드 씨』의 주인공.

음은 걷고 세 걸음은 뛰었다. 미지근한 빗방울이 밤나무 잎을 두드리기 시작했다. 다음 모퉁이에 이르렀을 때 흐릿하게 보이는 젊은 녀석이 철책에 밀어붙인 롤리타를 껴안고 입맞춤을—아니, 그녀가 아니다, 잘못 보았다. 두 손이 아직도 저릿저릿했지만 다시 부리나케 달려갔다.

14번지에서 세이어 스트리트를 따라 동쪽으로 반 마일쯤 가면 한적한 골목과 교차로가 나온다. 그중에서 후자가 중심가로 가는 길이었다. 첫번째 드러그스토어 앞에서—안도의 선율이 들려오는 듯!—롤리타의 아름다운 자전거가 그녀를 기다리는 것을 발견했다. 잡아당겨야 하는 문을 밀었다가 당겼다가 밀었다가 다시 잡아당겨 열고 안으로 들어갔다. 보라! 열 걸음쯤 떨어진 전화부스의 유리벽 너머에서 (고막을 다스리는 신께서 여전히 우리와 함께하시나니) 롤리타가 은밀한 대화를 나누는 듯 수화기를 손으로 감싸고 있다가 눈을 가늘게 뜨고 나를 보더니 보물을 감추듯이 등을 돌린 후 서둘러 전화를 끊고 여봐란듯이 빠져나왔다.

"집에 전화하는 참이었어요." 그녀가 명랑하게 말했다. "방금 큰 결심을 했거든요. 우선 음료수 좀 사줘요, 아빠."

그녀는 시큰둥하고 창백한 음료수 담당 여점원이 얼음을 채우고 콜라를 붓고 체리시럽을 따르는 과정을 물끄러미 지켜보았다. 내 심장은 사랑의 아픔으로 터질 듯했다. 저 어린 손목. 사랑스러운 아이. 따님이 정말 사랑스러워요, 험버트 씨. 따님이 지나갈 때마다 다들 넋을 잃고 구경해요. 핌 씨는 피파가 음료수를 빨아먹는 모습을 바라보았다.*

---

* A. A. 밀른의 희곡 『핌 씨가 지나간다』와 로버트 브라우닝의 극시 『피파가 지나간다』에 대한 언급.

나는 옛날부터 위대한 더블린 사람의 숭고한 작품을 흠모했노라.*
한편 바깥에서는 비가 어느새 관능적인 소나기로 변했다.

"저기요." 내 곁에서 자전거를 타고 어둠 속에서 반질거리는 인도 위
에 한쪽 발을 질질 끌면서 그녀가 말했다. "결심한 게 있어요. 학교를
그만두고 싶어요. 그 학교는 지긋지긋해요. 연극도 지긋지긋해요, 정말
이에요! 다시는 안 갈래요. 다른 학교를 찾아보죠 뭐. 우리 당장 떠나
요. 다시 긴 여행을 하자고요. 하지만 이번에는 어디든 내가 가고 싶은
곳은 다 가보는 거예요, 알았죠?"

나는 고개를 끄덕였다. 나의 롤리타.

"내가 골라도 되죠? 약속하는 거죠C'est entendu?" 내 곁에서 조금 비
틀거리면서 그녀가 물었다. 롤리타는 이렇게 착한 아이가 될 때만 프랑
스어를 썼다.

"알았어. 약속할게. 이제 경중경중 달려라, 레노레,** 이러다가 흠뻑
젖겠다." (흐느낌의 폭풍우가 내 가슴 가득히 휘몰아쳤다.)

그녀가 이를 드러내며 웃더니 여학생 특유의 귀여운 몸짓으로 몸을
숙이고 새처럼 포롱포롱 날아갔다.

미스 레스터가 곱게 다듬은 손으로 현관문을 열어주자 늙은 개가 늑
장을 부리며 어기적어기적 걸어들어갔다.

---

* J'ai toujours admiré l'œuvre ormonde du sublime Dublinois. 제임스 조이스의『율
리시스』에 대한 언급. 원문의 '오르몽드(ormonde)'는『율리시스』에 등장하는 더블린의
호텔 이름 '오먼드(Ormond)'를 따서 만든 단어로, '오르 몽드(hors (de ce) monde)' 즉
'숭고하다(out-of-this-world)'라는 의미로 사용되었다.
** 독일 낭만파 시인 고트프리트 아우구스트 뷔르거의 장시『레노레』에서 사신(死神)이
레노레를 말에 태우고 밤길을 질주하는 장면.

로는 유령처럼 희미한 자작나무 근처에서 나를 기다리고 있었다.

"다 젖어버렸어요!" 그녀가 목청껏 소리쳤다. "기쁘지 않아요? 연극 같은 건 망해버려라! 내가 하는 말, 알겠죠?"

보이지 않는 마귀할멈의 손이 이층 창문을 쾅 닫아버렸다.

눈부신 불빛이 반겨주는 우리 집 현관에 들어섰을 때 나의 롤리타가 스웨터를 벗고 머리카락에 방울방울 맺힌 보석을 털어내더니 맨살이 드러난 두 팔을 나에게 내밀면서 한쪽 무릎을 들어올렸다.

"위층까지 안아서 데려다줘요. 오늘밤은 왠지 낭만적인 기분이 들어요."

이 시점에서 생리학자들이 관심을 가질 만한 사실 하나를 밝혀두겠다. 매우 특이한 사례일 듯싶은데, 나는 격정의 폭풍우가 휘몰아치는 동안 줄곧 눈물을 펑펑 쏟는 재간을 선보였다.

15

기계에 대해서는 잘 모르지만 세심하기 그지없는 아빠 험버트는 돈을 들여 브레이크 라이닝을 교환하고 막힌 배수관을 뚫고 각종 밸브를 청소하는 등 여러 가지 수리 및 손질 작업을 두루 끝마쳤고, 죽은 험버트 부인의 차는 그리하여 새로운 여행을 앞두고 제법 양호한 상태로 변했다.

비어즐리 학교에는, 정든 비어즐리 학교에는, 할리우드에 갔다가 계약기간이 끝나자마자 돌아오겠다고 말해두었다(창의력 넘치는 험버트가 자문위원장이 되어 그 당시만 해도 꽤 인기가 좋았던 '실존주의'에 대한 영화 제작에 관여한다고 넌지시 비쳤다). 그러나 사실은 일단 느 긋하게 멕시코 국경을 건너간 후―작년에 비하면 많이 대담해졌으니 까―이제 키 60인치, 몸무게 90파운드로 성장한 어린 애첩을 어떻게 할지 결정할 셈이었다. 우리는 여행 안내서와 지도를 다시 찾아냈다. 로는 대단한 열의를 가지고 여행 경로를 미리 정해놓았다. 그녀가 청소 년 특유의 시큰둥한 태도를 벗어던지고 흥미진진한 현실을 탐색하는 데 열중하는 사랑스러운 모습을 보여준 것도 혹시 그 연극 덕분이었을 까? 어슴푸레하지만 따뜻했던 일요일 아침, 화학 교수의 어리둥절해 하는 듯한 집을 버려두고 중심가를 따라 4차선 고속도로 쪽으로 달려 갈 때 나는 꿈속에서처럼 몸과 마음이 가벼워지는 야릇한 기분을 경험 했다. 나의 연인은 흑백 줄무늬 무명 원피스를 입고 산뜻한 파란색 모 자를 쓰고 흰색 양말과 갈색 모카신을 신었는데, 목에 건―내가 봄비 를 기념하는 선물로 사준―가는 은목걸이에 달린 아름답게 깎은 큼직 한 아콰마린에 썩 잘 어울리는 차림새는 아니었다. 뉴 호텔 앞을 지나 갈 때 그녀가 웃었다. "왜 웃었는지 말해주면 동전 하나." 내 말을 들은 그녀가 냉큼 손바닥을 내밀었지만 하필 그 순간 빨간불이 켜지는 바람 에 급히 브레이크를 밟아야 했다. 우리가 정지한 후 다른 차 한 대가 미 끄러지듯 다가와 나란히 멈춰 섰고, 혈색 좋고, 운동선수처럼 날씬하 고, 반짝거리는 구릿빛 머리칼을 어깨 높이까지 늘어뜨린 대단히 인상 적인 미모를 자랑하는 젊은 여자가(어디서 봤더라?) 낭랑한 목소리로 로에게 "안녕!" 하고 인사하더니, 이번에는 나를 향해 절절하게, 생생하 게,* (생각났다!) 몇몇 단어를 강조하면서, 이렇게 말했다. "돌리를 연극에서 빼버리다니 정말 정말 너무하셨어요. 리허설이 끝난 다음에 작가 선생님이 돌리를 얼마나 열광적으로 칭찬하시던지……""파란불이잖아요, 바보야." 로가 그렇게 속삭이는 순간 잔 다르크가(우리가 시내 극장에서 본 연극에 출연했다) 팔찌 낀 팔을 힘차게 흔들어주더니 난폭하게 우리를 앞질러 캠퍼스 애비뉴로 접어들었다.

"대체 누구야? 버몬트야, 럼플마이어야?"

"아니, 에듀사 골드.[21] 우리 연기 지도 선생."

"방금 그 여자 말고. 희곡을 쓴 사람이 대체 누구냐고?"

"아하! 그 얘기였구나. 어떤 할머닌데, 클레어 아무개라나, 아마 그랬을 거예요. 그날 사람들이 꽤 많이 왔거든요."

"그 할머니가 너를 칭찬하셨어?"

"내 눈을 칭찬하면서, 내 청순한 이마에 뽀뽀까지 해줬어요." 나의 연인은 최근에 생긴 버릇대로―연극 연습을 하다가 배웠으리라―까르르 웃으며 즐거워했다.

"너도 참 별난 녀석이다, 롤리타." 나는 그렇게―아니, 그 비슷한 말을 했다. "네가 그 엉터리 연극을 그만둬서 나도 물론 기뻐. 그렇지만 절정의 순간을 겨우 일주일 앞두고 깨끗이 단념해버린 이유가 궁금하긴 해. 아, 롤리타, 그렇게 쉽게 포기하는 버릇은 조심해야 한다. 전에도 너는 캠프장에 가려고 램스데일을 포기했고, 여행을 즐기려고 캠프를 포기했고, 그것 말고도 갑자기 마음을 바꾼 경우가 많았잖니. 조심해.

---

* effusively, edusively. 후자는 전자와 각운을 맞추려고 기존 단어 educibly의 어미를 바꿔 만든 말로, 험버트가 이 말을 떠올리는 순간 여자가 누구인지 깨닫는 이유는 발음('에듀시블리') 때문이다.

절대로 포기하지 말아야 할 것도 있으니까. 사람은 참을성이 있어야지. 그리고 나한테 조금만 더 싹싹하게 굴어봐라, 롤리타. 식사도 신경 좀 써야겠더라. 허벅지 둘레는 17.5인치를 넘으면 안 된다고 했잖니. 더 굵어지면 죽을지도 몰라(물론 농담이었다). 우린 지금부터 길고 즐거운 여행을 떠나는 거야. 옛날 생각이 나는데……"

16

옛날 생각…… 그것은 유럽에 살던 어린 시절, 북아메리카 지도를 열심히 살펴보던 추억이다. 앨라배마에서 뉴브런즈윅까지 힘차게 뻗어올라간 '애팔래치아산맥'을 들여다보면 이 산맥이 가로지르는 지역 전체가—테네시, 버지니아와 웨스트버지니아, 펜실베이니아, 뉴욕, 버몬트, 뉴햄프셔, 메인 주 등이—스위스나 티베트처럼 온통 어마어마한 산으로 뒤덮인 듯했고, 첩첩이 쌓인 장엄한 다이아몬드 같은 봉우리들, 거대한 침엽수들, 멋진 곰 가죽 외투를 걸친 '추방당한 산사나이',* 펠리스 티그리스 골드스미시,** 개오동나무 아래 서 있는 인디언 등이 떠올랐다. 그런데 현실에서는 고작 변두리의 보잘것없는 잔디밭이나 연기가 피어오르는 쓰레기 소각로 따위를 구경해야 하다니 어처구니가 없

* 샤토브리앙의 시 제목.
** Felis tigris goldsmithi. '골드스미스의 호랑이'라는 뜻으로 라틴어 학명을 흉내낸 표현. 영국 작가 올리버 골드스미스가 「황폐한 마을」에서 쿠거를 호랑이로 잘못 쓴 일에 대한 우스갯소리.

었다. 잘 있어라, 애팔래치아여! 그곳을 떠난 후 우리는 오하이오, I자로 시작되는 3개 주,* 그리고 네브래스카—아아, 서부의 첫 숨결이여!**—를 지나갔다. 아주 느긋하게 여행했기 때문에 로키산맥 분수령에 있는 웨이스(로는 그곳에서 '마법의 동굴' 여름철 개장을 축하하는 인디언 제의의 춤을 꼭 보고 싶어했다)까지 가는 데만 일주일이 넘게 걸렸다. 서부 어느 주의 보석 같은 도시 엘핀스톤(로는 그곳에 있는 '붉은 바위'를 오르고 싶어 했는데, 최근에 어느 늙은 여배우가 술에 취해 정부와 말다툼을 하다가 홧김에 뛰어내려 목숨을 끊은 곳이라고 한다)까지는 3주도 더 걸렸다.[22)]

이번에도 가는 곳마다 모텔에서 마련한 용의주도한 안내문이 우리를 맞이했다.

"저희는 고객 여러분께 편안한 휴식을 제공하고 싶습니다. 모든 설비는 여러분이 오시기 전에 꼼꼼히 점검합니다. 저희는 여러분의 자동차 번호를 기록합니다. 온수는 아껴 쓰시기 바랍니다. 남에게 불쾌감을 주는 고객에게는 예고 없이 퇴실 조치를 내릴 수도 있습니다. 변기에는 오물을 일절 버리지 마십시오. 감사합니다. 다시 찾아주십시오. 관리인 올림. 추신: 저희는 여러분을 최고의 귀빈으로 모십니다."

이렇게 무시무시한 곳에서 우리는 트윈베드 룸 사용료로 10달러나 지불했는데, 방충망도 없는 문밖에는 파리가 줄줄이 붙어 있다가 재빨리 방 안으로 날아들고, 재떨이에는 먼저 다녀간 손님들이 남긴 담뱃재가 여전히 수북하고, 베개에는 여자 머리카락이 붙어 있고, 옆방 손님

---

* 인디애나, 일리노이, 아이오와.
** 네브래스카 주 정부의 홍보 문구인 '서부가 시작되는 곳!'에 대한 언급.

이 벽장에 웃옷을 거는 소리까지 다 들리고, 옷걸이는 훔쳐가지 못하도록 철사로 칭칭 감아 절묘하게 가로장에 고정시켰고, 최악의 모욕은 트윈베드 위에 걸린 그림 두 장이 일란성 쌍둥이라는 사실이었다. 돈벌이 방식이 변화하는 조짐도 눈에 띄었다. 독채였던 객실들을 합쳐 캐러밴서리*를 만들어가는 경향이 두드러졌다. (로는 관심도 없었지만 독자 여러분은 다를지도 모르니까 하는 말인데) 이층을 올리고, 로비를 만들고, 차는 공용주차장으로 내보내고, 결국 모텔을 멋진 옛날식 호텔로 바꿔놓은 곳이 많았다.

여기서 독자들에게 당부하건대 부디 나를, 그리고 나의 흐리멍덩한 정신상태를 비웃지 마시라. 이미 과거가 되어버린 운명을 지금 이해하는 일쯤은 독자에게도 나에게도 쉬운 일이다. 그러나 현재 진행중인 운명은, 몇 가지 단서만 눈여겨보면 술술 풀리는 단순한 추리소설 같은 것이 결코 아니다. 젊은 시절에 읽어본 어느 프랑스 탐정소설**은 아예 단서를 이탤릭체로 표시해주기까지 했지만 맥페이트는 그렇게 친절하지 않다. 설령 몇몇 알쏭달쏭한 징후를 알아차린다 해도 아무 소용이 없다.

예를 들어보자. 비록 확신할 수는 없지만 우리의 여정에서 중서부 구간으로 접어들기 직전 또는 직후에 그녀가 정체불명의 한 사람 또는 여러 사람에게 정보를 전달하거나 어떤 식으로든 접촉한 일이 적어도 한 번은 있었다고 믿는다. 페가수스 간판이 있는 주유소에 들렀을 때였는데, 수리공이 열어놓은 엔진덮개 밑에서 작업 과정을 지켜보느

---

* caravansary. 중앙에 안뜰이 있는 숙박 시설.
** 모리스 르블랑의 작품.

라 잠시 내 시선이 차단된 사이에 그녀가 슬그머니 차에서 내려 건물 뒤로 달아났다. 그날은 좀 너그러워지고 싶어서 인자하게 고개를 가로젓기만 했지만 엄밀히 말하자면 그런 행동은 금기사항이었다. 왜냐하면 나는 무슨 까닭인지는 모르겠으나 본능적으로 언젠가 운명이 나를 파멸시키려 한다면 화장실을—그리고 전화기를—이용하리라 직감했기 때문이다. 누구에게나 하나쯤은 그렇게 운명적인 사물이 있기 마련인데—어떤 사람에게는 자꾸 눈에 띄는 풍경일 수도 있고 또 어떤 사람에게는 숫자일 수도 있다—우리에게 특별한 사건을 일으키려고 신들이 공들여 고른 것들이다. 그래서 존은 여기만 가면 엎어지고 제인은 저기만 가면 슬픈 일을 겪는 것이다.

아무튼 정비 작업이 끝나서 차례를 기다리는 픽업트럭에게 급유기 앞자리를 내주려고 차를 다른 곳으로 옮겨놓은 후 바람 부는 잿빛 풍경 속에서 우두커니 기다리자니 내 곁에 그녀가 없다는 사실이 점점 더 무겁게 나를 짓눌렀다. 이렇게 막연한 불안감을 느끼면서 주유소 주변의 시시한 사물들을 물끄러미 바라보는 일은 이번이 처음도 아니고 마지막도 아니었는데, 오도 가도 못하는 나그네의 시선 앞에서 사물들은 시골뜨기처럼 놀란 눈으로 나를 쳐다보는 듯했다. 저 초록색 쓰레기통도 그랬고, 접지면은 새까맣고 측면은 새하얀 판매용 타이어도, 반짝거리는 엔진오일 깡통도, 다양한 음료수를 갖춰놓은 빨간색 냉장고도, 풀다 만 십자말풀이 퍼즐처럼 나무상자의 칸막이 속에 군데군데 꽂힌 빈 병 넷, 다섯, 일곱 개도, 사무실 유리창 안쪽에서 참을성 있게 기어오르는 벌레 한 마리도 그랬다. 열어놓은 사무실 문에서 라디오 음악 소리가 흘러나왔는데, 바람결에 너울거리고 흔들거리는 초목의 움직임과 음악의 리듬이 일치하지 않아서, 꽃은 파르르 떨고 나뭇가지는 흔들리고 피아노와 바이올린의 선율은 무심히 흐를 뿐 마치 풍경과 음악이 따로 노는 옛날 영화를 보는 듯했다. 그때 느닷없이 샬럿의 마지막 흐느낌 소리가 내 가슴속에 메아리치더니 전혀 예상치 못한 방향에서 음악과 엇박자로 치맛자락을 펄럭이며 롤리타가 나타났다. 화장실에 이미 누가 있어서 길 건너 한 블록 더 가서 조가비 간판이 있는 주유소에 다녀오는 길이라고 했다. 가정집처럼 깨끗한 화장실이 자랑거리래요. 요금별납 엽서에 사용 소감을 적어달라고 하던데요. 그런데 엽서가 한 장도 없더라고요. 비누도 없어요. 아무것도 없어요. 그래서 사용 소감도 못 썼죠 뭐.

그날 아니면 다음날, 우리는 농경지 사이를 달리며 따분한 시간을 보내다가 마음에 쏙 드는 소도시에 이르러 '밤나무 모텔'에 여장을 풀었다. 쾌적한 객실, 푸르고 촉촉한 정원, 사과나무 몇 그루, 그리고 낡은 그네가 있는 곳이었는데, 일몰 풍경이 굉장했지만 기진맥진한 아이는 거들떠보지도 않았다. 그녀는 자신의 고향에서 북쪽으로 겨우 30마일 떨어진 곳이라는 이유로 캐스빔 시내를 지나가고 싶어했지만 막상 이튿날 아침에 일어나보니 언제 그랬느냐는 듯 무관심했다. 5년쯤 전에 보도에서 사방치기를 하며 놀았다는 그곳을 다시 보고 싶은 마음도 깨끗이 사라진 모양이었다. 그곳에 가더라도 남의 눈에 띌 만한 행동은 하지 않기로, 차에서 내리지도 않고 옛 친구들을 찾아보지도 않기로 미리 약속했지만 나로서는 몹시 꺼림칙할 수밖에 없었다. 그래서 로가 이 계획을 포기했을 때 안도감을 느꼈지만, 만약 작년과 다름없는, 즉 그녀가 그토록 그리워하는 고향 피스키 근처에는 여전히 얼씬도 하기 싫은 내 마음을 알아차렸다면 이렇게 쉽게 단념하지는 않았으리라는 생각이 들어 기쁨이 반감되었다. 내가 그 이야기를 하면서 한숨을 쉬었더니 그녀도 한숨을 쉬면서 몸이 안 좋다고 말했다. 적어도 오후 티타임까지는 침대에 누워 잠자나 실컷 읽다가 몸이 회복되면 곧장 서쪽으로 가자고 했다. 그녀는 기운이 없어 보였지만 아주 다정했고 신선한 과일을 먹고 싶어했다. 그래서 내가 캐스빔에 가서 맛있는 피크닉 음식을 사오기로 했다. 우리가 묵은 객실은 숲이 우거진 언덕 꼭대기에 있어서 창문 너머로 뻗은 길이 한눈에 내려다보였는데, 처음에는 구불구불 내려가다가 이내 두 줄로 늘어선 밤나무 사이로 가르마처럼 똑바로 뻗어 예쁘장한 마을까지 이어졌다. 거리가 꽤 멀어 장난감 마을처럼 조그맣게 보였지만 아침공기가 워낙 맑아서 신기할 정도로 선명했다. 꼬마 요정처럼 조그마한 소녀가 곤충 같은 자전거를 타는 모습도 보이고 상대적으로 너무 큰 듯한 개 한 마리도 보였는데, 모든 것이 아주 또렷해서 마치 푸른 언덕과 작고 불그스름한 사람들을 그린 옛 그림 속에서 밀랍처럼 창백하고 구불구불한 길을 따라 올라가는 순례자들과 노새들의 행렬을 다시 보는 듯했다. 나는 유럽인답게 굳이 차를 타지 않아도 되는 곳이라면 걸어다니는 걸 좋아한다. 그래서 한가롭게 걸어내려가다가 결국 자전거를 탄 아이를 만났다. 머리를 땋은 뚱뚱하고 못생긴 여자애였는데, 눈가에 삼색제비꽃을 닮은 얼룩이 있는 거대한 세인트버나드 한 마리가 그녀를 졸졸 따라다녔다. 캐스빔 시내에서 늙어빠진 이발사에게 머리를 깎아달라고 했는데 솜씨가 형편없었다. 그는 야구를 한다는 아들에 대해 주절주절 지껄이다가 파열음을 발음할 때마다 내 목덜미에 침을 튀겼고, 내 목에 둘러준 천으로 이따금 안경을 닦기도 하고 떨리는 손으로 가위질을 하다 말고 색바랜 신문기사를 꺼내 보여주기도 했는데, 나는 그의 이야기를 듣는 둥 마는 둥 하다가 나중에 이발사가 케케묵은 잿빛 로션병 몇 개 사이에 세워둔 사진 액자를 가리키는 순간 콧수염을 기른 이 젊은 야구선수가 벌써 30년 전에 죽었다는 사실을 깨닫고 깜짝 놀랐다.

뜨겁지만 맛대가리 없는 커피 한 잔을 마시고, 우리 원숭이 아가씨에게 줄 바나나 한 다발을 사고, 식품점에 들러 십 분쯤 더 시간을 보냈다. 이윽고 귀로에 오른 이 순례자가 '밤나무 성'으로 올라가는 구불구불한 언덕길에 다시 모습을 나타냈을 때는 적어도 한 시간 반 이상이 흐른 뒤였다.

아까 마을로 내려가는 길에 만났던 여자애가 지금은 빨랫감을 한 아름 안고 다니면서 어느 몰골이 흉한 남자를 거들고 있었는데, 이 남자의 커다란 머리통과 흉측한 얼굴을 보는 순간 저속한 이탈리아 희극의 등장인물 '베르톨도'*가 떠올랐다. 두 사람은 '밤나무 언덕'의 울창한 녹음 속에 쾌적할 만큼 간격을 두고 배치한 독채 객실 여남은 개를 차례차례 청소하는 중이었다. 정오 무렵이라서 이미 대부분의 객실이 마지막으로 방충망 문을 쾅 닫는 소리와 함께 손님들을 쫓아낸 다음이었다. 나이가 아주 많아서 미라처럼 보이는 노부부가 최신형 차를 몰고 객실에 딸린 차고 안에서 엉금엉금 기다시피 빠져나오고, 다른 차고에서는 빨간 엔진 덮개가 바지 앞섶처럼 불룩하게 튀어나오고, 우리 객실에 더 가까운 곳에서는 힘세고 잘생기고 부스스한 검은 머리에 파란 눈

---

* Bertoldo. 줄리오 체사레 크로체의 작품에 등장하는 못생긴 주인공.

의 젊은이가 스테이션왜건에 소형 냉장고를 싣는 중이었다. 내가 지나갈 때 젊은이가 무엇 때문인지 쑥스러운 미소를 지었다. 맞은편에 펼쳐진 넓은 잔디밭에는 풍성한 나무 몇 그루가 팔 많은 그림자를 드리웠는데 낯익은 세인트버나드가 그 그늘에서 주인 아가씨의 자전거를 지켰고, 그 근처에서는 산달이 가까운 젊은 여자가 좋아 어쩔 줄 모르는 아기를 그네에 태워 천천히 흔들어주었고, 두세 살 먹은 사내아이가 샘이 나서 그네를 밀었다 당겼다 하면서 심술을 부렸다. 아이는 결국 그네에 한 방 얻어맞고 넘어지더니 잔디밭에 벌러덩 누워 고래고래 울부짖었지만 엄마는 변함없이 자상한 미소를 짓고 있었는데, 그 미소는 이미 태어난 아이들에게 던지는 게 아니었다. 내가 이렇게 사소한 일까지 뚜렷이 기억하는 까닭은 그로부터 불과 몇 분 뒤에 내가 받은 인상을 철저히 되새길 필요가 생겼기 때문이다. 더구나 비어즐리에서 그 끔찍한 밤을 보낸 이후로 내 마음 한구석에는 줄곧 경계심이 도사리고 있었다. 산책을 해서 기분이 상쾌해진 지금도—목덜미를 어루만지는 초여름 산들바람도 좋고, 젖은 자갈이 발밑에서 우두둑우두둑 허물어지는 소리도 좋고, 구멍 뚫린 이를 쪽쪽 빨다가 맛있는 음식 찌꺼기를 간신히 끄집어낸 것도 좋고, 하다못해 심장이 약해서 평소에는 들고 다닐 엄두조차 못 냈을 묵직한 식료품의 중량감까지 다 좋았지만—그 기분을 마음껏 즐기지는 못했다. 어쨌든 내 부실한 심장도 그날따라 순조롭게 움직여주는 듯했고 나의 돌로레스가 기다리는 숙소 앞에 도착할 때쯤에는, 내가 좋아하는 롱사르의 표현을 인용하자면, '애틋한 사랑의 번민'[23]에 사로잡혔다.

놀랍게도 그녀는 옷을 다 입고 있었다. 슬랙스와 티셔츠를 입고 침대 모서리에 걸터앉아서 마치 낯선 사람을 보듯이 나를 쳐다보았다. 얇고 후줄근한 티셔츠 때문에 조그맣고 부드러운 젖가슴의 곡선이 가려지기는커녕 오히려 더 적나라하게 드러났고, 이 적나라함이 눈에 거슬렸다. 아직 세수도 안 했지만 입술에는 엉성하게나마 방금 립스틱을 발랐는지 큼직한 앞니가 포도주에 물든 상아처럼, 혹은 불그스름한 포커 칩처럼 번질거렸다. 그렇게 앉아서 깍지 낀 두 손을 무릎에 얹고 꿈꾸는 듯 몽롱한 표정을 짓는 얼굴에 강렬한, 그러나 나와는 무관한 기쁨이 넘실거렸다.

나는 무거운 종이봉투를 털썩 내려놓고 그 자리에 서서 맨발에 샌들만 신은 그녀의 발목을 내려다보고, 흐리멍덩한 얼굴을 보고, 죄를 지은 발을 다시 내려다보았다. 그리고 말했다. "밖에 나갔었구나"(자갈을 밟으며 돌아다녀 샌들이 지저분했다).

"방금 일어났어요." 그녀가 그렇게 말하더니 내가 다시 발을 보기 전에 재빨리 덧붙였다. "잠깐 나가긴 했어요. 아저씨가 오는지 보려고."

그러더니 바나나를 발견하고 몸을 일으켜 탁자 앞으로 다가갔다.

특별히 내가 의심할 만한 근거가 있었을까? 아무것도 없었다. 그러나 아련하고 흐릿한 저 눈빛, 그리고 온몸으로 발산하는 야릇한 열기! 나는 아무 말도 하지 않았다. 그저 창틀 속에 선명하게 담긴 꼬부랑길을 물끄러미 바라보았는데…… 누가 내 믿음을 저버리려고 마음먹었다면 여기야말로 망을 보기 딱 좋은 곳이 아니겠는가. 로는 식욕이 점점 더 왕성해지는 듯 부지런히 과일을 먹어치웠다. 그때 문득 옆방 젊은이의 쑥스러운 미소가 떠올랐다. 나는 재빨리 밖으로 나갔다. 자동차는 모두 떠나고 그 젊은이의 스테이션왜건 한 대만 남아 있었다. 그의 임신한 아내가 아기와 내버려두다시피 하던 아이를 데리고 차에 타는 중이었다.

"왜 그래요, 어디 가요?"로가 현관에서 소리쳤다.

나는 아무 말도 하지 않았다. 그녀의 부드러운 몸을 방 안으로 밀어 넣고 뒤따라 들어갔다. 그녀의 티셔츠를 난폭하게 벗겨냈다. 다른 옷도 모조리 벗겨버렸다. 샌들도 빼앗아 내동댕이쳤다. 그리고 그녀가 저지른 간음의 그림자를 맹렬히 추적했다. 그러나 내가 뒤쫓는 냄새는 너무 희미해서 미치광이의 망상과 구분이 되지 않았다.

17

뚱보 가스통은 꼼꼼한 사람답게 선물하기를 좋아했다. 선물을 고를 때도 꼼꼼하게 좀 특이한 물건을 골랐다. 어쨌든 자기 딴에는 꼼꼼하게 고른다고 믿었다. 어느 날 밤에 내 체스 말 상자가 부서진 것을 보더니 이튿날 아침에 한 소년을 시켜 구리상자 하나를 보내주었다. 뚜껑에 정교한 오리엔트풍 문양을 새긴, 단단히 잠글 수도 있는 상자였다. 그런데 한눈에 보기에도 알제리 등지에서 흔히 구할 수 있는, 무슨 이유 때문인지 '루이제타'[24]라고 불리는 싸구려 저금통이 분명했는데, 막상 사고 나면 쓸데가 마땅찮은 그런 물건이었다. 게다가 너무 납작해서 내 큼직한 체스 말이 다 들어가지도 않았다. 그래도 나는 이 상자를 버리지 않고 전혀 다른 용도로 활용했다.

운명의 그물에 걸려들었다는 막연한 직감을 느낀 나는 거기에서 벗어나려고—로는 못마땅한 기색이 역력했지만—'밤나무 모텔'에 하룻밤 더 묵기로 했다. 새벽 네시에 잠에서 완전히 깨어났을 때 우선 로가 (우리 모두가 그녀에게 마련해준 이상야릇하고 무의미한 삶이 너무 따분하고 어처구니가 없다는 듯이 입을 딱 벌린 채) 여전히 깊이 잠들어 있음을 확인하고 나서 '루이제타'에 넣어둔 소중한 물건이 잘 있는지 살펴보았다. 하얀 모직 스카프에 포근히 싸여 상자 속에 보관된 그것은 소형 자동권총이었다. 32구경, 8연발 탄창, 길이는 롤리타 키의 9분의 1이 조금 못 되고, 손잡이는 호두나무에 격자무늬를 새겨 진청색으로 마무리했다. 이 권총은 고인이 된 해럴드 헤이즈의 유품인데, 내가 이것과 함께 물려받은 1938년 카탈로그에는 다음과 같은 유쾌한 설명도 있었다. "휴대하기에 편할뿐더러 가정이나 차 안에서 사용하기에도 편리하도록 특별히 공들여 제작한 제품이다."* 나도 한 사람이든 여러 사람이든 언제든지 쏴버릴 수 있도록 실탄을 장전하고 공이치기를 끝까지 당겨놓았지만 우발적으로 발사되는 일이 없도록 안전장치를 걸어두었다. 여기서 우리는 프로이트학파에게 권총이란 원형적 아버지의 가운뎃다리를 상징한다는 사실을 기억해야 한다.

그때 나는 이 권총이 있어서 기뻤고, 2년 전에 샬럿과 내가 즐겨 찾던 유리호수** 근처 솔숲에서 사용법을 익혀두었으므로 더욱더 기뻤다. 나와 함께 이 한적한 숲속을 거닐었던 팔로는 대단한 명사수였고 실제

* 이 인용문이 '유쾌한' 이유는 '휴대하기(on the person) 편하다'는 말을 '사람 죽이기 편하다'는 뜻으로 해석할 수도 있기 때문이다. 다음 문장에서 험버트는 이 말을 받아 '한 사람이든 여러 사람이든(on the person or persons)'이라고 너스레를 떤다.
** glass lake. 아워글래스 호수(Hourglass Lake)를 가리킨다.

로 자신의 38구경으로 벌새를 명중시킨 적도 있었는데, 아쉽게도 남은 증거물이 별로 없어서, 조그마한 무지갯빛 솜털 하나가 전부였다. 1920년대에 탈옥수 두 명을 사살했다는 건장한[25] 전직 경찰관 크레스톱스키도 우리와 동행하여 작은 딱따구리 한 마리를 잡았다. 그때는 사냥철도 아니었는데 말이다. 어쨌든 이들 두 명사수에 비하면 나는 물론 초보자였고 번번이 아무것도 맞히지 못했다. 그러나 나중에 나 혼자 갔을 때는 다람쥐 한 마리에게 상처를 입히는 데 성공했다. "여기 얌전히 있어." 나는 작고 가벼운 꼬마 친구에게 그렇게 속삭이며 진 한 모금으로 축배를 들었다.

18

독자들은 이제 밤나무와 콜트 자동권총 따위는 잊어버리고 우리를 따라 서쪽으로 가야 한다. 그날부터 며칠 동안은 굉장한 폭풍우를 자주 만났다. 아니, 어쩌면 폭풍우는 하나뿐이었는데 그 하나가 껑충껑충 토끼뜀을 하듯이 방방곡곡을 누비며 우리를 따라다녔는지도 모른다. 어쨌든 우리는 폭풍우를 떨쳐버리지 못했듯이 트랩 탐정도 떨쳐버리지 못했다. 그 무렵에 골칫거리로 등장한 아즈텍 레드 컨버터블[26]은 로의 애인들에 대한 고민을 지워버릴 정도였다.

희한한 일이다! 마주치는 남자들마다 질투하던 내가 운명의 흐름을 잘못 해석하다니 정말 희한하지 않은가. 어쩌면 겨울 동안 로가 얌전히 굴어 긴장이 풀린 탓인지도 모르겠는데, 어쨌든 또 한 명의 험버트가 주피터의 꽃불*과 더불어 광활하고 꼴사나운 들판을 가로지르며 험버트의 님펫과 험버트를 맹렬히 뒤쫓는다는 생각은 정신병자도 비웃을 만큼 허무맹랑한 망상일 터였다. 그러므로 적당한 거리를 유지하며 끈질기게 우리를 따라오는 붉은 야크 같은 차의 운전자가 어느 참견쟁이에게 고용된 탐정이라고, 그리고 지금 험버트 험버트가 미성년자인 의붓딸에게 정확히 무슨 짓을 하는지 감시하는 중이라고 짐작했다. 게다가 천둥번개가 치고 전기장애가 잦은 시기에는 종종 환각이 보였다. 어쩌면 단순한 환각이 아니었는지도 모르겠다. 그녀가, 혹은 그녀의 애인이, 혹은 두 사람이 공모하여 내 술에 무언가를 탔는지도 모른다. 어쨌든 어느 날 밤 누군가 우리 객실 문을 두드렸다는 확신이 들어 문을 벌컥 여는 순간 두 가지를 깨달았다. 하나는 내가 알몸이라는 사실, 또 하나는 비가 내리는 어둠 속에 허옇게 빛나는 한 남자가 만화에 나오는 괴팍한 형사 '주걱턱'[27] 가면을 얼굴에 대고 우두커니 서 있다는 사실이었다. 남자는 가면을 쓴 채 너털웃음을 터뜨리더니 재빨리 사라져버렸고 나는 비틀비틀 방 안으로 돌아와 다시 잠들었는데, 그 방문객이 약 기운에서 비롯된 꿈이었는지 아닌지 아직도 잘 모르겠다. 아무튼 지금까지 나는 트랩이 좋아하는 장난을 철저히 연구했는데, 그 사건도 좋은 본보기로 손꼽을 만했다. 아, 유치하고 잔인하기 짝이 없는 놈! 그렇게 인기 있는 괴물이나 얼간이들의 가면을 만들어 돈을 버는 자들도 있으리라. 이튿날 아침에 개구쟁이 두 명이 쓰레기통에서 찾은 '주걱턱' 가면을 번갈아 써보는 장면을 내가 정말 보았던가? 잘 모르겠

---

* 로마신화에서 하늘을 지배하는 신 주피터가 일으키는 번개를 가리킨다.

다. 그 모든 일이 우연이었는지도 모른다. 어쩌면 대기상태 때문이었는지도.

나는 경이롭지만 불완전하고 비정상적인 기억력을 가진 살인자다. 따라서 빨간 컨버터블이 미행한다는 사실을 처음으로 확신한 날이 정확히 언제였는지 신사숙녀 여러분께 말씀드릴 수는 없다. 그러나 그 차의 운전자를 처음으로 똑똑히 보았던 순간은 확실히 기억한다. 어느 날 오후 억수로 퍼붓는 빗속을 뚫고 천천히 달리면서 나는 거울 속에서 욕망에 사로잡힌 듯 몸을 떨며 너울거리는 붉은 유령을 줄곧 지켜보았다. 이윽고 폭우가 점점 잦아들다가 완전히 그쳤다. 눈부신 햇빛이 쓱싹쓱싹 고속도로를 휩쓸었다. 새 선글라스가 필요해서 주유소에 차를 세웠다. 그때의 상황은 질병이랄까, 이를테면 암이랄까, 아무튼 나로서는 속수무책이었고, 그래서 말없는 추적자가 컨버터블의 지붕을 내린 채 우리 뒤쪽에서 조금 떨어진, '버슬:* 가짜 엉덩판'이라는 우스꽝스러운 간판이 달린 카페인지 술집인지 그 앞에 멈추었다는 사실을 무시해버렸다. 우선 내 차부터 보살피고 나서 기름값도 내고 선글라스도 사려고 사무실에 들어갔다. 여행자수표에 서명을 하면서 여기가 어디쯤인지 궁금해하다가 우연히 옆 창문을 내다보았을 때 아찔한 장면이 눈에 들어왔다. 등이 널찍하고 머리가 조금 벗어지고 오트밀 빛깔의 상의에 암갈색 바지를 입은 남자가 로의 이야기를 듣고 있었다. 로는 차창 밖으로 몸을 내밀고 아주 빠르게 재잘거리면서, 매우 심각한 이야기를 하거나 내용을 강조하고 싶을 때 흔히 그러듯이 손가락을 펼쳐 아래위로

---

* Bustle. 19세기 중후반에 스커트의 뒤를 부풀리기 위해 엉덩이에 부착하던 틀.

흔들었다. 그때 내가 큰 충격을 받은 이유는—어떻게 설명하면 좋을까?—그녀의 태도가 매우 수다스럽고 스스럼없어 그들이 마치—아, 몇 주 또는 몇 달 전부터—서로 잘 아는 사이처럼 보였기 때문이다. 그는 뺨을 긁적거리며 고개를 끄덕인 후 돌아서서 컨버터블 쪽으로 걸어갔는데, 건장하고 다부진 체격에 나이는 내 또래였고 생김새는 스위스에 사는 아버지의 사촌 귀스타브 트랍을 많이 닮았다. 나보다 둥글둥글하고 골고루 그을린 얼굴도 비슷하고, 작고 까만 콧수염과 장미 봉오리처럼 퇴폐적인 입술도 비슷했다. 내가 다시 차에 탈 때 롤리타는 도로 지도를 들여다보고 있었다.

"로, 아까 그 사람이 뭘 물어봤니?"

"그 사람? 아, 그 사람. 아, 그래. 아, 글쎄요. 지도가 있느냐고 묻던데. 아마 길을 잃었겠죠."

우리는 다시 달리기 시작했고 나는 이렇게 말했다.

"잘 들어라, 로. 네 말이 거짓말인지 아닌지, 네가 제정신인지 아닌지 나도 잘 모르겠고 지금 당장은 관심도 없어. 하지만 그놈은 오늘 하루 종일 우리를 따라다녔고, 간밤에 묵은 모텔에서도 그 차를 봤는데 아무래도 경찰 같아. 경찰이 이런저런 일을 알게 되면 어떤 일이 벌어지는지, 네가 어떤 곳으로 가게 되는지 너도 잘 알잖아. 그러니까 그놈이 너한테 무슨 말을 했는지, 너는 그놈한테 뭐라고 대답했는지 똑바로 대란 말이야."

그녀가 웃었다.

"그 사람이 정말 경찰이라면 우리가 겁먹은 모습을 보이는 게 제일 나쁘잖아요. 그냥 무시해요, 아빠." 새된 목소리였지만 일리 있는 말이었다.

"우리가 어디로 가는 길이냐고 물어보던?"

"아, 그거야 당연히 알겠죠." (나를 놀리려고 하는 소리였다.)

나는 단념할 수밖에 없었다. "어쨌든 이젠 얼굴이라도 봤으니 다행이다. 잘생긴 놈은 아니더라. 트랍이라는 내 친척 아저씨랑 똑같이 생겼던데."

"진짜 트랍인지도 모르죠. 나라면 차라리 — 어, 이것 봐요, 9 세 개가 모두 0으로 바뀌었어요." 그러더니 뜻밖의 말을 했다. "내가 어렸을 때 그런 생각을 자주 했는데. 엄마가 지금 차를 후진시키면 숫자가 거꾸로 돌아서 다시 999가 될 거라고."

선先험버트기*에 대한 이야기를 스스로 꺼내기는 그때가 처음이었다고 생각한다. 아마도 연극을 할 때 배운 수법이리라. 어쨌든 우리는 말 없이 여행을 계속했고 따라오는 차는 없었다.

그러나 그 이튿날, 마치 약 기운과 기대감이 흐려질 만하면 어김없이 도지는 치명적인 병처럼 그 번쩍거리는 붉은 짐승이 우리 뒤쪽에 다시 나타났다. 그날은 고속도로가 한산한 편이었다. 아무도 추월 따위는 하지 않았고, 우리가 탄 겸손한 파란색 차와 거만한 붉은색 그림자 사이에 끼어드는 차도 없었다. 마치 둘 사이의 공간에 어떤 마력이 작용하는 듯했다. 사악한 웃음과 주술이 지배하는 공간, 가히 예술적이라 할 만큼 정밀하고 안정적인 공간, 흡사 유리와 같은 효력을 지닌 공간이었다. 우리를 따라오는, 어깨가 두툼하고 트랍처럼 콧수염을 기른

---

* pre-Humbertian. 지질시대에 빗대어 롤리타가 험버트를 만나기 이전의 어린 시절을 뜻하는 우스갯소리.

운전자는 상점 쇼윈도의 마네킹처럼 보였고, 그의 컨버터블은 무색투명한 비단 밧줄로 우리의 허름한 자동차에 연결된 채 조용히 끌려오는 듯했다. 이 호화찬란한 자동차는 보나마나 우리 차보다 성능이 몇 배는 더 좋을 테니까 아예 따돌릴 생각조차 하지 않았다. 오, 조용히 달려라, 밤의 말이여!* 오, 조용히 달려라, 악몽이여! 우리는 긴 비탈길을 올라갔다가 다시 내려가면서 제한속도를 잘 지켜 걸음이 굼뜬 아이들을 보호했고, 노란색 표지판에 검은색으로 그려진 구불구불한 곡선들을 능숙하게 재현했는데, 우리가 어디로 어떻게 달리든지 마법의 공간은 변함없이, 정확하게, 신기루처럼, 도로 위에 떠다니는 마법의 양탄자처럼 따라붙었다. 그러는 동안에도 나는 오른쪽 옆에서 은밀히 이글거리는 불길을 의식했다. 기쁨이 가득한 그녀의 눈동자와 빨갛게 달아오른 뺨을.

악몽처럼 복잡하게 뒤엉킨 거리 한복판에 들어섰을 때—오후 네 시 반, 어느 공장 도시에서였다—교통경찰 한 명이 우연의 손길이 되어 마법을 풀어주었다. 그는 손짓으로 나를 보내주고 바로 그 손으로 내 그림자를 끊어버렸다. 그리하여 다른 차 스무 대가량이 우리 사이에 끼어들었고, 나는 빠르게 달리다가 좁은 골목길로 잽싸게 뛰어들었다. 참새 한 마리가 커다란 빵조각을 물고 내려앉았는데 다른 놈이 덤벼들어 빼앗아버렸다.

지겨울 정도로 가다 서다를 반복하고 일부러 이리저리 우회한 후 다시 고속도로를 탔을 때 우리의 그림자는 어디에도 보이지 않았다.

---

* 영국 극작가 크리스토퍼 말로의 『포스터스 박사』에서 인용. 이어서 험버트는 '밤의 말(night mare)'을 '악몽(nightmare)'으로 표현한다.

롤라가 코웃음을 치면서 말했다. "그 남자가 정말 그런 사람이라면 이렇게 따돌리는 게 더 멍청한 짓이잖아요."

"지금은 생각이 달라졌거든." 내가 말했다.

"이럴 때는요―아―오히려 가까이 두는 게―아―더 좋은 해결책이에요, 싸랑하는 아빠." 로는 나를 비꼬느라 몸까지 비비 꼬면서 말했다. "아, 정말 쩨쩨하시네." 그녀가 평소와 같은 목소리로 덧붙였다.

우리는 몹시 불결한 객실에서 끔찍한 밤을 보냈다. 빗방울이 소란스럽게 지붕을 두드리고 태곳적으로 돌아간 듯 엄청난 우렛소리가 끊임없이 울려퍼졌다.

"난 요조숙녀가 아니라서 번개가 싫어요." 한심스러운 일이지만 나는 로가 천둥번개를 무서워한다는 사실에 약간의 위안을 얻었다.

우리는 '소다, 인구 1001명'*에서 아침식사를 했다.

"마지막 숫자를 보니 그 얼큰이 녀석이 벌써 와 있는 모양이네." 내가 말했다.

"너무 웃겨서 배꼽 빠지겠어요, 싸랑하는 아빠." 로가 말했다.

그때 우리가 지나던 곳은 산쑥이 많은 지역이었고 하루나 이틀 정도는 속이 시원해지는 해방감을 느꼈다(내가 어리석었구나. 속이 불편했던 이유는 뱃속에 찬 가스 때문이었고 이렇게 만사가 순조롭건만). 이윽고 메사[28]지대가 진짜 산악지대로 바뀌었고 우리는 때맞춰 웨이스 시내로 들어섰다.

아, 낭패로다. 무슨 착오가 있었는지 그녀가 여행 안내서에 적힌 날

---

* Soda, pop. 1001. 도로표지판에 적힌 지명 및 인구(population) 정보로, 소리나는 대로 읽으면 탄산음료를 뜻하는 '소다팝(soda pop)'이다.

짜를 잘못 읽어 '마법의 동굴' 개장 행사는 이미 지나가버린 뒤였다! 그러나 그녀가 이 일을 대범하게 받아들였다는 사실만은 인정해야겠다. 아무튼 우리는 유럽의 휴양지 같은 웨이스에서 여름철을 겨냥한 연극 공연이 한창 진행중이라는 사실을 알게 되었고, 6월 중순의 어느 맑은 날 저녁에 자연스럽게 그곳으로 발길을 돌렸다. 그날 본 연극의 줄거리는 제대로 기억하지도 못한다. 다만 별 볼 일 없는 작품이었던 것만은 분명한데, 조명 효과는 미미했고 주연 여배우도 평범했다. 유일하게 만족스러웠던 부분은 예쁘게 화장하고 팔다리를 드러낸 채 화환처럼 늘어서서 거의 움직이지도 않는 일곱 명의 꼬마 아가씨들이었다. 색색의 망사를 두르고 우두커니 서 있는 이 사춘기 소녀 일곱 명은 살아 있는 무지개를 상징했고 (객석 곳곳에서 터져나오는 열렬한 성원으로 미루어 판단하자면) 현지에서 선발한 듯했는데, 마지막 막이 공연되는 동안 줄곧 무대 위에 머물다가 아쉬움만 남긴 채 겹겹이 늘어뜨린 베일 너머로 사라져갔다. 그때 나는 아이들로 빛깔을 표현한 발상은 이 작품을 공동집필한 클레어 퀼티와 비비언 다크블룸이 제임스 조이스의 소설[29] 한 대목에서 슬쩍 도용한 것이라고 생각했으며, 일곱 빛깔 중에서도 특히 두 빛깔이―주황색은 끊임없이 안절부절못했고 초록색은 어둠에 눈이 익숙해지면서 관객이 가득 들어찬 캄캄한 객석에서 엄마나 보호자를 보았는지 갑자기 방긋 웃었다―얄미울 만큼 사랑스러웠다는 사실도 기억에 남았다.

연극이 끝나자마자 사방에서 박수갈채가 터져나올 때―나로서는 도저히 견딜 수 없을 만큼 시끄러웠다―나는 로를 밀고 끌면서 부랴부랴 출구 쪽으로 걸어갔다. 지극히 자연스러운 사랑의 충동 때문에 한

시바삐 그녀를 데리고 별빛이 초롱초롱한, 그래서 넋을 잃은—자연은 자신의 모습을 볼 때마다 넋을 잃는다는 것이 나의 지론이니까—밤하늘 아래 파르스름한 네온빛으로 물든 우리 방으로 돌아가고 싶어 조바심이 났다. 그러나 돌리 로는 장밋빛 황홀경에 빠져 자꾸 뒤처졌다. 두 눈은 기쁨에 겨워 몽롱했고, 두 손은 여전히 손뼉을 치는 동작을 기계적으로 되풀이했지만 시각이 다른 감각을 압도해버리는 바람에 손을 제대로 마주치지도 못하고 흐느적거리기만 했다. 아이들의 이런 모습은 그전에도 본 적이 있지만 로처럼 남다른 아이도 그 순간만은 근시처럼 눈을 가늘게 뜬 채 이미 꽤 멀어진 무대를 멍하니 바라보며 헤벌쭉 웃었고, 나는 무대에 오른 두 공동 집필자의 일부분을—남자의 턱시도와 놀랄 만큼 키가 큰 여자의 검은 머리와 매처럼 생긴 얼굴과 맨살을 드러낸 어깨를—얼핏 보았다.

"또 손목이 아프잖아, 짐승 같은 아저씨." 롤리타가 차를 타고 자기자리에 앉으면서 작은 소리로 말했다.

"정말 미안하구나, 귀염둥이야, 자외선처럼 특별한 귀염둥이야." 나는 그렇게 말하면서 그녀의 팔꿈치를 잡으려 했지만 실패했고, 화제를 바꾸려고—또한 (오 하느님, 오 하느님) 운명의 흐름을 바꿔보려고—이렇게 덧붙였다. "비비언이라는 여자, 아주 대단하더라. 분명히 어제그 식당에서 본 여자 같던데. 소다팝에서 말이야."

그러자 로가 말했다. "가끔 보면 정말 불쌍할 정도로 멍청하시네요. 첫째, 비비언은 남자 선생님이고 클레어가 여자 선생님이에요. 둘째, 여자 쪽은 마흔 살이고 유부녀인데다 흑인 피까지 섞였다고요."

나는 그녀를 놀려주려고 이렇게 말했다. "예전에 퀼티라는 남자를 짝사랑하지 않았니? 그리운 램스데일에서, 네가 나를 사랑하던 그 시절에. 난 그렇게 아는데."

"뭐라고?" 표정이 돌변한 로가 쏘아붙였다. "내가 그 뚱뚱한 치과의사를? 날 바람난 어떤 계집애랑 혼동하신 모양이네."

그때 나는 속으로 생각했다. 너처럼 바람난 계집애들은 모든 것을, 모든 것을 잊어버리지만 나처럼 늙은 연인들은 너희의 님펫 시절을 한순간도 잊지 않고 소중히 간직한단다.

19

로에게 미리 알리고 동의를 얻은 후 비어즐리 우체국장에게 우리 앞으로 오는 우편물을 웨이스 우체국과 엘핀스톤 우체국[30]으로 보내달라고 부탁해놓았다. 이튿날 아침에 우리는 웨이스 우체국에 들렀는데, 기다리는 줄은 짧았지만 대기 시간이 꽤 길었다. 그동안 로는 지명수배자 게시판을 찬찬히 둘러보았다. 잘생긴 브라이언 브라이언스키, 일명 앤서니 브라이언, 일명 토니 브라운, 피부색은 희고 눈은 담갈색, 유괴사건 용의자. 눈빛이 슬퍼 보이는 노신사의 혐의는 우편 사기죄였는데, 그것만으로는 부족했는지 발이 기형이라는 사실도 친절하게 적어놓았다. '불뚱이' 설리번에게는 경고문이 붙었다. 흉기를 소지한 것으로 추정되는 위험인물이므로 극도의 주의를 요함. 혹시 이 책을 영화화하고 싶다면 내가 지명수배 포스터를 바라보고 있을 때 그중 한 명의 얼굴이 서서히 내 얼굴로 변해가는 장면을 넣어주기 바란다. 이 게시판에는 실종된 여자아이의 흐릿한 스냅사진도 한 장 붙어 있었는데, 나이는 14세, 마지막으로 목격될 당시 갈색 신발 착용, 각운까지 척척 맞는다.[*] 불러 보안관에게 연락 바람.

내가 받은 편지는 생각나지도 않는다. 돌리 앞으로 온 우편물은 성적표와 아주 특이한 봉투였다. 나는 여봐란듯이 봉투를 뜯고 편지를 읽어보았다. 그녀가 신경도 쓰지 않고 출구 근처의 신문 판매대 쪽으로 다가가는 것을 보니 내 행동을 예상한 모양이었다.

"돌리 로에게. 연극은 대성공이었어. 사냥개 세 마리도 커틀러가 약을 좀 먹였는지 모두 조용히 누워 있었어. 린다도 네 대사를 다 외웠어. 연기도 그럭저럭 잘했고 집중력이나 절제미도 괜찮았지만 내가 좋아하는—그리고 작가 선생님이 좋아하는—디아나에 비하면 감정 표현이나 편안한 생명력이나 매력이 부족해서 좀 아쉽더라. 하지만 그날은 지난번처럼 우리를 칭찬해줄 작가 선생님도 안 계셨고, 바깥에서 굉장한 천둥번개가 치는 바람에 무대 뒤에서 내는 시시한 천둥소리는 잘 들리지도 않았지 뭐니. 맙소사, 세월이 빠르다는 말이 실감난다. 이제야 다 끝났는데, 학교도, 연극도, 골칫거리 로이도, 엄마의 출산도(가엾게도 아기는 죽고 말았지만!) 지나고 보니 벌써 옛일처럼 까마득하다. 아직 분장이 깨끗이 지워지지도 않은 듯한데 말이야.

우리는 낼모레 뉴욕으로 떠나는데 유럽으로 가는 부모님을 따라가지 않고 버티기는 아무래도 힘들 것 같아. 더 나쁜 소식도 있어. 돌리로! 네가 비어즐리로 돌아올지 모르겠지만 네가 왔을 때 나는 여기 없

---

[*] '14세(fourteen)'와 '목격(seen)'의 각운을 가리킨다.

을지도 몰라. 이런저런 일이 겹치는 바람에. 하나는 너도 아는 그 녀석 때문이고 또하나는 네가 생각하는 그 사람은 아니지만. 아빠가 1년 동안은 아빠랑 파리에서 풀브라이트 장학금을 받으며 공부하자고 하셨거든.

이 가엾은 '시인'은 프랑스어로 된 헛소리가 나오는 제3막에서 예상대로 실수를 해버렸어. 너도 생각나지? 잊지 말고 구혼자에게 말해주시오, 시멘이여, 그 호수가 얼마나 아름다운지, 그래야 그곳으로 그대를 데려가리니.[31] 그 친구는 복도 많구나! 그대를 데려가리니.[32]) 혓바닥에 쥐나더라! 아무튼 잘 지내, 롤리킨스. 너에게 이 시인의 깊디깊은 사랑을 보낸다. 아저씨께도 안부 전해줘. 너의 모나로부터. 추신: 이런저런 일 때문에 편지를 주고받기가 몹시 힘들게 돼버렸어. 그러니까 내가 유럽에 가서 편지를 보낼 때까지 기다려줘." (내가 아는 한 그녀는 두 번 다시 편지를 보내지 않았다. 이 편지 속에는 알쏭달쏭하고 불쾌한 요소가 포함되었지만 오늘은 너무 피곤해서 꼼꼼히 살펴볼 여력이 없다. 이 편지는 여행 안내서 책갈피에 끼워놓은 것을 발견하여 참고자료로 첨부한다. 나도 두 번 읽어보았다.)

나는 편지에서 눈을 떼고 바야흐로—로를 바라보려 했으나 그녀가 없었다. 내가 모나의 마법에 푹 빠진 사이에 로는 어깨를 으쓱하고 사라져버렸다. "혹시 못 보셨는지……" 입구 근처에서 바닥을 쓸던 곱사등이에게 물어보았다. 그는 보았다고 했다. 색골 같은 늙은이가 오죽했을까. 친구를 보았는지 허둥지둥 달려가더라고 했다. 나도 허둥지둥 뛰어나갔다. 걸음을 멈추었다. 그러나 그녀는 멈추지 않았다. 나는 다시 허둥지둥 달렸다. 다시 걸음을 멈추었다. 드디어 올 것이 왔구나. 그녀가 영영 떠나버렸구나.

　그후 몇 년 동안 나는 로가 그길로 영영 떠나버리지 않은 이유를 곰곰이 생각해볼 때가 많았다. 문이 잠긴 차 안에 놓아둔 새 여름옷이 그녀를 붙잡았을까? 전체적인 계획 속에 아직 때가 무르익지 않은 부분이 있었기 때문일까? 아니면 어차피 최종 목적지가 엘핀스톤이니까(나는 몰랐지만) 거기까지는 나를 이용하여 이동하자고 생각했을까? 어쨌든 내가 아는 것은 그때 나는 그녀가 내 곁을 영영 떠나버렸다고 확신했다는 점뿐이다. 마을을 반쯤 둘러싼 무심한 연보랏빛 산맥을 바라보자니 무수히 많은 롤리타가 허겁지겁 산을 오르며 헐떡거리고 깔깔거리고 또 헐떡거리다가 서서히 안개 속으로 사라져가는 장면이 눈에 선했다. 교차로 너머 저 멀리 보이는 가파른 산비탈에 하얀 바위로 만든 거대한 W자는 바로 고뇌woe의 첫 글자인 듯했다.

　내가 방금 뛰쳐나온 우체국은 새로 지은 아름다운 건물로, 그 양옆에는 음모를 꾸미는 듯한 포플러나무 몇 그루와 영업을 하지 않는 영화관이 있었다. 때는 산지표준시[33]로 오전 9시. 도로명은 메인 스트리트. 나는 푸르스름하게 그늘진 보도를 따라 걸으며 건너편을 살펴보았다. 이른 여름날의 덧없는 아침이 그곳에 마법을 걸어 아름답게 꾸며놓았다. 여기저기서 유리 표면이 눈부시게 빛났고, 견딜 수 없이 뜨거운 한낮을 앞두고 거리 전체가 비틀거리다가 금방이라도 기절해버릴 듯한 분위기였다. 나는 길을 건넜고, 길게 이어진 보도를 따라 거닐면서, 굳이 표현하자면 책을 훑어보듯이 이곳저곳을 확인했다. 드러그스토어, 부동산, 의류점, 자동차부품점, 카페, 스포츠용품점, 부동산, 가구점, 가전제품점, 웨스턴 유니언 지점, 세탁소, 식료품점. 경찰관, 경찰관,

내 딸이 도망쳤소. 어느 사기꾼을 사랑해서 탐정 놈과 짜고 저지른 짓이오. 아무것도 할 수 없는 내 처지를 악용했소. 나는 가게마다 기웃거렸다. 마음속으로는 어쩌다 한두 명씩 지나가는 행인들에게 물어볼까도 고민했다. 그러나 묻지 않았다. 주차한 차 안에 잠시 앉아 있기도 했다. 동쪽에 있는 공원도 둘러보았다. 이윽고 의류점과 자동차부품점 쪽으로 되돌아갔다. 나 자신에게 격렬한 비아냥을─조소를─퍼부었다. 로를 의심하다니 제정신이야? 보나마나 금방 돌아올 거야.

정말 그랬다.

그녀가 겁먹은 듯이 빙충맞은 미소를 지으며 내 옷소매에 손을 댔지만 나는 홱 뿌리치며 돌아섰다.

"차에 타." 내가 말했다.

그녀는 시키는 대로 했고 나는 이리저리 왔다갔다했다. 차마 말할수 없는 온갖 생각에 시달리며 그녀의 거짓말에 대처할 방법을 궁리했다.

이윽고 그녀가 차에서 내려 다시 내 곁으로 다가왔다. 내 청각이 점점 로 방송국의 주파수에 맞춰졌다. 그녀는 예전에 알던 여자 친구를 만났다는 이야기를 하는 중이었다.

"그래? 누군데?"

"비어즐리에서 알던 애예요."

"잘됐네. 너희 패거리는 내가 이름을 다 아니까. 앨리스 애덤스?"

"우리 패거리는 아니었어요."

"그래, 좋아. 전교생 명단도 있으니까. 이름이나 말해봐."

"우리 학교 학생이 아니에요. 그냥 비어즐리에 사는 애예요."

"그래, 좋아. 비어즐리 전화번호부도 있으니까. 브라운이라는 성부터 모조리 찾아보자."

"이름만 알아요."

"메리야, 제인이야?"

"아니…… 돌리. 내 이름이랑 똑같아요."

"그럼 막다른 골목이네." (네가 제 무덤을 파는구나.) "알았어. 다른 각도에서 생각해보자. 너는 이십팔 분 동안 자취를 감췄어. 두 돌리가 만나서 뭘 했지?"

"드러그스토어에 갔어요."

"거기 가서 뭘……?"

"아, 그냥 콜라 한 잔 마셨어요."

"조심해, 돌리. 그 정도는 얼마든지 확인할 수 있으니까."

"어쨌든 걔는 마셨어요. 나는 물만 마셨고."

"좋아. 그게 저 가게야?"

"맞아요."

"좋아, 가보자. 음료수 판매원한테 물어봐야겠다."

"잠깐만요. 생각해보니까 좀더 가서―저 모퉁이 바로 너머였던 것 같아요."

"어쨌든 따라와. 어서 들어가. 자, 어디 보자." (쇠사슬로 연결된 전화번호부를 펼치고.) "'장례식장'. 아니, 더 앞으로 가야겠다. 여기 있네, '의약품 소매점'. 힐 드러그스토어. 라킨 약국. 두 군데가 더 있구나. 웨이스 시내에 음료수 판매대가 있을 만한 집은 이 정도겠네. 적어도 이 중심가에서는. 자, 이제 하나하나 확인해볼까."

"지랄을 하세요."

"로, 욕해도 소용없어."

"알았어요. 그렇다고 찍소리도 못할 내가 아니라고요. 그래, 음료수
는 안 마셨어요. 우린 그냥 얘기만 하면서 쇼윈도에 걸린 옷을 구경했
어요."

"어디서? 예를 들면 저런 데?"

"그래요, 예를 들면 저런 데."

"좋아, 로! 더 가까이 가서 자세히 보자."

과연 구경할 만한 광경이었다. 단정한 차림의 젊은 남자가 진공청소
기로 카펫을 청소하는 중이고, 마치 폭발 사고로 중상을 입은 듯한 사
람 형상 둘이 나란히 서 있었다. 하나는 완전히 알몸이었으며 머리카락
도 팔도 없었다. 비교적 작은 키와 건방진 자세를 보아하니 옷을 입었
을 때는 롤리타만한 여자아이였고 지금이라도 옷만 입히면 그렇게 보
일 듯싶었다. 그러나 지금의 모습으로는 성별조차 가늠할 길이 없었다.
그 옆에는 키가 훨씬 더 크고 베일을 쓴 신부가 서 있었는데, 한쪽 팔이
없다는 것 말고는 온전하고 완벽했다. 이 아가씨들의 발치에서 청소기
를 들고 부지런히 기어다니는 남자 곁에는 날씬한 팔 세 개와 금발 가
발 하나가 바닥에 놓여 있었다. 팔 두 개는 하나로 뒤엉켜 마치 공포와
애원이 담긴 몸짓으로 서로를 붙잡으려는 듯했다.

"봐라, 로." 내가 조용히 말했다. "잘 봐둬. 이 장면이 꽤 그럴싸하게
뭔가를 상징하는 것 같지 않니? 하지만―다시 차에 타면서 말을 이었
다―내가 미리 대책을 세워놨지. 여기 (천천히 글러브박스를 열면서)
이 수첩에 네 남자친구 자동차 번호를 적어놨거든."

그런데 어리석게도 외워두진 않았다. 내 머릿속에 남은 부분은 첫 문자와 마지막 숫자뿐이다. 마치 원형 경기장처럼 오목한 그릇 속에 글자 여섯 개를 나란히 쓰고 그 위에 색유리를 부은 듯, 그래서 중심부는 너무 불투명해서 나열된 글자를 전혀 읽을 수 없지만 양쪽 가장자리는 그나마 반투명해서 글자가―대문자 P와 숫자 6이―간신히 보이는 듯했다. 내가 이런 (심리학 전문가들이나 관심을 가질 만한) 상황을 이렇게 자세히 설명하는 이유는 그래야만 P는 엉덩이에 버슬이 붙어 B로 변하고 6은 아예 지워졌다는 사실을 발견했을 때 내가 어떤 충격을 받았는지를 독자들이(아, 금빛 수염을 기르고 장밋빛 입술로 지팡이 손잡이를 쪽쪽 빨면서 내 원고를 읽는 학자의 모습으로 상상해보면 얼마나 재미있을까!) 이해할 수 있기 때문이다. 나머지 글자들도 연필에 달린 지우개로 급히 문질러 지운 흔적이 역력하고 숫자는 일부를 없애버리거나 아이의 필체로 다시 써넣었으니 마치 뒤엉킨 철조망으로 얼기설기 막은 듯 논리적 해석이 불가능했다. 내가 아는 것은 주 이름뿐이었는데―비어즐리가 속한 주에 인접한 주였다.

나는 아무 말도 하지 않고 수첩을 도로 넣은 후 글러브박스를 닫고 웨이스 시내를 벗어났다. 뒷좌석에 있던 만화책을 집어든 로는 갈색 팔꿈치를 창밖으로 내밀고 하얀 블라우스를 펄럭이면서 어느 얼간이인지 어릿광대의 최신 모험담에 깊이 빠져 있었다. 나는 웨이스에서 3, 4마일 떨어진 유원지 그늘에 차를 세웠다. 빈 테이블에 아침 햇살이 어수선하게 쏟아졌다. 어리둥절한 로가 어정쩡한 미소를 지으며 돌아보는 순간 한마디 말도 없이 그녀의 작고 뜨겁고 단단한 광대뼈를 손등으로 냅다 후려갈겼다.

그다음은 후회, 통렬하면서도 달콤한 속죄의 눈물, 비굴한 사랑, 그리고 견딜 수 없을 만큼 관능적인 화해. 벨벳처럼 고운 밤, 미라나 모텔에서(미라나!) 나는 발가락이 긴 그녀의 발을 부여잡고 노르스름한 발바닥에 입을 맞추며 스스로 제물이 되었고…… 그러나 모두 헛일이었다. 우리의 운명은 이미 정해졌다. 그리고 이제 곧 나는 새로운 수난 주기에 들어가게 된다.

웨이스 변두리의 어느 길에서…… 아, 결코 착각이 아니었다고 믿는다. 웨이스의 어느 길에서 나는 그 아즈텍 레드 컨버터블을, 혹은 그 차의 일란성 쌍둥이를 얼핏 보았다. 트랩이 아니라 떠들썩한 젊은 남녀 네다섯 명이 타고 있었다. 나는 아무 말도 하지 않았다. 웨이스를 떠난 후 전혀 다른 상황이 벌어졌다. 하루나 이틀 정도는 아무도 우리를 따라오지 않는다고 믿었다. 지난번에도 미행자 따위는 없었다고 내심 나자신을 타이르며 안도감을 즐겼다. 그러다가 트랩이 작전을 바꿔 이런저런 렌터카로 갈아타면서 여전히 우리를 따라온다는 사실을 깨닫는 순간 등골이 오싹했다.

그야말로 고속도로의 프로테우스*라고나 할까, 그는 놀랄 만큼 손쉽게 이 차에서 저 차로 갈아탔다. 이런 재간을 부리려면 차를 바꿔주는 '역참' 노릇을 하는 자동차 대여점이 이곳저곳에 있어야겠지만 그가 어떤 곳을 이용하는지는 끝내 알아내지 못했다. 처음에는 쉐보레 차종을 좋아하는 듯했는데, 캠퍼스 크림색 컨버터블로 시작하여 곧 소형 호라이즌 블루 세단으로 바꿨고, 그다음부터는 무채색으로 넘어가서 서프

---

* 그리스신화의 해신으로, 어떤 모습으로든 변신할 수 있다.

그레이와 드리프트우드 그레이를 선택했다. 그후에는 다른 회사 제품으로 옮겨가서 무지개의 온갖 빛깔을 엷고 흐릿하게 칠한 차들을 골랐다. 어느 날은 나도 모르게 우리가 탄 드림 블루 멜모스³⁴⁾와 그가 빌린 크레스트 블루 올즈모빌의 미묘한 색상 차이를 간파하려고 애쓰기도 했다. 그러나 그가 제일 좋아하는 신비색³⁵⁾은 회색 계통이었는데, 그 흐리멍덩한 빛깔들을 일일이 구분하려고 헛되이 노력하는 악몽을 꿀 때마다 괴롭기 짝이 없었다. 크라이슬러의 셸 그레이, 쉐보레의 시슬 그레이, 닷지의 프렌치 그레이……

그의 작은 콧수염과 열어젖힌 셔츠—혹은 벗어져가는 머리와 딱 바라진 어깨—를 끊임없이 경계해야 했던 나는 도로 위의 모든 차를, 앞차, 뒤차, 옆차, 오는 차, 가는 차, 춤추는 태양 아래 움직이는 모든 차량을 유심히 살펴볼 수밖에 없었다. 뒤창 쪽에 '텐더 터치' 화장지 한 상자를 놓아둔 점잖은 휴가객의 자동차. 텁수룩한 머리를 창밖으로 내민 개 한 마리와 얼굴이 창백한 아이들을 가득 태우고 무모하게 질주하는, 흙받이가 찌그러진 고물차. 옷걸이에 건 정장을 주렁주렁 매달고 가는 독신남자의 튜더 세단. 일렬종대로 따라가는 차들이 분노를 뿜어내든 말든 아랑곳하지 않고 좌우로 오락가락하면서 느릿느릿 달리는 거대하고 뚱뚱한 하우스 트레일러. 젊은 남자 운전자 곁에 더 가까이 있고 싶어 젊은 여자 동승자가 앞좌석 중간 자리에 얌전히 앉아 있는 차. 지붕 위에 빨간 보트를 뒤집어 얹고 달리는 차…… 우리 앞에서 점점 속력을 줄이는 회색 차, 우리 뒤에서 점점 다가오는 회색 차.

스노와 챔피언 사이의 산악지대에 진입하여 알아차리기도 어려울 만큼 완만한 비탈길을 내려갈 때 나는 탐정이며 애인인 트랩의 모습을 다시 뚜렷하게 볼 수 있었다. 뒤에서 따라오던 회색 안개가 어느새 짙어지고 응축되어 도미니언 블루 세단으로 변했다. 바로 그 순간, 마치 내가 운전하는 차가 내 가엾은 심장의 고통에 반응한 듯이 차체 밑에서 별안간 퍼덕퍼덕퍼덕 맥 빠진 소리가 나면서 차가 갈팡질팡 미끄러졌다.

"타이어가 터져버렸네요, 아저씨." 로가 명랑하게 말했다.

차를 세웠다. 낭떠러지 부근이었다. 그녀는 팔짱을 끼고 한쪽 발을 대시보드 위에 올려놓았다. 나는 차에서 내려 오른쪽 뒷바퀴를 살펴보았다. 겁먹은 듯 납작해진 타이어 밑면이 꼴사납기 짝이 없었다. 트랩의 차는 4, 50미터쯤 뒤쪽에 서 있었다. 멀찌감치 기름방울처럼 떠오른 얼굴에 웃음이 가득했다. 나에게는 절호의 기회였다. 나는 그를 향해 걸음을 옮겼다. 실은 나에게도 있지만, 잭을 빌려달라고 해야겠다는 기발한 생각이 떠올랐기 때문이다. 그가 조금 후진했다. 나는 돌부리에 걸려 비틀거렸다. 그 순간 사방에서 웃음소리가 들리는 듯했다. 그때 트랩의 뒤쪽에서 거대한 트럭 한 대가 불쑥 나타나더니 굉음을 내면서 내 곁을 지나갔다. 그 직후 트럭이 느닷없이 경적을 울렸다. 본능적으로 돌아보자, 내 차가 슬금슬금 멀어져가는 게 아닌가. 어처구니없는 일이지만 로가 운전석에 앉아 있었고 차는 분명히 시동이 걸린 상태였다. 사이드브레이크를 당겨놓지는 않았지만 시동은 틀림없이 껐다고 기억하건만. 삐걱거리며 달아나는 차를 뒤쫓다가 마침내 멈춘 차를 따라잡을 때까지 짧지만 아찔한 시간이 흐르는 동안 나는 지난 2년 사이에 어린 로도 기본적인 운전 기술 정도는 충분히 알게 되었겠다고 생각했다. 문을 벌컥 여는 순간, 로가 일부러 차를 출발시켰다는 확신이

들었다. 내가 트랩에게 접근하지 못하게 하려고 그랬겠지. 그러나 어차피 불필요한 수고였다. 내가 그녀를 뒤쫓는 사이에 그는 기세 좋게 차를 돌려 떠나버렸기 때문이다. 나는 잠시 숨을 돌렸다. 로는—차가 저절로 움직였다면서—고맙다는 말도 안 하느냐고 물었다. 대꾸도 안 했더니 곧 지도를 들여다보았다. 나는 다시 차에서 내려 '골칫거리 동그라미'(샬럿이 즐겨 쓰던 표현이다)를 갈아끼우기 시작했다. 어쩌면 그때 이미 나는 미쳐가는 중이었는지도 모른다.

우리는 이 괴상한 여행을 계속했다. 쓸쓸하고 쓸모없는 내리막길을 지난 후 위로 위로 올라갔다. 가파른 비탈길에서 아까 우리를 추월했던 대형 트럭을 뒤따르게 되었다. 지금은 구불구불한 오르막길을 낑낑거리며 올라가는 중이라 추월하기가 불가능했다. 트럭 앞부분에서 조그맣고 반질반질한 은빛 직사각형 물체가—껌 포장지 속의 은박지였다—날아들어 우리 차 앞유리를 때렸다. 내가 정말 미쳐가는 중이라면 결국 누군가를 죽일지도 모른다는 생각이 그때 들었다. 아니, 어쩌면 미리미리 대비하는 것이 현명할지도 모른다고, 초연한 험버트가 허둥대는 험버트에게 말했다. 상자 속의 권총을 주머니에 넣어두면 광기가 발작했을 때 기회를 놓치지 않을 테니까.

20

롤리타에게 연극 수업을 허락하다니 내가 물러터진 바보였다. 그녀의 속임수가 더 교묘해졌기 때문이다. 이제 보니 롤리타는 이런저런 문제—예컨대 『헤다 가블러』[36]에 나타난 기본적 갈등의 원인은 무엇인가, 혹은 『참피나무 밑의 사랑』[37]에서 클라이맥스는 어디어디인가, 혹은 『벚꽃동산』[38]의 지배적 정서를 분석하시오, 따위—에 대한 해답만 공부한 건 아닌 듯했다. 사실상 나를 배신하는 요령까지 배운 셈이었다. 비어즐리의 우리 집 거실에서 그녀가 오감 연기를 연습할 때 자주 지켜보았는데, 지금 돌이켜 생각해보니 후회스럽기 그지없었다. 당시 나는 구경하기 좋은 위치에서 롤리타를 유심히 관찰했다. 그녀는 때로는 최면술에 걸린 사람처럼, 때로는 신비로운 의식을 진행하는 사제처럼 아이들의 흉내놀이를 정교하게 발전시킨 듯한 연기를 보여주었는데, 이를테면 어둠 속에서 신음 소리를 듣는 시늉, 이제 막 새엄마가 된 젊은 여자와 첫 대면을 하는 시늉, 버터밀크처럼 자기가 싫어하는 음식을 맛보는 시늉, 푸르게 우거진 과수원에서 짓밟힌 풀잎의 냄새를 맡는 시늉, 소녀의 가냘프고 장난스러운 손으로 가상의 물체를 만져보는 시늉 따위였다. 내 서류 속에 그때의 등사판 인쇄물 한 장이 남아 있다.

촉각 훈련입니다. 다음과 같은 물건을 집어든다고 상상해보세요. 탁구공, 사과, 끈적끈적한 대추야자, 보풀보풀한 플란넬로 만든 새 테니스공, 뜨거운 감자, 얼음덩어리, 새끼고양이, 강아지, 말편자, 깃털, 손전등.

다음과 같은 물건을 손가락으로 주무른다고 상상해보세요. 빵조각, 생고무, 두통에 시달리는 친구의 관자놀이, 벨벳 견본, 장미꽃잎.

당신은 눈먼 소녀입니다. 다음과 같은 사람들의 얼굴을 만져보세요. 그리스인 청년, 시라노,[39] 산타클로스, 아기, 껄껄 웃는 목신, 잠자는 낯선 사람, 그리고 아버지.

그러나 이렇게 우아한 마법을 선보일 때, 이렇게 숙제를 하면서 꿈처럼 매혹적인 연기를 펼칠 때 그녀는 얼마나 아름다웠던가! 비어즐리의 파란만장한 밤, 나는 종종 그녀에게 맛있는 음식이나 선물을 사주겠다고 약속하면서 춤을 춰보라고 시키기도 했는데, 두 다리를 벌리면서 뛰어오르는 기본동작은 파리의 어린 무희처럼 나른하면서도 날렵한 몸놀림이 아니라 마치 미식축구 치어리더가 팔짝팔짝 뛰는 듯했지만 채 성숙하지 않은 육체의 율동적인 움직임은 나에게 큰 기쁨을 주었다. 그러나 이런 즐거움도 그녀의 테니스 경기가 불러일으키는 형언할 수 없이 황홀한 갈망에 비하면—마치 찬란하고 조화로운 낙원의 문턱에서 기우뚱거리듯 황홀하면서도 안타까운 그 느낌에 비하면—아무것도, 정말 아무것도 아니었다.

제법 나이를 먹었어도 그녀가 아동용 테니스복을 입고 살굿빛 팔다리를 드러낸 모습은 그 어느 때보다 더 님펫다웠습니다! 날개 달린 신사 여러분! 내가 저세상에 가게 되더라도 그때의 그 모습, 스노와 엘핀스톤 사이의 콜로라도 휴양지에서 그녀가 보여준 그 모습을 그대로 되살리지 못하는 곳이라면 결단코 거부하겠습니다. 희고 헐렁한 남아용 반바지, 날씬한 허리, 살굿빛 배, 가슴에 두른 하얀 스카프, 거기서 목으로 이어진 리본, 목덜미에서 살랑살랑 흔들리는 매듭, 훤히 드러난 숨 막히게 어리고 귀여운 살굿빛 어깨, 거기 돋아난 솜털, 우아하고 사랑스러운 어깨뼈, 아래로 내려갈수록 가늘어지는 매끄러운 등. 하얀 챙이 달린 모자. 라켓은 내가 상당한 거금을 들여 사줬다. 바보, 바보, 바보! 그녀를 영화필름에 담아둘 수도 있었는데! 그랬다면 지금이라도 내 고통과 고뇌의 영사실에 그녀를 불러낼 수 있으련만, 내 눈으로 그녀를 바라볼 수 있으련만!

롤리타는 서브 동작을 시작하기 전 몸에서 힘을 빼고 하얀 선으로 표시된 시간이 한두 눈금 지나갈 때까지 기다렸다. 이때 공을 한두 번 튕겨보기도 하고 발로 땅바닥을 비비기도 했지만 언제나 편안해 보였고, 언제나 점수에는 그리 연연하지 않았고, 언제나 (집에서 침울하게 지낼 때는 좀처럼 보기 힘든) 명랑한 표정이었다. 그녀는 이렇게 테니스를 치면서 어린 소녀로서는 절정에 도달한, 그 이상을 상상하기 어려운 연기력을 선보였다. 그러나 그녀로서는 기본적 현실을 그대로 재현했을 뿐이리라.

그녀의 동작 하나하나가 정교하고 경쾌했듯이 청각적인 면에서도 타격음 하나하나가 맑고 또랑또랑했다. 그녀가 지배하는 공간에 들어가기만 하면 공도 어쩐지 더 하얘지고 탄력도 좋아지는 듯했으며, 그녀가 사용하는 정밀한 도구도 공을 때리는 순간 단호하고 자신만만하게 공을 움켜쥐는 듯했다. 그녀의 자세는 그야말로 최고 수준의 테니스를 완벽하게 모방했지만, 실제적인 효과는 전혀 없었다. 언젠가 들썩들썩하는 딱딱한 벤치에 앉아서 돌로레스 헤이즈가 린다 홀을 가지고 노는 (그러나 점수는 오히려 밀리는) 장면을 지켜볼 때 에듀사 골드의 언니이자 젊고 유능한 코치인 엘렉트라 골드[40)]가 말했다. "돌리는 라켓 한 복판에 자석이라도 붙인 것 같아요. 그런데 도대체 왜 저렇게 얌전하게 치는 거죠?" 아, 엘렉트라, 저렇게 우아한데 아무러면 어떻소! 첫 시합을 관전할 때부터 롤리타의 아름다움에 흠뻑 취해 고통에 가까운 전율을 느꼈던 기억이 생생하다. 나의 롤리타는 충분히 탄력 있게 서브 동작을 시작하면서 왼쪽 무릎을 구부려 높이 드는 버릇이 있었는데, 이때 땅을 디딘 발끝과 싱싱한 겨드랑이와 빛나는 팔과 한껏 뒤로 젖힌 라켓 등이 햇빛 아래서 절묘한 균형을 이룬 채 한순간 그대로 멈추었고, 그녀가 반짝이는 이를 드러내고 방긋 웃으며 올려다보는 하늘에는 작은 천체 하나가 높이 떠 있었는데, 그곳이야말로 바야흐로 황금빛 채찍을 휘둘러 청아하고 낭랑한 소리를 내면서 강타하겠다는 분명한 목적의식을 갖고 그녀가 창조한 힘차고 우아한 우주의 정점이었다.

그녀의 서브에는 아름다움, 단순명쾌함, 젊음, 그리고 궤도 자체의 고전적 순수성이 깃들어 튀어오를 때조차 회전도 날카로움도 없이 다만 길고 산뜻한 곡선을 그릴 뿐이라서 속도는 매서워도 받아내기는 아주 쉬웠다.

그녀의 타격 하나하나를, 그녀의 매혹적인 몸놀림 하나하나를 셀룰로이드 필름에 담아 영원히 보존할 수도 있었다는 생각만 하면 지금도 안타까워 한탄이 절로 나온다. 내가 태워버린 스냅사진 몇 장보다 훨씬 더 소중했을 텐데! 그녀의 서브가 서론이라면 오버헤드발리는 결론과도 같다. 왜냐하면 나의 귀염둥이는 하얀 신을 신은 발을 활기차고 민첩하게 움직여 곧장 네트 쪽으로 뛰어들어야 한다고 배웠기 때문이다. 포핸드냐 백핸드냐 따질 필요는 없었다. 어차피 서로 거울에 비친 모습처럼 똑같았기 때문이다. 또랑또랑 메아리치며 엘렉트라의 탄성을 자아내던 그 총성 같은 타격음을 떠올리면 지금도 사타구니가 근질거린다. 특히 캘리포니아에서 네드 라이텀[41]이 가르쳐준 짧은 하프발리는 돌리가 가진 기량의 백미로 손꼽을 만했다.

그녀는 테니스보다 수영을, 수영보다 연극을 더 좋아했다. 그러나 단언하건대—그때는 나도 몰랐지만!—만약 내가 돌리의 내면에 감춰진 무엇인가를 망가뜨리지만 않았다면 그녀는 완벽한 자세와 더불어 이기려는 의지까지 갖췄을 테고, 실제로 여자 챔피언이 되었을 것이다. 겨드랑이에 라켓 두 개를 끼고 윔블던에 출전하는 돌로레스. 광고에 출연하여 '단봉낙타'*를 권하는 돌로레스. 프로로 전향하는 돌로레스. 영화에서 여자 챔피언 역을 연기하는 돌로레스. 그리고 돌로레스의 남편이자 코치—백발이 성성한, 겸손한, 말없는, 늙은—험버트.

그녀는 경기중에 반칙을 하거나 속임수를 쓰지 않았다. 그러나 결과에 얽매이지 않고 마냥 즐거워하는 모습이 오히려 님펫의 가식이었는지도 모른다. 일상생활에서는 그토록 잔인하고 교활한 그녀가 유독 공을 칠 때만은 한없이 순진하고 솔직하고 친절했으므로 평범한 상대조차도, 아무리 서툴고 무능해도 승부욕만 강하다면 그녀를 이리저리 농락하다가 결국 승리를 얻어냈다. 아직 키가 작은데도 그녀가 일단 랠리의 리듬을 타기 시작하고 그 리듬을 주도할 수만 있다면 1053제곱피트에 달하는 자기 몫의 하프코트 전체를 완벽히 장악했다. 하지만 상대가 뜻밖의 공격을 하거나 갑자기 작전을 바꾸기라도 하면 속수무책이었다. 매치포인트에서 두번째 서브를 넣을 때도 그녀답게 첫번째보다 더 힘차고 화려하게 후려갈겼고(승자가 되려면 신중해야 하건만 금기사항 따위는 아랑곳하지 않았으니까), 공은 네트를 때려 낭랑한 하

---

* 앞에서 언급된 가공의 담배 '드롬'을 가리킨다.

프 소리를 내면서 코트 밖으로 튀어나가기 일쑤였다. 드롭샷은 보석처럼 영롱했지만, 마치 다리가 네 개에 구부러진 노櫓를 휘두르는 듯 엉성한 상대조차 간단히 받아쳐 되넘겼다. 강렬한 드라이브와 아름다운 발리도 상대의 발치에 갖다 바치다시피 떨어지고 말았다. 어렵잖은 타구도 번번이 네트에 걸렸다. 그런데도 그녀는 유쾌한 표정을 잃지 않았고, 다만 발레의 한 장면처럼 고개를 푹 숙여 앞머리를 축 늘어뜨리면서 짐짓 실망한 시늉을 할 뿐이었다. 우아함도 활력도 모두 부질없었다. 그녀는 헐떡거리며 뛰어다니는 나조차 이기지 못하고 공을 높이 때리는 내 구닥다리 드라이브도 감당하지 못했다.

나는 이런저런 게임의 마법에 남달리 민감한 듯싶다. 가스통과 체스를 둘 때도 체스판만 보면 맑은 물이 가득한 사각형 수영장이 떠오르고—당황한 상대방에게는 흙탕물과 오징어 먹물만 보이겠지만—매끈매끈한 모자이크식 바닥에 깔린 진귀한 조가비와 좋은 전략이 장밋빛으로 훤히 들여다보였다. 마찬가지로, 내가 처음, 즉 캘리포니아의 위대한 강사님께서 계시 같은 가르침을 내리시기 전에 롤리타에게 테니스를 가르칠 때의 경험은 내 마음속에 몹시 답답하고 고통스러운 기억으로 남았는데—내가 뭐라고 조언을 할 때마다 그녀가 걷잡을 수 없을 정도로, 정말 짜증스러울 정도로 짜증을 냈기 때문이기도 하지만—아름다운 대칭을 이룬 테니스 코트가 그녀의 내면에 잠재된 조화로움을 비춰주기는커녕 내가 잘못 가르쳐 성깔만 사나워진 아이의 미숙함과 시큰둥한 태도 때문에 엉망진창이 되어버렸기 때문이었다. 그러나 지금은 상황이 좀 달라졌고, 그날 콜로라도 주 챔피언의 맑디맑은 대기 속에서, 우리가 하룻밤을 보낸 챔피언 호텔로 올라가는 가파른 돌

계단 아래의 그 훌륭한 코트에서, 나는 이제 그녀의 천진한 몸가짐과 영혼과 완벽한 기품 속에 숨겨진 미지의 배신행위에 대한 악몽으로부터 잠시 해방된 듯한 기분이었다.

그녀는 여느 때처럼 별로 힘들이지 않으면서도 강하고 한결같은 타력을 발휘하여 내 쪽으로 낮고 깊게 파고드는 공을 연달아 날려보냈다. 모든 동작이 질서정연하고 박자가 척척 맞았으므로 나도 발놀림을 줄이고 경쾌하게 걷다시피 움직였다(일류 선수들은 이 말이 무슨 뜻인지 이해하리라). 나는 서브를 넣을 때 공을 많이 깎아 치는 편인데, 나는 아버지에게 이 서브를 배웠고 아버지는 오랜 친구이며 위대한 챔피언이었던 데퀴지 또는 보르망[42]에게 배웠다. 내가 정말로 로를 골탕 먹이려고 작정했다면 그녀도 꽤나 고생했을 것이다. 그러나 이렇게 해맑은 아이를 그 누가 괴롭히고 싶겠는가? 맨살을 드러낸 그녀의 팔에 8자 모양의 우두 자국이 있다는 말을 했던가? 내가 그녀를 절망적으로 사랑했다는 말은? 그녀가 겨우 열네 살이었다는 말은?

호기심 많은 나비 한 마리가 우리 둘 사이로 너울너울 지나갔다.

테니스복 반바지를 입은 두 사람이 어디선가 불쑥 나타났다. 한 명은 정강이가 햇볕에 타서 선홍색으로 익어버린 빨강머리 남자였는데 나이는 나보다 여덟 살쯤 적어 보였고, 또 한 명은 입매가 뾰로통하고 눈매는 사나우며 왠지 게을러 보이는 가무잡잡한 소녀였는데 롤리타보다 두 살쯤 많아 보였다. 착실한 초보자들이 흔히 그러듯이 그들도 라켓을 케이스에 넣어 안전하게 보호했는데, 라켓을 든 자세도 특정 근육의 편리하고 자연스러운 연장이 아니라 마치 쇠망치나 나팔총이나 타래송곳처럼, 혹은 내가 저지른 죄악처럼 무시무시하고 부담스러운 물건을 다루듯이 조심스러웠다. 두 사람은 대단히 무례한 짓인 줄도 모르는지 테니스 코트 근처의 벤치에 벗어놓은 내 귀중한 웃옷 가까이에 제멋대로 앉더니 우리가 공을 주고받는 모습을 구경하면서 몹시 호들갑스럽게 찬사를 보내기 시작했다. 랠리는 한 쉰 번쯤 계속되다가— 나는 이 랠리를 오래오래 유지하고 싶었고 로도 단순한 반격으로 나를 도와주었다—마침내 그녀의 오버헤드스매시가 코트를 벗어나면서 공방전의 맥이 뚝 끊겼고, 나의 소중한 귀염둥이는 안타까운 탄성을 토했지만 금방 다시 즐겁고 매력적인 모습으로 돌아왔다.

이때 나는 갈증이 나서 식수대 쪽으로 걸어갔다. 그러자 빨강머리가 다가오더니 아주 공손하게 혼합복식경기를 제안했다. "저는 빌 미드라고 합니다." 그러고는 벌써 돌리와 이야기를 나누고 있는 고상한 소녀를 우스꽝스러운 커버를 씌운 라켓으로 가리키면서 이렇게 덧붙였다. "저쪽은 페이 페이지, 여배우죠. 마피 온 세이.*" 나는 "미안하지만……" 하고 대답하려 했는데(왜냐하면 우리 꼬마 아가씨가 이렇게 형편없는 풋내기들과 어울려 톡탁거리게 하기는 싫었기 때문이다) 바로 그때 대단히 아름다운 선율의 외침이 들려오는 바람에 주의를 빼앗겼다. 벨보이가 호텔 쪽에서 우리가 있는 코트 쪽으로 허둥지둥 계단을 내려오면서 나를 향해 손을 흔들었다. 죄송하지만 손님을 모셔오라는데요. 급한 장거리전화가 왔거든요. 정말 급한 일이라서 전화를 끊지 않고 기다리는 중입니다. 알았네. 나는 (안주머니에 권총이 들어 묵직한) 웃옷을 걸치면서 로에게 금방 다녀오겠다고 말했다. 그녀가 공을 주우면서—발

---

* Maffy On Say. 프랑스어 'Ma fiancée(제 약혼녀예요)'를 영어 발음대로 표기한 것.

과 라켓을 동시에 사용하는 유럽 방식으로 내가 가르쳐준 몇몇 유익한 재주 가운데 하나였다―빙그레 웃었다. 그녀가 나를 보며 웃어주었다!

소년을 따라 호텔로 올라가는 동안 비장한 평정심이 내 심장을 지탱해주었다. 미국식 표현을 빌리자면 '이것이 그것이다.'[*] 발각, 인과응보, 고문, 죽음, 내세, 그 모든 것을 절묘하게 요약하는 불길한 표현이다. 그녀를 별 볼 일 없는 자들의 손에 맡겨놓았지만 지금은 그런 문제로 고민할 때가 아니다. 나는 당연히 싸우리라. 아, 싸우고말고. 그녀를 빼앗기느니 차라리 만사를 끝장내리라. 계단이 정말 길었다.

프런트를 지키던 위풍당당한 매부리코 사내가―몹시 어두운 과거를 가진 사내가 분명하니 조사해볼 가치가 있으리라―손수 받아쓴 전갈을 건네주었다. 결국 전화를 끊어버린 모양이다. 쪽지에는 이렇게 적혀 있었다.

"험버트 씨께. 버즐리(원문 그대로!) 여학교 교장 선생님 연락. 여름 별장 연락처 버즐리 2-8282. 즉시 회신 바람. 대단히 중요한 용건."

나는 전화부스로 비집고 들어가서 작은 알약 하나를 삼킨 후 이십 분쯤 허공의 허깨비들과 옥신각신했다. 4인조의 대답이 차례로 들려왔다. 소프라노: 비어즐리에 그런 번호는 없습니다. 알토: 프랫 선생님은 영국으로 가시는 중인데요. 테너: 비어즐리 여학교에서는 그런 연락을 한 적이 없어요. 베이스: 연락하고 싶어도 방법이 없잖습니까. 왜냐하면 그날 내가 콜로라도 주 챔피언에 있다는 사실을 아는 사람은 아무도 없었기 때문이다. 그래서 매부리코에게 따졌더니 그 전화가 정말 장

---

[*] This was it. 구어적 표현으로 '올 것이 왔다'는 뜻.

거리전화였는지 바로 알아봐주었다. 그런데 아니었다. 가까운 곳에서 걸려온 장난전화일 가능성도 배제할 수 없었다. 나는 사내에게 고맙다고 말했다. "천만에요." 그가 대답했다. 물소리가 졸졸거리는 남자 화장실에 들렀다가 바에 가서 독주 한 잔을 마신 후 다시 코트 쪽으로 걸음을 옮겼다. 계단 꼭대기에서 내려다보니 저 아래, 어린애가 대충 지운 석판만하게 보이는 테니스 코트에서 내 소중한 롤리타가 복식경기를 하고 있었다. 그녀는 보스*가 그린 절름발이처럼 꼴사납게 뒤뚱거리는 세 사람 사이에서 천사처럼 우아하게 움직였다. 이윽고 코트를 바꿀 때 롤리타의 파트너가 라켓으로 그녀의 엉덩이를 장난스럽게 톡 쳤다. 그 남자는 눈에 띄게 머리가 둥글둥글하고 때와 장소에 어울리지 않는 갈색 양복바지를 입었다. 그때 잠깐 소동이 일어났다. 그가 나를 보더니 들고 있던 라켓을—내 라켓!—내던지고 허둥지둥 비탈을 올라간 것이다. 남자는 마치 퇴화된 날개를 흉내내듯이 손목과 팔꿈치를 파닥거리며 안짱걸음으로 도로까지 올라갔고, 거기에 그의 회색 차가 서 있었다. 남자와 회색 차는 금세 사라져버렸다. 내가 내려갔을 때 그곳에 남은 세 사람은 공을 주워 모으고 주인을 가리는 중이었다.

"미드 씨, 저 사람은 누굽니까?"

빌과 페이가 둘 다 몹시 심각한 표정으로 고개를 가로저었다.

그 우스꽝스러운 사람이 난데없이 나타나서 복식경기를 하자고 하더라고요. 안 그래요, 돌리?

돌리란다. 내 라켓 손잡이가 아직도 따뜻해서 불쾌했다. 호텔로 돌

---

* 히로니뮈스 보스(Hieronymus Bosch). 네덜란드 화가로 정신적, 육체적 불구자들을 많이 그렸다.

아가기 전에 연기 같은 꽃이 만발한 향기로운 덤불로 뒤덮이다시피
한 오솔길로 그녀를 데려가 그곳에서 내가 차오르는 흐느낌을 막 터
뜨리려 할 때, 그리고 그녀의 확고부동한 꿈을 말해달라고, 아무리 저
속해도 좋으니까 제발 서서히 나를 휘감는 이 불쾌감의 이유를 설명
해달라고 한없이 비굴한 태도로 애원하려 할 때, 문득 우리 앞쪽에서
몸을 흔들며 낄낄거리는 미드 2인조가 눈에 띄었다. 옛 희극에서 전원
을 배경으로 만남을 갖는 사람들처럼 잘 어울리는 한 쌍이었다. 빌과
페이는 둘 다 웃느라 기진맥진한 상태였다. 우리가 나타나기 직전에
자기들끼리 은밀한 농담을 주고받은 모양이다. 어쨌든 중요한 일은 아
니었다.

롤리타도 별로 중요한 일은 아니라는 듯이, 그리고 인생이란 이렇게
일상적인 즐거움과 더불어 저절로 굴러가기 마련이라고 믿는다는 듯
이, 이제 수영복으로 갈아입고 수영장에 가서 남은 오후를 보내고 싶다
고 말했다. 오늘은 정말 아름다운 날이니까. 롤리타!

21

"로! 롤라! 롤리타!" 문간에서 태양을 향해 외치던 내 목소리가 지금
도 귓가에 쟁쟁한데, 시간의, 둥근 지붕이 덮인 시간의 음향효과 때문
에 나의 외침과 속마음을 드러내는 거친 음성에는 불안과 열정과 괴로
움이 잔뜩 실렸다. 만약 그녀가 죽었다고 하더라도 이런 목소리라면 나
일론 수의의 지퍼를 열어젖히고도 남았으리라. 롤리타! 나는 잘 다듬

은 산비탈 잔디밭에서 마침내 그녀를 발견했다. 내가 외출 준비를 끝마치기도 전에 혼자 뛰어나갔던 것이다. 아아, 롤리타! 그녀는 나를 버려두고 망할 놈의 개와 놀고 있었다. 테리어의 일종이었는데 축축하게 젖은 빨간 공을 놓쳤다가 다시 덥석 물고 입을 우물거렸다. 녀석은 탄탄한 잔디밭을 앞발로 재빨리 두드리다가 경중경중 달아나곤 했다. 나는 그녀가 어디 있는지 알고 싶었을 뿐, 어차피 심장이 안 좋아서 헤엄을 칠 수도 없었다. 그러나 무슨 상관이랴ㅡ어쨌든 그녀가 그곳에 있고 나도 가운을 걸치고 그곳에 있으니ㅡ더는 소리칠 필요가 없었다. 그런데 그때 아즈텍 레드 빛깔의 비키니 차림으로 이리저리 내닫는 그녀의 몸짓에서 조금 색다른 점이 내 이목을 끌었는데⋯⋯ 장난을 치는 그 모습에서 희열이랄까, 광기랄까, 아무튼 단순한 즐거움 이상의 무엇이 느껴졌다. 개도 그녀의 과잉반응에 어리둥절한 기색이었다. 나는 한 손으로 가슴을 지그시 누르면서 주위를 둘러보았다. 잔디밭 너머로 조금 떨어진 곳에 있던 청록색 수영장이 어느새 잔디밭 건너편이 아니라 내 가슴 안으로 들어오고, 내 내장은 마치 니스의 푸른 바다에 둥둥 떠다니는 배설물처럼 마구 출렁거렸다. 물에서 나온 수영객 한 명이 목에 건 수건의 양쪽 끝을 붙잡고 공작새처럼 알록달록한 나무 그늘에 반쯤 몸을 숨긴 채 우두커니 서서 호박색 눈으로 롤리타의 움직임을 뒤쫓았다. 햇빛과 그림자가 만들어낸 얼룩무늬로 위장하고 옷을 벗어 정체를 감추었는데, 얼마 안 되는 검은 머리가 물에 젖어 둥글둥글한 머리통에 찰싹 달라붙어 있었고, 작은 콧수염은 덜 마른 얼룩 같고, 가슴에 퍼진 터럭은 좌우대칭형 트로피 같고, 배꼽은 실룩실룩 오르내리고, 텁수룩한 허벅지에서는 반짝이는 물방울이 뚝뚝 떨어지고, 젖어서 딱 달라붙은 검은색 수영 팬티는 힘차게 부풀어 터질 듯하고, 그 속에 갇혀 올라붙은 큼직하고 불룩한 음낭은 마치 그의 곤두선 흉물을 보호하는 물렁물렁한 방패 같았다. 그리고 타원형으로 생긴 그 연갈색 얼굴이 눈에 띄는 순간, 내가 그를 눈여겨본 까닭은 내 딸의 표정이 그의 얼굴에 그대로 반영되었기 때문임을 깨달았다. 황홀한 표정도 찡그린 표정도 똑같았지만 남자 얼굴이라서 섬뜩하기만 했다. 그리고 나는 아이도, 내 아이도 그가 훔쳐본다는 걸 알아채고는 그 음란한 시선을 즐기면서 짐짓 더 신나게 뛰논다는 것도 알았다. 천박하고 사랑스러운 년. 그녀는 공을 잡으려다 놓치는 바람에 벌러덩 자빠지더니 어리고 음탕한 두 다리를 허공에 대고 마구 버둥거렸다. 내가 서 있는 곳에서도 그녀가 흥분했음을 말해주는 사향 냄새를 맡을 수 있었다. 그리고 그 순간 (일종의 거룩한 혐오감에 사로잡혀 돌처럼 굳어버린 채) 나는 그 남자가 스르르 눈을 감고 아주 작은, 오싹할 만큼 작고 가지런한 이를 드러내면서 나무에 등을 기대는 걸 보았다. 나무에 달린 얼룩덜룩한 프리아포스들이 부르르 떨었다. 그 직후에 놀라운 탈바꿈이 일어났다. 그는 이제 사티로스*가 아니라 귀스타브 트랍이었다. 내가 이미 여러 번 언급했듯 이 스위스에 사는 이 아저씨는 아주 착하지만 미련한 사람인데, 한바탕 '술잔치'를 벌이고 나면(이 선량한 술고래는 맥주에 우유를 섞어 마셨다) 술기운을 이긴답시고 호숫가에서—허세를 부리려고 한쪽 어깨를 드러낸 것만 빼면 제법 그럴싸한 수영복까지 갖춰 입은 채 비틀거리고 낑낑거리며—역기를 들었다. 그러나 이 트랍은 멀리서 나를 보자마

---

* 그리스신화에 등장하는 숲의 신으로 반인반수(半人半獸)의 모습이다.

자 짐짓 태연스럽게 수건으로 목덜미를 문지르며 수영장으로 돌아갔다. 그러자 마치 놀이 도중에 태양이 숨어버려 맥이 빠진다는 듯이 로가 천천히 몸을 일으켰다. 테리어가 그녀 앞에 공을 가져다놓았지만 거들떠보지도 않았다. 우리가 이렇게 장난을 중단해버리면 개들은 얼마나 낙심할까? 나는 무슨 말인가를 하려다가 별안간 가슴에 무시무시한 통증을 느끼고 잔디밭에 털썩 주저앉았다. 먹은 기억도 없는 갈색과 녹색 토사물이 폭포처럼 쏟아졌다.

롤리타의 눈을 보니 놀랐다기보다 손익을 따져보는 기색이 역력했다. 그녀가 어느 친절한 숙녀에게 아빠가 발작을 일으켰다고 말하는 소리가 들렸다. 그때부터 나는 한참 동안 라운지 의자에 누워 진을 연거푸 들이켰다. 그리고 이튿날 아침에는 다시 운전을 할 만큼 기운을 되찾았다. (그후 몇 년 동안 의사들에게 그 일을 이야기했지만 아무도 믿어주지 않았다.)

22

엘핀스톤의 실버스퍼 모텔에 예약한 방 두 칸짜리 독채 건물은 갈색을 띤 반질반질한 소나무로 지은 통나무 오두막이었다. 우리에게 아무 걱정도 없었던 첫 여행 당시 롤리타는 이런 숙소를 아주 좋아했다. 아아, 그러나 지금은 상황이 얼마나 달라졌는가! 트랩 또는 트랩들에 대한 이야기가 아니다. 요컨대—그래, 솔직히 말하자면…… 요컨대 (신사 여러분!) 다채롭게 변하는 차를 타고 우리를 따라오던 똑같이 생긴 탐정들이 실은 피해망상의 산물에 불과했고, 우연의 일치와 공교로운 유사성 때문에 그 모습이 자꾸 눈에 띄었을 뿐이라는 사실이 점점 더 분명해졌다. 논리적으로 생각해보자Soyons logiques. 프랑스인의 사고방식이 내 머릿속에서 잘난 체하며 떠들어댔다. 더 나아가서 롤리타에게 미쳐버린 외판원, 혹은 똘마니들을 거느리고 나를 괴롭히거나 골탕을 먹이는 등 법률과 나의 껄끄러운 관계를 악용하는 우스꽝스러운 깡패 두목 따위에 대한 망상을 일축해버렸다. 콧노래로 두려움을 쫓던 일이 기억난다. '버즐리'에서 걸려온 전화에 대해 나름대로 가설을 세워본 일도 기억나고…… 챔피언의 잔디밭에서 겪은 발작을 무시했듯이 트랩도 깨끗이 무시해버릴 수 있었다. 그러나 내 판단에 의하면 바야흐로 롤리타의 님펫 시대가 끝나고 더는 나를 괴롭히지 않는 새로운 시대로 접어들려는 이때, 소중한 그녀를 가질 수 없다는 안타까움과 괴로움에서 오는 번민은 어쩔 도리가 없었다.

엘핀스톤에는 정말 지독하고 이유를 전혀 알 수 없는 또하나의 걱정거리가 나를 위해 정성스레 마련되어 있었다. 마지막 여정을 지나는 동안 로는 줄곧 기운도 없고 말도 없었다. 연기처럼 어슴푸레한 탐정이나 지그재그로 달리는 얼간이 따위로 오염되지 않은 산길을 따라 달려가는 200마일가량의 구간이었다. 도중에 산맥 위로 불쑥 솟구친 그 유명한 바위를 지나갔지만—어느 신경질적인 여배우가 열반을 향해 날아오를 때 발판으로 삼았다는 바로 그곳으로, 생김새도 기기묘묘하고 불그스름한 빛깔이 일품이었다—로는 아예 거들떠보지도 않았다. 엘핀스톤은 산 중턱의 해발 7천 피트 고원지대에 새로 건설했거나 재건한 도시였다. 나는 로가 이곳에 금방 싫증을 내길 바랐다. 그러면 우리는 캘리포니아로, 멕시코 국경으로, 신비로운 해변으로, 사구아로*가 자라는 사막으로, 신기루 속으로 달려가리라. 여러분도 아시다시피 호세 리사라벤고아는 카르멘을 미합중국으로 데려갈 계획이었다.** 나는 돌로레스 헤이즈와 캘리포니아의 여학생 챔피언들이 중앙아메리카 테니스 대회에 참가하여 눈부신 활약을 벌이는 장면을 그려보았다. 이렇게 웃으며 즐기는 친선경기 여행에서는 여권passport과 스포츠sport를 동일시하기 마련이다. 어째서 나는 국외로 나가면 우리도 행복해질 거라고 믿었을까? 환경 변화란 파경을 앞둔 연인들과 죽음을 앞둔 폐병 환자들이 마지막으로 의지하는 전통적 오류에 불과한 것을.

모텔 주인 헤이스 부인은 눈이 파랗고 벽돌색 볼연지를 칠한 활달한 과부였다. 혹시 스위스에서 오셨어요? 제 여동생이 스위스 스키 강사와 결혼했거든요. 맞습니다. 제 딸은 아일랜드 혈통도 반쯤 섞였죠. 내가 숙박부를 작성하자 헤이스는 열쇠와 함께 빛나는 미소를 건네며 여전히 초롱초롱한 눈빛으로 주차할 곳을 가르쳐주었다. 로가 엉금엉금 차에서 내리더니 잠시 몸을 떨었다. 은은히 빛나는 밤공기가 확실히 꽤 쌀쌀했다. 로는 객실에 들어가자마자 카드놀이용 테이블 앞에 놓인 의자에 앉아 팔뚝에 얼굴을 묻으면서 몸이 안 좋다고 말했다. 거짓말이다, 보나마나 거짓말이다, 내 애무를 피하려는 수작이다. 나는 뜨거운 사랑을 나누고 싶었다. 내가 어루만지려 하자 로는 평소보다 더 우울한 소리를 내면서 울먹였다. 롤리타가 아프다. 롤리타가 죽어간다. 몸이 불덩어리 같다! 체온계를 입에 물려 온도를 재고, 다행히 수첩에 적

---

* 멕시코 사막지방과 미국 남서부지방에 자생하는 선인장.
** 메리메의 소설 『카르멘』에 대한 언급.

어두웠던 공식을 찾아내서 나에게는 아무 의미도 없는 화씨를 어릴 때부터 친숙한 섭씨로 어렵사리 환산했더니 40.4도, 비로소 열이 어느 정도인지 가늠할 수 있었다. 하지만 나는 어린 님프가 히스테리를 부리면 종종 체온이 제멋대로 오르내린다는—때로는 치명적인 수치마저 넘나든다는—사실을 알고 있었다. 그럴 때는 향신료를 넣어 뜨겁게 데운 포도주 한 모금과 아스피린 두 알을 먹이고 입맞춤을 해주면 열이 내리긴 한다. 하지만 그녀의 몸에서도 특히 보석 같은 부분인 사랑스러운 목젖이 타는 듯 새빨갛게 변해버린 경우라면 이야기가 달랐다. 나는 그녀의 옷을 벗겼다. 숨결에서 달곰씁쓸한 향이 났다. 그녀의 갈색 장미에서는 피맛이 느껴졌다. 그녀는 머리끝부터 발끝까지 부들부들 떨었다. 등뼈 위쪽이 결리고 아프다고 호소했다. 미국인 부모라면 누구나 그랬겠지만 나 역시 소아마비를 떠올렸다. 정사에 대한 희망은 깨끗이 단념하고 그녀를 무릎담요로 감싸서 차 안으로 옮겼다. 그사이에 친절한 헤이스 부인이 동네 의사에게 연락해주었다. "여기서 일이 생겨서 그나마 다행이에요." 부인이 말했다. 닥터 블루가 이 일대에서 으뜸가는 의사일 뿐만 아니라 엘핀스톤 종합병원도 비록 규모는 작은 편이지만 최신식 설비를 두루 갖추었단다. 나는 이성異性을 좋아하는 마왕에게 쫓기며* 그곳으로 차를 몰았다. 장엄한 저녁놀이 저지대를 물들여 눈이 부셨다. 자그마한 노파가 길안내를 해주었는데, 헤이스 부인이 소개해준 이 노파는 꼬마 마녀 같았지만—어쩌면 마왕의 딸인지도 모른다—두 번 다시 만나지 못했다. 학식이 명성에 한참 못 미치는 사람

---

* 괴테의 시 「마왕」에 대한 언급으로, 이 시에서 마왕은 남자아이를 쫓는다.

이 분명한 닥터 블루는 바이러스 감염이라고 단언했는데, 비교적 최근에 그녀가 독감에 걸린 적이 있다고 했더니 이번 경우는 전혀 다른 병이라면서 벌써 이런 환자를 마흔 명쯤 치료했다고 퉁명스럽게 말했다. 그의 말을 듣고 있자니 모든 증상을 '열병'이라는 말로 얼버무리던 옛사람들이 떠올랐다. 나는 이쯤에서 열다섯 살 먹은 딸이 남자 친구와 함께 흔들거리는 울타리를 넘어가다가 조금 다친 적이 있다는 이야기를 하면서 태연스레 웃어볼까 생각했지만 지금은 내가 술에 취했으니 나중에 그런 정보가 필요할 때까지 보류하기로 마음먹었다. 웃음기도 없고 심술궂은 금발 여비서에게는 내 딸이 '거의 열여섯 살'이라고 말해주었다. 그렇게 한눈을 팔다가 아이를 빼앗기고 말았다! 이 망할 놈의 병원 한구석에 깔린 '어서 오십시오' 매트 위에서라도 하룻밤을 보내게 해달라고 졸라봤지만 헛수고였다. 나는 구성주의 양식의 계단을 뛰어올랐다. 어떻게든 나의 귀염둥이를 찾아내서 쓸데없는 소리는 하지 말라고, 지금은 우리 둘 다 머리가 몽롱한 상태니까 더더욱 조심해야 한다고 단단히 일러두고 싶었다. 그런데 중간에 매우 어린, 매우 건방진, 검은 눈동자가 이글거리는, 궁둥이가 너무도 커다란 간호사를 만나 조금 심하다 싶게 무례를 범하고 말았는데―알고 보니 바스크 혈통이란다. 그 여자의 아버지는 미국으로 건너온 양치기 겸 목양견 조련사였다. 나는 결국 차로 돌아가서 어둠 속에 웅크린 채, 몇 시간이 흘렀는지 모르겠지만 익숙지 않은 고독 때문에 망연자실하여 입을 딱 벌리고, 잔디가 깔린 대지 한복판에 납작 엎드려 희미하게 빛나는 나지막하고 네모반듯한 병원 건물을 물끄러미 내다보기도 하고 고개를 들어 쏟아지는 별빛과 뾰족뾰족한 은빛 산봉우리를 쳐다보기도 했다. 지금쯤

저 고랭지 어딘가에서는 메리의 외로운 아버지 조지프 로어가 한창 올로롱, 라고르, 롤라 등지를 꿈꾸거나—어디인들 어떠랴!—암양 한 마리를 유혹하리라. 스트레스가 유난히 심할 때마다 이렇게 감미롭고 정처 없는 상상이 위안을 주었다. 술을 꽤 많이 마셨지만 끝없는 밤에 지쳐 온몸이 뻣뻣해질 지경이라 이제는 차를 몰아 모텔로 돌아가야겠다는 생각이 들었다. 그러나 자그마한 노파는 어디론가 사라져버렸고 나는 길을 알지 못했다. 널찍한 자갈길이 잠에 취한 직사각형 그림자를 종횡으로 갈랐다. 학교 운동장 같은 곳에 교수대처럼 생긴 실루엣이 보였고, 역시 황무지 같은 땅에 이 지역 어느 종파의 어슴푸레한 예배당이 둥근 지붕 같은 적막에 싸여 있었다. 마침내 고속도로를 발견하고 이어 곤충의 일종인 이른바 '흰저녁나방' 몇백만 마리가 무리를 지어 '빈방 없음' 네온사인 주위를 맴돌고 있는 모텔을 찾아냈다. 그리고 새벽 세시, 이 뜬금없는 시간에 남자의 절망과 피로감을 더욱더 절감하게 하는 온수 샤워를 하고 그녀의 침대에 누웠다. 밤栗과 장미와 페퍼민트의 향기, 그리고 최근에 내가 허락해준 아주 은은하고 아주 특별한 프랑스 향수 냄새가 풍겼고, 나는 2년 만에 처음으로 나의 롤리타와 떨어졌다는 이 단순한 사실에 미처 적응하지 못하고 있음을 깨달았다. 그때 불현듯 그녀의 병이 왠지 어떤 주제의 전개과정 같다는 생각이 스쳤다. 여행하는 동안 줄곧 나를 당황하게 만들고 괴롭혔던 일련의 직감과 똑같은 맛, 똑같은 느낌이었기 때문이다. 그자의 정체가 비밀 공작원이든, 혹은 비밀 연인이든, 혹은 장난꾸러기든, 혹은 망상이든, 혹은 그 무엇이든 간에 나는 그자가 병원 주위를 배회하는 장면을 상상했고, 내가 태어난 고향에서 라벤더를 수확하는 사람들의 표현을 빌리자면 아우로라*가 아직 '손을 녹이기도 전에' 나는 아침도 못 먹고 용변도 못 보고 절망에 사로잡힌 채 다시 그 감옥으로 들어가려고 녹색 문을 두드렸다.

그날은 화요일이었는데, 수요일이나 목요일쯤에는 그녀가 (아마도 피리새의 핏물이나 코끼리의 콧물**로 만든) 무슨 '혈청'에 좋은 반응을 보여 병세가 크게 호전되었고―역시 우리 귀염둥이―이틀만 지나면 '펄펄 날아다닐' 거라고 의사가 말했다.

그녀를 여덟 번이나 찾아갔지만 내 마음속에 깊이 새겨진 것은 마지막 병문안에 대한 기억뿐이다. 병문안도 쉬운 일은 아니었는데, 그때쯤에는 나도 그 병에 걸려 한창 시달리느라 기진맥진한 상태였기 때문이다. 사랑이 담긴 꽃다발과 60마일이나 돌아다니며 구한 책 몇 권을 들고 가기가 얼마나 힘들었는지 아무도 모르리라. 그 책들은『브라우닝 극시집』『춤의 역사』『어릿광대와 마누라』[43]『러시아 발레』『로키산맥의 야생화』『연극협회 작품집』그리고 열다섯 살 때 전미선수권대회에 출전하여 청소년 여자단식에서 우승한 헬런 윌스의『테니스』였다. 내 딸이 묵는 하루 13달러짜리 일인용 병실을 향해 비틀거리며 다가갈 때 젊디젊고 시건방진 시간제 간호사 메리 로어가 빈 아침식사 쟁반을 들고 나오다가 나를 보더니 노골적으로 싫은 기색을 드러내면서 재빨리 복도 의자 위에 쟁반을 와장창 내려놓고는 엉덩이를 실룩거리며 다시 방 안으로 쏙 들어갔다. 아마도 가엾은 돌로레스에게 폭군 아버지가 고

---

* 로마신화에 나오는 새벽의 여신.
** 언어유희. 원문은 'sparrow's sperm or dugong's dung(참새의 정액이나 듀공의 똥).'

무창 신발을 신고 책과 꽃다발을 들고 살금살금 오고 있다고 일러바쳤으리라. 꽃다발은 내가 동틀녘 산길에서 장갑을 끼고 야생화와 아름다운 잎을 손수 따서 만들었다(이 운명적인 일주일 동안은 잠을 거의 못 잤다).

나의 카르멘시타*에게 식사는 제대로 주나? 나는 무심코 쟁반을 내려다보았다. 달걀 노른자가 묻은 접시 위에 구겨진 편지봉투가 있었다. 한쪽 끄트머리가 뜯겨 있으니 그 속에 뭔가 들어 있었겠지만 주소는 없고—다만 가짜티가 나는 문장紋章과 함께 '폰데로사 산장'이라는 초록색 글자가 찍혀 있을 뿐이었다. 나는 때마침 다시 부랴부랴 나오는 메리와 크로스샤세** 동작을 선보였다. 이렇게 엉덩이가 투실투실한 간호사가 별로 하는 일도 없으면서 동작 하나는 눈부시게 빠르구나. 그녀는 내가 구김살을 펼쳐보고 도로 내려놓은 편지봉투를 노려보았다.

"웬만하면 만지지 마세요." 그녀가 턱짓으로 봉투를 가리키면서 말했다. "뜨거워서 손을 델지도 몰라요."

점잖은 체면에 어찌 그런 수작에 일일이 대꾸하랴. 그래서 간단히 이렇게 말했다.

"청구서인 줄 알았소. 연애편지인 줄은 몰랐구려."*** 그러면서 양지바른 병실에 들어서서 롤리타에게 말했다. "안녕, 우리 딸내미."

"돌로레스." 메리 로어가 나를 따라 도로 들어와서 나를 밀치다시피

---

* Carmencita. '카르멘'에 스페인어 지소 접미사(-cita)를 붙인 애칭.
** 남녀 무용수가 번갈아 앞으로 뛰어나오는 동작.
*** 영어 '빌(bill, 청구서)'과 프랑스어 '비예 두(billet doux, 연애편지)', 두 단어의 발음을 병치시킨 언어유희.

지나치더니—뚱뚱한 갈보 년—연신 눈을 깜박거렸고, 그렇게 깜박거리면서 하얀 플란넬 담요를 부리나케 개키기 시작했다. "돌로레스, 너희 아빠는 내 남자친구가 너한테 편지를 보낸다고 생각하시나봐. 사실은 (목에 걸린 조그마한 도금 십자가를 새침하게 톡 치면서) 나한테 보낸 편진데 말이야. 그리고 우리 아빠도 너희 아빠처럼 프랑스어를 잘하신단다."

그녀가 방에서 나갔다. 돌로레스는 방금 새로 바른 립스틱과 빗질한 머리가 반짝거려 온통 장밋빛과 황갈색으로 빛났고, 맨살을 드러낸 두 팔을 깨끗한 이불 위로 가지런히 뻗은 채 침대에 누워 나를 향해선지 허공을 향해선지 모를 천진난만한 미소를 지었다. 침대 옆 탁자에는 종이냅킨과 연필 한 자루가 있고 그 옆에 놓인 토파즈 반지가 햇빛을 받아 타오르는 듯했다.

"장례식 꽃 같아서 오싹하네요." 그녀가 말했다. "어쨌든 고마워요. 그런데 프랑스어는 좀 안 쓰면 안 돼요? 다들 싫어하잖아요."

젊고 천박한 왈가닥 간호사가 〈데저렛 뉴스〉를 들고 지린내와 마늘 냄새를 풀풀 풍기며 여전히 부산스럽게 들어왔는데, 아름다운 환자는 내가 가져온 화려한 삽화가 들어간 책들을 싹 무시하고 신문을 반갑게 받아들었다.

"우리 언니 앤이," 메리가 뒤늦게 생각난 정보를 덧붙였다. "폰데로사에서 일해요."

불쌍한 '푸른 수염'. 잔인한 형제들.[44] 이제 나를 사랑하지 않느냐, 나의 카르멘?[45] 단 한순간도 나를 사랑하지 않았다. 그 순간 나는 내 사랑이 예나 지금이나 변함없이 절망적이라는 사실을 알았고, 또한 두 여자가 바스크 말 또는 젬피라 말[46]로 공모하여 나의 절망적인 사랑을 배신할 계략을 꾸민다는 사실도 알았다. 내친김에 말해버려야겠는데, 이때 로는 냉혹하고 우울한 내 곁을 떠나서 젊고 유쾌한 삼촌과 함께 살고 싶다면서 감상적인 메리까지 감쪽같이 속였으니 이중으로 기만술을 펼친 셈이다. 그리고 내가 끝까지 이름을 알아내지 못한 또 한 명의 간호사, 그리고 침대와 관 따위를 엘리베이터로 옮기는 일을 하는 이 마을 얼간이, 그리고 대기실의 새장 속에 갇힌 멍청한 초록색 잉꼬 한 쌍—그들 모두가 이 음모, 이 더러운 음모에 가담했다. 짐작건대 메리는 우스꽝스러운 아빠 움베르톨디* 교수가 돌로레스와 (그녀가 아빠 대용품[47]으로 삼은) 토실토실한 로미오의 로맨스를 방해한다고 믿었으리라. (사실 롬, 자네는 좀 뚱뚱한 편이었잖아. '눈가루'**나 술을 그렇게 퍼먹는데도 말이야.)

목구멍이 아팠다. 나는 침을 삼키며 창가에 서서 창밖의 산맥을, 그리고 미소를 머금고 음모를 꾸미는 하늘을 배경으로 높이 치솟은 낭만적인 바위를 바라보았다.

"나의 카르멘." (가끔 그녀를 이렇게 불렀다.) "네가 병상에서 일어나는 대로 이 아프고 쓰라린 동네를 떠나자."

"말이 나온 김에 내 옷 좀 다 가져다주세요." 히타닐랴***가 두 무릎을 세우고 신문을 넘기면서 말했다.

---

* Humbertoldi. 험버트(Humbert)를 이탈리아 희극풍으로 희화화한 이름.
** 분말 코카인을 뜻하는 속어.
*** gitanilla. 소설 『카르멘』에서 차용한 말로, '집시 여자'를 뜻하는 스페인어 '히타나(gitana)'에 지소 접미사를 붙였다.

"……왜냐하면, 정말이지," 나는 다시 말을 이었다. "이런 곳에 머물러봤자 아무 의미도 없으니까."

"의미가 없기는 어디나 마찬가지죠." 롤리타가 말했다.

열이 끓어 붕붕거리는 방 안의 적막 속에서 나는 크레톤 천을 씌운 의자에 앉아 매혹적인 식물도감을 펼치고 내가 꺾어온 꽃들을 찾아보았다. 그러나 불가능한 일이었다. 이윽고 복도 어딘가에서 듣기 좋은 벨소리가 어렴풋이 들려왔다.

내 짐작이지만 당시 이 허울 좋은 병원에 환자라고는 많아야 여남은 명이 고작인 듯했고(그 며칠 전에 로가 명랑하게 말해주었는데 그중 서너 명은 정신병자란다), 직원들도 몹시 한가로워 보였다. 그러나— 역시 허울을 위해서—규칙은 엄격했다. 내가 번번이 면회시간이 아닐 때 찾아간 것도 사실이다. 선지자 메리가(다음번에는 로링 협곡에서 푸른 옷을 입은 아름다운 여인이 너울너울 날아다니는 장면을 보게 되리라)* 은밀하고 어렴풋한 적개심을 발산하면서 나를 끌어내리고 옷소매를 붙잡았다. 내가 그 손을 물끄러미 내려다보았더니 얼른 치웠다. 내가 나가려 할 때, 자발적으로 나가려 할 때, 돌로레스 헤이즈가 내일 아침에 잊지 말고 가져오라고 다짐을 놓았는데…… 그 물건들을 어디에 두었는지는 기억나지도 않는다면서…… "꼭 가져와요!" 돌로레스가 소리쳤다. (그러나 그녀의 모습은 벌써 보이지 않고, 문이 움직이고, 점점 닫히고, 마침내 닫혔다.) "새로 산 회색 가방이랑 엄마 트렁크도!" 그러나 이튿날 아침에 나는 그녀가 불과 몇 분 동안 사용했던 모텔 침대

---

* 메리의 조상들이 살던 바스크 지방의 루르드 석굴 부근에서 많은 소녀들이 푸른 옷을 입은 성모 마리아를 보았다고 증언했다.

에 누워 부들부들 떨면서, 술만 마시면서 점점 죽어갔고, 그렇게 몽롱
하고 어질어질한 상황에서 내가 할 수 있는 일이라고는 과부의 애인이
라는 건장하고 친절한 트럭 운전사에게 가방 두 개를 맡겨 로에게 전
해달라고 부탁하는 정도가 고작이었다. 나는 로가 메리에게 이 보물상
자들을 자랑하고 싶은 모양이라고 생각했는데…… 확실히 좀 혼미한
상태였다. 그다음날도 여전히 기운을 못 차리고 휘청거렸다. 화장실 창
가에서 가까운 잔디밭을 내다보면 돌리의 아름다운 새 자전거가 지지
대에 의지하여 비스듬히 서 있었는데, 늘 그랬듯이 우아한 앞바퀴는 나
를 외면하는 듯하고, 안장 위에는 참새 한 마리가 앉아 있다. 그러나 다
시 보니 모텔 여주인의 자전거였다. 나는 애정에서 비롯된 이 착각이
우스워 어렴풋한 미소를 머금고 가엾은 머리를 절레절레 흔들며 비틀
비틀 침대로 돌아가서 성자처럼 조용히 누웠는데……

　　성자라니, 어처구니가 없구나! 갈색 돌로레스가
　　양지바른 잔디밭에서
　　산치차와 함께
　　영화잡지에 실린 기사를 읽을 때―*

　돌로레스가 가는 곳마다 그런 영화잡지가 무수히 나뒹굴었는데, 아
무튼 그날은 폭죽과 진짜 폭탄이 뻥뻥 터지는 소리가 하루종일 이어졌
으니 아무래도 시내에서 굉장한 국민 축제를 벌이는 듯했고, 오후 2시

---

* 로버트 브라우닝의 「스페인 수도원의 독백」을 패러디한 시. 돌로레스와 산치차는 이 시
에 등장하는 수녀들의 이름이다.

5분 전에는 반쯤 열린 내 방문을 향해 휘파람 소리가 다가오더니 이내 문을 쿵 두드리는 소리가 들렸다.

덩치 큰 프랭크였다. 그는 문간에 선 채로 문설주에 한 손을 얹고 상체만 조금 들이밀었다.

안녕하슈. 로어 간호사한테서 전화 왔소. 몸이 좀 나았느냐면서 오늘 병원에 나오시라고 합다.

스무 걸음 떨어진 곳에서 보면 프랭크는 바위산처럼 튼튼해 보이지만 지금처럼 다섯 걸음 거리에서 보면 불그죽죽한 흉터로 이루어진 모자이크 같았는데, 해외에 있을 때 폭탄이 터지는 바람에 벽을 부수며 날아갔다고 한다. 그렇게 엄청난 부상을 입었는데도 거대한 트럭을 거뜬히 몰고 다니며 낚시, 사냥, 음주를 즐기고 길거리 매춘부들을 상대로 유쾌하게 시시덕거렸다. 그런데 그날은 중요한 경축일*이라서 그랬을까, 아니면 그저 병자를 위로하려고 그랬을까, 어쨌든 왼손(문설주를 짚은 손)에 늘 끼고 있던 장갑을 벗어 환자의 넋을 빼놓았다. 그 손은 넷째와 다섯째 손가락이 송두리째 없어졌을 뿐만 아니라 손등에는 매력적인 여자 나체를 문신으로 새겼다. 젖꼭지는 빨간색, 삼각주는 파란색, 둘째와 셋째 손가락은 여자의 다리가 되고 손목에는 화관을 쓴 머리가 그려져 있었다. 오호, 멋지군…… 문설주에 기댄 모습이 마치 장난꾸러기 요정 같았다.

나는 오늘은 하루종일 누워 있을 테고 혹시 내일 중에라도 폴리네시아인처럼 팔팔해지면 내 딸을 만나러 가겠다고 메리 로어에게 전해달

---

* 미국 독립기념일(7월 4일). 나보코프는 그날이 롤리타의 독립기념일이기도 하다고 말했다.

라고 부탁했다.

내가 어디를 보는지 알아차린 프랭크가 여자의 오른쪽 엉덩이를 실룩실룩 요염하게 움직였다.

"알았수다!" 덩치 프랭크는 문설주를 탁 치며 기운차게 외치더니 휘파람을 불면서 내 말을 전하러 갔다. 나는 다시 술을 마셨고, 이튿날 아침에는 열이 내렸다. 아직도 두꺼비처럼 흐느적거리는 신세였지만 옥수숫빛 파자마 위에 자줏빛 가운을 걸치고 사무실까지 걸어가서 전화기를 빌렸다. 별일 없었다. 누군가 전화를 받아 밝은 목소리로 말해주었다. 네, 별일 없었어요. 따님은 어제 잘 퇴원했어요, 두시쯤에 귀스타브 씨가 코커스패니얼 강아지와 함께 검은색 캐디 랙Caddy Lack*을 타고 나타나서 모든 사람에게 일일이 미소를 지었고, 돌리의 병원비를 현금으로 지불했고, 두 사람은 애초 계획대로 할아버지 목장으로 갈 테니까 걱정하지 말고 부디 몸이나 따뜻이 보살피라고 나에게 전해달라고 했단다.

엘핀스톤은 아주 예쁘고 조그마한 도시였는데 지금도 그대로였으면 좋겠다. 빨간 지붕을 덮고 골짜기에 옹기종기 모인 집들과 초록색 털실로 만든 듯 가지런한 나무들이 있어 마치 모형 도시 같았다. 앞에서 이미 말한 듯싶지만 그곳에는 시범학교와 예배당도 있고, 건축 구획은 직사각형으로 널찍널찍하게 잡았는데 신기하게도 그중 일부는 다른 도시에서 찾아보기 어려운 목초지로 사용되어 7월 초순의 아침 안개 속에서 노새인지 일각수인지가 풀을 뜯기도 했다. 그날도 아주 흥미

---

* 당시 부의 상징이었던 고급 승용차 '캐딜락(Cadillac)'의 철자를 바꿔 험버트의 반감과 경멸을 표현했다. caddy는 깡통, lack은 부족, 결핍을 뜻한다.

진진한 하루였다. 자갈이 우두둑거리며 괴로워하는 급커브 길에서 그곳에 주차된 차를 살짝 건드리며 지나갔는데, 이때 나 자신에게 묵상으로—손짓 발짓으로 난리를 치는 차주에게는 (희망사항이지만) 텔레파시로—나중에 다시 오겠다고 다짐했고, 주소는 뉴버드 주 버드 시의 버드 학교라고 밝혔고, 술기운 덕분에 심장은 멎지 않고 움직여주었지만 머리는 오히려 더 몽롱해졌고, 그래서 꿈을 꿀 때 흔히 그러듯이 시간이 뚝뚝 끊기고 지워지는 일을 몇 번이나 겪었다. 문득 정신을 차려보니 나는 접수실에서 의사를 두들겨패려고 하는 한편 의자 밑에 숨은 사람들에게 운좋게 그 자리에 없는 메리를 당장 데려오라고 고래고래 소리쳤고, 여러 사람의 손이 내 가운을 거칠게 거머쥐었고, 주머니가 찌익 떨어져나갔고, 나는 어느새 갈색머리가 홀렁 벗어진 환자 한 명을 닥터 블루로 착각하여 바닥에 깔고 앉았다. 이 환자는 나중에 몸을 일으키자마자 굉장한 사투리로 이렇게 말했다. "자, 이런데도 나한테 미친놈이래?" 그때 깡마르고 웃음기도 없는 간호사가 아름다운, 정말 아름다운 책 일곱 권과 반듯반듯하게 접은 체크무늬 무릎담요를 건네면서 인수증을 요구했다. 갑자기 주위가 조용해져서 돌아보니 현관에 경찰관 한 명이 서 있었고, 아까 그 차의 주인이 그 곁에서 나를 손가락질해 가리켰다. 나는 별수없이 대단히 상징적인 인수증에 순순히 서명했고, 그리하여 나의 롤리타를 저 유인원 같은 연놈들에게 넘겨주고 말았다. 그러나 달리 무슨 방도가 있었겠는가? 그 순간 내 머릿속에 떠오른 생각은 지극히 간단명료했다. '지금 당장은 자유가 최우선이다.' 여기서 자칫 잘못하면 한평생 저지른 죄를 낱낱이 털어놔야 할지도 모른다. 그래서 이제야 겨우 정신을 차린 체했다. 차주에게는 그쪽에서 적당하다고 생각하는 배상금을 지불했다. 내 손을 하염없이 쓰다듬는 닥터 블루에게는 눈물을 흘리면서 딱히 병에 걸렸다고 할 수는 없지만 가끔 말썽을 부리는 심장을 달래느라 술을 너무 많이 마셨다고 말했다. 병원 임직원 전체에게는 자칫하면 넘어질 만큼 요란스럽게 굽실거리며 사과하고는 내가 험버트 일가의 다른 사람들과는 사이가 별로 좋지 않다고 덧붙였다. 그러나 나 자신에게는 이렇게 속삭였다. 아직 내게는 총이 있고, 아직 나는 자유로운 몸이다. 도망자를 뒤쫓는 것도, 내 동생을 죽이는 것도, 자유다.

23

내가 알기로는 붉은 악마가 처음으로 모습을 드러냈던 캐스빔에서 우리가 독립기념일을 일주일쯤 앞두고 도착했던 운명의 도시 엘핀스톤까지는 천 마일 거리였지만 도로는 비단결처럼 순탄했다. 그런데도 이 여정에 6월의 대부분을 소모한 까닭은 어쩌다 이동하는 날도 150마일 이상을 달리는 일이 드물었고 나머지 시간은 이런저런 숙박지에서 보냈기 때문이다. 길게는 닷새나 한곳에 머무른 적도 있었는데, 이런 숙박지 하나하나까지도 모두 사전에 계획된 것이 분명했다. 그러므로 그 악마의 자취를 좇으려면 바로 이 구간부터 뒤져봐야 했다. 그래서 우선 엘핀스톤 주변에서 무자비하게 방사상으로 뻗어나간 수많은 길을 오르락내리락하며 차마 말할 수 없는 며칠을 보낸 후 본격적으로 그 일에 매달렸다.

독자여, 상상해보라. 나처럼 내성적인 사람이, 나처럼 겉치레를 싫어하는 사람이, 나처럼 선천적으로 예의범절을 중시하는 사람이, 미칠 듯한 슬픔을 억누르고 파르르 떨면서두 알랑거리는 미소를 지으면서, 호텔 숙박부를 뒤적거릴 자연스러운 평계를 궁리하는 장면을. 나는 이렇게 말하곤 했다. "아, 제가 여기 묵은 적이 있는 것 같아서 그러는데—6월 중순 기록을 좀 보여주시면—없군요, 역시 제가 착각한 모양이네요—그런데 이 사람은 거주지가 코터겐*이라니, 아주 재미있는 지명이네요. 정말 고맙습니다." 혹은, "제 고객이 여기 묵은 적이 있는데—그 사람 주소를 잃어버려서요—혹시 제가 좀 볼 수⋯⋯?" 그러나 담당자가 좀 유별나고 우울한 남자일 때는 숙박부를 살펴보지 못하게 하는 경우도 종종 있었다.

여기 메모가 있다. 7월 5일부터 11월 18일(그날 다시 비어즐리에 도착해서 며칠 머물렀다)까지 내가 숙박부를 작성한 호텔, 모텔, 민박집은 실제로 묵지 않은 곳을 포함하여 모두 342군데였다. 체스넛과 비어즐리 사이의 기록도 몇 차례 포함되었는데, 그중 하나에서 악마의 그림자가 눈에 띄었다('N. 프티, 라루스, 일리노이'[48]). 공연히 의심을 받지 않으려면 시간과 장소를 신중하게 선택해야 했다. 접수 담당자에게 물어보기만 한 경우도 최소 쉰 번은 넘겠지만 그런 방법은 별다른 성과가 없었고, 그곳에 묵을 생각이 없더라도 방값부터 지불하여 신빙성을 높이고 환심을 사는 쪽이 내 구미에 맞았다. 조사 결과, 내가 살펴본 300권가량의 숙박부 가운데 20권 이상에서 단서를 발견했다. 이 한가

---

* Kawtagain. 가공의 지명으로, 'caught again(또 당했다)'의 발음과 같다.

로운 악마는 우리보다도 더 자주 쉬었거나, 아니면—충분히 그럴 만한 놈이니까—나를 조롱할 실마리를 넉넉히 남겨두려고 필요 이상으로 많은 숙박부를 작성한 듯했다. 그자가 실제로 우리와 같은 모텔에 묵은 경우는 단 한 번이었는데, 그날은 롤리타의 베갯머리에서 겨우 몇 걸음 떨어진 곳에 있었다. 우리와 같은 동네 또는 이웃 동네에 숙소를 잡은 적도 몇 번 있었다. 미리 정해놓은 두 지점 사이의 경유지에 숨어 우리를 기다린 일도 적지 않았다. 내가 아주 생생하게 기억하는데, 비어즐리에서 출발하기 직전에 롤리타가 거실 양탄자에 납작 엎드려 여행 안내서와 지도를 들여다보며 우리가 지나갈 경로와 중간중간 쉴 곳을 립스틱으로 낱낱이 표시했으니까!

나는 그자가 내 추적을 예상하고 나에게 보여주기 위해 모욕적인 가명을 여기저기 뿌리고 다녔다는 사실을 단박에 알아차렸다. 맨 처음 찾아갔던 폰데로사 산장의 사무실에서는 인간의 것이 분명한 여남은 개의 기록 사이에서 그 악마가 남긴 흔적을 발견했다. '그라시아노 포브슨 박사, 미란돌라, 뉴욕.' 물론 이 이름이 이탈리아 희극과 관계가 있다[49]는 사실쯤이야 내가 모를 리 없었다. 주인여자는 그 신사분이 심한 감기에 걸려 닷새 동안 앓아누웠고, 차는 어느 정비소에 수리를 맡겼다가 7월 4일에 떠났다고 선선히 말해주었다. 그리고 앤 로어라는 여자가 예전에 이 산장에서 일하기는 했지만 지금은 시더시티에 사는 식료품상과 결혼했단다. 어느 달 밝은 밤, 나는 인적 없는 길가에 숨었다가 하얀 구두를 신은 메리를 막아섰다. 그녀가 자동인형처럼 비명을 지르려 했지만 나는 얼른 무릎을 꿇고 제발 도와달라고 간절히 애원하는 간단한 방법으로 그녀를 다시 인간으로 되돌려놓았다. 저는 정말 아무것도 몰라요. 그라시아노 포브슨이라는 놈이 도대체 누구야? 그녀는 머뭇거리는 듯했다. 그래서 100달러 지폐 한 장을 척 꺼냈다. 그녀가 돈을 달빛에 비춰보았다. 그리고 마침내 속삭였다. "동생분이에요." 나는 달빛처럼 싸늘한 그녀의 손에서 지폐를 낚아챈 후 프랑스어로 욕설을 내뱉고 돌아서서 달아났다. 믿을 것은 나 자신뿐, 이것이 내가 얻은 교훈이었다. 트랩이 내 사고방식과 습성에 맞춰놓은 단서를 알아차릴 탐정은 아무도 없다. 물론 그자가 진짜 이름과 주소를 남겨두었을 리 없다. 다만 치밀함이 지나쳐 언젠가는 제 발등을 찍어주기를, 예컨대 그가 필요이상으로 대담해져 더욱더 흥미진진하고 의미심장한 자기만의 개성을 보여주기를, 혹은 부분적으로는 별 의미가 없는 단서일지라도 양적으로 많아지면 이를 질적으로 종합할 수 있음을 간과하여 결국 너무 많은 사실을 드러내주기를 바랐다. 어쨌든 그자가 한 가지는 확실히 성공했다. 괴로워 몸부림치는 나를 자신의 사악한 유희에 끌어들인 것이다. 그는 흔들거리고 비틀거리다가도 절묘한 솜씨를 발휘하여 일견 불가능해 보였던 균형을 되찾았고, 그래서 나는 다음번에는 그의 정체를 알아낼지도 모른다는 밝은 희망을—이렇게 배신, 분노, 외로움, 두려움, 증오가 가득한 상황에 어울리는 말은 아니겠지만—한시도 잃지 않았다. 그러나 그 희망은, 아슬아슬하게 가까이 다가온 적은 있었지만 끝내 이루어지지 않았다. 눈부신 조명 아래 반짝이는 의상을 입은 곡예사가 팽팽한 밧줄 위를 조심스레 걸어가는 고전적 우아함에는 누구나 감탄하기 마련이다. 그러나 허수아비 같은 옷차림을 하고 축 늘어진 밧줄 위에 올라서서 비틀비틀 꼴사나운 고주망태 흉내를 내는 재주야말로 훨씬 더 진기한 달인의 경지가 아닌가! 내가 당해봐서 잘 안다.

그가 남긴 여러 단서는 비록 정체를 확인할 정도는 아니었지만, 적어도 독특하고 일관성 있는 그의 개성은 알 수 있었다. 그의 관심분야, 유머감각(그저 가끔은 제법 쓸 만한 정도지만), 사고방식 등은 나와 비슷했다. 그는 내 흉내를 내면서 나를 조롱했다. 언급하는 내용으로 보아 지식인이 분명하다. 책도 많이 읽었다. 프랑스어를 안다. 조어와 수수께끼에 능하다. 성性에 대한 지식이 해박하다. 필체는 여성스럽다. 매번 이름을 바꾸지만 t자, w자, l자가 워낙 독특해서 글씨를 아무리 다르게 써도 금방 눈에 띈다. 거주지로 자주 써먹는 곳은 켈크파르* 섬이다. 만년필을 사용하지 않는다는 사실은—정신분석학자라면 누구나 동의하겠지만—그가 억압된 언디니스트**임을 의미한다. 너그러운 마음으로 부디 스틱스 강***에도 물의 요정이 살기를 바랄 뿐이다.

그의 주요 특징은 사람 약 올리기를 좋아한다는 점이다. 맙소사, 이 지긋지긋한 놈이 나를 얼마나 괴롭혔는지! 그는 내 학식에 도전장을 던졌다. 나는 아는 것이 많다는 사실을 꽤나 자랑스럽게 여기므로 오히려 겸손하게 더러 모르는 것도 있다고 말할 수 있는 사람이다. 사실 그놈과 숨바꼭질을 하면서 수수께끼를 풀 때도 간혹 놓친 부분이 있었으리라. 호텔 숙박부에 기재된 평범하고 선량한 이름 사이에서 그자가 낸 잔인한 난제를 발견할 때마다 한편으로는 기뻐하면서도 마치 내 얼굴에 오줌을 싸갈기는 듯한 역겨움에 이 부실한 몸이 얼마나 몸서리를

---

* Quelquepart. 프랑스어로 '어딘가'라는 뜻.
** 물의 요정 '운디네'에서 따온 말로, 이성의 방뇨 장면을 보며 성적 흥분을 느끼는 사람을 가리킨다. 또한 '만년필(fountain pen)'의 'fountain'은 '샘'을 뜻한다.
*** 그리스신화에 나오는 저승의 강.

쳤던가! 자기가 너무 난해한 문제를 내서 나처럼 수수께끼를 잘 푸는 사람도 쩔쩔맨다는 생각이 들면 다음번에는 쉬운 문제로 나를 유인했다. 가령 '아르센 뤼팽' 같은 이름은 어린 시절에 읽은 탐정소설을 기억하는 프랑스인에게는 아주 간단한 문제다. 'A. 퍼슨, 폴록, 영국'⁵⁰⁾처럼 진부한 문제는 군이 콜리지 애독자가 아니더라도 충분히 알아차릴 만하다. 그리고 「파란 배」의 작가 이름을 익살맞게 바꾼 것이 분명한 '아서 레인보'—나도 좀 웃어봅시다, 신사 여러분!—혹은 『술 취한 새』로 유명한 '모리스 슈메털링'⁵¹⁾ 같은 가명은 (잘 맞혔어요, 독자 여러분!)* 그가 비록 취향은 형편없지만 기본적으로 경찰관도 아니고, 흔해빠진 불량배도 아니고, 음탕한 외판원도 아니고, 교양인임을 짐작하게 한다. 시시하지만 익살맞은 'D. 오르곤, 엘마이라, 뉴욕'⁵²⁾은 물론 몰리에르에게서 빌려왔고, '해리 범퍼, 셰리든, 와이오밍'⁵³⁾은 아주 최근에 롤리타에게 어느 유명한 18세기 희곡에 대한 관심을 고취시키려 한 적이 있어서 오랜 친구처럼 반가웠다. '피니어스 큄비, 레버넌, 뉴햄프셔'⁵⁴⁾가 누구인지는 평범한 백과사전에서 그 기괴한 얼굴을 보게 되었다. 종교적 매춘행위에 관심이 있고 독일계 이름을 가진 프로이트학파 학자라면 '키클러 박사, 에릭스, 미시시피'**에 내포된 의미쯤은 한눈에 알아볼 것이다. 여기까지는 괜찮았다. 이런 장난은 좀 유치하긴 하

---

* 이 문장에는 함정이 숨어 있다. '아서 레인보'는 아르튀르 랭보, '모리스 슈메털링'은 모리스 마테를링크를 가리킨다. 랭보의 시 제목은 「파란 배」가 아니라 「술 취한 배」, 마테를링크의 희곡 제목은 『술 취한 새』가 아니라 『파랑새』이다.

** 인명은 독일어로 '클리토리스'를 뜻한다. 미시시피 주에 '에릭스'라는 지명은 없고, 여기서는 실제로 '종교적 매춘'이 성행했던 시칠리아의 아프로디테 신전을 가리킨다. 미시시피 주의 준말(Miss.)이 '미스'로 읽힌다는 점도 의미심장하다.

지만 대체로 중립적인 내용이니 언짢을 이유는 없다. 그러나 그 자체로는 틀림없는 단서로 보여 관심을 기울였으나 막상 구체적으로 들여다보니 알쏭달쏭하기만 했던 기록을 너무 많이 나열하고 싶지는 않다. 왜냐하면 그런 경우에는 마치 저승과 이승 사이의 안개 속을 헤매는 듯한 기분이 들고, 낱말로 이루어진 유령들이 살아 숨쉬는 휴가객으로 둔갑할지도 모르기 때문이다. 가령 '조니 랜들, 램블, 오하이오'[55]는 누구일까? 'N. S. 아리스토프, 카타젤라, 뉴욕'[56]의 필체와 비슷하긴 하지만 사실은 다른 사람이고 실존 인물일까? '카타젤라'에 가시를 숨겼을까?* '제임스 메이버 모렐, 혹스턴, 영국'**은 또 무슨 뜻일까? '아리스토파네스' '가짜'—다 좋은데, 여기서 내가 무엇을 간과했을까?

이 모든 가명에는 한 가지 공통점이 있었고 그것을 발견할 때마다 심장이 유난히 고통스럽게 두근거렸다. 'G. 트랩, 제네바, 뉴욕' 같은 기록은 롤리타가 나를 배신했다는 증거다. '오브리 비어즐리, 켈크파르 섬'은 그들의 관계가 동부에서 시작되었음을 전화로 전달된 거짓말 쪽지보다 더 명료하게 말해준다. '루카스 피카도르, 메리메이, 펜실베이니아'[57]는 나의 카르멘이 내가 지어준 애절한 애칭을 그 사기꾼에게 말해버렸음을 의미한다. '윌 브라운, 돌로레스, 콜로라도'는 참으로 잔인했다.[58] 섬뜩한 '해럴드 헤이즈, 툼스톤, 애리조나'***는 (다른 때였다면 내 유머감각을 자극했겠지만) 롤리타의 과거를 잘 안다는 뜻이

---

* 험버트는 몰랐지만 '카타젤라'는 그리스어로 '조롱하다'라는 뜻이다.
** 인명은 조지 버나드 쇼의 『캔디다』에 등장하는 인물이고 '혹스턴'은 이 희곡에 언급된 지명이다. 다만 원래의 철자 'Hoxton'을 'Hoaxton'으로 바꿔 '가짜 도시(hoax town)'라는 뉘앙스를 심어놓았다.
*** 인명은 고인인 롤리타의 친부, 장소는 '묘비'를 뜻하는 실제 지명.

었는데, 내가 쫓는 그놈이 어쩌면 헤이즈 일가의 오랜 친구이거나 혹은 샬럿의 옛 애인이거나 혹은 정의의 용사('도널드 퀵스, 시에라, 네바다')[59]인지도 모른다는 생각이 드는 순간 마치 악몽을 꾸는 듯한 기분이었다. 하지만 내 가슴을 가장 깊이 찔러버린 칼날은 밤나무 산장의 숙박부에 적힌 '테드 헌터, 케인, 뉴햄프셔'*의 애너그램이었다.

퍼슨이니 오르곤이니 모렐이니 트랍이니 하는 자들이 남긴 자동차 번호는 모두 엉터리였고, 손님들이 번호를 정확히 기재하든 말든 모텔 관리자들은 확인해보지도 않는다는 것만 알게 되었다. 그 악마가 웨이스와 엘핀스톤 사이의 구간에서 잠깐잠깐 빌린 차의 번호도—모두 불완전하거나 부정확했으므로—쓸모없기는 마찬가지였다. 그자가 처음에 몰던 아즈텍의 번호도 가물거리며 끊임없이 달라졌는데, 숫자의 위치가 뒤바뀌기도 하고 더러는 다른 숫자로 변경되거나 생략되기는 해도 어쩐지 서로 관련된 조합인 듯했다(예를 들자면 'WS 1564' 'SH 1616' 'Q32888', 혹은 'CU 88322').[60] 그러나 아주 교묘하게 작성되어 도무지 공통분모를 찾을 수 없었다.

그는 웨이스에서 이 컨버터블을 공범들에게 넘기면서부터 말을 갈아타듯이 차를 바꾸는 방식을 이용했는데, 그의 차를 넘겨받은 자들이 혹 조심성이 부족해 그렇게 서로 관련된 번호들의 원형을 어느 호텔 사무실에 써놓았을지도 모른다는 생각이 들었다. 그러나 그 악마가 지나간 길을 더듬어가며 놈을 뒤쫓는 일도 이토록 복잡하고 막연하고 무익하거늘, 하물며 내가 알지도 못하는 자들이 내가 알지도 못하는 길을

---

* 'Ted Hunter, Cane, NH.'의 철자를 재조합하면 '마법에 걸린 사냥꾼(Enchanted Hunter)'이 된다.

따라 여행한 흔적을 찾아내려 해봤자 무슨 소용이 있겠는가?

24

지금까지 충분히 자세하게 설명했듯이 지난 여정을 되짚어보는 고통스러운 과정을 거쳐 비어즐리에 도착할 무렵에는 내 마음속에 온전한 영상 하나가 만들어졌다. 그리고 나는—언제나 위험이 따르는—소거법으로 이 영상을 압축하여 병든 두뇌와 둔한 기억력이 허락하는 유일한 구체적 자료로 활용했다.

리거 모티스*(여학생들이 붙인 별명이다) 목사와 선택과목인 독일어와 라틴어를 가르치는 노신사를 제외하면 비어즐리 여학교에는 정규직 남자 교사가 하나도 없었다. 그러나 비어즐리 여대의 미술강사가 초빙되어 여학생들에게 프랑스 고성古城과 19세기 그림을 찍은 사진을 환등기로 보여준 적이 두 번 있었다. 그때 나도 그 자리에 참석하여 사진과 강의를 감상하고 싶었지만 늘 그랬듯이 돌리가 오지 말라고 했다. 반론 사절. 그 강사가 아주 똑똑한 젊은이라고 했던 가스통의 말도 생각났다. 그러나 거기까지였다. 내 기억은 이 고성 애호가의 이름을 가르쳐주지 않았다.

처형 집행일로 정해둔 그날, 나는 진눈깨비가 내리는 캠퍼스를 지나서 비어즐리 여대의 메이커홀에 있는 교무처까지 걸어갔다. 그곳에서

---

* Rigor Mortis. '사후경직'이라는 뜻으로, 본명 '리거(Rigger)'의 발음에서 따왔다.

그 녀석의 이름이 리그스이며(목사 이름과 비슷하다) 독신이고, 지금은 '박물관'에서 수업중이지만 10분만 지나면 나온다는 사실을 알아냈다. 나는 강당 쪽 복도에 놓인, 세실리아 댈림플 램블이 기증했다는 대리석 벤치에 앉았다. 전립선이 눌려 불편한데다 숙취에 잠까지 부족한 상태로 비옷 주머니에 넣은 권총을 움켜쥐고 기다리던 중에 문득 내가 정신착란을 일으켜 곧 어리석은 짓을 저지를 것 같은 느낌이 들었다. 앨버트 리그스 조교수가 비어즐리의 프리처드 로드 24번지에 있는 자택에 롤리타를 감춰놓았을 가능성은 100만분의 1도 안 된다. 그가 범인일리는 없다. 정말 터무니없는 발상이다. 나는 시간개념도 잃고 제정신도 잃었다. 지금 그놈과 그녀는 이곳이 아니라 캘리포니아에 있다.

잠시 후 몇 개의 하얀 조각상 너머에서 어렴풋이 웅성거리는 소리가 들렸다. 문이—내가 노려보던 문이 아니다—벌컥 열리더니 조금 벗어진 머리와 초롱초롱한 갈색 눈이 한 무리의 여학생들에게 둘러싸인 채 까닥까닥 움직이며 다가왔다.

나로서는 처음 보는 남자였지만 그는 우리가 비어즐리 학교 가든파티에서 만났다고 주장했다. 테니스 치는 귀여운 따님도 잘 지내죠? 제가 또 수업이 있어서요. 다음에 뵙겠습니다.

정체를 확인하려는 시도는 그후 한 번 더 해보았지만 이번에는 그렇게 빨리 결론이 나지 않았다. 나는 로가 보던 잡지에 실린 광고를 보고 용기를 내서 권투선수 출신이라는 사립탐정에게 연락을 취했고, 악마가 어떤 술책을 부리는지 조금이라도 이해하게 해주려고 그때까지 내가 수집한 이름과 주소를 알려주었다. 그는 착수금으로 상당한 금액을 요구했고, 그후 2년 동안—독자 여러분, 자그마치 2년 동안!—이 얼간이는 그 쓸모없는 자료를 확인하는 일에 매달렸다. 그러다가 내가 금전 관계를 끊어버린 후 다시 오랜 시간이 흐른 어느 날 그가 불쑥 나타나서는, 여든 살 먹은 빌 브라운이라는 인디언이 콜로라도 주 돌로레스 부근에 산다는 정보를 의기양양하게 내놓았다.

25

이 책은 롤리타에 대한 이야기인데, 바야흐로 (내면에서 타오르는 불길에 시달리던 또 한 명의 희생자가 이미 써먹지만 않았다면) '사라진 돌로레스'*라고 부를 만한 부분에 이르렀으니 그후 이어진 3년이라는 공허한 세월을 샅샅이 파헤쳐봤자 별로 의미가 없을 듯싶다. 물론 주제에 관련된 몇 가지 사항은 마땅히 짚고 넘어가야겠지만, 내가 여기서 전달하고 싶은 대략적인 인상은 내 인생이 전속력으로 날아가던 중 비행기의 옆문이 벌컥 열린 듯이 암흑의 시간이 으르렁거리며 덤벼들고 매서운 돌풍이 외로운 조난자의 비명마저 삼켜버렸다는 것이다.

신기하게도 내가 기억하는 롤리타의 모습—의식이 있을 때 대낮의 악몽**과 불면증에 시달리며 강박관념처럼 끊임없이 떠올리는 그 모습—을 꿈속에서 보는 일은 거의 없었다. 구체적으로 설명하자면, 그녀가 꿈속에 자주 등장하기는 했지만 그때마다 발레리아나 샬럿, 혹은 그 둘을 합쳐놓은 듯 괴상하고 우스꽝스러운 꼬락서니로 탈바꿈한 채

---

* 프루스트의 『잃어버린 시간을 찾아서』 제6권 「사라진 알베르틴」의 원용.
** daymare. 'nightmare'에서 'night'를 'day'로 바꿔 만든 말.

나타나기 일쑤였다. 이 복합적인 유령은 나를 찾아올 때마다 몹시 우울하고 혐오스럽다는 태도로 옷을 차례차례 벗어던지고 좁다란 널빤지나 딱딱한 벤치 따위에 드러누워 시큰둥하게 나를 받아들일 자세를 취했다. 이때 속살이 축구공 속 공기 주머니에 달린 고무 밸브처럼 빠끔 벌어졌다. 한편 나 자신은 틀니가 망가져버리거나 도저히 찾을 수 없어 끼지 못한 채 무시무시한 장비를 갖춘 방에서 실험동물이 되어 지루한 생체 해부를 당해야 했는데, 대개는 샬럿이나 발레리아가 피를 철철 흘리는 내 품에 안겨 울음을 터뜨리고, 나는 오라비처럼 다정하게 입맞춤을 해주는 장면으로 끝나기 마련이었다. 빈의 경매장에서 흘러나온 각종 골동품,* 연민, 발기불능, 그리고 방금 가스실에서 숨을 거둔 비참한 노부인들의 갈색 가발 따위가 마구 뒤섞여 어수선하기 짝이 없는 꿈이었다.

어느 날 나는 차 안에 잔뜩 쌓인 틴에이저 잡지를 끄집어내서 없애버렸다. 어떤 종류였는지는 여러분도 짐작하시리라. 본질은 석기시대의 산물이지만 위생 면에서는 최신식이거나 적어도 미케네 문명시대에 해당하는 것들이었다. 속눈썹이 어마어마하게 길고 빨간 아랫입술은 도톰하며 얼굴은 예쁘장하고 몸매는 무르익을 대로 무르익은 여배우가 어떤 샴푸를 사라고 권한다. 광고와 유행. 어린 여학생들은 주름을 많이 넣은 옷을 좋아해요. 이미 오래전에 지나가버린 일이 아닌가! 손님을 위해 목욕 가운을 준비해두는 것이 주인의 도리입니다. 화제와 무관한 이야기를 길게 늘어놓으면 대화의 재미가 사라져버려요. 누구

---

* 프로이트학파의 이론을 의미한다.

나 이런 '찌질이'를 보셨을 거예요. 회식 자리에서 하릴없이 손거스러미나 잡아뜯는 사람 말예요. 나이가 아주 많거나 아주 중요한 인물이 아니라면 여성과 악수를 나누기 전에 반드시 장갑을 벗어야 해요. 놀라운 신제품 '터미 플래트너'를 입으면 사랑이 찾아옵니다. 아랫배는 넣어주고, 엉덩이는 조여주고. 트리스트럼도 영화에서처럼 사랑에 빠져버리겠죠. 그렇고말고요! 조와 로 부부의 결혼에 얽힌 수수께끼 때문에 전국이 떠들썩합니다. 저렴하고 신속하게 매력을 키워보세요. 만화. 못된 여자애는 검은 머리, 뚱뚱한 아비는 시가를 물었다. 착한 여자애는 빨간 머리, 잘생긴 아빠는 콧수염도 단정하다. 덩치 큰 얼간망나니[61]와 어린애만한 짤막따분녀[62] 부부가 등장하는 불쾌한 만화도 있다. 그리고 내가 너를 위하여 재능을 발휘했나니…… 나는 그녀가 아직 어렸을 때 꽤나 재미있는 무의미시를 써주던 일을 떠올렸다. 당시 그녀는 이렇게 비웃곤 했다. "무의미하다는 말이 맞네요."

다람쥐는 가랑비만 맞았다는데 가랑잎만 떨어져도 부들부들 파들파들,

멧토끼는 믿는 도끼에 발등을 찍혔다나, 원통하고 절통해서 나는 못 살아.

흰 턱수염 할아버지 척수염에 걸렸는데 사닥다리 못 탄다고 구닥다리래.

그리하면 못쓴다, 카악, 너도 늙어봐라, 가래침 뱉으면서 가르침 내리시고……[63]

다른 물건들은 차마 버릴 수 없었다. 1949년이 저물어갈 때까지 낡은 운동화 한 켤레, 그녀가 입었던 남자 셔츠, 자동차 트렁크 속에서 발견한 낡은 청바지, 구겨진 학교 모자 따위 잡다한 물건을 보물처럼 애지중지하면서 입맞춤과 인어의 눈물*로 적셨다. 그러다가 내가 미쳐간다는 사실을 깨달았을 때 이런저런 잡동사니를 모두 주워 모아 그녀의 열다섯번째 생일날, 일찍이 비어즐리에 보관했던 물건들(책 한 상자, 그녀의 자전거, 낡은 외투, 오버슈즈)과 함께 캐나다 국경지역의 바람 많은 호숫가에 있는 어느 고아원 여자아이들에게 익명으로 한꺼번에 보내버렸다.

만약 그 시절에 내가 유능한 최면술사를 찾아갔더라면 그가 내 머릿속에서 이런저런 기억을 끄집어내서 논리적인 형태로 다시 배열해주었을지도 모른다. 만약 그랬다면 이 책에 수록된 이야기도 훨씬 더, 과거 속에서 무엇을 찾아봐야 하는지 아는 지금의 내가 이해하는 내용보다도 훨씬 더 그럴듯하게 정리되었을 것이다. 그러나 그 당시에는 단순히 현실감각이 떨어졌을 뿐이라고 생각했다. 그래서 예전에 머물렀던 퀘벡의 요양원에 다시 들어가서 남은 겨울과 이어지는 봄의 대부분을 보냈고, 그다음에는 우선 뉴욕 일을 몇 가지 정리한 후 캘리포니아로 건너가서 처음부터 철저히 조사해보기로 마음먹었다.

당시 요양원에서 썼던 글을 여기 소개한다.

찾습니다, 찾습니다, 돌로레스 헤이즈.

---

* 유럽에는 사람이 인어의 물건을 훔쳐 감춰놓으면 인어는 그것을 되찾을 때까지 떠나지 못한다는 민담이 있다.

머리는 갈색. 입술은 진홍색.
나이는 오천하고도 삼백 일.
직업은 없거나 '영화계의 샛별'.

어디어디 숨었느냐, 돌로레스 헤이즈.
어째어째 숨었느냐, 내 사랑아.
(나는 멍하니 중얼거리며 미로 속을 헤매네.
나갈 수가 없구나, 찌르레기가 말했네.[64])

어디로 달려가느냐, 돌로레스 헤이즈.
마법의 양탄자carpet는 어떤 제품이냐.
요즘은 크림색 쿠거를 좋아하느냐.
어디에 멈췄느냐, 자동차를 탄 귀염둥이야car pet.

네 영웅이 누구냐, 돌로레스 헤이즈.
지금도 푸른 망토 두른 외계인이냐.
아아, 향기로운 나날, 야자수 해변,
자동차, 술집, 나의 카르멘!

아아, 돌로레스, 주크박스만 보면 괴롭구나!
지금도 춤을 추느냐, 귀염둥이야.
(둘 다 해진 청바지에 찢어진 티셔츠,
나는 여기 처박혀 으르렁거릴 뿐.)

맥페이트 늙은이는 복도 많구나.
어린 아내 데리고 전국을 떠돌다가
방방곡곡 야생동물 보호구역에서
이런저런 정부에게 씨를 뿌리네.

나의 돌리Dolly, 나의 우행folly!
입맞춤을 해주어도 잿빛 눈을 감지 않았지.
오래된 향수를 아느냐, '푸른 태양'을.
파리에서 오셨나요, 아저씨.

어느 밤 오페라를 보러 갔다가 찬바람을 맞고 몸져누웠네.
어지러운 기록이거늘―섣불리 믿는 자는 어리석으리!
눈이 내리고 무대장치가 무너진다, 롤리타!
롤리타, 내가 네 인생에 무슨 짓을 저질렀느냐.[65]

죽어가네, 죽어가네, 롤리타 헤이즈,
미움과 후회를 못 이겨 나는 이리 죽어가네.
또다시 털북숭이 주먹을 쥐고
또다시 너의 울음소리를 듣는구나.

경찰관, 경찰관, 두 사람이 저기 가오―
비를 맞으며, 불 켜진 저 가게 앞에!
그녀의 양말은 새하얗고 나 이토록 그녀를 사랑한다오.

그녀의 이름은 헤이즈, 돌로레스.

경찰관, 경찰관, 두 사람이 저기 있소—
돌로레스 헤이즈와 그녀의 애인!
권총을 뽑아들고 저 차를 추격하시오.
이제 어서 뛰어내려 몸을 숨기시오.

찾습니다, 찾습니다, 돌로레스 헤이즈,
꿈꾸는 잿빛 눈은 흔들리지 않는다네.
체중은 겨우겨우 90파운드,
신장은 가까스로 60인치.

내 차는 기어간다, 돌로레스 헤이즈.
마지막 긴 여정이 으뜸으로 고달프니
이 몸은 썩어가는 잡초 더미에 버려지고
부질없는 쇳녹과 잔별만 남겠구나.

이 시를 가지고 정신분석을 해보면서 그야말로 광인의 걸작임을 실
감한다. 딱딱하고 뻣뻣하고 노골적인 각운은 마치 원근법마저 무시해
버린 서투른 풍경화나 인물화 속에서 풍경과 인물의 몇몇 부분만 크게
확대시킨 듯 어색하기 짝이 없다. 이를테면 어느 빈틈없는 교육 담당자
가 고안한 실험에 참가한 정신병자들이 그려놓은 그림 같다고나 할까.
나는 이것 말고도 많은 시를 썼다. 남이 쓴 시도 열심히 읽었다. 그러나

복수를 하겠다는 다짐만은 한시도 잊지 않았다.

　만약 롤리타를 잃은 충격 때문에 나의 소아성애증이 말끔히 치유되었다고 말한다면 나는 정말 나쁜 놈일 테고, 그 말을 믿는 독자는 바보일 것이다. 그녀를 향한 사랑이 어떻게 변하든 간에 천형 같은 이 성향은 결코 달라질 수 없다. 놀이터나 해변에서 나의 우울하고 교활한 시선은 여전히 내 의지를 거역하고 혹시 님펫의 팔다리가─롤리타의 시녀나 장미소녀만이 지닌 은밀한 특징이─눈에 띄지나 않을까 남몰래 두리번거렸다. 그러나 내가 무엇보다 소중히 여기던 소망이 시들어버렸다. 언젠가 어느 외딴곳에서 실물이든 가상이든 어떤 소녀와 더불어 행복을 누릴 가능성 따위는 이제 생각조차 하지 않았다. 어느 머나먼 가공의 섬, 후미진 해변에서 롤리타의 자매들에게 송곳니를 들이대는 장면을 상상하지도 않았다. 그런 시절은 (적어도 당분간은) 끝났다. 그런데 이를 어쩌랴, 2년 동안 어마어마한 쾌락을 마음껏 누린 덕분에 욕망이 습관화되고 말았다. 그래서 늘 욕구불만을 느끼며 살아가야 했는데, 이러다가 학교와 저녁식사 사이에 어느 뒷골목에서 우연히 유혹과 마주치게 되면 갑자기 거침없는 광기를 부리지나 않을까 걱정스러웠다. 외로움은 나를 점점 부식시켰다. 친구와 관심이 절실했다. 내 심장은 걸핏하면 흥분해서 도무지 신뢰할 수 없는 기관이었다. 그리하여 리타가 등장하게 되었다.

26

그녀의 나이는 롤리타의 두 배였고 내 나이의 4분의 3이었다.* 몸매는 아주 가냘프고 머리는 검고 피부는 창백한 성인여자였는데, 체중은 105파운드, 짝짝이라서 오히려 호감이 가는 눈, 급히 그린 스케치처럼 각진 옆얼굴이 특징이며 나긋나긋한 등과 잘록한 허리선이 대단히 매력적이었다. 아마도 스페인이나 바빌로니아 혈통이 섞였으리라. 타락한 5월[66]의 어느 날 밤, 몬트리올과 뉴욕 사이의, 범위를 더 좁히자면 토일스타운**과 블레이크 사이의 어딘가에서 처음 만났는데, '타이거모스'라는 간판을 달고 어둡게 타오르는[67] 술집에서 그녀는 술에 취해 아주 사근사근하게 굴었다. 우리가 같은 학교를 나왔다고 주장하면서 떨리는 조그마한 손으로 유인원 앞발 같은 내 손을 덥석 잡았다. 나는 미약한 자극을 받았을 뿐이지만 일단 사귀어보기로 마음먹었다. 그래서 함께 어울렸고 결국 오랫동안 동반자로 삼게 되었다. 리타는 대단히 상냥하고 소탈한데다 붙임성과 동정심도 유별나서 걸핏하면 실수를 저질렀고, 불쌍한 생물이라면 아무에게나―이를테면 가족과 사별한 고슴도치나 부러진 노목에게도―기꺼이 몸을 던질 법했다.

처음 만났을 때 그녀는 세번째 남편과 이혼한 직후였다. 더 최근에는 일곱번째 기마종사***에게 버림받았고, 그 밖에도 오락가락하는 놈

---

* 롤리타는 1935년생, 험버트는 1910년생, 그러므로 1950년 당시 리타의 나이는 서른 살이다.

** Toylestown. 가공의 지명으로 '고난의 도시(toil's town)'라는 뜻.

*** 원래는 귀부인에게 충성을 맹세한 기사를 가리키나 여기서는 애인을 뜻한다.

들이 너무 많고 변화무쌍해서 일일이 열거할 수도 없다. 그녀의 오빠는 당시—보나마나 지금도—얼굴이 핼쑥하고 멜빵과 알록달록한 넥타이를 매는 유명한 정치가이자 시장으로서, 야구와 성경 읽기와 곡물 거래를 주로 하는 고향을 발전시켰다. 지난 8년 동안 그는 그 잘나빠진 그레인볼시티[68]에 절대 절대 발을 들여놓지 말라는 엄중한 조건으로 이 잘나빠진 여동생에게 매달 몇백 달러를 꼬박꼬박 주었다. 그녀는 어처구니가 없다는 듯이 울먹이며 내게 말했다. 젠장, 도대체 무슨 영문인지 새로 사귀는 애인마다 제일 먼저 하는 일이 나를 그레인볼로 데려가는 거였어요. 숙명처럼 끌려갔죠. 뭐가 뭔지 알아차리기도 전에 마치 달의 궤도에 빨려들듯이 어느새 환한 조명이 비치는 순환도로를 타고 도시 주위를 맴돌더라고요. 그녀는 그 상황을 이렇게 표현했다. "젠장, 무슨 뽕나무나방처럼 뱅글뱅글 돌았죠."[69]

그녀의 차는 멋진 소형 쿠페였다. 우리는 고색창연한 내 차를 쉬게 하고 그 쿠페를 타고 캘리포니아까지 여행했다. 그녀의 평소 속력은 시속 90마일이었다. 사랑스러운 리타! 1950년 여름부터 1952년 여름까지 2년 동안은 기억조차 어렴풋하지만 우리는 함께 각지를 돌아다녔고, 리타는 한없이 다정하고 단순하고 상냥하고 멍청한 여자였다. 그녀에 비하면 발레치카는 슐레겔이고 샬럿은 헤겔이었다.* 사실 이 비참한 회고록의 여백에서 그녀에 대해 노닥거릴 이유는 전혀 없지만 (안녕, 리타—지금 네가 어디 있는지, 만취 상태인지 숙취 상태인지 모르겠지만, 리타, 안녕!) 이것만은 꼭 밝혀두고 싶다. 그녀는 내가 사귄 여자들

---

* 슐레겔은 독일 작가이자 비평가, 헤겔은 독일 철학자. 각운을 고려한 조합이다.

가운데 가장 이해심 많고 가장 큰 위안을 주는 동반자였으며, 내가 정신병원에 갇히지 않은 것은 분명히 그녀 덕분이었다. 나는 리타에게 기필코 어떤 여자애를 찾아내서 그녀의 못돼먹은 애인에게 총알을 박아줄 생각이라고 말해주었다. 리타는 아주 진지하게 이 계획에 찬성했고, 스스로 (사실은 아무것도 모르면서) 이런저런 조사를 해보다가 샌험버티노[70] 근방에서 아주 무시무시한 악당에게 걸려들고 말았다. 그녀를 되찾느라 정말 개고생을 했다. 그녀는 험한 꼴을 당해서 상처투성이였지만 여전히 도도했다. 어느 날 그녀가 내 신성한 자동권총으로 러시안 룰렛을 하자는 말을 꺼냈다. 나는 리볼버가 아니라서 못한다고 말했고, 서로 빼앗으려고 쟁탈전을 벌이다가 결국 총이 발사되는 바람에 객실 벽에 구멍이 뚫렸는데, 우습게도 거기서 뜨거운 물이 졸졸 새나왔다. 그때 깔깔거리며 웃던 그녀의 목소리가 지금도 귓가에 쟁쟁하다.

신기할 정도로 어려 보이는 뒤태, 쌀가루처럼 희고 고운 피부, 나른하고 느릿느릿하고 다정한 입맞춤 덕분에 나도 별다른 말썽 없이 지냈다. 사기꾼sham이나 무당shaman 같은 자들은 예술적 재능이 부수적 성징이라고 주장하지만 사실은 오히려 그 반대다. 성은 예술의 시녀일 뿐이다. 여기서 다소 불가사의한 주연酒宴이 낳은 흥미로운 사건에 대해 이야기해야겠다. 당시 나는 수색을 중단한 상태였다. 그 악마가 타타르*에 숨었는지 혹은 내 소뇌 속에서 (나의 환상과 슬픔이 부채질하는 불길에 휩싸여) 타버렸는지 모르겠지만 그자가 돌로레스 헤이즈를 태평양 연안의 테니스 선수권 대회에 출전시키지 않은 것만은 분명했

---

* 여기서는 실제 지명이 아니라 그리스신화에서 말하는 지옥 밑바닥의 나라 '타르타로스'를 뜻한다.

다. 어느 날 오후 동부로 돌아오는 길에 아주 끔찍한 호텔에 묵을 때였는데, 이런저런 대회가 자주 열리는 곳이라서 뚱뚱하고 발그레한 남자들이 명찰을 달고 비틀비틀 돌아다니며 서로 친근하게 이름을 불러대고 술을 퍼마시고 사업 이야기를 늘어놓고 있었다. 사랑스러운 리타와 내가 눈을 떴을 때 우리 방에 한 사람이 더 있었다. 머리는 금발이지만 눈썹은 하얗고 커다란 귀는 반투명해서 알비노에 가까운 젊은 사내였는데, 리타도 나도 그때까지 서글픈 인생을 살아오면서 그 녀석을 만난 기억이 전혀 없었다. 그는 두툼하고 지저분한 속옷 바람으로 땀을 뻘뻘 흘리면서, 게다가 낡은 군화를 신은 채 드르렁드르렁 코를 골며, 우리의 더블베드에서 나의 정숙한 리타 저편에 누워 정신없이 자고 있었다. 앞니 하나는 빠져버렸고 이마에는 호박색으로 곪은 종기가 있었다. 리토치카*는 황급히 내 비옷을 주워—그 옷이 제일 가까이 있었으니까—곡선미가 돋보이는 알몸을 가렸고, 나는 줄무늬 팬티를 입었고, 우리는 비로소 상황을 찬찬히 둘러보았다. 사용한 흔적이 있는 술잔이 무려 다섯 개였는데, 단서치고는 너무 많아서 당혹스러웠다. 문이 제대로 닫혀 있지 않았다. 방바닥에는 스웨터 한 벌과 구겨진 황갈색 바지 한 벌이 나뒹굴었다. 옷 주인을 흔들어 깨웠더니 괴로워하면서 눈을 떴다. 그러나 그는 완전히 기억을 잃은 상태였다. 리타는 그가 완벽한 브루클린 사투리를 쓴다고 했는데, 아무튼 그는 오히려 우리에게 역정을 내면서 우리가 자신의 (쓸모없는) 신분을 빼앗았다고 의심하는 속내를 내비쳤다. 우리는 부랴부랴 그에게 옷을 입혀 가까운 병원으로 데려다

---

* '리타'를 러시아식 애칭으로 표기한 것.

주었는데, 가는 길에 우리가 있는 곳이 바로 그레인볼이라는 사실을 알게 되었지만 어쩌다가 거기까지 갔는지는 전혀 생각나지 않았다. 반년 후 리타가 그곳 의사에게 편지를 보내서 소식을 물어보았다. 그 사내는 잭 험버트슨이라는 멋대가리 없는 가명으로 불렸고, 여전히 자신의 과거를 기억하지 못했다. 아, 므네모시네*여, 가장 상냥하면서도 가장 짓궂은 여신이여!

내가 굳이 이 사소한 사건을 언급한 까닭은 그 일 덕분에 일련의 아이디어가 떠올랐고 그 결과 〈캔트립** 리뷰〉에 「미미르***와 기억」이라는 글을 발표하게 되었기 때문이다. 이 훌륭한 평론지의 친절한 독자들은 내 논문에 독창적이고 중요한 내용이 많다고 생각했는데, 그중에서도 내가 여기서 말하고 싶은 것은 시간에 대한 인식이 혈액순환을 바탕으로 이루어지며, 개념상으로는 (간단히 요약하자면) 인간의 정신이 물질을 의식할 뿐만 아니라 정신 그 자체도 의식하므로 두 시점을(앞으로 저장할 미래와 이미 저장한 과거를) 연속적으로 이해하기 때문에 가능하다는 이론이다. 이 대담한 논문 덕분에—물론 예전에 발표한 여러 논문이 전체적으로 좋은 인상을 남긴 덕분이기도 했지만—뉴욕(당시 리타와 나는 센트럴파크의 숲속 분수대에서 물장난을 하는 아이들의 빛나는 육체가 까마득히 내려다보이는 작은 아파트에 세 들어 살았다)에서 400마일 떨어진 캔트립 대학에 1년 동안 초빙되

---

* 그리스신화에 등장하는 기억의 여신. 제우스와 동침하여 아홉 명의 뮤즈를 낳았다고 한다.
** Cantrip. '마법의 주문'을 뜻하는 가공의 지명.
*** 북유럽신화에서 과거와 미래를 모두 알게 해주는 '지혜의 샘'을 지키는 거인.

었다. 그리하여 1951년 9월부터 1952년 6월까지 나는 시인이나 철학자들을 위해 대학 구내에 특별히 마련된 아파트에서 살았고, 그동안 리타는—별로 남들에게 보이고 싶지 않았으므로—도로변의 한 여관에서 (유감스럽지만 다소 난잡하게) 무위도식하며 지내게 하고 일주일에 두 번 만나러 갔다. 그러던 어느 날 그녀가 사라져버렸다. 그래도 롤리타에 비하면 한결 인간적인 처사였다. 한 달 후 그 지역 구치소에서 발견되었기 때문이다. 그녀는 사뭇 당당했고 그사이에 맹장 수술을 받았다고 했는데, 롤런드 맥크럼 부인이라는 여자로부터 푸르스름하고 아름다운 모피옷 한 벌을 훔친 혐의로 기소되었지만 사실은 남편 롤런드가 (비록 술김에 한 일이지만) 자발적으로 건네준 선물이었다고 말했으며, 나도 그 말을 믿었다. 나는 리타의 깐깐한 오빠에게 부탁하지 않고 내 힘으로 그녀를 빼내는 데 성공했고, 그 직후 우리는 1년 전에 몇 시간 동안 머물렀던 브라이슬랜드를 경유하여 센트럴파크 웨스트로 돌아왔다.

당시 나는 롤리타와 함께 브라이슬랜드에서 보낸 시간을 되새겨보고 싶다는 야릇한 충동에 사로잡혔다. 이 무렵은 내가 그녀와 유괴범을 추적하겠다는 희망을 깨끗이 포기해버리고 바야흐로 새로운 인생을 시작하려는 시기였다. 그런데도 과거의 그곳을 다시 찾으려는 이유는 추억이라도 건져보기 위해서였다. 추억이여, 추억이여, 어쩌란 말이냐?* 대기 속에 가을이 충만했다. 함버그 교수가 트윈베드를 원한다고 엽서를 보내자마자 유감의 뜻을 표시한 답장이 신속히 날아들었다. 빈

---

* 폴 베를렌의 시 「네버모어」의 첫 행.

방이 없단다. 화장실도 없고 침대만 네 개가 있는 지하실 방이 남았지
만 내가 그런 방을 원하지는 않을 듯싶단다. 편지지 상단에 인쇄 문구
가 있었다.

마법에 걸린 사냥꾼

교회 근처*   애견 출입금지

합법적인 음료 일체 완비

마지막 문장이 사실일까? 일체 완비? 예를 들면 길가에서 파는 석류
주스도 있을까? 그리고 마법에 걸렸든 안 걸렸든 간에 사냥꾼에게는
교회보다 사냥개가 더 요긴하지 않을까? 그런 생각을 하는 순간 가슴
을 찌르는 아픔이 밀려오면서 위대한 화가가 그린 듯 아름다운 장면이
떠올랐다. '쪼그려 앉은 어린 님프'. 그날 보았던 비단결 같은 코커스패
니얼은 세례를 받은 개였던 모양이지. 아니, 아무래도 안 되겠다. 그 로
비를 다시 찾을 때 느껴질 괴로움을 감당할 자신이 없다. 부드럽고 다
채로운 색으로 물든 가을의 브라이슬랜드에서 지나간 시간을 되살리
고 싶다면 차라리 다른 곳을 찾아가는 편이 나으리라. 그래서 리타를
바에 남겨두고 시립도서관으로 향했다. 나는 〈브라이슬랜드 가제트〉를
묶어놓은 신문철 중에서 1947년 8월 중순에 발행된 것을 찾아냈다. 재
잘재잘 말도 많은 노처녀 하나가 귀찮을 만큼 열심히 도와주었다. 곧
어느 한적한 구석의 알전구 밑에서 크기는 롤리타와 맞먹고 표지는 관

---

* 유대인의 출입을 꺼린다는 완곡한 표현으로, 험버트가 사용한 가명 때문에 호텔 측이
그를 유대인으로 오인했음을 알 수 있다.

처럼 시꺼먼 신문철을 펼쳐놓고 사뭇 거대하고 당장이라도 찢어질 듯
한 신문을 뒤적거렸다.

독자여! 형제여! 이 함버그는 얼마나 어리석은 함버그였던가! 비록
신경이 너무 예민해서 차마 그날의 현장을 직접 볼 수는 없지만 그곳
이 남긴 은밀한 흔적을 즐기는 정도는 가능하리라 여겼다. 이를테면 약
탈을 당하는 어느 가련한 마을에서 군인들이 한 소녀를 차례차례 겁탈
할 때 열번째 또는 스무번째 병사가 그녀의 비참한 눈빛을 차마 볼 수
없어 그 하얀 얼굴을 검은 숄로 가려놓고 군인으로서 탐닉할 쾌락을
즐기는 것과 비슷한 심사가 아닐까. 아무튼 내가 원한 것은 〈가제트〉
의 사진기자가 브래독 박사 일행을 촬영할 때 우연히 그곳을 지나가던
내 모습까지 함께 담은 사진 한 장이었다. 나는 지금보다 젊은 짐승 같
은 예술가의 초상[71]이 그 지면에 남아 있기를 간절히 바랐다. 아무것도
모르는 카메라가 음흉한 속셈을 품고 롤리타의 침대로 향하는 내 모습
을 담아낸다. 이거야말로 므네모시네의 관심을 끌 만한 일이 아닌가!
내가 그런 충동을 느낀 진짜 이유를 설명하기는 쉽지 않다. 아마도 이
른 아침의 처형장을 찍은 사진을 보면서 그 속에 조그맣게 담긴 우울
한―다들 정물처럼 우두커니 서서 금방이라도 토악질을 할 듯한―사
람들과 도저히 표정을 알아볼 수 없는 사형수의 모습을 더 자세히 살
펴보고 싶어 돋보기를 들이대는 심정, 그 아찔한 호기심과 비슷한 것이
아닐까 싶다. 아무튼 나는 문자 그대로 숨을 헐떡이면서, 이 운명적인
신문철의 한귀퉁이가 자꾸 내 배를 찌르는데도 아랑곳하지 않고 지면
을 이리저리 훑어보았는데…… 24일 일요일, 시내 두 극장에서 〈잔인
한 힘〉[72]과 〈포제스트〉[73] 동시 개봉 예정. 담배경매 자영업자 퍼덤 씨

는 1925년부터 '오멘 포스텀'[74]만 피운다고 밝혔다. 허스키 행크와 아담한 신부가 인치키스 애비뉴 58번지에 있는 레지널드 G. 고어 부부의 집에 머물 예정이다. 일부 기생충은 크기가 숙주의 6분의 1에 달한다. 됭케르크는 10세기 때 요새화되었다. 여성용 양말 39센트. 새들 옥스퍼드 3달러 98센트. 『암흑시대』의 저자는 사진촬영을 사절하면서 다음과 같은 농담을 던졌다. "페르시아의 떠버리 새는 술, 술, 술, 하고 외쳤다지만[75] 저는 비, 비, 비, 하고 외치겠습니다. 장미와 영감靈感을 위해서라면 판자지붕에 쏟아지는 빗소리가 제격이니까요." 보조개는 피부가 피하조직에 유착되었을 때 생긴다. 그리스군이 게릴라군의 맹공격을 물리쳤고*─아아, 드디어, 하얀 옷을 입은 소녀, 검은 옷을 입은 브래독 박사, 그러나 박사의 거구를 스치듯 지나가는 유령 같은 어깨는 누구의 것인지─어쨌든 내 모습은 보이지 않았다.

리타를 찾으러 갔더니 그녀는 벌써 술에 절어 우울한 미소를 지으며 호주머니에 쏙 들어갈 만큼 작고 쪼글쪼글하고 성미 더러운 늙은이에게 나를 소개하고─자네 이름이 뭐랬나, 젊은이?─자기 동창생이라고 말했다. 노인은 리타를 붙잡아두려 했고, 그래서 가벼운 몸싸움이 벌어져 노인의 단단한 머리통에 부딪히는 바람에 나는 엄지손가락을 다쳤다. 가을빛으로 물든 조용한 공원으로 리타를 데려가서 함께 산책을 하며 바람을 쐬게 했는데, 그녀가 갑자기 흐느끼면서 다른 남자들처럼 나도 곧 자기를 버릴 거라고 말했다. 그런 그녀를 달래려고 나는 그리움 가득한 프랑스 민요를 불러주고 내친김에 즉흥시까지 읊어보

---

* 제2차 그리스 내전(1946~1949)에 대한 언급.

왔다.

그곳의 이름은 '마법에 걸린 사냥꾼'.
묻노니, 디아나여, 그대의 골짜기에
또 어떤 인도 물감을 너울너울 풀었기에
저 푸른 호텔 앞, 그림 같은 호수 속에
나무마다 핏빛으로 물들었느냐?

그러자 리타가 말했다. "저 호텔은 흰색인데 왜 푸르다는 거야? 도대체 뭐가 푸르다는 거야?" 그러더니 다시 울음을 터뜨렸고, 나는 그녀를 차로 데려갔고, 우리는 뉴욕으로 달려갔고, 이윽고 까마득한 허공에 떠있는 우리 집에 도착했다. 그녀는 안개가 낀 작은 테라스로 나가더니 곧 기분이 좋아진 모양이었다. 방금 깨달았는데, 여기서 내가 두 가지 기억을, 즉 리타와 함께 캔트립으로 가다가 브라이슬랜드에 들렀을 때와 우리가 뉴욕으로 돌아오는 길에 다시 브라이슬랜드를 지났을 때의 기억을 좀 혼동한 듯하다. 그러나 그토록 현란했던 온갖 빛깔들이 예술가의 추억 속에서 더러 뒤섞이는 것쯤은 그리 나무랄 일도 아니다.

27

아파트 현관에 있는 내 우편함은 좁다란 유리창으로 우편물의 일부분이 보였다. 유리창을 통과한 알록달록한 빛의 장난으로 낯선 글씨가 왜곡되어 롤리타의 글씨처럼 보이는 바람에 기절할 듯이 놀라 그 옆에 있는 항아리에 기대야 했고, 하마터면 그것을 내 납골단지로 삼을 뻔했던 일도 벌써 여러 차례였다. 그럴 때마다—그녀의 사랑스럽고 동글동글하고 앳된 글씨가 어느새 꼴사납게 변형되어 나와 편지를 주고받는 몇 안 되는 사람들 가운데 한 명의 따분한 글씨로 둔갑할 때마다—나는 무엇이든 쉽게 믿어버렸던 선先돌로리아기*를 떠올렸는데, 그 시절 보석처럼 빛나는 건너편 창문에 현혹된 나의 두 눈이 한시도 경계를 게을리하지 않는 남부끄러운 죄악의 잠망경이 되어 멀리서나마 그곳을 남몰래 훔쳐보던 일, 그러던 어느 날 이상한 나라의 앨리스 같은 머리를 빗다가 그대로 멈춰버린 듯한 반라의 님펫을 발견했던 일을 회상할 때마다 괴로움과 즐거움을 동시에 느꼈다. 그날의 눈부신 환상에는 어떤 완벽성이 깃들어 나의 열광적인 기쁨마저 완벽하게 만들어주었는데, 그것은 이 미녀가 너무 멀리 있어 내가 차지할 가능성이 조금도 없는 까닭에 부수적인 금기에 대한 근심 따위로 기분을 망칠 염려도 없었기 때문이다. 사실 내가 미성년자에게 매력을 느끼는 이유도 따지고 보면 어리고 순결하고 요정 같은 금단의 소녀가 지닌 투명한 아름다움 때문이라기보다는, 나에게 주어진 초라한 현실과 나에게 약속된 위대한 이상—즉 위대하지만 영원히 실현할 수 없는 장밋빛과 잿빛의 미래—사이의 격차를 이렇게 무한한 완벽성으로 메워가는 상황이 안전하기 때문이라고 해야 더 정확하리라. 나의 창窓이여! 그날도 나는 아롱진 저녁놀과 차오르는 어둠이 내려다보이는 곳에서 으드득

---

* pre-dolorian. '돌로레스를 만나기 이전의 시대'를 뜻하는 우스갯소리.

이를 갈아붙이며 내 욕망의 마귀들을 모조리 불러모아 흔들리는 발코니 난간으로 밀어붙였고, 마침내 이 난간이 살굿빛과 먹빛이 섞인 눅눅한 밤 풍경 속으로 떨어져내릴 찰나였다. 바로 그 순간 불빛 속의 이미지가 움직이더니 이브는 어느새 갈비뼈로 되돌아가고 창문 너머에는 속옷 차림으로 신문을 읽는 뚱뚱한 남자만 남아 있었다.

그러나 이렇게 나의 몽상과 자연계의 현실이 경주를 벌일 때 가끔이나마 내가 승리하는 경우도 있었기에 그런 눈속임도 그럭저럭 견딜 만했다. 견딜 수 없는 고통이 시작되는 것은 이 싸움에 우연이 끼어들어 내가 지을 미소를 빼앗아갈 때였다. "우리 딸내미가 열 살 때 그쪽을 미친 듯이 사랑했다는 사실을 아세요?" 파리에서 어느 다과회에 참석했을 때 나와 이야기를 나누던 여자가 그렇게 말했다. 이 딸내미는 최근에 꽤 먼 곳에서 결혼식을 올렸다는데, 나는 10여 년 전에 그 테니스장 옆에 있는 정원에서 그 아이를 본 적이 있는지조차 기억하지 못했다. 지금도 그때와 마찬가지였다. 얼핏 들여다본 빛나는 편지, 이번엔 진짜일지도 모른다는 희망, 헛된 유혹일지도 모르지만 멋지게 실현될지도 모르는 희망, 그 모든 것을 우연은 나에게 허락하지 않았다. 우연 때문이기도 했지만 창백하고 사랑스러운 발신자가 글씨를 더 작게 바꿔버렸기 때문이기도 했다. 그래서 나의 상상력은 프루스트식 시련*과 프로크루스테스**식 시련을 동시에 겪었다. 왜냐하면 1952년 9월 하순의 어느 날 아침, 내가 아래로 내려가서 우편물을 더듬더듬 꺼낼 때 말쑥

---

* 프루스트의 『잃어버린 시간을 찾아서』에 대한 언급으로, 기억의 가변성을 가리킨다.
** 그리스신화에 등장하는 노상강도로, 나그네를 붙잡아 자기 침대에 눕혀놓고 키가 큰 사람은 다리를 자르고 작은 사람은 잡아 늘였다고 한다.

하지만 아주 깐깐하고 나와는 견원지간인 수위 녀석이 다가오더니 최근에 리타를 집까지 바래다준 어떤 남자가 현관 계단에 '푸짐하게 토해놨다'고 투덜거렸기 때문이다. 그의 말을 듣고, 팁을 건네고, 그때부터 그가 좀더 공손한 말투로 다시 말해주는 이야기를 듣는 동안 나는 고마운 우편배달부가 가져다준 편지 두 통 가운데 하나는 어쩐지 리타의 어머니가 보낸 듯싶다고 생각했다. 예전에 우리는 케이프코드로 가서 이 조그맣고 얼빠진 여자를 만난 적이 있는데, 그때부터 그녀는 여기저기 널린 내 주소로 편지를 보내 자기 딸과 내가 너무너무 잘 어울린다는 둥, 우리가 결혼하면 너무너무 좋겠다는 둥 헛소리를 늘어놓았다. 다른 한 통은 존 팔로의 편지였는데 엘리베이터 안에서 뜯어 재빨리 훑어보았다.

독자들에게 문학작품 속의 등장인물은 각각의 유형에 따라 매우 일관성 있는 성격을 지닌 사람으로 보이기 마련인데, 사람들은 흔히 친구들에게도 그런 일관성을 기대하는 경향이 있음을 종종 확인할 수 있다. 예컨대 우리가 『리어 왕』을 아무리 여러 번 읽어보아도 그 선량한 왕이 세 딸과 그들의 애견을 다시 만났을 때 그동안의 불행을 깨끗이 잊어버리고 신이 나서 흥청망청 떠들며 맥주잔으로 식탁을 탕탕 두드리는 장면 따위는 나오지 않는다. 마찬가지로 플로베르의 아버지[*]가 때맞춰 연민의 눈물을 흘린다고 해서 에마가 그 소금기 덕분에 되살아나 생기를 되찾는 일도 없다. 이런저런 유명한 등장인물이 책의 앞표지와 뒤표지 사이에서 어떻게 변모하든 간에 우리의 마음속에서 그 사람의 운명

---

[*] 『보바리 부인』의 주인공 에마의 아버지를 가리킨다. '에마 보바리가 바로 나'라고 했던 플로베르의 말에 대한 언급.

은 이미 정해졌고, 마찬가지로 우리는 친구들도 우리가 정해놓은 이런 저런 논리적, 상투적 유형에 맞게 행동하기를 기대한다. 그래서 늘 별 볼 일 없는 교향곡만 작곡하던 X가 느닷없이 불멸의 명곡을 내놓는 일은 없어야 한다. Y는 절대로 살인을 저지를 사람이 아니다. Z는 무슨 일이 있어도 우리를 배신하지 않는다. 우리는 이렇게 마음속으로 모든 것을 정해두고 어떤 사람이 그대로 고분고분 행동했다는 소식을 들을 때마다 만족감을 느끼는데, 자주 만나지 못하는 사람일수록 만족감도 커진다. 반면에 우리가 판단한 운명에서 벗어나버린 경우는 파격을 넘어 파렴치하다는 생각까지 든다. 가령 핫도그 노점상을 하다가 은퇴한 이웃집 남자가 최근에 당대 최고의 시집을 발표했다는 소식을 듣게 되면 차라리 그 사람을 모르는 편이 나았다고 생각하기 마련이다.

　내가 이런 말을 늘어놓는 이유는 팔로의 근심 어린 편지를 읽고 얼마나 당황했는지를 설명하기 위해서다. 그의 아내가 죽었다는 사실은 알았지만 나는 그가 숙연한 홀아비 역할에 충실하기를, 그리고 예나 지금이나 변함없이 따분하고 조용하고 믿음직스러운 사람이기를 기대했다. 그런데 그는 미국에 잠시 들렀다가 남아메리카로 돌아간다면서 자기가 램스데일에서 관리하던 일은 우리가 둘 다 아는 현지 변호사 잭 윈드멀러에게 넘겨주기로 했다고 썼다. 특히 '골칫거리'였던 헤이즈 일가 문제에서 손을 떼게 되어 속이 다 후련한 듯했다. 스페인 여자와 결혼도 했다. 담배를 끊어 체중이 30파운드나 늘었다. 신부는 젊디젊은 스키 챔피언이다. 그들은 인도에서 허니몬순*을 즐길 예정이다. 그의

---

* honeymonsoon. '허니문(honeymoon)'과 '몬순(monsoon)'을 합친 말.

표현에 의하면 '가정을 꾸려가야' 하기 때문에 내 문제처럼 '몹시 이상하고 몹시 언짢은' 일을 보살필 여유가 없다고 했다. 참견쟁이들이—아예 단체로 나선 듯하다—그에게 돌리 헤이즈는 행방이 묘연하고 나는 악명 높은 이혼녀와 캘리포니아에서 동거중이라고 일러바친 모양이다. 그의 장인은 백작인데다 어마어마한 갑부란다. 벌써 몇 년째 헤이즈의 집에 세 들어 살던 사람들이 그 집을 사버리고 싶어한단다. 그는 돌리를 빨리 사람들 앞에 내놓는 것이 좋겠다고 했다. 다리가 부러졌다는 얘기도 있었다. 사진 한 장을 동봉했는데 하얀 털옷을 입은 갈색머리 여자와 팔로가 칠레의 설경 속에서 마주보며 환하게 웃고 있었다.

집으로 들어가면서 중얼거렸던 말이 생각난다. 그래, 이젠 이 연놈을 찾아내야—바로 그때 다른 한 통의 편지가 작고 담담한 목소리로 나에게 말을 걸었다.

아빠에게

어떻게 지내세요? 저는 결혼했어요. 곧 아기를 낳을 거예요. 몸집이 큰 녀석인가봐요. 크리스마스쯤에 태어날 듯싶어요. 이 편지를 쓰기가 참 힘드네요. 우린 어서 빚을 갚고 이곳을 뜨고 싶은데 돈이 모자라서 미치겠어요. 딕이 기계 분야에서 아주 특수한 일을 하는데, 이번에 알래스카에서 중요한 자리를 맡게 됐거든요. 제가 아는 건 그것뿐이지만 정말 신나는 일이에요. 우리 집 주소를 밝히지 않아서 죄송하지만 아직도 저에게 화를 내고 계실지도 모르고, 또 딕은 몰랐으면 싶어서요. 이 도시는 정말 대단한 곳이에요. 스모그 때문에 얼간이들 얼굴이 안 보여서 고마울 정도예요. 아빠, 부탁인데 수표 한 장만 보내주세요. 한 삼사백 달러, 아니면 더 적게 부치셔도 그럭저럭 해결할 수 있으니까요. 액수는 얼마든 좋아요. 제가 남긴 물건들을 팔아도 돼요. 알래스카에만 가면 돈이 막 굴러들어올 거예요. 꼭 답장 주세요. 저는 그동안 슬픈 일, 괴로운 일을 많이 겪었어요.

답장을 기다리며,

돌리(리처드 F. 스킬러 부인)

28

나는 다시 여행을 떠났고, 다시 낡아빠진 파란색 세단의 운전대를 잡았고, 다시 혼자가 되었다. 내가 그 편지를 읽으면서 가슴속에 산더미처럼 쌓여가는 고뇌와 싸울 때 리타는 여전히 세상모르고 잠만 잤다. 그렇게 자면서 빙그레 웃는 얼굴을 바라보다가 땀방울이 맺힌 이마에 입맞춤을 하고 그녀를 영원히 떠났다. 다정한 작별인사를 담은 쪽지는 그녀의 배꼽 위에 테이프로 붙여놓았다. 안 그러면 그녀가 못 볼지도 모르니까.

내가 '혼자'가 되었다고 썼던가? 꼭 그렇지는 않았다. 조그맣고 시꺼먼 친구가 동행했기 때문이다. 이윽고 한적한 곳에 도착하자마자 리처드 F. 스킬러 씨를 비명횡사시키는 연습을 했다. 자동차 트렁크 안에서 몹시 낡고 몹시 더러운 내 회색 스웨터 한 벌을 찾아 나뭇가지에 걸었다. 고속도로를 벗어난 후 숲길을 따라 꽤 깊이 들어와서 발견한 조용한 빈터였다. 처형 집행을 해보니 방아쇠가 뻑뻑한 듯싶어 조금 불편했는데, 도무지 알 수 없는 이 물건에 기름칠이라도 해볼까 생각했지만 그럴 여유가 없다고 판단했다. 구멍 몇 개가 더 뚫린 채 죽어버린 낡은 스웨터는 다시 차 안에 던져놓고 따끈따끈해진 '친구'를 다시 장전한 후 여행을 계속했다.

편지봉투에 찍힌 날짜는 1952년 9월 18일(오늘은 9월 22일이다), 그녀가 알려준 주소는 '콜몬트 우체국 유치우편과'였다('버지니아 주'도 아니고, '펜실베이니아 주'도 아니고, '테네시 주'도 아니고—어차피 콜몬트도 아니니—이토록 철저하게 위장술을 썼단다, 내 사랑아). 확인해보니 그곳은 뉴욕 시에서 800마일쯤 떨어진 작은 공업도시였다. 처음에는 밤낮없이 운전할 계획이었지만 나중에 생각이 바뀌었고, 새벽녘에 목적지를 몇 마일 앞에 두고 모텔에 들러 두어 시간쯤 눈을 붙였다. 내 짐작이 맞다면 이 '스킬러'라는 악마는 자동차 외판원이고, 비어즐리에서 나의 롤리타를 차에 태워주면서 처음 만났으며—미스 엠퍼러의 집으로 가다가 자전거 바퀴가 터져버린 바로 그날이다—그후 어떤 말썽에 휘말린 것이 분명했다. 처형당한 스웨터 시체는 뒷좌석에 놓아두었는데, 모양을 이리저리 바꿔보아도 매번 '트랩-스킬러'의 추악하고 음탕하고 천박한 몸뚱이가 지닌 다양한 윤곽이 나타났다. 그가 이렇게 저속하고 퇴폐적인 모습이라면 나는 특별히 더 산뜻하고 멋진 모습으로 맞서야겠다고 결심하면서 오전 6시에 맞춰놓은 자명종이 울리기 전에 시계 젖꼭지를 꾹 눌렀다. 이윽고 결투를 앞둔 신사처럼 의연하면서도 낭만적인 마음가짐으로 각종 서류를 꼼꼼히 점검하고, 목욕하고, 섬약한 몸에 향수를 뿌리고, 얼굴과 가슴의 털을 밀고, 실크 셔츠와 깨끗한 속옷을 고르고, 속이 비치는 진회색 양말을 신고, 내 여행 가방 속에 대단히 고급스러운—예를 들면 은은한 빛깔의 캐시미어 넥타이와 진줏빛 단추가 달린 조끼 같은—의상이 있다는 사실을 자축했다.

한심스럽게 아침식사를 고스란히 토해버렸지만 이런 육체적 현상은 하찮은 사고일 뿐이라고 생각하면서 소맷부리에 꽂아두었던 얇은 손수건으로 입가를 닦고, 심장 대신 푸르스름한 얼음 한 덩어리를 품고, 알약 한 개를 입에 물고, 바지 뒷주머니에 든든한 살인도구를 꽂고, 마침내 발걸음도 경쾌하게 콜몬트의 전화부스로 들어가서 (아—아—아, 작은 문이 말했다) 너덜너덜한 전화번호부를 뒤져 하나뿐인 스킬러—폴, 가구상—에게 전화를 걸었다. 폴이 걸걸한 목소리로 말했다. 리처드라면 우리 종질從姪인데, 주소는, 어디 보자, 킬러 스트리트 10번지로구먼(가짜 도로명을 짓는 데 굳이 큰 정성을 기울일 필요는 없다고 본다). 아—아—아, 작은 문이 말했다.

킬러 스트리트 10번지의 싸구려 아파트에서 나는 기력 떨어진 노인들도 여러 명 만나보고 불그스름한 금발을 길게 길렀지만 엄청나게 꼬질꼬질한 님펫 두 명도 만나보았다. (그 와중에도 나의 내면에 깃든 짐승은 이렇게 예전처럼 두리번거리면서 건성으로나마, 심심풀이로나마 옷차림이 가벼운 소녀들을 찾고 있었다. 사람을 죽이고 나서 될 대로 되라는 심정으로 무슨 짓이든 할 수 있을 때 잠시나마 누군가를 확 안아버리고 싶었으니까.) 네, 딕 스킬러*가 여기 살긴 했는데 결혼하면

---

* Dick Skiller. 원래 성인 Schiller에서 철자를 바꿔 '딕 살해범(Dick's killer)'과 '킬러 스트리트'를 연상시킨다.

서 이사갔어요. 그러나 새 주소를 아는 사람은 아무도 없었다. 팔이 가느다란 맨발의 두 소녀와 정신이 오락가락하는 할머니들 앞에 서 있을 때 내 가까이에 뚜껑 열린 맨홀이 있었는데, 문득 그 속에서 굵은 목소리가 들려왔다. "저기 저 가겟집에 가서 물어보슈." 처음에 들어간 곳은 엉뚱한 가게였는데, 늙고 경계심 많은 흑인은 내가 미처 말을 꺼내기도 전에 고개를 가로저었다. 나는 길 건너편에 있는 썰렁한 식료품점으로 발길을 돌렸다. 한 손님에게 주인을 불러달라고 부탁했더니 아까 그 맨홀처럼 깊디깊은, 그러나 이번에는 마룻바닥에 뚫린 구멍 속에서 외치는 여자 목소리가 들렸다. 헌터 로드,* 마지막 집이에요!

헌터 로드는 몇 마일 떨어진 곳이었고 풍경은 더욱더 황량했다. 보이는 것이라고는 쓰레기장과 시궁창, 벌레가 들끓는 채소밭, 판잣집, 잿빛 가랑비, 붉은 진흙, 그리고 저멀리서 연기를 내뿜는 굴뚝 몇 개가 전부였다. 나는 마지막 '집' 앞에 차를 세웠다. 널빤지로 지은 오두막이었는데, 도로 끝에서 다시 저만큼 들어간 곳에도 비슷한 집이 두어 채 있고 주변은 온통 마른 풀만 우거진 황무지였다. 뒤란 쪽에서 망치질 소리가 들려왔다. 나는 낡아빠진 차 안에 우두커니 앉아서 몇 분 동안 꼼짝도 하지 않았다. 늙고 병약한 이 몸이 드디어 여행의 종착점에 이르렀구나, 마침내 잿빛 목적지에 다다랐구나, 여기가 끝이다, 친구들이여, 여기가 끝이다, 악마들이여.** 때는 두시경이었다. 내 맥박수는 분당 40회, 그러나 다음 1분은 100회였다. 가랑비가 보닛을 또드락또드락 두드렸다. 권총은 어느새 바지 오른쪽 주머니로 이동했다. 흔해빠진 잡

---

* '마법에 걸린 사냥꾼'을 연상시키는 이름.
** 'finis, my friends, finis, my fiends'로 언어유희.

종개 한 마리가 텁수룩한 배털에 진흙을 잔뜩 묻히고 집 뒤편에서 어슬렁어슬렁 나오다가 깜짝 놀라 걸음을 멈추더니 눈을 가늘게 뜨고 나를 쳐다보면서 순둥이처럼 컹컹 짖었다. 이리저리 몇 걸음 옮기더니 다시 한번 컹 짖었다.

29

나는 차에서 내려 문을 텅 닫았다. 태양도 숨어버린 오후의 적막 속에서 그 소리가 얼마나 삭막하고 무미건조하게 들리던지! 컹! 개가 시큰둥하게 한마디했다. 초인종을 누르는 순간 소리의 진동이 온몸에 울려퍼졌다. 응답이 없다. 다시 누른다. 역시 응답이 있지 않다. 어디서 이런 엉터리 문장이 떠올랐을까? 컹, 개가 말했다. 달려오는 소리, 발 끄는 소리, 휘리릭 덜컹, 문 열리는 소리.

키가 2인치쯤 자랐다. 분홍테 안경. 높이 틀어올린 새로운 헤어스타일, 그래서 드러난 새로운 귀. 이 얼마나 쉬운가! 내가 3년 동안 상상한 이 순간, 이 죽음이 이렇게 마른 장작개비처럼 가뿐하다니. 임신한 배가 거대하고 적나라하다. 머리는 전보다 작아 보이고 (실제로는 2초가 지났을 뿐이지만 내 생명이 견뎌낼 수만 있다면 목석처럼 이 순간을 오래오래 붙잡아두련다), 희미한 주근깨가 박힌 두 뺨은 홀쭉해지고, 드러난 정강이와 팔은 갈색을 잃어 잔털이 눈에 띈다. 갈색 민소매 무명 드레스를 입고 꾀죄죄한 펠트 슬리퍼를 신었다.

"어—머—나!" 놀라움과 반가움을 한껏 강조하는 짤막한 침묵이 흐른 후 그녀가 숨을 길게 토하면서 말했다.

"남편도 집에 있니?" 나는 손을 주머니에 넣은 채 쉰 목소리로 물었다.

어떤 분들은 내가 그녀를 죽이려니 짐작했겠지만 물론 그럴 수는 없었다. 나는 그녀를 사랑했기 때문이다. 처음 본 순간부터 마지막 순간까지, 아니 영원히 사랑하리라.

"들어오세요." 그녀가 단호하고 명랑하게 말했다. 돌리 스킬러는 내가 지나갈 수 있도록 쩍쩍 갈라진 나무 문짝에 등을 붙이고 몸피를 최대한 줄이면서 (살짝 까치발까지 하면서) 물 탄 우유처럼 허연 두 팔을 좌우로 벌려 한순간 십자가에 못 박힌 듯한 자세로 서서 고개를 숙여 문지방을 내려다보며 미소를 지었고, 두 뺨이 더 홀쭉해지면서 동그란 광대뼈가 도드라졌다. 나는 불룩하게 튀어나온 태아를 건드리지 않고 지나갔다. 돌리 냄새, 그리고 어렴풋한 튀김 냄새. 백치처럼 이가 덜덜 떨렸다. "안 돼, 들어오지 마"(개에게 하는 말이다). 그녀가 문을 닫더니 나와 자신의 배를 앞세우면서 인형의 집 같은 거실로 향했다.

"딕은 저기 있어요." 그녀가 눈에 보이지 않는 테니스 라켓을 들어 그쪽을 가리켰고, 내 시선은 우리가 서 있는 우중충한 거실 겸 침실을 벗어나서 부엌을 지나 뒷문으로 빠져나갔는데, 그곳에는 머리가 검고 작업복을 입은 한 젊은이가―즉시 집행 중지―다소 원시적인 풍경 속에서 우리 쪽으로 등을 돌린 채 사다리 위에 올라서서 이웃의 판잣집인지 그 부근에 있는 무엇인지를 고치는 중이었고, 젊은이에 비하면 조금 뚱뚱하고 팔이 하나밖에 없는 이웃집 남자가 그 옆에 서서 올려다보고 있었다.

그녀가 멀리서 그 모습을 바라보며 변명하듯이 설명했다("남자들이
다 저렇죠 뭐"). 들어오라고 할까요?

아니야.

그녀는 기울어진 거실 한복판에 서서 마치 자바 전통춤을 추듯이 손
과 손목을 움직이는 낯익은 동작으로 흔들의자와 (밤 열시 이후에는
침대로 사용하는) 소파를 번갈아 가리키며 "흠, 흠?" 하고 짐짓 정중하
면서도 익살스럽게 내 의사를 물었다. '낯익은 동작'이라고 말한 이유
는 언젠가 비어즐리에서 그녀에게 파티를 열어주었을 때도 똑같은 손
목춤으로 나를 맞이한 적이 있었기 때문이다. 우리는 소파에 함께 앉
았다. 희한한 일이다. 사실 미모는 빛이 좀 바랬지만 그녀가 황갈색머
리를 늘어뜨린 보티첼리의 비너스를 얼마나 많이 닮았는지 이제야 확
연히 깨달았다. 옛날부터 늘 그랬는데 왜 이토록 뒤늦게 알아차렸을까.
다소곳한 콧날도 똑같고 아련한 아름다움도 똑같다. 주머니 속에서 손
가락을 풀고 손수건을 매만져 결국 사용하지 못한 무기를 도로 싸놓
았다.

"내가 찾는 놈은 저 친구가 아니야."

그러자 반가움으로 환하던 그녀의 눈빛이 순식간에 어두워졌다. 쓰
라린 지난날에 그랬듯 이마에 주름이 잡혔다.

"그럼 누구를 찾는데요?"

"그놈은 어디 있어? 빨리 말해!"

"저기요⋯⋯" 그녀가 고개를 갸우뚱 기울이더니 그 자세 그대로 절
레절레 흔들었다. "저기요, 그 얘기는 꺼내지도 마세요."

"나는 꼭 해야겠다." 그 순간—신기한 일이지만 이 만남을 통틀어 유

일하게 편안하고 견딜 만한 순간이었다—우리는 그녀가 내 여자였을 때처럼 서로를 노려보았다.

현명한 그녀가 마음을 가라앉혔다.

딕은 상황이 얼마나 복잡한지 몰라요. 아저씨를 우리 아빠로 안단 말예요. 내가 도로변 식당에서 접시닦이로 일하고 싶어서 상류층 가정에서 가출한 줄 알아요. 그렇게 뭐든지 믿어버리는 사람이에요. 그런데 왜 그런 골칫거리를 다시 끄집어내서 일을 어렵게 만들려고 하세요?

그래도 좀 분별 있게 생각해봐라. 너도 (그 얄팍한 헝겊 쪼가리 속에 배가 풍선처럼 부풀었으니!) 분별 있게 생각할 수 있잖니. 내가 너를 도와주려고 여기까지 왔으면 너도 내가 모든 상황을 꼭 알고 싶어하는 것쯤은 이해해줘야지.

"어서, 그놈 이름!"

벌써 오래전부터 짐작하신 줄 알았어요. 워낙 (장난스러우면서도 우울한 미소를 지으면서) 유명한 사람이니까요. 말씀드려도 못 믿으실 거예요. 저도 믿기 힘들었거든요.

이름을 말해다오, 나의 가을 님프여.

별로 중요한 일도 아니잖아요. 그 문제는 그냥 넘어가요. 담배 피우실래요?

싫다. 이름이나 말해.

그녀는 아주 단호하게 고개를 가로저었다. 이제 와서 이러니저러니 해봤자 이미 지난 일이고, 어차피 터무니없이 터무니없는 일이라서 터무니없다고 생각하실 텐데—

그럼 난 가야겠다. 남편한테 안부나 전해라. 만나서 반가웠다.

정말 쓸데없는 짓이라니까요. 절대로 말 못해요. 그렇지만, 사실 따지고 보면…… "정말 누군지 꼭 알고 싶으세요? 그렇다면, 그게 누구냐 하면……"

그러더니 아주 작은 소리로, 밀담을 나누듯이, 가느다란 눈썹을 활처럼 휘면서, 바싹 마른 입술을 오므리면서, 조금은 조롱하듯이, 다소 짜증스럽다는 듯이, 그러나 그리 모질지 않게, 나지막한 휘파람 같은 목소리로, 슬기로운 독자들은 이미 오래전에 알아차렸을 그 이름을 드디어 입 밖에 냈다.

방수. 어째서 아워글래스 호수에서의 한 장면이 내 의식 속에 퍼뜩 떠올랐을까? 나 역시 부지불식간에 사실을 알고 있었기 때문이다.* 충격도 없고 놀라움도 없다. 조용히 융합의 과정이 진행되고, 모든 것이 질서정연하게 자리를 잡고, 내가 적절한 순간에 무르익은 과일처럼 똑 떨어지도록 하겠다는 분명한 의도를 품고 이 회고록 곳곳에 나뭇가지처럼 펼쳐놓았던 무늬 속에 척척 들어맞는다. 그리하여 그녀가 이야기하는 동안에도 나는 황금빛 평화 속으로 녹아들었다. 논리적 깨달음에서 오는 이 거대한 황금빛 평화, 지금쯤은 나에게 가장 적대적인 독자들도 맛보고 있을 만족감, 바로 그것이 분명하고 도착적인 나의 의도였다.

내가 이미 말했듯이 그녀는 이야기를 계속했다. 말문이 터지더니 물

---

* 1부 20장 끝부분에 대한 언급. 험버트와 샬럿이 호숫가에 있을 때 진 팔로가 찾아와 험버트의 방수 시계에 대한 대화를 나누고, 이어 램스데일의 치과의사와 그의 조카에 대한 이야기를 꺼내지만 남편 존이 나타나는 바람에 중단하고 만다. 만약 험버트가 그 이야기를 끝까지 들었다면 모두의 운명이 달라졌을지도 모른다.

흐르듯 술술 쏟아냈다. 내가 그렇게 미친 듯이 좋아했던 남자는 그 사람뿐이었어요. 그럼 딕은? 아, 딕은 양처럼 순한 사람이고 같이 있으면 행복하지만 그거랑은 달라요. 그럼 나는, 나는 처음부터 아무 의미도 없었니?

그러자 그녀는 마치 믿을 수 없는—그리고 좀 따분하고 혼란스럽고 쓸모없는—사실을 불현듯 깨달은 듯한 눈빛으로 나를 물끄러미 바라보았다. 벨벳 상의를 걸치고 자기 옆에 앉아 있는 이 남자, 이 서먹서먹하고 세련되고 호리호리하고 마흔 살 먹은 병약자가 그녀의 어린 육체를 모공 하나하나, 세포 하나하나까지 샅샅이 알고 또 사랑한 줄은 미처 몰랐다는 표정이었다. 안경 때문에 낯설어 보이는 연회색 눈동자가 우리의 불행한 로맨스를 잠시 회상하고 평가하다가 결국 가차없이 내던졌다. 마치 따분한 파티처럼, 마치 비 내리는 날 따분한 사람들만 잔뜩 모인 소풍처럼, 마치 따분한 연습처럼, 마치 어린 시절의 추억에 말라붙은 작은 흙덩어리처럼.

그녀가 내 무릎을 툭 치려고 했지만 가까스로 피했다. 새로 생긴 손버릇이었다.

바보처럼 굴지 마세요. 지난 일은 지난 일이잖아요. 좋은 아빠였다고 생각해요. 그건 인정할게요. 계속해라, 돌리 스킬러.

그런데 그 사람이 엄마랑 아는 사이였던 거 아세요? 오랜 친구나 다름없는? 그 사람이 램스데일에 사는 자기 삼촌을 찾아왔던 일은?—아, 오래전이지만요—그때 엄마가 다니던 클럽에서 강연도 하고, 그때 사람들이 다 보는 앞에서 내 맨팔을 잡아당겨 무릎에 앉히고 내 얼굴에 뽀뽀까지 했는데, 그때 저는 열 살이었고 그 사람한테 굉장히 화를 냈다는 것도 아세요? 그 호텔에 묵을 때 그 사람도 거기서 희곡을 쓰다가 아저씨랑 저를 봤는데, 2년 뒤에 제가 바로 그 연극을 연습하게 된 일은? 클레어가 나이든 아줌마라고 했던 일, 그 두 사람이 친척이거나 한때 부부였을 거라고 속인 일은 내가 좀 심했어요. 참, 〈웨이스 저널〉에 그 사람 사진이 실렸을 때는 정말 아슬아슬했어요.

〈브라이슬랜드 가제트〉에는 사진이 없었지. 그래, 정말 재미있는 일이구나.

그래요, 세상만사가 참 우스꽝스러워요. 만약에 누가 내 인생으로 소설을 써도 믿어주는 사람은 아무도 없겠죠.

그때 부엌 쪽에서 부산스러운 인기척이 들렸다. 딕과 빌이 맥주를 가지러 들어와서 내는 소리였다. 그들은 부엌문 너머로 손님을 발견했고 곧 딕이 거실로 들어왔다.

"딕, 우리 아빠 오셨어!" 돌리가 크고 낭랑한 목소리로 외쳤다. 나에게는 아주 생소하고 새롭고 명랑하면서도 왠지 정겹고 서글프게 들렸다. 왜냐하면 어느 머나먼 전쟁터에서 돌아온 이 젊은이는 가는귀가 먹었기 때문이다.

북극의 얼음처럼 새파란 눈, 검은 머리, 불그스름한 뺨, 아무렇게나 자란 턱수염. 우리는 악수를 나누었다. 매사에 신중하고 한 손으로도 놀라운 일을 척척 해낸다는 사실을 자랑스러워하는 빌이 맥주 캔 몇 개를 미리 따서 가져왔다. 그는 곧 자리를 피해주려 했다. 순박한 사람들의 세심한 배려. 그러나 결국 붙잡혀 눌러앉았다. 마치 맥주 광고의 한 장면 같았다. 사실은 나도 빌이 그 자리에 있어주길 바랐고 스킬러 부부도 마찬가지였다. 나는 기우뚱거리는 흔들의자로 옮겨앉았다. 돌리는 마시멜로와 감자칩을 부지런히 씹으면서 나에게도 먹어보라고 자꾸 권했다. 두 남자는, 허약한, 추위를 많이 타는, 몸집이 오그라든, 구세계에서 건너온, 아직 한창나이인데도 골골하는, 벨벳 상의와 베이지색 조끼를 입은, 어쩌면 자작인지도 모른다는 돌리의 아버지를 바라보았다.

그들은 내가 이 집에서 자고 가리라 짐작했던 모양이다. 딕이 어려운 고민에 빠진 듯이 이맛살을 잔뜩 찡그리더니 매트리스가 하나 더 있으니까 돌리와 함께 부엌에서 자겠다고 했다. 나는 가볍게 손사래를 치면서 몇몇 친구들과 팬들의 초대를 받아 리즈버그로 가는 길에 잠깐 들렀을 뿐이라고 돌리에게 말했고, 돌리는 유난히 큰 소리로 고함을 지르면서 내 말을 딕에게 전해주었다. 바로 그때 빌의 하나뿐인 엄지손가락에서 피가 흐르는 게 눈에 띄었다(그리 놀라운 재주꾼은 아니었던 모양이다). 그녀가 허리를 굽히고 빌의 손을 내려다볼 때 창백한 젖가슴 사이로 드러나는 그늘진 계곡이 예전과는 딴판으로 어찌나 성숙해 보이던지! 그녀가 그를 치료해주려고 부엌으로 데려갔다. 그때부터 잠시 동안, 따뜻하지만 몹시 어색한 온기가 감돌아 일 분 일 분이 짧은 영원처럼 느껴지는 삼사 분이 흐르는 동안 딕과 나는 단둘이었다. 그는 딱딱한 의자에 앉아 팔을 문지르면서 얼굴을 찡그렸다. 나는 땀에 젖은 그의 콧방울에 점점이 박힌 까만 여드름을 긴 마놋빛 손톱으로 하나하나 짜버리고 싶은 쓸데없는 충동을 느꼈다. 속눈썹이 아름답고 왠지 슬퍼 보이는 매력적인 눈에 이가 새하얗다. 큼직한 목울대에 수염이 까칠하다. 저렇게 젊고 튼튼한 녀석들은 어째서 면도를 깔끔하게 하지 않을까? 저 녀석과 돌리는 저 소파에서 마음껏, 적어도 백팔십 번, 어쩌면 더 많이 정사를 나눴겠지. 그리고 그 이전에는…… 저 녀석을 언제 처음 만났을까? 적대감 따위는 없다. 희한한 일이지만 적대감은 전혀 없고 다만 슬픔과 메스꺼움을 느낄 뿐이다. 딕이 코를 비볐다. 그가 마침내 입을 열면 틀림없이 (머리를 조금 흔들면서) 이렇게 말할 것이다. "아, 돌리는 정말 좋은 사람이에요, 헤이즈 씨. 정말이에요. 보나마나 좋은 엄마가 될 거예요." 아니나 다를까, 그가 입을 열고 맥주를 한 모금 마신다. 덕분에 긴장이 좀 풀리는지 연거푸 맥주만 들이켜다가 결국 거품을 흘리고 만다. 정말 양처럼 순한 녀석이다. 그런 녀석이 피렌체 명화 같은 젖가슴을 움켜쥐었겠지. 손톱은 시꺼멓고 갈라졌지만 손가락뼈, 손목뼈, 다부지고 맵시 있는 팔뚝은 내 것보다 훨씬 더, 훨씬 더 근사하다. 뒤틀리고 꼴사나운 내 손은 너무 많은 사람에게 너무 많은 아픔을 주었기 때문에 도저히 자랑스럽게 여길 수 없다. 프랑스어를 내뱉는 버릇, 도싯 촌놈처럼 불거진 뼈마디, 오스트리아 양복장이처럼 손가락 끝이 뭉툭한 손, 그게 험버트 험버트다.

좋다. 네가 침묵만 지키겠다면 나도 굳이 말하지 않겠다. 사실은 나도 이제 겁먹은 듯 얌전해진 이 흔들의자에서 잠시나마 쉬고 싶은 마음이 간절하다. 그러고 나서 다시 차를 몰고 그 짐승 같은 놈의 소굴을 찾아나서야 할 테니까. 놈을 찾으면 권총의 포피를 벗기고 방아쇠를 당기며 오르가슴을 만끽하리라. 나는 이렇게 예나 지금이나 빈의 주술사*를 충실히 신봉한다. 그러나 이내 가엾은 딕에게 미안한 마음이 든다. 잔인하게도 최면술 비슷한 수작을 부려 그가 간신히 생각해낸 유일한 대사("돌리는 정말 좋은 사람……")를 입 밖에 내지 못하게 했기 때문이다.

---

* 프로이트를 가리킨다. 정신분석학에서 말하는 권총의 상징성에 대한 언급.

그래서 이렇게 물었다. "그래, 캐나다로 가게 됐다고?"

그때 부엌에서 빌이 우스운 말이나 행동을 했는지 돌리의 웃음소리가 들려왔다.

나는 큰 소리로 다시 말했다. "그래, 캐나다로 가게 됐다고?" 그러다가 실수를 깨닫고 다시 외쳤다. "아니, 캐나다가 아니라 알래스카 말이야."

그는 맥주잔을 소중히 감싸쥐고 현자 같은 표정으로 고개를 끄덕이며 이렇게 대답했다. "글쎄요, 아마 캔을 따다가 다쳤겠죠. 이탈리아에서 오른팔을 잃었거든요."

아름다운 담자색 꽃이 만발한 아몬드나무. 점묘화 같은 담자색 꽃가지에 날아가 걸린 초현실주의적인 팔 하나. 손등에는 꽃 파는 처녀 문신. 반창고를 붙인 빌과 돌리가 다시 나타났다. 갈색머리와 창백한 안색이 야릇하게 어우러진 그녀의 아름다움 때문에 외팔이 사내가 좀 흥분한 듯했다. 딕이 안도의 미소를 지으며 일어섰다. 저랑 빌은 나가서 전깃줄이나 마저 고치는 게 좋겠네요. 헤이즈 씨와 돌리는 서로 할 얘기가 많을 테니까요. 가시기 전에 다시 뵐 수 있겠죠. 이런 사람들은 왜 이렇게 매사를 넘겨짚고, 왜 수염을 잘 깎지 않고, 왜 보청기를 쓰지 않을까?

"앉으세요." 그녀가 자기 양 옆구리를 손바닥으로 찰싹 때리면서 말했다. 나는 검은색 흔들의자에 다시 앉았다.

"그래서 나를 배신했단 말이지? 그때 어디로 갔니? 그놈은 지금 어디 있어?"

그녀는 벽난로 선반 위에서 오목하게 휘어지고 광택이 나는 스냅사진 한 장을 집어들었다. 아주 짤막한 흰색 드레스를 입고 환하게 웃는 뚱뚱한 안짱다리 노파, 콧수염을 길게 늘어뜨리고 시곗줄을 드러낸 채 와이셔츠 바람으로 서 있는 노인. 시부모님이에요. 주노*에 계시는데 아주버님 가족이랑 한집에 살죠.

"정말 담배 안 피우실래요?"

그녀는 담배를 피웠다. 그녀가 담배를 피우는 모습은 그날 처음 보았다. 폭군 험버트 치하에서는 절대엄금이었으니까. 푸르스름한 안개에 싸인 우아한 모습이 마치 무덤 속에서 일어난 샬럿 헤이즈를 보는 듯하다. 그녀가 말해주지 않으면 아이보리 삼촌**에게 놈의 거처를 알아내리라.

"제가 배신했다고요? 아니죠." 그녀는 제 엄마와 똑같이 담배를 다트처럼 쥐고 집게손가락으로 재빨리 두드려 벽난로에 재를 털고, 맙소사, 제 엄마처럼 아랫입술에 달라붙은 담배종이 부스러기를 손톱으로 긁어 떼어냈다. 아니에요. 배신하진 않았어요. 아저씨에겐 아군들이 있었죠. 에듀사 선생님도 큐가 어린 여자애들을 좋아해서 감옥에 들어갈 뻔한 적도 있으니까(이 사실은 마음에 든다) 조심하라고 했어요. 내가 다 안다는 걸 그 사람도 알았죠. 그랬다니까요…… 손바닥으로 팔꿈치를 받치고, 한 모금 빨고, 빙그레 웃고, 연기를 내뿜고, 다시 다트를 던지는 듯한 손짓. 밀려드는 추억. 그 사람은—미소를 지으면서—모든 일을, 모든 사람을 훤히 꿰뚫어봤어요. 아저씨나 나 같은 사람이 아니라 천재거든요. 정말 대단한 사람이에요. 재미있기도 하고. 아저씨랑 나 사이

* 알래스카 주의 주도.
** Uncle Ivory. 치과의사 아이버 퀼티.

에 대해 고백했더니 배꼽 빠지게 웃으면서 진작 알아차렸다고 하더라고요. 그런 상황이었으니까 그 사람한테는 다 털어놔도 안전했고……

아무튼 큐*는, 다들 그 사람을 큐라고 불렀는데……

5년 전에 그녀가 갔던 그 캠프. 희한한 우연이었다. ……엘리펀트(엘핀스톤이다)에서 차로 하루쯤 걸리는 관광 목장으로 나를 데려갔어요. 이름? 아, 좀 웃기는 이름인데―덕덕** 목장이라고―정말 웃기는 이름이지만, 어쨌든 이젠 상관없어요. 그 목장은 흔적도 없이 사라졌거든요. 그런데 그때는 그 목장이 얼마나 멋있었는지 정말 상상도 못하실 거예요. 정말 없는 게 없었어요. 실내에 폭포까지 있었다니까요. 언젠가 우리랑('우리'라고 말해줘서 기뻤다) 같이 테니스를 쳤던 빨간 머리 남자 기억나죠? 사실은 그 빨간 머리의 형이 그 목장 주인인데, 여름 동안 큐한테 빌려줬던 거예요. 내가 큐랑 같이 갔을 때 다른 사람들이 실제로 대관식도 열어주고 물속에 풍덩 빠뜨리기도 했어요, 적도를 건너갈 때 하듯이 말예요.*** 그거 아시죠?

그녀는 짐짓 체념한 표정을 지으면서 눈동자를 굴렸다.

"계속해."

그러죠. 원래는 그해 9월에 그 사람이 나를 할리우드에 데려가서 오디션을 받게 해준댔어요. 자기가 쓴 〈황금 라켓줄〉이라는 희곡으로 영화를 찍는데, 테니스 경기 장면에 단역으로 출연할 수도 있고, 잘하면

---

* Cue. 등장인물의 애칭이자, 연극무대에서 배우에게 등장할 차례를 알려주는 신호.

** Duk Duk. 영국 동양학자 리처드 버턴 경이 영역한 15세기 아랍의 성 지침서 『향기로운 정원』에 나오는 말로, '성교'를 뜻하는 페르시아어.

*** 영국, 미국, 네덜란드 해군의 전통으로, 적도를 처음 건너는 선원들을 골탕 먹이고 바닷물에 빠뜨리며 축하해준다.

클리그등*을 밝힌 테니스 코트에서 어느 인기 여배우의 대역으로 뛸 수도 있다고 했죠. 아쉽게도 실현되진 않았지만.

"그 돼지 같은 놈은 지금 어디 있어?"

돼지 같은 놈은 아니에요. 여러모로 대단한 사람이죠. 그런데 술과 마약을 너무 많이 해요. 섹스는 완전 변태인데다 친구들을 노예처럼 취급하죠. 그 사람들이 덕덕 목장에서 무슨 짓을 했는지 아마 상상도 못 하실 거예요. (나 험버트는 정말 상상할 수 없었다!) 나한테도 같이 하라고 했지만 그 사람을 사랑하니까 싫다고 했더니 쫓아내더라고요.

"어떤 짓인데?"

"아주 괴상하고 더럽고 추잡한 짓. 그러니까 거기 여자애 두 명이랑 남자애 두 명, 그리고 남자 어른이 서너 명 있었는데, 모두 발가벗고 한 자리에 뒤엉키면 어떤 할머니가 영화를 찍는 거죠." (사드의 쥐스틴[76]은 처음에 열두 살이었다.)

"구체적으로 어떤 짓인데?"

"아, 이것저것…… 아, 난…… 정말 난……" 그녀는 '난'이라는 억눌린 외침을 내뱉으며 고통의 근원에 귀를 기울였지만 적당한 말을 찾지 못한 채 다섯 손가락을 쫙 펴서 아래위로 뻣뻣하게 흔들었다. 아니, 안 할래요. 뱃속에 아기도 있는데 자세한 얘기까진 차마 못하겠어요.

그 말도 일리는 있군.

"어차피 이젠 중요한 일도 아니죠." 그녀는 회색 쿠션을 주먹으로 툭 툭 치더니 부푼 배를 쑥 내밀고 소파 위에 길게 드러누웠다. "미친 짓,

---

* 영화촬영용 특수조명의 일종.

더러운 짓. 그래서 거절했어요. 내가 원하는 남자는 당신뿐인데 구역질 나는 녀석들한테〔여기서 그녀는 프랑스어로 직역하면 '불다'에 해당하는 역겨운 속어*를 지극히 태연하게 사용했다〕해주긴 싫다고 했죠. 그래서 쫓겨났어요."

그것 말고는 얘깃거리가 별로 없어요. 1949년 겨울에 페이랑 저는 일거리를 구했어요. 그때부터 거의 2년 동안―아, 여기저기 작은 식당에서 일하면서 그냥 이리저리 떠돌았는데, 그러다가 딕을 만나게 됐죠. 아니, 그 사람이 어디 있는지는 저도 몰라요. 아마 뉴욕에 있겠죠. 물론 워낙 유명한 사람이니까 마음만 먹으면 금방 찾을 수 있어요. 페이는 그 목장으로 돌아가려 했는데―그때는 벌써 목장이 사라져버린 뒤였어요. 홀라당 타서 아무것도 없고 시꺼먼 숯덩이만 수북하더래요. 정말 이상해요, 정말 이상해……

그녀는 쿠션에 등을 기대고 펠트 슬리퍼를 신은 한쪽 발을 거실 바닥에 내려놓은 자세로 지그시 눈을 감고 입을 벌렸다. 마룻바닥이 기울어져 작은 쇠구슬을 떨어뜨리면 부엌으로 데굴데굴 굴러들어갈 것같았다. 이제 내가 알고 싶은 것은 모두 알아냈다. 나의 귀염둥이를 괴롭힐 뜻은 없다. 일이 다 끝났는지 빌의 판잣집 너머 어딘가에서 라디오가 어리석은 사랑과 파멸에 대한 노래를 부른다. 빛이 바랜 미모, 어른의 손처럼 밧줄 같은 혈관이 불거진 가녀린 손, 오소소 소름이 돋은 새하얀 팔, 납작한 귀, 손질하지 않은 겨드랑이―그렇게 내 눈앞의 그녀

---

* 영어의 'blow'를 가리킨다. 원래는 '입김이나 나팔 따위를 분다'는 뜻이지만 여기서는 '구강성교를 해준다'는 뜻으로 사용했다. 프랑스어 '불다(souffler)'에는 그런 의미가 없다.

는(나의 롤리타!) 열일곱 살의 나이에 이미 절망적일 만큼 초췌해졌고, 벌써부터 뱃속의 아기는 장차 큰 인물이 되었다가 서기 2020년쯤 은퇴할 꿈을 꾼다. 하염없이, 하염없이 그녀를 바라보면서 언젠가는 나도 죽는다는 사실을 아는 것만큼이나 분명하게 깨달았다. 일찍이 내가 지상에서 보았거나 상상했던 그 무엇보다 그녀를 더 깊이 사랑한다는 것을, 장차 어디로 가더라도 누군가를 이토록 사랑할 수는 없으리라는 것을. 지난날 내가 환희의 외마디소리를 토해가며 덮쳐누르던 그 님펫에 비하면 지금의 그녀는 제비꽃의 희미한 잔향, 낙엽의 메아리에 불과했으니, 갈색으로 물든 낙엽이 시냇물을 막아버리고 메마른 잡초 속에서 마지막 귀뚜라미 한 마리가 노래할 때 저멀리 창백한 하늘 아래 한줌 숲이 보이는 황갈색 협곡 언저리에 맴도는 메아리…… 그러나 다행히 내가 숭배하는 것은 그 메아리만이 아니었다. 덩굴처럼 뒤엉킨 내 마음속에 제멋대로 자라나던 크고 찬란한 죄는 어느새 줄어들어 고갱이만 남았다. 나는 이 삭막하고 이기적인 악덕을 버리고 저주했다. 여러분은 나에게 야유를 던지면서 당장 퇴정하겠다고 위협하겠지만, 내 입에 재갈이 물려 숨도 제대로 못 쉬게 되기 전까지는 나의 가련한 진실을 목청껏 외치며 온 세상에 널리 전하리라—나의 롤리타를, 이 롤리타를, 비록 핼쑥하고 더럽히고 다른 사내의 아이를 잉태했으나 여전히 눈동자는 잿빛이고 여전히 속눈썹은 거무스름하고 여전히 적갈색과 황갈색으로 빛나는 그녀를, 여전히 카르멘시타이며 여전히 나의 연인인 그녀를 내가 얼마나 사랑했는지! 인생을 바꿔보자, 나의 카르멘, 우리가 영영 헤어지지 않을 곳으로 가자.[77] 오하이오? 아니면 매사추세츠의 황무지? 어디든 상관없다. 그녀의 눈이 동태눈처럼 흐릿해져도, 젖꼭지가 부풀고 갈라져도, 어리고 귀엽고 예민하고 비단결 같은 삼각주가 찢어지고 더러워져도—무슨 일이 있어도 너의 창백하고 사랑스러운 얼굴을 보기만 하면, 너의 어리고 떠들썩한 목소리를 듣기만 하면, 나는 미칠 듯이 샘솟는 애정을 가누지 못할 것이다, 나의 롤리타.

"롤리타, 쓸데없는 소리일지도 모르지만 그래도 꼭 말해야겠다. 인생은 아주 짧아. 여기서부터 너도 잘 아는 그 고물차까지 스무 걸음, 많아 봤자 스물다섯 걸음이면 충분해. 아주 짧은 거리야. 그 스물다섯 걸음을 걷자. 지금. 지금 당장. 지금 그대로 떠나면 돼. 그때부터 우리는 영원히 행복하게 사는 거야."

카르멘, 나와 함께 가지 않겠니?

"그 말은……" 그녀가 눈을 뜨고 마치 공격을 앞둔 뱀처럼 상체를 살짝 들면서 말했다. "그 말은 내가 모텔까지 따라가야만 우리한테(우리란다) 돈을 주겠다는 뜻이군요. 그런 뜻 맞죠?"

"아니, 그건 오해야. 난 그저 네가 오다가다 만난 딕이나 이 누추한 동굴* 따위는 버리고 떠나서 나와 함께 살고 나와 함께 죽고 뭐든지 나와 함께 했으면 좋겠다는 것뿐이야"(대충 그렇게 말한 것 같다).

"미쳤군요." 그녀의 얼굴이 잔뜩 일그러졌다.

"잘 생각해봐, 롤리타. 조건은 아무것도 없어. 다만 한 가지—아니, 아무것도 아니다." (한 번만 더 기회를 달라는 말을 하고 싶었지만 그만두었다.) "아무튼 거절하더라도 네…… 결혼자금은 줄 테니까."

"정말이에요?" 돌리가 물었다.

---

* '딕(Dick)'과 '동굴(hole)'은 각각 남녀의 성기를 뜻하는 속어이기도 하다.

나는 현금 400달러와 수표 3600달러가 든 봉투를 건넸다.

그녀는 머뭇거리면서, 반신반의하면서, 내가 주는 보잘것없는 선물을 받았다. 이윽고 그녀의 이마가 아름다운 분홍색으로 물들었다. "아니," 그녀는 마치 괴로운 듯이 힘주어 말했다. "우리한테 사천 달러나 주시는 거예요?" 나는 한 손으로 얼굴을 가리고 내 평생 가장 뜨거운 눈물을 흘렸다. 눈물은 손가락 사이로 흘러내리고, 턱을 적시고, 나를 불태우고, 코가 막히고, 그래도 울음을 그치지 못하자 그녀가 내 손목을 만졌다.

"네가 만지면 그대로 죽을 것 같아." 나는 말했다. "정말 같이 안 갈래? 나와 같이 갈 가능성은 조금도 없는 거야? 그것만 말해줘."

"없어요. 안 돼요, 자기, 안 돼요."

그녀가 나를 '자기'라고 부른 것은 그때가 처음이었다.

"그럴 수는 없어요. 말도 안 돼요. 차라리 큐한테 돌아간다면 또 모를까. 내 말은……"

그녀는 적당한 말을 생각해내려고 애썼다. 나는 마음속으로 그녀의 말을 대신 해주었다("그 사람은 내 가슴에 상처를 남겼어요. 아저씨는 내 인생에 상처를 남겼을 뿐이고").

"이렇게," 그녀가 말을 잇다가―"아차!"―봉투를 바닥에 떨어뜨리고―다시 주우면서―"이렇게 큰돈을 주시다니, 아, 정말 고마워요. 이 돈만 있으면 모든 문제가 해결되니까 다음주쯤엔 출발할 수 있겠어요. 제발 그만 우세요. 이해해주셔야죠. 맥주 좀더 갖다드릴게요. 아, 울지 마세요. 너무 많이 속여서 죄송하지만 그때는 그럴 수밖에 없었어요."

나는 얼굴과 손가락을 닦았다. 그녀가 내 선물을 내려다보며 빙그레 웃었다. 좋아서 어쩔 줄 몰랐다. 딕을 부르려 했다. 나는 곧 가야 한다고 말했다. 그 친구를 만나고 싶지 않다고, 정말 싫다고 말했다. 우리는 이야깃거리를 생각해내려고 노력했다. 무슨 까닭인지 모르겠지만 그때 자꾸 떠오르는, 내 젖은 망막에 맺혀 파르르 떨면서 은은하게 빛나는 영상이 있었다. 어느 문 앞에 앉아서 빈 깡통을 향해 '땡땡' 조약돌을 던지는 눈부신 열두 살 소녀의 모습이었다. 하마터면─뭔가 가벼운 화제를 꺼내려다가─"맥쿠네 딸내미는 어떻게 됐는지, 몸은 좀 나았는지 가끔 궁금하던데?" 하고 말할 뻔했는데, 그녀가 "헤이즈네 딸내미는 어떻게 됐는지 가끔 궁금하던데……" 하고 대꾸할까봐 그만두었다. 결국 돈 문제로 돌아갔다. 그 돈은 엄마의 집에서 나온 임대료 총액과 얼추 비슷한 금액이라고 말해주었다. 그러자 그녀가 말했다. "그 집은 몇 년 전에 팔아버리지 않았어요?" 안 팔았어(예전에 그렇게 말한 이유는 램스데일과의 관계를 깨끗이 끊어버리게 하기 위해서였다). 재산 문제에 대해서는 나중에 변호사가 구체적인 명세서를 보내줄 거야. 상황이 아주 낙관적이야. 네 엄마가 주식을 조금 사뒀는데 그중 일부가 하늘 높은 줄 모르고 치솟았거든. 그럼 난 이제 가봐야겠다. 가서, 그놈을 찾아내서, 죽여버려야 하니까.

그녀가 배를 앞세우고 다가왔지만 그녀의 입술이 내 얼굴에 닿으면 도저히 살아남지 못할 것 같아 춤을 추듯이 주춤주춤 뒷걸음질을 쳤다.

그녀와 개가 배웅해주었다. 놀랍게도(이 말은 과장이고 사실은 별로 놀랍지 않았다) 그녀는 어린 시절 님펫이었을 때 타고 다녔던 낡은 차를 보고도 무덤덤하기만 했다. 다만 색깔이 자줏빛으로 변해가는 것 같다고 말했을 뿐이다. 이 차는 네가 가져. 나는 버스를 타면 돼. 말도 안 돼요. 우린 비행기를 타고 가요. 차는 주피터*에 도착해서 사면 되죠. 그럼 이 차는 내가 500달러에 사는 걸로 하자.

"이러다간 금방 갑부 되겠네." 흥분해서 헐떡이는 개를 바라보며 그녀가 말했다.

카르멘시타, 그녀에게 물었다…… "마지막으로 한마디만 더." 신중하게 말을 골랐지만 한심스럽게 더듬거렸다. "너 정말, 정말―그래, 물론 내일도 아니고 모레도 아니겠지만―아무튼―언젠가는, 언제든 좋으니까, 나와 함께 살지 않겠니? 그렇게 작디작은 희망이라도 남겨준다면 나는 새로운 신을 창조하고 그 신에게 목이 터져라 감사하며 살아갈 텐데"(대충 그렇게 말했다).

"아뇨." 그녀가 웃으며 말했다. "싫어요."

"그랬다면 모든 게 달라졌을 텐데." 험버트 험버트가 말했다.

그리고 자동권총을 꺼냈다―아니, 독자들은 내가 그렇게 어리석은 짓을 하리라 예상했을 것이다.** 하지만 사실은 그런 생각조차 떠오르지 않았다.

"안녀―엉!" 나의 아름다운, 불멸의, 이미 죽은 미국인 연인이 노래하듯이 말했다. 왜냐하면 여러분이 이 책을 읽을 때쯤 그녀는 이미 이승을 떠나 불멸의 존재가 되었을 테니까, 이른바 관계당국과 정식으로 합의한 사항이니까.

---

* 롤리타의 목적지는 '주노(Juneau)'인데, 험버트의 심정이 반영되어 '주피터(Jupiter)' 즉 '목성'으로 표현되었다.

** 험버트가 중간중간 『카르멘』 속 호세의 말을 인용해왔듯이, 호세는 카르멘에게 함께 떠나자고 애원하지만 거절당하자 결국 카르멘을 살해한다.

이윽고 내가 그곳을 떠날 때 딕에게 소리치는 그녀의 낭랑한 음성이 들려왔다. 개가 살찐 돌고래처럼 경중경중 뛰면서 내 차와 나란히 달리기 시작했지만 너무 늙고 몸도 무거워 금방 포기해버렸다.

그리하여 나는 저물어가는 저녁의 가랑비를 뚫고 달려갔는데, 앞유리 와이퍼가 전속력으로 움직였지만 쏟아지는 내 눈물은 어찌지 못했다.

30

콜몬트에서 오후 4시경에 출발했으니(X번 도로를 탔는데─번호는 잊어버렸다) 중간에 지름길의 유혹을 받지만 않았다면 새벽녘에는 램스데일에 도착했을 것이다. 그곳에 가려면 고속도로 Y를 타야 했다. 우선 포장도로 X를 타고 가다가 해질녘 우드바인에 도착했는데, 거기서 조금만 더 가면 포장도로 Y로 연결되는 비포장도로가 나온다. 지도상에서는 아주 간단해 보였고 거리도 약 40마일에 불과했다. 이렇게 가지 않으려면 X를 따라 100마일이나 더 간 후 세월아 네월아 빙빙 도는 Z를 거쳐야 비로소 Y를 타고 목적지까지 갈 수 있었다. 그런데 문제의 지름길이 갈수록 험해져 점점 더 울퉁불퉁하고 점점 더 질척질척했다. 더듬더듬, 구불구불, 거북이처럼 느릿느릿, 그렇게 10마일쯤 가다가 결국 돌아서려고 했지만 이번에는 낡고 힘없는 멜모스가 깊은 진흙탕에 빠져버리고 말았다. 사방이 캄캄하고 후덥지근하고 절망적이었다. 전조등 불빛이 드넓은 물웅덩이를 비추었다. 주변 풍경은─풍경이랄 것도 없지만―온통 시꺼먼 황야였다. 어떻게든 벗어나보려 했지만 양쪽 뒷바퀴가 진흙탕에 처박힌 채 고통스러운 비명을 지를 뿐이었다. 이 난감한 상황에 욕지거리를 내뱉으며 값비싼 옷을 벗고 총알구멍이 숭숭 뚫린 스웨터와 슬랙스로 갈아입은 후 진창길을 철벅철벅 걸어서 4마일쯤 떨어진 도로변 농장까지 되돌아갔다. 도중에 비가 내리기 시작했지만 비옷을 가지러 갈 만한 여력이 없었다. 이런 사건을 통하여 최근의 진단 결과와 달리 내 심장은 기본적으로 건강하다고 믿게 되었다. 자정 무렵에 견인차가 와서 내 차를 끌어냈다. 나는 고속도로 X로 돌아가서 여행을 계속했다. 한 시간쯤 지나서 별 특징 없는 어느 소도시에 도착했을 때 극심한 피로가 몰려왔다. 길가에 차를 세우고 어둠 속에서 정든 휴대용 술병에 담긴 술을 꿀꺽꿀꺽 들이켰다.

비는 몇 마일 전에 그쳤다. 캄캄하고 무더운 밤, 애팔래치아산맥 어디쯤이었다. 이따금 차가 지나갈 때마다 붉은 미등이 멀어지거나 하얀 전조등이 다가왔지만 도시는 죽은 듯이 고요했다. 무르익다못해 썩어가는 그리운 유럽이라면 한가롭게 보도를 따라 거닐며 웃음을 터뜨리는 시민들이 더러 눈에 띌 만도 하건만 이곳에는 인적이 전혀 없었다. 이 무구한 밤을 즐기며 무시무시한 생각을 떠올리는 사람은 나뿐이었다. 갓돌 위에는 내용물을 몹시 까다롭게 가려서 받는 철망 쓰레기통이 있었다. 쓰레기. 종이류. 음식찌꺼기 투입금지. '카메라 판매점'이라고 적힌 글자가 셰리주처럼 붉게 빛났다. 드러그스토어 앞에는 변비약 이름이 적힌 대형 온도계가 조용히 걸려 있었다. '루비노프 보석상' 쇼윈도에는 모조 다이아몬드가 붉은 거울에 비치고 있었다. '지피 제프 세탁소'에 불을 밝힌 초록색 벽시계가 세탁물의 바다에서 헤엄치는 듯했다. 도로 건너편에 있는 정비소가 '경건한 외설genuflexion lubricity'이라고 잠꼬대를 하더니 이내 '걸플렉스 윤활유Gulflex Lubrication'라고 정정했다. 루비노프의 보석으로 장식한 비행기가 붕붕거리며 벨벳 하늘을 가로질렀다. 이렇게 깊은 밤에 작은 도시를 바라본 날이 얼마나 많았던가! 이 도시도 마지막은 아니리라. 그자는 이미 죽은 목숨이나 다름없으니 굳이 서두를 필요는 없다. 도로 건너편에서 조금 더 멀리 떨어진 네온사인이 내 심장보다 두 배쯤 느린 속도로 깜빡거렸다. 거대한 커피포트 형태로 만든 식당 간판이었다. 대략 1초마다 한 번씩 에메랄드빛을 내뿜으며 확 살아났다가 스르르 꺼지면 '맛있는 식사'라고 적힌 분홍색 글자가 뒤를 이었는데, 그 순간에도 커피포트 모양의 그림자는 남아서 보일락 말락 눈을 희롱하다가 다시 에메랄드빛으로 부활했다. 그림자 사진도 찍어봤어요. 이 은밀한 도시는 '마법에 걸린 사냥꾼'에서 그리 멀지 않은 곳이었다. 나는 돌이킬 수 없는 과거에 취해 다시 눈물을 흘렸다.

31

콜몬트와 램스데일 사이의(순진한 돌리 스킬러와 유쾌한 아이버 삼촌 사이의) 한적한 휴게소에서 간단한 식사를 하면서 내 입장을 다시 정리해보았다. 이제 나 자신과 내 사랑을 지극히 단순하고 명료하게 바라볼 수 있었다. 그 순간에 비하면 예전의 시도는 모두 초점을 벗어난 듯 흐릿하기만 했다. 2년 전에 형이상학적 호기심에 사로잡혔을 때 한 동안 프랑스어를 사용하는 어느 지적인 고해신부의 지도에 따라 개신교의 따분한 무신론을 포기하고 예스러운 천주교식 치유책을 찾으려 했는데, 당시 나는 나 자신의 죄의식에서 절대자가 존재한다는 결론을 도출하게 되기를 기대했다. 서리로 뒤덮인 퀘벡의 차디찬 아침마다 이 선량한 신부님은 한없이 친절하고 이해심 많은 태도로 내 이야기를 들어주었다. 그 신부님과 그가 대표하는 종교에는 크나큰 은혜를 입었다. 그러나 안타깝게도 나는 단순한 인간적 사실을 뛰어넘을 수 없었다. 내가 그 어떤 영적 위안을 얻더라도, 설령 그림처럼 아름다운 영생이 나를 기다리더라도, 나의 롤리타는 내가 그녀에게 입힌 더러운 정욕의 상처를 절대로 잊지 못할 터였다. 누가 나에게—오늘날의 나에게, 이 심장과 이 수염과 이 타락상을 지닌 지금의 나에게—무한한 시간 속에서는 돌로레스 헤이즈라는 북미 소녀가 어느 미치광이에게 소녀 시절을 빼앗겼다는 사실쯤은 조금도 문제가 되지 않음을 증명해준다면 또 모르지만, 그럴 수 없다면(만약 그것이 가능하다면 인생은 웃음거리에 불과하다) 나의 고뇌를 달랠 만한 방법은 지극히 국소적인 증상 완화제 역할밖에 못하는 우울한 언어예술뿐이다. 옛 시인의 말을 인용하자면,

유한한 생명을 가진 인간의 양심이란
아름다움을 즐긴 대가로 치르는 세금 같은 것.*

---

* 사실은 나보코프의 창작이다.

32

우리가 첫 여행을 할 때, 말하자면 첫째 낙원*에 올랐을 때, 어느 날 나는 나만의 환상을 마음 편히 즐기려고 뻔히 보이는 사실을—그녀에게는 내가 애인도 아니고 매력남도 아니고 친구도 아니고 아예 인간도 아니고 다만 (언급할 수 있는 부분만 언급하자면) 두 개의 눈과 1피트의 충혈된 고깃덩어리에 불과하다는 사실을—무시해버리기로 굳게 다짐했다. 또 어느 날은 그 전날 편의상 했던 약속(특수 플라스틱 바닥을 설치한 롤러스케이트장에 가도 좋고, 낮 시간에 혼자 보고 싶다던 영화를 보아도 좋고, 아무튼 그녀의 변덕스러운 마음이 원하는 일을 허락하겠다 한 약속)을 일방적으로 취소해버리고 나서 화장실에 들어갔을 때 거울의 각도와 열린 문틈의 우연한 조합 덕분에 그녀의 표정을 얼핏 보게 되었는데⋯⋯ 뭐라고 딱 꼬집어 설명할 수 없는 그 표정은⋯⋯ 그야말로 완벽한 무력감의 표현이랄까, 상심과 좌절이 한계에 도달하여—그리고 어딘가에 한계가 있다는 말은 그 너머에도 뭔가 있다는 뜻이므로—오히려 아주 편안한 공허와 무심한 깨달음의 경지로 접어든 표정이었다. 더구나 그렇게 눈썹을 추켜올리고 멍하니 입을 벌린 표정이 아이의 얼굴에 떠올랐다는 사실까지 감안한다면 독자 여러분도 당시 내가 품었던 계산적 욕정이 얼마나 지독했는지, 그리고 그녀 때문에 나 역시 얼마나 절망했는지를 더 깊이 이해할 수 있을 것이다. 그래서 나는 그 자리에서 그녀의 사랑스러운 발 앞에 엎드려 인간다운

---

* 단테의 『신곡』 중 '천국편'에 나오는 월광천(月光天), 즉 달의 세계에 대한 언급으로 험버트 자신과 롤리타를 단테와 베아트리체에 비유한 대목이다.

눈물을 펑펑 쏟지도 않았고, 질투심을 버리고 롤리타에게 그녀가 원하는 즐거움을, 그녀에게는 현실 세계인 바깥세상에서 지저분하고 위험한 아이들과 어울려 다니는 그 즐거움을, 허락하지도 않았다.

내가 억눌러놓았던 기억은 그것만이 아닌데, 지금 그 기억들이 손발이 없는 고통의 괴물이 되어 차례차례 모습을 드러낸다. 어느 날이었던가, 저녁놀이 사위어가는 비어즐리의 거리에서 (두 님펫을 연주회에 데려가는 길이었는데, 나는 그들과 몸이 닿을 정도로 바싹 붙어 따라갔다) 그녀가 에바 로젠을 돌아보면서 입을 열었다. 에바가 자기 동네 남학생 밀턴 핀스키가 음악에 대해 지껄이는 소리를 듣느니 차라리 죽는 편이 낫다고 말했을 때였는데, 나의 롤리타가 에바를 돌아보면서 아주 차분하고 진지한 어조로 이렇게 말했다.

"죽음이 두려운 건 완전히 혼자가 되기 때문이야." 그 순간, 자동인형처럼 기계적으로 다리를 움직이며 걷던 나는 문득 내가 그녀의 정신세계에 대해서는 아무것도 모른다는 사실을 깨달았고, 이렇게 한심할 정도로 유치하고 진부한 표현의 이면에 감춰진 그녀의 내면세계를 들여다보면 정원이 있고 황혼이 있고 궁전의 대문도 있을지 모른다는 생각이 들었는데—이 어렴풋하고 아름다운 세계는 불결한 누더기 같은 몸뚱이를 지니고 비참한 발작에 시달리는 나 같은 인간에게는 금단의 땅, 절대로 발을 들여놓을 수 없는 곳이었다. 왜냐하면 당시 그녀와 나는 완전한 악의 세계에서 살고 있어서, 내가 어떤 이야기를 꺼낼 때마다, 이를테면 그녀와 연상의 친구, 혹은 그녀와 부모, 혹은 그녀와 건강한 진짜 연인, 혹은 나와 애너벨, 혹은 롤리타와 정화되고 분석되고 신격화된 숭고한 해럴드 헤이즈가 함께 나눌 만한 화제(추상적 개념, 그림,

점박이 홉킨스,* 대머리 보들레르, 신, 셰익스피어 등 바람직한 화제)
를 내놓을 때마다 분위기가 이상하게 서먹서먹해지는 것을 자주 느꼈
기 때문이다. 선의로 말했건만! 그녀는 평소처럼 건방진 태도와 따분
한 표정을 방패 삼아 상처받기 쉬운 마음을 보호했고, 나는 나대로 나
자신도 역겨울 만큼 가식적인 어조로 몹시 냉담한 말을 늘어놓고, 견
디다못한 롤리타는 발끈해서 버르장머리 없는 말을 내뱉고, 결국 대화
가 불가능한 지경에 이르고 말았다. 아아, 가엾은 아이야, 상처받은 아
이야.

나는 너를 사랑했다. 내 비록 다리가 다섯 달린 괴물이었지만 너를
사랑했다. 내 비록 비열하고 잔인했지만, 간악했지만, 무슨 말을 들어
도 싸지만, 그래도 너를 사랑했다, 너를 사랑했다! 그리고 때로는 네 심
정을 헤아릴 수 있었고, 그때마다 지옥의 괴로움을 맛보았다, 나의 아
이야. 롤리타, 씩씩한 돌리 스킬러.

낙원에 박힌 빙산이라 부를 만한 순간들이 떠오른다. 예컨대 그녀
를 마음껏 탐한 후—미친 듯이, 터무니없이 힘을 쏟은 후—하늘빛 줄
무늬로 물든 채 그녀를 부둥켜안고 맥없이 늘어져 비로소 인간다운 애
정이 담긴 외마디 신음 소리를 토할 때, 포장된 안뜰에서 블라인드 틈
새로 스며드는 네온사인 불빛에 그녀의 피부가 반짝거리고, 숯처럼 검
은 속눈썹은 촉촉이 젖어 가닥가닥 달라붙고, 수심 가득한 잿빛 눈동자
는 더욱더 공허하고, 그래서 그녀가 마치 큰 수술을 받은 후 아직 마취
가 덜 풀려 정신이 몽롱한 어린 환자처럼 보일 때, 나의 애정이 차츰 깊

---

* 영국 시인 제라드 맨리 홉킨스와 그의 시 「아름다운 반점」에서 따온 말.

어져 치욕과 절망으로 변해갈 때, 대리석처럼 굳어진 팔로 나의 유일한 빛 롤리타를 흔들어 달래줄 때, 그녀의 따뜻한 머리카락에 얼굴을 묻고 신음을 흘릴 때, 그녀의 몸을 닥치는 대로 어루만지며 말없이 그녀의 축복을 갈구할 때, 그렇게 인간적이고 고통스럽고 헌신적인 애정이 절정에 이르렀을 때, 바야흐로 내 영혼이 그녀의 벗은 몸에 매달려 진심으로 참회하려 할 때, 느닷없이, 얄궂게, 경악스럽게, 욕망이 다시 끓어오르고—"아아, 싫어요!" 롤리타가 하늘이 무너져라 한숨을 쉬고, 다음 순간 애정도 하늘빛도—모든 것이 산산이 부서지고 말았다.

부모와 자식의 관계에 대한 사고방식은 20세기 중반의 정신분석학 소동을 겪으면서 학문적 궤변이나 규격화된 상징성 따위로 크게 오염되고 말았지만, 나의 독자들만은 그런 편견이 없는 분들이라 믿고 싶다. 언젠가 에이비스의 아빠가 우리 집 앞에서 경적을 울려 귀염둥이 딸을 데리러 왔다는 신호를 보냈는데, 아무래도 그를 집 안으로 불러들이는 것이 예의일 듯싶었다. 우리가 잠시 거실에 앉아 대화를 나눌 때 몸집이 육중하고 매력도 없지만 다정스러운 에이비스가 슬금슬금 다가오더니 결국 아빠 무릎에 털썩 앉았다. 앞에서 이미 말했는지도 모르겠지만 롤리타는 낯선 사람에게 한없이 고혹적인 미소를 던지는 버릇이 있었는데, 속눈썹이 돋보이는 상냥한 눈이 가늘어지고 꿈처럼 감미로운 빛이 얼굴 가득히 번지면 특별한 의미가 담긴 미소는 아니지만 어찌나 아름답고 어찌나 사랑스러운지, 이토록 감미로운 미소를 한낱 유전자의 신비로운 기능이라고—품위 없는 독자들이 흔히 접대용 매춘이라고 부르는 고대 환영의식의 흔적이 격세유전으로 전해져 반사적으로 얼굴이 밝아지는 현상이라고—생각하기는 힘들었다. 아무튼 버드* 씨가 모자를 빙빙 돌리며 이야기할 때 그녀도 그곳에 있었고—아니, 내가 왜 이렇게 멍청할까, 눈부신 롤리타 미소의 주요 특징을 빠뜨리다니—보조개와 더불어 활짝 피어나는 이 상냥하고 달콤한 미소는 결코 방 안에 있는 낯선 사람을 향하지 않았는데, 굳이 말하자면 꽃이 만발한 어느 머나먼 허공에 두둥실 떠다닌다고나 할까, 혹은 그때그때 눈에 띈 이런저런 물체를 근시처럼 흐릿한 시선으로 바라보았다. 그날도 마찬가지였다. 뚱보 에이비스가 아빠에게 다가갈 때 롤리타는 내 곁에서 까마득히 멀리 떨어진 듯한 탁자 모서리에 기대어 서서 거기 놓인 과도를 만지작거리며 그 칼에게 다정한 미소를 던졌다. 그때 에이비스가 별안간 아빠의 목과 귀에 얼굴을 와락 들이댔고, 아빠도 이 뚱뚱하고 펑퍼짐한 딸을 자연스럽게 안아주었다. 그 순간 롤리타의 미소에 깃들었던 빛은 말끔히 사라지고 얼어붙은 듯 희미한 그림자만 남았는데, 그때 탁자 위의 과도가 미끄러져 떨어지면서 은제 손잡이가 그녀의 발목을 때렸다. 깜짝 놀란 그녀가 외마디소리를 지르며 고개를 숙이더니 아이들이 눈물을 쏟기 직전에 흔히 그러듯이 잔뜩 찡그린 꼴사나운 표정을 지으며 앙감질로 깡충깡충 뛰어나갔다. 에이비스가 부리나케 부엌으로 따라가 위로해주었다. 그러나 에이비스에게는 자상하고 뚱뚱하고 발그레한 아빠와 작고 통통한 남동생, 갓 태어난 여동생, 집, 능글맞게 웃는 개 두 마리가 있고, 롤리타에게는 아무것도 없었다. 이 짤막한 장면에 부록으로 덧붙일 만한 일화가 있는데, 무대는 역시 비어 즐리였다. 벽난로 근처에서 책을 읽던 롤리타가 팔꿈치를 들고 끄응 소

---

* Byrd. 라틴어로 '새(bird)'를 뜻하는 딸의 이름 에이비스(Avis)와의 동어반복을 위해 만든 성. 원래 성은 채프먼.

리를 내면서 기지개를 켜더니 다짜고짜 물었다. "그런데 어디에 묻었어요?" "뭘?" "알잖아요. 살해당한 우리 엄마 말예요." "엄마 무덤이 어디 있는지 너도 알잖니." 나는 마음을 가라앉히며 그렇게 대답하고 램스데일 변두리의 철도와 레이크뷰 언덕 사이에 있는 공동묘지 이름을 다시 말해주었다. 그리고 덧붙였다. "그렇게 비극적인 사고를 그런 식으로 표현하니까 하찮은 일처럼 들리는구나. 네가 진심으로 죽음에 대한 생각을 극복하고 싶다면……" "만세!" 로가 뜬금없이 소리치더니 힘없이 나가버렸고, 나는 눈이 욱신거릴 만큼 오랫동안 난롯불을 들여다보았다. 이윽고 그녀가 보던 책을 집어들었다. 아이들이 읽는 쓰레기 같은 소설이었다. 매리언이라는 우울한 소녀와 그녀의 계모가 있었다. 계모라지만 뜻밖에도 젊고 명랑하고 이해심 많은 빨강머리 여자였는데, 매리언에게 그녀의 죽은 엄마가 사실은 아주 용감한 분이었다고 말해주었다. 자기가 죽어간다는 사실을 알았으므로 딸이 너무 슬퍼할까봐 그녀를 깊이 사랑하면서도 그 마음을 숨겼다는 설명이었다. 그렇다고 고함을 지르며 롤리타의 방으로 달려가지는 않았다. 예나 지금이나 지나친 간섭은 삼가는 것이 정신건강에 이롭다고 믿기 때문이다. 그러나 지금 이렇게 괴로워하며 기억을 떠올려보니 그날과 비슷한 일이 있을 때마다 롤리타의 심정은 무시해버리고 오히려 비열한 나 자신을 위로하는 것이 내 방식이고 버릇이었다. 일렁이는 안개 속에서 축축하게 젖은 납빛 드레스를 입은 어머니가(내가 선명하게 상상하는 어머니는 그런 모습이었다) 황홀경에 빠진 사람처럼 물리네*가 내려다보이는 산등

---

* 프랑스 남동부 알프마리팀 주의 고산 마을.

성이를 헐레벌떡 달려올라가다가 벼락에 맞아 돌아가시던 날 나는 아직 어린애였는데, 돌이켜보면 어린 시절의 어떤 순간에 대해서도 일반적인 형태의 그리움을 느끼지 못했다. 나중에 내가 우울증에 시달릴 때 심리치료사들이 무자비할 정도로 나를 자극했지만 소용없는 짓이었다. 그러나 나처럼 상상력이 풍부한 사람은 보편적 감정을 직접 경험해보지 못했다는 사실을 변명으로 내세울 수 없다는 것을 인정한다. 또한 샬럿과 딸의 관계가 비정상적일 만큼 싸늘하다고 믿었던 내 생각이 오해였는지도 모른다. 어쨌든 이 문제와 관련하여 가장 비참한 사실은 따로 있다. 우리가 기괴하고 짐승 같은 동거생활을 하는 동안, 평범하기 그지없는 나의 롤리타는 날이 갈수록 가정생활이 아무리 불행해도 근친상간의 패러디 같은 관계보다는 낫다고 생각하게 되었다. 내가 이 고아 소녀에게 마련해준 삶은 그렇게 보잘것없었다.

33

램스데일을 다시 찾았다. 이번에는 호수 쪽에서 접근했다. 화창한 정오의 햇빛이 온 누리에 가득하다. 진흙으로 얼룩진 차를 몰고 지나갈 때 저 멀리 소나무 사이에서 다이아몬드처럼 반짝거리는 수면이 보였다. 나는 공동묘지로 들어가 높고 낮은 비석들 사이를 거닐었다. 안녕,*
샬럿. 몇몇 무덤에는 색이 바래서 반투명해진 작은 국기가 꽂혀 있었지

---

* Bonzhur. 올바른 철자는 'Bonjour'로 샬럿의 부정확한 프랑스어 발음을 흉내냈다.

만 바람 한점 없는 날이라 저마다 상록수 아래 축 늘어져 있었다. 이런, 에드. 자네도 참 재수가 없었군. 이것은 G. 에드워드 그래머에게 중얼거린 말인데, 뉴욕 어느 회사의 간부였던 이 서른다섯 먹은 사내가 서른세 살이었던 아내 도러시를 살해한 혐의로 최근에 심문을 받았기 때문이다.[78) 완전범죄를 노린 에드는 아내를 몽둥이로 때려죽인 후 시신을 차에 실었다. 남편이 결혼기념일 선물로 사준 그래머 부인의 커다란 파란색 신형 크라이슬러가 미친 듯이 언덕 아래로 질주할 때, 마침 순찰중이던 카운티 경찰 두 명이 관할구역 바로 안쪽에서 벌어진 이 장면을 목격하면서 사건의 전모가 드러났다(선량한 경찰관들을 축복하소서!). 자동차는 전봇대에 살짝 부딪힌 후 쇠돌피와 산딸기와 양지꽃이 우거진 비탈을 올라가다가 전복되었다. 감미로운 햇빛 아래서 자동차 바퀴가 천천히 돌고 있을 때 경찰관들이 G. 부인의 시신을 끄집어냈다. 처음에는 고속도로에서 흔히 일어나는 평범한 사고처럼 보였다. 그러나 아뿔싸, 차는 경미한 손상으로 그쳤는데 시신은 엉망이라서 앞뒤가 맞지 않았다. 나는 그보다는 나았던 셈이다.

나는 다시 차를 몰았다. 희고 늘씬한 교회와 거대한 느릅나무들을 다시 보니 기분이 좀 야릇했다. 미국 교외 지역의 거리에서는 혼자서 차를 타고 가는 사람보다 혼자서 걸어가는 사람이 눈에 더 잘 띈다는 사실을 잠시 망각한 나는 차를 길가에 세워두고 남의 이목을 피해가며 론 스트리트 342번지까지 걸어갔다. 한바탕 유혈극을 벌이기 전에 약간의 휴식이랄까, 혹은 정신적 되새김질을 통한 카타르시스가 필요할 듯싶었기 때문이다. 고물장수의 저택은 하얀 덧문이 모두 닫혀 있고 '집 팝니다'라고 적힌 하얀 표지판이 보도 쪽으로 비스듬히 기울어져 있었는데, 누군가 길에서 주운 검은색 벨벳 머리띠를 걸어놓았다. 개 짖는 소리도 들리지 않았다. 나에게 전화를 걸었던 정원사도 보이지 않았다. 담쟁이덩굴이 우거진 베란다에 늘 앉아 있던 건넛집 할머니도 보이지 않았는데, 똑같은 물방울무늬 피나포어 드레스를 입고 말총머리를 한 젊은 여자 두 명이 하던 일을 멈추고 빤히 바라보는 바람에 홀로 걷던 행인이 불쾌감을 느낄 정도였다. 할머니는 이미 오래전에 세상을 떠난 듯하고 두 여자는 필라델피아에 산다는 쌍둥이 조카딸이 분명했다.

내가 살던 집에 들어가볼까? 투르게네프 소설[79]의 한 장면처럼 열린 창문에서—거실 창문이었다—이탈리아 음악이 흘러나왔다. 그녀의 사랑스러운 다리에 햇볕이 내리쬐던 그 매혹적인 일요일에도 이 집에는 피아노가 없었는데 지금은 어느 낭만적인 영혼이 저렇게 딩동댕 쾅쾅거리며 피아노를 연주할까? 내가 풀을 깎아주던 잔디밭 쪽에서 문득 누군가의 시선이 느껴졌다. 아홉 살 혹은 열 살쯤 되었을까, 흰색 반바지를 입은 님펫 하나가—피부는 황금빛, 머리는 갈색, 커다란 눈은 짙은 남색—넋을 잃은 듯 골똘히 나를 쳐다보았다. 나는 상냥한 말을 건넸는데, 구세계식 찬사랄까, 눈이 참 예쁘구나, 어쨌든 악의는 전혀 없었건만 그녀는 황급히 집 안으로 달아나버렸다. 다음 순간 음악이 뚝 끊어지더니, 가무잡잡한 피부가 땀에 젖어 번들거리고 꽤나 사나워 보이는 사내가 나와서 나를 매섭게 노려보았다. 무심코 내 이름을 말하려다가 문득 진흙이 덕지덕지 묻은 작업복 바지와 구멍이 숭숭 뚫린 꾀죄죄한 스웨터, 수염이 까칠한 턱, 부랑자처럼 핏발이 선 눈 따위에 생각이 미치면서 마치 부끄러운 꿈을 꾸는 듯 당혹스러웠다. 나는 말없이 돌아서서 오던 길로 터벅터벅 되돌아갔다. 내가 기억하는 보도 위 그 틈새에 쑥부쟁이를 닮은 꽃이 힘없이 피어 있었다. 건넛집 할머니가 조용히 되살아나서 두 조카딸이 밀어주는 휠체어를 타고 베란다로 나왔다. 마치 연극의 주인공이 되어 무대에 선 듯한 기분이었다. 제발 할머니가 나를 부르지 않기를 빌면서 차를 세워둔 곳으로 서둘러 돌아갔다. 이 비탈길은 정말 가파르구나. 이 가로수 길이 이토록 웅숭깊었구나. 와이퍼와 앞유리 사이에 붉은 주차위반 딱지가 꽂혀 있었다. 천천히 찢어 두 조각, 네 조각, 여덟 조각을 냈다.

공연히 시간만 낭비했다는 생각이 들어 시내 호텔까지 힘차게 달려갔다. 벌써 5년도 더 된 어느 날 새 가방을 들고 찾아갔던 곳이다. 방을 잡고, 두 군데에 전화를 걸어 약속 시간을 정하고, 면도를 하고, 목욕도 하고, 검은 옷을 입고, 한잔하러 아래층 바에 내려갔다. 그곳은 변함이 없었다. 예전처럼 실내에는 침침하고 기분 나쁜 진홍색 불빛이 가득했다. 유럽에서는 오래전에 싸구려 술집에서나 사용하던 조명이지만 여기서는 가족호텔에서 약간의 분위기를 살리는 용도로 사용한다. 나는 이 도시에 머물던 초기, 샬럿의 하숙인이 된 직후에 앉았던 작은 테이블에 다시 앉았다. 그 당시에는 샴페인 반병이라도 나눠 마시며 우리의 만남을 유쾌하게 자축하는 것이 바람직하겠다 싶었는데, 가엾게도 그날로 운명적 사랑에 빠져버린 그녀는 흘러넘치는 정을 주체하지 못했다. 그때처럼 지금도 얼굴이 달덩어리 같은 웨이터가 결혼식 피로연을 앞두고 둥근 쟁반에 셰리주 50잔을 굉장히 조심스럽게 쌓아올리는 중이었다. 이번에는 머피와 판타지아의 결혼식이다. 시계를 보니 3시 8분 전이었다. 로비를 통과할 때 마침 오찬회를 끝내고 대단히 우아하게 작별인사를 나누는 여자들 곁을 지나게 되었다. 그중 한 명이 나를 알아보고 소리치며 달려들었다. 작고 뚱뚱한 여자였는데 회백색 옷을 입고 조그마한 모자에 길고 가느다란 회색 깃털을 꽂았다. 챗필드 부인이었다. 억지웃음을 짓는 얼굴에 불쾌한 호기심이 이글거렸다. (혹시 1948년에 쉰 살 먹은 프랭크 라샐이라는 정비공이 열한 살 먹은 샐리 호너한테 했던 짓[80]을 돌리한테 하신 거 아니에요?) 나는 곧 그녀의 탐욕스러운 기쁨을 가라앉혔다. 캘리포니아에 계신 줄 알았어요. 그런데 따님은? 나는 크나큰 만족감을 드러내면서 내 의붓딸이 최근에 젊고 총명한 광산 기술자와 결혼했다고 말해주었다. 신랑이 북서부에서 비밀업무를 맡았다는 이야기도 했다. 그러자 부인이 말했다. 그런 조혼엔 찬성하지 못하겠네요. 우리 필리스는 이제 열여덟 살이 됐지만 저는 절대로……

"아, 예, 그러시군요." 나는 조용히 말했다. "저도 필리스를 기억합니다. 필리스도 캠프 Q에 다녀왔죠. 예, 기억하고말고요. 그런데 거기서 찰리 홈스가 자기 엄마한테 맡겨진 여자애들한테 손을 댔다고 하던데, 혹시 따님은 그런 얘기 안 하던가요?"

이미 부서져가던 챗필드 부인의 미소가 와르르 허물어졌다.

"부끄러운 줄 아세요!" 그녀가 소리쳤다. "부끄러운 줄 아시라고요, 험버트 씨! 가엾게도 그 아이는 얼마 전에 한국에서 전사했단 말예요."

최근의 사건을 표현할 때는 영어로 'just'에 과거형을 쓰는 것보다 불어 'vient de'에 부정사를 붙이는 편이 훨씬 더 깔끔하지 않을까요? 어쨌든 저는 이만 가봐야겠습니다.

윈드멀러의 사무실까지는 겨우 두 블록 거리였다. 그는 아주 느릿느릿하게, 그러나 힘차게, 구석구석 탐색하듯이 내 손을 감싸쥐면서 나를 맞아주었다. 캘리포니아에 계신 줄 알았습니다. 한동안 비어즐리에 살지 않으셨습니까? 이번에 제 딸이 비어즐리 여대에 입학했거든요. 그런데 따님은……? 나는 스킬러 부인에 대해 그에게 필요한 정보를 모두 알려주었다. 우리는 화기애애하게 일에 대한 이야기를 나누었다. 이윽고 나는 빈털터리가 되었지만 오히려 홀가분한 마음으로 9월의 따가운 햇볕 아래로 걸어나갔다.

이제 모든 일을 정리했으니 램스데일을 찾은 주목적에 전념할 수 있게 되었다. 나는 늘 자랑스럽게 여겼던 체계적 사고방식에 따라 그때까지 클레어 퀼티의 얼굴에 가면을 씌운 채 내 마음속의 어두운 감옥에 가둬놓았고, 그는 그곳에서 내가 이발사와 성직자를 대동하고 나타나기를 기다렸다. '일어나라, 라큐*, 이제 죽을 시간이다!' 지금 여기서 관상학적 기억술에 대해 논의할 여유는 없지만—그자의 삼촌에게 가는 길이고 바삐 걷는 중이므로—이것만은 기록해둬야겠다. 나는 흐릿한 기억의 알코올 속에 그 두꺼비 같은 얼굴을 담가 보존해두었다. 몇 차례 언뜻언뜻 보았을 뿐이지만 놈의 모습은 스위스에 사는—포도주 판매상으로 성격은 명랑하지만 다소 혐오스러운—내 친척과 조금 비슷했다. 그의 특징은 아령과 악취를 풍기는 옷, 굵고 털이 북슬북슬한 팔, 원형탈모증, 돼지처럼 생긴 얼굴 등인데, 하인 겸 정부情夫 같은 인상이지만 대체로 순박한 늙은이였다. 사실 내 사냥감과 혼동하기에는 너무 순박한 사람이었다. 그러나 그날의 내 정신 상태로는 트랩 아저씨의 모

---

* 클레어 퀼티의 애칭 '큐'를 뜻함.

습을 제대로 기억할 수 없었다. 클레어 퀼티의 얼굴이 아저씨의 얼굴을 완전히 집어삼켜버렸다. 놈의 삼촌이 책상 위에 조카의 사진이 담긴 액자를 놓아두었는데, 그 속에서 예술적이라고 할 만큼 선명하게 찍힌 얼굴을 보았기 때문이다.

비어즐리에 살 때 나는 매력적인 닥터 몰너에게 대대적인 치과 치료를 받으면서 위아래 앞니 몇 개만 남겼다. 눈에 띄지 않는 철사 같은 것을 위쪽 잇몸에 고정시키고 그 위에 틀니를 끼게 되었다. 이 장치는 기막히게 편안했고, 내 송곳니는 흠잡을 데 없이 건강했다. 그러나 닥터 퀼티에게는 본래의 목적을 감추고 그럴싸한 구실을 내세웠다. 안면신경통이 완화되기를 기대하면서 이를 모두 빼버리기로 마음먹었다고 말했다. 전체를 틀니로 바꾸려면 비용이 얼마나 들겠습니까? 11월부터 치료를 시작한다면 기간은 얼마나 걸릴까요? 유명한 조카분은 지금 어디 계십니까? 과감하게 한 번에 모조리 뽑아버리는 방법도 가능합니까?

정치가처럼 두 뺨이 너부죽하고 백발이 성성한 머리를 짧게 깎은 닥터 퀼티는 하얀 가운을 걸치고 책상 모서리에 걸터앉아 꿈꾸듯 유혹하듯 한쪽 발을 흔들면서 거창한 장기계획을 세웠다. 잇몸이 안정될 때까지는 임시 틀니를 끼워드리겠습니다. 그렇게 해놓고 영구 틀니를 만들어야죠. 우선 입속을 봐야겠네요. 그는 구멍이 송송 뚫린 얼룩무늬 구두를 신었다. 조카 녀석은 1946년에 만난 게 마지막이지만 아마 대대로 물려받은 집에 살겠죠. 그림 로드에 있는데 파킹턴에서 멀지 않습니다. 그에게 이 수술은 환상적인 꿈이었다. 그의 발이 흔들거리고 두 눈에 의욕이 가득했다. 비용은 600달러쯤 되겠군요. 그는 수술을 시작하기 전에 지금 당장 치수를 재서 미리 임시 틀니를 만들어두자고 했다.

그에게 내 입은 귀중한 보물이 가득한 아름다운 동굴이었다. 그러나 나는 그의 출입을 허락하지 않았다.

"됐습니다. 다시 생각해보니 닥터 몰너에게 맡기는 편이 낫겠네요. 비용은 더 들겠지만 선생님보다 솜씨가 훨씬 더 좋으니까요."

독자 여러분도 언젠가 이런 말을 해볼 기회가 있을지 모르겠다. 어쨌든 꿈처럼 통쾌하기 그지없었다. 클레어의 삼촌은 여전히 책상에 걸터앉아 여전히 꿈꾸는 표정이었지만 장밋빛 희망의 요람을 흔드는 듯한 발장난은 뚝 멈춰버렸다. 한편 해골처럼 깡마른 한물간 여자 간호사가—금발인데도 성공하지 못한 여자 특유의 슬픈 눈빛을 하고—달려오더니 내가 나오자마자 문을 쾅 닫아버렸다.

권총 손잡이에 탄창을 장착한다. 탄창이 제자리에 맞물리는 소리가 들리거나 감촉이 느껴질 때까지 밀어넣는다. 딱 맞아떨어지는 상쾌한 느낌. 실탄은 여덟 발. 청색 도금. 발사 순간을 학수고대하는 듯하다.

34

파킹턴의 한 주유소 직원이 그림 로드로 가는 길을 아주 자세히 설명해주었다. 퀼티가 집에 있는지 확인하려고 전화를 걸어보았지만 최근에 회선을 끊었다는 사실을 알게 되었다. 그렇다면 그 집을 떠났단 말인가? 나는 파킹턴에서 북쪽으로 12마일 떨어져 있다는 그림 로드를 향해 출발했다. 그때쯤에는 벌써 어둠이 내려앉아 풍경의 대부분을 지워버렸다. 좁고 구불구불한 고속도로를 따라 달려갈 때 띄엄띄엄 늘어선 짤막짤막한 말뚝의 반사경이 내 전조등 불빛을 빌려 유령처럼 허옇게 빛나면서 곳곳의 굽잇길을 표시해주었다. 한쪽 갓길 너머에는 캄캄한 골짜기, 반대쪽에는 비탈진 숲이 어렴풋이 보이고, 전방의 어둠 속에서 내 차가 뿜어내는 불빛을 향해 날아드는 나방들이 마치 흩날리는 눈송이 같았다. 12마일쯤 달렸을 때 주유소 직원의 설명대로 특이한 모양의 지붕이 덮인 다리가 나타나서 잠시 나를 둘러쌌고, 그곳을 지나자 오른쪽에 하얀 암벽이 불쑥 나타났고, 거기서 자동차 몇 대 길이만큼 더 나아간 후 우회전을 하면서 고속도로를 벗어나 자갈이 깔린 그림 로드로 접어들었다. 그때부터 몇 분 동안은 온통 축축하고 캄캄하고 빽빽한 숲이 이어졌다. 이윽고 둥그런 공터가 나타났고 그곳에 작은 탑을 얹은 목조주택 '페이버 매너'*가 우뚝 서 있었다. 유리창이 빨갛게 노랗게 빛났다. 진입로 곳곳에 자동차 대여섯 대가 서 있었다. 나는 나무 밑에 차를 세우고 전등을 모두 꺼버린 후 조용히 다음 행동을 생각해보았다. 지금쯤 그는 추종자와 창녀 들에게 둘러싸여 있으리라. 축제 분위기에 젖은 이 쓰러질 듯한 저택 안을 들여다보며 '말썽 많은 10대'를 떠올렸다. 롤리타가 보던 잡지에 실린 기사 제목인데, 막연한 '향락', 남근처럼 생긴 시가를 피우는 사악한 어른, 마약, 경호원 따위에 대한 내용이었다. 어쨌든 그놈은 이 집에 있다. 모두가 잠든 아침에 다시 와야겠다. 즐거워 보일 정도로 태평스럽게 움직이는 충실한 차를 몰고 천천히 시내로 돌아갔다. 나의 롤리타! 아직도 글러브박스 속에는 3년 전에 그녀가 넣어둔 머리핀 한 개가 남아 있다. 아직도 전조등 불빛은 허

---

* '공포의 장원(莊園)'이라는 뜻.

연 나방들을 불러들인다. 아직도 도로변 곳곳에서 시꺼먼 헛간이 불쑥불쑥 나타난다. 아직도 사람들은 영화를 보러 다닌다. 나는 하룻밤 묵을 곳을 찾다가 자동차 전용 극장을 지나간다. 달도 없이 캄캄한 밤하늘을 배경으로 달빛처럼 은은한 빛을 뿌리는 거대한 스크린이 정말 신비롭기 그지없다. 잠에 취한 어두운 들판에 비스듬히 서 있는 스크린 속에서 깡마른 허깨비 하나가 권총을 들어올리는데, 멀어져가는 그 세계의 기우뚱한 각도 때문에 남자의 얼굴도 팔도 개숫물처럼 출렁거리며 흐릿해진다. 다음 순간, 줄지어 늘어선 나무들이 그의 몸짓을 감춰버린다.

35

이튿날 아침 8시경 '불면不眠 산장'을 떠나 파킹턴에서 시간을 좀 보냈다. 처형에 실패하는 장면이 강박증처럼 들러붙었다. 일주일 동안 자동권총을 작동해보지 않아서 혹시 이상이 생겼을까 싶어 탄창을 빼고 실탄을 갈아 끼웠다. 내 '친구'를 구석구석 닦아주면서 기름으로 목욕을 시키다시피 했더니 기름기가 좀처럼 가시지 않았다. 그래서 다친 손발에 붕대를 감듯이 헝겊으로 둘둘 말아놓고 다른 헝겊에 여분의 실탄을 한 움큼 싸두었다.

다시 그림 로드로 향하는 동안 천둥을 동반한 폭풍우가 줄곧 따라왔지만 페이버 매너에 도착할 무렵에는 다시 해가 나서 불붙은 사람처럼 이글거렸고, 흠뻑 젖어 김이 모락모락 피어오르는 나무에 새들이 내려

앉아 목청껏 소리쳤다. 정교하지만 낡아빠진 집은 넋을 잃고 우두커니 서 있는 듯해서 마치 내 모습을 보는 것 같았다. 질척질척하고 물렁물렁한 땅에 발을 내딛는 순간, 용기를 북돋운답시고 과음을 해버렸음을 확연히 깨달았기 때문이다.

초인종을 눌렀지만 나를 비웃고 경계하는 듯한 침묵이 흐를 뿐이었다. 그러나 차고 안에 그의 차가 있었다. 지금은 검은색 컨버터블이었다. 이번에는 노커로 문을 두드려보았다. 역시 묵묵부답이다. 발끈해서 고함을 지르며 대문을 밀었더니…… 이게 웬일, 중세의 동화에 나오는 문처럼 활짝 열렸다. 안으로 들어가서 조용히 문을 닫은 후 널찍하지만 몹시 꼴사나운 현관을 지나서 그 옆에 붙은 응접실을 들여다보았다. 이미 사용한 술잔 여러 개가 카펫 위에서 자라나는 듯한 광경을 보고 집주인이 아직도 안방에서 자고 있으리라 판단했다.

터벅터벅 계단을 올라갔다. 오른손은 주머니 속에서 헝겊으로 감싼 '친구'를 움켜쥐고, 왼손은 끈적거리는 난간을 툭툭 쳤다. 침실 세 군데를 살펴보았는데 그중 하나는 간밤에 누군가 잤던 흔적이 역력했다. 꽃으로 뒤덮인 서재도 있었다. 어떤 방은 좀 휑뎅그렁했는데, 크고 어두운 거울 몇 개가 있고 반들반들한 바닥에는 북극곰 가죽을 깔아놓았다. 그 밖에도 방이 여러 개였다. 문득 좋은 생각이 떠올랐다. 집주인이 숲속을 거닐다가 돌아오거나 어느 비밀장소에서 불쑥 나타날 때를 대비하여—게다가 나처럼 서투른 총잡이에게 이번 일은 그리 간단하지 않을 테니까—놀이친구가 방문을 닫아걸고 숨어버리지 못하도록 미리미리 조치를 취하는 편이 현명할 듯싶었다. 그래서 적어도 5분 이상 이리저리 돌아다니며—영리하지만 미친 사냥꾼, 미쳤지만 침착한 사냥꾼, 마법에 걸린 사냥꾼, 솜씨 좋은 사냥꾼처럼—자유로운 왼손으로 자물쇠에 꽂힌 열쇠를 일일이 돌리고 열쇠를 뽑아 주머니에 넣었다. 워낙 오래된 집이라서 겉만 번지르르한, 부모가 될 계획을 세운 사람들이 은밀한 일을 치를 때마다 문을 잠글 수 있는 유일한 공간인 욕실을 이용해야 하는 현대식 건물과 달리 프라이버시를 중시하는 구조로 설계된 덕분이었다.

욕실이라는 말이 나왔으니 말인데, 내가 막 세번째 욕실을 살펴보려 할 때 잠시 폭포수 쏟아지는 소리가 들리더니 집주인이 불쑥 나타났다. 얼른 복도 한쪽 구석으로 피했지만 내 몸을 다 감출 수는 없었다. 그는 내 가운과 비슷한 자줏빛 목욕가운을 걸치고 내 곁을 획 스쳐지나갔는데, 얼굴이 창백하고 눈두덩이 부석부석하고 대머리에 얼마 남지 않은 머리카락이 푸스스 헝클어져 엉망이었지만 나는 한눈에 그를 알아볼 수 있었다. 나를 못 보았는지, 혹은 낯익고 무해한 환상으로 여겨 무시했는지 모르겠지만 그는 나에게 털북숭이 장딴지를 보여주면서 몽유병자처럼 계단을 내려갔다. 나는 마지막 열쇠를 주머니에 넣고, 현관으로 향하는 그를 따라갔다. 그는 입을 반쯤 벌린 채 현관문을 반쯤 열고 눈부신 문틈 사이로 바깥을 내다보았는데, 마지못해 찾아왔던 손님이 초인종을 누르고는 돌아서는 소리를 어렴풋이 들은 듯하다고 생각한 모양이었다. 이윽고 집주인은 계단 중간쯤에 우두커니 서 있는 비옷 입은 유령을 계속 무시하면서 응접실에서 복도 건너편에 있는 아늑한 내실로 들어갔고, 나는 그 반대쪽의 응접실을 거쳐 바를 갖춘 부엌으로 들어가—이제 그를 찾았으니 한결 편안해진 마음으로—크롬 부분에 기름얼룩을 남기지 않도록 조심하면서 지저분한 '친구'를 감싼 형겊을 조심스레 풀었다. 무기를 잘못 골랐다는 생각이 들었다. 온통 시 꺼멓고 몹시 끈적끈적했기 때문이다. 평소에도 사소한 데 집착하는 나 는 벌거벗은 '친구'를 깨끗한 주머니로 옮겨놓고 아까 보았던 작은 내 실로 향했다. 이미 말했듯이 걸음걸이가 좀 불안했다. 아니, 성공을 기 대하기 어려울 정도였다. 그러나 심장은 기쁨에 겨워 격렬히 뛰놀았다. 그때 발밑에서 칵테일글라스 하나가 으스러졌다.

오리엔트풍으로 꾸민 응접실에서 집주인과 마주쳤다.

"당신 누구요?" 그가 양손을 가운 주머니에 넣고 두 눈은 내 머리의 북동쪽 한 지점에 고정시킨 채 높고 걸걸한 목소리로 물었다. "혹시 당 신이 브루스터요?"

이제 보니 그는 아주 몽롱한 상태가 분명했다. 그렇다면 이미 내 손 아귀에 들어온 셈이다. 이 순간을 좀 즐겨도 되겠구나.

"맞습니다." 나는 싹싹하게 대답했다. "제가 무슈 브뤼스테르입니다. 일을 시작하기 전에 잠시 얘기 좀 나눌까요."

그는 기뻐하는 표정이었다. 헝클어진 콧수염이 실룩거렸다. 나는 비 옷을 벗었다. 검은 정장에 검은 셔츠를 입고 넥타이는 매지 않았다. 우 리는 각자 안락의자에 앉았다.

"아무래도……" 그가 투실투실하고 까칠까칠한 잿빛 뺨을 긁적긁적 소리 나게 긁더니 작은 진주알 같은 이를 드러내고 능글맞은 미소를 지으면서 말했다. "잭 브루스터처럼 생기진 않았구먼. 별로 많이 닮진 않았단 말이오. 어떤 사람한테 들었는데 동생도 같은 전화회사에 다닌 다더군."

기나긴 참회와 분노의 세월을 보낸 끝에 드디어 저놈을 손에 넣다니…… 저 통통한 손등에 돋아난 검은 털을 보게 되다니…… 이렇게 백 개의 눈으로 자줏빛 비단 가운과 텁수룩한 가슴을 두루두루 노려보면서 거기에 뚫릴 수많은 구멍과 낭자한 선혈과 고통의 음악을 미리 그려볼 수 있다니…… 지금은 저렇게 맥없이 늘어져 있지만 일찍이 나의 연인을 능욕했던 저 인간 이하의 사기꾼을 마침내 내 손으로—아아, 나의 연인아, 견딜 수 없을 만큼 행복하구나!

"그래, 미안하지만 나는 브루스터도 아니고 그 동생도 아니지."

그는 아까보다 더 기쁜 표정으로 고개를 갸우뚱거렸다.

"누군지 맞혀봐라, 펀치*."

그러자 펀치가 말했다. "아, 그럼 장거리전화 때문에 나를 귀찮게 하려고 온 게 아니었나?"

"너도 가끔 장거리전화를 걸었지?"

"뭐라고 했소?"

내 말은 네가 안 그랬다고 말했다고 들었다고 생각했다는……**

"사람들 말이오, 일반적인 사람들. 당신을 탓하는 건 아니지만, 브루스터 선생, 사람들이 노크도 없이 제멋대로 이 집에 들락거리는 건 누가 봐도 터무니없는 일이잖소. 그렇게 들어와서 변기도 쓰고, 부엌도 쓰고, 전화도 쓴단 말이오. 필은 필라델피아에 걸고. 팻은 파타고니아에 걸고. 그래서 요금을 못 내겠다는 거요. 그런데 대장, 자네 말투가 좀 특이하네."

"퀼티, 돌로레스 헤이즈라는 여자애를 알지? 돌리 헤이즈 말이야. 돌

---

* 영국 전통 인형극 '펀치와 주디'의 주인공.
** 험버트도 정상이 아니어서 말이 꼬이는 상황이다.

리, 일명 '돌로레스, 콜로라도'."

"그래, 걔도 걸었을지 몰라, 그래. 어디로 걸었는지야 누가 알겠소. 워싱턴 주 파라다이스든, 지옥의 골짜기든. 누가 그까짓 일에 신경쓰겠소?"

"내가 신경쓴다, 퀼티. 걔 아빠니까."

"헛소리. 아빠는 무슨. 선생은 외국문학의 앞잡이요. 언젠가 어느 프랑스인이 내 작품 『자랑스러운 육체』를 『육체의 자랑』이라고 번역했지. 어처구니가 없더구먼."

"걔는 내 딸이었다, 퀼티."

그렇게 흐리멍덩한 상태에서는 어떤 일을 당하든 좀처럼 놀라지 않겠지만 그의 기세등등한 태도는 속내와 다른 듯했다. 어렴풋이 뭔가를 알아차렸는지 두 눈에 조금이나마 생기가 되살아났다. 그러나 곧바로 사라져버렸다.

"나도 아이들을 아주 좋아하지." 그가 말했다. "그래서 아빠들하고도 친해졌소."

그가 두리번거리며 무엇인가를 찾았다. 주머니마다 툭툭 쳐보았다. 그러더니 자리에서 일어나려 했다.

"앉아!" 내가 말했는데ㅡ뜻하지 않게 목소리가 컸던 모양이다.

"그렇게 윽박지르지 마." 그가 기이하게 여성적인 음색으로 투덜거렸다. "담배를 피우고 싶었을 뿐이야. 한 대 피우고 싶어 죽겠어."

"넌 어차피 죽어."

"아, 젠장. 슬슬 짜증이 나는구먼. 도대체 원하는 게 뭐야? 당신 프랑스인이지? 울리우부아르?*** 자, 우리 바에 가서 진하게 한잔……"

그러다가 내 손바닥에 놓인 작고 시꺼먼 무기를 내가 마치 받으라고 내밀기라도 한 것처럼 내려다보았다.

"이야!" 그가 느릿느릿 (이번에는 영화에 나오는 암흑가의 멍텅구리 흉내를 내면서) 말했다. "그거 아주 멋있는 권총일세. 얼마에 팔겠나?"

나는 그가 내민 손을 철썩 내리쳤고 그 서슬에 그는 옆에 있는 나지막한 탁자 위에 놓인 상자 하나를 뒤엎었다. 그 속에서 담배 한 움큼이 좌르르 쏟아졌다.

"여기 있었구나!" 그가 명랑하게 말했다. "키플링이 그랬지. 여자는 여자일 뿐이지만 카포랄은 담배라고.[81] 이제 성냥만 찾으면 되는데."

"퀼티, 정신 차리고 잘 들어. 너는 곧 죽는다. 저승이라는 건 어쩌면 한없이 고통스러운 광기가 영원히 지속되는 상태일지도 몰라. 너는 어젯밤에 마지막 담배를 피운 거야. 정신 차려. 이제부터 너한테 일어날 일을 좀 이해하려고 노력해보란 말이야."

그는 드롬 담배를 조금씩 뜯어 우물우물 씹었다.

"기꺼이 노력하겠소. 선생은 오스트레일리아인이거나 독일에서 탈출한 난민일 거요. 그런데 꼭 나한테 따져야겠소? 여긴 기독교인이 사는 집이란 말이오. 이쯤에서 빨리 나가는 게 좋을 거요. 그리고 그 권총도 그만 좀 자랑하시오. 나도 음악실에 가면 오래된 슈테른루거 한 자루가 있으니까."

나는 슬리퍼를 신은 그의 발에 '친구'를 겨냥하고 방아쇠를 당겼다. 찰칵 소리가 났다. 그가 자기 발을 내려다보고 권총을 바라보고 다시

*** Woolly-woo-boo-are?. '술 한잔 하시겠소?'라는 뜻의 프랑스어 '불레부 부아르 (Voulez-vous boire?)'를 미국식으로 익살스럽게 발음했다.

발을 내려다보았다. 다시 한번 필사적으로 방아쇠를 당기자 이번에는 우스꽝스러울 만큼 초라하고 힘없는 소리가 나면서 권총이 발사되었다. 총알은 두툼한 분홍색 양탄자에 박혔는데, 그저 느릿느릿 기어들어 갔을 뿐이고, 금방이라도 도로 빠져나올 것 같아서 조마조마했다.

"그래서 내가 말했잖소?" 퀼티가 말했다. "좀 조심해야지. 제발 그 물건 좀 이리 주시오."

그가 권총을 향해 팔을 뻗었다. 나는 그를 의자에 밀어붙였다. 넘쳐 나던 기쁨이 점점 시들어갔다. 이 시점에서 놈을 죽여버려도 좋겠지만 자기가 왜 죽어야 하는지는 알게 해야 했다. 그의 상태가 나에게도 전염되었는지 손아귀 속의 권총마저 어색하게 흐느적거리는 듯했다.

"잘 생각해봐, 네가 유괴했던 돌리 헤이즈를……"

"그런 적 없어!" 그가 소리쳤다. "그건 오해야. 오히려 짐승 같은 변태 한테서 구해줬다고. 자꾸 내 발만 쏘지 말고 경찰 배지라도 내보이란 말이야, 이 미친 자식아. 배지는 어디 있어? 딴 놈이 겁탈한 것까지 내가 책임질 순 없잖아. 말도 안 되지! 그때 차 타고 따라다닌 건 그냥 시시한 장난이었고, 어쨌든 아이는 되찾았잖아? 자, 이러지 말고 술이나 한잔하자고."

나는 그에게 물었다. 앉아서 죽을래, 서서 죽을래?

"아, 생각 좀 해봐야겠어. 간단한 문제가 아니잖아. 그건 그렇고…… 내가 잘못을 하기는 했지. 그래서 진심으로 후회해. 하지만 나는 당신 딸 돌리와 재미를 본 적도 없단 말이야. 우울한 얘기지만 사실은 내가 발기불능이나 다름없거든. 그리고 내 덕에 그애도 굉장한 휴가를 즐겼지. 유명인사들도 만나고. 혹시 당신도 아는지 모르겠지만……"

그러더니 별안간 엄청난 기세로 나를 덮치는 바람에 권총이 서랍장 밑으로 떨어져버렸다. 그러나 다행히 기세에 비해 완력은 보잘것없어서 그리 어렵잖게 밀어붙여 그를 다시 의자에 앉혔다.

그가 조금 헐떡거리면서 팔짱을 꼈다.

"나도 더는 못 참아. 자네 아주 큰 실수를 한 거야, 친구Vous voilà dans de beaux draps, mon vieux."

그의 프랑스어가 꽤 유창해졌다.

나는 주위를 둘러보았다. 어쩌면 내가—잘하면—무릎을 꿇고 엎드리면 가능하지 않을까? 어디 한번 해볼까?

"자, 이제 어쩔 거요?" 그가 나를 유심히 지켜보면서 말했다.

나는 몸을 숙였다. 그는 움직이지 않았다. 더 깊이 숙였다.

"이것 보시오. 사람 목숨 가지고 장난치지 마시오. 나는 극작가요. 지금까지 비극, 희극, 환상극까지 두루 써봤지. 『쥐스틴』 같은 18세기 음란소설을 가지고 개인적으로 영화를 만들기도 했소. 시나리오도 쉰두 편이나 써서 호평을 받았고. 이래 봬도 못하는 일이 없다니까. 이번 일도 나한테 한번 맡겨보시오. 어딘가에 부지깽이가 있을 거요. 내가 가서 가져올 테니까 그걸로 당신 물건을 꺼내보자고."

그는 수다스럽게, 중뿔나게, 교활하게 지껄이면서 어느새 다시 서 있었다. 나는 그에게 시선을 고정시킨 채 서랍장 밑을 더듬었다. 그러다가 서랍장 반대쪽 모서리 밑에서 내 '친구'가 고개를 삐죽 내밀었다는 사실을 내가 미처 알아차리지 못했다는 사실을 그가 알아차렸다는 사실을 불현듯 알아차렸다. 우리는 다시 맞붙어 몸싸움을 벌였다. 덩치만 커다랗고 재간은 형편없는 아이들처럼 서로 부둥켜안은 채 방바닥에서 이리저리 굴러다녔다. 퀼티는 가운 속에 아무것도 입지 않았고 노린 내도 극심해서 그가 내 몸에 올라탈 때마다 숨이 콱콱 막혔다. 내가 그를 올라탔다. 우리가 나를 올라탔다. 그들이 그를 올라탔다. 우리가 우리를 올라탔다.

이 원고가 책으로 출판되어 읽히는 시기는 아마도 서기 2000년대 초일 것이다(1935년 더하기 80년 또는 90년으로 계산했는데, 부디 오래 살아라, 내 사랑아). 그때 나이가 지긋한 독자들은 이 시점에서 어린 시절에 즐겨 보았던 서부영화에 반드시 등장하는 장면을 떠올릴 것이다. 그러나 우리의 난투극에는 황소를 때려눕힐 만한 주먹질도 없고 가구가 날아다니지도 않았다. 그와 나는 더러운 솜뭉치와 넝마를 채워넣은 커다란 인형 같았다. 두 글쟁이가 벌이는 싸움은 조용하고 매가리 없고 어설프기 짝이 없었다. 한 명은 마약에 취해 허우적거리고 다른 한 명은 심장병과 과음 때문에 맥을 못 췄다. 그러다가 마침내 내가 귀중한 무기를 차지하고 시나리오 작가가 나지막한 의자에 다시 앉았을 때쯤에는 둘 다 정신없이 헐떡거리고 있었다. 영화 속의 소치기나 양치기 들은 싸움이 끝났을 때 절대로 그런 꼴을 보이지 않았건만.

나는 일단 권총부터 점검하고—우리가 흘린 땀 때문에 어딘가 고장이 났을지도 모르니까—호흡을 가다듬은 다음에 내 계획의 본론으로 넘어가야겠다고 판단했다. 그래서 막간을 이용해 내가 운문 형식으로 쓴 판결문을 읽어보라고 그에게 권했다. 이것이야말로 '시적 정의'라는 용어를 가장 적절하게 사용할 수 있는 사례가 아닐까. 나는 타자기로 깔끔하게 작성한 원고를 그에게 건넸다.

"그래, 좋은 생각이오." 퀼티가 말했다. "독서용 안경을 가져오겠소."

(그러면서 일어서려 했다.)

"안 돼."

"싫다면 어쩔 수 없지. 소리 내서 읽을까?"

"그래."

"그럼 시작하겠소. 시를 쓰셨군."

너는 죄인의 약점을 악용했으므로

너는 약점을 악용했으므로

너는 악용했으므로

너는 나의 불리한 처지를 악용했으므로……[82]

"이거 근사하네. 정말 근사해."

……내가 연방법과 그 눈부신 별빛 앞에

아담처럼 알몸으로 섰을 때

"아, 멋진 대목이오!"

……너는 나의 죄악을 악용했으므로

내가 막 허물을 벗은 듯 한없이 나약하고 무력할 때

이제 제대로 된 삶을 살아보려고

어느 산악 주州에서 결혼하게 되기를

그래서 어린 롤리타를 여럿 낳기를 희망할 때……

"이 부분은 잘 모르겠는데."

　　너는 나의 내면에 깃든
　　본질적 순수성을 악용했으므로
　　너는 나를 기만했으므로……

"이거 반복이 좀 심하지 않나? 음, 어디까지 읽었더라?"

　　너는 나를 기만하여
　　구원의 길을 빼앗았으므로
　　사내아이라면 이렉터 세트를 가지고 놀 나이였던
　　그녀를 빼앗아갔으므로

"어, 점점 야해지는데?"*

　　솜털이 보송보송한 소녀를
　　아직도 양귀비꽃을 꽂고
　　알록달록한 해질녘
　　아직도 팝콘을 먹는 그녀를
　　구릿빛 인디언들이 품팔이 일꾼들을 습격한 그곳에서

* 어린이용 조립 장난감인 '이렉터 세트(erector set)'에서 '발기하다(erect)'라는 동사를 읽어내고 던지는 농담이다.

이마가 밀랍 같은 근엄한 보호자로부터

네가 훔쳐가버렸으므로

내 무거운 눈꺼풀에 침을 뱉고

누런 토가*를 찢어버리고 새벽녘에 떠나

돼지처럼 비참하게 괴로워하는 나를

사랑의 모진 슬픔과 분노

후회와 절망 속에 빠뜨렸으므로

그래놓고 싫증난 인형을 조각조각 뜯어

머리통을 팽개쳐버렸으므로

이렇게 네가 저지른 모든 일 때문에

그래서 내가 하지 못한 모든 일 때문에

너는 마침내 죽어야 한다

"아, 이거 정말 훌륭한 시요. 내 생각엔 당신 작품 중에서 이게 최고 같은데."

그가 원고를 접어 나에게 돌려주었다.

죽기 전에 특별히 남길 말은 없느냐고 그에게 물어보았다. 나는 다시 자동권총으로 그를 겨냥하고 있었다. 그가 권총을 보더니 긴 한숨을 내쉬었다.

"이보시오, 맥. 형씨는 취했고 나는 환자요. 이 문제는 나중으로 미룹시다. 난 지금 안정이 필요해요. 기운을 회복해야 한단 말이오. 오늘 오

---

* 고대 로마 시민의 긴 겉옷.

후에 친구들이 와서 나를 경기장에 데려가기로 했거든. 권총을 휘두르는 장난도 이젠 지긋지긋해요. 우린 세상을 잘 아는 사람들이잖소. 섹스든, 자유시든, 사격술이든—모든 면에서 말이야. 나한테 원한이 있다면 내가 넘치도록 보상해주겠소. 옛날식으로 결투를 하는 방법도 배제하지 않겠소. 칼도 좋고 총도 좋고, 리우도 좋고 다른 곳도 좋소. 요즘은 내가 기억력도 말솜씨도 영 신통치 않지만, 솔직히 말해서 험버트 씨 당신도 이상적인 의붓아버지는 아니었잖소. 그리고 내가 당신 의붓딸을 강제로 데려온 것도 아니오. 걔가 자진해서 더 행복한 가정을 찾아왔을 뿐이지. 이 집은 우리가 소중한 친구들과 함께 지내던 그 목장처럼 현대적이진 않소. 그래도 꽤 널찍한데다 여름에도 겨울에도 선선하고, 한마디로 쾌적한 집인데 나는 곧 은퇴해서 잉글랜드나 피렌체에 아주 눌러앉을 생각이니 형씨가 이 집으로 들어오시오. 공짜로 드리겠소. 조건은 그 (역겹다는 듯이 욕설을 내뱉으며) 총을 좀 치워달라는 것뿐이오. 그건 그렇고, 혹시 특이한 것들을 좋아하시는지 모르겠군. 만약 그렇다면 집에서 키울 애완동물을 소개해줄 수도 있는데, 역시 공짜요. 꽤나 자극적인 기형이라고 해야겠는데, 유방이 세 개 달린 젊은 아가씨가 있소. 특히 덤으로 달린 게 어찌나 귀여운지. 아주 희귀하고 즐거운 자연의 선물이지. 자, 이제 이성을 찾읍시다. 내 몸에 큰 상처를 입히기라도 하면 내가 열대지방에서 요양생활을 하는 동안 형씨는 감옥에서 푹 썩을 테니까. 내가 장담하는데, 브루스터, 여기서 살면 행복할 거요. 근사한 와인 셀러도 있겠다, 내가 다음번에 쓸 희곡 인세도 고스란히 넘길 테니까—지금 당장은 은행 잔고가 별로 없지만 융자를 받는 방법도 있고—코감기 걸린 음유시인이 했던 말처럼 빌리

고 또 빌리고 또 빌리는 거지.[83] 다른 혜택도 있소. 여기 아주 믿음직스
럽고 매수하기 쉬운 파출부가 있는데, 바이브리사 부인이라고―특이
한 성이지*―마을에서 매주 두 번씩 찾아오는데, 아쉽지만 오늘은 아
니고, 아무튼 그 여자는 딸도 많고 손녀도 많소. 그리고 내가 경찰서장
의 비밀을 몇 가지 알고 있으니까 노예처럼 부려먹을 수도 있지. 나는
극작가요. 미국의 마테를링크라는 별명까지 붙었소. 나라면 마테를링
크 슈메털링이라고 하겠지만. 자, 이러지 맙시다! 이거 아주 굴욕적인
상황인데 내가 지금 잘하는 짓인지 모르겠군. 술과 마약은 절대로 섞
어 마시지 마시오. 거 점잖은 체면에 그 총은 좀 치웁시다. 내가 당신
부인과도 좀 아는 사이였소. 내 옷도 마음대로 입으시오. 아, 한 가지만
더―형씨도 좋아할 만한 일이오. 위층에 가면 그야말로 굉장한 성애
물 컬렉션이 있소. 그중에서 하나만 밝히자면 탐험가 겸 정신분석학자
멜러니 바이스[84]가 펴낸 2절 호화판 『바그라치온 섬』이오. 걸출한 여
자가 쓴 걸출한 작품인데―총은 좀 치우시고―그 여자가 1932년 바
르다 해의 바그라치온[85]에서 조사하고 측정한 남자 성기를 찍은 사진
이 800장도 넘게 실렸소. 맑은 날 정성껏 작성한 아주 유익한 도표도
있고―총은 치우라니까―게다가 사형 집행도 참관하게 해드릴 수 있
는데, 이걸 아는 사람은 별로 없지만 거기 가면 전기의자를 노란색으로
칠해놓고……"

발사. 이번에는 단단한 곳에 명중했다. 돌리 스킬러의 집에 있던 것
과 비슷한 검은색 흔들의자의 등받이를 맞혔는데, 총알이 등받이 안쪽

---

* 바이브리사(Vibrissa)는 코털, 수염, 촉수(觸鬚)를 뜻한다.

을 때리자마자 의자가 흔들거리기 시작했다. 어찌나 빠르고 힘차게 움직이는지 그 순간 누가 들어왔다면 동시에 두 가지 기적을 보고 기절초풍했으리라. 흔들의자는 혼자서 미친 듯이 흔들거리는데, 방금까지 거기 앉아 있던 자줏빛 표적은 어느새 사라져버리고, 의자 위에 생명체라고는 아무것도 없었기 때문이다. 퀼티는 두 손을 번쩍 들어 팔랑팔랑 흔들면서 바지런히 궁둥짝을 놀려 쏜살같이 음악실로 뛰어들었고, 다음 순간 우리는 문짝을 사이에 두고 서로 밀고 당기며 헐떡거렸다. 내가 그 방 열쇠를 빠뜨린 탓이었다. 이번에도 내가 이겼지만 도무지 행동을 예측할 수 없는 클레어가 또 엉뚱한 짓을 했다. 별안간 피아노 앞에 앉더니 엄청나게 활기차면서 어마어마하게 시끄럽고 소란스러운 화음을 연달아 두드렸다. 턱살이 부들부들 떨리고, 쫙 펼친 두 손이 힘차게 내리꽂히고, 콧구멍은 우리가 싸울 때도 들리지 않았던 콧바람 소리를 음향효과처럼 토해냈다. 그렇게 참을 수 없는 소음을 만들어내면서 한쪽 발로는 피아노 가까이 놓인 선원들의 트렁크 같은 상자를 열어젖히려고 애썼지만 실패만 거듭했다. 나는 다시 총을 쏘았다. 이번에는 총알이 그의 옆구리 어딘가에 박혔다. 그는 의자에서 벌떡 일어나면서 몸을 길게 뻗어 점점 더 높이 솟구쳤는데, 마치 늙고 백발이 성성한 미치광이 니진스키처럼, 마치 '올드 페이스풀'*처럼, 마치 내가 예전에 꾸었던 악몽처럼 허공을 가르며—여전히 우렁차고 불길한 음악에 맞춰 몸을 흔들며—놀랄 만큼 높이 날아올랐다. 어쨌든 내 눈에는 그렇게 보였다. 그러고는 이내 머리를 뒤로 젖혀 한 손으로 이마를 누르고

---

* 미국 옐로스톤 국립공원의 간헐천.

다른 손은 마치 말벌에 쏘인 듯이 겨드랑이를 움켜쥔 채 길게 울부짖었는데, 마침내 발꿈치를 내리고 우뚝 서는 순간 다시 가운을 걸친 평범한 인간이 되어 허둥지둥 복도 쪽으로 달아났다.

복도에서 캥거루처럼 이단뛰기 또는 삼단뛰기를 하면서 그를 뒤쫓던 내 모습이 지금도 눈에 선하다. 몸을 꼿꼿이 펴고 두 다리를 곧게 뻗은 채 껑충껑충 두 차례 뛰어올라 그를 잡으려다가 놓쳐버렸고, 그다음에는 발레를 하듯이 뻣뻣한 동작으로 껑충 뛰어 퀼티와 대문 사이를 가로막았다. 대문이 제대로 닫히지 않아서 진로를 차단해야 했기 때문이다.

퀼티가 갑자기 점잖아지더니 다소 침울한 표정으로 널찍한 계단을 오르기 시작했다. 나도 자리를 옮겼지만 그를 따라 계단을 오르는 대신에 속사로 서너 발을 연달아 쏘았다. 총구가 불을 뿜을 때마다 그의 상처도 하나씩 늘어났다. 내가 그를 명중시킬 때마다, 그렇게 끔찍한 짓을 할 때마다, 그는 우스꽝스러운 어릿광대처럼 얼굴을 씰룩거려 마치 고통을 과장하는 듯했다. 걸음이 점점 느려지더니 게슴츠레한 눈동자가 허공을 향해 떠올랐다. 총알이 박힐 때마다 그는 여성적인 목소리로 "아!" 하고 외치면서 마치 간지럼을 타듯이 온몸을 부르르 떨었다. 그렇게 느리고 서투르고 눈먼 총알에 얻어맞을 때마다 엉터리 영국식 발음으로 나지막이 중얼거렸는데―줄곧 움찔거리고 떨면서도 억지웃음을 지었고, 목소리도 기이하게 초연할 뿐만 아니라 다정하게 들리기까지 했다. "아, 아프단 말이오, 선생. 그만 좀 하시오! 아, 지독하게 아파요, 형씨. 제발 그만해요. 아아―너무 아프다, 너무 아프다, 정말…… 맙소사! 하! 이렇게 끔찍한 짓을 하다니, 당신 정말 이러면 안 되는데……" 층계참에 도착할 때쯤에는 목소리가 점점 작아졌지만 그는 비대한 몸뚱이에 박힌 수많은 납덩이도 아랑곳 않고 거듭거듭 걸음을 옮겼다. 총알이 이 불쌍한 사내를 죽여버리기는커녕 마치 강력한 특효약이 담긴 캡슐처럼 불끈불끈 원기를 북돋워준다는 사실을 깨달은 나는 실망스럽고 당혹스럽기 그지없었다.

권총을 다시 장전하는데 내 양손이 시꺼멓고 피투성이였다. 그의 피가 잔뜩 묻은 곳을 만졌던 모양이다. 이윽고 나도 계단을 밟으며 그에게 다가갔다. 호주머니에 넣은 열쇠들이 금화처럼 짤랑거렸다.

퀼티는 장렬하게 피를 흘리면서도 이 방에서 저 방으로 터덜터덜 돌아다니며 열린 창문을 찾아 헤맸다. 그 와중에도 고개를 절레절레 흔들면서 살인을 저지르지 말라고 나를 설득하려들었다. 나는 퀼티의 머리통을 겨냥했고, 다음 순간 그는 귀가 있던 곳에서 진자주색 핏줄기를 왈칵 쏟아내면서 안방으로 도망쳤다.

"나가, 당장 나가란 말이야." 퀼티가 쿨럭쿨럭 피를 토하면서 말했다. 나는 놀라운 악몽을 꾸는 듯한 기분으로 지켜보았고, 피투성이가 되었는데도 여전히 팔팔한 이 사내는 침대 위로 기어올라가더니 어수선하게 헝클어진 이불을 주섬주섬 끌어당겨 온몸에 휘감았다. 나는 담요를 덮은 퀼티를 아주 가까운 거리에서 쏘았다. 풀썩 쓰러진 그의 입속에서 아이들을 연상시키는 큼직한 분홍색 공기방울이 솟아오르더니 장난감 풍선만하게 부풀다가 터져버렸다.

아마도 내가 일이 초쯤 현실감각을 잃었던 모양이다. 아, 물론 여느 범죄자들이 흔히 내세우는 핑계처럼 '잠시 제정신이 아니었다'는 뜻은 아니다. 오히려 그 반대로 그자의 피 한 방울 한 방울이 모두 내 책임이라는 사실을 더욱더 강조하고 싶으니까. 다만 그 순간 일시적인 변화가 일어나면서 마치 우리 부부의 침실로 돌아가서 병석에 누운 샬럿을 보는 듯한 착각에 빠졌던 것이다. 퀼티는 사경을 헤맸다. 나는 권총 대신에 그의 슬리퍼 한 짝을 들고 있다(권총은 엉덩이 밑에 깔고 앉았다). 좀더 편하게 앉으려고 침대 근처에 놓인 의자로 자리를 옮긴 후 손목시계를 보았다. 유리는 없어졌지만 여전히 째깍거린다. 이 참혹한 일을 끝내기까지 한 시간이 넘게 걸렸다. 드디어 퀼티가 조용해졌다. 그러나 안도감이 들기는커녕 오히려 아까까지 내가 벗어던지고 싶었던 번민보다 한층 더 무거운 번민이 나를 사로잡고 옥죄고 짓누른다. 그가 정말 죽었는지 확인하려면 만져봐야겠지만 차마 엄두가 나지 않는다. 눈으로 보기에는 죽은 듯하다. 얼굴의 사분지 일이 날아가버렸다. 이 거짓말 같은 행운을 방금 알아차린 파리 두 마리가 미친 듯이 붕붕거리며 날아다닌다. 내 손도 퀼티의 손 못지않게 꼴사납다. 바로 옆에 있는 화장실로 가서 최대한 꼼꼼하게 씻는다. 이것으로 할 일은 끝났다. 그런데 층계참까지 갔을 때 불현듯 지금까지 귀울림으로만 여겼던 시끌시끌한 소음이 실은 아래층 응접실에서 들려오는 여러 사람의 목소리와 라디오 음악의 메들리였음을 깨닫고 경악했다.

그곳으로 내려가보니 방금 들어온 듯한 몇 사람이 즐겁게 퀼티의 술을 마시고 있었다. 뚱뚱한 남자 하나가 안락의자에 앉아 있었다. 어리고 창백한 검은 머리 미녀 두 명이 소파 위에 나란히 앉아 얌전을 떠는데, 한 명은 크고 한 명은 (어린애에 가까울 만큼) 작았지만 자매간이 분명했다. 눈이 사파이어처럼 파랗고 얼굴은 불그레한 남자가 술잔 두 개를 들고 바 같은 부엌을 막 나서는 참이었고, 부엌에서는 여자 두어 명이 얼음을 짤랑짤랑 흔들며 잡담을 나누고 있었다. 나는 문밖에 서서 이렇게 말했다. "내가 방금 클레어 퀼티를 죽였소." 그러자 불그레한 남자가 두 자매 중 언니에게 술잔 하나를 건네면서 말했다. "잘하셨어요." 뚱뚱한 남자도 거들었다. "누군가 진작 했어야 할 일이죠." 그러자 부엌에 있던 빛바랜 금발 여자가 물었다. "저분이 뭐라고 하셨어, 토니?" 불그레한 남자가 대답했다. "방금 큐를 죽여버리셨대." 역시 정체를 알 수 없는 남자 하나가 응접실 구석에 쭈그리고 앉아 레코드판을 뒤적거리다가 몸을 일으키면서 말했다. "그래, 언젠가는 다들 돌아가면서 그 친구를 죽여줘야 할걸." 그때 토니가 말했다. "아무튼 빨리 내려와야 할 텐데. 시합을 보러 가야 하는데 마냥 기다려줄 수도 없잖아." 그러나 뚱뚱한 남자는 이렇게 말했다. "누가 이분한테 술 한잔 드리지그래." 그러자 슬랙스를 입은 여자가 멀리서 술잔을 들어 보이면서 물었다. "맥주 드실래요?"

소파에 앉은 미녀들은 둘 다 검은 옷을 입었는데 동생 쪽은 하얀 목에서 반짝이는 무엇인가를 자꾸 만지작거렸다. 이 두 사람은 아무 말도 하지 않고 계속 생글생글 웃기만 했지만 대단히 어리면서도 대단히 음탕해 보였다. 이윽고 음악이 잠시 멈추었을 때 계단 쪽에서 갑자기 무슨 소리가 들렸다. 토니와 내가 복도로 나가보았다. 그 소리의 주인공은 바로 퀼티였다. 어찌어찌 층계참까지 기어왔는지 우리가 보는 앞에서 버둥거리며 일어나려고 안간힘을 쓰다가 영원히 잠잠한 자줏빛 옷더미가 되었다.

"빨리 내려와, 큐!" 토니가 웃음을 터뜨렸다. "저 친구 아직도……" 그렇게 말하면서 그는 응접실로 들어갔고 음악 소리 때문에 뒷말은 들리지 않았다.

나는 속으로 중얼거렸다. 퀼티가 나를 위해 마련한 기상천외한 연극이 이렇게 끝나는구나. 무거운 마음으로 그 집을 나서서 아롱아롱 반짝이는 햇빛을 받으며 내 차가 있는 곳으로 걸어갔다. 양옆에 다른 차를 세워놓아서 빠져나오기가 쉽지 않았다.

36

남은 이야기는 조금 단조롭고 따분하다. 나는 천천히 언덕을 내려갔고, 변함없이 느릿느릿 파킹턴 반대쪽으로 차를 몰았다. 비옷은 내실에 벗어놓고 '친구'는 화장실에 두고 나왔다. 아니, 그런 집에 살고 싶지는 않았다. 천재적인 의사라면 퀼트 같은 퀼티*를, '너덜너덜 클레어'를 되살려 자신의 경력뿐만 아니라 인류 전체의 운명까지 바꿔놓을지도 모른다는 쓸데없는 상상을 해보았다. 나로서는 아무래도 좋았다. 그저 이 난장판 같은 사건을 잊고 싶을 뿐이었다. 그가 정말 죽었다는 사실을 알았을 때 내가 만족스러워한 이유는 오로지 안도감 때문이었다. 만약 그자가 몇 달 동안 형언할 수 없는 온갖 수술과 증상 악화에 시달리며 고통스럽고 지긋지긋한 회복기를 보냈다면 나 역시 정신적으로 똑같은 괴로움을 겪었을 테니까. 그리고 만약 그자가 나를 찾아왔다면 유령이 아니라는 사실을 받아들이기 힘들어 쩔쩔맸을 테니까. 도마의 행동에도 일리가 있다.** 인간에게 촉각은 시각보다 훨씬 덜 중요하지만

---

* quilted Quilty. 발음을 이용한 언어유희.
** 도마는 예수의 열두 제자 중 하나로, 예수의 부활을 믿지 않다가 십자가형으로 생긴

신기하게도 결정적인 순간에는 현실을 파악하는 유일한 수단은 아닐 지언정 주요한 수단이 된다. 나는 온몸이 퀼티로 뒤덮인 듯한 기분이었다. 유혈극을 벌이기 전에 몸싸움을 할 때의 감촉이 아직도 생생했다.

길은 이제 드넓은 들판으로 접어들었다. 그때 문득—항변이나 상징처럼 특별한 의미 때문은 아니고 다만 새로운 경험을 해보고 싶었으므로—어차피 인류가 정한 규범을 모조리 무시해버린 마당에 교통법규 따위에 연연할 필요가 있겠느냐는 생각이 들었다. 그래서 중앙선을 넘어가면 어떤 기분이 드는지 확인해보니 과연 꽤나 괜찮은 기분이었다. 횡격막이 녹아내리듯 시원하고 상쾌한 느낌이 온몸으로 퍼져갔다. 이렇게 일부러 역주행을 하는 일이야말로 기본적인 물리 법칙을 극복하는 일에 가장 가깝겠다는 생각이 들면서 기분이 더욱더 고조되었다. 어떤 면에서는 대단히 영적인 충동이었다. 우아하게, 몽롱하게, 시속 20마일을 넘기지 않으면서, 거울에 비친 영상 같은 이 야릇한 공간을 따라 달려갔다. 교통량은 많지 않았다. 내가 비워놓은 차선으로 달려오던 차들이 이따금 나를 추월하면서 무지막지하게 빵빵거렸다. 마주 오는 차들은 휙휙 방향을 틀고 비틀거리며 공포의 비명을 질렀다. 이윽고 주택가가 가까워졌다. 빨간불을 무시하고 지나갈 때는 어린 시절 금지된 부르고뉴 포도주 한 모금을 마셨을 때와 같은 기분이었다. 그러는 사이에 귀찮은 일이 생겼다. 추격대와 호위대가 따라붙었다. 내 앞에 자동차 두 대가 나타나 길을 완전히 막아버렸다. 나는 유유히 도로를 벗어났다. 두어 번 크게 튀어오른 후 깜짝 놀란 소떼 사이로 뛰어들어

옆구리 상처를 만져본 후 비로소 믿었다.

비탈진 풀밭을 올라가다가 가볍게 흔들리며 멈춰 섰다. 죽은 두 여자를 이어주는, 말하자면 치밀한 헤겔식 종합이라고나 할까.[86]

이제 곧 차 안에서 끌려나갈 것이다(안녕, 멜모스, 정말 고마웠다, 오랜 친구여). 오히려 즐거운 마음으로 그 순간을 기다렸다. 사람들이 나를 번쩍 들어 옮기는 동안 나는 수많은 손에 순순히 몸을 맡기리라. 힘없이 축 늘어져 반항하지도 거들지도 않고, 그저 환자처럼 나른하게, 느긋하게, 편안하게, 경찰과 구급대원의 든든하고 믿음직스러운 손길에 몸을 내맡긴 채 야릇한 희열을 느끼리라. 그들이 내가 있는 높직한 비탈까지 달려올라오기를 기다리며 마지막으로 경이와 절망이 가득한 환상을 떠올렸다. 그녀가 실종된 직후 어느 날, 나는 오래된 산길을 지나다가 별안간 지독한 메스꺼움이 밀려드는 바람에 차를 세웠다. 새로 생긴 고속도로와 나란히 달리기도 하고 불현듯 가로지르기도 하는 이 허깨비 같은 산길에는 늦여름 오후의 따뜻한 햇볕이 골고루 내리쬐고 연푸른 하늘 아래 쑥부쟁이 군락이 꽃을 피웠다. 속이 홀렁 뒤집힐 정도로 구역질을 하고 나서 바위에 걸터앉아 잠시 쉬다가, 향기로운 공기를 마시면 좀 도움이 될 듯싶어 고속도로와 낭떠러지 사이의 나지막한 돌담 쪽으로 걸어갔다. 길가에 시들어버린 잡초 틈에서 작은 메뚜기 몇 마리가 후드득후드득 튀어나와 도망쳤다. 아주 가벼운 구름 하나가 좌우로 팔을 벌린 채 조금 더 묵직해 보이는 구름을 향해 다가갔다. 그쪽에 모인 구름들은 하늘에 글씨를 쓰듯이 느릿느릿 움직였다. 왠지 마음을 끄는 절벽 쪽으로 접근할 때 발아래 펼쳐진 골짜기 사이에 자리를 잡은 조그마한 광산촌에서 문득 아름다운 화음이 안개처럼 피어올랐다. 붉은색이나 회색 지붕을 덮은 건물들, 그 사이로 이리저리 지나가며 기하학무늬를 그려내는 찻길들, 동글동글 부풀어오른 초록색 나무들, 뱀처럼 구불구불한 시냇물, 광석처럼 화려하게 반짝거리는 시립 쓰레기장, 그리고 마을 너머에는 밝고 어두운 여러 빛깔로 조각조각 수놓은 퀼트 같은 들판, 그 사이로 종횡무진 뻗어나간 도로들, 더 멀리 저쪽에는 숲으로 뒤덮인 거대한 산맥 등이 한눈에 내려다보였다. 그러나 이렇게 온갖 색상이 말없이 환호하는 듯한—여러 색상과 명암이 사이좋게 어우러져 즐거워하는 듯한—풍경보다 더 화사한 것은, 눈에 보이는 경치보다 더 밝고 꿈결처럼 아름다운 것은, 귀에 들리는 화음이었다. 온갖 소리가 모여 만들어내는 이 화음은 안개처럼 가물가물 흔들리면서도 한순간도 그치지 않고 이어지면서, 내가 더러워진 입가를 닦으며 우두커니 서 있는 화강암 절벽 언저리까지 모락모락 솟아올랐다. 나는 곧 이 모든 소리가 본질적으로 똑같다는 사실을 깨달았다. 남자들은 일하러 나가고 여자들은 집을 지키는 이 마을에서, 구석구석 훤히 들여다보이는 이 마을의 골목골목에서, 지금 들려오는 소리는 오직 한 가지였다. 독자여! 내가 들은 그 소리는 바로 아이들이 노는 소리, 그 아름다운 선율이었다. 가냘프면서도 장엄한 소리, 아득히 멀지만 신기하리만큼 가깝게 들리는 소리, 진솔하면서도 신비롭고 거룩한 소리—여러 목소리가 안개처럼 뒤섞였지만 공기가 어찌나 맑은지 이따금 어떤 소리는 안개를 뚫고 나온 듯 또렷하게 들려왔다. 까르르 터뜨리는 명랑한 웃음소리, 방망이로 공을 때리는 소리, 장난감 마차가 덜컹덜컹 굴러가는 소리였다. 그러나 실제로는 거리가 너무 멀었으므로 실선처럼 좁다란 골목에서 노는 아이들의 움직임을 육안으로 확인하기는 불가능했다. 그렇게 높다란 산비탈에 서서 이 음악적인 진동에 귀를 기울이며 조용히 웅성거리는 듯한 배경음 속에서 산발적으로 터져나오는 외침 소리를 듣다가 문득 깨달았다. 무엇보다 절망적이고 가슴 아픈 것은 내 곁에 롤리타가 없다는 사실이 아니라 이 아름다운 화음 속에 그녀의 목소리가 없다는 사실이었다.

내 이야기는 여기까지다. 지금까지 쓴 내용을 다시 읽어보았다. 이 글에는 약간의 골수와 피가 묻고 아름다운 연녹색 파리들이 붙어 있다. 군데군데 후미진 구석을 들여다보면 종종 나 자신도 알아차리기 힘들 만큼 교묘한 수작을 부리면서 굳이 살펴보고 싶지도 않을 만큼 깊고 어두운 물속으로 달아나는 내 모습이 눈에 띄기도 한다. 나는 가급적 사람들에게 피해를 주지 않으려고 이런저런 정보를 감추었다. 나에게 특별히 잘 어울리는 가명을 찾아낼 때까지 수많은 이름을 생각해보았다. 그때 썼던 메모에는 '오토 오토' '메스머 메스머' '램버트 램버트' 등이 남아 있는데, 왠지 내가 선택한 이름이 비열한 성격을 가장 잘 표현하는 듯하다.

56일 전부터 시작해 처음에는 보호관찰을 위한 정신병동에서, 얼마 후부터는 비록 무덤 같지만 난방은 잘되는 이 독방에서 『롤리타』를 썼다. 원래는 이 기록을 하나도 빠짐없이 재판에 사용할 생각이었다. 물론 내 목숨이 아니라 내 영혼을 구하기 위해서였다. 그러나 집필중에 나는 아직 살아 있는 롤리타를 차마 뭇사람 앞에 드러낼 수 없다는 사실을 깨달았다. 비공개 법정이라면 이 회고록의 일부를 제출할 수도 있겠지만 출판은 늦추기로 했다.

나는 사형에 반대한다. 속셈이 뻔하다고 생각하겠지만 사실은 그런 이유 때문이 아니다. 판결을 내릴 판사의 의견도 나와 같으리라 믿는다. 내가 만약 나 자신을 심판한다면 험버트에게 강간죄로 최소 35년 형을 선고하고 기타 죄목에 대해서는 무죄판결을 내릴 것이다. 그러나 내가 사형을 면하더라도 나보다는 돌리 스킬러가 훨씬 더 오래 살 것이다. 그러므로 서명한 유언장의 법적 구속력에 의거하여 다음과 같이 결정한다. 나는 이 회고록이 롤리타가 살아 있는 동안은 출판되지 않기를 바란다.

따라서 독자들이 이 책을 읽을 때쯤 우리 두 사람은 이미 이 세상 사람이 아닐 것이다. 그러나 이 글을 쓰는 내 손의 맥박이 아직 뛰는 동안은 너도 나처럼 축복받은 생명체일 테니까, 나는 지금도 여기서 알래스카에 있는 너에게 말을 건넬 수 있다. 네 남편 딕에게 충실해라. 다른 남자가 네 몸을 만지지 못하게 해라. 낯선 사람들과 이야기하지 마라. 네 아기를 사랑해주기 바란다. 기왕이면 아들이기를 바란다. 네 남편이 너에게 늘 잘해주기를 바란다. 그러지 않으면 내가 유령이 되어 검은 연기처럼, 혹은 미친 거인처럼 그 녀석을 찾아가 갈기갈기 찢어버리고 말 테니까. 그리고 C. Q.를 동정하지 마라. 나는 그놈과 H. H. 중에서 한 명을 선택할 수밖에 없었고, H. H.가 그놈보다 두어 달이라도 오래 살기를 원했다. 그래야만 후세 사람들의 마음속에 네가 길이길이 살아남도록 할 수 있기 때문이다. 지금 나는 들소*와 천사를, 오래도록 변하지 않는 물감의 비밀을, 예언적인 소네트를, 그리고 예술이라는 피난처를 떠올린다. 너와 내가 함께 불멸을 누리는 길은 이것뿐이구나, 나의 롤리타.

---

* 스페인의 알타미라동굴, 프랑스의 라스코동굴 등에서 발견된 구석기시대 동굴벽화의 들소 '오록스'를 가리킨다.

작가의 말

『롤리타』에 대하여[*]

　　『롤리타』의 '머리말' 집필자로 등장하는 점잖은 인물 존 레이 흉내를 내고 나서 이제 이렇게 나 자신이 직접 나서면 사람들은—사실은 나도 마찬가지지만—내가 이번에는 자기 작품에 대해 이야기하는 블라디미르 나보코프 흉내를 낸다고 생각할지도 모른다. 그래도 여기서 꼭 짚고 넘어가야 할 일이 몇 가지 있는데, 어쩌면 이런 자전적 장치 때문에 독자들이 작가와 등장인물을 혼동할 수도 있겠다.

---

[*] 이 글은 원래 1957년 더블데이 출판사가 연감 형식으로 간행한 『앵커 리뷰』에 상당량의 『롤리타』 발췌문을 실으면서 덧붙인 해설이다. 1955년 프랑스 올랭피아 출판사에서 초판본이 출간된 후 작품성과 선정성을 둘러싸고 유럽 각지에서 화제를 모았지만 미국 출판 시장에 이 작품이 발췌문으로나마 정식으로 소개된 것은 이때가 처음이었다. 1958년 퍼트넘 출판사가 미국 초판본을 발행하면서 이 글을 수록한 이후 대부분의 판본 및 번역본이 이 선례를 따랐다.

문학 교사들이 흔히 떠올리는 질문이 있다. '작가의 의도는 무엇인가?' 요컨대 '이 친구가 하려는 말이 도대체 뭐냐?' 그런데 나는 일단 책을 쓰기 시작하면 오로지 이 책을 끝내야겠다는 생각 말고는 아무 생각도 하지 않는 사람이다. 따라서 집필 동기와 발전 과정을 설명해달라는 요청을 받으면 '영감과 연상의 상호작용'처럼 케케묵은 표현을 빌릴 수밖에 없는데, 솔직히 이런 답변은 마술사가 어떤 마술을 설명하려고 다른 마술을 보여주는 것과 마찬가지다.

내가 『롤리타』의 태동을 희미하게나마 처음 느꼈을 때는 1939년 말 또는 1940년 초로, 당시 나는 극심한 늑간신경통 때문에 파리에서 몸 져누워 있었다. 내 기억이 옳다면 최초로 영감의 전율을 불러일으킨 것은 식물원의 한 유인원에 대한 신문기사였다. 어느 과학자가 이 유인원을 몇 달 동안 어르고 달래서 동물로는 처음으로 목탄화를 그리게 했는데, 이 불쌍한 짐승이 그려낸 것은 자기가 갇힌 우리의 쇠창살이었다. 그날 내가 충동적으로 기록한 내용과 직접적인 관련은 없지만 그후 몇 가지 생각이 이어졌고, 결국 이 장편소설의 원형에 해당하는 30쪽 안팎의 단편소설을 집필하게 되었다. 나는 1924년부터 러시아어로 소설을 썼고(대부분은 영어로 번역되지 않았고 러시아에서는 정치적인 이유로 모두 금서가 되었다) 이 단편도 마찬가지였다. 남자 주인공은 중부 유럽 출신, 이름 없는 님펫은 프랑스인, 무대는 파리와 프로방스였다. 남자는 소녀의 병약한 엄마와 결혼하지만 엄마는 곧 세상을 떠나고, 아르튀르는(주인공의 이름이다) 어느 호텔방에서 고아가 된 소녀를 유혹하려다가 실패한 후 달려오는 트럭 앞에 몸을 던진다. 전쟁이 한창이라 등화관제를 실시하던 어느 날 밤, 몇몇 친구—마르크 알다노프*, 사회혁명당원 두 명, 그리고 여의사 한 명—에게 이 이야기를 읽어주기도 했다. 그러나 아무래도 작품이 마음에 들지 않았고, 1940년 미국으로 이주한 후 결국 없애버리고 말았다.**

뉴욕 시 북쪽의 이타카에 살던 1949년경, 그때까지 끊임없이 계속되었던 이 태동이 다시 나를 괴롭히기 시작했다. 영감과 더불어 새로운 열정이 솟아났는데, 동일한 주제를 이번에는 영어로 써보자고 마음먹었다(영어는 1903년경 상트페테르부르크에서 나의 첫번째 가정교사였던 레이철 홈 선생님에게 배웠다). 님펫은 이제 아일랜드 혈통이 조금 섞였지만 사실상 예전의 그 소녀와 별로 다를 바 없었고, 그녀의 엄마와 결혼한다는 기본 착상도 그대로 유지했다. 그러나 나머지는 완전히 달라졌고, 발톱과 날개가 은밀히 자라나면서 어엿한 장편소설의 형태를 갖추었다.

이 책을 쓰다가 작업을 중단하고 다른 일을 할 때가 많아서 진척이 더딘 편이었다. 나만의 러시아와 서유럽을 만들어내기까지 자그마치 40년이 걸렸건만 이번에는 미국을 만드는 일에 매달려야 했기 때문이다. 개인적 상상력의 산물 속에 조금이나마 일반적 '사실성'—따옴표가 없으면 아무 의미도 없는 몇몇 낱말 가운데 하나다—을 가미하기 위해서는 이런저런 지역적 요소를 확보해야 하는데, 내가 유럽에 살 때는 젊은 시절이었으니 당연히 감수성도 기억력도 절정기였지만 쉰 살을 넘긴 나이에는 똑같은 일도 훨씬 더 어려울 수밖에 없었다. 그래서

---

* 러시아 소설가, 비평가.
** 이 단편소설 원고는 1964년에 다시 발견되었고, 나보코프의 아들 드미트리가 영어로 번역하여 1985년 『매혹자 *The Enchanter*』라는 제목으로 발표했다.

사이사이에 다른 책을 집필했다. 한두 번쯤은 미완성 원고를 태워버리려고 죄 없는 잔디밭에 기우뚱하게 서 있는 소각로의 그림자가 뻗은 곳까지 나의 후아니타 다크*를 데려갔지만, 그렇게 죽여버린 작품의 망령이 내 서류함에 붙어 한평생 따라다닐 듯싶어 결국 포기하고 말았다.

나는 여름철마다 아내와 함께 돌아다니며 나비를 채집한다. 그렇게 모은 표본은 코넬 대학 표본실이나 하버드 대학의 비교동물학 박물관 같은 과학기관에 위탁한다. 나비 밑에는 채집 장소를 적은 꼬리표를 꽂아두는데, 알려지지 않은 전기적 사실을 발굴하는 취미를 가진 21세기 학자들에게는 보물과 다름없는 자료가 될 것이다. 당시 우리가 거점으로 삼았던 곳은 콜로라도 주 텔류라이드, 와이오밍 주 애프턴, 애리조나 주 포털, 오리건 주 애슐랜드 등으로, 여행중 궂은 날이나 밤 시간을 이용하여 나는 다시 열심히 『롤리타』를 쓰기 시작했다. 그리하여 1954년 봄에는 원고 정서까지 끝내고 곧바로 출판사를 물색했다.

처음에는 조심성 많은 오랜 친구의 조언을 순순히 받아들여 이 책을 가명으로 출판한다는 단서를 달았다. 그러나 곧 마음을 바꿔 『롤리타』에 내 본명을 쓰기로 결심했다. 가면을 뒤집어쓰는 것은 나 자신을 배반하는 짓이라는 깨달음 때문인데, 내가 이 결정을 후회하는 일은 결코 없으리라 믿는다. 아무튼 나는 타자기로 작성한 원고를 미국 출판사 W, X, Y, Z에 차례로 보여주었고, 『롤리타』를 검토한 사람들은 하나같이 경악을 금치 못했다. 조심성 많은 내 친구 F. P.의 예상마저 훌쩍 뛰어넘는 반응이었다.

---

* Juanita Dark, 『롤리타』 집필 당시의 가제. 프랑스의 영웅 잔다르크(Jeanne d'Arc)를 연상시키는 제목처럼 이 원고도 하마터면 화형당할 뻔했다는 사실이 공교롭다.

고대 유럽에서는 물론이고 18세기로 접어든 뒤에도 의도적인 음란성은(눈에 띄는 사례는 주로 프랑스 작품이다) 희극적 요소, 신랄한 풍자, 혹은 빼어난 시인이 잠시 방탕한 기분에 취해 드러내는 열정 따위와 공존하는 경우가 많았다. 그러나 현대에 이르러 '포르노그래피'라는 용어가 범속성, 상업주의, 엄격한 서술규칙 등을 의미하게 된 것도 사실이다. 어차피 음란성은 진부함과 짝을 이루기 마련인데, 모든 심미적 즐거움을 포기하고 단순한 성적 자극을 선택해 독자에게 노골적인 행위를 표현하는 전통적인 단어를 사용하기 때문이다. 포르노그래피 작가들이 이렇게 낡고 편협한 규칙을 준수하는 까닭은 자신의 독자에게 (예컨대 탐정소설의 애독자가 느끼는 것과 같은) 만족감을 주기 위해서다. 그런 소설에서 예술적 독창성은 자칫하면 진짜 살인자처럼 독자에게 오히려 불쾌감을 줄 수도 있다(예를 들면 대화문이 하나도 없는 탐정소설을 누가 좋아할까?). 따라서 포르노그래피 소설에서 행위는 상투어를 조합하여 표현할 수밖에 없다. 문체, 구성, 비유 따위로 독자의 소극적 욕망을 방해하지 말아야 한다. 소설 속에 선정적인 장면이 끊임없이 이어져야 한다. 그 사이사이에 들어가는 문장은 의미의 봉합, 지극히 간단한 논리적 연결, 혹은 간결한 부연 설명이나 사실 공개 등으로 국한하여 최소화해야 한다. 독자들은 십중팔구 그런 부분을 건너뛰겠지만 그 자리에 그것이 있다는 사실만은 알게 해줘야 한다. 그러지 않으면 속았다고 생각하기 때문이다(이런 심리는 어린 시절 '실화'라고 주장하는 상투적인 동화를 읽었던 경험에서 비롯된다). 그리고 책 속의 선정적 장면은 매번 새로운 변주, 새로운 상대, 새로운 성교 방식 등을 보여주면서 점점 수위를 높여가고 참가자의 숫자도 점점 늘어나서(사드의 어떤 희곡에서는 정원사까지 불러들인다), 책이 끝날 때쯤에는 앞부분보다 훨씬 더 음탕한 내용이 잔뜩 들어가야 한다.

『롤리타』의 도입부에서 사용한 이런저런 기법(예컨대 험버트의 일기장) 때문에 최초의 독자들은 더러 이 책을 음란 서적으로 오인하기도 했다. 그런 사람들은 관능적인 장면이 계속 이어지기를 기대했다. 그러나 예상이 빗나가자 실망하고 따분해하다가 결국 독서를 중단하고 말았다. 출판사 네 군데 중에서 어떤 곳은 이 원고를 끝까지 읽어보지도 않았는데, 아마도 그런 이유 때문이었으리라 짐작한다. 그 사람들이 이 작품을 포르노그래피라고 생각하든 말든 내가 관심을 가질 필요는 없었다. 그들이 이 소설을 출판하려 하지 않은 까닭은 내가 주제를 다룬 방식이 못마땅해서가 아니라 주제 그 자체 때문이었다. 대부분의 미국 출판사는 적어도 세 가지 주제를 철저히 금기시하는데, 이 책에서 다룬 주제가 하필 그중 하나였다. 나머지 두 가지는 흑인과 백인이 결혼하여 눈부시게 완벽한 성공을 거두고 수많은 자녀와 손주 들을 슬하에 거느리는 이야기, 그리고 철두철미한 무신론자가 행복하고 값진 삶을 살다가 106세가 되었을 때 잠을 자다가 평온하게 숨을 거두는 이야기다.

어떤 반응은 매우 흥미로웠다. 한 검토자는 만약 나의 롤리타를 열두 살 먹은 소년으로 바꾸고 농부인 험버트가 헛간에서 그 아이를 유혹하는 줄거리로 바꾼다면, 그리고 소설의 배경은 황량하고 건조한 풍경으로 처리하고 문장은 간결하고 힘차고 '사실적'으로 고친다면(이를테면, '그는 미쳤다. 우리 모두 미쳤다. 하느님도 미쳤다'), 자기네 회사에서 내 소설의 출판을 고려해보겠다고 말했다. 내가 상징과 비유를 싫어한다는 사실은(이는 주술 같은 이론을 내세우는 프로이트학파와의 오랜 불화 때문이기도 하고, 문학적 신화학자 또는 사회학자 들이 만들어낸 일반론을 혐오하기 때문이기도 하다) 모르는 사람이 없으련만, 어떤 검토자는—모든 면에서 상당히 지적인 사람인데도—『롤리타』의 1부만 대충 읽어보고 나서 '늙은 유럽이 젊은 미국을 농락하는 이야기'로 규정했고, 또 어떤 검토자는 '젊은 미국이 늙은 유럽을 농락하는 이야기'라고 주장했다. X출판사에서는 자문위원들이 험버트에게 몹시 싫증이 났는지 188쪽*을 넘긴 사람이 아무도 없었다면서 2부가 너무 길다고 뻔뻔스럽게 편지를 써 보냈다. 한편 Y출판사는 이 책에 착한 사람이 한 명도 없음을 아쉬워했다. Z출판사의 사장은 『롤리타』를 출판하면 자신도 나도 교도소에 들어간다고 말했다.

모름지기 자유국가에 사는 작가라면 감각적 요소와 관능적 요소를 엄밀히 구분하는 일 따위에 얽매이지 말아야 한다. 터무니없는 일이기 때문이다. 나로서는 젊고 아름다운 포유동물들을 촬영하여 잡지에 싣는 사람들의 정확한—고참past master들이 낄낄 웃을 만큼 목선을 깊이 파되 우체국장postmaster이 눈살을 찌푸리지 않을 만한 선을 유지하는—판단력에 감탄할 뿐, 도저히 그들을 흉내낼 재간은 없다. 짐작건대 범속한 삼류작가들이 발가락으로 휘갈긴 (그래도 엉터리 평론가들은 '강렬하다'느니 '완벽하다'느니 극구 칭찬하는) 절망적일 정도로 진부하고 장황한 소설 속에 담벼락처럼 삭막하게 늘어선 말들을 보고 즐거워하는 독자도 있을 것이다. 점잖은 분들은 『롤리타』에서 아무것

---

* 원서의 판본마다 다르지만 대체로 2부 8장 또는 9장에 해당한다.

도 배울 수 없으므로 무의미하다고 단언할지도 모른다. 그러나 나는 교훈적인 소설은 쓰지도 않고 읽지도 않는다. 존 레이가 뭐라고 말하든 간에 『롤리타』는 가르침을 주기 위한 책이 아니다. 단도직입적으로 말하자면 나에게 소설이란 심미적 희열을, 다시 말해서 예술(호기심, 감수성, 인정미, 황홀감 등)을 기준으로 삼는 특별한 심리상태에 어떤 식으로든 연결되는 느낌을 주는 경우에만 존재 의미가 있다. 그런 책은 흔치 않다. 나머지는 모두 시시한 졸작이거나 이른바 관념소설인데, 마치 거대한 석고 덩어리처럼 한 시대에서 다음 시대로 조심스럽게 전해지는 관념소설도 사실은 시시한 졸작일 때가 아주 많다. 언젠가는 누군가 망치를 들고 나타나서 발자크와 고리키와 토마스 만을 힘차게 때려 부수리라.

어떤 독자들은 『롤리타』가 반미소설이라고 비난했다. 비윤리적이라는 멍청한 주장보다 훨씬 더 고통스러운 비난이었다. 나는 현장감과 깊은 맛을 살리려고 북미를 무대로(교외 지역의 잔디밭, 산악지대의 풀밭 등) 여러 배경을 마련했다. 나에게는 자극적인 환경이 필요했다. 천박한 속물근성보다 자극적인 것은 없다. 그러나 천박한 속물근성으로 말하자면 구대륙이든 신대륙이든 본질적 차이는 전혀 없다. 시카고 출신의 프롤레타리아도 공작만큼이나 (플로베르가 말한 의미의) 부르주아가 될 가능성이 있다.* 내가 스위스 호텔이나 영국 여관이 아니라 미국 모텔을 선택한 이유는 단지 미국 작가가 되기 위해서였고, 나는 단

---

* 나보코프의 표현에 의하면 플로베르가 말하는 부르주아는 '주머니 사정'이 아니라 '정신상태'를 가리킨다. 나보코프도 속물근성을 싫어했는데, 특히 예술작품을 음란하다고 비난하는 사람들이야말로 점잖은 체하는 속물이라고 일갈했다.

지 미국 작가들이 누리는 것과 똑같은 권리를 요구할 뿐이다. 반면에 내가 창조한 험버트는 외국인이고 무정부주의자이며, 님펫 말고도 여러 측면에서 험버트와 나는 생각이 많이 다르다. 그리고 러시아 독자들은 내가 창조한 구대륙(러시아, 영국, 독일, 프랑스)도 내가 창조한 신대륙 못지않게 개인적인 공상의 세계라는 사실을 잘 안다.

내가 여기서 말한 내용이 양심의 표현이라고 오해받지 않도록 서둘러 덧붙여야겠는데, 타이핑한 원고나 올랭피아 출판사의 초판본으로 『롤리타』를 읽으면서 '도대체 왜 이런 책을 썼을까?' 또는 '이런 정신병자에 대한 이야기를 왜 읽어야 하지?' 하고 생각하는 단순한 독자들도 있었던 반면, 내가 일일이 설명하는 것보다 훨씬 더 정확하게 이 책을 이해해주는 현명하고 감수성 풍부하고 소신 있는 독자들도 많았다.

감히 단언하건대 진지한 작가라면 누구나 자신이 발표한 책으로부터 끊임없이 위안을 받는다. 책은 마치 지하실 어딘가에 항상 켜두는 점화용 불씨와 같아서 작가의 가슴속에 있는 온도 조절기를 살짝 건드리기만 해도 즉시 작고 조용한 폭발이 일어나면서 친숙한 열기를 발산한다. 아무리 멀리 있어도 언제든지 마음속에 불러낼 수 있는 책의 존재감, 책의 빛은 작가에게 한없이 편안한 느낌을 주는데, 작가가 예견했던 모양과 빛깔에 가깝게 완성된 책일수록 더욱더 풍요롭고 은은하게 빛난다. 그러나 한 권의 책에서도 어떤 지점이랄까, 샛길이랄까, 아늑한 골짜기랄까, 아무튼 작가가 다른 부분보다 더 간절하게 떠올리고 더 큰 애정과 기쁨을 느끼는 부분이 있기 마련이다. 1955년 봄에 교정지를 살펴본 후 지금까지 『롤리타』를 다시 읽어본 적은 없지만 나에게 이 책은 이제 조용히 우리 집을 감싸는 안개 낀 여름날처럼 혹은 그 안개 너머에 빛나고 있을 태양처럼 즐거움을 주는 존재다. 내가 그렇게 『롤리타』를 생각할 때마다 각별한 기쁨을 느끼며 떠올리는 몇몇 이미지가 있다. 탁소비치 씨, 램스데일 학교의 학급 명단, 샬럿이 "방수니까" 하고 말하는 장면, 롤리타가 험버트의 선물을 향해 슬로모션으로 다가가는 장면, 가스통 고댕의 멋진 다락방에 걸린 사진들, 캐스빔의 이발사(그를 묘사하는 데 한 달이나 걸렸다), 롤리타가 테니스를 치는 장면, 엘핀스톤 종합병원, 창백하고 배가 불룩하지만 여전히 사랑스러운, 그러나 영영 되찾을 수 없는 돌리 스킬러가 (이 책의 수도에 해당하는) 그레이스타에서 죽어가는 모습, 그리고 저 아래 골짜기 마을에서 노는 아이들의 낭랑한 목소리가 산길까지(내가 '리케이데스 서블리벤스 나보코프'라는 신종 나비 암컷을 잡은 곳이다) 들려오는 장면 등이다. 바로 그것들이 이 소설의 중추신경이다. 이 장면들이야말로 내 잠재의식 속에서 이 책의 구조를 결정해버린 비밀 요충지들이며 좌표들이지만, 내가 확실히 알고 있는 건 『어느 매춘부의 회고록』*이나 『그로스비 경의 사랑』**과 같은 계열의 책이라고 생각하면서 『롤리타』를 읽기 시작한 독자들은 이런 장면들을 건너뛰거나 별생각 없이 지나가거나 아예 거기까지 읽지도 못하리라는 점이다. 이 소설 속에 성도착자의 생리적 충동에 대한 언급이 좀 많은 것은 분명한 사실이다. 그러나 우리는 어린애도 아니고, 무식한 비행청소년도 아니고, 동성애를 즐기며 뜨거운 밤을 보내고 나서 불건전한 부분을 모두 삭제한 고전을 읽는 모순된 상황을 감내해야 하는 영국 사립학교 학생들도 아니다.

---

* 영국 작가 존 클리랜드의 소설 『패니 힐』의 부제.
** 가공의 제목.

어떤 국가 또는 사회계층 또는 작가에 대한 정보를 얻으려고 문학작품을 연구하는 것은 유치한 짓이다. 그런데도 몇 안 되는 절친한 친구들 가운데 한 명은 『롤리타』를 읽고 나서 진심으로 걱정했다. 내가 (내가!) '너무 우울한 사람들'과 어울려 지낸다고 믿었기 때문이다. 그러나 내가 실제로 겪은 불편은 버려진 팔다리와 완성되지 않은 몸통이 즐비한 작업실에서 지낸다는 사실뿐이었다.

파리의 올랭피아 출판사에서 이 책이 출간된 후 어느 미국 비평가는 『롤리타』가 '낭만적인 소설에 대한 연정의 기록'이라고 말했다. '낭만적인 소설'이라는 말 대신에 차라리 '영어라는 언어'라고 하면 이 멋들어진 표현이 더 정확해지겠다. 그러나 여기서 내 목소리가 지나치게 날카로워진 듯싶다. 어차피 나의 미국인 친구들은 아무도 내 러시아어 소설을 읽지 못했으므로 그들이 내 영어 소설의 장단점을 평가하는 작업은 아무래도 초점이 좀 어긋날 수밖에 없다. 나의 개인적 비극은, 물론 남들의 관심사가 될 수도 없고 되어서도 안 되겠지만, 내가 타고난 모국어, 즉 자유롭고 풍요로우며 한없이 다루기 편한 러시아어를 포기하고 내게는 두번째 언어에 불과한 영어로 갈아타야 했다는 사실이다. 모국어를 사용하는 작가들은 마술사처럼 연미복 뒷자락을 펄럭이며 자기만의 절묘한 방식으로 전통을 뛰어넘을 수 있건만 나의 영어에는 그런—이를테면 착시 현상을 일으키는 거울, 검은 벨벳 배경막, 혹은 함축적인 연상이나 전통 같은—도구가 없기 때문이다.

1956년 11월 12일

머리말, 제1부

1) 비비언 다크블룸(Vivian Darkbloom): 블라디미르 나보코프(Vladimir Nabokov)의 철자 순서를 바꿔 만든 이름.

2) 시험관 속의 폭풍: 공연한 소동을 뜻하는 'a tempest in a teapot(찻주전자 속의 폭풍)'의 패러디.

3) 블랜치 슈워츠만(Blanche Schwarzmann): 프랑스어의 '흰색', 독일어의 '검은색'과 '사람'을 합쳐 만든 말로 '하얀 흑인'이라는 뜻. 나보코프가 프로이트학파는 세상을 흑백으로 바라볼 뿐이라는 조롱의 의미를 담아 지은 이름이다.

4) 1955년 8월 5일: 프랑스 올랭피아 출판사에서 출간한 초판(1955년 9월)에는 이 날짜가 없다. 나보코프가 나중에 이 날짜를 넣음으로써 작품 속에 시간상의 모순이 발생했다.

5) 어느 바닷가 공국에서였다: 에드거 앨런 포의 유명한 시 「애너벨 리Annabel Lee」의 도입부를 연상시키는 구절. "아주아주 먼 옛날 / 어느 바닷가 왕국에 / 혹시 여러분이 아실지도 모르는 / 애너벨 리라는 소녀가 살았답니다." 험버트의 첫사랑 애너벨 리(Annabel Leigh)는 바로 이 시를 바탕으로 설정된 인물이다.

6) 피숑의 『인체의 아름다움』: 저자도 책 제목도 작가의 창작이다. '피숑(Pichon)'은 여성의 젖가슴을 뜻하는 프랑스어 속어 'nichon'에서 따왔다.

7) 바네사(Vanessa): 영국 작가 조너선 스위프트의 시에 등장하는 여인의 이름인 동시에 '큰멋쟁이나비'를 뜻한다. 나비 연구자로도 유명한 나보코프는 이렇게 나비에 대한 언급을 작품 곳곳에 배치했다.

8) 되 마고(Deux Magots): 예술가, 작가, 지식인 들이 많이 드나들던 파리의 유명 카페.

9) T. S. 엘리엇의 「게론티온」을 모방한 시.

10) 라우린(Laureen): 이탈리아 시인 페트라르카에게 연정과 시적 영감을 불어넣었다는 소녀 라우라(Laura)의 이름에 지소 접미사 '-een'을 붙였다.

11) 퍼시 엘핀스톤: 가공의 인물.

12) 멜빌 해협의 피에르 곶: 멜빌 해협은 캐나다 북부 연안의 해협, 피에르 곶은 허먼 멜빌의 소설『피에르』에서 따온 가공의 지명.

13) 드럼린, 그렘린, 크렘린(drumlin, gremlin, kremlin): 발음을 이용한 언어유희. 드럼린은 빙하퇴적물이 쌓여 형성된 언덕, 그렘린은 기계를 망가뜨린다는 도깨비, 크렘린은 중세 러시아의 도시 방어용 요새.

14) 르네 프리네의 그림 〈크로이처 소나타〉: 남자 바이올리니스트와 여자 피아니스트의 입맞춤 장면을 묘사한 그림으로, 1932년 출시된 향수 '터부'의 광고에 쓰여 대중적으로 알려졌다.

15) 내 죽은 신부: 에드거 앨런 포의「애너벨 리」에 다음과 같은 구절이 있다. "나의 사랑, 나의 사랑, 나의 생명, 나의 신부." 여기서는 험버트의 첫사랑 애너벨을 가리킨다.

16) 죄스러운 쾌락(Delectatio morosa): 토마스 아퀴나스의『신학대전』에서 인용한 표현으로, 부도덕한 공상을 즐기는 정신적 죄악을 뜻한다.

17) 난쟁이 차장들(Dwarf Conductors): 어린 카르멘(Little Carmen)의 little을 난쟁이(dwarf)로, Carmen을 Car men, 즉 차장들(conductors)로 풀이한 우스갯소리.

18) 차르샤프: 이슬람 문화권인 터키에서 여성이 머리와 몸을 가릴 때 쓰는 베일.

19) 내가 연민을 느끼는 어빙: 대표적인 유대인 이름으로, 반에서 유일한 유대인으로 보인다.

20) 색몽(色夢, libidream): '리비도(libido)'와 '꿈(dream)'을 결합해 만든 나보코프의 조어.

21) 모노그램: 두 개 이상의 글자를 합쳐 한 글자 모양으로 도안화한 문양.

22) 짧은 양말을 신은 롤라(Lola the bobby-soxer): 'bobby-soxer'는 1940, 50년대 미국 10대 소녀들 사이에서 유행한 발목까지 접어 신는 흰색 양말(바비 삭스)을 신은 소녀를 뜻한다.

23) barmen, alarmin', my charmin', my carmen, ahmen, ahahamen: 모두 '아멘' 혹은 그와 유사한 발음이 포함된 단어.

24) 셜리 홈스: 아서 코넌 도일이 창조한 명탐정 셜록 홈스에서 따온 이름. 어린 시절 나보코프도 애독자였다고 한다.

25) 왕발 베르트(Berthe au Grand Pied): 샤를마뉴대제의 어머니 베르트라다의 별칭. 베르트(Berthe)라는 여자 이름의 철자 일부가 험버트(Humbert)와 겹친다.

26) 토머스 모렐 신부: 영국 고전학자, 작사가.

27) 드롬: 단봉낙타를 뜻하는 'dromedary'에서 따온 가공의 담배 상품명.

28) 가혹 고문: 피의자의 가슴에 무거운 돌을 올려놓는 고문 방법.

29) 가로대(transom): 십자가의 가로 막대.

30) 야경증(夜驚症): 어린아이가 악몽을 꾸고 놀라서 깨어나는 증상.

31) 몽마(夢魔): 잠자는 여자를 덮친다는 악마.

32) 홀터(halter): 어깨 부위에 달린 끈을 목에 걸고 등과 팔은 드러내는 여성복.

33) 판(Pan): 그리스신화에 나오는 목신. 하반신이 염소처럼 생겼으며 음탕한 기질이 특징이다.

34) 우주령(宇宙靈): 범신론 사상에서 우주 전체에 내재한다고 보는 영적 존재.

35) 피콕과 레인보: 영국 시인이자 소설가 토머스 러브 피콕과 프랑스 시인 아르튀르 랭보를 가리킨다. 일반명사로 '피콕(peacock)'은 공작새, '레인보(rainbow)'는 무지개를 뜻하므로, 공작새와 무지개의 화려한 색상이 불러일으킨 연상작용 때문에 신문기자가 잘못 알아들었다는 설정이다.

36) 로텔리타, 롤리첸(Lottelita, Lolitchen): 전자는 샬럿(Charlotte)의 애칭 '로테'와 '롤리타'를 합친 이름, 후자는 '롤리타'에 독일어 지소 접미사 '-chen'을 붙여 만든 이름.

37) 크레톤과 친츠: 날염한 무명천의 종류.

38) 필라델피아의 루스벨트 대로 4640번지에 있는 회사: 우편주문으로 유명해진 미국 종합유통업체 시어스 로벅을 가리킨다.

39) 웨빙: 허리띠 등을 만드는 데 쓰는 튼튼한 직물.

40) 전통적인 화파: 옛 전통에 따라 반드시 실물을 보면서 그림을 그리는 사람들.

41) 물림재단: 사진이나 그림을 지면에 여백 없이 가득 채우는 방식.

42) 실물 크기(death-size): 원래는 'life-size'라고 써야 하는데 시체를 연상시키려고 말을 바꾸었다.

43) 드림 핑크, 프로스티드 아쿠아, 글랜즈 모브, 튤립 레드, 울랄라 블랙: 각각 분홍색, 옥색, 담자색, 빨간색, 검은색인데, 중간에 슬쩍 집어넣은 글랜즈 모브(glans mauve)는 '귀두 같은 담자색'이라는 뜻이다.

44) 볼기고랑(gluteal sulcus): 엉덩이와 허벅지 사이의 경계를 가리키는 해부학 용어.

45) 충수돌기: 맹장의 한쪽 끝에 붙은 가느다란 관 모양의 돌기로, 이것이 건재하다면 맹장 수술을 받지 않았다는 뜻이다.

46) 낙심한 아이들을 위해 무늬를 넣은 염소 가죽으로 만든 펌프스(pumps of crushed kid for crushed kids): '아이'와 '새끼염소 가죽'의 뜻을 모두 담고 있는 kid를 이용한 언어유희.

47) 험벅(Humbug): 사기꾼, 협잡꾼, 허풍쟁이를 뜻하는 명사.

48) 톰 아저씨: 해리엇 비처 스토의 소설 『톰 아저씨의 오두막』에서 따온 표현으로 여기서는 흑인 짐꾼을 가리킨다.

49) Seva ascendes, pulsata, brulans, kitzelans, dementissima. Elevator clatterans, pausa, clatterans, populus in corridoro. Hanc nisi mors mihi adimet nemo! Juncea puellula, jo pensavo fondissime, nobserva nihil quidquam: 험버트의 혼란스러운 마음을 표현한 대목으로, 라틴어, 영어, 프랑스어, 독일어, 이탈리아어, 힌디어 등을 뒤죽박죽 섞어 썼다.

50) 잠재기: 소아기의 소아성욕이 정점에 이르는 5세 무렵부터 사춘기 사이의 기간으로, 프로이트는 이때 성적 호기심과 성적 활동이 중단된다고 주장했다. 신프로이트학파는 생물학적 요인보다 사회, 문화, 인간관계 등의 역할을 강조했다.

51) 7월은 너무 더웠다고 했소: 이 대화에서 힘버트가 되물을 때마다 남자는 교묘하게 발음이 비슷한 문장으로 둘러댄다. "Where the devil did you get her?/I said: the weather is getting better." "You lie—she's not./I said: July was hot." 남자의 (또한 나보코프의) 언어감각을 엿볼 수 있는 대목이다.

52) 페르시아인들이 말하길 잠은 장미라잖소: 페르시아 시인 오마르 하이얌의 『루바이야트』에 대한 언급.

53) 오스트리아 태생의 프랑스인 프란츠 라이헬트. 1912년 2월 4일 에펠탑에서 의복 형태의 낙하산을 시험하다가 추락사했다.

54) 이상한 나라: 루이스 캐럴의 『이상한 나라의 앨리스』에서 따온 표현.

55) 책도 소년이 읽어줘야 하는: T. S. 엘리엇의 「게론티온」에 나오는 구절.

56) 슈워브 드러그스토어: 할리우드의 선셋 대로에 있던 상점. 영화인들이 많이 모이는 곳으로 유명했다. 미국의 '드러그스토어'는 일반의약품 및 일용잡화, 음료 등을 판매하는 상점이다.

57) 아찔한 상의(swooner): '실신하기 쉬운 옷' 또는 '넋을 잃을 만큼 매혹적인 옷'을 뜻하는 조어로, 나보코프 연구자들은 몸에 꼭 끼는 스웨터나 속옷 따위를 가리킨다고 말하지만 여전히 논란의 여지가 있다.

제2부

1) 샤토브리앙: 프랑스 낭만주의 작가. 샤토브리앙은 1791년 미국 여행을 하고 여행지 풍경을 여러 작품에서 그렸다.

2) 우리는 겪었노라: 플로베르는 『보바리 부인』에서 동사 'connaître(알다)'를 문어체 단순과거형 'nous connûmes'으로 사용하여 과거의 경험을 표현했다.

3) 새미, 조, 에디, 토니, 페기, 가이, 패티, 렉스: 렉스는 가공인물, 새미는 가수가 아니라 밴드 리더였던 새미 케이, 나머지는 당시 실제로 활동하던 가수들이다. 조 스태퍼드, 에디 피셔, 토니 베넷, 페기 리, 가이 미첼, 패티 페이지.

4) 주트슈트: 1940년대에 유행한 남성복. 상의는 어깨가 넓고 길이가 길며, 바지는 헐렁한데 아랫단을 조여 잘록한 모양새였다.

5) 「나무들」을 쓴 시인: 미국 시인 조이스 킬머.

6) 무료(free): 이어지는 문장과 연관하여 '자유'라는 의미도 내포하고 있다.

7) 잿빛 벌새: '움직임은 벌새와 똑같지만 사실은 박각시나방'이라고 나보코프가 밝혔다.

8) 그놈의 이름과 똑같은 이름이 붙은 소도시: 클레어를 가리킨다.

9) 고인 물방울을 꿈꾸며 몸부림을 쳤으리라―아, 보들레르!: 보들레르 시집 『악의 꽃』에 수록된 「어스름 새벽」의 시구(악몽이 떼를 지어 몰려오면 / 구릿빛 청년들은 몸부림을 치고……)를 변형시켰다.

10) 위대한 고베르: 1911년과 1920년 프랑스 챔피언이자 올림픽 금메달리스트였던 앙드레 고베르.

11) 10대 소녀: 1943년부터 1970년까지 신문에 연재된 해리 헤닉슨의 〈페니〉의 주인공을 가리킨다.

12) 『림버로스트의 소녀』: 미국 소설가 진 스트래턴 포터의 성장소설.

13) 유명한 영국 글쟁이 두 명: 소설가 서머싯 몸과 시인 W. H. 오든을 가리킨다. 나보코프는 『롤리타』를 출간할 당시 두 사람이 생존해 있어 실명을 생략했다고 한다.

14) 타유로어(Taille Lore): 테일러(Taylor)를 프랑스식 발음대로 표기한 말.

15) 휘슬러의 〈어머니〉: 미국 태생의 화가 제임스 맥닐 휘슬러의 대표작으로, 원제는 〈회색과 검은색의 조화 제1번: 화가의 어머니〉.

16) 에이비스 채프먼: 남유럽에 서식하는 부전나비의 학명 '칼로프리스 아비스 채프먼(Callophrys avis Chapman)'에서 따온 이름.

17) 이 문장에 언급된 인명은 모두 가공의 인물이다. 리처드 로(Richard Roe)는 존 도(John Doe) 또는 제인 도(Jane Doe)처럼 신원을 모르거나 밝힐 수 없는 인물을 지칭할 때 '-oe'가 들어간 이름을 쓰는 관습에서 비롯된 가명으로, 도러시 도(Dorothy Doe) 역시 이를 반영한 작명이다. 버몬트(Vermont)는 몸의 주름이 특징적인 양의 한 품종이며, 럼플마이어(Rumpelmeyer)는 구김살을 뜻하는

'럼플(rumple)'을 연상시키므로 「벌거숭이 임금님」(원제는 「황제의 새옷」)에 빗대어 '헌옷'을 암시한다. 모리스는 뒤에 언급된 모리스 마테를링크의 이름을 땄다.

18) 르노르망: 프랑스 극작가. 인간의 심층 심리를 다룬 작품을 썼다.

19) 마테를링크: 벨기에 극작가, 시인. 죽음과 운명을 주제로 한 작품을 발표했다.

20) 과묵한 영국 몽상가들: 『피터 팬』의 J. M. 배리와 『이상한 나라의 앨리스』의 루이스 캐럴을 가리킨다.

21) 에듀사 골드(Edusa Gold): 유럽산 노랑나비의 학명 '콜리아스 에두사(Colias edusa)'에서 딴 이름.

22) 웨이스와 엘핀스톤 모두 가공의 지명.

23) 애틋한 사랑의 번민(adolori d'amoureuse langueur): 롱사르의 『연애시집』에 여러 번 나온다.

24) 루이제타(luizetta): 프랑스 금화 '루이도르(louis d'or)'를 염두에 두고 만든 말.

25) 건장한(burley): 원래는 burly로 표기해야 하지만 미국산 잎담배 '벌리'를 내포하는 중의적 표현으로 사용하여 이 경찰관이 담배를 즐겨 피운다는 사실을 암시한다.

26) 컨버터블: 지붕을 접었다 폈다 할 수 있게 만든 자동차.

27) 주걱턱: 1931년부터 미국 신문에 연재된 만화 〈딕 트레이시〉의 주인공을 가리킨다.

28) 메사: 미국 남서부 지역에서 흔히 볼 수 있는, 꼭대기가 평평하고 주위는 급경사를 이룬 탁자 모양의 지형.

29) 제임스 조이스의 소설: 『피네간의 경야』를 가리킨다.

30) 웨이스 우체국과 엘핀스톤 우체국: P. O. Wace and P. O. Elphinstone. 머리글자만 따면 전쟁포로(P.O.W.)와 에드거 앨런 포(Poe)가 된다.

31) 잊지 말고 구혼자에게 말해주시오, 시멘이여, 그 호수가 얼마나 아름다운지, 그래야 그곳으로 그대를 데려가리니: Ne manque pas de dire á ton amant, Chiméne, comme le lac est beau car il faut qu'il t'y mène.

32) 그 친구는 복도 많구나! 그대를 데려가리니: 의미심장한 대사 속에 퀼티(Quilty)와 발음이 비슷한 구절 '그대를 데려가리니(qu'il t'y)'를 두 번이나 슬쩍 집어넣었다.

33) 산지표준시: 로키산맥에 가까운 미국, 캐나다, 멕시코 일부 지역의 표준시.

34) 드림 블루 멜모스: 실제 차종이 아니라 찰스 로버트 매튜린의 고딕소설 『방랑자 멜모스』에서 딴 이름.

35) 신비색(cryptochromism): '신비로운(crypto-)'과 '색(chrom)'을 결합해 만든 말.

36) 『헤다 가블러』: 헨리크 입센의 희곡.

37) 『참피나무 밑의 사랑』: 유진 오닐의 『느릅나무 밑의 욕망』을 비튼 제목.

38) 『벚꽃동산』: 안톤 체호프의 희곡.

39) 시라노: 에드몽 로스탕의 희곡 『시라노 드베르주라크』의 주인공으로, 매우 큰 코가 특징이다.

40) 엘렉트라 골드: 에듀사 골드의 경우처럼 아프리카산 노랑나비의 학명 '콜리아스 엘렉트라(Colias electra)'에서 딴 이름.

41) 네드 라이텀(Ned Litam): 제2부 2장에 등장한 테니스 코치의 실제 모델이기도 한 빌 틸던(Bill Tilden)이 소설을 발표할 때 사용했던 필명으로, 자기 성의 철자를 뒤집어 만들었다.

42) 데쿼지 또는 보르망: 각각 프랑스와 벨기에의 테니스 선수.

43) 『어릿광대와 마누라Clowns and Columbines』: 16~18세기 유럽 전역에서 인기를 끈 이탈리아의 희극 형식 '코메디아델라르테'의 주요 등장인물들을 가리킨다. 슬픈 어릿광대 풀치넬라(또는 피에로, 펀치넬로), 그의 바람둥이 아내 콜롬비나(또는 콜럼바인), 그녀의 정부 아를레키노(할리퀸)의 삼각관계는 험버트, 롤리타, 트랩의 관계를 연상시킨다.

44) 불쌍한 '푸른 수염'. 잔인한 형제들: 샤를 페로의 동화 『푸른 수염』에서 푸른 수염과의 약속을 어긴 여주인공이 위험에 처한 순간 언니 '앤'의 도움을 받고, 푸른 수염은 그녀의 형제들에게 죽임을 당한다.

45) 이제 나를 사랑하지 않느냐, 나의 카르멘?: 소설 『카르멘』에서 호세가 카르멘에게 하는 말.

46) 바스크 말 또는 젬피라 말: 소설 『카르멘』에 호세와 카르멘이 바스크 말로 대화를 나누는 장면이 나오며, '젬피라 말'은 언어명이 아니라 알렉산드르 푸시킨의 장시 「집시」의 여주인공 이름을 딴 신조어로, 집시어 즉 로마니어를 의미한다. 집시들의 자유분방함, 사랑과 배신, 살인 등의 주제가 두 작품의 공통점이다.

47) 아빠 대용품: 정신분석학에서 말하는 전이(轉移)의 개념에 대한 언급.

48) N. 프티, 라루스, 일리노이(N. Petit, Larousse, Ill.): 이 장에 거론된 숙박부 기록은 '인명, 도시 이름, 주 이름'의 순서로 작성되었는데, 인명과 지명을 붙여 읽으면 '프티 라루스'로, 이는 프랑스 문법학자 피에르 라루스가 편찬한 『도해판 라루스 소사전Le Petit Larousse Illustré』의 약칭이다.

49) '그라시아노 포브슨 박사, 미란돌라, 뉴욕.' 물론 이 이름이 이탈리아 희극과 관

계가 있다: 인명은 '코메디아델라르테'의 정형화된 등장인물 '도토레 그라치아노(Dottore Graziano)'를 가리키며, 가공의 지명인 '미란돌라' 역시 '포브슨'과 마찬가지로 이탈리아 희극의 단역 이름이다.

50) A. 퍼슨, 폴록, 영국: 영국 시인 새뮤얼 콜리지가 꿈속에서 영감을 얻어 「쿠블라 칸」을 집필할 때 '폴록에서 온 사람(a person from Porlock)'이 방해하는 바람에 완성하지 못했다는 유명한 일화에서 유래해 '폴록에서 온 사람'이란 '달갑지 않은 손님'을 뜻한다.

51) 모리스 슈메털링: 벨기에 작가 모리스 마테를링크는 아마추어 곤충학자였고, '슈메털링'은 독일어로 나비를 뜻한다.

52) D. 오르곤, 엘마이라, 뉴욕: 프랑스 극작가 몰리에르의 희곡 『타르튀프』에 등장하는 오르공과 엘미르에 대한 언급. '엘마이라'는 실제 지명.

53) 해리 범퍼, 셰리든, 와이오밍: 인명은 아일랜드 태생의 영국 극작가 리처드 셰리든의 희곡 『추문 패거리』에 단역으로 등장하는 인물. 장소는 실제 지명.

54) 피니어스 큄비, 레버넌, 뉴햄프셔: 인명은 미국 최면술사이자 정신치료사. 장소는 실제 지명이며 큄비의 출생지.

55) 조니 랜들, 램블, 오하이오: 나보코프는 이 인명이 '아마도 실존 인물일 것'이라고 말했다. 장소는 가공의 지명.

56) N. S. 아리스토프, 카타젤라, 뉴욕: 인명은 고대 그리스 희극작가 아리스토파네스를 가리키며, '카타젤라'는 그의 작품 〈아카르나이 사람들〉에 나오는 마을 이름으로, 포충나방과에 속하는 나방의 속명이기도 하다. 뉴욕 주에 그런 지명은 없다.

57) 루카스 피카도르, 메리메이, 펜실베이니아: '루카스'는 메리메의 『카르멘』에서 카르멘의 마지막 애인이었던 투우사의 이름, '피카도르'는 기마 투우사를 뜻하는 스페인어. '메리메이(Merrymay)'는 물론 소설가 '메리메'를 가리키지만 펜실베이니아의 약자(Pa.)와 연결해서 보면 '즐거운 5월이에요, 아빠'라는 의미로도 읽힌다.

58) 윌 브라운, 돌로레스, 콜로라도(Will Brown, Dolores, Colo.)가 잔인한 이유는 2부 22장에서 험버트가 지은 시의 첫 행 "갈색 돌로레스가(While brown Dolores)"를 변형시킨 것이기 때문이다.

59) 도널드 퀵스, 시에라, 네바다: 인명(Donald Quix)은 '돈키호테(Don Quixote)'의 변형이고, 지명은 시에라네바다산맥을 가리키는데, 미국은 물론 스페인에도 동일한 이름의 산맥이 있다.

60) 'WS 1564' 'SH 1616' 'Q32888', 혹은 'CU 88322': 앞의 두 번호는 '윌리엄 셰

익스피어'와 그의 생몰연대(1564~1616)를 뜻한다. 뒤의 두 번호는 '퀄티 (Quilty)'와 그의 애칭 '큐(Cue)'를 뜻하고 각각의 숫자를 모두 더하면 52가 되는데, 이는 나보코프가 작품 곳곳에 감춰놓은 수수께끼다. 예를 들면 험버트와 롤리타의 첫 여행기간이 꼬박 1년 즉 52주였고, 2부 25장에 실린 시의 길이가 52행, 그리고 험버트와 롤리타와 퀄티가 모두 1952년에 사망했다. 이 수수께끼는 아직 다 풀리지 않았다.

61) 덩치 큰 얼간망나니(gagoon): 'gag(우스개)' 'goon(깡패)' 'baboon(개코원숭이, 인간말짜)'을 합쳐 만든 말.

62) 어린애만한 짤막따분녀(kiddoid gnomide): 'kiddoid'는 'kid'에 접미사 '-oid'를 붙여 만든 말로 '아동형' 또는 '소형종'이라는 뜻. 'gnomide'는 원래 여자 난쟁이를 뜻하지만 여기서는 'bromide(따분한 사람)'의 의미도 함축되어 있다.

63) 다람쥐는 가랑비만 맞았다는데 가랑잎만 떨어져도 부들부들 파들파들,/멧토끼는 믿는 도끼에 발등을 찍혔다나, 원통하고 절통해서 나는 못 살아./흰 턱수염 할아버지 척수염에 걸렸는데 사다리 못 탄다고 구닥다리래./그리하면 못쓴다, 카악, 너도 늙어봐라, 가래침 뱉으면서 가르침 내리시고: The Squirl and his Squirrel, the Rabs and their Rabbits/Have certain obscure and peculiar habits./Male hummingbirds make the most exquisite rockets./The snake when he walks holds his hands in his pockets……

64) 나갈 수가 없구나, 찌르레기가 말했네: 로런스 스턴의 『감상여행』에서 인용. 화자 요릭이 바스티유 감옥을 방문했을 때 새장 속에 갇힌 찌르레기가 "나갈 수 없구나"라고 말한다.

65) 어느 밤 오페라를 보러 갔다가 찬바람을 맞고 몸져누웠네./어지러운 기록이거늘―섣불리 믿는 자는 어리석으리!/눈이 내리고 무대장치가 무너진다, 롤리타!/롤리타, 내가 네 인생에 무슨 짓을 저질렀느냐: L'autre soir un air froid d'opéra m'alita:/Son fêlé―bien fol est qui s'y fie!/Il neige, le décor s'écroule, Lolita!/Lolita, qu'ai-je fait de ta vie? 여기서 두번째 행은 빅토르 위고의 희곡 『왕은 즐긴다』에 나오는 "여자는 본래 변덕스럽거늘/섣불리 믿는 자는 어리석으리!"라는 구절의 인용.

66) 타락한 5월: T. S. 엘리엇의 「게론티온」에서 인용.

67) '타이거모스'라는 간판을 단 어둡게 타오르는: 윌리엄 블레이크의 시 「호랑이」의 한 구절을 살짝 비튼 것으로 원문은 '호랑아! 호랑아! 캄캄한 숲속에서/밝게 타오르는'이다. '타이거모스(Tigermoth)'는 원래 '불나방'을 뜻하지만 직역하자면 '호랑이나방'이다.

68) 그레인볼시티: 가공의 지명.

69) "젠장, 무슨 뽕나무나방처럼 뱅글뱅글 돌았죠": 오월제 때 기둥 주위를 돌며 부르는 노랫말 중 '뽕나무를 둘러싸고 뱅글뱅글 돌아라'의 변형.

70) 샌험버티노(San Humbertino): '험버트(Humbert)'에 이탈리아어 지소 접미사 '-ino'를 붙인 가공의 지명.

71) 젊은 짐승 같은 예술가의 초상: 제임스 조이스의 『젊은 예술가의 초상』에 대한 언급.

72) 잔인한 힘: 줄스 다신 감독의 필름누아르. 폭력과 공포가 지배하는 교도소가 배경이다.

73) 포제스트: 커티스 번하트 감독의 필름누아르. 맹목적인 사랑과 살인에 대한 내용이다.

74) 오멘 포스텀: '길조(吉兆)'를 뜻하는 라틴어로, 실제 상품명 '럭키 스트라이크'를 연상시킨다.

75) 페르시아의 떠버리 새는 술, 술, 술, 하고 외쳤다지만: 페르시아 시인 오마르 하이얌의 『루바이야트』에서 "포도주! 포도주! 포도주! / 적포도주! —나이팅게일이 장미에게 외쳤네/창백한 뺨을 붉게 물들이라고"라는 구절 인용.

76) 사드의 쥐스틴: 사드의 소설 『쥐스틴, 또는 미덕의 불행』의 여주인공.

77) 인생을 바꿔보자, 나의 카르멘, 우리가 영영 헤어지지 않을 곳으로 가자: 메리메의 『카르멘』에서 인용.

78) 1952년 8월 20일 메릴랜드 주 볼티모어에서 발생한 실제 사건. 이 문단의 나머지 부분은 〈뉴욕 타임스〉 1952년 9월 2일자 기사를 거의 그대로 인용했다. 살인자와 피해자의 이름도 모두 실명인데, 나보코프는 'Grammar'로 표기했지만 정확히는 'Grammer'다. 그가 볼티모어 지방법원에서 심문을 받은 날은 9월 16일, 험버트가 램스데일에 도착한 날은 9월 24일이다. 앞 문장의 '이런, 에드(Gee, Ed)'는 'G. 에드워드'와 짝을 이루는 언어유희.

79) 투르게네프 소설: 『귀족의 보금자리』를 가리킨다.

80) 실제 사건. 프랭크 라셀은 1948년 6월 15일 뉴저지 주 캠던에서 샐리 호너를 유괴하여 21개월 동안 끌고 다니며 겁탈하다가 1950년 3월 22일 캘리포니아 주 새너제이에서 체포되었다. 이 사건은 험버트와 롤리타의 관계와 유사한 점이 많은데, 2부 1장에서 맨 법을 위반한 '중년 패륜범'이 바로 라셀을 가리킨다. 라셀은 30~35년 징역형을 받았고 샐리는 1952년 8월 18일 교통사고로 사망했으며, 나보코프도 이 사실을 알고 있었다.

81) 여자는 여자일 뿐이지만 카포랄은 담배라고: 키플링의 시 「약혼녀」에서 "여자는

여자일 뿐이지만 좋은 시가는 연기를 뿜는다네" 부분을 살짝 비틀었다. '카포랄'
은 프랑스 담배 상품명으로, 하사계급을 뜻한다.

82) 너는 죄인의 약점을 악용했으므로/너는 약점을 악용했으므로/너는 악용했으
므로/너는 나의 불리한 처지를 악용했으므로……: T. S. 엘리엇의 「성회(聖灰)
수요일」 중 도입부를 모방한 대목.

83) 코감기 걸린 음유시인이 했던 말처럼 빌리고 또 빌리고 또 빌리는 거지(to
borrow and to borrow and to borrow): 셰익스피어의 『맥베스』 5막 5장 중
'내일 또 내일 또 내일이(To-morrow, and to-morrow, and to-morrow) 이
렇게 느릿느릿 기어간다'라는 대사를 코맹맹이 소리로 바꾼 언어유희.

84) 탐험가 겸 정신분석학자 멜러니 바이스: '멜러니(Melanie)'는 그리스어원으로
검은색을, '바이스(Weiss)'는 독일어로 흰색을 뜻한다. 머리말에 언급된 블랜치
슈워츠만의 경우처럼 프로이트학파의 흑백논리를 비웃는 작명이다.

85) 바르다 해의 바그라치온: 둘 다 가공의 지명.

86) 죽은 두 여자를 이어주는, 말하자면 치밀한 헤겔식 종합이라고나 할까: 헤겔의
변증법에서 말하는 정반합에 대한 언급. 1부 23장에서 샬럿을 친 승용차가 올라
앉았던 '비탈진 잔디밭'이 정(正), 2부 33장에서 도러시 그래머의 승용차가 전
복된 '비탈'이 반(反), 지금 험버트가 멈춰 선 '비탈진 풀밭'이 합(合)에 해당한
다. 이 세 장면에는 죽음, 비탈, 승용차 등의 공통점이 있다. 첫번째 사건에서 험
버트는 아내 샬럿의 죽음에 도의적 책임을 느끼지만 처벌받지 않았고, 두번째
사건에서 G. 에드워드 그래머는 완전범죄를 노렸으나 발각되어 처벌받았고, 이
제 험버트도 퀼티를 살해한 죄로 처벌받게 되었으니 그의 말대로 변증법적 종
합이 이루어진 셈이다.

롤리타와 험버트의 미국 여정

워싱턴
파라다이스
오리건
23
아이다호
24
로키산맥
몬태나
27
노스다코타
셰리든
25
26
29
사우스다
2
와이오밍
네브래스카
22
20
18
21
네바다
17
유타
11
콜로라도
캔자스
캘리포니아
19
16
오클라
애리조나
피닉스
뉴멕시코
오클라
파타고니아
15
12
텍사스
오
13
14
샌안
로스앤젤레스

● 롤리타와 험버트의 여정
○ 소설 속에 나오는 지명

소타

위스콘신

클레어
미시간

오와

시카고

일리노이
31

인디애나

오하이오

미주리
세인트루이스
30

3
웨스트
버지니아

4 켄터키

2
애팔래치아
산맥

아칸소

리틀록

테네시

5

미시시피

앨라배마

조지아

루이지애나 7

플로리다

버몬트

레버넌

제네바 뉴욕

뉴햄프셔

엘마이라

매사추세츠

코네티컷

펜실베이니아

로드
아일랜드

워싱턴DC

메릴랜드

뉴저지

델라웨어

버지니아

노스
캐롤라이나

사우스
캐롤라이나

1

6

메인

1 매그놀리아 수목원 사우스캐롤라이나 주 찰스턴의 매그놀리아 농원 부설 수목원.

2 남동부 3개 주가 가족 상봉을 하는 곳에 있는 한 동굴 남동부 켄터키, 테네시, 버지니아 3개 주에 걸친 컴벌랜드갭 국립역사공원의 갭 동굴.

3 블루릭스 전투를 기념하는 화강암 오벨리스크 켄터키 북동부 블루릭스 주립공원 소재.

4 링컨이 태어난 과거의 통나무집을 뻔뻔스럽게 모방한 현재의 통나무집 켄터키 중부 호젠빌의 링컨 출생지 기념관 소재.

5 「나무들」을 쓴 시인을 기리는 동판이 붙은 바위 조이스 킬머 기념림 소재.

6 조지아 주 연안의 어느 섬 지킬 섬. 1886년부터 최고급 주택단지로 개발되었으며 J. P. 모건, 조지프 퓰리처, 윌리엄 록펠러, 윌리엄 밴더빌트 등의 겨울별장이 있는 곳으로 유명하다. 1947년 조지아 주 정부가 매입하여 일반인들에게 공개했다.

7 (뉴올리언스라는 도시의) 버번 스트리트

8 메닝거 재단의 정신병원 1919년 캔자스 주 토피카에 설립된 병원. 나보코프가 여러 작품에서 조롱거리로 삼은 집단진료법으로 유명하다.

9 올드오리건 가도의 출발점 미주리 주 인디펜던스

10 와일드 빌 아무개 로데오의 발상지 캔자스 주 애빌린 전설적 총잡이인 와일드 빌 히콕을 기리는 로데오 경기가 열리는 곳.

11 콜로라도 주 어딘가의 아담한 빙하호 콜로라도 북부의 로키 마운틴 국립공원 소재.

12 세계에서 제일 긴 동굴에서 본 '수정의 방' 뉴멕시코 남동부의 칼스배드 동굴 소재. 그러나 '세계에서 제일 긴 동굴'은 험버트와 롤리타가 먼저 들렀던 켄터키 중부의 매머드 동굴이다.

13 어느 현지인 여인이 손수 만든 조각품 컬렉션 텍사스 주 오스틴의 엘리자베트 나이(Elisabet Ney) 박물관 소재. 1947년 당시 일요일과 월요일에는 오후에만 개방했다.

14 내가 감히 넘어갈 수 없는 멕시코 국경 부근의 컨셉션 공원 텍사스 남부의 샌안토니오 소재. 스페인계 가톨릭교회의 유적이 있는 곳으로, 지금은 국립역사공원이 되었다.

15 70년 전 러시안 빌이라는 무법자가 화려하게 교수형을 당한 뉴멕시코의 유령도시 셰

익스피어

16 사막의 협곡에서 본 공룡 발자국 애리조나 주 플래그스태프 북쪽의 다이너소어캐
  니언('공룡협곡') 소재.

17 네바다의 황량한 도시 리노

18 캘리포니아의 포도주 양조장, 그 옆에 있는 포도주통 모양의 교회 캘리포니아 주
  애스티의 카르멜 산 성모 교회(The Church of our lady of Mount Carmel).

19 스코티 성 캘리포니아의 데스밸리('죽음의 계곡') 국립공원에 있는 저택.

20 사화산에 찍힌 R. L. 스티븐슨의 발자국 사화산인 세인트 헬레나 산은 19세기 여
  행작가이자 시인인 R. L. 스티븐슨의 신혼여행지였다(1880년).

21 미션 돌로레스 1776년 건립된 가톨릭교회. 샌프란시스코의 현존 최고(最古) 건
  축물.

22 러시아협곡 주립공원 캘리포니아 멘도시노 소재.

23 푸르디푸른 크레이터 호수 오리건 주 남서부의 사화산 분화구에 생긴 호수.

24 주립교도소 아이다호 주 보이시의 '올드 펜' 교도소. 1870년에 건립되었고 1973년
  박물관으로 바뀌었다. 1947년 당시 오전과 오후의 일정 시간 동안 방문객의 출
  입을 허용했다.

25 음산한 옐로스톤 공원

26 야생동물보호구역 와이오밍 북서부의 국립 엘크 보호구역. 가지뿔영양
  (pronghorn)이 많은 곳.

27 어느 프랑스 후작이 노스다코타 주에 지은 성 노스다코타 서부 메도라의 '샤토 드
  모레스'.

28 사우스다코타 주의 옥수수 궁전 사우스다코타 주 미첼의 관광명소. 해마다 옥수
  수를 비롯한 각종 곡물로 벽화를 만들어 건물 안팎을 새로 장식한다.

29 드높은 화강암 절벽에 조각한 역대 대통령의 거대한 두상 사우스다코타 서부의 마
  운트 러시모어 국립공원 소재.

30 인디애나의 어느 동물원 인디애나 주 에번즈빌의 메스커 파크 동물원.

31 링컨의 집 일리노이 주 스프링필드 소재. 링컨이 1844년부터 1861년 대통령에
  취임할 때까지 살던 집으로, 각종 집기 중에는 진품도 있으나 복제품이나 대체품
  도 많다.

시적 에로티시즘과 심미적 희열의 세계

이현우

"롤리타, 내 삶의 빛, 내 몸의 불이여. 나의 죄, 나의 영혼이여. 롤-리-타." 이렇게 시작하는 『롤리타』는 특이한 작품이다. '롤리타 콤플렉스'라는 용어까지 낳은 한 중년 남성의 특이한 성적 취향을 다룬 작품이어서가 아니다. '어린 소녀에게만 성욕을 느끼는 콤플렉스'에 대한 흥미로 책을 집어든 독자라면 『롤리타』는 자못 난해한 소설로 여겨질 수도 있다. 실제로 이 세기의 베스트셀러도 정작 끝까지 읽은 독자는 많지 않다던가. 선정적인 내용을 제쳐놓더라도 『롤리타』는 특이한 책이다. 무엇이 특이한가. 해설을 맡은 처지에서 보자면, 작가와 작품은 분리해서 이해해야 한다는 문학론의 옹호자인 나보코프가 책 말미에 해설에 해당하는 '작가의 말'을 붙였다는 점이 특이하다. 물론 작가가 직접 쓴 해설을 참조할 수 있다는 점에서는 매우 유익하지만, 거기에 또 해설을 붙여야 하는 처지에서는 사실 조금 곤혹스럽다. 무엇을 더하고 무엇을 뺄 것인가.

처음부터 사정이 그랬던 것은 아니다. 1955년 파리의 올랭피아 출판사에서 초판이 출간됐을 때 『롤리타』는 '존 레이 주니어 박사'의 머리말과 『롤리타: 어느 백인 홀아비의 고백』이라는 원고로만 구성돼 있었다. 원고의 저자는 살인죄로 구속된 '험버트 험버트'였고, 존 레이 주니어 박사는 험버트의 사망 이후에 그의 담당 변호사로부터 원고의 편집을 부탁받고 머리말을 붙인 것이다. 그렇게 편집자가 원고 입수 경위를 밝히고 적당히 자신의 말을 더해 책으로 출간하는 일은 드물지 않다. 러시아 문학사에서 유명한 사례를 찾자면 푸시킨의 단편집 『벨킨 이야기』(1830)로까지 거슬러올라간다. 그는 원제로 치면 『고故 이반 페트로비치 벨킨의 이야기』를 출간하면서 '간행자의 말'을 덧붙이는 트릭을 사용했다. 저자가 아니라 원고 전달자를 자임한 것이다.

『롤리타』의 저자가 존 레이란 가상의 인물을 편집자로 등장시킨 것은 그러한 트릭이자 문학적 유희의 일종이다. 문제는 '러시아 문학의 아버지' 푸시킨보다 정확히 한 세기 뒤에 태어난 나보코프가 더 짓궂다는 데 있다. 그는 편집자를 자신의 대역이 아닌 허수아비로 데려다놓고 정신병리학의 전문가연하는 그의 말을 조롱의 대상으로 삼았다. 하지만 대부분의 독자들은 그런 유희와 조롱을 그와 함께 즐긴 것이 아니라 오히려 진지한 작가의 말로 오해했다. 『롤리타』가 정신병리학 분야의 고전으로 자리매김할 것이라는 식의 농담은 물론, "『롤리타』는 우리 모두에게—부모든, 사회사업가든, 교육자든—경각심과 통찰력을 심어줌으로써 더 안전한 세상을 만들고 더 나은 세대를 길러내는 일에 매진하도록 이끌어줄 것이다"와 같은 우스갯소리마저도 진지하게 받아들인 것이다. 나보코프가 '존 레이' 흉내로도 모자라서 작가 자신인 '블라디미르 나보코프' 흉내까지 낸 것은 『롤리타』가 음란물이라는 일부 비난에 대한 대응이면서 동시에 그런 오해를 불식하기 위한 조처다.

덕분에 우리는 '작가의 의도는 무엇인가?'와 같은 흔한 질문에 대해 나보코프가 내놓은 뜻밖의 친절한 답변을 들을 수 있게 됐다. 비록 "마술사가 어떤 마술을 설명하려고 다른 마술을 보여주는 것과 마찬가지"라는 주의사항을 달고 있더라도 말이다. 흉내라 할지라도 그는 너무도 솔직한 나보코프를 흉내낸다. 아마도 맨얼굴이야말로 가장 강력한 가면이 될 수 있다는 사실을, 이 트릭의 거장이자 소설의 마술사는 잘 알고 있었던 게 아닐까.

러시아 혁명 이후 독일로 망명해서 베를린의 러시아 망명 문단에서 '블라디미르 시린'이란 필명으로 활동하던 나보코프가 잠시 파리에서 지내다가 일자리를 찾아 미국으로 건너간 것은 1940년의 일이다. 파리에서 완성한 최초의 영어 소설 『서배스천 나이트의 진짜 인생』 이후엔 주로 영어로 작품을 썼기에 나보코프는 '러시아어 작가'이면서 동시에 '영어 작가'가 된다. 미국 시민권을 얻고 코넬 대학을 비롯한 여러 대학에서 강의를 하면서도 나보코프는 미국이란 나라에 별다른 애정을 갖지 않았다. 그것은 1958년 뉴욕에서 『롤리타』가 출간되고 폭발적인 반응을 얻어 막대한 인세 수입이 생기자 문학교수직을 그만두고 곧장 미국을 떠난 데서도 알 수 있다. 그는 1960년 스위스 몽트뢰에 정착하여 여생을 보냈는데, 그곳은 자신이 어린 시절을 보낸 러시아와 가장 흡사한 풍광을 지녔다고 한다. 물론 망명 작가에게 러시아(당시 소련)는 다시 돌아갈 수 없는 모국이었다.

영어권뿐 아니라 전 세계에서 가장 유명한 작가 대열에 서게 됐지만 나보코프는 자신의 작가적 운명에 대해 호의적이지 않았다. 비록 미국의 대중문화와 할리우드라는 배경이 없었다면 『롤리타』는 쓰일 수 없었겠지만, 러시아 작가에게 영어로 작품을 쓸 수밖에 없는 운명은 분명 불행한 것이었다. 나보코프는 그런 '개인적인 비극'을 지극히 유감스러워했다. 『롤리타』에 붙인 작가의 말에서 그는 이렇게 적는다. "나의 개인적인 비극은 (…) 내가 타고난 모국어, 즉 자유롭고 풍요로우며 한없이 다루기 편한 러시아어를 포기하고 내게는 두번째 언어에 불과한 영어로 갈아타야 했다는 사실이다." 이 사실이 남들의 관심사가 될 수도 없고 되어서도 안 된다는 것을 그는 누구보다도 잘 알고 있다. 그것은 비극이되 소통되거나 공유될 수 없는 비극이다. 하지만 그 개인적 비극, 혹은 단독적 비극에 나보코프는 보편적 형식을 부여하는 데 성공한다. 흔히 변태적 성욕을 다룬 작품으로 오해되는 그의 『롤리타』는 바로 그러한 형식화의 결과다.

그 형식화는 어떻게 이루어졌는가. 요점부터 말하자면 『롤리타』는 독자의 몫과 작가의 몫이 구분되는 작품이다. 나보코프가 자신의 개인적인 비극을 독자들과는 공유할 수 없는 방식으로 텍스트에 짜넣었기 때문이다. 그러한 전략은 주인공과 서술자의 이중화로 나타난다. 물론 주인공과 서술자가 구분되는 것은 소설을 포함한 서사문학의 일반적인 관행이다. 하지만 『롤리타』에서는 주인공 - 험버트와 서술자 - 험버트가 구분될뿐더러 서술자 - 험버트의 목소리에 작가 나보코프의 목소리가 교묘하게 겹쳐 있다. 일단 주인공의 이름 '험버트 험버트'가 그런 이중화를 반영한다. '험버트'로는 충분하지 않다는 듯이 주인공은 자주 '험버트 험버트' 혹은 'H. H.'라고 불린다. 게다가 1인칭 수기임에도 서술시점은 1인칭과 3인칭을 오간다. 수기의 저자가 자신을 '나'로 호칭하는 동시에 '험버트 험버트'라고도 부르는 이유를 단지 서술의 객관화나 냉소적 거리두기라는 차원으로만 이해할 수는 없다. 『롤리타』에서 그것은 전략적 선택일 뿐만 아니라 작가의 존재를 때로는 은밀하게, 때로는 노골적으로 드러내는 방식이다.

이미 존 레이가 붙인 서문에서 나보코프는 암시하고 있다. "'비비언 다크블룸'은 『나의 큐』라는 전기를 써서 곧 출간할 예정인데, 원고를 읽어본 평론가들은 한결같이 그녀의 최고 걸작으로 손꼽았다"는 대목을 보라. 롤리타를 두고 험버트와 경쟁하는 인물로 등장하는 극작가 클레어 퀼티의 파트너 '비비언 다크블룸Vivian Darkbloom'은 알려진 대로 '블라디미르 나보코프Vladimir Nabokov'의 철자 순서를 바꿔서 만든 이름이다. 텍스트 속에 잠입하는 나보코프 특유의 방식이다. 언제나 자기 영화에 카메오로 출연하여 서명을 새겨넣곤 했던 히치콕처럼 여성 작가로 분하여 작품 속에 등장한 나보코프! 흥미로운 것은 이러한 작가의 존재를 험버트 자신도 얼마간 의식하고 있다는 점이다. 재판 전 구금 상태에서 쓴 수기이기도 하지만, "나는 감시를 받으면서 이 글을 쓴다"는 진술은 중의적으로 읽어야 하지 않을까.

롤리타 이야기의 서술자, 즉 작가를 자임하는 것은 험버트 험버트이지만 그의 펜 끝을 움직이는 또다른 존재는 바로 작가 나보코프이다. 주인공 – 험버트의 고백이 금지된 욕망을 다룬 에로틱한erotic 이야기라면 서술자 – 험버트는 이를 시적인poetic 것으로 변모시킨다. 한 비평가의 말을 빌리면 『롤리타』는 포에로틱한poerotic 소설, 곧 시적 에로티시즘의 소설이다. 에로틱한 차원은 주인공-험버트가 롤리타를 만나 치명적인 매력에 빠지고 그녀의 의붓아버지가 된 뒤 함께 미국 전역을 누비면서 사랑을 나누는 이야기다. 롤리타는 어느 날 홀연히 사라지고, 오랫동안 롤리타의 행방을 찾던 험버트는 극작가 퀼티가 그녀를 유혹해 타락시켰다는 생각에 그를 찾아가 복수한 후 체포된다. 수감중에 험버트는 자신의 비밀스런 욕망에 관한 이야기를 수기로 기록하는데, 서술자-험버트는 그때 탄생한다. 물론 그 서술자-험버트에 의해 주인공-험버트가 재창조되는 셈이니 주인공-험버트와 서술자-험버트는 서로가 서로의 꼬리를 물고 있는 형국이다.

서술자-험버트의 역할은 무엇인가. "님펫을 향한 사랑이라는 기이하고 무시무시하고 미칠 듯한 세계 속에서 지옥 같은 부분과 천국 같은 부분을 가려"내는 것이다. 그는 "더러운 것들과 아름다운 것들이 만나는 지점", 곧 그 경계선을 확인하고 싶어하지만 성공하진 못했다고 자평한다. 그가 실패한 지점이 한편으론 작가 나보코프가 성공하는 지점이기도 하다. 그것이 곧 서술자-험버트와 같은 목소리를 내면서도 작가 나보코프가 그와는 다른 결과를 얻어내는 방식이다. 험버트의 수기 『롤리타: 어느 백인 홀아비의 고백』과 나보코프의 『롤리타』가 같으면서도 다른 이유다. 험버트의 수기에서 서술자-험버트는 '저자'이지만 나보코프의 『롤리타』에서 서술자-험버트는 저자라는 배역을 맡은 것에 불과하다. 자신이 만든 세계의 주인이자 신이 되려 하지만 험버트는 그가 대상화하고 소유한 롤리타의 욕망조차도 간파하지 못하고 그녀를 잃는다. 그는 롤리타에 대한 자신의 열정을 방해하는 사람으로 또

다른 작가 퀼티를 지목하고 그에게 복수하지만, 그것은 일종의 헛다리 짚기다. 퀼티Quilty는 이름부터가 험버트의 죄의식Guilty을 반영하는 인물이므로 둘은 마치 거울상 같은 존재이기 때문이다(스탠리 큐브릭은 영화 〈롤리타〉에서 두 배역을 서로 외모가 비슷한 배우에게 맡겼다). 이 둘이 맞대결하는 장면은 나보코프식 유희와 조롱의 하이라이트다.

　　우리는 다시 맞붙어 몸싸움을 벌였다. 덩치만 커다랗고 재간은 형편없는 아이들처럼 서로 부둥켜안은 채 방바닥에서 이리저리 굴러다녔다. 퀼티는 가운 속에 아무것도 입지 않았고 노린내도 극심해서 그가 내 몸에 올라탈 때마다 숨이 콱콱 막혔다. 내가 그를 올라탔다. 우리가 나를 올라탔다. 그들이 그를 올라탔다. 우리가 우리를 올라탔다. (…) 그와 나는 더러운 솜뭉치를 채워넣은 커다란 인형 같았다. 두 글쟁이가 벌이는 싸움은 조용하고 매가리 없고 어설프기 짝이 없었다. 한 명은 마약에 취해 허우적거리고 다른 한 명은 심장병과 과음 때문에 맥을 못 췄다.

　　거창한 서부영화의 결투 장면을 흉내내는 듯싶지만 두 글쟁이의 결투는 오히려 슬랩스틱 코미디를 닮았다. 험버트는 '운문 형식으로 쓴 판결문'을 퀼티에게 읽게 하고 품평을 듣고서 그를 권총으로 쏘는데, 막상 '처형' 장면은 코미디영화의 양식을 따라 여러 차례 총에 맞은 퀼티가 장렬하게 피를 흘리면서도 이 방 저 방으로 도망다니며 애원하는 모습을 연출한다. 마침내 퀼티를 죽인 험버트는 "퀼티가 나를 위해 마련한 기상천외한 연극이 이렇게 끝나는구나"라고 중얼거리지만, 그가 죽인 것은 자신과 똑같은 '더러운 솜뭉치를 채워넣은 커다란 인형'이었을 뿐이다. 게다가 인물들의 운명은 모두 짜인 각본에 따른 것이다.

롤리타에게 클레어 퀼티를 동정하지 말라고 당부하며 "그놈과 H. H. 중에서 한 명을 선택할 수밖에 없었고 H. H.가 그놈보다 두어 달이라도 오래 살기를 원했다. 그래야만 후세 사람들의 마음속에 네가 길이길이 살아남도록 할 수 있기 때문"이라고 말하는 목소리는 누구의 것인가? 험버트는 회고록이 롤리타가 살아 있는 동안에는 출간되지 않기를 바랐고 롤리타가 오래 살기를 염원했다. 그래서 2000년대에 가서야 그의 원고가 책으로 출판되어 읽히길 기대했다! 하지만 존 레이의 서문에 따르면 그의 '님펫' 롤리타, 혹은 '리처드 F. 스킬러 부인'은 1952년 크리스마스에 분만 도중 목숨을 잃고 험버트 험버트는 그보다 한 달쯤 전인 11월 16일 관상동맥혈전증으로 사망함으로써 그의 염원은 실현되지 않는다. 대신 그의 수기는 곧바로 출간될 수 있는 길이 열린다. 클레어 퀼티보다 험버트 험버트에게 살날이 좀더 주어지지만 딱 그 수기를 집필하는 데 필요한 만큼이었다. 험버트와 퀼티, 그리고 험버트의 '영혼'인 롤리타에게 이렇게 비정한 운명을 할당한 이는 누구인가? 물론 험버트의 목소리로 그의 수기를 똑같이 읽어나가는 작가 나보코프다.

따라서 『롤리타』는 최소한 두 번 읽어야 하는 작품이다. 한 번은 험버트의 목소리로, 다른 한 번은 나보코프의 목소리로. 실제로 나보코프는 소설을 어떻게 읽어야 하느냐는 물음에 이렇게 대답했다. "소설은 읽고 또 읽어야 합니다. 아니면 읽고 읽고 또 읽든가요." 그것이 소설을 읽는 두 가지 방법이고 『롤리타』도 예외가 아니다. 그러니 한 번 더 읽어보자. "롤리타, 내 삶의 빛, 내 몸의 불이여. 나의 죄, 나의 영혼이여. 롤-리-타."

그렇게 험버트 험버트의 목소리가 주인공과 서술자로, 그리고 또 작가로 이중화, 삼중화된다면 자연스레 롤리타 또한 이중화, 삼중화된다. 곧 험버트의 롤리타가 있다면 나보코프의 롤리타도 있다. 아니 애초에 험버트가 욕망과 소유의 대상으로 삼은 롤리타마저도 이미 돌로레스 헤이즈와는 구별되는 존재다. "내가 어느 여름날 첫번째 여자애를 사랑하지 않았다면 롤리타는 아예 없었을지도 모른다"는 게 험버트의 고백이고 보면, 롤리타는 험버트의 첫사랑 애너벨의 상실을 채워주는 존재다. 그래서 "내가 미친 듯이 소유해버린 것은 그녀가 아니라 나 자신의 창조물, 즉 상상의 힘으로 만들어낸 또하나의 롤리타, 어쩌면 롤리타보다 더 생생한 롤리타였다"는 고백이 나온 것이다.

험버트는 "꿈 많은 천진함과 섬뜩한 천박함"을 동시에 지닌 님펫 롤리타에서 '롤리타보다 더 생생한 롤리타'를 갈구하고 욕망한다. 말하자면 롤리타는 바로 그 '더 생생한 롤리타'가 머무르는 거처라고 할 수 있을까. 중요한 것은 거주에 유효기간이 있다는 점이다. 험버트는 그의 영혼을 뒤흔드는 야릇한 마력을 지닌 희귀한 소녀들을 님펫이라고 부르는데, 자격조건이 아홉 살에서 열네 살까지다. 그 나이를 넘어서면 롤리타도 님펫의 자격을 상실한다. 곧 '롤리타 없는 롤리타'가 되는 것이다. 이 시간적 제한은 돌이킬 수 없다는 데 특징이 있다. 그것은 비가역적이며 상대성을 허용하지 않는다. 육체가 나이를 먹는 것은 얼마간 개인차도 있는 것인데 왜 하필 그렇게 가차없이 정해진 '시간'이 문제가 될까?

그것은 롤리타 자체가 '잃어버린 시간'의 은유이기 때문이다. 수기의 말미에서 퀼티를 죽임으로써 모든 것이 끝났다고 생각한 험버트는 경찰이 오기를 기다리는 동안 어린아이들의 목소리를 듣는다. "가냘프면서도 장엄한 소리, 아득히 멀지만 신기하리만큼 가깝게 들리는 소리, 진솔하면서도 신비롭고 거룩한 소리"다. 하지만 문득 그는 깨닫는다. "무엇보다 절망적이고 가슴 아픈 것은 내 곁에 롤리타가 없다는 사실이 아니라 이 아름다운 화음 속에 그녀의 목소리가 없다는 사실"을. 물론 그녀의 목소리가 빠진 것은 롤리타가 더는 어린아이가 아니기 때문이다. 하지만 이 장면에서 험버트가 느낀 만감은 동시에 나보코프 자신의 회한으로도 읽힌다. 무엇에 대한 회한인가. 바로 다시 돌이킬 수 없는 유년 시절에 대한 회한이고 '잃어버린 시간'에 대한 그리움이다.

나보코프의 고백에 따르면 그는 『롤리타』를 1955년에 교정지로 살펴본 이후 다시는 보지 않았다. 하지만 작품의 음란성 여부를 놓고 논란이 벌어지자 처음엔 『앵커 리뷰』에 실은 「『롤리타』에 대하여」라는 글을 통해 자신의 불편한 심사를 털어놓는다. "어떤 국가 또는 사회계층 또는 작가에 대한 정보를 얻으려고 문학작품을 연구하는 것은 유치한 짓"이라고 일갈하면서 그는 문학의 존재이유가 '심미적 희열'을 추구하는 데 있다고 말한다. 곧 도덕이나 윤리는 전혀 관심사가 아니었던 것이다. 『롤리타』는 작품 속 인물들의 생애와 사건의 연대기적 구성이 가능할 만큼 서사가 꼼꼼하게 구축돼 있지만 그 지시 대상은 자주 모호하며 곧잘 유희의 그물망에 붙들린다. 나보코프의 다른 작품들도 그렇지만 『롤리타』는 온갖 언어유희의 박람회장 같은 인상도 준다.

요컨대 나보코프는 시적인 산문을 쓰는 작가, 산문으로 시를 쓰는 작가다. 그래서 텍스트 '바깥'에는 별로 관심이 없으며, 그가 쓰는 단어들은 바깥을 지시하는 데 인색하다. 『롤리타』에서 험버트와 롤리타는 미국 전역을 돌아다니지만 정작 미국에 대해서는 아무것도 알려주지 않는다. "우리는 방방곡곡을 누볐다. 그러나 사실상 아무것도 보지 못했다"는 게 험버트의 고백이기도 하다. 나보코프는 험버트의 입을 빌려서 아예 성性조차도 '예술의 시녀'일 뿐이라고 말한다. "이른바 '섹스' 이야기"에는 관심이 없으며 "님펫들의 위험천만한 마력을 영원히 붙잡아두고 싶"다고도 말한다. 『롤리타』의 마지막 문장은 이러한 험버트-나보코프의 문학관을 재확인시켜준다. "지금 나는 들소와 천사를, 오래도록 변하지 않는 물감의 비밀을, 예언적인 소네트를, 그리고 예술이라는 피난처를 떠올린다. 너와 내가 함께 불멸을 누리는 길은 이것뿐이구나, 나의 롤리타."

『롤리타』는 애초에 "혀끝이 입천장을 따라 세 걸음 걷다가 세 걸음째에 앞니를 가볍게 건드"리는 발음 과정을 묘사하며 시작한다. 『롤리타』는 '롤리타'를 발음하는 혀의 여정인 동시에 불멸에 이르는 여정으로 구현되는 작품이다. '롤리타'란 이름의 호명에서 시작된 소설은 '나의 롤리타'를 다시 호명하는 것으로 끝난다. 이 여정에 불멸성을 부여하는 것이 바로 '예술이라는 피난처'다. 『롤리타』라는 '산문으로 쓴 시'에서 롤리타는 시의 뮤즈다. 시인에게 영감을 불러일으켜 작품을 시작하도록 하고 또 끝낼 수 있도록 이끌어주는 것이 뮤즈의 역할이다. '롤-리-타'로 시작해 '나의 롤리타'로 마무리되는 것은 따라서 지극히 당연하다고 할 수 있지 않을까.

나보코프는 어떤 작가였던가. 그 자신에게서 답을 찾자면, "책을 쓰기 시작할 때부터 이 책을 끝내야겠다는 생각 말고는 아무 생각도 하지 않는 사람"이었다. 그러니 그의 작품에서 교훈을 찾는 것은 부질없는 수고다. 『러시아문학 강의』에는 나보코프 스스로 러시아 최고의 작가로 평한 톨스토이에 관한 유명한 일화가 나온다. 소설 쓰기를 중단한 만년의 톨스토이가 어느 날 서재에서 아무 책이나 한 권 꺼내 중간부터 읽기 시작한다. 너무 재미있어서 표지를 보았더니 자신이 쓴 『안나 카레니나』였다고 한다. 이 에피소드를 나보코프가 인용한 이유는 자명해 보인다. 그것이 진정한 예술이라는 것. 나보코프는 『롤리타』를 자신이 쓴 가장 뛰어난 작품이라고 말했다. 어쩌면 만년의 나보코프 또한 우연히 서가에서 빼든 소설을 읽고서 경탄했을지 모른다. 도대체 이 걸작의 제목이 뭐지? "롤 - 리 - 타."

이현우 서울대 노문과와 동대학원 박사과정 졸업. 2005년 『문예중앙』에 평론을 발표하며 등단. 저서로 『로쟈의 인문학 서재』 『로쟈의 세계문학 다시 읽기』 『로쟈와 함께 읽는 지젝』 등이 있다.

1

번역 의뢰를 받을 때까지 나는 이 책을 읽어본 적이 없었다. 언젠가 에이드리언 라인 감독의 영화 〈롤리타〉(1997)를 보았고 '롤리타 콤플 렉스'라는 용어를 종종 들었을 뿐이다. 〔나중에 스탠리 큐브릭 감독의 작품(1962)도 찾아보았지만 두 주인공의 성격묘사가 실망스러웠다. 어쨌든 이 두 편의 영화는 번역 작업을 진행하면서 장면마다 몇 번씩 다시 보았다.〕

일을 맡기 전에 국내 번역본 몇 권을 읽었다(우리나라에서 『롤리타』 는 1959년부터 모두 다섯 차례 출간되었지만 그중 세 종은 한 사람의 솜씨다). 그런데 나보코프의 악명 높은 문체를 실감할 수 없었다. 다분 히 만만하고 말랑말랑해 보였다. 번역서는 늘 그런 착각을 불러일으킨

다. 번역가의 머릿속에서 이미 한 차례 '소화'되었기 때문이다. 그래서
나는 나보코프와 『롤리타』를 얕보았다.

2

번역가로 살아온 세월이 어느새 20년이다. 강산이 두 번 변했다. 대
략 20년을 채울 무렵 『롤리타』 1부의 번역을 끝냈다. 그때 '옮긴이의
말'을 미리 써두었다.

제목: 옮긴이의 말. 줄 바꾸고, 공백, 가운데 정렬, 힘들었다. 다시 줄
바꾸고, 공백, 오른쪽 정렬, 옮긴이. 끝.

그러고도 반년이 더 걸렸다. 『롤리타』는 지금까지의 번역인생에서
가장 어려웠던 숙제다.

3

나보코프는 바람 같은 사내였다. 젊은 시절 조국을 떠난 후 단 한 번
도 집을 소유한 적이 없다. 그는 나비 같은 사내였다. 그리고 "그의 정
신이 낳은 나비들은 당대 대부분의 작품을 한낱 지렁이로 전락시켰다"
(프레더릭 래피얼, 〈선데이 타임스〉).

이 책은 1955년에 처음 출간된 후 50년 동안 5천만 권 이상 팔렸다
고 한다. 지금은 몇 권일까. 일찍이 어느 독설가로부터 '가장 더러운
책'이라는 혹평을 들었던 『롤리타』가 오늘날 위대한 고전으로 평가받
는 이유는 뭘까.

"금세기를 통틀어 유일하게 설득력 있는 러브스토리"(〈배너티
페어〉).

나도 『롤리타』는 슬픈 사랑 이야기, 조금 극단적인 형태의 청춘예찬이라는 관점을 가지고 작업을 시작했다. 독자들이 나보코프의 작품세계를 마음껏 즐길 수 있도록 거드는 일, 이유 없이 두려워하지 않도록 가로등을 켜주는 일, 그게 일차 목표였다.

이 짓궂은 작가는 의도적으로, 지능적으로, 습관적으로 독자를 골탕먹인다. 작품 전체가 수수께끼라 해도 과언이 아니다. 독자 스스로 상상력을 발휘하지 않으면 작가의 의중을 절반도 짐작할 수 없다. 그러나 이 책은 문제집이 아니라 소설이다. 나보코프는 쓰면서 즐겼고 우리는 읽으면서 즐긴다. 더 무엇을 바랄까.

4

"나갈 수가 없구나, 찌르레기가 말했네."

이 문장은 험버트의 심정을 대변한다. 새장에 갇힌 찌르레기처럼 그는, '이 불쌍한 짐승'은 사랑의 늪에서 끝내 벗어나지 못했다. 그래, 사랑은 원래 광기다. 우리가 사랑을 선택하는 게 아니라 사랑이 우리를 선택한다.

5

나보코프는 아름다움 하나만으로도 감동을 줄 수 있다고 믿는 탐미주의자다. 그러나 그의 문장이 아름다운 이유를 설명하기는 쉽지 않다. 다 읽고 나면 비로소, 아, 그래, 참 아름다웠구나, 그런 인상이 남을 뿐이다.

『롤리타』를 우리말로 옮기는 과정은 시종 살얼음판을 걷는 기분이었다. 힘을 주면 금이 갈 것 같아서 한없이 조심스러웠다. 워낙 휘발성이 강한 문장이라 조금만 열어두면 향기가 다 날아갈 듯싶어 조마조마했다.

번역 작업이 어려웠던 까닭은 물론 텍스트 자체가 난해하기 때문이기도 하지만, 더 큰 문제는 얼마만큼 드러내고 얼마만큼 감춰야 하느냐, 그 수위조절의 어려움이었다. 작가는 드러내고 싶어하는데 주인공은 감추고 싶어한다고 표현하면 말이 될까? 아니, 그 반대일까?

나보코프가 험버트의 방어심리를 의식하여 무수한 상징과 비유를 사용하면서 많은 문장이 한껏 모호해졌다. 그래서 원문 자체의 모호함을 손상시키지 않으면서도 최대한 명료한 문장을 찾는 일에 중점을 두었다. 이는 원문의 의미나 뉘앙스를 변화시키려는 시도가 아니라 오히려 그대로 보존하려는 시도였다. 나보코프의 문장은 아름답고 환상적인 표현조차도 교과서처럼 정확하고 논리적이기 때문이다.

그는 노골적인 단어를 피하고 우회적인 표현을 즐겨 쓰지만 원문의 문맥을 보면 어떤 상황인지 이해하기는 그리 어렵지 않다. 어느 평론가의 말처럼 나보코프에게는 "어떤 주제를 만나든 선명한 시각적 이미지로 바꿔놓는 재능"(피터 퀘널, 〈옵서버〉)이 있기 때문이다. 나는 나보코프 문장의 이런 모호성과 명징성을 동시에 살리고 싶었다.

원문보다 더 적나라하게 표현해서도 안 되겠지만, 험버트의 자위행위처럼 지극히 명료하고 현실적인 장면을 마치 상상의 한 장면처럼 얼버무릴 필요는 없다고 생각했다. 나보코프가 독자들의 불쾌감을 두려워하는 작가였다면 이런 소설을 쓰지도 않았을 테니까. 더도 덜도 말고 작가가 말하고 싶어한 만큼, 보여주고 싶어한 만큼, 딱 그만큼만 말하고 보여주려 했다. 그러나 문장의 아름다움과 정확성 사이에서 균형을 유지하기는 생각처럼 쉽지 않았다.

6

이 책을 번역하면서 지금까지 국내외 연구자들과 번역자들이 거둔 성과를 욕심껏 반영하려고 노력했다. 그들 모두가 이 작업을 도와준 셈이다. 어떤 길이든 뒤따라가는 쪽이 편한 법이니까.

여러 연구서를 참조했지만 특히 나보코프 연구자로 유명한 앨프리드 아펠의 『주해판 롤리타The Annotated Lolita』는 소설 분량의 3분의 2에 달하는 방대한 해설과 주석으로 처음부터 끝까지 든든한 동반자였다. 브라이언 보이드의 『나보코프 따라가기Stalking Nabokov』도 작가와 작품을 더 깊이 이해하는 데 필수적인 자료였다.

국내 번역본들은 내가 원하는 문장, 표현, 낱말을 찾아내기까지 요긴한 길잡이가 되어주었다. 다만 시대적 제한 때문인지 선정성을 완화시키려 노력하는 과정에서(심지어 롤리타의 나이를 열다섯 살로 고쳐버린 일도 있었다) 관능적 상황을 너무 모호하게 처리한 경우가 종종 눈에 띄었다.

해외 번역본을 검토하는 작업은 문학동네 편집자들과 내가 동시에 진행했다. 최고 수준의 번역으로 평가받는 일본어판에서도 곳곳에서 오류를 발견했지만 나 자신도 몇 번이나 오류를 범할 뻔했다. 편집자들과 동료 번역가들에게 감사한다. 특히 여러모로 배려해준 와카시마 다다시若島正에게 깊이 감사한다. 역시 번역가는 번역가의 마음을 안다.

내가 줄표나 괄호를 '적극적으로' 원문과 다르게 사용하기는 이번이

처음이다. 각 문장 속에 원문과 동일한 양의 정보를 담으면서도 자연스러운 문장 흐름을 유지하기 위해서는 피할 수 없는 선택이라고 판단했다. 나보코프의 문장은 상징과 비유, 미묘한 뉘앙스 등으로 의미를 전달하기 때문에 문장부호를 적절히 활용하지 않으면 오독할 위험성이 너무 커진다. 다른 번역자들의 문장에서도 같은 고민을 엿볼 수 있어 흥미로웠다.

7

모든 문장에는 고유의 '진폭'이 있다. 어떤 언어로 번역하든 대동소이한 문장도 있고, 번역자에 따라 천 가지 변화를 일으키는 문장도 있다. 나보코프의 문장은 후자였기 때문에 하나하나가 모두 난관이었다.

특히 첫 문장과 끝 문장은 최후의 순간까지 나를 괴롭혔다.

처음에 나는 이 소설의 도입부를 이렇게 번역했다. "롤리타, 내 삶을 밝히는 빛, 내 몸을 태우는 불이여. 나의 죄, 나의 넋이여." 며칠 동안 고심한 끝에 이 문장을 얻고 날아갈 듯이 기뻤다. 원문에 비하면 설명적이지만 험버트의 심정이 훨씬 더 명료하게 드러났다. 그러나 문학동네 편집자들은 독자에게 상상의 여지를 남기고 싶어했다. 결국 그들의 감을 믿기로 했지만 아쉬움을 끝내 못 버리고 이 자리에 한숨처럼 풀어놓는다.

그리고 마지막 두 문장. "지금 나는 들소와 천사를, 오래도록 변하지 않는 물감의 비밀을, 예언적인 소네트를, 그리고 예술이라는 피난처를 떠올린다. 너와 내가 영원히 함께할 방법은 그것뿐이란다, 나의 롤리타." 역시 심사숙고 끝에 얻은 이 번역문은 this라는 지시대명사가 앞 문장 전체를 가리킨다는 가정에서 나왔다. 그러나 내내 꺼림칙했다. 출간을 목전에 두고 하루종일 교정을 보다가 지쳐 누웠을 때 퍼뜩 영감이 찾아왔다. 여기서 '그것'은 바로 이 책이구나! 험버트는 구석기시대의 동굴벽화와 옛 거장들의 그림처럼 롤리타도 "길이길이 살아남"기를 바랐고, 그래서 이 '회고록'을 썼다는 말을 하고 싶었구나! 이 깨달음에서 다음과 같은 문장이 태어났다. "너와 내가 함께 불멸을 누리는 길은 이것뿐이구나, 나의 롤리타."

8

이 번역은 미완성이다. 기회가 있을 때마다 고치고 또 고치겠다. 그러나 결론을 내려줄 나보코프가 이승에 없으니 영원한 미완성일지도 모른다.

나보코프가 말했다. "이상한 말이지만 사람은 책을 읽을 수 없다. 다시 읽을 수 있을 뿐이다. 좋은 독자, 일류 독자, 능동적이고 창의적인 독자는 재독자再讀者다"(『문학 강의』). 이 말은 어떤 책이든 '두번째, 세번째, 혹은 네번째 읽을 때' 비로소 '한 장의 그림을 보는 듯한 시선으로' 책 전체를 바라보며 문장 하나하나를 제대로 음미할 수 있다는 뜻이다. 『롤리타』를 읽는 독자들에게 이 독서법을 권한다.

앨프리드 아펠은 이렇게 단언했다. "전 세계의 속독가들이여, 유념하라! 『롤리타』는 여러분을 위한 책이 아니다."

9

내가 문학동네를 신뢰하는 이유는 편집자들이 (무서울 정도로) 집

요하기 때문이다. 바늘 하나를 찾으려고 몽돌해변을 다 뒤지는 사람들, 그래도 못 찾으면 일단 한숨 돌리고 나서 씩 웃으며 다시 첫번째 몽돌을 뒤집어보는 사람들이다. 해당 언어를 전공한 편집자들이『롤리타』 원서와 내 번역과 해외 번역본들을 한 문장씩 대조했다. 그러다가 미심쩍은 부분이 발견되면 씩 웃으며 나를 돌아보았다. 이 소설에 대한 문학동네의 애정은 내가 놀랄 정도였다. 특히 30년 경력의 '늙은 편집자'는『롤리타』를 '거의' 나만큼 사랑했다. 이 책은 그들과 나의 공동작품이다.

10

내 인생에서 꼬박 일 년을 롤리타에게 바쳤다. 번역자에게도 헌사 한마디쯤은 남길 권리가 있다면, 머지않아 성년이 되는 내 딸, '내 삶의 빛' 담영潭影에게 이 책을 주고 싶다.

11

감히 장담하건대 이 책을 읽는 독자들은 각자 다른 롤리타, 각자 다른 험버트를 만날 것이다. 나는 여러분을 시샘한다. 그래서 그녀를 놓아주기 전에 마지막으로 한 번 더 불러본다.

나의 롤리타!

1910년   험버트 험버트, 파리에서 태어나다.

1911년   클레어 퀼티, 메릴랜드 오션시티에서 태어나다.

1913년   험버트의 어머니 죽다.

1923년   험버트와 애너벨 리가 여름을 함께 보내다.

         12월 그리스의 코르푸 섬에서 애너벨 죽다.

1934년   4월 샬럿 베커, 해럴드 헤이즈와의 신혼여행에서 돌로레스 헤이
         즈를 임신하다.

1935년   1월 1일 피스키에서 돌로레스 헤이즈 태어나다.

         험버트, 발레리아 즈보롭스키와 결혼하다.

1939년   발레리아가 정부와 함께 험버트를 떠나다.

1940년   험버트, 미국에 도착해 죽은 이모부의 향수 사업에 관여하다.

1945년   헤이즈 가족이 피스키에서 램스데일로 이사하다.

1947년   5월 험버트, 샬럿과 롤리타의 집으로 이사하다.

         6월 26일(목) 샬럿이 롤리타를 캠프 Q로 보내다.

         6월 말 험버트, 샬럿과 결혼하다.

         8월 6일(수) 샬럿, 험버트의 일기를 읽고 격분하여 편지를 부치
         러 나가다가 집 앞에서 자동차에 치여 죽다.

         8월 14일(목) 험버트, 캠프 Q에서 롤리타를 데리고 나와 브라
         이슬랜드의 '마법에 걸린 사냥꾼' 호텔에 묵다.

         8월 15일(금) 험버트와 롤리타가 1년간의 미국 여행을 시작
         하다.

1948년   8월 험버트와 롤리타가 비어즐리에 정착하다.

1949년	1월 1일 험버트, 롤리타의 생일 선물로 자전거를 사주다.
	5월 롤리타, 연극 〈마법에 걸린 사냥꾼〉의 리허설에 참가하다.
	5월 말 롤리타, 연극을 그만두고 험버트와 여행을 떠나다.
	6월 초 험버트와 롤리타, 캐스빔의 '밤나무 모텔'에 도착하다. 롤리타는 험버트의 눈을 피해 퀼티와 연락하고, 험버트는 누군가 계속 뒤따라오는 것을 느낀다.
	6월 중순 험버트와 롤리타, 웨이스에서 클레어 퀼티와 비비언 다크블룸의 연극 〈번개를 좋아하는 숙녀〉를 관람하다.
	6월 중하순 험버트, 콜로라도 주의 챔피언 호텔에서 롤리타를 지켜보는 퀼티를 발견하나.
	6월 27일(월) 롤리타, 고열로 엘핀스톤 지역 병원에 입원하다.
	7월 2일(토) 험버트, 롤리타의 병실에서 의심스런 봉투를 발견하다.
	7월 5일(화) 험버트, 병원에 전화를 걸어 롤리타가 전날 병원을 떠났다는 사실을 알고 4개월여의 추적에 나서다.
1950년	5월 험버트, 리타를 만나 2년간 같이 지내다.
1952년	9월 18일(목) 롤리타, 험버트에게 편지를 보내 결혼 소식을 알리고 돈을 부쳐달라고 부탁하다.
	9월 23일(화) 롤리타, 자신을 찾아온 험버트에게 모든 것을 고백하고, 함께 떠나자는 그의 제안을 거절하다.
	9월 25일(목) 험버트, 퀼티를 찾아가 권총으로 쏘아 죽이다. 살인 후 난폭 운전으로 경찰에 체포되다.
	11월 16일(일) 험버트, 구금중 관상동맥혈전증으로 숨지다.
	12월 25일(목) 롤리타, 그레이스타에서 분만중 숨지다.
1955년	8월 5일 존 레이 주니어 박사, 험버트의 회고록에 대한 머리말을 끝마치다.

1. 러시아(1899~1919)

1899년 4월 22일 수도 상트페테르부르크의 귀족 명문가에서 아버지 블라디미르 드미트리예비치와 어머니 옐레나 이바노브나 사이에서 장남으로 출생. 할아버지 드미트리 니콜라예비치는 알렉산드르 2세와 3세의 치세에 법무상을 역임했고, 아버지는 관료가 되기를 거부하고 법학자의 길을 걷다가 정치에 입문하여 입헌민주당(카데트) 지도부의 일원이 된다.

1899~1910년 자유주의적 분위기의 유복한 가정에서 다방면에 걸친 최상의 가정교육을 받으며 성장. 러시아어 외에 영어와 프랑스어를 익혔고(영국 숭배자였던 아버지의 영향으로 러시아어보다 영어를 먼저 익혔다), 테니스, 자전거, 권투, 체스 등 다양한 운동을 배웠으며 곤충학(특히 나비 채집과 관찰)에도 몰두한다. 체스와 나비 연구는 평생에 걸친 관심사로 나보코프의 삶과 문학에 깊숙이 관여하게 된다.

1911~1916년 테니셰프 학교에서 수학. 이 시기에 이기적이라고까지 부를 수 있는 우월 의식에 찬 개인주의적 성향이 발현된다. 어린 시절 상트페테르부르크의 삶이 남긴 인상은 나보코프의 창작에 큰 역할을 한다. 특히 나보코프 가족이 여름을 나곤 했던 교외의 모습은 작가의 기억 속에 지상낙원으로, '그의 러시아'로 영원히 남는다.

1914년 첫 시를 씀.

1916년	『시집Стишки』을 자비로 발간하며 문학에 입문.
1917년	아버지가 부르주아 임시정부에 입각. 볼셰비키혁명으로 임시정부가 붕괴되자 나보코프 가족은 크림으로 이주.

2. 유럽(1919~1940)

1919년	크림이 적군에게 장악되고 내전이 적군의 승리로 끝나자 3월에 배를 타고 영원히 러시아를 떠난다. 콘스탄티노플을 거쳐 런던으로 간다.
1919~1922년	동생 세르게이와 함께 케임브리지대학에서 수학. 러시아문학과 프랑스문학을 전공. 운명의 극적인 전환은 시인 나보코프의 창작에 강한 동기를 부여한다. 전 생애를 통틀어 망명 초창기에 가장 많은 시를 쓴다.
1920년	8월에 가족이 베를린으로 이주. 아버지가 러시아어 신문 〈키 Руль〉의 편집자가 된다. 〈키〉에 나보코프의 첫 번역과 첫 산문이 실린다.
1921년	필명 '블라디미르 시린'으로 작품을 발표하기 시작.
1922년	3월 28일 베를린에서 아버지가 러시아 극우파 테러리스트에게 암살당한다. 아버지의 죽음은 나보코프의 운명을 송두리째 흔든다. 스스로 삶을 개척해야 했던 나보코프의 전업 작가로서의 삶이 시작된다. 6월에 케임브리지대학을 졸업하고 베를린으로 이주.
1923년	3월 8일 어머니가 프라하로 이주. 베를린에서 미래의 아내 베라 예프세예브나 슬로님을 만난다. 베를린에서 시집 『송이 Гроздь』와 『천상의 길Горний путь』 출간.
1924년	첫 장편희곡 『모른 씨의 비극Трагедия господина Морна』

	집필.
1925년	4월 25일 베라 슬로님과 결혼. 첫 장편소설 『마셴카Машень -ка』 집필.
1926년	베를린에서 『마셴카』 출간. 두번째 희곡 『소비에트에서 온 사람 Человек из СССР』 집필.
1928년	베를린에서 소설 『킹, 퀸, 잭 Король, дама, валет』 출간.
1929년	문예지 『현대의 수기』에 소설 『루진의 방어 Защита Лужина』 발표. 작품의 첫 부분을 읽은 어느 망명 문인의 회고에 따르면, "망명 세대 모두의 삶을 정당화하기 위해 불사조처럼 혁명과 추방의 불길과 재에서 태어난 위대한 러시아 작가의 작품."
1930년	베를린에서 단편집 『초르브의 귀환 Возвращение Чорба』과 『루진의 방어』 출간. 『현대의 수기』에 소설 『스파이 Соглядатай』 게재.
1931년	『현대의 수기』에 『위업 Подвиг』 연재.
1932년	파리에서 『위업』 출간. 『현대의 수기』에 소설 『카메라 옵스쿠라 Камера обскура』 연재 후 파리에서 단행본 출간.
1933년	베를린에서 『카메라 옵스쿠라』 단행본 출간.
1934년	『현대의 수기』에 소설 『절망 Отчаяние』 연재. 5월 10일에 외아들 드미트리가 태어남.
1935년	『현대의 수기』에 소설 『사형장으로의 초대 Приглашение на казнь』 연재.
1936년	베를린에서 『절망』 단행본 출간.
1937년	나치의 위협을 피해 파리로 이주. 프랑스 문예지 〈NRF(La Nouvelle Revue Française)〉에 푸시킨에 관한 프랑스어 논문 발표. 프랑스 잡지들에 프랑스어로 번역한 푸시킨 시 발표. 『현대의 수기』에 소설 『재능 Дар』 연재(체르니솁스키

에 관한 4장을 제외하고 발표). 런던에서 나보코프가 영어
로 옮긴 『절망Despair』 출간.

1938년   파리와 베를린에서 『사형장으로의 초대』 단행본 동시 출간.
첫 영어 소설 『서배스천 나이트의 진짜 인생 The Real Life of
Sebastian Knight』 집필.

1939년   3월 2일 어머니 작고.

3. 미국(1940~1960)

1940년   5월에 독일 점령군을 피해 미국으로 이주. 뉴욕의 자연사박
물관에 일자리를 얻는다. 비평가 에드먼드 윌슨의 추천으로
〈뉴요커〉에 기고.

1941년   소설 『서배스천 나이트의 진짜 인생』 출간. 웰즐리 칼리지에
서 7년간 러시아문학 강의.

1942년   하버드대학의 비교동물학 박물관에서 6년간 연구원으로
활동.

1944년   고골 연구서 『니콜라이 고골Nikolai Gogol』 출간. 푸시킨,
레르몬토프, 튜체프의 시를 번역한 시집 『세 명의 러시아 시
인 Three Russian Poets』 출간.

1945년   미국 시민권 획득.

1947년   소설 『벤드 시니스터 Bend Sinister』와 단편집 『아홉 편의
단편 Nine Stories』 출간.

1948년   코넬대학 문학부 교수로 재직하며 10년간 러시아문학과 유
럽문학 강의.

1951~1952년 하버드대학에서 강의. 후에 네 권의 강의록 출간. 『문학 강
의 Lectures on Literature』(1980), 『율리시스 강의 Lectures

on *Ulysses*』(1980), 『러시아문학 강의*Lectures on Russian Literature*』(1981), 『돈키호테 강의*Lectures on Don Quixote*』(1983).

1951년   회상록『확증*Conclusive Evidence*』출간.

1952년   고골 선집에 부치는 머리말 집필. 파리에서 러시아어 시선 『시. 1929~1951Стихотворения. 1929~1951』출간. 『재능』 무삭제 판 출간.

1954년   러시아어 회상록『다른 해변Другие берега』출간.

1955년   파리에서 소설『롤리타*Lolita*』출간.

1956년   1930년대에 러시아어로 쓴 단편 모음집『피알타에서의 봄과 다른 단편들Весна в Фиальте и другие рассказы』출간.

1957년   소설『프닌*Pnin*』출간.

1958년   나보코프가 영어로 옮기고 역자 머리말을 붙인 레르몬토프 의 소설『우리 시대의 영웅*Hero of Our Time*』출간. 단편 모음집『나보코프의 한 다스*Nabokov's Dozen*』출간. 뉴욕 에서『롤리타』출간.

1959년   영어 시집『시*Poems*』출간.『롤리타』의 성공으로 대학 강의 를 접음.

4. 스위스(1960~1977)

1960년   스위스의 몽트뢰로 이주. 나보코프가 영어로 옮기고 상세 한 주석을 단『이고리 원정기*The Song of Igor's Campaign*』 출간.

1962년   스탠리 큐브릭이 감독한 영화 〈롤리타〉 상영. 소설『창백한 불꽃*Pale Fire*』출간.

1964년	기존 번역본의 오류를 바로잡고 방대한 주석을 단 푸시킨의 『예브게니 오네긴*Eugene Onegin*』 출간.
1967년	영문 회상기 개정판 『말하라, 기억이여*Speak, Memory*』 출간. 단편집 『나보코프의 4중주*Nabokov's Quartet*』 출간.
1969년	소설 『아다 혹은 열정. 가족 연대기*Ada or Ardor: A Family Chronicle*』 출간.
1971년	러시아어와 영어로 쓴 시와 체스 문제가 수록된 『시와 문제 *Poems and problems* (Стихи и задачи)』 출간.
1972년	소설 『투명한 물체들*Transparent Things*』 출간.
1973년	단편집 『러시아 미인 외 단편들*A Russian Beauty and Other Stories*』 출간. 에세이와 인터뷰 모음 『굳건한 견해*Strong Opinions*』 출간.
1974년	소설 『어릿광대를 보라!*Look at the Harlequins!*』 출간.
1975년	『재능』의 개정판 출간. 『독재자는 파괴되었다 외 단편들*Tyrants Destroyed and Other Stories*』 출간.
1976년	나보코프가 영어로 옮긴 러시아어 단편집 『일몰의 세부 외 단편들*Details of a Sunset and Other Stories*』 출간.
1977년	7월 2일 스위스 몽트뢰에서 영면.
2009년	드미트리 나보코프가 미완성 유작 『오리지널 오브 로라 *Original of Laura*』를 정리, 편집하여 출간.

문학동네 세계문학전집 발간에 부쳐

세계문학은 국민문학 혹은 지역문학을 떠나 존재하는 문학이 아니지만 그것들의 총합도 아니다. 세계문학이라는 용어에는 그 나름의 언어와 전통을 갖고 있는 국민문학이나 지역문학의 존재를 인정하면서 그것을 넘어서는 문학의 보편적 질서에 대한 관념이 새겨져 있다. 그 용어를 처음 고안한 19세기 유럽인들은 유럽 문학을 중심으로 그 질서를 구축했지만 풍부한 국민문학의 전통을 가지고 있는 현대의 문학 강국들은 나름의 방식으로 세계문학을 이해하면서 정전(正典)의 목록을 작성하고 또 수정한다.

한국에서도 세계문학 관념은 우리 사회와 문화의 변화 속에서 거듭 수정돼왔다. 어느 시기에는 제국 일본의 교양주의를 반영한 세계문학 관념이, 어느 시기에는 제3세계 민족주의에 동조한 세계문학 관념이 출현했고, 그러한 관념을 실천한 전집물이 출판됐다. 21세기 한국에 새로운 세계문학전집이 필요하다는 것은 명백하다. 우리의 지성과 감성의 기준에 부합하는 세계문학을 다시 구상할 때가 되었다.

문학동네 세계문학전집은 범세계적으로 통용되는 고전에 대한 상식을 존중하면서도 지난 반세기 동안 해외 주요 언어권에서 창작과 연구의 진전에 따라 일어난 정전의 변동을 고려하여 편성되었다. 그래서 불멸의 명작은 물론 동시대 세계의 중요한 정치·문화적 실천에 영감을 준 새로운 작품들을 두루 포함시켰다.

창립 이후 지금까지 한국문학 및 번역문학 출판에서 가장 전문적이고 생산적인 그룹을 대표해온 문학동네가 그간 축적한 문학 출판 경험을 바탕으로 새로운 세계문학전집을 펴낸다. 인류가 무지와 몽매의 어둠 속을 방황하면서도 끝내 길을 잃지 않은 것은 세계문학사의 하늘에 떠 있는 빛나는 별들이 길잡이가 되어주었기 때문이다. 우리가 자부심과 사명감 속에서 그리게 될 이 새로운 별자리가 독자들의 관심과 애정에 힘입어 우리 모두의 뿌듯한 자산이 되기를 소망한다.

문학동네 세계문학전집 편집위원
민은경, 박유하, 변현태, 송병선, 이재룡, 홍길표, 남진우, 황종연

세계문학전집 105
롤리타

1판 1쇄 2013년 1월 30일
1판 37쇄 2024년 11월 15일

지은이 블라디미르 나보코프 | 옮긴이 김진준

편집 박아름 고우리 김경은 안수연 오동규 염현숙 | 독자모니터 유부만두
디자인 김현우 최미영 | 저작권 박지영 형소진 최은진 오서영
마케팅 정민호 서지화 한민아 이민경 왕지경 정경주 김수인 김혜원 김하연 김예진
브랜딩 함유지 함근아 박민재 김희숙 이송이 박다솔 조다현 정승민 배진성
제작 강신은 김동욱 이순호 | 제작처 영신사

펴낸곳 (주)문학동네 | 펴낸이 김소영
출판등록 1993년 10월 22일 제2003-000045호
주소 10881 경기도 파주시 회동길 210
전자우편 editor@munhak.com | 대표전화 031)955-8888 | 팩스 031)955-8855
문의전화 031)955-1927(마케팅), 031)955-3560(편집)
문학동네카페 http://cafe.naver.com/mhdn
인스타그램 @munhakdongne | 트위터 @munhakdongne
북클럽문학동네 http://bookclubmunhak.com

ISBN 978-89-546-2043-7 04840
    978-89-546-0901-2 (세트)

잘못된 책은 구입하신 서점에서 교환해드립니다.
기타 교환 문의 031) 955-2661, 3580

www.munhak.com

● 문학동네 세계문학전집은 계속 출간됩니다